JANE FEATHER

Eine Lady mit Vergangenheit

Buch

Sittsam, bescheiden und unauffällig – so wirkt die junge Witwe Merrie Trelawney. Ein gottgefälliges Bild der Rechtschaffenheit. Bis auf die Augen – die nämlich blitzen erkennbar abenteuerlustig. Doch wem sollte das schon auffallen? Niemand würde auch nur im Traum daran denken, dass diese zarten, gepflegten Hände einen Säbel oder Degen so geschickt führen können wie ein Mann.

Entsetzlich, diese drögen Einwohner – und allen voran diese graue Maus Merrie Trelawney, grämt sich der attraktive Lord Rutherford insgeheim, als es ihn wegen einer Erbschaft in die gottverlassene Ecke von Cornwall verschlägt. Als die unauffällige Witwe mit dem kastanienbraunen Dutt ihn allerdings genüsslich verbal niedermacht, verschlägt es dem Lord glatt die Sprache. Und als er die junge Lady etwas genauer betrachtet, schließt er plötzlich nicht mehr aus, dass das Landleben ganz besondere Reize haben kann …

Autorin

Jane Feather, geboren in Kairo, aufgewachsen in Südengland, lebt seit 1978 in den USA. Sie war als Psychologin tätig, bevor sie 1981 ihre Schriftstellerkarriere begann. Mittlerweile erreichen ihre Bücher weltweit Millionenauflagen.

Von Jane Feather außerdem im Blanvalet Taschenbuch lieferbar:

Duell der Herzen (35409)
Gefährliche Liebe (35676)
Die Braut des Piraten (35415)
Braut wieder Willen (35313)
Die geraubte Braut (35173)
Rivalen der Leidenschaft (35314)
Der Liebeshandel (35233)
Diamantfeuer (35032)
Silberfeuer (35056)

JANE FEATHER

Eine Lady mit Vergangenheit

Roman

Ins Deutsche übertragen
von Elke Iheukumere

BLANVALET

Die Originalausgabe erschien unter dem Titel
»Smuggler's Lady« bei Zebra Books,
Kensington Publishing Corp., New York.

Umwelthinweis:
Alle bedruckten Materialien dieses Taschenbuches
sind chlorfrei und umweltschonend.

Blanvalet Taschenbücher erscheinen im Goldmann Verlag,
einem Unternehmen der Verlagsgruppe Random House.

Taschenbuchausgabe April 2002

Dieses Werk wurde vermittelt durch die Literarische Agentur
Thomas Schlück GmbH, 30827 Garbsen.
Umschlaggestaltung: Design Team München
Umschlagillustration: Gignilliat/Schlück, Garbsen
Satz: deutsch-türkischer fotosatz, Berlin
Druck: Elsnerdruck, Berlin
Verlagsnummer: 35133
Lektorat: SK
Redaktion: Barbara Gernet
Herstellung: Heidrun Nawrot
Made in Germany
ISBN 3-442-35133-2
www.blanvalet-verlag.de

3 5 7 9 10 8 6 4 2

1

»Es wird nicht mehr lange dauern, bis sich der Himmel erhellt.« Der kleine untersetzte Franzose blickte prüfend in die Nacht hinaus, in der unheimliche schwarze Wolkenschleier wogten.

»Aye, wir haben immerhin einen Viertelmond.« Sein schlanker Begleiter zuckte mit den Schultern. »Wir können die Elemente nicht unserem Willen unterwerfen, *mon ami.*«

»Das ist schade.« Mit gerunzelter Stirn betrachtete Jacques die geschäftige Szene der kleinen Bucht vor sich, wo ein Fischerboot ohne Lichter im flachen Wasser schwankte und Gestalten sich in geordneter Eile bewegten – jeder seiner Aufgabe so sicher, dass sie die Fässer und Bündel mit einer Vertrautheit schleppten, die weder Worte noch Licht erforderte. »Wir werden wieder weg sein, ehe sich die Wolken auflösen«, meinte er. »Du bist es, auf die Gefahr lauert, Meredith.«

»Das ist nichts Neues, Jacques.« Noch einmal zuckte die schlanke Gestalt die Achseln; dann rückte sie die gestrickte Mütze zurecht, die sich eng um den kleinen, wohlgeformten Kopf schloss. »Die Küstenwachen sind allerdings in letzter Zeit recht aufdringlich. Aus irgendeinem Grund scheinen sie eine definitive Abneigung gegen unsere Aktivitäten zu hegen.« Ein leises, musikalisches Lachen begleitete die Bemerkung, und der Franzose verzog ebenfalls die Mundwinkel.

»Eine Tatsache, die noch zu deinem Vergnügen beiträgt, würde ich wetten.«

»Du warst schon immer sehr schlau, Jacques.«

»Gewiss – ein Dummkopf bin ich nicht, und ich habe auch noch nie das Schicksal unnötig herausgefordert.« Seine Schritte knirschten im Sand, und sein Begleiter hielt sich an seiner Seite. »Wie es scheint, ist unsere Aufgabe erledigt«, schloss der Franzose und betrachtete die ordentlichen Stapel im Sand, das plötzliche Stillhalten der Männer und die Bewegungen der anderen zurück zu dem Boot. »Wir werden jetzt verschwinden – bis zu unserer Begegnung im nächsten Monat!«

»Meiner Ansicht nach wäre es gut, die Position des Signals zu verändern«, meinte Meredith nachdenklich. »Wenn alles klappt, werden wir den Strahl am Devil's Point vier Nächte nach dem neuen Mond blitzen lassen. Einverstanden?«

»Einverstanden. Gott möge dich bis dahin beschützen!«

»Dich auch, Jacques!«

Nach ihrem festen Handschlag verweilte Meredith nicht länger, um zuzusehen, wie der Franzose und seine Mannschaft in das Boot stiegen. Die Aufgabe, die die Gruppe von Männern aus Cornwall am Strand erwartete, bot genug Schwierigkeiten; momentan beluden sie die geduldigen Ponys mit den Fässern voll Brandy und den Bündeln mit Seide und Spitze sowie dem gut verpackten Tabak – Waren, die von den Kunden in den Dörfern und Weilern des Landes sehnlichst erwartet wurden. Die Lieferungen würden nicht sofort zugestellt; für diese Nacht musste die Konterbande in die Sicherheit einer kühlen, trockenen Höhle transportiert werden, die sich unter den Klippen, ungefähr zwei Meilen westlich von dieser abgeschiedenen Bucht, befand.

Während sich die Prozession über den Strand auf den schmalen Pfad zubewegte, der sich hinaufwand zur Straße, die über die Klippen führte, blickte Meredith zurück zu dem dunklen Atlantischen Ozean. Das französische Boot näherte sich der Linie, wo die Brandung am Eingang der Bucht gegen das verborgene Riff schlug. Dort gab es einen schmalen

Durchlass, unsichtbar für alle, bis auf diejenigen, die geschickt und eingeweiht waren. Jacques konnte beides für sich beanspruchen, und der Beobachter am Strand brauchte sich nicht zu vergewissern, ob er den Weg durch diesen Engpass auch schaffte.

Als sie den höchsten Punkt der Klippen erreicht hatten, teilten sich die Wolken; einen atemberaubenden Augenblick lang schien der Mond hell und warf sein silbernes Licht auf die dunkel gekleidete, schweigende Gruppe von Menschen.

»Wir sind wie Schmetterlinge am Ende einer Stecknadel«, brummte eine raue Stimme.

»Wenn heute Nacht jemand darauf aus ist, uns festzunageln, Bart, dann haben wir eine Überraschung für ihn bereit«, winkte Meredith mit einem sarkastischen Lachen ab, in dem sowohl Selbstvertrauen als auch Beruhigung mitschwang.

Die Wolken schlossen sich wieder über dem verräterischen Licht des Mondes, und die Prozession bewegte sich weiter, die Hufe der Ponys, die mit Sackleinen umwickelt waren, trappelten geräuschlos über den steinigen Weg.

Saracen stolperte zum hundersten Mal in das hundertste Schlagloch, und Damian, Lord Rutherford, verschaffte seiner schlechten Laune mit einem lästerlichen Fluch Luft, zum hundersten Mal entschied er, dass Cornwall nur für die Menschen taugte, die hier geboren waren. Schon seit Stunden ritt er über düstere, schlecht gepflasterte Straßen durch eine herbe Landschaft, bis der Abend jetzt in pechschwarze Nacht überging und das Ziel der Reise überhaupt nicht näher gekommen schien. Er war allein – ein Zustand, den er in der letzten Zeit vorzog –, das Pferd seines Dieners Walter hatte vor zwei Stunden zu lahmen begonnen, und seine Lordschaft rang sich, nach nur einem Blick auf die einzige Unterkunft im nächsten Weiler, dazu durch, unbedingt die Straße vorzuziehen. Jetzt bedauerte er seinen Entschluss. Besser wären eine von Flöhen zerfressene Matratze und schmutzige Laken gewesen als diese Einöde!

Die Wegbeschreibung war ihm einfach erschienen, falls er sie überhaupt verstanden hatte; sie erfolgte nämlich in diesem entsetzlichen Idiom, das nur wenig verwandt mit der menschlichen Sprache zu sein schien, an die Lord Rutherford gewöhnt war: Bleiben Sie auf der Küstenstraße, ungefähr zehn Meilen, dann wenden Sie sich am Galgen von Hacket's Cross nach links; alsbald würde das Dorf Landreth erscheinen. Bis jetzt hatte er noch nichts entdeckt, das auch nur von weitem eine Ähnlichkeit mit einem Galgen besaß, mit oder ohne daran schwingender Leiche; hingegen schloss die dunkle Nacht in Cornwall sowohl Mann als auch Pferd ein, das einzige Geräusch kam von der Brandung zu seiner Rechten.

Bis plötzlich das Klirren von Stahl auf Stahl seinen Ärger vertrieb und sein Soldatenblut in Wallung brachte. Sein Pferd wieherte, genauso kriegsgeübt wie sein Herr, auf.

»Ruhig, Saracen!« Das leise Kommando war kaum nötig, denn das Training bei den Mamelucken zeigte wieder einmal seine Wirkung: der schwarze Hengst war bereit, seine samtenen Nüstern blähten sich, um den Geruch von Pulver und Blut einzuatmen, der für ihn Kampf bedeutete. Man hörte Stimmen, die sich wütend erhoben, Verwirrung, und den Schuss aus einer Muskete. Lord Rutherford lenkte sein Pferd in das Gebüsch neben der Straße, stieg ab und schlich bis zu der Kurve, die den Aufruhr vor ihm verbarg.

Ein wirkliches Durcheinander entdeckte er, als er gekrümmt hinter einem Ginsterbusch hockte. In der Dunkelheit konnte er nur einen Haufen Gestalten erkennen und hörte verschiedene Stimmen Befehle erteilen. Eine Gestalt fiel ihm ganz besonders auf. Behände und schnell, mit der Geschwindigkeit der Jugend war der junge Mann überall, ein kurzes Schwert blitzte auf, und langsam erkannte Lord Rutherford ein gewisses Muster. Eine Gruppe der Kämpfer war in Uniform, offensichtlich die Uniform der Küstenwache, die anderen verschmolzen in ihrer dunklen Kleidung mit der Dunkelheit. Gleichzeitig bemerkte er, dass die Anzahl der Schmuggler ständig schrumpfte, sie verschwanden unversehens, als gäbe es dafür einen vorher ausgemachten Plan. Die Männer in Uniform stolperten über ihre eigenen Füße und Schwerter, sie folgten einer stümperhaften Serie von Anordnungen, die sich ausschließlich auf das tanzende Bürschchen und zwei weitere Männer zu konzentrieren schienen – kräftig und breit wie Eichen –, die ihre Gegner vollauf beschäftigten mittels allerhand verwirrender Manöver. Über dem Handgemenge ertönte ein leichtes, melodisches Lachen, das die Verfolger zu weiterem Schlagabtausch anspornte, während ihre Beute in die Nacht tauchte.

»Genug jetzt, Bart!« Das Kommando erklang über dem allgemeinen Durcheinander deutlich und entschieden. Der Akzent war genauso raues Kornisch wie alles andere, was Lord Rutherford am heutigen Tag vernommen hatte, doch in der Stimme schwang eine gewisse Leichtigkeit – trotz des Befehls, der mit so viel Überzeugungskraft ausgesprochen wurde, dass er jegliche Opposition erstickte. Die beiden kräftigen Männer existierten plötzlich nur noch in seiner Einbildung, der Himmel allein wusste von ihrem Verbleib, und einige Sekunden lang blieb nur noch der Jugendliche übrig – gelassen am Rande der Nacht, lag in seiner Haltung ein gewisser Triumph. In diesem Augenblick, bevor auch er davonhuschte, kam vom dunklen Nachthimmel ein Strahl des Mondlichtes und enthüllte ein Profil, das unter der eng anliegenden Kappe klar hervortrat: eine Stupsnase mit einigen Sommersprossen, der Schwung eines gut geschnittenen Mundes, ein kleines, kantiges Kinn, und dann verschwand das Licht wieder, ebenso wie die Gestalt.

Damian blieb in seinem Versteck, er war von der geheimnisvollen Szene genauso verwirrt wie die Küstenwache. Anscheinend hatte die Erde die Männer verschluckt, und dieses spöttische Lachen schien noch immer in der Luft zu hängen, sodass die Männer des Gesetzes begannen, untereinander zu streiten und sich ihre eigene Dummheit vorzuwerfen, als sie sich wieder sammelten und dann über den Pfad oberhalb der Klippen in die Richtung ritten, wo seine Lordschaft das Dorf Landreth vermutete.

Meredith duckte sich auf dem schmalen Vorsprung unterhalb der Klippen und horchte auf die Geräusche der Straße über ihr. Die Klippe schien an dieser Stelle steil abzufallen bis zu den Felsen darunter, und sogar im hellen Tageslicht war der sandige Vorsprung direkt darunter von oben nicht auszumachen. Hier passte gerade mal eine Ziege drauf, doch im Notfall konnte er die Lebensrettung bedeuten. Heute Abend, als die Falle zugeschnappt war, hatten die Schmuggler das befolgt, was sie schon so oft geübt hatten. Einer nach dem anderen waren sie im Schutze der Dunkelheit und des Tumultes, den ihre Freunde veranstalteten, über die Klippen geflüchtet. Nacheinander krochen sie über den Vorsprung, eng an den Klippen entlang, bis der Pfad breiter wurde und sie sich eine Viertelmeile vom Ort des Überfalles entfernt wieder auf die Straße begaben, um sich dann durch Gebüsch und Ginster zu schlagen. Jetzt waren nur noch Meredith und Bart übrig; sie warteten in ihrem Versteck, bis ihre Gegner empört abzogen.

»Es ist gut, wenn man vorgewarnt ist«, brummte der untersetzte Mann aus Cornwall und schwang sich zurück auf die Straße, dann streckte er seiner Begleitung den Arm entgegen. Meredith nahm die dargebotene Hand und kletterte behände neben ihm empor.

»Du hast Recht, Bart!« Ein kleines Lachen erhellte die Nacht. »Sie sind solche Dummköpfe, es macht nicht besonders viel Spaß, sie zu übertölpeln.«

»Mehr als genug für mich«, erklärte Bart. »Ich habe nicht die Absicht, am Galgen von Hacket's Cross zu schwingen – aber es gibt Augenblicke, da glaube ich, dass du das möchtest.«

»Es ist wirklich kein Kunststück, wenn wir vorgewarnt sind – wie heute Abend! Wären wir am Strand mit den Ponys überrascht worden, dann hätte es vielleicht ein böses Ende genommen. Wie es aussieht, sind alle auf dem Weg ins Bett, die Waren und die Ponys in der Höhle untergebracht. Die Welt nimmt wieder ihren geordneten Gang, Bart.«

»Bis du dich das nächste Mal entscheidest, dich mit der Staatsmacht anzulegen«, murmelte ihr Gegenüber. »Es war wirklich nicht nötig, heute Abend in den Hinterhalt zu marschieren.«

»Oh doch, Bart! Es war nötig, ihnen zu zeigen, dass sie es nicht mit Dummköpfen zu tun haben, die sich alles gefallen lassen. Aber wir werden es nicht wiederholen, das verspreche ich dir.«

»Wahrscheinlich muss ich mich damit zufrieden geben.« Bart blickte gen Himmel. »Wir beeilen uns besser, ehe der Mond sich erneut zeigt. Die Straße ist kein Ort, an dem man zu dieser Morgenstunde gesehen werden sollte.«

Seine Begleitung nickte zustimmend, und die beiden schüttelten einander kurz die Hand, ehe sie sich über das offene Feld davonmachten – nichts ahnend von dem unfreiwilligen Zuschauer im Ginster.

Lord Rutherford holte sein Pferd und fragte sich, ob er seinen Augen und Ohren wohl glauben durfte. Falls ja, dann gingen eigenartige Dinge vor sich in diesem gottverlassenen Landstrich. Ein kleines Lächeln umspielte seine Lippen, ein

Lächeln, das sein irgendwie bedrohliches Aussehen veränderte. Es war ein Lächeln, das man in den letzten sechs Monaten niemals an ihm sah – wie hätte es doch das Herz seiner Mama erfreut, bekäme sie es hier auf dieser einsamen Straße in Cornwall zu Gesicht.

Das Lächeln dauerte gerade lange genug, um Lord Rutherford das Mallory-Haus finden zu lassen, das außerhalb des Dorfes Landreth, Cornwall, lag. Sein Cousin Matthew war ein einsiedlerischer Exzentriker gewesen, der sich nichts aus der Gesellschaft oder aus seiner Familie gemacht hatte – und auch sonst aus niemandem, wenn man den Gerüchten glauben konnte – und das Herrenhaus aus grauem Stein mit dem Schieferdach bot dem Reisenden nichts von einem herzlichen Empfang. Die Zufahrt war von Unkraut überwuchert, die Hecken schossen ins Kraut, die Farbe blätterte von der großen Eingangstür ab. Seine Lordschaft schnitt eine Grimasse, als er den Türklopfer aus Messing betätigte und dann einen Schritt zurücktrat, damit er einen Blick in die Fenster werfen konnte. Cousin Matthew war jetzt seit zwei Monaten tot; doch er als sein Erbe hatte der Dienerschaft befohlen, an Ort und Stelle zu bleiben, bis er einträfe, um das Anwesen zu begutachten und die notwendigen Schritte einzuleiten. Man hatte ihnen auch bestellt, sich auf seine Ankunft vorzubereiten; doch es gab keinerlei Anzeichen dafür, dass seine Befehle befolgt worden waren – eine Seiner Lordschaft Oberst Rutherford unbekannte Saumseligkeit.

Wieder einmal bedauerte Lord Rutherford, dass er dem Impuls nachgegeben und Walter samt jeglichem Komfort, wie zweifelhaft auch immer dieser sein mochte, in dem Landgasthaus zurückgelassen hatte. Er hämmerte noch einmal an die Tür, in der Stille der Nacht war der Lärm ohrenbetäubend. Dann hörte man das Knirschen von Riegeln, Murmeln und Brummen; schließlich öffnete sich die Tür mit knarrenden

Scharnieren. Eine gebeugte Gestalt samt Schlafmütze und Nachthemd, eine Pferdedecke um die Schultern, mit einer Kerze in der Hand, starrte Seine Lordschaft an: »Was ist denn hier los? Soll das die Posaune des Jüngsten Gerichts sein?«

»Ich bin Rutherford, Mann«, erklärte Seine Lordschaft knapp. »Haben Sie denn meine Botschaft nicht erhalten?«

»Aye«, knurrte der Alte. »Aber ich habe Sie nicht mitten in der Nacht erwartet.«

»Sorgen Sie dafür, dass sich jemand um mein Pferd kümmert.« Lord Rutherford schob sich an dem Diener vorbei und trat in den Flur, den nur die Kerze des Mannes erhellte.

»Es gibt hier niemanden außer mir selbst und der Missus – nicht bis morgen früh.«

Damian runzelte die Brauen und schaute den Domestiken ungläubig an. Er war es nicht gewöhnt, von einem Diener in dieser Art angesprochen zu werden – einmal abgesehen von der Tageszeit –, und sein Gesichtsausdruck zeigte dies mit alarmierender Deutlichkeit. Unter diesem harten Blick trat das Faktotum in seinen Pantoffeln unruhig von einem Fuß auf den anderen. Rutherfords Miene wurde auch nicht freundlicher, als er erkannte, dass der Diener alt und gebrechlich war – offensichtlich hatte sein früherer Herr keine besonderen Ansprüche gestellt. Doch nach allem, was ihm in der heutigen Nacht widerfahren war, gab es in dieser gottverlassenen Gegend nur wenig, was Seine Lordschaft noch überraschen konnte; außerdem war es viel zu spät für eine Lektion im Benehmen gegenüber einem Adligen im Rang der Peerswürde und dem Erben eines Herzogtums. Morgen würde es auch noch reichen, ihm ein wenig militärische Disziplin einzutrichtern.

»Dann zeigen Sie mir die Ställe«, ordnete er an. »Ich werde das Pferd selbst versorgen. Unterdessen holen Sie mir bitte Brandy und etwas zu essen. Ich bin heute Nacht viele Meilen weit geritten und mit meiner Laune steht es nicht zum Besten.«

»Was ist denn los, Harry?« Eine dünne Stimme ertönte von der dunklen Eichentreppe, und eine ältere Frau mit einer Laterne ausgerüstet schlurfte herbei.

»Es ist Seine Lordschaft aus London«, erklärte ihr Mann. »Er ist gekommen, um nach seinem Erbe zu sehen.«

»Ich brauche etwas zu essen und ein Bett«, wiederholte Rutherford.

»Nun ja, ich weiß nicht, ob wir genügend da haben, M'lord«, meinte die Frau und runzelte besorgt die Stirn, »höchstens noch ein Stück Schweinebacke, das von Harrys Abendessen übrig geblieben ist …«

Damian erschauerte. »Brot und Käse reicht, Frau. Sicher haben Sie das doch vorrätig?«

»Könnte möglich sein«, stimmte sie ihm zu. »Sie wollen sicher, dass ich das Bett im großen Schlafzimmer beziehe? Wir sind nicht mehr darin gewesen, seit sie ihn weggebracht haben – Gott sei seiner Seele gnädig!« Murmelnd verschwand sie im hinteren Teil des Hauses und nahm die Laterne mit.

»Die Ställe, Mann!« Ungeduldig wandte Rutherford sich um. Harry folgte ihm, eingehüllt in seine grobe Decke.

Offensichtlich war es schon eine Weile her, seit die Ställe von Mallory-Haus so ein edles Tier wie Saracen beherbergt hatten – wenn das überhaupt jemals der Fall gewesen war. Zwei Karrenpferde und ein Klepper mit durchhängendem Rücken standen in drei Boxen nebeneinander. Die restlichen Boxen waren leer, nur noch stinkende Reste ihrer früheren Bewohner lagen verstreut umher. Lord Rutherford hielt es nicht für unbedingt erforderlich, in der frühen Dämmerung eines Julimorgens den Stall auszumisten. Saracen würde den Schmutz und die Unannehmlichkeiten für eine Nacht ertragen müssen, ebenso wie Seine Lordschaft selbst auch, überlegte er trübe. Für die Zukunft jedoch nahm er sich vor, Walter während dieser elenden Reise ständig an seiner Seite zu behalten.

Der Kanten eines trockenen Brotes und ein Stück Käse, das eigentlich nur noch taugte für die Mausefalle, trugen auch nicht dazu bei, seine Laune zu verbessern. Der Brandy schmeckte indessen besser als nur erträglich – eine Tatsache, die Seine Lordschaft nicht sonderlich überraschte nach der Szene, die er auf der Klippe miterlebt hatte. Die Gentlemen waren in diesem Teil der kornischen Küste anscheinend sehr aktiv und boten einen positiven Ausgleich für sonstige Unannehmlichkeiten.

Das Schlafzimmer von Cousin Matthew sah so aus, als würde seine Leiche immer noch dort liegen. Allerdings hatte die Wirtschafterin frische Laken herausgerückt, und auf dem unförmigen Schrank stand eine Öllampe. Ein Krug mit kaltem Wasser wurde ihm auf seine Bitte hin gebracht; das anfängliche Zögern, seine Befehle zu befolgen, war eifriger Dienstbarkeit gewichen, als er sie in dem scharfen Ton aussprach, der besser in eine Kaserne gepasst hätte. Seine Lordschaft fand sich langsam mit dem Gedanken ab, dass die Lebensart von London Cornwall noch nicht erreicht hatte. Beispielsweise hätte er unerwartet in jedem der Häuser, die der Keighley-Familie gehörten, auftauchen können, zu jeder nächtlichen Stunde, und er wäre empfangen worden, als wäre es heller Morgen und alle hätten ihn sehnlichst erwartet. Doch in diesen Häusern wirkten wahre Armeen von Dienern – eine andere Kategorie als der missmutige, ältliche Hausdiener von seinem Cousin Matthew. Oder ab sofort von ihm selbst, wenn er sich aufraffen könnte, länger als bis zum morgigen Tag hier zu bleiben … resigniert löschte Rutherford die Laterne und kletterte in das hohe Bett. Er schnüffelte misstrauisch – die Laken rochen ziemlich muffig, doch wenigstens waren sie nicht feucht. In fremden Ländern hatte er schon Schlimmeres ertragen, aber damals noch ohne steife Schulter. Und was einen Soldaten im Krieg erwartete, unterschied sich selbstverständlich von der Lage in seinem eigenen Haus in einem Land, wo Frieden herrschte.

Die kleine Höhle war kühl, trocken und so leer wie die Vorratskammer von Mutter Hubbard. Meredith ging in den hinteren Teil, dann schien der Felsen sie zu verschlucken. Der Eingang zu dem schmalen Tunnel, der gerade hoch und breit genug war, um einem kleinen Pony Durchschlupf zu gewähren, lag hinter einem hervorstehenden Felsblock am Ende der Höhle versteckt. Der Tunnel selbst verbreiterte sich innerhalb der Klippe und öffnete sich schließlich zu einer Art Halle, in der nur eine einzige Laterne brannte und gespenstische Schatten warf, die über die grob behauenen Wände tanzten. Die sechs Ponys, die zuvor den Lastzug gebildet hatten, blickten ohne Neugier auf die schlanke Gestalt; sie interessierten sich viel mehr für den Inhalt ihrer Futtersäcke, nachdem ihre Aufgabe jetzt erfüllt war. Bündel, Kisten, Pakete und Fässer stapelten sich ordentlich an den Wänden, und Meredith betrachtete das Ergebnis der Arbeit einer Nacht mit einiger Zufriedenheit. Es würde einen ordentlichen Profit abwerfen, und mit ihrem eigenen Anteil würde sie die letzte Hypothek für die vierzig Hektar von Ducket's Spinney bezahlen. Der Prozess der Rückgewinnung ging langsam, aber stetig voran, und wenigstens waren jetzt genügend Mittel vorhanden, um das Schulgeld der Jungen für ein weiteres Jahr zu sichern.

Meredith nahm die Laterne und verließ die Höhle, nicht auf dem Herweg, sondern über einen Ausgang im hinteren Teil – ein Pfad, der durch den Felsen aufwärts führte und dann an einer undurchdringlichen Wand plötzlich endete. Die schlanke Gestalt hielt jedoch nicht inne, sie reckte sich nur nach oben und stieß gegen ein Felsstück im Dach des Durchgangs. Das Felsstück fiel mit einem Plumps zurück auf die dicke Decke, die dort platziert worden war, um das Poltern des Falles zu dämpfen. Mit geübter Behändigkeit schob Meredith sich durch die Öffnung und bückte sich, um die Laterne nachzuholen, ehe sie das Felsstück wieder an seinen Platz stemmte. Jetzt stand sie in einer kleinen Vorratskammer, in deren Schieferregalen Weckgläser lagerten, Töpfe mit Butter und runde Käselaibe – landwirtschaftliche Produkte, die bis auf Luxusgüter den Haushalt mit allem Notwendigen versorgten.

Merrie zog die Stiefel aus, dann nahm sie sie zusammen mit der Laterne in die Hand und schlich weiter in die große Küche, die von einem großen schwarzen Ofen gewärmt wurde und in der Stille herrschte, bis auf das Ticken der Standuhr neben der Anrichte. Es war halb drei, erst in ein paar Stunden würde sich der Haushalt wieder rühren. Auf Strümpfen schlich sie weiter, an der Hintertreppe vorbei und dann durch die grüne Tür, die die Unterkünfte der Diener vom Hauptteil des Hauses trennte.

Sir John Blake hatte es geschafft, vor seinem verfrühten Ende vor drei Jahren, den größten Teil des Familienerbes zu veräußern, und in der großen Halle mit dem Steinfußboden vertrieb nun nicht mehr der frühere, dicke, türkische Teppich die Kälte von Merries Füßen. Der Jakobiner-Eichentisch unter dem geteilten Fenster war jedoch dem Hammer des Auktionators entgangen, wegen seines ein wenig mitgenommenen Zustandes – ganz im Gegensatz zu dem schweren Silbertablett und der chinesischen Urne, die einmal darauf gestanden hatten. Meredith hatte inzwischen keine Lust mehr, immer wieder an die Verschwendungssucht ihres verstorbenen Mannes zu denken; lautlos lief sie die breite, geschwungene Treppe hinauf, an der Galerie der Minnesänger vorüber, von der aus man in die Halle schauen konnte, und dann in das große, nach vorne liegende Schlafzimmer.

»Nan!«, rief sie leise. »Was machst du denn hier?«

Die ältere Frau, die auf der mit Chintz bezogenen Couch

eingeschlafen war, zuckte hoch und blinzelte in dem Licht von Merries Laterne. »Da bist du ja endlich, Kind«, brummte sie. »Es ist sehr rücksichtslos von dir, so spät zu kommen. Du weißt ganz genau, dass ich nicht ruhig schlafe, bis du sicher in deinem Bett liegst.«

»Ach Unsinn, Nan!« Meredith nahm die gestrickte Kappe vom Kopf und setzte sich auf das Bett, um ihre Strümpfe auszuziehen. »Was sollte mir schon passieren?«

Nan hob Augen und Hände gen Himmel. »Also, überhaupt nichts, warum auch?« Sie goss Wasser aus einem Krug in eine dazu passende Porzellanschüssel. »Es ist doch nur ein wenig Schmuggel, womit du dich beschäftigst, und die Obrigkeit interessiert es gar nicht, dich in ihre Finger zu bekommen. Also wirklich, es gibt nichts, worüber ich mir Sorgen machen müsste, und ich bin nur eine dumme alte Frau, die dich halt großgezogen hat, seit du in der Wiege lagst, was mir natürlich keinerlei Recht gibt, mich zu grämen …«

Meredith machte keinerlei Anstalten, den Redefluss aufzuhalten, weil sie wusste, dass Nan auf diese Weise ihre Seele von der Angst befreite. Das Schimpfen ging ungehindert weiter, während ihre alte Kinderfrau ihr aus der Kleidung half und dann in ihr Nachthemd; zuletzt löste sie das dunkle, kastanienbraune Haar aus dem festen Knoten, der die Haarmenge unter der Kappe gehalten hatte, und bearbeitete sie mit den vorgeschriebenen hundert Bürstenstrichen, trotz Merediths Einwänden, dass es dazu doch schon viel zu spät sei.

»Du wirst dich nicht mit ungebürstetem Haar niederlegen, solange ich hier noch etwas zu sagen habe«, erklärte Nan. Schließlich gab sie Meredith frei und zog die Decke von dem großen Himmelbett zurück.

»Ich kann mir nicht vorstellen, dass es einmal einen Tag gibt, wo du nichts zu sagen hast«, murmelte Lady Blake und kletterte lammfromm in die Kissen. Es war eine Sache, eine

Bande von kornischen Schmugglern anzuführen – doch ganz eine andere, sich gegenüber Nan Tregaron zu behaupten, wenn sie entschlossen war, die Dinge auf ihre Art in Ordnung zu halten.

2

Lord Rutherford wachte auf, als die Gardinenringe über die Messingstange gezogen wurden. Er öffnete die Augen und ihm bot sich der herrliche Anblick von Sonnenschein und seinem Burschen Walter.

»Himmel, bin ich froh, dich zu sehen, Mann!« Er setzte sich auf und lehnte sich mit einer Grimasse gegen das Kopfteil des Bettes. Walter betrachtete Seine Lordschaft mit vorsichtiger Besorgnis; er bemerkte, dass dessen Laune, die normalerweise in letzter Zeit ernst war, heute wieder nichts von Vorfreude oder Erwartung auf einen neuen Tag zeigte. Er nahm auch den plötzlichen Schmerz in den grauen Augen wahr und zog seine eigenen Schlüsse. Nach dem überlangen Ritt von gestern, gefolgt von dem Unbehagen bei der Inspektion dieses Hauses, war es kein Wunder, dass die Schulter des Oberst sich meldete.

»Es war sicher eine Teufelsarbeit, dieses Haus zu finden, M'lord«, knurrte er. »Wir werden bald weiterreisen, nehme ich an?« Es war sowohl eine Frage als auch eine Feststellung, eine Technik seines Burschen, die Lord Rutherford sehr gut kannte. Es gab Walter die Möglichkeit, seine Meinung zu äußern und gleichzeitig die Diskretion eines Dieners gegenüber seinem Herrn zu bewahren.

»Dann liegt dir also nichts an Mallory-Haus, Walter?« Damian schwang die Beine aus dem Bett und sah sich in dem Schlafzimmer um, wo dicker Staub auf allen Oberflächen lag.

»Man hat mir zu verstehen gegeben, dass Cousin Matthew in diesem Bett gestorben ist«, bemerkte er so nebenbei und klopfte auf das Kissen. Eine Wolke von Federn stieg in die staubige Luft.

»Ich kann nicht sagen, dass mich das überrascht«, meinte Walter. »Das Paar dort unten kann nicht einmal seinen rechten Fuß vom linken unterscheiden. Entschuldigen Sie, M'lord, aber dies hier ist keine Unterkunft für einen Gentleman!«

»Im Grunde bin ich geneigt, dir zuzustimmen«, bestätigte Seine Lordschaft voller Überzeugung, als er sich erhob und genüsslich reckte. »Möglicherweise war mein verehrter Cousin Matthew in der Tat kein Gentleman. Obwohl das sehr unwahrscheinlich scheint, wenn man seine Vorfahren bedenkt, die sich, so hat man mir versichert, stets ihrer Herkunft bewusst waren. Zweiter Cousin des Herzogs, verstehst du?«

»Jawohl, M'lord«, antwortete Walter hölzern und wandte sich um, um einen Handkoffer zu öffnen, der auf dem Fenstersitz stand. »Ich werde mich jetzt um Ihre Schulter kümmern, Oberst!«

»Vor sechs Monaten habe ich nun Urlaub genommen«, fuhr Damian ihn an, und der bittere Ton seiner Stimme ließ sich nicht überhören. »Ich kann mit dieser Umschreibung meiner Lage nichts anfangen!« Er zog sein Nachthemd aus, ging zum offenen Fenster und blickte hinunter in den unordentlichen Garten. Seine schlanke, kräftige Gestalt schien vor unterdrücktem Tatendrang zu vibrieren, er strahlte eine ungeduldige Energie aus.

»Sie haben es sich verdient, M'lord – mit oder ohne Verwundung.« Walter sprach mit resoluter Entschlossenheit. Wenn der Oberst ihm dafür den Kopf abreißen würde, auch recht. Es wäre nicht das erste Mal in letzter Zeit, und sicher genauso wenig das letzte Mal. »Wenn Sie sich hinsetzen würden, M'lord ...«

Zu Walters Erleichterung setzte sich der Oberst ohne Kommentar auf den Fenstersitz, auch wenn sein Gesicht grimmig verzogen war und er sich auf die Behandlung seines Burschen vorbereitete. Die riesigen Hände des Soldaten waren ungewöhnlich sanft, als sie über die gezackte Narbe an Lord Rutherfords Schulter strichen und Salbe in die steifen Muskeln und das Gelenk massierten. »Wann gedenken Sie denn aufzubrechen, M'lord?« Walter kehrte zu dem ursprünglichen Thema zurück, in seinem Bemühen, Lord Rutherford abzulenken von den düsteren Gedanken, die für seine grimmige Laune verantwortlich waren. Solche Versuche der Beruhigung zeitigten normalerweise keinen Erfolg; aber man musste es trotzdem versuchen, sollte Seine Lordschaft nicht wieder in eine seiner schwarzen Depressionen verfallen, die ihn verfolgten, seit sein Dienst bei dem Herzog von Wellington auf der Pyrenäen-Halbinsel ein so plötzliches Ende genommen hatte.

»Ich bin nicht sicher, ob wir uns unnötig beeilen sollten«, gab Damian zurück. »Es ist ja nicht so, als würden uns anderswo verlockendere Aussichten erwarten.«

»Nein, M'lord.« Walter seufzte. »Auf der Anrichte steht heißes Wasser für Ihre Rasur. Wenn wir eine Weile hier bleiben, dann kümmere ich mich besser darum, das Haus ein wenig wohnlicher zu machen. Ganz zu schweigen von den Ställen«, fügte er hinzu. »Vermutlich wird sich Saracen nicht so bald von diesem Schock erholen.«

Lord Rutherford gab ein freudloses Lachen von sich, während er an dem ledernen Riemen sein Rasiermesser schärfte. »Er hat schon schlimmere Unterkünfte erlebt, genau wie wir, Walter. Nicht sehr viel schlimmer, das gestehe ich dir zu – aber ich habe die Absicht, diese hier auf Vordermann zu bringen. Eine so unnötige Vernachlässigung stört mich.« Das Bild einer schlanken Gestalt, die ein kleines Schwert schwang, trat ungerufen plötzlich vor sein inneres Auge, und das perlende, melodiöse Lachen erklang wieder in seinem Ohr. Falls Seine Lordschaft die ganze Sache nicht falsch verstanden hatte, war er letzte Nacht in eine äußerst faszinierende Situation gestolpert. Die Identität des Schmugglerbürschchens würde ihn einige Nachforschungen kosten; während es nun dem Erben des Herzogs von Keighley eher nicht anstand, sich mit einer Bande von Halunken abzugeben, so war es doch eine wesentlich angenehmere Aussicht, als der Besorgnis seiner Mutter ausgesetzt zu sein und der scharfen Kritik seines Vaters bei dem Thema »Welche Pflichten hat ein Erbe zu erfüllen?«. Irgendwann einmal, so mutmaßte Damian, würde er sich eine Frau nehmen und die alten Räumlichkeiten neu einrichten; doch jetzt war seine Zeit als Soldat noch zu gegenwärtig, die ihn seit seinem zwanzigsten Lebensjahr so intensiv beschäftigte, dass er alles andere darüber vergaß – zu gegenwärtig und auch zu bitter, weil sie derart abrupt geendet hatte –, da konnte er nicht von heute auf morgen den Platz in der Gesellschaft einnehmen, der von ihm erwartet wurde.

»Am besten kümmere ich mich um das Frühstück.« Walter ging zur Tür. »Mit einem leeren Bauch werden wir nicht viel bewerkstelligen.«

»Hoffentlich hast du mehr Glück als ich gestern Abend!« Damian machte einen langen Strich durch die Seife in seinem Gesicht und grinste seinen Burschen an. »Nur Mut, mein Freund! Ich habe das Gefühl, als wenn dieser Ausflug uns doch noch einige Freude bereiten würde.«

Walters unüberzeugtes Schnauben verbarg seine Befriedigung, die er verspürte, als er das Vergnügen in Damians Miene sah und das Aufblitzen seiner grauen Augen. Er war gern bereit, jede Unannehmlichkeit auf sich zu nehmen, wenn sie den Humor und das sonnige Temperament des Obersts aus der Vergangenheit wiederbelebte. Krankheiten des Geistes waren wesentlich schwerer zu heilen als die des Körpers, und obwohl die Schulter des Obersts wegen seiner Jugend und sonstigen Gesundheit rasch verheilt war, so schien er doch immer noch bedrückt – weil er nur eine Zukunft aus Langeweile und Pflichterfüllung vor sich sah, in der es keine Abwechslung mehr gab.

Während Seine Lordschaft sich wusch und ein frisches Hemd und seine Reithosen aus Wildleder anzog, brachte Walter das ältere Ehepaar unten im Haus auf Trab und ließ die beiden zwischen Hühnerhaus, Vorratskammer und Herd hin und her keuchen. Eier wurden aufgetrieben, zusammen mit einer Seite Speck, und Walter befand das Bier als erträglich. Als Lord Rutherford sich von seinem Frühstück in dem hastig gesäuberten Speisezimmer erhob, tat er das in der Hoffnung, hier wenigstens ein Ventil für seine ruhelose Energie zu finden – eine würdige Aufgabe, die den so heiß ersehnten Sinn in sein Leben brächte. Er hatte nicht erwartet, sein Erbe erst instand setzen zu müssen, als er sich nach Cornwall aufmachte; und wenn er die Absicht hatte, es in dem augenblicklichen Zustand der Vernachlässigung zu belassen, würde es auch den zukünftigen Reichtum des Herzogs von Keighley kaum mindern. Doch die Leidenschaft des Soldaten für Ordnung fand die Verwahrlosung seines Besitzes unerträglich.

Am frühen Nachmittag summten das Dorf und das umliegende Land von Neuigkeiten. Die junge Mary Pendragon und die kleine Sally Harper halfen im Herrenhaus der alten Martha Perry, die Zimmer in Ordnung zu bringen. Botschaften waren verschickt worden, um Jonas Williams, den Anwalt in Fowey, der Verwalter von Matthew Mallorys Besitz war, herbeizuzitieren. Angeblich sei Jonas ziemlich ungehalten gewesen, nachdem er die Botschaft gelesen hatte, über deren scharfen Ton. Bill Wiley, der sich weniger als halbherzig um die Stallungen von Mallory-Haus gekümmert hatte, war vom Burschen Seiner Lordschaft zurechtgewiesen worden und musste sich daran machen, das Gebäude so gründlich zu säubern, als sei es ein königlicher Haushalt.

Nachdem Damian den Morgen damit verbracht hatte, Befehle zu erteilen und den langsamen Perrys und auch sonst jedem, der das Pech hatte, sein Missfallen zu erregen, eine Heidenangst einzujagen, entschloss er sich, die Dinge ihren Lauf nehmen zu lassen. Er hatte die Absicht, dem ganzen Durcheinander von Staubwolken, die die Dorfmädchen mit ihren Besen und Tüchern aufwirbelten, zu entfliehen und auf dem Rücken von Saracen den Besitz zu erkunden. Wie erwartet, so fand er auch hier allenthalben liederliche Vernachlässigung: Zäune waren zerbrochen, Felder lagen brach, Gärten wucherten vor sich hin. Man würde eine ganze Armee brauchen, um alles wieder zu richten, und einen verlässlichen Verwalter, der die Sache überwachte – es sei denn, er übernähme das selbst. Wie konnte Matthew nur alles so verkommen lassen, grollte er seinem Cousin und hielt an einem Bach voll Entengrütze an, um sein Pferd zu tränken.

Eine Bewegung in den Büschen und ein Hauch roter Farbe erregten seine Aufmerksamkeit. »Wer ist da?«, rief er. Matthew Mallory hatte vielleicht Eindringlinge geduldet, und in dem Zustand, in dem der Besitz sich derzeit befand, spielte es wohl kaum eine Rolle, wer über seinen Grund und Boden wanderte; doch Mallory-Haus hatte jetzt einen neuen Besitzer, und wenn erst einmal die Zäune und die Felder wieder in Ordnung waren, würde es kein Willkommen geben für Menschen, die hier nichts zu suchen hatten. Den Leuten von Landreth sollte ruhig so bald wie möglich diese Tatsache bekannt werden. Schweigen antwortete ihm auf seine Frage, und nichts rührte sich mehr. Lord Rutherford stieg vom Pferd und ging entschlossen auf die Stelle zu.

»Ich b-bitte um Entschuldigung, Sir!«, stammelte eine Kinderstimme, die Büsche teilten sich und gaben den Blick frei auf einen Jungen von ungefähr elf Jahren. »Sind Sie Lord Rutherford?«

»Mein Ruf scheint mir vorausgeeilt zu sein«, meinte Seine Lordschaft. »Und wer bist du?«

Der Junge war gekleidet wie ein Dorfkind, mit einem roten Hemd und Hosen aus Kammgarn, die er bis über die Knie hochgerollt hatte. Seine Beine und Füße waren nackt. Aber er sprach so wohlerzogen und gebildet wie Lord Rutherford selbst.

»Rob, Sir«, antwortete der Schlingel.

»Das klingt ziemlich allgemein. Rob wer?«

Der Junge biss sich auf die Lippe und runzelte seine sommersprossige Nase. »Ich sollte eigentlich nicht hier sein«, erklärte er. »Aber es ist wirklich die beste Stelle für Forellen. Drei habe ich schon.« Er hob ein Netz aus dem Fluss und zeigte Damian stolz seine braungefleckte Beute. »Merrie hat nichts dagegen«, plapperte er weiter, »aber Hugo ist so muffelig und prüde, er wird nicht aufhören zu zetern. Ich sehe wirklich nicht ein, dass er das tut – denn Merrie ist mein Vormund und nicht er!«

»Also ganz kann ich dir nicht folgen, Kind!« Damian setzte sich ins Gras. »Ich verstehe ja deine Schwierigkeiten mit – äh, Hugo, nicht wahr? Muffelig ist eine ziemlich klare Beschreibung, aber wer sind diese Leute und wer bist du?«

»Sie werden nicht verraten, dass Sie mich gesehen haben?«

»Niemals würde ich einen Wilderer hinhängen«, versicherte Damian ihm ernst, und Rob lachte leise.

»Ja, Wilderei ist es schon, aber in diesem Bach hat seit Jahren niemand mehr gefischt. Möchten Sie es einmal versuchen, Sir?«

»Vielleicht später. Obwohl man mir wohl kaum vorhalten könnte, dass ich meine eigenen Forellen wildere, Rob – wie?«, meinte er.

»Trelawney.« Rob zuckte mit den Schultern und setzte sich

dann neben Seine Lordschaft an das Ufer. »Meine Eltern sind tot, und es sind nur noch Merrie und Hugo und Theo und ich übrig von den Trelawneys, und Merrie ist auch gar keine Trelawney mehr. Sie heißt jetzt Blake, obwohl«, seine Stimme wurde leiser, »sie eigentlich nie eine Blake war – nicht einmal, als Sir John noch lebte. Einmal ein Trelawney, immer ein Trelawney, das hat Papa immer gesagt, und es stimmt auch! Bis auf Hugo. Er ist ganz und gar nicht wie wir andern. Er möchte die heiligen Weihen, obwohl Merrie sagt, es ist Unsinn, dass ein Trelawney in die Kirche eintritt und dass es absurd ist, wenn er glaubt, er wird weniger eine Last sein, wenn er sich bei Cousine Sybil in Dorset einquartiert. Sie sagt, ein Trelawney sollte *niemals* in Dorset leben, und sie wird nicht erlauben, dass Hugo sich opfert, nur weil die Umstände ein wenig angespannt sind. Sie sagt, wir werden es schließlich doch schaffen.« Die letzten Worte hatte er mit äußerster Überzeugung ausgesprochen, während Damian sich bemühte, die Fäden seines lapidaren Berichts zu entwirren.

»Merrie, nehme ich an, ist deine verheiratete Schwester und zusätzlich dazu noch dein Vormund?«

»Ja, aber sie ist nicht mehr verheiratet. Sir John fiel nämlich von seinem Pferd. Es war ein wirklicher Knochenbrecher, und Merrie hat gesagt, er hätte sich niemals in seinem Zustand daraufsetzen dürfen. Ich glaube, sie meinte damit, dass er betrunken war – wie so oft.« Seine Lordschaft wurde der Notwendigkeit einer Antwort enthoben, denn der Junge sprach fröhlich weiter. »Auf jeden Fall hat er sich bei der Jagd den Hals gebrochen und Merrie mit einer Menge Schulden zurückgelassen – und noch mit Hugo und Theo und mir, um die sie sich kümmern muss. Ich habe gesagt, ich würde nicht mehr zurück nach Harrow gehen, wenn das für sie leichter wäre, aber sie will nichts davon hören«, fügte Rob bedrückt hinzu. »Sie wurde dann auch ziemlich muffelig.«

»Das kann ich mir gut vorstellen«, murmelte Rutherford und empfand eine gewisse Sympathie für die geheimnisvolle Merrie, die Vormund dieses jugendlichen Tunichtguts war. »Merrie ist ein ungewöhnlicher Name.«

»Sie heißt in Wirklichkeit Meredith«, erklärte Rob. »Unsere Mama war eine Meredith, und es ist Tradition, dass der Erstgeborene der Mereditbs den Namen als Vornamen erhält. Doch meistens ist der Erstgeborene ein Junge. Der Name klingt nur ungewöhnlich bei einem Mädchen.«

»Richtig«, stimmte Seine Lordschaft ihm zu, weil ihm diese Logik einleuchtete. »Und Hugo und Theo sind deine Brüder?«

»Ja. Hugo studiert in Oxford, und Theo und ich sind in Harrow. Weil es weniger kostet, sagt Hugo, will er Priester werden – denn wenn er das tut, hat Cousine Sybil angeboten, für ihn zu sorgen, und wenn er die Weihen empfangen hat, will sie ihm in einer Schenkung ihre Pfründe überlassen. Er wird zuerst einmal als Vikar arbeiten müssen, weil der augenblickliche Inhaber der Pfründe noch nicht tot ist, aber er ist schon recht alt – also dürfte Hugo bald Pfarrer werden!«

»Aber deine Schwester hat etwas dagegen?«

»Ja, ganz viel!« Rob kletterte die Uferböschung hinunter zum Wasser, dort legte er sich auf den Bauch und steckte den Arm bis zum Ellbogen in das kühle Nass. Es herrschte Schweigen, nur gestört von dem stetigen Summen einer Honigbiene, während Lord Rutherford mit belustigtem Interesse zusah, wie der Junge zur Bewegungslosigkeit erstarrte und sich auf seinen Kampf mit der nächsten Forelle konzentrierte. Die Szene erinnerte Seine Lordschaft angenehm an seine eigene Kindheit, an lange Sommer, die er in Rutherford Abbey verbracht hatte und in denen er genau dasselbe trieb wie diese liebenswerte Rübe jetzt. Rutherford vergaß vollkommen seine Absicht, Eindringlinge auf seinem Grund zu vertreiben.

Der Julinachmittag hatte eine gewisse rosige Patina erhalten, er fühlte sich angenehm faul. Robs Geschichte hatte in ihm den lebhaften Wunsch geweckt, den Rest der Familie Trelawney kennen zu lernen, ganz besonders die so eigenwillig getaufte Merrie. Wahrscheinlich nahm sie den Platz ein, den die hiesige Gesellschaft ihr zu bieten hatte, es sei denn, sie war erst seit kurzem verwitwet. Aber der Junge trug kein Trauerband, und seine Art, von seinem verstorbenen Schwager zu reden, ließ irgendwie nicht darauf schließen, dass dieser erst kürzlich das Zeitliche gesegnet hatte. Damian war selbst überrascht, als er sich leise lachen hörte. Er hätte den Jungen gern danach gefragt; aber es wäre eine Gemeinheit, die Konzentration des Jungen jetzt zu stören, ganz zu schweigen davon, dass er dann sein anvisiertes Opfer aufgeschreckt hätte. Deshalb zog er sich vorsichtig zurück und wandte Saracen dem zu, was er als sein augenblickliches Zuhause ansah.

Eine knochige kastanienbraune Stute stand im Stallhof, ein offensichtlich bedrückter junger Wiley hielt ihre Zügel.

»Wem gehört sie?«, fragte Seine Lordschaft und schwang sich aus dem Sattel.

»Junker Barrat, M'lord.« Die Antwort kam sofort. »Er ist oben im Haus, zu einem Besuch.«

»Bei wem?« Rutherford lüftete seine Brauen, als er ihm die Zügel von Saracen reichte.

»Nun ja, bei Ihnen, M'lord«, stotterte Bill, erstaunt über diese eigenartige Frage.

»Aber ich bin doch gar nicht da«, gab Seine Lordschaft zu bedenken.

»Ich glaube, er wartet auf Sie, M'lord.«

»Ah, das ergibt einen Sinn.« Lord Rutherford bedachte den Stalljungen mit einem gütigen Lächeln. »Warum bindest du die Stute nicht im Schuppen an? Dann könntest du deine ganze Aufmerksamkeit meinem Pferd widmen.« Mit einem kurzen Nicken des Kopfes wandte er sich um und ging mit großen Schritten zum Haus.

Sir Algernon Barrat stand in dem frisch geputzten Wohnzimmer und fühlte sich sehr unbehaglich. Wenn es ihm überlassen gewesen wäre, hätte er sich seinem neuen Nachbarn nicht so übereilt aufgedrängt; aber Patience zeigte nur wenig Geduld und hatte ihrem Ehemann erklärt, dass es sich für ihn als führendes Mitglied des örtlichen Adels geziemte, Lord Rutherford so bald wie möglich willkommen zu heißen. Zufällig würde morgen der Jagdball stattfinden. Es wäre eine perfekte Gelegenheit für den Lord, die Bekanntschaft seiner vornehmen Nachbarn zu machen; deshalb war Sir Algernon mit der Einladung losgeschickt worden, vor dem Ball in South Hill mit ihnen zu dinieren. Bälle und Abendessen waren meistens nervtötende Angelegenheiten, überlegte Sir Algernon zögernd – doch sie konnten eine echte Zumutung sein, wenn ein Mann ein solches Chaos zu bewältigen hatte. Und was ein Lord, der frisch aus der Londoner Gesellschaft kam, hier bei den Leuten vom Land, die Lady Barrat ihm präsentieren wollte, anziehend finden sollte, konnte sich Sir Algernon nicht vorstellen. Aber seine Lady war übermächtig, und der Auftrag musste ausgeführt werden. Sir Algernon hatte allerdings bei sich bereits einen sanften Hinweis formuliert, dass in Wirklichkeit niemand von Lord Rutherford erwartete, unter diesen Umständen an dem Ball teilzunehmen – und er würde gern die Entschuldigung Seiner Lordschaft an Lady Barrat weiterleiten.

Daher war der Junker überrascht und Lady Barrat bestimmt entzückt, dass Lord Rutherford die Einladung spontan annahm. Doch keiner von beiden brachte es, zum Glück für die gute Nachbarschaft, fertig, in den Kopf Seiner Lordschaft zu schauen, wo die trostlose Aussicht auf einen Abend in langweiliger Geistlosigkeit mit dem Bewusstsein kämpfte, dass er wahrscheinlich nur so die Trelawneys kennen lernen und auch nur so diskrete Nachforschungen über die Schmuggler anstellen konnte. Sir Algernon, der zu seiner ungeduldig wartenden Frau zurückkehrte, beschrieb Seine Lordschaft als einen anständigen Kerl, der keine großen Umstände machte, und der Sherry aus dem Keller des alten Mallory hatte ihn auch versöhnt mit all den Mühen.

»Warum musst du nur immer so ohne jeglichen Schick aussehen, Merrie?« Rob fasste am nächsten Abend seine Schwester kritisch ins Auge. »Das war doch ganz anders, als Sir John noch lebte.«

»Damals war ich eine leichtfertige junge Frau, Rob.« Meredith betrachtete sich in dem Spiegel über dem Kaminsims und schob eine vorwitzige Strähne ihres kastanienbraunen Haares in den strengen Knoten in ihrem Nacken. »Ich bin eine ernste Witwe geworden, mit einer Menge Verantwortung, und dementsprechend muss ich mich kleiden.«

»Unsinn!« Theo blickte von dem Stück Holz auf, an dem er schnitzte. »Rob hat Recht. Du brauchst nicht nur in abschreckendem Grau und Braun zu erscheinen. Stimmt's, Hugo?«

Sein älterer Bruder, den er angesprochen hatte, dachte über die Frage nach. »Es wäre nicht anständig, wenn Merrie sich in leuchtende Farben oder sonstwie frivol kleiden würde«, erklärte er. »Und ich finde es nicht höflich von euch zu behaupten, sie hätte keinen Schick und würde abschreckend aussehen. Sie kleidet sich mit Anstand, so wie es sich für ihre Situation schickt.«

»Danke, Hugo.« Meredith lächelte die beiden Jüngeren an, die ihren Bruder mit unverhülltem Abscheu betrachteten. »Ich weiß eure Fürsorge zu schätzen, meine Lieben, aber wir müssen uns den Umständen beugen. Und außerdem«, sie lachte leise, »müsst ihr zugeben, dass es sich gar nicht lohnt, mich heute Abend anzustrengen. Wen sollte ich denn bezaubern? Den jungen Peter Foxmoore? Er wäre eine begehrenswerte *Partie,* wenn ich darauf aus wäre, Minderjährige zu verführen und jeden Tag meines Lebens auf die Jagd zu gehen. Oder vielleicht Sir Giles? Also, das wäre vielleicht ein Gedanke«, sinnierte sie laut. »Er kann nicht älter als sechzig sein, und seine Laune wird nur ein wenig von der Gicht beeinflusst.«

»Da ist doch jetzt Lord Rutherford«, unterbrach Rob sie unerschütterlich. »Er hat das richtige Alter und gefällt mir.«

»Also, wo hast du denn Lord Rutherford angetroffen?«, wollte Merrie wissen, als ihr kleiner Bruder voller Schuldgefühl errötete.

»Am Withy Bach«, murmelte Rob. »Ich habe Forellen gefangen. Und du brauchst mich nicht auszuschimpfen, Hugo, denn Lord Rutherford hatte gar nichts dagegen, und wir haben uns lange unterhalten.«

»Über die Trelawneys, wette ich.« Merrie seufzte. »Ich kann mir denken, dass Lord Rutherford jetzt bis in alle Einzelheiten über unsere Familiengeschichte informiert ist.«

»Er wollte es wissen«, protestierte Rob. Seine Vorliebe für unkritische, unerbetene Mitteilungen an alle wurde normalerweise stirnrunzelnd hingenommen; doch in diesem Fall war er entschlossen, sich zu verteidigen.

»Ja, Rob!« Merrie schüttelte in gespielter Verzweiflung den Kopf. »Zweifellos faszinierte ihn deine Chronik. Allerdings halte ich es für sehr unwahrscheinlich, dass er die bescheidene Soiree, die wir zu bieten haben, mit seiner Anwesenheit beehren wird – für den Erben des Herzogs von Keighley ist das alles finsterste Provinz. Und wenn man dem Klatsch im Dorf glauben kann, dann ist er ein noch schlimmerer Griesgram als Matthew Mallory – also, je weniger wir von ihm zu sehen bekommen, desto glücklicher können wir uns schätzen.«

»Er ist ganz und gar nicht wie Lord Mallory«, behauptete Rob, »sondern jung und sieht gut aus und ...«

»Und ist reich«, unterbrach Theo ihn mit einem Grinsen. »Ein perfekter Fang für dich, Merrie! Denke doch nur, all deine Schwierigkeiten wären mit einem Schlag ausgeräumt.«

»Dein Übermut ist höchst unangebracht, Theodore«, schalt Hugo ihn. »Und mehr als unpassend. Obwohl ich auf die Trelawneys als eine uralte und respektable Familie in diesem Land nichts kommen lasse, so würde ein Keighley diese Verbindung wohl kaum für angemessen erachten.«

Seine Zuhörer brachen in lautes Lachen aus, als er seine würdevolle Rede beendet hatte.

»Hugo, du bist ein Esel«, keuchte Theo. »Ich habe doch nur Spaß gemacht. Kannst du dir Merrie als eine Herzogin vorstellen?«

»Das reicht jetzt!« Meredith versuchte, die Ordnung wieder herzustellen. »Da ich die Wahrscheinlichkeit, Lord Rutherford kennen zu lernen, als sehr gering ansehe, wäre ich euch dankbar, wenn ihr das Thema jetzt beenden würdet. Ich habe absolut nicht die Absicht, irgend jemanden zu heiraten, und bin dir sehr verbunden, Rob, wenn du endlich damit aufhörst, mich verkuppeln zu wollen.« Sie entschärfte ihre Worte durch ein Lächeln und zupfte an seinem Haar; doch alle drei wussten sehr wohl, dass ihre Schwester meinte, was sie sagte, und es empfahl sich nicht, ihren Ärger heraufzubeschwören.

In diesem Augenblick wurde die Doppeltür des Wohnzimmers geöffnet, und eine dicke, breitschultrige Gestalt in Hosen und einer grünen Schürze betrat den Raum. »Ihre Pferde sind jetzt vom Feld zurück, Lady Merrie. Jem wird in fünf Minuten den Wagen bringen.«

»Danke, Seecombe.« Meredith nahm ihren Umhang vom Sofa. »Ich fühle mich ein wenig schuldig, weil die Pferde jetzt auch noch am Abend arbeiten müssen, wo sie doch schon den ganzen Tag auf dem Feld gewesen sind. Vielleicht sollte Jem den Wagen gleich zurückbringen, sobald er mich in South Hill abgesetzt hat. Sicher kann ich mit den Abbotts nach Hause fahren. Für sie ist es kein großer Umweg.«

»Das kannst du nicht, Merrie«, protestierte Theo, »so schäbig auftreten. Es ist schon schlimm genug, wenn jeder weiß, dass wir keine Kutschpferde haben – aber man braucht nicht auch noch die Aufmerksamkeit aller darauf zu lenken.«

»Nun, wenn ich nichts dagegen habe, dann kann ich mir nicht vorstellen, warum du etwas dagegen haben solltest«, gab seine Schwester zurück. »Wir dürfen die Pferde nicht überarbeiten, nur um so zu tun, als seien wir wer! Selbstverständlich schicke ich Jem nach Hause.« Mit diesen Worten machte Lady Blake sich auf den Weg und ließ ihre Brüder zurück, von denen zwei den dritten mit bösen Blicken bedachten, unter denen er sich unbehaglich wand.

»Wenn du das nicht gesagt hättest, Theo, dann würde sie nicht darauf beharren, die Pferde nach Hause zu schicken«, erklärte Hugo.

»Nein«, stimmte Rob ihm zu, der ausnahmsweise die Meinung seines älteren Bruders teilte. »Du weißt doch, wie unvernünftig böse sie wird, wenn sie denkt, wir würden uns über unsere Armut beklagen.«

»Tut mir Leid«, meinte Theo unnachgiebig. »Aber ich habe mich nicht wirklich beklagt, sondern nur eine Tatsache erwähnt. Merrie ist manchmal überempfindlich.«

»Das ist sie nicht!« Rob, der es nicht ertragen konnte, wenn jemand an seiner Schwester herummäkelte, fuhr Theo an, und Hugo, nachdem er versagt hatte, den Jungen mit Worten aufzuhalten, griff zu Methoden, die wirkungsvoller und natürlicher waren.

Meredith sank in die zerschlissenen Lederpolster der

schweren, altmodischen Kutsche, die von den beiden Karrenpferden gezogen wurde und die über den schlecht gepflasterten Weg nach South Hill holperte. Obwohl sie über die Vorwürfe ihrer Brüder, abscheulich auszusehen und ohne jeglichen Schick, gelacht hatte, gab es doch Augenblicke, in denen sie ihre triste Verkleidung bedauerte – Momente, in denen sie noch einmal von Eleganz und Lebenslust träumte, wie in den Jahren vor und während ihrer kurzen Ehe. Bei Lichte besehen könnte sie sich noch immer ein wenig modischer kleiden, trotz ihrer angespannten finanziellen Lage. Seide, Satin und Spitze waren für einen Schmuggler leicht zu bekommen, und Nan konnte gut schneidern; doch es war wichtiger, als sorgenbeladene, verarmte Witwe aufzutreten, die ihre Verantwortung tapfer trug, als sich der Eitelkeit hinzugeben. Niemand, nicht einmal in ihren wildesten Phantasien, würde vermuten, dass der Schmuggler, der mit der Küstenwache Katz und Maus spielte und zur Zufriedenheit aller Betroffenen ertragreiche Geschäfte arrangierte, Lady Meredith Blake war – mit ihren düsteren Kleidern und dem Benehmen einer Maus.

Die Kutsche hielt vor dem quadratischen soliden Bau von Sir Algernon Barrats South Hill an. Bis zu Sir Johns Tod waren die Blakes die anerkannten Häupter der Gemeinde gewesen, sowohl durch Abstammung als auch aufgrund ihres Besitzes. Jetzt fiel den Barrats diese Ehre zu, und Lady Barrat achtete gewissenhaft darauf, ihrer entthronten Nachbarin jegliche Aufmerksamkeit angedeihen zu lassen – eine Tatsache, bei der Merrie die Zähne zusammenbeißen musste. Sie konnte jedoch die gütige Fürsorge nicht zurückweisen, ohne unhöflich zu erscheinen und ungewollte Teilnahme auf sich zu lenken. Demzufolge gehörte sie auch zu der ausgewählten Gruppe, die eingeladen worden war, vor dem Ball in South Hill zu Abend zu essen.

»Meredith, meine Liebe!« Patience Barrat eilte durch den

Salon, um ihren Gast zu begrüßen. »Wie gut Sie aussehen!« Freundlicherweise verkniff sie sich eine scheinheilige Bemerkung über Merediths Kleid aus braunem Kammgarn, das altmodische Schultertuch und die offensichtlich gestopften Baumwollhandschuhe. Sie erinnerte sich an eine Zeit, als alle die Kleider von Lady Blake beneideten – doch es fiel ihr schwer, sich das jetzt noch vorzustellen. Das arme Geschöpf befand sich durch ihre Witwenschaft mit den vielen Schulden und der Verantwortung für diese drei großen Jungen ziemlich am Boden.

»All unsere guten Freunde sind hier, meine Liebe, also werden Sie sich sehr wohl fühlen«, versicherte sie Meredith und zog sie mit sich. »Wir haben übrigens eine Novität heute; Lord Rutherford hat freundlicherweise Sir Algernons Einladung akzeptiert, sich uns anzuschließen. Ich denke zwar nicht, dass eine von euch jungen Damen seine Aufmerksamkeit auf sich ziehen wird, aber ganz bestimmt werden einige Herzen im Dorf schneller schlagen.«

»Ja, das glaube ich auch«, murmelte Merrie und senkte den Blick, um ihren Ärger zu verbergen. Sie hätte das braune Kleid heute Abend nicht zu tragen brauchen. Ihr grünes Seidenkleid war, auch wenn es bessere Tage gesehen hatte, bei weitem nicht so unelegant. Doch dann ermahnte sie sich, nicht so albern zu sein. Rob mochte diesen Mann vielleicht, aber was für ein Interesse sollte sie an einem Lebemann aus London haben? Außerdem war sie wohl kaum in der Stimmung, sich einem Flirt hinzugeben – wie harmlos er auch sein mochte.

Gerade unterhielt sie sich höflich mit der älteren Isabelle Carstairs, als der Butler lauthals Lord Rutherford ankündigte. Der Schauder der Erregung, der sich allgemein ausbreitete, war nicht zu leugnen. Merrie fühlte einen Anflug von Verlegenheit, als Patience um ihn herumflatterte und immer wieder ausrief, wie sehr Seine Lordschaft ihr bescheidenes Heim beehrte und sie hoffte, dass ihn die Gesellschaft der einfachen Landmenschen nicht langweilte. Wie Lord Rutherford darauf angemessen antworten sollte, konnte Meredith sich nicht vorstellen. Es war beinahe wie die Antwort auf die Frage: »Haben Sie damit aufgehört, Ihre Frau zu malträtieren?«, und sie beobachtete seine Reaktion voller Interesse. Er wand sich geschickt heraus, indem er sich tief über die Hand seiner Gastgeberin beugte. Meredith musste zugeben, dass er wirklich sympathisch war.

Seine Abendkleidung passte ebenfalls zu dem Anlass: lange schwarze Hosen mit einem Steg unter den Schuhen, ein schwarzer Rock ohne Verzierungen, aber ausgezeichnet geschnitten, und eine schlicht gebundene Krawatte, womit er die modischen jungen Stutzer um sich herum verblassen ließ. Das dunkelbraune Haar war ordentlich gebürstet, ohne jegliche Künstlichkeit. Meredith revidierte ihre Meinung. Was auch immer Lord Rutherford sein mochte, ganz sicher gehörte er nicht zu den Lebemännern.

Sie senkte schnell den Blick und wandte sich wieder Mrs. Carstairs zu. Patience stellte Seine Lordschaft den Leuten vor, von denen sie annahm, sie würden ihn vielleicht interessieren. Irgendwann wäre auch Meredith an der Reihe; doch die ein wenig ärmlich wirkende Witwe stand auf der Liste der wichtigen Persönlichkeiten ganz weit unten.

3

»Meredith, darf ich Ihnen Lord Rutherford vorstellen!« Endlich kam diese Bemerkung. Merrie wandte sich von Mrs. Carstairs ab, um sich zu verbeugen und ihm ihre behandschuhte

Rechte zu reichen. Die gestopfte Stelle an der Seite entging dem Blick Seiner Lordschaft nicht, auch wenn sie sehr ordentlich ausgeführt worden war.

»Lady Blake«, murmelte er als Antwort auf die Vorstellung. »Ihr Diener, Ma'am!« Seine Lippen hauchten in die Luft über der schmalen Hand, die er hielt. Dieses triste Geschöpf hatte leider wenig gemeinsam mit dem unbekümmerten Naseweis Rob Trelawney. Damian hatte sich gemäß dem fröhlichen Geplapper ihres Bruders ein Bild von Meredith Blake gemacht. Aber dieses entsprach nicht so ganz der Wirklichkeit. Übrigens vermochte er das Bild gar nicht genauer zu überprüfen, da sie nicht in der Lage zu sein schien, den Blick von der Musterung seiner Schuhe zu heben. Ihre Stimme war nur ein Flüstern. Ihre Figur erschien ihm ganz angenehm, so weit man das unter den weiten Falten dieses entsetzlichen Kleides feststellen konnte; und ihr Haar wies eine recht hübsche Farbe auf, als ein Strahl der Abendsonne sich hereinstahl – auch wenn sie es zu einem matronenhaften Knoten hochgesteckt hatte.

»Hmm ... Haben Sie, Mylord ... ich meine, ich hoffe ...« Das leise Flüstern verstummte, ihr Fächer wedelte heftig, und ihre Abendtasche fiel zu Boden.

Rutherford bückte sich, um sie aufzuheben. »Was sagten Sie, Lady Blake?«, fragte er gelangweilt. Benahm sie sich immer so lächerlich? Oder lag etwas anderes hinter dieser Zurschaustellung übergroßer Nervosität? Vielleicht war sie es nicht gewöhnt, von Männern angesprochen zu werden? Sie kam ihm vor wie ein Huhn ohne Kopf, als sie ihren Dank heraussprudelte und ihm ihre Tasche abnahm, sich dann noch einmal verbeugte und dabei den Blick weiterhin gesenkt hielt.

»Sehr freundlich«, murmelte Lady Blake. »Es war nicht so wichtig.«

Seine Lordschaft bezweifelte das, doch die Regeln seiner Erziehung verlangten eine höfliche Antwort. Nach einer neuerlichen Ermunterung flüsterte die Lady, dass sie hoffte, es würde ihm in Cornwall gefallen.

»Nicht besonders komfortabel, Ma'am«, gestand er unverblümt und fragte sich, wie er sich wohl am besten dieser gestelzten Unterhaltung entziehen konnte.

Arroganter Bock!, dachte Merrie und hob eine Sekunde lang den Blick. Ihre Augen hatten die Farbe von Enzian, ein tiefes Blauviolett, und ihr unwilliges Aufblitzen verblüffte Seine Lordschaft. Doch dann senkte sie den Blick abermals auf seine Schuhe und murmelte etwas Unverständliches. Rutherford befand, dass dieses klägliche Geschöpf sicher gar nicht in der Lage war, ein so positives Gefühl wie Unwillen zu empfinden. Er warf Lady Patience einen flehenden Blick zu, und seine Gastgeberin kam zu seiner Rettung mit der Anweisung, dass er sie zum Essen führen sollte.

Meredith, die den sehr tauben, doch umso lauteren Admiral Petersham zum Tischherrn hatte, war während des Essens die meiste Zeit sich selbst überlassen – ein Umstand, der ihr gefiel, weil so die Möglichkeit bestand, alles zu beobachten. Lord Rutherford verhielt sich sehr männlich, doch es lag mehr als nur ein Anflug von Ungeduld um seinen entschlossenen Mund. Sie entdeckte einigen Humor in seinen Mundwinkeln, wenn er sich zwischenzeitlich mal kurz entspannte, und die grauen Augen unter ausdrucksstarken Brauen blickten bemerkenswert intelligent. Auch wenn man ihn nicht gerade hübsch nennen konnte, überlegte Meredith, so würde er doch ganz gut aussehen, wenn er diesen Blick der kaum verhüllten Langeweile ablegte. Doch das schien sehr unwahrscheinlich. Lord Rutherford machte keine Anstalten, in der momentanen Situation etwas zu suchen, das seine Aufmerksamkeit oder Belustigung erregte – ein Umstand, so entschied Meredith, für den er ganz allein verantwortlich war. Kraftlose Aristokraten, die das Leben auf dem Land wenig komfortabel fanden, sollten in dem gepolsterten Luxus bleiben, in den sie gehörten. Merrie hatte gar nicht bemerkt, dass sie dem Subjekt ihrer Überlegungen geradewegs ins Gesicht starrte. Sie war so daran gewöhnt, bei Zusammenkünften dieser Art ignoriert zu werden, dass sie sich eigentlich unsichtbar fühlte und meistens keine Vorsicht walten ließ. Diesmal stellte sich das als Fehler heraus.

Lord Rutherford, der den Blick von dem zu lange gekochten Wild auf seinem Teller hob und verzweifelt nach einem neuen Thema für die Unterhaltung suchte, sah wieder in diese Enzianaugen, umrahmt von langen, gebogenen Wimpern. Es bestand keinerlei Zweifel an der Kritik in diesem Blick oder daran, dass der Besitzerin dieser Augen nicht gefiel, was sie sah. Mit einem unangenehmen Zusammenzucken erkannte Seine Lordschaft den Gegenstand ihres Abscheus. Er sah sich um, doch die Wahrheit ließ sich nicht leugnen. Lady Blake schaute ihn an und nur ihn. Noch immer erschrocken bemerkte er einen breiten, humorvollen Mund über einem kantigen kleinen Kinn, ehe sie den Kopf wandte und auf eine Bemerkung ihres Tischnachbarn antwortete – wieder ertönte ihr nervöses Kichern. Sicher bildete er sich das alles nur ein? Was konnte diese unscheinbare Maus wohl dazu veranlassen, ausgerechnet *ihn* mit solcher Ablehnung zu betrachten? Es nähme ihn nicht wunder, wenn sie von der Welt noch nicht mehr gesehen hätte als die Straße nach Fowey! Nach dem Essen, so entschied er grimmig, würde er ein weiteres Gespräch mit der Lady suchen, und wenn sie irgendwie frech reagierte, täte ihr das sicher bald sehr Leid.

Meredith, die nichts von der Aufmerksamkeit ahnte, die sie erregt hatte, war sich nur ihrer eigenen Langeweile bewusst. Es schien eine Ewigkeit zu dauern, ehe das Geschirr abgeräumt wurde, die Damen sich in den Salon zurückzogen und die Herren ihrem Portwein überließen. Doch als sie vom

Tisch aufstand, bemerkte sie einen harten Blick, der mehr als nur einen Anflug von Verwirrung sowie einen deutlichen Blitz von Verärgerung enthielt. Aus irgendeinem Grund hob sie das Kinn und schoss entsprechend zurück. Seine Lordschaft runzelte die Stirn, dann wandte er sich wieder seiner Gastgeberin mit einem Kompliment für den Portwein zu; Merrie rannte förmlich aus dem Raum. Einen Moment lang dachte sie daran, Kopfschmerzen vorzuschützen oder sogar eine Ohnmacht – obwohl sie keine Ahnung hatte, wie man das bewerkstelligte –, um dem Rest des Abends zu entfliehen; doch dann fiel ihr wieder ein, dass sie Jem und die Pferde nach Hause geschickt hatte und auf die Freundlichkeit anderer angewiesen war für den Rückweg. Sie konnte nicht erwarten, dass ihr jemand seine Pferde zur Verfügung stellte, nur um sie vorzeitig heimzubringen; bestimmt wären einige dazu bereit. Trotz der allgemeinen Langeweile hielt man doch freundlich zusammen.

Der Salon füllte sich schnell mit denjenigen Mitgliedern des Adels, die die Einladung zum Tee nach dem Essen erhalten hatten. Meredith stellte fest, dass sie sich sehr gut in der Menge verstecken konnte, und als die Gentlemen wieder auftauchten, war sie in offensichtlich angeregter Unterhaltung versunken mit ihren bevorzugten Bekannten, den Matronen, deren Themen immer sicher und vorhersehbar waren und in deren Gesellschaft sie es sich erlauben konnte, ihren Gedanken freien Lauf zu lassen, während die Gespräche in altbekannten Bahnen dahinplätscherten.

Damian beobachtete sie, wann immer es ihm möglich war, ohne dass es jemandem auffiel. Ihre schlanke Gestalt hatte etwas merkwürdig Bekanntes. War es einfach nur die Familienähnlichkeit mit dem jungen Rob? Die Augen und die Sommersprossen auf ihrer Nase gehörten sicher zu den geschwisterlichen Merkmalen. Aber das meinte er nicht. Er schüttelte den Kopf, als wolle er seine Gedanken klären, um sich besser zu erinnern.

Die Töne der Musiker, die ihre Instrumente stimmten, das Knirschen der Räder und das Klappern der Hufe auf der mit Kies bestreuten Einfahrt, die übermütigen Stimmen der jungen Männer und Mädchen von Landreth, die gekommen waren, um den Ball zu genießen, zog die Gesellschaft vom Salon in den Ballsaal, der im hinteren Teil des Hauses lag. Meredith suchte sich zusammen mit den Anstandsdamen einen Platz an der Wand; ihre gefalteten Hände in den Handschuhen lagen in ihrem Schoß, ihre Füße waren bewegungslos, trotz der Erregung, die beim Klang der Musik ihren Körper erfasste.

»Lady Blake, darf ich Sie um die Ehre dieses Tanzes bitten?« Die leise Frage überraschte sie; daher vergaß sie ihre übliche Vorsicht und hob den Kopf.

»Ich bin mir der Ehre bewusst, Mylord, aber ich tanze nicht.« Schnell senkte sie den Blick wieder.

»Dann lassen Sie uns miteinander reden«, schlug Rutherford vor. »Oder wollen Sie das auch nicht?«

Meredith sog scharf den Atem ein, dann stieß sie abermals dieses Kichern aus. »Sie müssen mir meine Zurückhaltung verzeihen, Mylord – aber ich fürchte, Sie finden meine Unterhaltung genauso langweilig wie das Leben auf dem Land. Wir sind es bedauerlicherweise nicht gewohnt, Besuche von so hochgestellten Persönlichkeiten zu erhalten, und es überwältigt uns die Ehre, die Sie unserer bescheidenen Gemeinde erweisen!« Ihr Fächer flatterte heftig, als sie sich ihrer Nachbarin zuwandte. »Ist das nicht so, Mrs. Garfield?«

Seine Lordschaft, der sich vorkam wie ein dreister Eindringling, war gezwungen, sich Mrs. Garfields überschwängliche Zustimmung anzuhören.

»Oh, Patience«, begrüßte Meredith ihre Gastgeberin, die gekommen war, um sich zu versichern, dass ihren Gästen es auch an nichts mangelte. »Wir haben gerade Lord Rutherford gestanden, wie sehr er uns mit seiner illustren Anwesenheit schmeichelt.« Und dann schon wieder dieses nervtötende Kichern!

»Ja, wirklich, meine Liebe.« Patience lächelte Meredith freundlich zu und tätschelte ihre Hand. Lord Rutherford stellte fest, dass Lady Blakes albernes Benehmen von ihren Nachbarn fraglos akzeptiert wurde. Warum war er eigentlich davon überzeugt, dass sie allen etwas vormachte? Er kannte die Lady doch überhaupt nicht und war entschieden weniger in der Lage, sie zu beurteilen als ihre Freunde. Er blickte zur Tanzfläche, wo sich die Paare bereits aufstellten.

»Lady Barrat, ich bitte Sie, ein gutes Wort für mich einzulegen! Ich möchte gern mit Lady Blake beginnen, doch sie hat mir erklärt, dass sie nicht tanzt. Ich würde sie nicht drängen, wenn ein Walzer gespielt würde – aber der Kotillon ist doch nichts Außergewöhnliches, oder, Ma'am?« Das Lächeln, das er Patience schenkte, benahm der Lady den Atem, sodass sich ihr sonst etwas strenges Aussehen förmlich verklärte.

»Natürlich, Lord Rutherford«, stimmte sie ihm zu. »Aber Lady Blake ist ein so zurückhaltender Mensch, nicht wahr, meine Liebe?«

Meredith senkte den Kopf und ließ ihren Fächer flattern; sie murmelte etwas vor sich hin, das deutlich machte, wie sehr sie litt.

»Kommen Sie schon, Meredith«, ermunterte Patience sie fröhlich. »Ein Tanz wird Ihnen gut tun! Sie können einen solchen Partner doch nicht abweisen.«

»Ich werde von allen Zuschauern beneidet werden«, flüsterte Merrie.

Heuchlerin!, dachte Rutherford mit einem Anflug von Ärger. Die Menschen erlaubten es sich normalerweise nicht, sich über Oberst Lord Rutherford lustig zu machen; doch dieses schüchterne Veilchen spielte mit ihm wie eine Katze mit der Maus, und nur er schien das zu bemerken. Entschlossen nahm er ihre Hand und zog sie von ihrem Stuhl hoch. Die Geste war diskret genug, dass niemand sie bemerkte bis auf Meredith, die den Mund öffnete und auf der Stelle protestieren wollte, sich jedoch zurückhielt. Allerdings stieg eine leichte Röte in ihre blassen Wangen.

»Kommen Sie«, forderte er sie auf und bot ihr seinen Arm.

Als wäre er der Puppenspieler und sie eine Marionette, folgte Merrie ihm auf die Tanzfläche. Sie spürte die überraschten Blicke, als sie sich zu den anderen Paaren gesellten; doch ihr war nichts eingefallen, diesem aufdringlichen Herren zu entwischen. Auf jeden Fall würde Patience ihr Zögern und Widerstreben bestätigen können. Aber warum verhielt Lord Rutherford sich so? Ihr linkisches Benehmen musste doch seine Verachtung geweckt haben? Oder hatte sich ihre eigene instinktive Ablehnung dieses Mannes, der sich ungeniert so weit über dieser augenblicklichen Gesellschaft einstufte, irgendwie gezeigt? Es hatte diesen Austausch von Blicken am Ende des Abendessens gegeben ... Nein, das war lächerlich. Selbst wenn er so etwas vermuten würde, so würde es Damian, Lord Rutherford, wohl kaum tangieren, dass eine mausgraue, unelegante Witwe ihn nicht mochte. Allerdings, so frohlockte Meredith, würde Seine Lordschaft seine Beharrlichkeit gleich noch bedauern.

Sie war zwar leichtfüßig, stellte Damian fest, bewegte sich mit einer geschmeidigen Anmut, die auch die Falten ihres Kleides nicht verbergen konnten. Diese Anmut war ihm schon zuvor aufgefallen, doch offensichtlich kannte sie die Schritte des Tanzes überhaupt nicht. Sie war nie da, wo sie sein sollte, stieß gegen ihn und ihre Nachbarn mit fröhlicher Sorglosigkeit, trat ihm auf die Füße und entschuldigte sich beiläufig, bis er den Wunsch hatte, sie zu schütteln. Nicht einmal hob sie den Blick von ihren Füßen, obwohl das auch ihre Leistung nicht verbesserte – doch er prägte sich ihren gebeugten Nacken dabei ein. Es war ein langer, anmutiger Nacken, bemerkte er, und der schwere Knoten des kastanienbraunen Haares glänzte im Kerzenlicht.

»Sie hatten ganz sicher Recht, Ma'am, als Sie sagten, dass Sie nicht tanzen«, erklärte er schonungslos, als der Tanz zu Ende war. »Ich entschuldige mich dafür, Sie belästigt zu haben. Erlauben Sie mir, Sie zu Ihrem Stuhl zu bringen.«

»Wirklich, Lady Blake, es ist großartig, Sie nach der Trauerzeit wieder mitmachen zu sehen. Werden Sie mir die Ehre des nächsten Tanzes erweisen?« Sir Algernon stand vor ihnen und strahlte sie begeistert an.

Meredith verneigte sich Lord Rutherford gegenüber und legte die Hand auf den Arm Sir Algernons.

Im folgenden Ländler kam eine ganze Serie kunstvoller Figuren vor – die Lady Blake alle einwandfrei beherrschte. Rutherford stand an der Wand, die Arme vor der Brust verschränkt, und sah ihr ungläubig zu. Sie war eine ausgezeichnete Tänzerin! Diese lächerliche Vorstellung hatte sie sich ganz allein für ihn ausgedacht. Definitiv steckte hinter dieser Dame mehr, als auf den ersten Blick zu sehen war, und man durfte sie nicht mit der lässigen Missachtung behandeln, die sie herausforderte. Nun, was auch immer sie für ein Spiel trieb, sie würde sehr schnell feststellen, dass dabei auch ein Partner auftauchen konnte.

Er erschien neben ihr, als das Nachtessen angekündigt wurde, und ignorierte ihr nervöses Benehmen, ihren Ausdruck von Dankbarkeit, gemischt mit Entschuldigung, als er ihre Hand unter seinen Arm zog und mit ihr zusammen den Speisesaal ansteuerte. Meredith beschlich ein Gefühl von Unbehagen, als sie ihm einen Seitenblick zuwarf. Er schaute grimmig vor sich hin, beinahe so, als hätte er eine unangenehme, aber notwendige Aufgabe zu erledigen. Hatte Patience ihn darum gebeten, die Witwe zum Essen zu führen? Nein, natürlich käme ihr so etwas nie in den Sinn. Der Raum war voller hochgestellter Damen, die alles dafür tun würden, die Aufmerksamkeit Seiner Lordschaft zu erringen.

»Ich frage mich, ob es weise ist«, bemerkte Lord Rutherford, als er zwei Teller auf den Tisch stellte. »Was den Koch von Lady Barrat betrifft, habe ich so meine Zweifel – nach dem Wild, verstehen Sie?« Er lächelte ein wenig.

Meredith befand sich in einer Art Dilemma. Auf der einen Seite stimmte sie ihm vollkommen zu, und ein Lachen stieg völlig unpassend in ihrer Brust auf; doch auf der anderen Seite stand es einem Fremden nicht zu, eine solch verächtliche Bemerkung zu machen – auch wenn sie zu seinen vorherigen spöttischen Bemerkungen passte.

»Das, Mylord, ist kornische Pastete«, erklärte sie eifrig und spielte mit ihrer Serviette. »In diesem Teil des Landes gilt sie als eine Delikatesse. Unser Geschmack ist natürlich nicht so erlesen wie der Ihre, Sir. Wie auch? Aber wenn man an Arbeit in frischer Luft und viel Bewegung gewöhnt ist, entwickelt man einen herzhaften Appetit.«

Ihren angedeuteten Tadel fing er natürlich auf. Lady Blake fand, dass Lord Rutherford ein nutzloser Parasit war, einer, der die Bedeutung von harter Arbeit und echtem, wohlverdientem Hunger gar nicht kannte.

Rutherford dachte mit Bitterkeit an seine Jahre auf der Pyrenäen-Halbinsel, Jahre des Guerillakrieges, erzwungene Märsche bei jedem Wetter, daran, in einem unfreundlichen Land zu überleben und ständig der Ungnade von Heckenschützen und verräterischen Bauern ausgesetzt zu sein, niemals eine sichere Bleibe zu haben. Jahre, die er gelebt und geliebt hatte! Und diese kleine graue Maus besaß die Impertinenz, anzudeuten, dass er nichts anderes kannte als Federbetten und das Leben eines verwöhnten Aristokraten! Bis auf die Tatsache, dass sie *keine* kleine graue Maus war …

Die Finger in den Handschuhen spielten noch immer mit der Serviette, ihre Augen hatte sie gesenkt und die Schultern nach vorn gezogen.

Damian sah sich in dem überfüllten Speisesaal um. Im Augenblick schienen alle Gäste sich ihren Tellern zu widmen, und er konnte keine forschenden Blicke in ihre Richtung entdecken. Lässig streckte er seinen langen Zeigefinger aus und legte ihn unter ihr Kinn, dann drückte er es hoch. Als sie ihr Gesicht hob, zeigte sich darin nur mühsam beherrschter Zorn – keineswegs die Reaktion einer Kirchenmaus. Er nickte nachdenklich. »Ich gebe Ihnen einen guten Rat, Ma'am! Lassen Sie Ihr Schwert in der Scheide. Möglicherweise bin ich ein erfahrenerer Duellant als Sie.«

Die langen dunklen Wimpern senkten sich und verhüllten die Herausforderung in ihren Augen, ihre vollen Lippen begannen zu zittern. »Ich kann mir nicht vorstellen, was Sie damit meinen, Sir«, flüsterte Lady Blake. Der verzweifelte Ton klang erschreckend echt. Seine Lordschaft gab ihr Kinn sofort wieder frei; plötzlich fürchtete er, dass sie zu weinen beginnen würde. Was, zum Teufel, geschah hier bloß? Er schien seinen Verstand zu verlieren – in einem Moment war er davon überzeugt, dass er von einer geschickten Schauspielerin an der Nase herumgeführt wurde, im nächsten Augenblick glaubte er, sich geirrt zu haben. Entweder war Merrie Trelawney, Schwester von Rob Trelawney, alias Lady Meredith Blake, die perfekte Betrügerin – oder Lord Rutherford hatte Windmühlen im Kopf!

»Lassen Sie uns diesen abscheulichen Kuchen vergessen und stattdessen einen Spaziergang über die Terrasse machen«, schlug er mit einer Stimme vor, die keinen Widerspruch duldete.

»Pastete«, korrigierte Meredith ihn automatisch. »Ich hege nicht den Wunsch, diesen Raum zu verlassen, Sir.«

»Unsinn! Sie brauchen dringend frische Luft. Es ist unglaublich stickig hier drinnen.« Er hielt ihr die Hand hin und lächelte höflich. »Wenn Sie mit mir streiten, Lady Blake, wird es höchst eigenartig aussehen – viel schlimmer als ein gemächlicher Spaziergang vor den Augen aller freundlichen Gäste hier.«

»Oh, Mylord, niemals würde ich mich mit Ihnen streiten«, murmelte sie voller Entsetzen. »Aber ich kann nicht verstehen, warum Sie ausgerechnet meine Gesellschaft suchen. Es gibt hier weitaus interessantere Menschen im Raum.« Ihre Augenlider flatterten, sie rang die Hände in ihrem Schoß.

»Wenn Sie meinen, Ma'am«, lenkte er ein. »Sie wissen das natürlich viel besser als ich.« Noch immer streckte er ihr seine Hand entgegen, in einer schweigenden Einladung, ohne allzu große Aufmerksamkeit zu erregen. Doch es war keine Einladung – sondern ein Befehl. Meredith gelang es kaum, ihre Empörung zu unterdrücken, sie legte ihre Hand in seine Handfläche. Er schloss seine Faust über ihrer, und den Griff, der sie gefangen hielt, empfand sie entschieden als eisern.

Glücklicherweise war die Terrasse nicht verlassen, was Meredith dankbar registrierte; doch die anderen Leute waren jung und übermütig, sie versuchten, den Blicken der Anstandsdamen für ein Weilchen zu entfliehen. Unterdrücktes Kichern hörte man in den Schatten, ab und zu einen Aufschrei halbherzigen Protests. Eine anständige Witwe gehörte nicht hierher, überlegte Merrie, wie gesittet ihr Spaziergang auch sein mochte.

»Ich beginne, mich eigentlich fehl am Platze zu fühlen«, bemerkte ihr Begleiter, als ein junges Paar sich hastig voneinander löste, als es sie entdeckte.

»Wir verderben ihnen ganz sicher den Spaß!« Meredith, die

noch immer mit ihrem Ärger kämpfte, schlüpfte diese beißende Bemerkung ungewollt heraus. Schnell fing sie sich wieder, kicherte und sprach dann sozusagen entschuldigend weiter. »Sie finden vielleicht das Leben hier in unserem Land ein wenig schockierend, Sir; aber diese jungen Leute sind zusammen aufgewachsen, und es schadet nicht, wenn sie sich ein paar Augenblicke ohne Anstandsdamen ihrer Lebensfreude überlassen. Solche Gelegenheiten bieten sich für sie nicht oft.«

»Niemals käme es mir in den Sinn, ihnen den Spaß zu verderben. Wir werden zur Wiese spazieren.« Noch ehe Merrie Einspruch erheben konnte, hatte er bereits ihren Ellbogen gepackt und geleitete sie die Stufen hinunter in den Garten, wo Laternen in den Bäumen hingen und ein sanftes, verlockendes Licht verbreiteten.

Meredith fühlte einen Anflug von Panik, wenn sie daran dachte, wie sie sich wohl in einer solch romantischen Umgebung ausnahm. »Bitte, Sir, ich möchte nicht hier sein«, flüsterte sie flehend und nahm ihre Hand von seinem Arm.

»Oh, aber ich finde es sehr angenehm hier«, gab er zurück, schnappte sich ihre Hand wieder und führte sie auf einen dunklen Weg, außer Sichtweite des Hauses. »Es ist eine wunderschöne Nacht. Lassen Sie uns ein wenig umherstreifen.«

»Nein!«, schrie Merrie und zerrte an ihrer Hand. »Das gefällt mir nicht!«

»Aber mir«, antwortete er ruhig. »Wovor fürchten Sie sich, Lady Blake? Dass jemand einen falschen Eindruck von Ihnen bekommt?«

Sie hätte taub sein müssen, dachte Merrie, um den sarkastischen Unterton in seiner Stimme zu überhören. Wenn je eine dramatische Aktion das Gebot der Stunde war, dann jetzt. Mit einem Wimmern wurde ihr Körper schlaff, sie sank zu Boden, ihr Rock umgab sie wie Blumenblätter.

Rutherford fluchte heftig, alarmiert fiel er neben der reglosen Gestalt auf die Knie. Ihre Augenlider flatterten, als er sie auf seine Arme hob. Sie war erstaunlich leicht unter den weiten Falten des Stoffes, stellte er trotz seines Erschreckens über diese unerwartete Wendung der Dinge fest.

»Ich bitte um Entschuldigung«, flüsterte sie gepresst. »Wie töricht von mir, Mylord! Bitte, lassen Sie mich wieder runter.«

»Sind Sie sicher, dass Sie stehen können?«, fragte er besorgt, obwohl er natürlich keinesfalls eine zusammengebrochene Lady Blake ins Haus tragen wollte. Der Aufruhr, den er damit verursachen würde, jagte ihm einen eisigen Schauder über den Rücken, und ihm kam der entfernte Gedanke, dass sein Versuch, der Witwe irgendwie auf die Schliche zu kommen, fehlgeschlagen war.

»Ganz bestimmt.« Ihre Stimme klang nun kräftiger, ihre Augen öffneten sich. Die Aussicht, die ihn so erschreckte, schien sie weniger zu stören. »Wenn Sie mich bitte zurück in den Ballsaal bringen würden.«

Er stellte sie auf die Füße. »Ich werde Sie Lady Barrat übergeben. Sie wird wissen, was sie für Sie tun kann.«

»Das ist nicht nötig, Sir. Solche Anfälle habe ich öfter. Es wird mir sehr bald wieder ganz gut gehen.« Meredith warf ihrem Begleiter ein beruhigendes Lächeln zu, welches er mit einem nachdenklichen Stirnrunzeln quittierte.

»Sie scheinen wohl stets im passenden Moment zu kommen, Ma'am«, bemerkte Rutherford. Das plötzliche Aufblitzen in ihren dunkelblauen Augen bestätigte seine Vermutung. Lady Blake hatte sich gerade sehr geschickt aus ihrer Lage befreit; so blieb ihm nichts anderes übrig, als einen strategischen Rückzug anzutreten, um einen Angriff aus einer anderen Richtung zu planen. Dass er in die Arena zurückkehren würde, dazu war Lord Rutherford fest entschlossen.

Er führte sie in den Ballsaal zurück, und sie verschwand gleich in Richtung Ruheraum.

»Werden Sie uns ins Kartenzimmer begleiten, Lord Rutherford?« Plötzlich stand Sir Algernon neben ihm. »Ich habe einen herrlichen Brandy, den Sie probieren müssen. Die Herren würden sich freuen.«

»Gern«, gab Damian zurück und dachte an den anderen Grund, warum er diesen entsetzlichen Abend über sich ergehen ließ. Ein wenig Information über die Gentlemen konnte seine Niederlage bei der Witwe wieder ausgleichen. »In ein paar Minuten, wenn es Ihnen recht ist. Ich möchte kurz meinen Kopf im Garten klären.«

»Gute Idee!« Der Junker schlug Seiner Lordschaft in einer jovialen Geste des Verstehens auf die Schulter. »Es ist furchtbar eng hier drinnen. Zu viele Menschen und zu viel Betrieb, meiner Meinung nach.«

»Richtig«, stimmte Lord Rutherford ihm zu. Die Atmosphäre im Ballsaal wurde nachgerade stickig, als sich der Geruch von Schweiß und Parfüm mischte und die feuchte Hitze die goldgerahmten Spiegel beschlagen ließ.

Damian stand auf der Terrasse, atmete tief die frische Nachtluft ein, der Klang der Musik drang bis zu ihm, und er fragte sich, was, zum Teufel, er in dieser barbarischen Ecke der Welt zu suchen hatte – wo dicker Pastetenteig eine Mischung aus Wurzelgemüse und gehacktem Fleisch enthielt, das als Delikatesse angesehen wurde, wo junge Menschen unschicklich und unbeaufsichtigt herumtollten, wo eine altmodisch gekleidete Witwe sich unterschwellig über einen von Wellingtons Obersten lustig machte, und, falls er sich nicht sehr irrte, auch über ihre Nachbarn, die dieses Benehmen voll und ganz zu akzeptieren schienen. Das zeigte doch deutlich, was für Einfaltspinsel sie waren! Aber warum tat sie das? Damian, Lord Rutherford, war entschlossen, den Grund dafür herauszufinden, genauso wie er der Witwe beibringen würde, dass man mit ihm keine Possen trieb – nicht, ohne dafür bestraft zu werden. Es war sehr gut möglich, dass sein Ausflug in die kornische Gesellschaft sich doch als unterhaltsamer erweisen würde, als er es sich vorgestellt hatte.

4

Meredith, die kaltes Wasser auf ihre Handgelenke und Schläfen getupft und sich wieder beruhigt hatte, kehrte in den Ballsaal mit dem Vorsatz zurück, auf alle Fälle jeglichem weiteren Dialog mit Lord Rutherford auszuweichen. Sie hatte in dem allgemeinen Durcheinander an diesem Abend vollkommen vergessen, die Abbotts zu bitten, ihr einen Platz in ihrer Kutsche zu reservieren. Jetzt stellte sie zu ihrem Entsetzen fest, dass dieses Paar schon vor einer halben Stunde nach Hause gefahren war. Es befanden sich nur noch die Unentwegten in dem Ballsaal, und Merrie stand vor der erniedrigenden Notwendigkeit, Patience ihre Lage zu erklären.

»Meine liebe Meredith!« Patience kam zu ihr herüber.

»Was für ein aufregender Abend!« Sie fächelte sich mit ihrem Fächer Luft zu, und ihre dicken, beringten Finger umklammerten den Stiel des Fächers. »Wie viel Aufmerksamkeit er Ihnen geschenkt hat. Wirklich völlig unerwartet!«

»In der Tat«, stimmte Meredith ihr spöttisch zu; doch als sie die Überraschung in Lady Barrats Augen bemerkte, lenkte sie schnell ein. »Es war reine Freundlichkeit von ihm, Patience«, hauchte sie und senkte den Blick, spielte mit ihrem Fächer, um so zu tun, als sei sie verlegen. »Er ist gestern zufällig Rob begegnet und war so freundlich, mir zu versichern, dass er den Frechdachs sehr nett fand.« Wenigstens war das die halbe Wahrheit!

»Oh, ich verstehe!« Offensichtlich erleichterte es, dass es

für diese außergewöhnlichen Umstände eine so einfache Erklärung gab. »Wir sind uns alle Ihrer Schwierigkeiten bewusst, meine Liebe.« Sie senkte vertraulich die Stimme. »Sir Algernon, müssen Sie wissen, wäre gern bereit, Sie zu beraten. Eine alleinstehende Frau ist nicht dafür geschaffen, mit heranwachsenden Jungen fertig zu werden.«

»Bitte, danken Sie Sir Algernon in meinem Namen«, gab Meredith mit einem etwas spröden Lächeln zurück. »Eine solche Besorgnis überwältigt mich.« Ihr Fächer bewegte sich schnell hin und her und verbarg die Irritation auf ihrer Miene. Nun beschloss sie, ihrer Gastgeberin nicht zu verraten, dass sie keine Kutsche für die Heimfahrt hatte. Patience erwartete zweifellos von ihr, dass sie sich jetzt verabschiedete. Es gehörte sich nicht, dass eine Witwe sich unter den letzten Gästen befand; doch Meredith lächelte verbindlich und wandte sich der Terrasse zu. Wenn sie Glück hatte, dann wäre Patience so beschäftigt, die anderen Gäste hinauszubegleiten, dass sie gar nicht mehr an Lady Blake dachte. Sie musste einfach durch den Garten schlüpfen und diskret verschwinden. Es waren nur drei Meilen bis nach Hause; in weniger als einer Stunde würde sie die mit Leichtigkeit schaffen – sogar in ihrer Abendgarderobe. Patience würde sicher annehmen, dass sie auf ihre übliche Weise verschwunden war, zu schüchtern, um großes Aufheben zu machen. Eine höfliche Nachricht, in der sie sich morgen bei ihrer Gastgeberin bedankte, würde genügen.

Seit langem war sie daran gewöhnt, sich schnell und heimlich zu bewegen und jede erdenkliche Deckung zu nutzen. In der milden Sommernacht lag schwer der Duft von Geißblatt in der Luft und als sie weit genug weg war vom Haus, setzte sich Merrie mit dem Gefühl, glücklich der Gefangenschaft entronnen zu sein, auf eine Bank, um ihre Schuhe und Strümpfe auszuziehen und ihren einsamen Spaziergang barfuß noch mehr zu genießen. Soeben wollte sie den Rock ihres schlichten Kleides heben und ihn in die Beine ihrer Rüschenunterhose stecken, um freier gehen zu können, als sie das Geräusch von Hufen auf der gepflasterten Straße vernahm.

Merries Herz sank, als sie daran dachte, welches Bild sie wieder einmal bot. Es bestand wenig Hoffnung, dass der Reiter sie nicht kannte. Fremde waren zu dieser Zeit hier in der Gegend nicht unterwegs, und jedermann wusste, wer im Umkreis von Meilen wohnte. Sie konnte sich nirgendwo verstecken, außer in dem schlammigen Graben am Straßenrand – aber wenigstens war ihre Anwesenheit hier mitten in der Nacht diesmal nicht illegal. Trotz dieses schwachen Trostes würde ihr einsamer Marsch dem Klatsch Nahrung liefern. Das Geräusch kam näher, und sie schob ihre Schuhe und Strümpfe hinter sich auf die Bank – sie hatte keine Zeit mehr, sie wieder anzuziehen. Es würde ihr schon etwas einfallen, das tat es immer – aber die Erklärung für ihre Lage hing davon ab, wer sie entdeckte. Ein Farmer aus dem Ort würde eine weniger kunstvolle Schilderung brauchen als jemand, der zusammen mit ihr auf dem Ball gewesen war. Sie versteckte ihre nackten Füße unter dem Rock und saß auf der Bank – ein wahres Bild demütigen Wartens, als Pferd und Reiter in ihr Blickfeld gerieten.

»Der Teufel soll mich holen!«, rief eine ihr nur zu bekannte Stimme. »Wenn das nicht Lady Blake ist, die sich am Wegesrand ausruht!« Er thronte auf dem herrlichsten schwarzen Hengst, den Meredith je gesehen hatte, eine Hand lässig in die Hüfte gestützt, mit der anderen hielt er die Zügel. Die Brauen hatte er fragend gelüftet, und sein Mund verzog sich zu einem Lächeln, das mehr als nur einen kleinen Triumph ausdrückte.

Wütend biss Meredith die Zähne zusammen. Mit jedem anderen wäre sie leicht fertig geworden; aber in ihr keimte bereits die Einsicht, dass Merrie Trelawney sich damit abfinden musste, in Lord Rutherford einen gleichwertigen Gegner gefunden zu haben. »Ich bin sicher, Sie halten dies für einen ungewöhnlichen Umstand, Lord Rutherford«, erklärte sie steif.

»Nun ja«, meinte er nach gründlichem Nachdenken. »Das trifft es ungefähr.« Er stieg von seinem Pferd. »Darf ich mich zu Ihnen setzen? Sie sehen aus, als hätten Sie es sich hier gemütlich gemacht.« Die Götter hatten sich entschieden, ihm doch noch zuzulächeln, dachte Damian erfreut. Was hatte er doch für ein Glück, diese kleine Betrügerin in einer solch unvorteilhaften Lage zu erwischen. Sie konnte hier draußen, mitten in der Nacht, beliebig viele Ohnmachten vortäuschen – sie würden ihr nichts nützen.

Vielleicht sollte ich einen Appell an seine Ritterlichkeit richten, überlegte Merrie schnell, doch sie hatte ihre Zweifel. »Es ist sehr unangenehm, Mylord, in einer solchen Lage entdeckt zu werden.« Ein leichter Schauder schüttelte ihre schmalen Schultern. »Ich kann Ihnen nicht sagen, wie peinlich mir das ist – aber ich muss Sie bitten, weiterzureiten.« Die langen Wimpern flatterten heftig, ihre vollen Lippen bebten flehend. »*Bitte,* reiten Sie weiter, Mylord, damit auch ich meinen Weg fortsetzen kann.«

»Sie können nicht von mir erwarten, dass ich mich so unhöflich verhalte, eine Dame in einer schwierigen Lage allein zu lassen«, erklärte er nachdrücklich und entdeckte ihre Schuhe und Strümpfe auf der Bank hinter ihr. Warum, zum Teufel, hatte sie die ausgezogen? Ein Lachen stieg in seiner Brust auf und drohte, seine Beherrschung zunichte zu machen.

Meredith war der Richtung seines Blickes gefolgt und biss sich auf die Lippen. Es gab nun kein Entrinnen mehr. »Ich finde es angenehmer, barfuß zu gehen!«

»Aber natürlich«, antwortete er sofort. »Das ist verständlich. Ich bin sicher, Sie haben auch einen perfekten Grund für Ihren nächtlichen Ausflug parat?«

Auf der Stelle legte Merrie ihre Maskerade ab und sprach mit eisiger Stimme: »Da Sie nun einmal im Bilde sind, Sir, würde ich vorschlagen, dass Sie meine Gründe akzeptieren und einsehen, dass Sie das alles nichts angeht!«

Diese Bemerkung gefiel Lord Rutherford überhaupt nicht. Aber man sah einem geschenkten Gaul nicht ins Maul, und wenn ihm je ein geschenkter Gaul begegnet war, dann jetzt. Er schüttelte den Kopf. »Nein, Lady Blake, so schnell werden Sie mich nicht los. Ich werde Sie nach Hause begleiten.«

Merrie wünschte, sie könnte einfach aufstehen, die Schultern recken und ihrer Wege gehen. Doch dafür würde sie entweder ihre Röcke heben und die Strümpfe wieder anziehen müssen oder sie würde ihre Schuhe und Strümpfe in die Hand nehmen und mit nackten Beinen losziehen müssen. Keines von beidem kam in Frage. »Ich brauche keine Begleitung, Sir! Kümmern Sie sich nicht um meine Sicherheit, ich kenne den Weg und bin in dieser Gegend bekannt – also wird mich niemand belästigen.«

Lord Rutherford dachte mit einem inneren Lachen, dass er sich kaum um ihre Sicherheit sorgte. Aus irgendeinem Grund, den er nicht zu benennen vermochte, war er davon überzeugt, dass Merrie Trelawney selbstverständlich auf sich selbst aufpassen konnte. Aber um diese Überlegung ging es hier gar nicht. Sie schuldete ihm noch einen Sieg, und selbiger lag jetzt zum Greifen nahe. »Ich bitte um Entschuldigung, Lady Blake, aber ich finde es vollkommen absurd, Sie hier allein zu lassen.« Er lächelte entschuldigend. »Einige sicher alberne und wohl auch unnötige Gefühle des Anstands hindern mich daran.«

»Die Regeln des Anstandes, die in der Londoner Gesellschaft gelten, Sir, scheren uns in der Wildnis von Cornwall nicht«, fuhr Meredith ihn an. »Sie werden sich während Ihres Besuches hier nicht sehr wohl fühlen, wenn Sie einen solch erhabenen Standard aufrechterhalten wollen.«

»Ich werde an Ihren Bescheid denken.« Lord Rutherford stand auf, bückte sich und nahm ihre Schuhe in die Hand. »Aber momentan finden Sie es sicher angenehmer, wenn Sie beim Reiten Ihre Schuhe und Strümpfe wieder anhaben«, meinte er und legte beides in ihren Schoß.

Meredith blinzelte, als wolle sie aufwachen aus dem Albtraum, eine Situation nicht mehr unter Kontrolle zu haben. »Lord Rutherford, ich glaube, Sie haben mich nicht richtig verstanden – es sei denn, Ihr Verstand ist benebelt – vielleicht durch den Brandy von Sir Algernon?« Sie zog die Augenbrauen hoch; jegliche Vorsicht wurde von dem Ärger verdrängt, mit dem sie sich zu verteidigen suchte.

»Sowohl mein Verstand als auch mein Gehör funktionieren perfekt«, versicherte er ihr. »Ihr Verstand dagegen scheint heute Abend ein wenig zu lahmen.« Er kniete vor ihr nieder und nahm ihr einen der Strümpfe aus dem Schoß. Während sie wie versteinert dasaß, nahm er einen ihrer Füße und zog ihr mit einer Geschicklichkeit, die davon zeugte, dass er darin Übung hatte, den Strumpf über den Fuß, strich ihn glatt und schob ihn dann über ihren Knöchel und den Unterschenkel; ohne Umstände hob er ihren Rock hoch, um sich seine Aufgabe zu erleichtern. Nach einem Augenblick des erstarrten Entsetzens, währenddessen Meredith sah, wie seine Finger über ihr nacktes Bein glitten, währenddessen seine warme Hand ihre Haut streichelte, schlug sie zu. Mit voller Kraft traf sie seine Wange.

Die grauen Augen schlossen sich vorübergehend, sein Kopf wurde von der Wucht zurückgeworfen, doch die Hände blieben an ihrem Bein. »Sie würden gut daran tun, Merrie Trelawney, sich zu merken, dass ich dies – ohne Erlaubnis – nur ein einziges Mal durchgehen lasse!« Seine Stimme war ausdruckslos, sein Gesicht, auf dem sich der Abdruck ihrer Hand zeigte, verriet keinerlei Gefühle. Und mittlerweile hatte der Strumpf ihren Oberschenkel erreicht.

Sie wollte noch einmal zuschlagen – das wünschte sie sich mehr als alles andere im Leben; doch dann stellte sie wütend fest, dass sie es nicht wagte. Die eisige Sicherheit in seiner Stimme war etwas, das sie noch nie zuvor gehört hatte; die Männer, die unter dem Kommando von Oberst Lord Rutherford standen, kannten diese allerdings. Verzweifelt versuchte sie, ihr Bein zu befreien, das er noch immer festhielt, dabei stützte sie sich mit beiden Händen auf die Bank. Doch sie erreichte gar nichts damit, ihr Strumpfband wurde über ihren Strumpf geschoben, anschließend griff ihre ungewöhnliche Zofe nach dem anderen Bein.

»Ich möchte Sie am liebsten *umbringen*«, zischte sie. »Wie können Sie es *wagen,* mir so etwas anzutun?«

»Sie haben mir keine andere Wahl gelassen«, erklärte er kühl. »Weil Sie sich weigerten, es selbst zu tun. Also!« Er zog ihr die Schuhe an die Füße, die Röcke wurden wieder geglättet – Lord Rutherford stand auf und streckte ihr die Hand hin. »Auf die Füße, Lady Blake!« Ungeduldig schnippte er mit den Fingern.

Zitternd vor Wut wandte Merrie in stummer Missachtung den Kopf ab. »Du liebe Güte«, sagte er und schüttelte in leiser Verzweiflung den Kopf. »Sie scheinen keine sehr gelehrige Schülerin zu sein.« Er bückte sich, und noch ehe sie ahnte, was er vorhatte, hob er sie hoch. Merrie vergaß seine Warnung und verpasste ihm noch einmal einen Hieb. Es gab einen Augenblick erschreckender Stille, während der das Klatschen an seiner Wange verhallte. Dann sagte er ganz leise: »Ich wiederhole es hiermit, Merrie Trelawney, Sie sind keine sehr gelehrige Schülerin! Sie werden mir das Recht nicht verwehren, zurückzuschlagen.« Meredith war sprachlos, jetzt zitterte sie nicht mehr vor Wut, sondern vor Angst, als er sie, mit dem Rücken gegen eine Eiche, auf die Füße stellte. Ihre beiden Handgelenke hielt er mit einer seiner großen Pranken fest, und sie stand eingezwängt zwischen dem Baum und einem, wie es ihr plötzlich vorkam, sehr breiten, kräftigen Körper, der eiserne Entschlossenheit ausstrahlte.

Merrie zwang sich, ihm in die Augen zu sehen. Sie konnte sich nicht vorstellen, welche Form der Rache er nehmen würde; doch er sollte nicht noch die Befriedigung bekommen, ihre Furcht zu sehen. Mit einer Hand umfasste er ihren schlanken Hals, sein Daumen spürte den wild schlagenden Puls. »Hmmm«, murmelte er und lächelte ein wenig. »Was sind Sie wirklich, Merrie Trelawney?« Es war deutlich eine hypothetische Frage, denn noch ehe sie antworten konnte, war das bereits nicht mehr möglich. Sein Mund presste sich auf ihren, durch den Druck wurde ihr Kopf zurückgebogen gegen den Stamm; sie konnte sich nicht rühren, der Griff um ihre Handgelenke verstärkte sich noch, und Panik stieg in ihr auf. Meredith glaubte unter der Strafe des Kusses zu ersticken, der ihr die Lippen gegen die Zähne drückte; ihr Körper war dem seinen so nahe, dass sie das schnelle Schlagen seines Herzens an ihrer Brust fühlte, die Kraft seiner Schenkel, die sie gegen den Baum drängten. Auf einmal ließ der Druck nach, obwohl er sie noch immer festhielt. Seine Lippen auf ihren wurden sanft, die Hand an ihrem Hals streichelte sie, glitt dann tiefer über ihre Brüste und schob sich unter den steifen Stoff ihres Kleides. Tief in ihrem Inneren, an einer Stelle, von der sie bis jetzt noch nichts geahnt hatte, erbebte Merrie. Sie zitterte, nicht vor Wut oder Furcht diesmal, sondern vor merkwürdiger Erwartung. Seine Zunge strich sanft über ihre Lippen, dann verlangte sie ein wenig drängender Einlass. Die Hand an ihrem Busen streichelte ihre Brüste, umkreiste fordernd die Spitzen, bis sich ihm diese hart entgegenreckten und sie seiner suchenden Zunge die Lippen öffnete.

Nach einer Weile, die ihm wie eine Ewigkeit erschienen war, richtete Rutherford sich langsam auf und hob den Kopf, um hinunterzublicken in ein benommenes, herzförmiges Antlitz. Die blauvioletten Augen blickten verwirrt, die vollen Lippen waren rot von seinem Kuss, die elfenbeinfarbene Haut leicht gerötet. Was als Rache begonnen hatte, hatte sich in das genaue Gegenteil verwandelt, überlegte er abwesend, und fuhr mit einem Finger über den Nasenrücken mit all den Sommersprossen. »Machen Sie es sich ruhig zur Gewohnheit, mich zu schlagen«, meinte er liebenswürdig. »Ich finde die Konsequenzen sehr erfreulich.«

»Ich nicht«, leugnete Merrie mit angespannter Stimme und wandte den Kopf ab.

»Lügnerin«, warf er ihr leise vor. »Aber ich werde es Ihnen heute Abend nicht noch einmal beweisen, auch wenn ich es noch so gern täte. Lassen Sie uns gehen.« Er umfasste ihren Ellbogen und führte sie zu Saracen. »Möchten Sie lieber hinter oder vor mir reiten?«

Meredith schluckte. »Ich würde lieber zu Fuß gehen – allein!«

»Ich finde es besser, wenn Sie vor mir sitzen«, sprach Lord Rutherford unbeirrt weiter. »Hinauf mit Ihnen!« Er umfasste ihre Taille und hob sie mit der Anweisung in den Sattel, sich am Sattelknauf festzuhalten. Der schwarze Hengst war mindestens zwei Meter hoch, dachte Merrie. Sie blickte hinunter zum Boden und fragte sich, ob sie es wohl wagen sollte, zu springen. »Wenn Sie das tun, werde ich Sie ganz einfach wieder hinaufsetzen«, erklärte ihr Begleiter, der ihre Gedanken anscheinend gelesen hatte. Er schwang sich hinter ihr aufs Pferd, griff um sie herum nach den Zügeln und fragte dann förmlich: »Sitzen Sie auch bequem, Lady Blake?«

Meredith, die fand, noch nie in ihrem Leben unbequemer gesessen zu haben, würdigte ihn keiner Antwort. Damian lachte leise, stieß Saracen in die Flanken, und das Ross trabte los, offensichtlich nicht berunruhigt durch seine doppelte Last.

Inzwischen hatte er einen Arm um ihre Taille gelegt. Auch wenn ihr Verstand sagte, dass er das aus Sicherheitsgründen tat, so konnte doch aller Verstand der Welt nicht verhindern, dass ihr Herz schneller schlug und eine Gänsehaut über ihren Rücken rann – dort, wo Lord Rutherfords breiter Oberkörper sie berührte.

Ihr Begleiter hüstelte entschuldigend. »Können Sie mir die Richtung sagen, Lady Blake? Ich fürchte, ich kenne mich in dieser Gegend nicht aus.«

Mit äußerster Beherrschung riss Merrie sich zusammen. »Es wäre sowohl schneller als auch weniger auffällig, wenn wir die Straße verlassen und uns geradeaus bewegen würden. Ich möchte nicht, dass jemand mich in dieser erzwungenen und kompromittierenden Lage sieht.«

»Oh, sicher wird doch niemand in dieser Gegend sich etwas dabei denken«, meinte er verbindlich. »In London dagegen ... aber Sie haben mich ja freundlicherweise darauf aufmerksam gemacht, dass die Regeln des Anstands in dieser Wildnis von Cornwall weniger streng gehandhabt werden.«

Missmutig biss sie sich auf die Lippen. Würde er immer das letzte Wort behalten? »Wenn Sie den nächsten Durchbruch in der Hecke auf der linken Seite nehmen, können wir dem Reitweg folgen.«

»Ganz wie Sie befehlen, Ma'am!« Rutherford war der weibliche Körper zwar nicht unbekannt, doch er fand die Nähe von Lady Blake sowohl beunruhigend als auch ablenkend. Sie besaß eine geschmeidige Sanftheit, er spürte die pulsierende Anspannung in ihr – eine muskulöse Dynamik, die man nur selten bei dem schwächeren Geschlecht fand; und seine Hände erinnerten sich noch immer an ihre Brüste, klein und wohlgeformt unter diesem entsetzlichen Mieder.

Solche Gedanken ließen keinen Raum für eine Unterhaltung. Schweigend erreichten sie den Reitweg, ritten durch eine Ansammlung von Birken auf einen mit Kies bestreuten Weg, der zu einem langen, niedrigen Gebäude führte.

Damian hielt Saracen an, und in der Stille hörte man das stetige Rauschen und Donnern der Brandung. Der Salzgeruch des Meeres erfüllte die Luft, die jetzt frischer war und voller Feuchtigkeit. »Wo ist das Meer?«, fragte er und blickte mit gerunzelter Stirn in die Dunkelheit.

»Hinter dem Haus«, antwortete Meredith. »Pendennis steht auf einer Klippe, mit dem Rücken zum Wasser. Wir sind vom Land her darauf zugeritten.« Es war eine höfliche Frage gewesen, und sie verdiente auch eine höfliche Antwort; doch jetzt wurde ihre Stimme schärfer. »Wenn Sie mir erlauben würden, hier abzusteigen, Lord Rutherford, werde ich den Weg bis zum Haus vollkommen sicher zurücklegen können, wie Sie wohl sehen.«

»In der Tat«, stimmte er ihr zu und schwang sich aus dem Sattel. »Es würde mir Leid tun, wenn ich glauben müsste, ich sei der Einzige gewesen, der diesen Ritt genossen hat.« Er streckte die Hand aus und legte sie wieder um ihre Hüfte.

Zu ihrer Verärgerung stellte Meredith fest, dass sie errötete, als er sie von dem Pferd hob; sie fühlte, wie ihr Körper sich erneut voller Erwartung anspannte, weil er sie nicht gleich freigab, nachdem ihre Füße den Boden berührt hatten. Doch dann verbeugte er sich vor ihr mit vollendeter Förmlichkeit, und ziemlich verwirrt reagierte sie mit einem Knicks.

Wissendes Lachen blitzte in seinen grauen Augen auf. »Hätten Sie vielleicht lieber noch einen Kuss vorgezogen, Mylady?«

Merrie starrte ihn mit offenem Mund an. »Sie sind unerträglich, Lord Rutherford!« Sie wandte sich auf dem Absatz um und eilte auf das Haus zu.

Damian blieb stehen und sah ihr nach, bis sie um eine Ecke des Gebäudes bog. Was war er doch da über einen verlockenden Fang gestolpert! Eine lebhafte, attraktive, unkonventionelle junge Frau, die aus Gründen, die nur sie selbst kannte, so tat, als sei sie ein zurückgezogenes, unscheinbares Mauerblümchen. Aber falls er sich nicht sehr irrte, so versteckte sich unter dem züchtigen Äußeren ein Brunnen der Leidenschaft, den bis jetzt noch kaum einer angerührt hatte. Was würde er entdecken, wenn er weiter schöpfte? Von einer Sache einmal überzeugt, würde es ihm großen Spaß machen, beharrlich am Ball zu bleiben.

Ja, die Entwicklung von Lady Blake würde ihm eine beträchtliche Unterhaltung bieten, entschied er, als er wieder auf sein Pferd stieg und zurück in den Birkenhain ritt. Seine Lordschaft brauchte in letzter Zeit dringend eine Ablenkung, um das traurige Gefühl der Sinnlosigkeit zu vertreiben; denn für ihn waren die Tage, in denen er sich nützlich machen konnte, vorüber, und sein Leben bot nur noch die Aussicht auf alljährliche und gesellschaftliche Freuden: Heirat, Erbe des Titels seines Vaters, Zeugung seiner eigenen Nachkommen, Überwachung seines Besitzes, Kämpfe mit nichts Gefährlicherem als von Hand aufgezogenen Fasanen! Er verzog den Mund. Nein, eine Weile würde er in Cornwall bleiben und sich mit der Witwe amüsieren. Aus dieser Nacht war er letztendlich als Sieger hervorgegangen, hatte sich gerächt für ihre Täuschungsmanöver. Morgen würde er aus einer anderen Ecke angreifen. Er konnte es sich leisten, ein wenig versöhnlich zu sein, nachgiebig, und wenn das Gewissen sein hässliches Haupt erhob, so würde er es besänftigen mit dem Hinweis, dass die Witwe ja dieses Spiel begonnen hatte. Sie würde genau das bekommen, was sie herausgefordert hatte. Fröhlich pfeifend ritt Lord Rutherford nach Hause und begab sich zur Ruhe.

5

Nur selten wurde Meredith von Schlaflosigkeit geplagt; doch heute waren ihre Träume verwirrt, und sie schlief am nächsten Morgen länger als sonst.

Nan weckte sie endlich auf mit der Nachricht, dass der Verwalter in der Bibliothek auf seine monatliche Besprechung der Geschäfte des Landgutes wartete.

»Oh, Nan, warum hast du dich nicht schon viel früher gemeldet?« Meredith sprang aus dem Bett. »Wie kann ich nur eine solche Schlafmütze sein!«

Nan betrachtete die schweren Augen ihres Schützlings, sie schnaubte, doch enthielt sich eines Kommentars. Während Meredith sich mit dem Wasser in der Schüssel wusch, legte sie ein einfaches Tageskleid aus verblichenem Musselin bereit, weil sie wusste, dass Meredith nach der Besprechung mit Mr. Farquarson das Haus verlassen und auf dem Gut arbeiten würde.

»Ich nehme an, die Jungen haben bereits gefrühstückt.« Merrie machte sich an den Knöpfen ihres Kleides zu schaffen. Nan schnalzte mit der Zunge und schob Merries Hände weg, dann erledigte sie diese Aufgabe.

»Schon vor Stunden«, erklärte sie. »Hugo sitzt über seinen Büchern, Theo ist ins Dorf gegangen und der liebe Gott allein weiß, was dieser junge Tunichtgut Rob im Schilde führt.«

Merrie hörte lächelnd zu, denn natürlich hatte Nan den jungen Tunichtgut ins Herz geschlossen. »Er wird zurückkommen, wenn er hungrig ist«, erklärte sie und wand den dicken, kastanienbraunen Zopf zu einem Kranz auf ihrem Kopf. »Und nachdem er jedem verfügbaren Ohrenpaar die intimsten Einzelheiten unseres Haushaltes unterbreitet hat.«

Dieser Gedanke ließ sie innehalten, sie runzelte die Stirn, als das Bild von Damian, Lord Rutherford, mit alarmierender Deutlichkeit wieder vor ihr aufstieg. Sie hatte sich bereits vorgenommen, jeden weiteren Kontakt mit ihm zu vermeiden, selbst wenn das bedeutete, dass sie sich in Pendennis einschließen müsste, bis die Verlockungen von Cornwall diesen Londoner Bock langweilten und er endlich dorthin zurückkehrte, wo er herkam. So einem abscheulichen Geschöpf war sie noch nie begegnet – arrogant und sich in seiner Überheblichkeit so sicher, überzeugt davon, alle seine Ziele zu erreichen, abstoßend mächtig. Meredith schluckte, als sie ihr Spiegelbild im Glas entdeckte. Genau diese Macht flößte ihr Angst ein. Dabei handelte es sich nicht um seine körperliche Überlegenheit, obwohl sie diese ausreichend zu spüren bekommen hatte – es war noch etwas anderes, die undefinierbare Autorität, die er ausstrahlte – irgendwie beschlich sie das Gefühl, dass er, wenn er sich einmal etwas vorgenommen hatte, das auch durchführen und alle Hindernisse aus dem Wege räumen würde. Falls er sich nun etwas vorgenommen hatte, das Merrie Trelawney betraf …?

Ein Schauder durchrieselte sie. Warum nannte er sie so? Nur ihre allerbesten Freunde kannten sie als Merrie, ihre Familie und die Menschen im Haushalt – immerhin war es bereits fünf Jahre her, dass sie noch Merrie Trelawney hieß. Doch Lord Rutherford benutzte diesen Namen, als hätte er ein Recht darauf – als besäße er eine ganz spezielle Bedeutung, nur für ihn.

Sie rief sich zur Ordnung. Ein Tag mit viel Arbeit lag vor ihr, ein Haushalt, ein Grundbesitz, der verwaltet werden wollte, Entscheidungen mussten getroffen werden. Gedanken an dominierende Aristokraten, die nicht begriffen, dass sie unwillkommen waren, hatten keinen Platz in dieser Welt.

Meredith ging nach unten. »Seecombe, würden Sie so freundlich sein, Kaffee in die Bibliothek zu bringen? Ich hinke heute Morgen meiner Arbeit etwas hinterher und habe keine Zeit für ein Frühstück.«

»Sofort, Lady Merrie!« Seecombe senkte den Kopf, entschlossen, mehr als nur Kaffee in die Bibliothek zu bringen. Die Lady musste bei Kräften bleiben. Der ganze Haushalt war sich bewusst, wie sehr Lady Blake zu kämpfen hatte, um den Kopf über Wasser zu halten, genauso wie sie wussten, dass ihre Löhne, auch wenn sie manchmal ein wenig spät kamen, immer Vorang vor allem anderen hatten. Sir John hatte sich ein schönes Leben gemacht und dabei ein Vermögen verspielt; es war eine Schande, dass diese junge Witwe solch schwere Zeiten durchmachen musste. Eine weniger willensstarke Persönlichkeit wäre unter dieser Last zusammengebrochen – doch die Lady weigerte sich aufzugeben. Die Jungen blieben in der Schule, kein Mitglied des Haushaltes war entlassen worden, die Pensionen und Gratifikationen für die älteren Bediensteten wurden aufrechterhalten. Wie sie das machte, war allen ein Rätsel und auch ein Thema für beträchtliche Spekulationen in den Küchen der Nachbarn, wenn nicht sogar in den Salons.

Sie begrüßte ihren Verwalter mit einem warmen Lächeln. »Sind Sie gekommen, um mir Kummer zu bereiten, Stuart? Sie sehen ungewöhnlich ernst aus.«

»Es geht um die Longwood-Häuser, Lady Blake«, erklärte Farquarson nachdenklich und legte die Hände auf die kräftigen Schenkel in der Kammgarnhose. »Die Ausgaben können nicht länger hinausgezögert werden. Die Dächer müssen noch vor dem Winter repariert und die Straße neu gepflastert werden. Die Pächter haben zwar Verständnis; aber ich fürchte, es wird nicht mehr lange dauern, bis sie zu murren beginnen, und dazu haben sie auch einigen Grund.«

Meredith saugte unbewusst an der Spitze ihres Daumens,

so wie sie es schon als Kind getan hatte, wenn sie sich Sorgen machte. Sie hatte vorgehabt, mit dem Ertrag der letzten Schmuggelfahrt die letzte Rate der Hypothek auf Ducket's Spinney zu bezahlen. Jetzt würde sie das aufschieben müssen. Ihr Wunsch, ihren Besitz wieder ihr Eigen zu nennen, hatte schon so oft zurückstehen müssen hinter nötigen Reparaturen; dies war so viel weniger befriedigend als in das Büro von Anwalt Donne in Fowey zu treten und ihm einen Bankwechsel zu übergeben, im Austausch für die Besitzurkunde ihres Landes. Der Anwalt hatte genauso wenig eine Ahnung wie all die anderen, woher das Geld stammte; doch er nahm an, dass sie es durch außergewöhnliche Sparmaßnahmen zusammenbekam. Man brauchte doch nur Lady Blake selbst anzuschauen, um zu sehen, dass sie jeden Penny umdrehte.

»Meinetwegen, Stuart! Lassen Sie die Reparaturen durchführen.« Nachdem sie sich der Notwendigkeit gebeugt hatte, haderte sie auch nicht mehr lange. Sie goss Kaffee ein, knabberte an einem Butterbrot und schob, wie es für sie typisch war, ihre Enttäuschung beiseite, während sie und der Verwalter die Bücher kontrollierten.

Nachdem Farquarson gegangen war, blieb Merrie jedoch an dem zerkratzten Eichenschreibtisch, der auch dem Hammer des Auktionators entgangen war, sitzen und starrte aus den hohen Fenstern, von denen aus man das Meer sehen konnte. Das Meer ... zwei Schmuggelfahrten im Monat würden ihre Probleme lösen. Sie könnte ihre Schulden bezahlen *und* ihren gesamten Besitz wieder erwerben. Aber den Profit zu verdoppeln würde auch bedeuten, das Risiko zu verdoppeln – ganz besonders jetzt, wo die Küstenwache so aktiv geworden war. Sie wusste, dass Jacques ihrem Vorschlag zustimmen würde – aber wären auch Bart und die anderen bereit, das erhöhte Risiko einzugehen? Nun, das würde sie erst herausfinden, wenn sie danach fragte, und es gab Arbeit zu erledigen, die nicht erledigt würde, wenn sie hier wie eine Ankleidepuppe hockte und aus dem Fenster starrte.

»Seecombe, ich werde bis zum Mittagessen in den Ställen sein. Der Hufschmied kommt gleich, und ich muss mit ihm reden.«

»Sehr wohl, Mylady!« Der Diener hielt die Seitentür für sie auf, und sie schritt hinaus in den warmen Sommertag. Es war eine solche Erleichterung, nach der düsteren Bibliothek draußen zu sein, dass sie auf dem Weg zu den Ställen ein wenig hüpfte. Es würde nichts ausmachen, wenn jemand das sah – immerhin war sie hier von Freunden umgeben.

Kurz vor Mittag tauchte Lord Rutherfords Hengst am Eingang von Pendennis auf. Die Türen standen bei der milden Luft weit offen, und ein betagter roter Setter spitzte ein Ohr, als er den Besucher entdeckte, ehe er seinen Mittagsschlaf in der Sonne fortsetzte. Es herrschte eine angenehm entspannte Atmosphäre rings um das anmutige warme Steinhaus, das schon seit zweihundert Jahren unverändert in dem gepflegten Garten stand. Rutherford betrachtete die Umgebung voller Anerkennung, ehe er Saracens Zügel um einen der steinernen Pfeiler der Balustrade legte und die wenigen Stufen der Treppe erklomm. Oben blieb er stehen und suchte nach etwas, mit dem er seine Ankunft melden konnte. Es schien weder einen Türklopfer noch eine Glocke zu geben. Die Gewohnheiten in Cornwall waren wirklich eigenartig. Wo sonst würde man wohl ein Haus finden, in dem alle Türen für Passanten offen standen? Er tat einen vorsichtigen Schritt in das dämmrige Licht der Eingangshalle. Wie auf ein Stichwort öffnete sich die grüne Tür im hinteren Teil, und eine kräftige, grauhaarige Gestalt, mit einer grünen Schürze ausgerüstet, kam auf ihn zu.

»Sir?« Es gelang Seecombe, seine Missbilligung durch seine Haltung auszudrücken. Fremde Herren in Pendennis sollten nach Meinung des Dieners nicht auch noch ermutigt werden.

Damian fand das gar nicht lustig. Diese verdeckte Unhöflichkeit schien für die kornische Dienerschaft charakteristisch zu sein. »Ist Lady Blake zu Hause?«, fragte er und warf dieser Gestalt, die so gar nichts von einem Butler an sich hatte, einen harten Blick zu.

»Das ist sie nicht, Sir«, wurde ihm erklärt.

»Wann erwarten Sie sie zurück?«

»Das kann ich nicht sagen, Sir.«

Leider würde ihm nichts anderes übrig bleiben, als seine Karte dazulassen – etwas, das er zu vermeiden gehofft hatte, weil er stark vermutete, dass sein Opfer, inzwischen vorsichtig geworden, ihm sicherlich auswiche.

»Es ist Lord Rutherford! Ich habe dir doch gesagt, dass ihm dies Pferd gehört, Theo.« Rob, gefolgt von einem jungen Spaniel mit flatternden Ohren, kam in die Halle gelaufen. »Guten Tag, Sir. Wie geht es Ihnen? Das ist mein Bruder Theo. Wir waren im Dorf, unten am Quai«, fügte er hinzu, als würde Damian diese Information enorm interessieren. »Sind Sie gekommen, um uns zu besuchen?«

»Das war meine Absicht«, stimmte Damian ihm zu. »Aber ich habe gehört, dass deine Schwester nicht zu Hause ist.« Er nickte Theo zu, der mit großen Augen die Krawatte Seiner Lordschaft betrachtete, den Schnitt seines Rockes und die Passform seiner engen Lederhose um die kräftigen Schenkel.

»Ist ... wurde Ihr Rock von Weston geschneidert, Sir?«, stotterte Theo.

»Zufällig ja. Aber du solltest nicht so starren. Das zeigt einen Mangel an Manieren.« Lord Rutherford fand seinen Tadel nicht besonders scharf; doch offensichtlich war der Empfänger jegliche Form der Zurechtweisung nicht gewohnt, denn er wurde vor Scham über und über rot und begann, eine Entschuldigung zu stottern.

»Oh, stell dich nicht so an, Theo«, riet Rob ihm. »Dann

siehst du nur noch dümmer aus. Seine Lordschaft hat das nicht unfreundlich gemeint, oder, Sir?«

Damian versicherte den beiden Jungen eilig, dass ihm nichts ferner lag. Keinesfalls wollte er unfreundlich sein, er hatte nur automatisch auf das reagiert, was ihm auf den ersten Blick als zu große Neugier erschienen war. Noch einmal sah er die beiden Brüder an und stellte die Ähnlichkeit mit ihrer Schwester fest sowie die angeknackste Würde des älteren. Mit einem Stich erinnerte er sich an seine eigene Jugend, und in dem Bemühen, seinen Fehler wieder gutzumachen, lächelte er. Das Lächeln wurde mit sofortigem Vertrauen und Wärme erwidert, und Seine Lordschaft fühlte sich eigenartig erleichtert, dass seine unbedachte Ermahnung seinen Ruf nicht unwiederbringlich zerstört hatte.

»Merrie ist nur in den Ställen«, erklärte Rob. »Sie wird bald zurück sein, nicht wahr, Seecombe?«

»Das kann ich nicht sagen, Master Rob«, antwortete der Diener zurückhaltend. »Ich kenne die Pläne der Lady nicht.« Mit diesen Worten wandte er sich um und verschwand im hinteren Teil des Hauses.

»Was für ein Unsinn!« Rob sah ihm erstaunt nach. »Merrie sagt Seecombe immer, wann sie zurückkommt und wohin sie geht. Denken Sie, dass er glaubt, Merrie wollte Sie nicht sehen, Lord Rutherford?«

»Ich wünschte, du würdest lernen, ab und zu einmal deinen Mund zu halten.« Theo, der seine Fassung wieder gefunden hatte, schalt seinen jüngeren Bruder heftig. »Was soll Lord Rutherford bloß von uns denken! Möchten Sie bitte ins Wohnzimmer kommen, Sir? Ich schicke jemanden, der meine Schwester holt.«

»Aber sie wird doch ohnehin bald zurück sein«, protestierte Rob. »Und wen willst du schicken?«

»Dich«, zischte Theo ihn an.

Damian trat durch die Tür, die Theo ihm aufhielt, und fragte sich, ob er wohl im nächsten Augenblick die beiden Kampfhähne würde trennen müssen.

»Geh und sage Merrie, dass Lord Rutherford gekommen ist, Rob«, befahl Theo seinem Bruder.

»Hör mal, sie ist wahrscheinlich schon auf dem Weg ins Haus. Sie wollte doch nur dem Hufschmied wegen Jens kaputtem Huf Bescheid sagen, und der ist schon vor zehn Minuten wieder abgefahren.«

»Sie wird sicher gern wissen, dass sie Besuch hat«, erklärte sein Bruder und bedachte ihn mit einem wütenden Blick.

»Oh!« Rob schien langsam zu begreifen. »Du denkst, sie möchte sich vielleicht erst noch umziehen, wenn sie hört, dass es Lord Rutherford ist?«

Seine Lordschaft begann sich voller Interesse umzusehen und ignorierte den Streit der beiden hinter sich. Er konnte trotzdem nicht überhören, wie Rob flüsterte: »Mir ist es ganz egal, was du glaubst – Merrie sind solche Sachen vollkommen gleichgültig.« Es gab einen unterdrückten Aufschrei, das Geräusch einer Rauferei, und dann war Stille. Rutherford wandte sich ab von dem einzigen Stück, das in dem schäbigen und doch freundlichen Raum einigen Wert hatte – einer hübschen japanischen Handarbeitstruhe, die auf einem Beistelltischchen unter dem Fenster stand – und merkte, dass er allein war. Nun machte er sich energisch auf in Richtung Stallhof. Sein Empfang war so ungewöhnlich gewesen, dass er sich berechtigt fühlte, die Dame des Hauses auf eigene Faust zu suchen; außerdem vermutete er stark, dass sowohl Theo als auch Rob in der Hitze des Gefechts vollkommen vergessen hatten, dass sie ihre Schwester von seinem Besuch unterrichten wollten – falls sie sich überhaupt noch an seine Anwesenheit erinnerten.

Die Ställe fand er, wie erwartet, an der westlichen, der geschützten Seite des Hauses. Sie waren sauber und ordentlich und zeigten alle Anzeichen von guter Führung – ganz im Gegensatz zu denen von Mallory-Haus. Von Merrie Trelawney fehlte allerdings jegliche Spur.

Ein Junge saß auf einem umgekippten Eimer, ein Stück Brot und Käse in der einen, einen Krug mit Bier in der anderen Hand. Er gab ihm die Information, dass er seine Herrin zum letzten Mal im Schuppen gesehen hatte. Damian machte sich also auf zu dem rot gedeckten Gebäude. Es war düster und staubig im Inneren, und er blieb einen Augenblick stehen, um den herrlichen Duft von Heu einzuatmen und die ordentlich aufgestapelten Ballen zu begutachten. Dies war ein Besitz, der in den Wintermonaten keinen Mangel leiden würde. Die Anzeichen einer tüchtigen Verwaltung waren überall zu sehen, in dem matten Glanz der Heugabeln und Rechen, dem gekehrten Hof, den vollen Regenwasser-Fässern.

»Lady Blake?«, rief er in den dunklen Schuppen hinein. Nur Stille antwortete ihm.

Meredith, die oben auf dem Heuboden saß, erstarrte. Was, zum Teufel, fiel diesem Kerl ein. Spielte er Schicksal, das ihr sogar in die Sicherheit ihres ›Heiligtums‹ folgte? Wenn sie sich nicht muckste, würde er vielleicht wieder verschwinden. Der Klang der Stiefel auf dem Pflaster des Schuppens war zu hören.

»Es ist schon so viele Jahre her, seit ich Verstecken gespielt habe, Sie müssen mir also die Regeln noch einmal in Erinnerung rufen«, rief er, und in seiner Stimme lag offensichtliche Belustigung. Merrie überdachte schnell ihre Möglichkeiten. Sie konnte sich weiter wie ein gejagtes Kaninchen hinter den Heuballen verstecken, sie konnte in selbstgerechter Entrüstung verlangen, dass er sofort ihren Besitz verließ, oder sie konnte ihre Anwesenheit kundgeben. Nur die letzte Möglichkeit beließe ihr eine Art Würde; aber noch als sie zögerte, erschien bereits der ordentlich gekämmte Schopf von Lord Rutherford auf der Leiter, die zu dem Heuboden führte. »Ah, da sind Sie ja«, meinte er mit ruhiger Freude. »Ich habe Sie gerufen, aber wahrscheinlich haben Sie mich nicht gehört.«

»Ich bin ziemlich beschäftigt, Sir«, antwortete sie mit ein wenig undeutlicher Stimme und wandte sich dann wieder ihrer Tätigkeit zu. »Womit habe ich das Vergnügen verdient?«

»Vergnügen? Irgendwie hört sich dieses Wort an, als wäre es nicht die Wahrheit«, überlegte Rutherford laut und schwang sich auf den Bretterboden. In dem schwachen staubigen Licht sah er, dass sie sich in einer Ecke unter die Dachbalken duckte, wo ein rundes Fenster ein wenig Helligkeit hereinließ. »Vielleicht kann ich Ihnen helfen«, bot er an.

»Das glaube ich nicht, Sir.« Merrie wandte ihm entschlossen den Rücken zu und versuchte so zu tun, als bemerkte sie nicht, dass er sich ihr näherte. Der Teufel sollte diesen Laffen holen! Warum erwischte er sie immer dann, wenn sie sich ihm gegenüber im Nachteil befand? Sie war gekleidet wie ein Milchmädchen, mit Stroh im Haar und voller Staub. Unter diesen Umständen konnte sie nicht einmal die schreckhafte, zimperliche, weltfremde Witwe spielen – wenigstens nicht, wenn sie überzeugend erscheinen wollte. Aber nach dem letzten Abend würde diese Rolle ihrem Zuschauer sowieso nur wenig glaubwürdig erscheinen. »Wenn Sie mir helfen möchten, Lord Rutherford, dann werden Sie so leise wie möglich wieder abtreten! Sie sind sowieso schon verängstigt genug, und ich fürchte, sie werden an Herzversagen eingehen. Sie sind so hilflose kleine Geschöpfe!«

Anstatt zu fragen, wovon sie überhaupt sprach, entschied Rutherford sich, das am besten selbst herauszufinden. Er kam über die Bretter auf sie zu und blieb hinter ihr stehen. Das Sonnenlicht, das durch das runde Fenster fiel, ließ die Krone ihres kastanienbraunen Haares aufleuchten, und für einen Augenblick war er abgelenkt. Ihr schlichtes Kleid aus verblichenem Musselin war eine unglaubliche Bereicherung gegenüber dem Trauergewand vom vergangenen Abend. Es schmiegte sich an die sanften Rundungen eines wundervoll schlanken Leibes. Schlank, aber wieder bemerkte er die Festigkeit, die ihm auch schon am gestrigen Abend aufgefallen war. Sie hielt sich beinahe wie ein Soldat – als wäre ihr Körper ein Instrument, das sie unter Kontrolle hatte. Was hatte sie nur in diesem zurückgezogenen Leben, das sie führte, getan, um zu diesem Ergebnis zu gelangen? Es war eine faszinierende Frage, eine Frage, auf die er schon sehr bald eine Antwort zu finden gedachte. Aber falls es ihm nicht gelang, die unbestreitbare Feindseligkeit zu überwinden, die ihm entgegenschlug, könnte er genauso gut nach Mallory-Haus zurückkehren.

Er sah, dass sie ein perfektes Vogelnest im Schoß hielt, mit drei jungen Hausschwalben darin. Instinktiv hockte er sich neben sie und fragte leise: »Was wollen Sie mit diesen Babys anfangen?«

»Die Mutter hat sie verlassen«, hörte Merrie sich ihn informieren, »weil sie noch nicht fliegen wollen. Ich habe sie die letzten Tage beobachtet, und sie hat ununterbrochen versucht, es ihnen beizubringen. Sie sind irgendwie verängstigt, die kleinen Dummerchen – trotz ihrer Größe. Ich habe vor, das Nest mit nach unten zu nehmen und es auf eine der niedrigeren Fensterbänke zu setzen. Vielleicht wagen sie es von dort aus eher.«

»Sehr wahrscheinlich wird sie dort die Katze erwischen«, wandte Rutherford ein.

»Nun, entweder das, oder sie verhungern hier oben«, erklärte sie. »Versuchen will ich es wenigstens. Wenn Sie die Leiter wieder hinunterklettern, reiche ich Ihnen das Nest. Die Leiter ist ein wenig wackelig, müssen Sie wissen. In Röcken die Leiter mit nur einer Hand hinunterzuklettern, scheint mir etwas unsicher.«

»Eine weise Entscheidung«, murmelte er. »Hätten Sie keine Röcke an, wäre es eine andere Sache.«

Dieser verflixte Eindringling! Er machte sich schon wieder über sie lustig. Dann aber ging ihr auf, dass diese Bemerkung eigenartig klang. Sie ergäbe nur dann einen Sinn, wenn sie die Gewohnheit hätte, keine Röcke zu tragen – wie Seine Lordschaft es soeben andeutete. Warum, zum Teufel, musste er nur so scharfsinnig sein? Oder warum war sie so sorglos? Genau das hatte sie nämlich mit ihrer Bemerkung gemeint. In ihrer Hose hätte sie nicht gezögert, mit einem Vogelnest in der Hand eine Leiter hinunterzuklettern.

Am besten überhörte sie seine Bemerkung einfach. »Würden Sie so freundlich sein, das Nest zu halten, Mylord, während ich aufstehe?« Sie sprach mit gesammelter Würde und reichte ihm das Nest. Die Küken zwitscherten voller Angst, als er es entgegennahm. Junge Vögel zu retten war keine Tätigkeit, die er als bisheriger Soldat kannte. Er hatte Kameraden auf dem Schlachtfeld gerettet, Frauen und Kinder vor plündernden Armeen geschützt und natürlich auch sein Kriegshandwerk ausgeübt. Warum also sorgte er sich hier um das Schicksal dieser bemitleidenswerten, zerbrechlichen Geschöpfe, deren Überlebenschancen höchstens minimal waren?

Insgeheim zuckte Rutherford die Schultern und akzeptierte die Richtung, in die ihn das Schicksal dirigierte. Ein solcher Verlauf war erfrischend neu, und er schnalzte beruhigend mit der Zunge, auch wenn die Piepmätze sich dadurch nicht trösten ließen.

Merrie stand auf, schüttelte die Röcke aus und wischte ungeduldig das Stroh und den Staub aus den Falten. Heu hing in der glänzenden kastanienbraunen Fülle. Eine solche Gelegenheit würde er sich nicht entgehen lassen, entschied Seine Lordschaft mit einem beinahe entschuldigenden Seufzer.

»Nehmen Sie doch bitte einen Augenblick das Nest zurück.« Automatisch streckte sie die Hand aus und nahm es an sich, ließ momentan ihre Vorsicht ihm gegenüber außer Acht. »Sie sind ganz schmutzig«, erklärte er, »und da Sie keinen Spiegel haben, ist es wohl in Ordnung, wenn ich das richte.« Merrie erstarrte unter seinen Händen, während er über ihr Haar strich, Stroh, Staub und kleine Federchen daraus entfernte. Behindert durch ihre Schützlinge hatte sie keine andere Wahl, als still stehen zu bleiben, während er ihr den Rock abklopfte, ihren Kragen zurechtrückte und ihre Schärpe band. »Also, das sieht schon viel besser aus.« Er trat einen Schritt zurück und nickte zustimmend. »Wenn Sie mir jetzt das Nest wiedergeben, bin ich auch noch einmal einverstanden mit einer Ohrfeige. Da Sie meine Erlaubnis dazu haben, werde ich mich diesmal nicht rächen – es sei denn, Sie wünschen das!«

Wie konnte nur jemand so unerträglich sein! Meredith kniff die Augen zusammen, und ein eisiges Lächeln umspielte ihren Mund. »Warum sollte ich Sie schlagen wollen, Lord Rutherford? Ich bin Ihnen doch dankbar für Ihre Hilfe. Wenn Sie jetzt freundlicherweise die Leiter hinunterklettern würden, reiche ich Ihnen das Nest nach.«

Rutherford grinste reumütig und hob die Hand in der Geste eines Fechtenden, der einen Treffer anerkennt. »Touché, Merrie Trelawney! Tausendfache Entschuldigung für ein so plumpes Duell! Ich erflehe Ihre Vergebung!«

Warum verspürte sie den Wunsch, zu lachen? Noch einen Augenblick zuvor hätte sie ihn am liebsten mitten ins Herz geschossen! Jeglicher Zynismus war aus seinen grauen Augen verschwunden, die noch gestern gelangweilt verzogenen Lippen kräuselten sich jetzt, sogar seine Arroganz schien gemildert von der scheinbar akzeptierten Niederlage. Er war beinahe ein anderer Mensch. Was für ein beunruhigender Gedanke! Abrupt wandte Meredith sich der Leiter zu und beeilte sich, das Thema zu wechseln.

»Von wem haben Sie erfahren, wo Sie mich finden? Seecombe hat es Ihnen sicher nicht gesagt, darauf würde ich wetten.«

»Nein«, gab er zu. »Seecombe hätte sich lieber die Zunge aus dem Hals schneiden lassen. Glücklicherweise kam gerade, als ich an der Tür abgewiesen wurde, der junge Rob.«

»Ah, das erklärt alles!« Merrie musste trotz allem lachen. »Warum hat er Sie nicht begleitet?«

»Er und Theo fingen an zu streiten«, begann Damian vorsichtig, »und – äh – sie schienen meine Anwesenheit sozusagen vergessen zu haben.«

»Oje!« Meredith seufzte und sprach dann aus irgendeinem Grund weiter – als sei ihr Begleiter in die Geheimnisse der Familie eingeweiht. »Der arme Theo findet, dass Rob eine echte Landplage ist. Ich nehme an, wenn man fünfzehn ist und so herangereift, dann sind elfjährige Brüder *wirklich* eine ernsthafte Zumutung. Ich habe daran gedacht, Rob nach Eton zu schicken anstatt nach Harrow, um Theo die Schande zu ersparen; aber die Trelawneys und die Merediths sind immer nach Harrow gegangen, und keiner von ihnen wollte etwas von Eton hören.«

»Ach, Sie brauchen sich keine Sorgen zu machen. Wenn ich mich recht erinnere, wird Theo ausreichend Unterstützung dabei finden, seinen Bruder auf den rechten Platz zu verweisen; außerdem bin ich davon überzeugt, dass Rob, wie die meisten Schüler der ersten Klasse, die der vierten Klasse ignoriert. Was zu Hause geschieht, wird sich in der Schule nicht wiederholen.« Er sprach seine Worte mit einer gewissen Ungeduld aus. Schuljungen interessierten ihn nicht sonderlich. Doch als sich ihr besorgtes Gesicht wie durch ein Wunder aufhellte, bedauerte er seine Schroffheit sofort.

»Das ist ein großer Trost«, meinte Merrie. »Ich hatte solche Angst, dass Theo wegen Rob Schwierigkeiten in der Schule bekommen könnte. Aber Sie kennen sich in solchen Dingen ja wohl aus.«

Damian nickte und freute sich über die Wärme, die er fühlte, weil er diese ungewöhnliche Person hatte beruhigen können, die für einen Moment so ausgesehen hatte, als würde sie die Last der ganzen Welt auf ihren schmalen Schultern tragen.

Merrie sah, wie seine grauen Augen plötzlich ganz dunkel wurden, und fühlte sich unbehaglich. Mit einem abscheulichen Zyniker konnte sie besser umgehen als mit einem Lord Rutherford, aus dessen Augen ihr Humor und Anteilnahme entgegenstrahlten. Wenigstens war sie sich ihrer Stellung und ihrer Gefühle sicher, wenn sie eines ihrer Wortgeplänkel ausfochten. Einen Moment lang war die Anspannung zwischen ihnen deutlich zu spüren, dann brachte Rutherford zu Merries Enttäuschung und Erleichterung ihre Beziehung zueinander wieder auf den normalen Stand. »Wenn Sie mir das Nest geben, werde ich es nach unten tragen. Da ich nicht durch Röcke behindert bin, schaffe ich das sicher leichter.«

Meredith presste die Lippen zu einem schmalen Strich zusammen, doch dann reichte sie ihm lammfromm ihre Schützlinge; es fiel ihr nämlich nicht sogleich eine patzige Erwiderung ein. Sie folgte ihm rasch die wackelige Leiter hinunter, ganz ohne seine ritterliche Hilfe, und Damian legte das Nest auf die breite Fensterbank des einzigen Fensters.

»Hoffentlich haben Sie nicht Recht mit der Katze«, murmelte sie und runzelte besorgt die Stirn. »Wenn Sie einen Augenblick hier bleiben und aufpassen würden, dann grabe ich ein paar Würmer aus. Bestimmt sind die armen Dinger schrecklich hungrig.«

»Sie wollen *was* tun?«, rief Lord Rutherford aus. Dann begannen seine Schultern zu beben. »Oh, Merrie Trelawney, Sie sind mir wirklich eine Nummer. Sie werden wirklich nach Würmern graben, wie ein Straßenkind mit einem Stock und einem gebogenen Stück Draht, das fischen gehen will?« Er lehnte sich gegen den Schuppen und brach in lautes Gelächter aus. Seit vielen Monaten hatte er nicht mehr so herzlich gelacht, sein ganzer Körper schien sich vor Freude zu öffnen.

Einen Augenblick stand Meredith verwirrt vor ihm, ehe sie begriff, warum er sich so amüsierte. Ihr Vorhaben erschien ihr vollkommen normal; doch jetzt, da ihr die Maskerade einfiel, die sie seinetwegen gestern Abend aufgeführt hatte – die verhuschte, sittsame Witwe Blake, die albern stammelte und vor Aufregung ihre Sachen fallen ließ –, durfte sie sich über seine Heiterkeit eigentlich nicht wundern. Ihre Wangen röteten sich in einer Mischung aus Entrüstung und Unbehagen. »Oh, hören Sie doch auf«, wehrte sie eilig ab. »So lustig ist das gar nicht.«

»Oh doch, unbedingt«, keuchte er. »Es ist ganz einfach köstlich. *Sie* sind in der Tat eine Nummer, Merrie Trelawney – ein wundersames Rätsel, das ich zu lösen gedenke.«

Ein kalter Schauder rann ihr bei diesen Worten über den Rücken, und sie steigerte sich bewusst in Empörung hinein, stampfte mit den Füßen. »Hören Sie auf, sage ich! Was fällt Ihnen ein, mich auszulachen! Sie befinden sich unbefugt auf meinem Grund und Boden, oder wenigstens sind Sie hier, ohne eingeladen worden zu sein – und ich werde keine weiteren Unhöflichkeiten dulden.«

Rutherford hörte auf zu lachen, obwohl tief in seinen Augen immer noch Belustigung glomm. »Dann sollte ich vielleicht versuchen, das wieder gutzumachen – mit ein wenig Höflichkeit«, erklärte er sanft und legte die Hände auf ihre Schultern. Meredith trat einen Schritt zurück; das eigenartige Gefühl, wie wenn Schmetterlinge in ihrem Bauch flatterten, beschlich sie – und sie konnte ihm nicht entkommen, als er sie an sich zog. »Es liegt Leidenschaft in Ihnen, Merrie Trelawney! Eine Leidenschaft, mit der ich mich eingehender befassen möchte«, flüsterte er und legte eine Hand in ihren Nacken, während sich sein Kopf zu ihr senkte, bis ihre Lippen einander berührten. Merrie schloss die Augen und atmete tief den Duft seiner Haut ein, einen Geruch von warmer Sonne, der sich vereinte mit seinem Geschmack, als seine Zunge sich in die weiche Höhle ihres Mundes schob. Seine Hände strichen über ihren Rücken, er spürte ihre Haut, warm und nachgiebig unter dem dünnen Stoff ihres Kleides; er streichelte ihre Hüften, knetete ihr Gesäß, und sie drängte sich mit einem leisen Aufstöhnen, das tief aus ihrem Inneren kam, an ihn.

»Gütiger Himmel!«, murmelte Lord Rutherford verwundert und hob langsam den Kopf. »Wer *sind* Sie, Merrie Trelawney? Ich glaube, ich bin verzaubert.«

Meredith stand in einem Strahl Sonnenlicht, den Handrücken hatte sie auf ihre warmen, prickelnden Lippen gepresst, bis die Welt aufhörte, sich um sie zu drehen, und sie ihre Lage in ihrer ganzen Klarheit erkannte. Sie konnte die Anziehungskraft dieses Mannes auf sie nicht abstreiten, weder sich selbst noch ihm gegenüber. Aber was konnte sie in diesem Fall nur dagegen tun?

»Merrie? Merrie? Wo bist du?« Robs ungeduldige Stimme zerbrach die Anspannung zwischen ihnen wie Glas.

»Im Schuppen«, rief sie zurück und ging schnell zur Tür – dabei vermied sie es, ihren Begleiter anzusehen.

»Oh, du hast Lord Rutherford gefunden«, sprudelte Rob heraus, als er an der Tür erschien. »Das ist gut, denn Theo und ich haben ihn vorübergehend ganz vergessen. Seecombe hat gesagt, es sei Zeit zum Essen, und wenn du nicht schnell kommst, werden die Austern kalt. Die Köchin hat sie nach ihrem ganz speziellen Rezept zubereitet«, verriet er Rutherford. »Sie wird schrecklich wütend, wenn sie verderben. Ist das nicht so, Merrie? Natürlich hätten Hugo und Theo und ich sie auch allein essen können, wenn ich dich nicht gefunden hätte.« Er strahlte die beiden an. »Ich hoffe, Sie mögen überbackene Austern, Lord Rutherford.«

Meredith blinzelte verwundert. Hatte Rob Seine Lordschaft etwa gerade zum Essen eingeladen?

»Sie sind eines meiner Lieblingsgerichte«, behauptete Rutherford im Brustton der Überzeugung.

»Oh, wie schön! Es ist genug da für alle, und Hugo kann es kaum erwarten, Sie kennen zu lernen.« Mit diesen Worten schob er seine Hand in die von Rutherford, als wären sie uralte Freunde, und zog ihn zum Haus.

Was sollte Merrie anderes tun, als den beiden zu folgen und gute Miene zum bösen Spiel zu machen ... Wenigstens würde die Gesellschaft ihrer Brüder dafür sorgen, eine häusliche und undramatische Atmosphäre zu schaffen.

Das Mittagessen in Pendennis, so stellte Seine Lordschaft auf den ersten Blick fest, war beileibe kein leichter Imbiss. Auf dem Tisch im Esszimmer standen sowohl Lendenfilet als auch Schinken, eine Terrine mit dicker Gemüsesuppe, die versprochenen überbackenen Austern, Käse und Früchte – ein Mahl, das dem Appetit der heranwachsenden Jungen gerecht wurde. Rob und Theo griffen herzhaft zu, ihren vorherigen Streit hatten sie offensichtlich beigelegt. Hugo Trelawney, ein blasser, spindeldürrer junger Mann mit einem viel zu ernsten Gesicht, gab sich höflich, als er Lord Rutherford vorgestellt wurde, und spielte mit dem Essen vor sich. Oder zumindest, so überlegte Damian, machte er den Anschein, als würde er damit spielen. Eine recht ansehnliche Menge Fleisch fand den Weg auf seinen Teller und verschwand dann auch in seinem Magen. Meredith trank Tee, die Jungen Limonade, und Lord Rutherford wurde ein Krug mit schäumendem Bier gereicht, das, wie Hugo ihm feierlich erklärte, selbst gebraut war.

Meredith entschuldigte sich dafür, dass sie ihm keinen Claret anbieten konnte; denn, wie sie ihm charmant erklärte, brauchte jede Flasche, die sie aus dem Keller holte, etwa eine Stunde, um zu atmen – damit der Wein sein Aroma entfaltete. Da sie keine Gäste erwartet hatten, waren sie darauf nicht vorbereitet gewesen. »Sie werden feststellen, dass das in den meisten Häusern in der Nachbarschaft so ist«, ergänzte sie. »Wir sind alle sehr stolz auf unsere Weinkeller.«

»Ja, und das verdanken wir den Gentlemen«, meldete sich Rob. »Sie bringen jeden Monat ihre Lieferungen, aber man sieht sie niemals, und man hört sie auch nicht kommen, denn sie umwickeln die Hufe ihrer Ponys. Ist es nicht so, Merrie?«

»Das wird behauptet«, antwortete sie, ohne mit der Wimper zu zucken. Es war ein relativ harmloses Gesprächsthema und trotzdem einigermaßen fesselnd. »In diesem Teil des Landes ist es ein großes Geschäft, Lord Rutherford. Hatten Sie schon die Gelegenheit, sich Lord Mallorys Weinkeller anzusehen? Ganz ohne Frage werden Sie feststellen, dass er sehr gut bestückt ist.«

»Ich habe den Brandy probiert und fand ihn in der Tat mehr als hervorragend«, pflichtete er ihr bei. »Übrigens interessiere ich mich sehr für diese Gentlemen.« Er blickte von seinem Teller auf, und der plötzlich scharfe Blick seiner Gastgeberin überraschte ihn.

»Nur Außenstehende finden das Thema Schmuggel romantisch, Sir«, meinte Meredith und zuckte leicht die Schultern. »Für die Männer aus Cornwall gehört es zum Alltag – gefährlich und meistens schmutzig.«

Die Bemerkung war eindeutig dazu bestimmt, ihn in seine Schranken zu verweisen – ein ahnungsloser Außenstehender mit vagen Vorstellungen von diesem Geschäft. »Ich habe nicht behauptet, dass ich das Schmuggeln romantisch finde«, entgegnete er vorsichtig. »Interessant ist wohl eher das richtige Wort. Zufällig bin ich neulich Schmugglern begegnet, müssen Sie wissen.«

Mit einem leisen Klirren fiel Merediths Gabel auf den Teller. »Wie konnte das denn passieren?«, wollte sie wissen. »Niemand sieht sie jemals.«

»Aber ich schon«, antwortete er genauso sanft wie zuvor und fragte sich, was, um alles in der Welt, wohl mit ihr los war. Sie sah so verstört aus, als säße sie unversehens in einem Ameisenhaufen.

»Wo, Sir?« Rob hüpfte auf seinem Stuhl auf und ab, und sogar Hugo hatte aufgehört zu kauen.

»Auf der Klippe, in der Nacht, in der ich hier ankam.« Er nahm sich noch ein Stück Lendenfilet. »Sie lieferten sich gerade ein Scharmützel mit der Küstenwache, soweit ich das feststellen konnte.«

»Und wer hat gewonnen?« Theo starrte ihn an, die Augen hatte er weit aufgerissen.

Damian lachte leise. »Oh, zweifellos die Schmuggler. Sie verschwanden, müsst ihr wissen, direkt unter den Augen der Staatsmacht. Es war faszinierend.«

»Wo waren Sie denn, als sich das abspielte?«, fragte Meredith, die sich mittlerweile wieder gefangen hatte.

»Ich hatte mich hinter einem Ginsterbusch versteckt.« Noch einmal lachte er auf. »Es war teuflisch ungemütlich, ganz zu schweigen von der unpassenden Situation – aber es war die Sache wert. Ihr Anführer hat mich neugierig gemacht.«

»Wie? Warum?« Rob war nicht in der Lage, auf seinem Stuhl sitzen zu bleiben, er hüpfte um Seine Lordschaft herum. »Ich habe noch nie mit jemandem gesprochen, der die Gentlemen gesehen hat!«

»Setz dich hin, Robin«, befahl seine Schwester in scharfem Ton. »Das ist wohl kaum eine welterschütternde Mitteilung.«

»Warum waren Sie denn neugierig, Sir?«, fragte Hugo, als sein Bruder sich schmollend wieder hinsetzte.

»Er schien eher noch ein Junge zu sein«, erklärte Damian. »Fast zu jung, um eine solche Gruppe anzuführen – doch offensichtlich sehr kompetent.« Er fragte sich, ob er ihnen wohl von seiner Vermutung erzählen sollte, doch Meredith warf ihm tödliche Blicke zu; deshalb beschloss er, seine Gedanken für sich zu behalten. Sie würde ihm sicher vorwerfen, dass seine Phantasie mit ihm durchginge. Offensichtlich hielt sie aus irgendeinem Grund dieses Thema als unpassend für den Mittagstisch.

»Wenn Sie selbst mit den Gentlemen in Verbindung treten wollen, um Ware von ihnen zu bekommen, dann müssen Sie ihnen eine Nachricht schicken«, belehrte Rob, der sich von der Rüge wieder erholt hatte, Seine Lordschaft. »Ist das nicht so, Merrie?«

»Ich kann mir nicht vorstellen, dass Lord Rutherford lange genug in dieser Gegend bleiben wird, um so etwas ins Auge zu fassen, Rob«, entgegnete seine Schwester, und ihre Stimme drückte deutlich aus, dass die Angelegenheit für sie jetzt beendet war.

»Aber ich habe mich noch gar nicht entschieden, wie lange ich bleibe«, erklärte Damian verschmitzt und sah, wie Merries Augen gefährlich aufblitzten, ehe sie den Blick auf den Apfel senkte, den sie gerade schälte.

»Wir können Ihnen hier nur sehr wenig Abwechslung bieten«, meinte sie. »Bestimmt werden Sie sich sehr schnell langweilen und sich nach den Freuden der Londoner Gesellschaft sehnen.«

»Also, ich frage mich, wie Sie wohl zu diesem Schluss gekommen sind«, dachte Seine Lordschaft laut nach. »Ich kann doch nicht den Eindruck gemacht haben, als hätte ich mich gestern Abend nicht amüsiert? Um ehrlich zu sein, freue ich mich schon auf eine Wiederholung.«

Meredith biss sich auf die Lippen. Er neckte sie schamlos,

und in der Anwesenheit ihrer Brüder war sie nicht in der Lage, es ihm mit gleicher Münze heimzuzahlen.

»Außerdem, Merrie, gibt es hier eine Menge zu unternehmen«, mischte Rob sich ein. »Reiten und schießen und fischen. Vergiss auch nicht die Soireen, und Fowey ist eine beachtlich große Stadt ...«

»Du hast ja keine Ahnung«, unterbrach Theo ihn. »Verglichen mit London oder Brighton ist Fowey ein Kuhdorf. Stimmt's, Hugo?«

»Ganz richtig. Sogar verglichen mit Oxford ist es winzig«, erklärte der älteste Trelawney.

»Aber ich habe es gar nicht verglichen«, protestierte Rob nachdrücklich. »Ich habe auf der Fahrt zur Schule auch größere Städte gesehen, ein Blinder bin ich nicht! Aber in diesem Teil des Landes ist Fowey eine große Stadt!«

»Hm – kann sein«, räumte Theo ein, und Rob war für einen Augenblick still.

»Wie würde man denn den Gentlemen eine Nachricht schicken?«, fragte Lord Rutherford ganz nebenbei, um den Jungen Zeit zu geben, sich wieder einzukriegen. Vage überlegte er, warum er das wohl tat.

»Das ist kein Thema, das man mit Kindern und Frauen erörtert, Mylord«, verwies Meredith ihn. »Wenn Sie es jedoch ernst meinen, dann sollten Sie Sir Algernon Barrat fragen. Ich bin überzeugt, dass er Ihnen in dieser Hinsicht Auskunft geben kann.« Sie bedachte ihn mit einem Lächeln, das so ausdruckslos war wie Milchpudding; doch der Ton ihrer Stimme ließ ihn aufhorchen. Trotz ihres unschuldigen Äußeren, mit ihrer nüchternen Frisur und dem schlichten Kleid war Lady Meredith Blake, die so schicklich bei diesem Familienmahl am Tisch saß, doch eine Kraft, mit der er rechnen musste. Sie hatte ihm soeben den ziemlich direkten Befehl gegeben, über etwas anderes zu plaudern, und das tat er auch – obwohl er nicht ganz einsah, warum er das sollte. Vielleicht war es eine eigenartige Sitte in Cornwall, die nur Eingeweihte verstanden!

Kurz danach verabschiedete er sich. Seine Gastgeberin gab sich sowohl würdevoll als auch zurückhaltend, als sie ihn zu seinem Pferd begleitete. Saracen war während seines Aufenthaltes bestens versorgt worden, und Rutherford bedankte sich dafür, als er auf dem mit Kies bestreuten Weg vor dem Haus nochmals Halt machte.

»Wir sind keine Barbaren, Sir, welche Gäste oder deren Pferde vernachlässigen«, erklärte sie kühl.

»Also, wodurch habe ich Sie eigentlich beleidigt?« Mit gerunzelter Stirn nahm er ihre Hände in seine.

Mit einem Ruck entriss Meredith sie ihm. »Wenn Sie das nicht wissen, dann sind Sie noch begriffsstutziger, als ich angenommen habe.«

»Und Sie sind sehr unhöflich«, erklärte er knapp. »Bitte sprechen Sie nicht so mit mir.«

»Ich bitte tausendmal um Entschuldigung«, gurrte sie voller Sarkasmus. »Es war nicht meine Absicht, Ihr Zartgefühl zu verletzen – obwohl Sie offensichtlich der Meinung sind, Sie hätten das Recht, das meine zu überrumpeln.«

»Mit einem Kuss?«, fragte er und zog die Augenbrauen hoch.

Zu ihrem Ärger errötete Merrie. »Ganz zufällig habe ich das nicht gemeint.«

»Ich frage mich, warum wohl nicht«, dachte er laut nach. »Sie hätten ganz sicher das Recht, Anstoß zu nehmen an der Freiheit, die ich mir herausnahm.«

»Sie sind unerträglich!«, zischte sie. »Wie können Sie mich nur ständig so herausfordern?«

Damian seufzte und griff nach Saracens Zügeln. »Sie sind in der Lage, meine schlimmsten Eigenschaften ans Tageslicht zu befördern, Merrie Trelawney. Aber ich habe Ihnen doch eine ganz einfache Frage gestellt: wodurch habe ich Sie beleidigt? Ihre Antwort verdiente eine ähnliche Unhöflichkeit.«

»Ein Gentleman hätte die andere Wange hingehalten«, gab sie zurück – unter gar keinen Umständen bereit zuzugeben, dass er Recht hatte.

»Ja, das ist sicherlich richtig«, stimmte Damian gelassen zu und schwang sich in den Sattel.

»Ich sollte es mir wohl gefallen lassen, dass Sie sich vor meinen Brüdern über mich lustig machten, wo ich nicht in der Lage war, mich zu revanchieren?«, fragte sie zornig.

»Ah, das hat Sie also verärgert.« Er nickte verständnisvoll. »Ja, Sie haben Recht. Es war unverzeihlich, Ihre Gastfreundschaft auf diese Art zu vergelten. Ich werde mich bemühen, das auszugleichen, Ma'am, wenn wir uns das nächste Mal treffen.« Er wandte sein Pferd, winkte ihr noch einmal zu und ritt den Weg hinunter.

Merrie sah dem schwarzen Pferd nach, bis es in der Ferne verschwand. Was geschah nur mit ihr? Ein Widerling marschierte in ihr geregeltes Leben und stellte es vollkommen auf den Kopf; und ihre Reaktion darauf war ein kindisches Bocken oder eine deutlich aufkeimende Leidenschaft! Außerdem hatte er sie auf dem Klippenweg gesehen. Soweit ihr bekannt war, hatte niemand in Landreth oder den Dörfern in der Nähe bisher je die Schmuggler gesehen. Es galt als ungeschriebenes Gesetz, dass die Einwohner der Orte das Gesicht zur Wand drehten, wenn die Bande unterwegs war. Aber Merrie begann zu fürchten, dass Damian, Lord Rutherford, seinen eigenen Gesetzen folgte. Solche hatte sie natürlich auch, seit jeher. Aber das war kein Grund, dass andere das gleiche Privileg für sich beanspruchten – besonders keine Fremden, die Cornwall oder die Menschen dieser Gegend nicht verstanden, die das verachteten, was sie sahen, und glaubten, stets das tun zu können, was ihnen gefiel.

6

Am folgenden Morgen zog Meredith ihre Reitkleidung an, ließ ihre knochige, doch zuverlässige Stute satteln und ritt ins Dorf. Landreth war ein Fischernest, in dem nur wenige Geschäfte getätigt werden konnten, es sei denn, sie hatten mit Hummerkörben an der Küste zu tun oder mit der Schänke des Falcon. Sie lenkte die Stute über die gepflasterte Straße zwischen den geweißten Katen hindurch und suchte nach Bart, wobei für die Hälfte derjenigen, die sie sahen, feststand, dass sie der Anführer war. Niemand außer Nan, Jacques und diesen Fischern, die der gleichen Arbeit nachgingen, kannte die Wahrheit, und alle wollten, dass es auch so blieb. Nur in der Geheimhaltung und dem Schweigen der Menschen lag ihre Sicherheit.

»Junge!« Sie winkte ein Kind von ungefähr sechs Jahren herbei, das barfuß war, in einer zerrissenen Hose und einem schmutzigen Hemd. Der Junge kratzte sich am Kopf und trottete über die schmale Straße auf sie zu.

»Ja, Ma'am.«

»Ich gebe dir einen Penny, wenn du in den Falcon gehst und Bart sagst, dass ich mit ihm sprechen möchte.«

Der Junge lief davon und verschwand durch die geschwärzte Tür der Schänke. Es war noch Morgen, doch in dem Schankraum gab es viel zu tun; denn die Fischer waren von ihrem Unternehmen in der Frühe zurück, bei dem sie die Hummerkörbe ausgebracht hatten. Jetzt gab es für sie nichts weiter zu tun als die ermüdende Arbeit, die Netze und Körbe zu flicken.

Die Atmosphäre war bedrückter als sonst, den Gesprächen fehlte das Deftige, dem Lachen die Wildheit. Ein paar Gesichter blickten sogar regelrecht finster drein. Der kleine Lümmel, der sich in dem von vielen Pfeifen verräucherten Raum umsah, erkannte bald den Grund dafür. So jung er war, spuckte er doch wütend auf den Boden. Die Anwesenheit der verhassten Küstenwache aus Fowey im Falcon war eine unverzeihliche Störung. Niemand wusste, was sie sich davon versprachen. Sie würden nichts hören, was sie verwenden konnten, das stand fest. In der Tat sahen die beiden Männer, die an der Bar lehnten, so unbehaglich und fehl am Platze aus, wie sie sich auch fühlten. Sie trugen keine Uniform, doch auch die einfachen Hosen und die Lederwesten vermochten nicht, sie zu tarnen; erbittert verfluchten sie die Dummheit dieser Tölpel in Fowey, die keine Ahnung hatten von den Menschen in Cornwall und es für so einfach hielten, sie zu bespitzeln. Allein der Anblick eines Fremden, auch des Allerunschuldigsten, genügte schon, dass die Menschen sich verschlossen – und einige der Fischer in dem Schankraum sahen wirklich furchterregend aus. Man würde ihnen nicht gern in einer dunklen Gasse begegnen oder in einer mondlosen Nacht.

Das Erscheinen eines kleinen Jungen, der sich wie ein Aal durch die Menschenmenge wand, erregte nur wenig Aufmerksamkeit. Kaum jemand bemerkte, dass er Bart etwas zuflüsterte. So weit es die Männer der Staatsmacht betraf, so war der Junge wahrscheinlich von seiner Mutter geschickt worden, um den Ehemann nach Hause zu holen. Die wenigen, die etwas von dem Auftrag des Kindes ahnten, wurden aufmerksam. Wenn Merrie in den Ort kam und nach Bart suchte, dann ging etwas Wichtiges vor. Wahrscheinlich wusste sie nicht, dass sich Regierungsspione im Schankraum aufhielten.

Bart lauschte dem Jungen, versetzte ihm dann einen freundlichen Klaps und schickte ihn wieder weg. Alles war ganz normal, nichts Ungewöhnliches hatte sich ereignet. Aber nicht er war es, der dem Jungen ins Freie folgte. Bart blieb, um noch einen Krug Bier zu trinken und einige abfällige Bemerkungen über das Aussehen der Fremden zu machen – Bemerkungen, bei denen sich die Betreffenden bemühten, sie zu überhören, auch wenn sie von einer Gruppe spottender, bärtiger Männer umgeben waren. Vor lauter bissigen Kommentaren bemerkten sie gar nicht, dass Luke Trewatha die Schänke verließ.

Luke schlenderte an Merrie vorbei, die draußen auf ihrem Pferd saß. Sie wechselten kein Wort miteinander, doch Merrie setzte sofort ihren Weg die Dorfstraße hinunter fort und ritt dann die Küste entlang. Etwas hatte Bart in der Schänke zurückgehalten, und Luke hatte ihr deutlich zu verstehen gegeben, dass es besser wäre, wenn sie auf der Stelle kehrtmachte. Bart wusste jetzt, dass sie mit ihm reden wollte, und er würde zu dem vereinbarten Treffpunkt in der Höhle unter dem Haus kommen, zwei Stunden nach Anbruch der Nacht. Dann würde sie auch erfahren, was in der Schänke los gewesen war.

Eher durch Zufall als durch Absicht kam sie eine Weile später an der niedrigen Mauer vorüber, die das Mallory-Haus und seine Gärten umgab. Lord Mallory hatte nie jemanden ermuntert, ihn zu besuchen, und nur wenige Menschen in der Gemeinde kannten das Haus oder den Besitz näher. Jetzt jedoch zog Merrie vor dem Tor die Zügel ihrer Stute an und blickte mit unverhohlener Neugier auf die Aktivitäten hinter der Mauer. Männer arbeiteten in den Gärten, zupften Unkraut, schnitten die Büsche und mähten mit der Sense das Gras. Sie kletterten von außen die Fassade hinauf, richteten die Schornsteine, ersetzten Ziegel auf dem Dach und strichen das Holz. Das Geräusch von Hämmern und Sägen erfüllte die Morgenluft. Lord Rutherford schien jeden verfügbaren Arbeiter der Nachbarschaft eingestellt zu haben, überlegte Merrie. Dann hatte er sicher auch vor, länger hier zu bleiben – es sei denn, er dachte nicht daran, die Arbeiten selbst zu überwachen.

»Guten Morgen, Lady Blake. Das ist aber in der Tat eine

nette Überraschung! Sind Sie gekommen, um meinen Besuch zu erwidern?«

Die Stimme ertönte hinter ihr. Merrie war so versunken gewesen in ihre Betrachtungen, dass sie die Schritte in dem Gras hinter sich gar nicht gehört hatte. Ein kleiner Schauder rann ihr über den Rücken, dann entschloss sie sich, diese Begegnung gefasst zu überstehen. Ihre Position auf dem Rücken des Pferdes verschaffte ihr einen gewissen Vorteil gegenüber dem Oberst, der zu Fuß unterwegs war, und machte einen körperlichen Kontakt unmöglich. Sie wandte sich ein wenig im Sattel um und lächelte huldvoll.

»Wir sind noch nicht ganz so unkonventionell, Sir, dass eine unverheiratete Dame einen unverheirateten Mann ungeniert besuchen kann.«

»Aber es wird akzeptiert, wenn eine junge Dame ohne Begleitung unterwegs ist?« Anzüglich lüftete er die Brauen.

»Nicht bei einer jungen Dame, Sir, nein. Aber in diese Kategorie falle ich nicht. Nur die größten Eiferer würden eine Witwe in fortgeschrittenem Alter dafür verurteilen, ohne Begleitung unterwegs zu sein«, antwortete sie liebenswürdig.

Lord Rutherford betrachtete sie mit zusammengekniffenem Mund. Ihr Reitkleid aus rostfarbenem Stoff war eher gediegen als elegant, doch wies es einen guten Schnitt auf, und die Farbe passte genau zu ihrem Haar, aus dem sich einige Löckchen gelöst hatten, die unter dem Rand ihres großen Hutes hervorlugten. Ihr Halstuch aus Musselin war frisch und prächtig gestärkt; es betonte ihr kantiges kleines Kinn, und an ihren Stiefeln hatte sie auch nicht gespart. Obwohl die abgewetzten Stellen auf dem Leder trotz der Politur immer noch hervorstachen, war es offensichtlich von höchster Qualität.

»Eine Witwe in fortgeschrittenem Alter«, wiederholte er nachdenklich. »Ich muss annehmen, Ma'am, dass Sie auf Komplimente aus sind. Leider kann ich mich nicht entscheiden, ob ich Ihnen den Gefallen tun soll oder nicht.« Das Lächeln, das er ihr schenkte, raubte ihr den Atem. Warm und verschwörerisch war es, lud ein zu einer leichtfertigen Antwort.

»Oh, aber denken Sie doch nur, wie unfreundlich es wäre, mich zu enttäuschen«, gab sie schnell zurück, noch ehe sie Zeit hatte, sich über die Äußerungen ihrer flinken Zunge klar zu werden. »Sie müssen doch wissen, wie wenig Komplimente ich bekomme.«

»Nun, wenn Sie sich weiter so kleiden wie an unserem gemeinsamen Festabend, dann überrascht das wohl niemanden«, gab er zurück. »Und außerdem habe ich vor, die Gründe für diese absurde Maskerade herauszufinden. Sie sind wahrscheinlich ein Teil des ganzen Rätsels.«

Merrie zuckte zusammen unter einem Anflug von Panik. Man konnte nie wissen, was dieser Schnüffler alles herausfinden würde, wenn er dazu entschlossen war. »Es gibt kein Rätsel, Sir. Nur eine verarmte Witwe, die sich die Rüschen nicht leisten kann, die gerade in Mode sind.«

»Ich bitte um Entschuldigung, Ma'am, aber so einfach sollten Sie es sich nun auch wieder nicht machen.« Er zog fragend die Brauen hoch. »Bitte, beleidigen Sie nicht meine Intelligenz mit einem solchen Geflunker. Sie mögen ja in der Lage sein, Ihren Nachbarn etwas vorzumachen – doch mich führt man nicht so leicht hinters Licht.«

Verärgert biss Meredith sich auf die Lippe. »Meiner Ansicht nach geht es Sie nichts an, Mylord, wie ich mich kleide.«

»Genau genommen haben Sie natürlich Recht«, räumte er ein. »Aber ich brauche in letzter Zeit dringend ein wenig Abwechslung, und ein kleines Geheimnis zu enthüllen wird meine Mußestunden sehr nett ausfüllen.«

»Ich fühle mich geschmeichelt, Sir, dass Sie mich einer solchen Aufmerksamkeit würdigen. Es ist wirklich eine Ehre, Eurer Lordschaft auf solche Weise dienen zu können.« Ihre

Worte klangen knapp, und sie war wütend über die kühle Arroganz seiner Bemerkung, die ihre Absicht im Nu zerstörte, einem lächerlichen Wortgeplänkel auszuweichen.

Er verbeugte sich. »Die Ehre liegt ganz auf meiner Seite, Mylady.«

»Ich bin sicher, Ihre Bemühungen werden schon bald ihren Reiz verlieren, Sir.« Sie bedachte ihn mit dem Lächeln eines Haifischs. »Die Geheimnisse eines Dorfes lassen sich nicht vergleichen mit dem Luxus und den Sensationen, an die Sie sicher gewöhnt sind. Sie kennen vielleicht das Märchen von der Prinzessin und der Erbse? Ich muss immer daran denken, wenn ich mir vorstelle, wie Sie sich in der Nacht in Matthew Mallorys Bett hin und her werfen.«

Ihre bissige Bemerkung schien erfolgreicher zu sein, als sie gehofft hatte, und Merrie war sehr glücklich darüber, dass sie den Vorteil hatte, auf dem Rücken der Stute zu thronen. Lord Rutherfords Gesicht wurde plötzlich ausdruckslos, die grauen Augen blickten so kalt wie das Meer im Winter. »Ich finde den Vergleich nicht unbedingt witzig. Sie scheinen solche Bemerkungen förmlich zu kultivieren. Lassen Sie sich raten, in Zukunft davon Abstand zu nehmen!«

Nein, Meredith würde sich nicht einschüchtern lassen, obwohl eine innere Stimme sie ebenfalls zur Zurückhaltung ermahnte. »Lord Rutherford, Sie empfinden unsere eigenartigen Gewohnheiten momentan sicher als eine recht angenehme Abwechslung, aber Sie würden die Langeweile eines Winters in Cornwall nicht überleben.« Sie gab sich keine große Mühe, den Spott in ihrer Stimme vor ihm zu verbergen. Es war eine Bemerkung, von der sie selbst gleichwohl vollkommen überzeugt war. Kein Stutzer aus London würde mehr als eine Woche die raue Jahreszeit in diesem Teil des Landes ertragen, wenn die Straßen unpassierbar waren, das Meer unter der Wucht der Winterstürme tobte und die Menschen wochenlang das Haus hüten mussten. Dann gab es nur wenig gesellschaftlichen Umgang miteinander, und sogar in der Kirche blieben am Sonntag die Sitze leer.

»Es macht Ihnen Spaß zu glauben, dass ich eine solch armselige Kreatur bin, nicht wahr, Ma'am? Ich kann Ihnen versichern, ich habe weit schlimmere Entbehrungen hinter mir als das Ausharren in einem cornischen Winter.« Er sprach mit Vehemenz; Bitterkeit klang aus seiner Stimme, als ihm klar wurde, dass er sich anhörte wie ein Schuljunge, der sich gegen den Vorwurf der Feigheit verteidigte. Wieso sollte er aber mit seiner Laufbahn bei der Armee prahlen oder über deren Verlust klagen? Da merkte er, dass er gerade das jetzt tun wollte, diesem Geschöpf gegenüber, das ihn so erbarmungslos verhöhnte – dem es sichtlich Freude machte, ihn herauszufordern – es brauchte dringend eine Lektion in guten Manieren.

»Ich muss mich von Ihnen verabschieden. Es gibt Dinge, die meine Aufmerksamkeit verlangen.« Mit einer knappen Verbeugung verschwand er durch das Tor, blieb einen Augenblick stehen, um mit einem der Gärtner zu sprechen, und sah sich keinmal mehr zu Merrie um, die ihre Stute auf den Weg zurücklenkte und nach Hause ritt. Eigenartigerweise brachte ihr die Tatsache, ihm ihre Meinung gesagt zu haben, wenig Befriedigung.

Später an diesem Nachmittag blickte Walter verzweifelt in die düstere Miene des Obersts. Der Bursche hatte zu hoffen begonnen, dass dieser Ausflug nach Cornwall endlich der Durchbruch sein würde, weil Seine Lordschaft ihm so fröhlich erschien. Aber jetzt starrte er finster in den leeren Kamin, in der Hand hielt er ein Glas Portwein, das vierte in der vergangenen Stunde, und er umklammerte es so fest, als sei es ein Rettungsring.

Natürlich war der Oberst normalerweise ziemlich trinkfest. Selten hatte er einen Schwips, nur seine Augen drifteten dann ein wenig auseinander. Aber heute verstärkte der Wein seine Depression, anstatt sie zu lösen. Das einfache Mittagessen, das Martha Perry gekocht hatte, stand unberührt auf der Anrichte, und Walter schätzte seinen Kopf viel zu sehr, als dass er dem Oberst vorschlug, etwas zu essen.

»Hast du nichts Besseres zu tun, Walter, als dort zu stehen und zu seufzen wie eine Jungfrau am Vorabend von St. Agnes?«, fuhr Rutherford ihn an.

»Ich bitte um Entschuldigung, Sir«, entgegnete Walter steif. Doch er veränderte seine Position nicht, und der Oberst hatte nach kurzer Zeit seine Anwesenheit wieder vergessen.

Die Laute eines Aufruhrs draußen durchdrangen zuerst gar nicht seine Niedergeschlagenheit; indessen sprang Walter schnell an die Fenstertür und öffnete sie. »Was – zum Teufel ...?«, rief der Kammerdiener und starrte auf die Ansammlung von Arbeitern, die auf dem Hof standen und heftig gestikulierend zum Dach hinaufblickten.

»Was ist denn das für ein höllischer Lärm?« Mit einem Ruck kehrte Lord Rutherford in die Gegenwart zurück.

»Ich weiß nicht, Oberst, aber anscheinend ist etwas auf dem Dach.«

Damian stieß einen deftigen Fluch aus und ging dann mit großen Schritten an Walter vorbei in den Garten auf die Arbeiter zu. »Was, um alles in der Welt, ist hier los?«

»Jungen aus dem Dorf, Mylord!« Der Vorarbeiter zupfte an seinem Haar. »Die jungen Teufel haben die Leiter gefunden, aber einige Dachziegel sind locker ...«

Als Rutherford hinaufblickte, entdeckte er eine Gruppe von schmutzigen kleinen Gesichtern, und eines davon hatte mit den Dorfrackern nichts zu tun. Sein Herz setzte einen Schlag lang aus, dann rief er laut: »Rob, komm augenblicklich da herunter!«

Beim Klang der Stimme Seiner Lordschaft krabbelten die

Jungen kreischend auf die andere Seite des Daches, an der sie hinunterglitten, alle bis auf Rob – der zögerte und sich fragte, ob sich hier wohl Gehorsam oder Flucht empfahl. Auf einmal glitt sein Fuß aus und einer der Ziegel löste sich. Damian sah voller Entsetzen, wie der Knabe den Halt verlor und sich mit einem Plumps auf den Hosenboden setzte, um dann das steile Dach hinunterzurutschen, wobei seine Arme wild durch die Luft ruderten. Lord Rutherford vollführte einen Hechtsprung zu der Stelle unter dem Dach, an der Rob landen würde. Er konnte den Fall nur abbremsen, als der Junge zappelnd herabsauste. Rutherford fiel hin, als er versuchte, Rob aufzufangen, sein Körper schützte Rob; doch dessen Arm war unter ihm eingeklemmt, und er stieß einen schmerzlichen Schrei aus, als sein Retter sich zur Seite wälzte.

»Ganz ruhig!« Damian half dem Jungen, sich aufzusetzen; er warf einen Blick auf sein grünliches Gesicht und hielt dann Robs Kopf, als dieser zusammensank und sich in das nächstliegende Blumenbeet übergab, während sein Arm kraftlos herumbaumelte. Als er sich ein wenig beruhigt hatte, hob Lord Rutherford ihn hoch und trug ihn ins Haus.

»Ich b-bitte um Entschuldigung, Sir«, flüsterte Rob. »Ich ... ich w-wollte kein Heulpeter sein.« Er blinzelte hastig die Tränen weg, die seine großen, dunkelblauen Augen, das Familienmerkmal der Trelawneys, füllten.

»Das, junger Mann, ist keine Bezeichnung, die zu dir passt«, erklärte Damian brüsk, obwohl sein Blick sanft war. »Es ist nicht wehleidig, unter echten Schmerzen zu leiden, obwohl so eine Dachkletterei von Dummheit zeugt!« Er legte den Jungen auf das Sofa in der Bibliothek. »Walter wird sich deinen Arm ansehen.«

»Ist ... ist er gebrochen?«, fragte Rob und biss sich auf die Lippen, als Walter mit seinen erfahrenen Händen begann, den verletzten Arm abzutasten.

»Du betest besser darum, dass er gebrochen ist«, erklärte Lord Rutherford grimmig. »Denn sollte dem nicht so sein, mein Freund, wirst du dein Essen vom Kaminabsatz klauben, wenn ich mit dir fertig bin!«

Die Drohung hatte den erwünschten Effekt, das kleine Gesicht verzog sich entschlossen, die Schultern spannten sich an, damit er in der Lage war, Walters Untersuchung schweigend über sich ergehen zu lassen. Damian wandte sich wieder zu der Fenstertür und verbarg ein Lächeln. »Du da!«, rief er einem der Arbeiter zu. »Kannst du jemanden finden, der nach Pendennis geht und Lady Blake Bescheid sagt? Sie braucht sich keine unnötigen Sorgen zu machen, und ich werde den Jungen persönlich nach Hause bringen, sobald er sich ein wenig ausgeruht hat.«

»Aye, ich übernehme das, Mylord. Sie wird sich große Sorgen machen! Denn diese Jungen sind ihr Ein und Alles, jawohl, so ist Lady Merrie!« Der Mann rannte los, und Damian kehrte in die Bibliothek zurück. Also, für die Bewohner des Dorfes war sie Lady Merrie – wahrscheinlich noch immer eine Trelawney, obwohl ihr der Titel der Blakes zustand. Eine interessante Kombination: Lady Blake, Merrie Trelawney, Lady Merrie. Was für Facetten ihrer Persönlichkeit gab es noch?

Walter blickte auf von seiner Untersuchung von Robs Arm, als Seine Lordschaft wieder eintrat. »Ist er gebrochen, Walter?«

Der Kammerdiener schüttelte den Kopf. »Nein, so weit ich das feststellen kann, ist er das nicht. Nur eine ernste Zerrung – doch sehr schmerzhaft, Oberst! Er braucht eine Schiene. Aber es ist ein tapferer Junge und hat sich nicht gemuckst.«

»Natürlich hast du das nicht.« Rutherford tätschelte Robs blasse Wange. »Immerhin bist du ein Trelawney.« Er goss aus der Karaffe auf der Anrichte einen Schluck Brandy in ein Glas und brachte es hinüber zum Sofa. »Trink das, Rob. Es wird dir ein wenig helfen, wenn Walter dir die Schiene anlegt.«

Rob schluckte gehorsam den Brandy hinunter, begann zu husten und schluckte dann noch einmal. Etwas Farbe kehrte in seine Wangen zurück. »Ich sollte nach Hause gehen, Sir. Merrie regt sich auf, wenn ich zu spät zum Essen komme.«

»Ich habe ihr eine Nachricht geschickt, sie ist im Bilde. Nach einer kleinen Verschnaufpause werde ich dich nach Hause bringen.« Er betrachtete den Jungen voller Mitleid. Sein Bursche ließ äußerste Vorsicht walten; doch Rob litt ziemlich, als der Soldat die Schiene anpasste und den Arm dann verband.

»So ist es gut«, meinte Walter nach einer Weile, die Rob wie eine Ewigkeit erschienen war. »Sollte der Knochen doch an einer Stelle angebrochen sein, dann wird das helfen. In Zukunft hältst du dich besser fern von Dächern, mein Junge!«

Der Klang von Stimmen in der Halle rettete Rob vor weiteren Ermahnungen. »Wo ist Seine Lordschaft, Harry?« Es war Merediths Stimme, klar und knapp, doch der ängstliche Unterton unüberhörbar.

Damian verließ sofort den Raum. Harry Perry hatte wahrscheinlich von dem Drama nichts mitbekommen. Sowohl er als auch seine Frau schienen für die Welt vor ihrer Tür blind und taub zu sein. »Ich bin hier, Lady Blake! Aber Sie hätten nicht herzukommen brauchen. Hat der Bote nicht ausgerichtet, dass ich Rob nach Hause bringe?«

»Doch, doch, das hat er!« Meredith zog ihre Handschuhe aus, und ihre Hände zitterten. »Aber Sie sollen wissen, Mylord, dass ich Ihnen solche Unannehmlichkeit ersparen wollte. Es tut mir Leid, wenn Sie Scherereien hatten. Ist ... ist es wirklich nicht schlimm?« Die violetten Augen waren riesig in ihrem blassen Gesicht, und als Rutherford ihre Hände nahm, runzelte er die Stirn, weil sie so kalt waren.

»Mein liebes Mädchen, machen Sie sich doch nicht solche Sorgen«, schalt er und rieb ihre Finger. »Der Junge hat einen argen Schock bekommen und seinen Arm böse verstaucht. Er hat Glück gehabt, dass nichts Schlimmeres passiert ist – aber ich denke, für seine Sorglosigkeit hat er genug Strafe empfangen.«

»Rob ist überhaupt nicht in der Lage, Ursache und Wirkung in Verbindung zu bringen«, erklärte Hugo bekümmert, der in diesem Augenblick über die Schwelle trat. »Ich sage ihm immer wieder, dass er nicht mit den Dorfjungen herumstreunen soll, aber er hört nicht auf mich. Vielleicht wirst du ihm dieses Mal ins Gewissen reden, Merrie, denn sonst kannst du sicher sein, dass er seine Lektion in dem Moment vergessen hat, wo sein Arm verheilt ist! Dann steckt er gleich wieder bis zum Hals in Schwierigkeiten. Ich hoffe, Sie haben nichts dagegen, Sir« – er wandte sich Rutherford zu –, »dass ich Ihrem Stalljungen aufgetragen habe, den Wagen zu bewachen.«

»Dazu ist er ja da«, bestätigte Damian ein wenig spöttisch. »Hör mal bitte, Hugo, im Augenblick solllltest du Rob keine Strafpredigt halten. Er fühlt sich wirklich nicht sehr wohl, auch wenn er sonst immer schnell wieder Oberwasser hat.«

»Wo ist er?«, fragte Merrie; sie warf ihre Handschuhe auf den Tisch in der Eingangshalle und löste die Bänder ihres Hutes. »In der Bibliothek?«

Damian öffnete die Tür für sie. Sie rannte förmlich an ihm vorbei zu dem Sofa, wo Rob gerade versuchte, sich aufzurichten. Was als Nächstes passierte, überraschte Lord Rutherford höchlichst. Er hatte erwartet, dass sie über den Jungen herfallen würde, besorgt und scheltend, wie Frauen es zu tun pflegten – womit sie aber nichts anderes erreichten als ihre eigene Erleichterung sowie die Verschlimmerung des Zustandes des Patienten. Stattdessen untersuchte sie ihn, ohne sich ihre Sorge anmerken zu lassen, sah ihm tief in die Augen und nickte dann befriedigt, ehe sie Walters Arbeit kommentierte.

»Haben Sie nicht nach dem Arzt geschickt, Lord Rutherford?«

Seine Lordschaft schüttelte den Kopf. »Walter ist wesentlich erfahrener als jeder Landarzt, Ma'am. Seine Erfahrung hat mich sogar einmal vor dem Messer des Chirurgen in einem Feldlazarett bewahrt. Ich würde ihm bei noch ganz anderen Dingen als einer Prellung vertrauen.«

Eine Falte erschien auf ihrer Stirn, und sie warf ihm einen nachdenklichen Blick zu, als würde sie dieses Thema gern weiter verfolgen; doch dann wandte sie sich wieder Rob zu und meinte: »Also hast du es geschafft, ihn diesmal nicht zu brechen.«

Ihr kleiner Bruder grinste schwach. »Ich hätte *alle* meine Knochen gebrochen, wenn Lord Rutherford mich nicht aufgefangen hätte.«

»Ich fürchte, ›auffangen‹ ist nicht das richtige Wort«, berichtigte Seine Lordschaft von der Anrichte herüber, wo er gerade zwei Gläser Port eingoss. »Lady Blake?« Er reichte ihr eines der Gläser. »Sie werden feststellen, dass der Wein sehr beruhigend wirkt«, meinte er, als sie im Begriff war, abzulehnen. »Sie brauchen ihn, glaube ich!«

Trotz seiner Höflichkeit würde Protest ihr jetzt nichts nützen; doch Merrie hatte den unmissverständlichen Eindruck, dass es reine Fürsorge war. Sein Gesichtsausdruck wies keinerlei Anzeichen von Überheblichkeit oder Sarkasmus auf, die sie sonst so sehr an ihm störten. Und der kleine Pechvogel betrachtete Seine Lordschaft mit einem bewundernden, vertrauensvollen Blick. Er war wirklich ein äußerst rätselhafter Mann – mal konnte er sie auf die Palme bringen, dass sie ihn nie wieder sehen wollte, und dann kam wieder so viel Wärme und Mitgefühl von ihm. Und wenn er aufrichtig lachte, war es, als schiene an einem regnerischen Tag plötzlich die Sonne. Ihr besonnener Umgang mit Rob hatte ihn offensichtlich beeindruckt; gleichzeitig konnte sie ihre Erleichterung darüber nicht leugnen, dass sich noch ein anderer Erwachsener um das

Wohlergehen ihres Bruders kümmerte – ganz zu schweigen von ihrem eigenen Wohlergehen.

Meredith nahm das Glas Wein dankend an; sie ahnte, dass ihr Gastgeber eine Ablehnung nicht akzeptieren würde. »Wie es scheint, sind wir Ihnen zu großem Dank verpflichtet, Mylord«, sagte sie. »Nicht nur, dass mein Bruder sich unerlaubt auf Ihrem Besitz aufgehalten hat, Sie mussten auch noch für die Verhütung größeren Unheils sorgen. Ich weiß gar nicht, wie ich mich dafür erkenntlich zeigen soll.«

»Es war wirklich sehr ungezogen von dir, Rob«, mischte sich Hugo ein. »Ich weiß nicht, wie oft man dir gesagt hat, nicht mit den Jungen aus dem Dorf herumzuziehen – aber dir sind Merries Gefühle ja völlig gleichgültig. Du hast sie in eine äußerst unangenehme Lage gebracht. Die Geschichte wird in kürzester Zeit überall bekannt sein, und sie wird sich anhören müssen, was die alten Vetteln …«

»Es reicht, Hugo«, unterbrach Merrie ihn ruhig. »Ich weiß, du meinst es gut.« Sie klopfte ihm auf die Schulter, denn er sprach durchaus die Wahrheit – obwohl sie sich wie immer wünschte, er ginge ein wenig taktvoller zu Werke. »Es wird Rob nicht helfen, diese Dinge jetzt zu hören.«

»Ich hasse Hugo!«, erklärte Rob mit einem erstickten Schluchzen. »Er hält mir ständig Standpauken. Ich weiß, ich hätte das nicht tun dürfen – aber ich würde lieber eine Tracht Prügel bekommen als Hugo zuzuhören, wie er mindestens ein Jahr lang auf mir herumhackt!«

Meredith verdrehte die Augen. Rutherford fand, dass sie für heute genug ertragen hatte. »Wir werden diese beiden sich selbst überlassen«, erklärte er in einem Ton, der keinen Widerspruch duldete. »Machen wir einen Spaziergang durch den Garten!«

»Aber ich muss Rob nach Hause bringen«, wandte Merrie ein.

»Das können Sie auch bald, und ich werde Sie begleiten. Im Augenblick spazieren wir jedoch erst einmal durch meine Anlagen. Ich würde wirklich gern in einigen Dingen Ihren Rat hören.« Er nahm ihren Ellbogen und zog sie mit beinahe unschicklicher Eile durch die Fenstertür ins Freie.

Aus irgendeinem Grund stellte Merrie fest, dass sie eigentlich gar nicht den Wunsch hatte, sich ihm zu widersetzen. Es hatte etwas Verlockendes, einmal die Entscheidungen jemand anderem zu überlassen. Sie lächelte reumütig. »Es ist wirklich nicht nett, Rob jetzt allein zu lassen. Hugo sagt ihm bestimmt gehörig die Meinung!«

»Und es wird dem kleinen Strolch nicht schaden, sich diese anzuhören«, erklärte Rutherford entschieden. »Außerdem gefällt es mir nicht, Sie so angespannt zu sehen. Sie sind viel zu jung, um die Last der Welt auf Ihren Schultern zu tragen, Merrie Trelawney – auch wenn Sie gerne von Witwen im fortgeschrittenen Alter sprechen.« Die letzten Worte unterlegte er mit Sarkasmus. »Mir scheint, wenn Sie sich nicht gerade mit dem Schicksal von Schwalbenküken befassen, werden Sie von diesen wackeren Streithähnen zu Tode gequält. Und dagegen, Ma'am, gedenke ich etwas zu unternehmen.«

Meredith war einen Augenblick lang von seiner Erklärung so verdutzt, dass sie ihm nicht antworten konnte. Auch wenn der herrische Ton, mit dem er seine Absicht ausgesprochen hatte, sie eigentlich hätte aufbringen müssen, so erkannte sie doch seine Besorgnis dahinter. Noch immer hielt er ihren Ellbogen fest, sie war also gezwungen, ihm in die Richtung zu folgen, die er einschlug.

»Hat die Katze Ihre Zunge erwischt, Lady Blake?«, neckte er, als sie weiterhin beharrlich schwieg.

»Vielleicht machen Sie sich einen Spaß daraus, mich in Verlegenheit zu bringen, Sir?«, äußerte sie endlich. »Sie sind sich der Verpflichtungen, die ich habe, sehr wohl bewusst. Für mich kommt nur Schweigen in Frage – denn wenn ich Ihnen antworten würde, fürchte ich, würde das niemals angemessen sein … da ich Sie für Ihre Freundlichkeit nicht entschädigen kann.«

»Solch einen Unsinn habe ich noch nie gehört«, korrigierte Seine Lordschaft. »Nichts würde Sie davon abhalten, mir das zu sagen, was Sie sagen wollen – ganz ohne Zweifel! Tatsache ist, Mylady, Ihnen fällt keine passende Antwort ein.«

»Oh, Sie sind wirklich abscheulich«, brummte Merrie, unfähig, seinen Vorwurf zu widerlegen. »Aber ich bin wirklich entschlossen, mich heute Nachmittag nicht mit Ihnen zu streiten. Ihre Nachsicht Rob gegenüber verbietet mir das. Jedoch würden Sie es mir wesentlich erleichtern, wenn Sie mich nicht provozieren – was Ihnen anscheinend so viel Freude macht.«

»Mir kommt es viel eher so vor, dass es gerade umgekehrt ist«, erklärte Rutherford. »Von Anfang an haben Sie keine Gelegenheit versäumt, abfällige Bemerkungen anzubringen – wenn auch versteckt, muss ich gestehen! Aber ich bin weder taub noch begriffsstutzig.«

Merrie sah ihn mit offenem Mund an und blieb stehen. »Wie können Sie nur so etwas sagen? Ich habe doch nur reagiert auf unerträgliche …« Erinnerungen an seine Küsse rührten sich mit penetranter Deutlichkeit wieder in ihr. Sie biss sich auf die Lippe. »Es ist Zeit, dass ich nach Hause fahre, Lord Rutherford!«

»Das werden Sie auch bald. Dieses Thema brauchen wir für den Augenblick nicht weiter zu verfolgen, auch wenn es noch so verlockend wäre. Ich möchte nur, dass Sie sich ein wenig entspannen, und diese Unterhaltung trägt dazu nicht viel bei«, bemerkte er. »Also, könnten Sie mir raten, was ich auf dieser Rabatte anpflanzen soll? Ich kenne mich mit solchen Dingen nur wenig aus, war aber sehr beeindruckt von dem Blumengarten in Pendennis.«

Sie schien keine andere Wahl zu haben, als nachzugeben.

Und in Wahrheit hatte Meredith auch etwas dagegen, das Thema weiter zu verfolgen. In seinen Tiefen lauerten einige sehr unangenehme Verwicklungen, die sie lieber für sich allein untersuchen wollte. Also wandte sie ihre Aufmerksamkeit der unverfänglicheren Gartengestaltung zu, und auf diese angenehme Weise vergingen beinahe zwanzig Minuten, bis sie sich wieder an Rob erinnerte.

»Ich muss wirklich heimfahren.« Sie wandte sich zurück zum Haus. »Heute Abend werde ich Rob dann Nan überlassen, was sie vermutlich mehr genießen wird als er.«

»Wer ist Nan?«, fragte Seine Lordschaft und hielt mit ihr Schritt.

»Oh, sie war unsere Kinderfrau, doch jetzt bedenkt sie hauptsächlich mich mit ihrer Fürsorge.« Merrie lachte. »Sie ist ein wahrer Tyrann, und wann immer sie mich mit gerunzelter Stirn ansieht, werden meine Knie weich – aber ohne sie würde ich es nicht schaffen, und Rob hört auf sie.«

»Das ist in der Tat ein Glück«, meinte Seine Lordschaft, und Merrie warf ihm einen scharfen Blick zu.

»Es ist nur sein Temperament«, erklärte sie. »Er hat überhaupt kein …«

»Psst! Ich kann mich nicht daran erinnern, irgendetwas eingewendet zu haben.« Lord Rutherford legte ihr lächelnd einen Finger auf die Lippen. »Es ist nicht nötig, über mich herzufallen. Ich wollte Rob gar nicht kritisieren. Er ist weder besser noch schlechter als andere Jungen seines Alters. Aber behaupten Sie nicht, dass er nicht anstrengend ist!«

Da sein Finger noch immer auf ihren Lippen ruhte, war Meredith nicht in der Lage, überhaupt den Mund zu öffnen. Außerdem, wenn er sie so anlächelte, verließ sie all ihre Bissigkeit. Er wartete, bis das Feuer in ihren enzianfarbenen Augen erloschen war, dann nahm er den Finger weg und legte ihn unter ihr Kinn.

»Nein«, flüsterte Merrie, weil sie ganz genau wusste, was er vorhatte. Ihr Blick flatterte von einer Seite zur anderen. »Nicht hier.«

»Dann irgendwo anders?«, fragte er sanft, und seine grauen Augen blitzten.

»Nein!«, schrie sie fast, obwohl sie wusste, dass sie diese schelmische Frage herausgefordert hatte. Mit einem heftigen Aufkeuchen entzog sie sich seiner Nähe und wandte sich dem Haus zu, dabei rannte sie förmlich.

Rutherford folgte ihr, er lachte leise vor sich hin. Vielleicht gehörte es sich nicht, mit ihr auf diese Art und Weise zu spielen, doch es war unwiderstehlich – so unwiderstehlich wie der Wunsch, sie noch einmal zu küssen, zu fühlen, wie sich ihr geschmeidiger, nachgiebiger Körper an ihn schmiegte.

Sie betraten die Bibliothek, in der die Atmosphäre so stickig war, dass man sie mit einem Messer hätte schneiden können. Rob warf seiner Schwester einen lodernden Blick zu. Hugo sah aus wie jemand, der eine unangenehme Pflicht zu seiner Zufriedenheit erledigt hatte, und Lord Rutherford musste sich bemühen, eine ernste Miene zu bewahren. Er schickte Hugo los, um den Wagen zu holen und dem Stallburschen zu sagen, dass er Saracen satteln sollte; dann schlug er dem Patienten vor, langsam aufzustehen.

Rob schien sich recht gut erholt zu haben. Als seine vorwurfsvollen Blicke bei den Erwachsenen keinerlei Reaktion zeigten, schien er von seinem Groll Abstand zu nehmen. Schon bald saß er in dem Wagen neben Merrie, die die Zügel des Ponys hielt. Hugo, der zu Pferd gekommen war, ritt auf Wunsch seiner Schwester voraus, um den Haushalt von ihrer bevorstehenden Ankunft zu unterrichten.

»Es ist sehr freundlich von Ihnen, uns zu begleiten, Lord Rutherford – aber sicher haben Sie doch dringendere Angelegenheiten zu erledigen.« Merrie schnalzte mit der Zunge, das gefleckte Pony schüttelte den Kopf und ließ das Zaumzeug klirren; es schnaubte unwillig, während es seine Last die Auffahrt hinunterzog.

»Keine, die mir im Augenblick einfallen«, antwortete Lord Rutherford mit seinem unverbindlichen Lächeln.

»Ich werde mir eine ganze Menge darauf einbilden, Sir, wenn Sie mir weiterhin so viel Aufmerksamkeit schenken«, murmelte Merrie unterwürfig und hielt dabei den Blick gesenkt.

»Keine Angst, Ma'am! Falls Sie dabei übertreiben, werde ich nicht zögern, Sie wieder auf den Boden zu holen.«

»Meine Dankbarkeit ist grenzenlos«, gab sie zurück.

Lord Rutherford lachte leise. »Sie sind ein würdiger Gegner, Merrie Trelawney. Sollen wir uns darauf einigen, in Zukunft nur mit gesichertem Florett zu fechten?«

»Wenn Sie in der Lage sind, sich zurückzuhalten, Sir, dann kann ich das genauso«, antwortete sie schnell.

»Ich verstehe nicht, wovon ihr überhaupt redet«, beschwerte sich Rob, und in seiner Stimme lag ein ungewöhnlich verdrießlicher Ton. Merrie wandte sich zu ihm um und hatte sofort verstanden.

»Tut dein Arm weh, Liebling?«

»Ja, und mein Kopf auch.«

»Wir sind bald zu Hause«, versicherte sie ihm und streichelte liebevoll seine schmutzige Pratze. »Dann gehst du ins Bett, und Nan wird dir heiße Milch mit Zimt bringen.«

Lord Rutherford, der von dieser familiären Unterhaltung ausgeschlossen war und der sah, wie sie besorgt die Stirn runzelte, beschloss, Meredith Blake so oft wie möglich von ihren Brüdern wegzuholen. Er zog ihre ungeteilte Aufmerksamkeit vor, genauso, wie er es vorzog, sie ohne diese besorgt gerunzelte Stirn zu sehen. Es war beinahe so schlimm wie der gesenkte Kopf, die verschränkten Hände und die eingesunkenen Schultern der Witwe Blake – doch wenigstens wusste er jetzt, dass sie da nur Theater spielte. Die mütterliche Rolle, die sie bei ihren Brüdern an den Tag legte, war echt, und nach Meinung Seiner Lordschaft stellte sie eine übermäßige Last dar. Plötzlich wurde ihm bewusst, dass ihm seine eigenen Sorgen zum ersten Mal seit vielen Monaten unwichtig schienen. In der Tat hatte er eine ganze Menge neue Dinge erfahren, seit er dieses bemerkenswerte Geschöpf kannte, und die düstere Laune von vorhin war wie weggeblasen.

»Verzeihen Sie mir meine Neugier, Lord Rutherford«, unterbrach Meredith unerwartet seine Gedanken. »Aber haben Sie gesagt, Sie seien bei der Armee gewesen?«

»Habe ich das?« Er runzelte die Stirn. »Ich kann mich gar nicht daran erinnern, so etwas erzählt zu haben.«

»Ich möchte ja auch nicht neugierig sein«, erklärte sie ein wenig steif, als sie das Zögern in seiner Stimme bemerkte. »Sie haben etwas davon gesagt, dass Walter Sie aus einem Feldlazarett gerettet hätte ... oder möchten Sie darüber lieber nicht sprechen?«

Damian seufzte. »Normalerweise meide ich wirklich dieses Thema. Aber ja, ich war mit Wellington auf der Pyrenäen-Halbinsel, bis ich aufgrund der Wunde in meiner Schulter vor ungefähr sechs Monaten meinen Abschied nehmen musste.«

»Deshalb haben Sie heute Morgen von den harten Zeiten gesprochen«, meinte Merrie nachdenklich.

»Ganz recht«, äußerte er mit staubtrockener Stimme.

»Übrigens muss ich mich bei Ihnen entschuldigen«, meinte Merrie obenhin. »Ich habe geglaubt, Sie seien ein schlaffer Londoner Stutzer.«

»Eine Meinung, mit der Sie nicht hinterm Berg gehalten haben«, knurrte er.

»Angriff ist manchmal die beste Form der Verteidigung, Mylord. Hat Ihr Leben als Soldat Sie das nicht gelehrt?«

»Es hat mich viele Dinge gelehrt, doch leider nicht die Art

und Weise, wie man mit scharfzüngigen Witwen fertig wird«, meinte er bedauernd.

Merrie entschied, diese Bemerkung nicht zur Kenntnis zu nehmen. Sie war viel zu interessiert an diesen neuen Informationen, um sich auf einen nebensächlichen Wortwechsel einzulassen. »Ist es Ihnen schwer gefallen, die Armee zu verlassen?« Es war eine Vermutung, aber irgendwie wusste sie, dass sie damit ins Schwarze traf.

»Verdammt schwer!« Sein Mund verzog sich zu einem schiefen Lächeln. »Ich bin Soldat, und das seit jeher. Es fällt mir sehr schwer, in der Stadt zu leben. Aber was kann ein Mann schon tun, wenn er zu nichts anderem mehr nütze ist als dazu, müßige Unterhaltungen zu führen, am Spieltisch zu sitzen und den Damen den Hof zu machen?«

»Das muss ziemlich langweilig sein«, meinte sie. Er sah sie an, erstaunt darüber, dass sie sein Problem erkannte, was bis jetzt außer Walter niemand durchschaut hatte. Merrie dachte daran, wie schrecklich monoton beispielsweise ihr Leben sein würde, wenn sie gezwungen wäre, den Schmuggel aufzugeben. Diese Tätigkeit erfüllte zwei verschiedene Zwecke. Es brachte die dringend benötigten Mittel in ihre Börse; aber es bot ihr auch Aufregung und Befriedigung, ihre Fähigkeiten einzusetzen, körperlich sowie geistig. Ohne dieses Ventil würde sie in dieser öden Gegend, in der es eigentlich nur Rituale gab, vertrocknen.

»Sie müssen sich eine andere Aufgabe suchen, die Sie beschäftigt«, schlug sie vor. »Wir alle müssen unseren Lebenszweck haben, einen Grund, auf der Welt zu sein.«

»Möglicherweise habe ich ihn jetzt gefunden«, murmelte Rutherford.

Dieser warnende Schauder rann ihr wieder über den Rücken. Er sprach in Rätseln. »Und der wäre …?«, fragte sie zögernd.

Er lächelte. »Mein Erbe wieder aufbauen.«

Merdith dachte darüber nach, als sie die Einfahrt von Pendennis erreichten. Ob sie ihm nun glaubte oder nicht, es wäre am besten, ganz allgemein zu antworten. »Eine würdige Aufgabe, Sir, auch wenn sie ein wenig begrenzt ist! Aber es könnte immerhin ein Anfang sein.«

»Oh ja«, stimmte er ihr zu. »Ganz sicher ein Anfang!«

7

»Was denkst du, Bart?« Merrie knabberte an ihrem Daumen und sah den Fischer an, der auf einem Felsblock in einer Ecke der Höhle saß und eifrig an seiner Tonpfeife sog.

»Es gefällt mir nicht«, sagte er mit der Direktheit, die sie von ihm gewohnt war. »Das bedeutet Schwierigkeiten – besonders jetzt, wo die Küstenwache aufmerksam geworden ist. Zwei Termine im Monat bedeutet zwei Lieferungen. Das sind vier Nächte in einem Monat, in denen wir uns auf Kriegspfad befinden.«

»Es gibt Leute in Fowey, die über häufigere Lieferungen froh wären«, entgegnete Merrie. »Könnten wir nicht an einen Ort liefern, wo diejenigen hinkommen, die etwas kaufen wollen? Das wäre ein geringeres Risiko, als die Leute individuell zu beliefern wie bisher.«

»An welchen Ort denn?« Barts Augen zogen sich hinter dem Rauch aus seiner Pfeife zusammen. Er kannte Merrie gut genug, um zu wissen, dass sie ihm keine spontane Idee präsentierte, über die sie noch nicht nachgedacht hatte.

»Das Wirtshaus ›Eagle and Child‹ in Fowey. Wie ich hörte, ist der Eigentümer bereit, die Waren zu lagern und zu verkaufen für eine … für eine Gegenleistung, könnte man sagen.«

»Wer hat dir das denn erzählt?«

»Jacques.« Merrie lachte leise. »Er war vor zwei Monaten dort und hat das Bier probiert. Du kennst doch Jacques, meinen Freund! Er und der Eigentümer des Wirtshauses kamen ins Gespräch über Brandy und …« Sie zuckte die Schultern.

Bart hielt die warme Pfeife in seiner Hand und überlegte eine Weile. Merrie hütete sich, seine Gedanken zu stören. Bart durfte man niemals drängen, und ohne seine Unterstützung könnte sie den Plan gleich ad acta legen.

»Ich werde mit den anderen reden«, meinte er schließlich. »Die meisten von ihnen haben Familie, Merrie. Das Geld können sie gut gebrauchen, aber natürlich möchten sie auch nicht ihren Hals riskieren.«

»Genauso wenig wie ich«, stimmte sie ihm zu.

»Manchmal muss ich mich allerdings wundern«, schnaufte Bart, dann drückte er den glühenden Tabak mit dem Daumen aus und stand auf. »Wir werden also morgen Abend die Sachen ausliefern?« Mit dem Kopf deutete er auf die Fässer und Bündel, die sich an der Wand stapelten.

»Es sei denn, unsere Freunde vom Zoll funken irgendwie dazwischen«, wandte Merrie ein.

Bart grinste. »Wir haben Glück. Der Schwager von Fancy Luke arbeitet als Schreiber für diese Behörde.« Er schüttelte gespielt verwundert den Kopf. »Vielleicht fällt für ihn dabei ein bisschen was …«

Merrie nickte. »Jacques hat den Madeira sehr empfohlen. Ich habe die Absicht, unserem Freund eine Kiste davon zukommen zu lassen. Wenn wir nicht die Warnung vor dem letzten Hinterhalt bekommen hätten, dann säßen wir jetzt ganz schön in der Tinte.«

»Aye. Nun ja, ich ziehe los! Falls Greg uns nicht abrät, werde ich die Ponys morgen Abend um elf hierher bringen.«

»Vergiss nicht, im Dorf Bescheid zu sagen«, rief ihm Merrie ins Gedächtnis. »Wir wollen doch keine Beobachter aus den Fenstern haben oder zufällige Begegnungen auf der Straße.« Das war jetzt einmal zu oft passiert, doch wollte sie Bart mit dieser Information nicht beunruhigen.

»Ist bereits geschehen«, antwortete Bart lakonisch und verschwand in dem schmalen Tunnel, der zu der noch kleineren Höhle führte. Merrie folgte ihm. Der Nachrichtendienst im Dorf funktionierte erstaunlich gut. Ein Diener in einem der großen Häuser hörte durch den Kamin, dass die Gentlemen in einer ganz bestimmten Nacht ritten, und die Nachricht verbreitete sich immer von den Küchen zu den Ställen, sodass alle brav daheim blieben, und wenn ein Hund aus irgendeinem Grund bellte, wurde das ignoriert. Am Morgen fand man dann im Schuppen oder Hof ein Fass, ein gut verschnürtes Bündel oder eine Kiste feinsten Burgunders, im Austausch für das Päckchen, das mit der Katze das Haus verlassen hatte, als sich die Familie zurückzog. Es klappte zur allgemeinen Zufriedenheit. Niemand wurde kompromittiert, niemand wusste etwas, und niemand stellte lästige Fragen.

Meredith wartete in der äußeren Höhle, bis Bart einen Vorsprung von zehn Minuten hatte; dann schlenderte sie den Pfad entlang, der zum Strand führte, und die Klippen hinauf zur hinteren Seite von Pendennis. Sie hatte den Geheimweg nicht benutzt, weil der Haushalt noch wach war, als sie zu ihrem Stelldichein verschwunden war. Außerdem konnte sie den Weg nicht in Röcken bewältigen, und der Anblick ihrer Herrin in Hosen hätte den Dienern ganz sicher einen Grund gegeben, sich lauthals zu wundern.

Es war ein angenehmer Abend, und sie entschloss sich zu einem Strandspaziergang, ehe sie heimkehrte zur Nachtruhe. Insgesamt war es ein schlimmer Tag gewesen: die Küstenwache hatte im Falcon spioniert, Robs Abenteuer, Hugos Ermahnungen, Lord Rutherford. Wie sollte sie sich nur Letzterem gegenüber verhalten? Wenn sie ihn doch immer noch so abstoßend fände wie am Abend des Balls – dann wäre alles kein Problem. Er besaß natürlich eine Menge Charaktereigenschaften, die ihr nicht gefielen. Es schien ihm Freude zu machen, sie zu necken; doch wenn er etwas anordnete oder seine Absichten deutlich machte, lag nur sehr wenig Neckerei in seinem Benehmen. Und es störte sie auch über die Maßen, wie sie seinen Anweisungen zu folgen schien, und die in der Tat alarmierende Art, in der er seinen Willen durchsetzte.

Einfacher wäre das Ganze, wenn sie den Mann mit ruhiger Objektivität beurteilen könnte. Aber wie konnte sie objektiv sein bei einem Mann, der ihr Inneres in eine Götterspeise verwandelte? Was für eine lächerliche Situation! Merrie trat verärgert nach dem Sand, doch füllte sie auf diese Weise nur ihren Schuh mit dem feuchten, kratzigen Zeug. Immerhin war sie weise und erfahren genug, um nicht wie eine liebestolle Debütantin auf ein interessantes neues Gesicht hereinzufallen. Bis auf die Tatsache, dass sie nicht reagierte wie eine liebestolle Debütantin, reagierte sie mit all der Reife und Erfahrung einer Frau, die eine desillusionierende Ehe hinter sich hatte – die gelernt hatte, mit einem unfreundlichen Schicksal umzugehen, bis ein wenig Frieden und Akzeptanz erreicht war ... die einen klaren Plan hatte mit dem festen Ziel, drei abhängige Angehörige zu versorgen. Verdammt! Merrie fluchte laut gen Himmel, die Arme hatte sie vor der Brust verschränkt. Sie *wollte* Damian Lord Rutherford, mit all der schmerzlichen Reife ihrer dreiundzwanzig Jahre. Ihr vernachlässigter Körper bebte bei dem Gedanken, und ein aufrührerischer Geist verlangte zu wissen, warum sie ihn nicht haben sollte. Es war natürlich ein äußerst schockierender Gedanke. Oder wenigstens wäre er das für alle außer für Merrie Trelawney, die anscheinend gefehlt hatte, als das Gefühl für Anstand und Züchtigkeit ausgeteilt worden war.

Sie hob einen runden Stein auf und ließ ihn über das dunkle Wasser hüpfen. Ihre Bekanntschaft mit Lord Rutherford weiter fortzuführen bedeutete zweifellos Gefahr! Seine Augen waren viel zu aufmerksam, als dass sie sich dabei hätte wohl fühlen können; er wusste jetzt schon mehr über ihr Doppelleben, als er sollte, denn er hatte sie auf der Straße zu den Klippen gesehen. Zwar stand die Identität für ihn noch nicht ganz fest – aber er hatte nicht hinterm Berg gehalten mit seinem Interesse für den jungen Mann, der die Schmuggler anführte. Ihre einzige Sicherheit lag darin, ihm aus dem Weg zu gehen, ob sie das nun wollte oder nicht. Wenn natürlich Rutherford sich weigerte, da mitzumachen, was sehr wahrscheinlich schien …? Aber seit wann war ein wenig Gefahr nicht aufregend? Hier musste man sich in der Hinsicht ohnehin stark einschränken. Was auch immer er über die Langeweile der Freuden Londons sagte, er würde sehr bald herausfinden, dass die Hauptstadt einen Wirbel von Ereignissen bot, verglichen mit dem täglichen Allerlei dieses rückständigen Kaffs. Die Depression, die ihn anlässlich seines vorzeitigen Abschieds vom Militär überkommen hatte, würde mit der Zeit ihre Schwere verlieren, und er würde die Dinge wieder klar sehen. Wenn sie ganz allgemein ihren Verstand beisammenhielt, durfte sie doch sicher die Würze eines kleinen Flirts genießen, den er entschlossen anzustreben schien. Nicht mehr als das natürlich, und auf alle Fälle diskret, ermahnte sie sich und wandte sich um, um den Klippenweg einzuschlagen. Lord Rutherfords freundliches Interesse an ihren Brüdern würde für die Nachbarn eine ausreichende Entschuldigung sein. Und wenn sie ihn in Gesellschaft traf, würde sie die Maske der Witwe aufsetzen.

Diese munteren Pläne wurden schon am folgenden Morgen zunichte gemacht, als Meredith durch einen Besuch von Lady Barrat, Miss Elizabeth Ansby sowie ihrer Mama und Lady Collier beehrt wurde.

»Meine liebe Meredith!« Lady Barrat drückte die Hände ihrer Gastgeberin besonders fest. »Sie armes Mädchen! Was für ein Unglück! So furchtbar peinlich für Sie, und dann waren Sie auch noch gezwungen, das Haus zu betreten ohne Anstandsdame!« Merediths Hände wurden zu ihrer Erleichterung wieder freigegeben, und Lady Barrat warf ihre Arme in einer Geste unglaublichen Entsetzens hoch.

»Hätten Sie denn nicht Hugo schicken können, meine liebe Lady Blake?«, fragte Miss Ansby. »Mama war äußerst schockiert, als sie es hörte, und ich hatte schon Angst, sie würde einen ihrer Anfälle bekommen. Umgehend wollte ich nach Dr. Higgins schicken, doch glücklicherweise hat ein wenig Hirschhornsalz in Wasser ...«

»Bitte«, flehte Meredith. »Sie müssen mich für sehr dumm halten – aber ich fürchte, ich habe keine Ahnung, warum Sie so alarmiert sind. Möchten Sie eine Limonade, um sich nach dem langen Weg ein wenig zu erfrischen? Es ist sehr heiß heute Morgen.«

»Meredith, wissen Sie nicht, was wir meinen? Wir sprechen natürlich von dem Besuch, den Sie gestern in Lord Rutherfords Haus gemacht haben«, erklärte Patience. »Eine alleinstehende Dame im Haus eines Junggesellen! Was haben Sie sich nur dabei gedacht, meine Liebe?«

Also recken sich die Krähen aus ihrem Horst, dachte Merrie erschöpft. »Von Alleinsein kann keine Rede sein«, sagte sie und läutete nach Seecombe. »Sowohl Rob als auch Hugo waren dort. Rob hatte einen Unfall – sein Arm ist verletzt.«

»Oh, ja. Davon haben wir gehört«, erklärte Mrs. Ansby mit der empfindlichen Gesundheit, und tupfte sich die besorgte Stirn ab. »Wir sind alle der Meinung, dass mit diesem Jungen etwas geschehen muss.«

»Seecombe, würden Sie bitte Limonade für meine Gäste bringen?«, bat Merrie, als der Diener erschien und ihr ein paar

Sekunden Zeit gab, ihren aufsteigenden Zorn zu unterdrücken.

»Sie sind alle sehr aufmerksam«, flüsterte sie und rang die Hände, als sie sich wieder zu ihren Besucherinnen umwandte. »Es war natürlich höchst unangenehm für mich, aber Seine Lordschaft verhielt sich sehr rücksichtsvoll.«

»Und er hat Sie nach Hause begleitet«, ergänzte Lady Collier mit einem strengen Unterton. »Das war wohl kaum nötig – denn Sie hatten doch Ihre Brüder dabei.«

»Nein, aber Lord Rutherford tat es aus Freundlichkeit. Rob hatte starke Schmerzen, müssen Sie wissen. Und Seine Lordschaft übt eine beruhigende Wirkung auf ihn aus.«

»Meredith, bitte machen Sie sich keine Sorgen«, erklärte Patience großzügig und tätschelte Merries Hand. »Es ist vollkommen verständlich, dass Sie in Ihrer Angst um Ihren Bruder den Anstand ganz außer Acht gelassen haben, und zusammen mit Hugo war es ja gar nicht so schrecklich. Aber meine Liebe, bedenken Sie bitte, ist es weise, Lord Rutherford zu ermutigen, Sie in Ihrem Haus zu besuchen? Ich habe gehört, dass er vor zwei Tagen schon einmal hier war, und man hat gesehen, dass Sie sich gestern Morgen vor dem Mallory-Haus angeregt mit ihm unterhielten.«

»Oje«, murmelte Merrie, vollkommen überwältigt. »Ich bin gar nicht auf die Idee gekommen, dass das falsch sein könnte – ja, Seecombe, danke!« Sie lächelte, als Seecombe das Tablett auf den Tisch stellte. Mit unbewegter Miene goss er Limonade aus dem Krug und reichte die Gläser herum, bis er sich dann an die Tür stellte, um weitere Wünsche der Damen abzuwarten. Ihm war völlig klar, was im Salon vor sich ging. Lady Merrie wurde von den Dorfmatronen angegriffen – etwas, das nicht stattfinden würde, wenn er etwas dagegen tun könnte.

Meredith, die seine Absicht, auf sie aufzupassen, erraten

hatte und es mit einem inneren Lächeln quittierte, sagte ruhig: »Danke, Seecombe! Wenn ich noch etwas brauche, werde ich läuten.«

»Wie Sie wünschen, Mylady.« Mit einer steifen Verbeugung verließ er den Raum. Merrie bereitete sich auf unverhohlenes Naserümpfen und vorwurfsvolle Blicke ihres selbst ernannten Beschützers vor, wenn ihre Besucherinnen gegangen waren.

»Sie würden doch sicher nicht von mir erwarten, dass ich Lord Rutherford schneide?«, fragte sie mit unschuldiger Miene. »Er war so freundlich, Interesse an den Jungen zu zeigen. Hugo, das wissen Sie doch, braucht einen Mann, mit dem er reden kann. Er möchte in einen Orden eintreten, müssen Sie wissen. Das ist eine Entscheidung fürs Leben; trotzdem wird er dabei nicht auf den Rat seiner Schwester hören. Und Theo und Rob bewundern Seine Lordschaft. Er hat versprochen, sie unter seine Fittiche zu nehmen.« Der Schwindel ging ihr ganz leicht über die Lippen, und es plagten sie keinerlei Gewissensbisse. »Ich selbst kenne Lord Rutherford kaum; aber ich habe von Rob gehört, dass er mit Wellington auf der Pyrenäen-Halbinsel war, bis ihn eine Schulterverletzung zwang, seinen Abschied zu nehmen, und jetzt braucht er dringend eine Beschäftigung.« Sie lächelte in bemitleidenswerter Hilflosigkeit. »Wie es scheint, möchte Seine Lordschaft sich um meine Brüder kümmern, und dafür kann ich nur dankbar sein.«

»Sir Algernon würde Ihnen doch gern beistehen«, erklärte Patience mit einem Anflug von Schärfe. »Ich weiß nicht, wie oft er Ihnen seinen Rat schon angeboten hat.«

»Und ich bin auch ihm sehr verbunden dafür«, versicherte Merrie ihr eilig. »Aber Sie wissen doch, wie schwierig Jungen sein können? Sie sind nicht immer bereit, sich von denjenigen etwas sagen zu lassen, die es gut mit ihnen meinen.« Das kam einer Spitze so nahe, wie Merrie es wagte – glücklicherweise schien das niemand bemerkt zu haben.

Die Tür des Wohnzimmers öffnete sich plötzlich. »Lord Rutherford, Mylady«, kündigte Seecombe an und trat dann zur Seite, um das Objekt der Diskussion in die verstummte Gesellschaft vorrücken zu lassen. Auf Merries Zügen malten sich für einen Augenblick Schuldgefühl und Bestürzung; doch dann wich alle Lebhaftigkeit aus ihrer Miene, und ihre Hände zitterten wie die Flügel eines in die Enge getriebenen Vogels.

Kleiner Teufel!, dachte Lord Rutherford. Warum schaute sie ihn so an wie ein Kind, das man bei einer Schandtat erwischt hatte?

Sie flatterte um ihn herum, stammelte eine unverständliche Begrüßung, stellte ihn ihren Gästen vor und erinnerte sich dann erst daran, dass sie ihn ja bereits kannten. Zerknirscht lächelte sie, während sie sich dafür schalt, eine so dumme Gans zu sein. Damian hätte sie am liebsten an den Schultern gepackt und geschüttelt. Er nahm an, dass sie sich beträchtlich amüsierte bei dieser Komödie, doch ihn irritierte sie. Ganz besonders ärgerte er sich über das herablassende, mitfühlende Benehmen von Lady Barrat; doch als er dann Meredith ansah, die sich wie eine Törin benahm, konnte er Patience kaum einen Vorwurf machen.

»Ich bin gekommen, um mich nach dem jungen Tunichtgut Rob zu erkundigen, Ma'am«, erklärte er brüsk und unterbrach sie mitten in einer endlosen Entschuldigung, die keinen roten Faden hatte. »Hoffentlich hat er keinen zu großen Schaden davongetragen.«

»Oh, danke für Ihre Anteilnahme, Sir. Habe ich nicht gesagt, wie besorgt Seine Lordschaft gewesen ist?« Merries Hände flatterten wieder, ihr Kopf nickte, als sie sich an die Damen wandte. »So ... so freundlich von Ihnen, Sir, ein solches Interesse zu zeigen ...«

»Wie geht es dem Jungen, Ma'am?«, unterbrach er sie noch

einmal und begriff nicht, wie beruhigend sein kurz angebundenes Benehmen auf Merediths Besucher, die es doch so gut mit der jungen Witwe meinten, wirkte – wie sehr es ihre Aufzählung von Halbwahrheiten untermauerte.

»Er scheint wirklich glimpflich davongekommen zu sein, Sir. Ich habe natürlich vorgeschlagen, dass er im Bett bleibt, mit ein wenig Haferschleim, um seine gereizten Nerven zu beruhigen – das war doch weise, finden Sie nicht, Lady Collier? Sie haben so viel Erfahrung in diesen Dingen – möchten Sie ein Glas Limonade, Mylord?« Sie wandte sich mit einem spröden Lächeln auf den Lippen zu Seiner Lordschaft um und begegnete einem Blick, der ihr Geplapper sofort verstummen ließ.

»Nein, danke«, erklärte er eisig. »Ich werde den Patienten besuchen, wenn ich darf. Sicherlich haben die Damen einige vertrauliche Dinge, über die Sie sich unterhalten möchten.« Er verbeugte sich vor allen, bedachte Merrie mit einem knappen Nicken und verließ den Raum.

Merrie hatte absolut keine Ahnung, wo Rob sich herumtrieb – aber bestimmt nicht in seinem Bett mit einem Teller Haferschleim. Sie fragte sich ein wenig nervös, ob Rutherford wohl zurückkommen würde, um sie mit ihrer Lüge zu konfrontieren. Er hatte wütend genug ausgesehen, um zu allem fähig zu sein; aber eigentlich musste er doch begreifen, dass sie einen triftigen Grund dafür hatte, ihn in diese Scharade miteinzubeziehen. Wenn er allerdings glaubte, sie würde nur wieder ein Spiel mit ihm treiben, dann wäre ihre Abmachung vom gestrigen Abend in Gefahr.

»Nun, ich würde sagen, meine Liebe, es muss für Sie wahrhaftig erfreulich sein, dass Lord Rutherford sich so sehr für Ihre Brüder interessiert«, erklärte Patience und griff nach ihrer Tasche. »Es mag vielleicht ein wenig ungewöhnlich sein, aber schaden wird es wohl nicht. Auf keinen Fall wird er andere Motive haben. Sie können versichert sein, dass ich jeglichen Klatsch im Keim ersticken werde.«

»Oh, Patience!« Mit weit aufgerissenen Augen blickte Meredith entsetzt ihre Besucherin an. »Was meinen Sie denn damit? Andere Motive – Klatsch? Wollen Sie etwa andeuten, dass die Leute denken ...? Du liebe Güte, ich fühle mich ganz schwach.« Sie sank auf die Couch und fächelte sich mit der Hand Luft zu. »Solch eine unerhörte Möglichkeit ist mir gar nicht in den Sinn gekommen!«

»Sie sind eine so süße Unschuld, Meredith!« Patience beugte sich besorgt über sie. »Es ist doch nur, weil wir Sie kennen – deshalb liegt uns Ihr Wohlergehen am Herzen! Als der arme Sir John verstorben ist, hat Sir Algernon gesagt, dass wir uns alle um die kleine Witwe kümmern müssen. Genau das waren seine Worte.« Sie musterte ihre Begleiterinnen und nickte ihnen beifallheischend zu. »Sir Algernon ist eine so mitfühlende Seele – er weiß immer ganz genau, was getan werden muss.«

»Sie sind alle zu liebenswürdig. Ich bin vollkommen überwältigt«, flüsterte Meredith und fragte sich verzweifelt, ob eine schnelle Erholung wohl ihren Abschied beschleunigen würde oder ob sie einen totalen Zusammenbruch mimen und Seecombe rufen sollte, damit er sie zu ihrem Schlafzimmer brächte.

»Nur Mut, Lady Blake«, erklärte Lady Collier fröhlich. »Wir müssen dankbar sein, dass Sir John eine angemessene Vorsorge für den Schulbesuch Ihrer Brüder getroffen hat. Es ist ein großer Teil mehr, als ein Gentleman normalerweise für die Familie seiner Frau tut, wie mein lieber Sir Peter an einem Abend vor ein paar Tagen äußerte. Ich mag gar nicht daran denken, was aus ihnen geworden wäre, wenn Sie gezwungen gewesen wären, sie zu Hause zu unterrichten. Es hätte keinen Einfluss von außen gegeben, keine wahre Disziplin!« Sie bedachte Merrie mit einem herablassenden Lächeln. »Wir wissen doch, dass Sie Ihr Bestes tun, meine liebe Lady Blake – aber eine junge Frau, die ungeschützt von dem Fels eines Ehemannes ist, kann sich keiner Hoffnung hingeben, Kindern den richtigen Weg zu weisen.«

Meredith drückte ein Taschentuch an ihre Augen. »Mein lieber, lieber Ehemann war ein solcher Fels!« Ihre Stimme klang erstickt. »Solch ein Vorbild für die Jungen!« Sie betupfte sich die Nase und blinzelte schnell. »Meine Damen – liebe Freundinnen – ich muss Sie bitten, mich zu entschuldigen.«

»Ja, natürlich. Machen Sie sich nicht die Mühe, uns an die Tür zu begleiten.« Patience tätschelte noch einmal ihre Hand. »Weinen Sie sich nur aus! Sie werden sich danach viel besser fühlen.«

»Ich hoffe, Sie morgen Abend in Lavender Hill zu sehen, Lady Blake«, ergriff nun Mrs. Ansby das Wort und zog ihre Handschuhe an. »Tee und Kartenspiel und ein wenig Musik. Der Vikar und Mrs. Elsbury werden auch kommen. Wir benutzen natürlich nur Spielmarken, denn es ist ja Sonntag. Ich glaube nicht, dass der Vikar etwas dagegen haben wird.« Sie bedachte Merrie mit etwas, das wohl ein Lächeln sein sollte. »Komm, Elizabeth.« Miss Ansby streichelte der geplagten Witwe die Schulter, schnalzte mitleidig mit der Zunge und folgte dann ihrer Frau Mama.

Nur noch Lady Collier blieb, um ebenfalls einen gefühlvollen Abschied zu inszenieren, dann war Merrie allein. Mit ruhiger Entschlossenheit nahm sie die leere Kanne und warf sie durch das Zimmer, wo sie gegen die Vertäfelung krachte und zu ihrer Befriedigung in tausend Scherben zersprang.

»Bravo!« Lord Rutherford stand an der Tür und applaudierte. »Die kleine Witwe zeigt also Zähne!« Er schloss die Tür hinter sich und lehnte sich dann mit vor der Brust verschränkten Armen dagegen, während die Gläser nacheinander den Weg des Kruges nahmen.

»Es ist unerträglich!«, wütete Meredith und wanderte empört im Kreis herum. »Angemessene Vorsorge für die Erziehung der Jungen, wirklich! Ein Fels der Unterstützung! Ein perfektes Vorbild! Oh, manchmal kann ich diese Heuchelei nicht mehr ertragen! Jeder kennt doch die Wahrheit.«

»Ich fürchte, Lady Blake, ich kenne sie nicht. Wollen Sie mich nicht aufklären?«

Meredith hielt in ihrem rastlosen Hin- und Hergerenne inne und seufzte. »Was für eine abscheuliche Zurschaustellung meiner Laune, Sir! Bitte verzeihen Sie mir!«

Rutherford lachte leise. »Das ist nicht nötig. Sie vergessen, dass ich selbst schon mal der Grund für einen Ihrer Temperamentsausbrüche war. Wenigstens schien er gegen mich persönlich gerichtet gewesen zu sein. Allerdings hätte ich gern auch dafür eine Erklärung.«

Sie stand einen Moment nachdenklich da und knabberte an ihrem Daumen, tiefe Falten zeigten sich zwischen ihren Brauen.

»Meredith«, meinte Lord Rutherford. »Ich möchte nicht aufdringlich erscheinen, aber wiederhole hiermit: ich hätte gern eine Erklärung.«

»Warum?«, begehrte Meredith auf. »Es geht Sie doch eigentlich gar nichts an, Mylord. Sie stammen nicht aus dieser Gegend. Wenn das so wäre, bräuchten Sie keine Erklärung.«

»Und ich werde meine verwöhnte aristokratische Erscheinung nach London zurückschaffen, sobald ich die erste Schlammpfütze sehe«, zitierte er freundlich. »Das haben Sie schon so oft gesagt, dass Sie es gar nicht mehr zu wiederholen brauchen. Offensichtlich muss ich Ihnen erst beweisen, warum Ihre Angelegenheiten auch die meinen sind.«

Er kam auf sie zu, und seine Augen blitzten. Merrie wich ihm rasch aus. Ein großer Schrank hinderte sie daran, sich noch weiter von ihm zu entfernen; und als Rutherford ihr hartnäckig folgte, wurde sie in die Ecke getrieben. Er stand vor ihr und blickte mit einem kleinen Lächeln in ihr Gesicht. Sie konnte den Blick nicht von ihm losreißen, konnte die Erwartung nicht vor ihm verbergen, die in den purpurnen Tiefen ihrer Augen zu lesen stand; auch das eigenartige Gefühl konnte sie nicht unter Kontrolle bringen, das sich in ihrem Körper ausbreitete; es fing in ihrem Bauch an, zog weiter über ihre Schenkel und ließ all ihre Muskeln und Sehnen schlaff werden.

Einen langen Augenblick herrschte Schweigen zwischen ihnen, dann wurde sein Lächeln breiter. »Sie sollen Ihren Kuss bekommen, Merrie Trelawney, wenn Sie mir das erzählt haben, was ich wissen möchte. Es scheint nicht vernünftig zu sein, Ihren Starrsinn auch noch zu belohnen.«

»Also wirklich, Sie aufgeblasener, selbstzufriedener Bastard!«, schrie Meredith. »Verlassen Sie sofort mein Haus!«

»Echauffieren Sie sich nicht künstlich«, befahl er mit sanfter Stimme, nahm sich von der Fruchtschale auf dem Tisch einen Apfel und biss mit allen Zeichen des Vergnügens hinein. »Ich möchte Sie genauso gern küssen, wie Sie geküsst werden wollen – sobald wir erst einmal Ihr ermüdendes Zögern hinter uns gebracht haben, werden wir in der Lage sein, Spaß miteinander zu haben!«

»Gehört es eigentlich zu Ihren Gewohnheiten, ehrbare Witwen zu beleidigen, Sir?«, wütete Meredith und fragte sich, ob sie bei dieser Begegnung noch die Oberhand gewinnen würde.

»In der Tat nicht, Ma'am«, erklärte er voller Entrüstung. »Wie kommen Sie auf einen solchen Gedanken?« Seine Augen blitzten. »Es sei denn, Sie sehen sich als ehrbar an, Merrie Trelawney! Sollte das der Fall sein, dann möchte ich Ihnen gern erklären, dass Sie die am wenigsten ehrbare Witwe sind, die ich je das Glück hatte kennen zu lernen.«

Es war ziemlich hoffnungslos. Sie sah ganz einfach dumm aus, wenn sie versuchte, eine Würde an den Tag zu legen, die sie nicht besaß. Merrie seufzte missmutig und machte keinen Versuch, seine Feststellung abzustreiten – denn ganz ohne Frage entsprach sie der Wahrheit. »Ich wünschte, Sie wären nicht nach Cornwall gekommen. Das macht alles so furchtbar schwierig.«

»Und Sie können bezaubernd sein!«, erklärte Lord Rutherford, der ihre Bemerkung einfach ignorierte. »Außer zu den Zeiten, wenn Sie die törichte Amsel spielen«, fügte er hinzu. »Diese Komödie weckt in mir noch mehr als den Wunsch, Sie kräftig durchzuschütteln.«

»Das verstehen Sie nicht.« Merrie wanderte ruhelos in dem Zimmer auf und ab, rückte mit ungeduldigen Fingern hier eine Decke gerade und klopfte dort ein Kissen zurecht.

»Falls meine Erinnerung mich nicht trügt, bitte ich Sie seit einer halben Stunde um eine Erklärung«, erinnerte Rutherford sie jetzt.

»Meine Nachbarinnen haben mich besucht, um ihren Schock und ihr Entsetzen auszudrücken über meine Kühnheit – die schreckliche Unanständigkeit, die ich gezeigt habe, indem ich gestern Ihr Haus betrat. Man darf mich nicht einmal dabei erwischen, wenn ich mit Ihnen auf einer öffentlichen Straße spreche – sonst liefere ich dem Ort gleich einen Grund für bösen Klatsch. Und diese Frauen behaupten auch noch, sie hätten nur mein Bestes im Sinn, verstehen Sie?« Ihr Mund verzog sich zu einem sarkastischen Lächeln, und ihr Zuhörer nickte, ohne einen Kommentar abzugeben.

»Ich habe die schockierte Unschuld gespielt«, erklärte Merrie ihm. »Sie zwangen mich leider … äh … eine kleine Unwahrheit zu erzählen.« Sie sah ihn schuldbewusst an.

»Reden Sie nur weiter«, bat er und sein Gesicht blieb ausdruckslos, obwohl seine Augen glitzerten.

»Nun, ich habe ihnen weisgemacht, Sie seien so freundlich, Interesse an meinen Brüdern zu zeigen, weil Sie eine sinnvolle Beschäftigung brauchten – nach all den negativen Erfahrungen auf der Pyrenäen-Halbinsel.« Der Blick, mit dem sie ihn jetzt bedachte, war halb schuldbewusst, halb herausfordernd. »Es tut mir Leid, wenn Ihnen das nicht gefällt, Sir – aber ich musste mir spontan etwas einfallen lassen. Ich wollte Ihr Vertrauen nicht missbrauchen.«

»Sie sind wirklich skrupellos«, tat er streng. »Aber ich werde meine Rache zurückhalten – bis Sie mir alles erzählt haben.«

»Ich war gezwungen, zu demonstrieren, Sir, dass Sie unmöglich Interesse an mir zeigen könnten, dass ... dass kein vernünftiger Mann das wohl könnte. Und ich habe auch gesagt, dass Sie bereit wären, Hugo mit Rat und Tat zur Seite zu stehen – was ich nicht schaffte – bei seinem Wunsch, die Priesterweihe zu erlangen.« Die letzten Worte sprach sie ganz schnell aus, um es hinter sich zu bringen.

»Ich solle Hugo beraten bei ... Oh, nein, Meredith! Das ist wirklich zu viel! Dem Rest würde ich ja zustimmen – denn ich verstehe, dass Sie unter Zeitdruck standen –, aber das Letzte schlägt wirklich dem Fass den Boden aus!«

»Ich bitte um Entschuldigung, Lord Rutherford!« Meredith rieb über einen Fleck am Ärmel ihres Kleides.

»Nein, echte Reue haben Sie in Ihrem Leben sicher noch nie empfunden«, meinte Damian und legte einen Finger unter ihr Kinn, um ihren Kopf anzuheben. »Was haben diese Tugendwächterinnen gesagt, um einen solchen Temperamentsausbruch zu verursachen? Etwas, das mit Heuchelei zu tun hat, soweit ich mich erinnere ...«

»Es gefällt den Leuten hier, meinen verstorbenen Gatten als eine Säule der Gesellschaft zu preisen, einen großzügigen Herren, der sich die Mühe gemacht hat, für die verwaisten

Brüder seiner Frau vorzusorgen – der sie beraten und all die Eigenschaften besessen hat, um die sich auch die Jungen bemühen sollten. Ein Mann, kurz gesagt, dessen Tod eine Tragödie war für alle, die ihn kannten.« Ihre Stimme klang bitter, ihre Augen drückten kalte Verachtung aus. »Die Wahrheit, mein Lord, war weiter davon entfernt, als alle ahnen.«

»Und wie lautet die Wahrheit?« Noch immer hielt er ihr Kinn; doch als sie sich von ihm zurückziehen wollte, gab er sie sofort frei.

Meredith seufzte und ging zu dem offenen Fenster hinüber. »Mein Vater wünschte meine Heirat mit Sir John. Vater wusste, dass er bald sterben würde, unsere Mutter war bereits zwei Jahre tot und keiner von uns volljährig. Als einziger Vormund in Cornwall kam ein älterer Verwandter meiner Mutter in Frage, doch mein Vater hatte noch nie ein gutes Verhältnis zu den Merediths gehabt. Ich hatte auch nichts gegen den Vorschlag. Sir John fand ich nicht unsympathisch, seine kornischen Vorfahren waren beinahe so alt wie die meinen, er lebte das Leben, das ich kannte, und Vater könnte in Ruhe sterben.« Sie zuckte die Schultern, doch kehrte sie Rutherford weiterhin den Rücken zu.

Damian hätte nichts Ungewöhnliches an der Geschichte gefunden, hätte sie ihm jemand anders als Merrie Trelawney erzählt. Dieses blinde Akzeptieren eines mittelmäßigen Schicksals auf den Befehl ihres Vaters passte nicht zu dem, was er von dieser Frau wusste.

»Mein Erbe und das meiner Brüder wurde, wie es üblich ist, in die Hände meines Ehemannes gelegt, der auch der Vormund der Jungen war.« Jetzt wandte sie sich um und sah Damian an, ihre Hände lagen noch immer auf dem Fensterbrett in ihrem Rücken. »Es ist keine sehr hübsche Geschichte, Lord Rutherford – und es wird Ihnen nicht schwer fallen, den Schluss davon zu erraten. Wäre mein Ehemann nicht gestorben, dann wären wir jetzt wohl vollkommen verarmt. So, wie die Dinge lagen, wurden alle Möbel und aller Besitz, der einigen Wert hatte, sei es der der Blakes, der Merediths oder der Trelawneys, verkauft, um mit dem Erlös die ausstehenden Spielschulden meines Mannes zu tilgen. Das Haus und der Besitz wurden mit großen Hypotheken belegt; aber durch striktes Sparen waren wir in der Lage, unsere Unabhängigkeit zu bewahren.«

Rutherford runzelte die Stirn. Es war keine hübsche Geschichte, wie sie schon gesagt hatte – dennoch war sie nicht ungewöhnlich, bis auf die Persönlichkeit eines der Hauptakteure. »Verzeihen Sie, Merrie, aber es klingt merkwürdig, dass Sie einen Mann heirateten, für den Sie keine besonderen Gefühle hegten – nur um Ihrem Vater einen Gefallen zu tun.«

Meredith fand Lord Rutherford eigentlich allzu scharfsinnig. Aber das dachte sie ja nicht zum ersten Mal. »Richtig«, stimmte sie ihm zu, in ihrer spontanen Art. »Aber hätte ich das nicht getan, dann wären die Jungen getrennt worden; sie hätten bei verschiedenen Verwandten in Cornwall leben müssen, und das wäre schrecklich für sie gewesen. Außerdem hätte mich das Schicksal zu Tante Mary in Helston verfrachtet.« Sie schnitt eine Grimasse. »Wenn Sie meine Tante Mary kennen würden, Lord Rutherford, würden Sie verstehen, warum ich so entschieden habe, wie ich es damals tat. Sie hat einen abscheulichen kleinen Mops, der dreimal am Tag ausgeführt werden muss, aber nicht genügend Diener; also brauchte sie jemanden sowohl für den Hund als auch fürs Silberpolieren und Sachenflicken …«

»Genug!« Rutherford starrte sie mit unverhülltem Entsetzen an. »Sie haben Recht, Tante Mary hätte wirklich nicht gepasst!«

»Nein – aber hätte ich gewusst, dass mein Ehemann das Erbe meiner Brüder durchbringen würde, hätte ich mich trotzdem dieser Notwendigkeit gebeugt«, erklärte sie grimmig. »Deshalb muss ich wenigstens jetzt alles tun, was ich kann, damit sie nicht mehr unter meinen falschen Entscheidungen leiden.«

»Und wie wollen Sie das anstellen?«, fragte Rutherford mit beachtlichem Interesse. Diese Bemerkung hatte sie so voller Selbstvertrauen vorgebracht, dass sie einen definitiven Plan haben musste. Was konnte eine verarmte Witwe schon tun, um solch eine Katastrophe auszugleichen – ihm fiel da keine Patentlösung ein.

Doch Merrie hatte bereits eine Antwort. »Mit Sparsamkeit«, antwortete sie leichthin. »Ich kenne keinen anderen Weg. Theo will, dass ich einen reichen Mann heirate.« Sie lachte leise. »Der arme Theo findet Armut äußerst entwürdigend. Aber ich kenne keinen Kandidaten, der in Frage käme; und damit die Kupplerinnen nicht ihre Fäden spinnen, spiele ich die zurückgezogene, trauernde Witwe mit dem schwachen Verstand.«

Wie gründlich hatte sie seine Neugier befriedigt und ihm erklärt, warum sie für ihre Nachbarn diese Maskerade aufführte! Es klang völlig überzeugend, dass eine junge Witwe in einer so abgeschlossenen Gemeinde das Opfer von Kupplerinnen würde. Pendennis existierte immerhin noch, wenn auch mit Hypotheken belastet – man könnte den Besitz als eine angemessene Entschädigung dafür ansehen, dass man die Witwe aus ihrem Dasein als unverheiratete Frau erlöste. Und es war auch verständlich, dass sie diese unerfreuliche Lösung vehement ablehnte. Lord Rutherford sollte nicht mehr länger mit Rätseln konfrontiert sein. Doch sie empfand einen Anflug von Schuldgefühl, als die Wahrheiten, Halbwahrheiten und beinharten Lügen mit einer solchen Kunstfertigkeit über ihre Lippen kamen. Das war ein eigenartiges Gefühl. Ihr Gewissen rührte sich nur sehr selten bei dem Theater, das sie allen vormachte. Hatte es vielleicht etwas mit der Tatsache zu tun, dass es dieser Rutherford war, den sie so geschickt hinters Licht führte? Meredith beschloss, diesen Gedanken lieber nicht weiter zu verfolgen; gleichzeitig wurde sie vor weiteren unangenehmen Überlegungen gerettet durch eine Unterbrechung, die dann jedoch noch mehr Probleme aufwarf.

»Merrie! Weißt du, was Seecombe mir gerade erzählt hat?« Rob platzte in das Zimmer, seine übliche Impulsivität war durch seinen bandagierten Arm nicht im Leisesten eingeschränkt. »Oh, guten Tag, Sir! Sind Sie gekommen, um sich nach meiner Gesundheit zu erkundigen? Mir geht es recht gut, wie Sie sehen, der Arm schmerzt überhaupt nicht mehr.«

»Das sind in der Tat gute Neuigkeiten«, versicherte Rutherford ihm ernsthaft. »Du hast mich sehr beruhigt.«

»Ja, das denke ich mir.« Robs Blick ging zu dem Haufen zerbrochenen Glases vor der Vertäfelung. »Was ist passiert?«

»Ein Unglück«, zerstreute Meredith schnell seine Neugier. »Läute doch bitte nach Eliza.«

Glücklicherweise hielt Rob sich nicht lange bei dem zerbrochenen Glas auf, und er zog an der Klingelschnur. »Ich wollte dir gerade erzählen, was Seecombe gesagt hat.«

»Das wolltest du«, bestätigte Merrie. »Lord Rutherford und ich sind schon ganz gespannt.«

Rob, der ein bemerkenswert argloses Gemüt besaß, sah nur das deutliche Interesse in den Gesichtern der beiden Älteren. »Er sagt, die Gentlemen werden heute Nacht reiten.«

»Wirklich«, entfuhr es Merrie gedehnt. »Und ich habe schon geglaubt, du würdest berichten, dass das Ende der Welt bevorsteht. Ja ... es ist das Glas, Eliza. Ein Unfall, fürchte ich!« Das Mädchen machte einen Knicks und sputete sich dann, den Beweis des Temperaments ihrer Herrin wegzuräumen.

Verdammt!, fluchte Merrie insgeheim. Sie hatte gehofft,

dass die Nachricht von der Lieferung heute Nacht Rutherford nicht erreichen würde. Als ein Fremder erfuhr er normalerweise nichts davon; außerdem sollte heute nichts zum Mallory-Haus geliefert werden.

»Also ich finde das ungeheuer aufregend«, ergänzte Rob. »Und ich werde wach bleiben und nach ihnen Ausschau halten.«

»Das wird dir nichts nützen«, dämpfte die Schwester seine Begeisterung. »Pendennis erwartet zufällig heute keine Lieferung. Unsere Keller sind voll.«

Das Gesicht des Jungen verzog sich. Selbst Damian musste, trotz seines Schocks über diese Neuigkeit, lachen. Rob warf ihm einen finsteren Blick zu. »Ich weiß gar nicht, was daran so lustig ist, Sir.«

»Nein, natürlich weißt du das nicht«, stimmte Rutherford ihm zu. »Wenn du in der Lage bist, mit einem Arm zu reiten, kannst du mich nach Hause begleiten. Harry hat einen Teil einer Angelausrüstung auf dem Dachboden entdeckt. Falls du etwas davon gebrauchen kannst, darfst du es gern behalten.«

»Kann Theo auch mitkommen?«, fragte Rob und hüpfte von einem Fuß auf den anderen. »Er ist ein viel besserer Angler als ich, Sir. Theo findet es unsportlich, Forellen mit der Hand zu fangen!«

»Eine Meinung, die er bestimmt mit den Forellen teilt – da bin ich sicher«, erklärte Rutherford verständnisvoll. »Hole ihn, um Himmels willen, aber ich warne dich, ich werde in zehn Minuten losreiten – mit oder ohne euch.«

Rob jagte davon, und Rutherford wandte sich zu Merrie um. »Wie Sie sehen, spiele ich die Rolle, die Sie mir zugeteilt haben, ordnungsgemäß, Lady Blake.«

»Ich wollte nicht, dass Sie das ernst nehmen, Lord Rutherford. Sie können wohl kaum den Wunsch hegen, sich heute Nachmittag mit zwei Schuljungen zu beschäftigen.«

»Nein«, stimmte er ihr zu. »Nichts liegt mir ferner. Walter wird sich um sie kümmern.«

Merrie lachte. »Nun, wenn Sie nicht aufpassen, wird Rob eine lebenslängliche Leidenschaft für Sie entwickeln und ständig vor Ihrer Tür stehen. Er ist ein sehr treuer Verehrer.«

»Ich werde an Ihre Warnung denken, Ma'am.« Einen Augenblick lang herrschte Schweigen zwischen ihnen, dann streckte Lord Rutherford die Hand aus. »Kommen Sie, Merrie«, befahl er leise.

Sie ging auf ihn zu, obwohl der vernünftige, klare Teil ihres Verstandes ihr sagte, dort zu bleiben, wo sie war – auf Armeslänge von ihm entfernt.

»Es wartet noch eine Belohnung auf Sie«, flüsterte er und nahm ihre Hände. »Es ist eine Belohnung, von der ich gar nicht erwarten kann, sie Ihnen zu geben. Ich wäre nicht im Traum darauf gekommen, als ich diese Reise nach Cornwall antrat, dass ich so viel Unterhaltung finden würde, Merrie Trelawney.«

»Wie ich schon zuvor sagte – ich bin froh, Ihnen zu Diensten sein zu können.« Irgendwie war der von ihr beabsichtigte Sarkasmus gar nicht zu hören, und sie wusste, dass die Deutlichkeit ihres Verlangens wie ein offnes Buch vor ihm lag. Merrie versuchte, ihm ihre Hände zu entziehen. »Sind die zehn Minuten nicht bereits verstrichen, Sir? Theo und Rob werden auf Sie warten.«

Damian lächelte. »Also wollen Sie das, was Ihnen zusteht, gar nicht haben. Nun, unter diesen Umständen ist das vielleicht eine weise Entscheidung. Es wird sicher noch viel befriedigender sein, wenn wir zuverlässig allein sind.« Mit diesen Worten zog er ihre Hände an seine Lippen und drückte einen sanften Kuss in ihren Mundwinkel. »Ich vergesse nicht, was ich Ihnen schulde, Merrie Trelawney!«

Er machte auf dem Absatz kehrt, und sie blieb allein im Salon zurück – zitternd, als hätte sich die Sonne soeben hinter einer Wolke versteckt. Sie konnte sich unmöglich auf einen Flirt mit Lord Rutherford einlassen. Verrückt zu glauben, dass so etwas möglich war! Das kam nur für sorglose Menschen in Frage, mit freiem Herzen, die nichts zu verlieren hatten. Man konnte nicht leichtfertig mit einem Mann flirten, der ein so überwältigendes Verlangen in einem weckte – ganz besonders dann nicht, wenn der Fragliche sich seiner Wirkung absolut bewusst war und zu wenig Feingefühl besaß, dieses Wissen zu verbergen!

In was für einer verzwickten Lage sie sich doch befand! Aber heute Abend musste eine Lieferung über die Bühne gehen. Gedanken an Damian, Lord Rutherford, würde sie besser weit von sich schieben, wenn sie bei Verstand bleiben wollte. Auf diesen Verstand waren mehrere Menschen angewiesen, nicht nur sie selbst!

8

Lord Rutherford hielt seine Ungeduld löblich in Schach, während der Tag verging. Der Soldat war immerhin daran gewöhnt, sich die Zeit sinnvoll zu vertreiben, zu beobachten und auf den besten Augenblick für den Angriff zu warten. Rob und Theo boten ihm einige Abwechslung, und immer wieder schaffte er es diskret, sie von ihrer Vergangenheit erzählen zu lassen, vom Leben ihrer Eltern, dem Leben mit Sir John Blake und ganz besonders von ihrer Schwester. Rob benötigte wenig Ermunterung. Theo war vorsichtiger, bis er begriff, dass derjenige, der ihn ausfragte, bereits eine ganze Menge wusste – Informationen, die er nur von Merrie selbst bekommen haben konnte.

Damian schickte sie zeitig zum Essen nach Hause und bereitete sich auf einen langen, einsamen Abend vor. Um wie viel Uhr würden die Gentlemen wohl reiten? Nicht vor Mitternacht, das war sicher. Walter, der ihn aufmerksam beobachtete, bemerkte keinerlei Anzeichen der häufigen Depressionen Seiner Lordschaft. Er trank nur zwei Gläser Claret zu dem Hammelkotelett und den gekochten Kartoffeln, die Mrs. Perry zubereitet hatte; doch anstatt sich mit der Flasche Brandy zurückzuziehen, erklärte er Walter, dass er noch einen Spaziergang in der Abendluft machen würde.

Er ging durch den Ort und hielt Augen und Ohren so offen wie möglich. Alles schien zu sein wie immer. Aus dem Schankraum des Falcon drang der übliche Frohsinn, und dem Lärm nach zu urteilen, hielt sich jeder Mann des Dorfes dort auf. Er zweifelte nicht daran, dass sich auch die Schmuggler zu den wackeren Trinkern gesellt hatten. Sie mussten Einheimische und Fischer aus der Umgebung sein; doch es wäre dumm von ihnen, ihre Mission und Sicherheit aufs Spiel zu setzen, indem sie sich mit zu viel Bier betäubten.

Davor hüteten sie sich natürlich. Diese Männer wussten, was sie taten, wie er am ersten Abend bereits feststellte. Sie würden wohl kaum Misstrauen erregen, indem sie sich am Abend vor einer Lieferung ungewöhnlich enthaltsam benahmen, zumal möglicherweise ein Spion der Finanzbehörde im Ort war. Aber woher kam ihr Anführer? Er hatte niemanden im Dorf entdeckt, der auch nur im Entferntesten Ähnlichkeit besaß mit dem schlanken jungen Kerl; doch wenn er mit seiner Vermutung richtig lag und der Junge einfach *kein* Junge war, dann gab es wohl kaum mehr ein Rätsel zu lösen. Keine seiner Nachforschungen hatte zu irgendwelchen Auskünften geführt. Niemand, mit dem er gesprochen hatte, wollte jemals die Gentlemen gesehen haben – man hielt es nicht für weise, zu neugierig zu sein; eine solche Indiskretion konnte dazu führen, dass die Lieferungen ausblieben. Dieses Schicksal wurde von dem ländlichen Adel deutlich als eines empfunden, das man mit allen Mitteln vermeiden musste. Da er jedoch selbst kein persönliches Interesse an diesen Lieferungen hatte, beschloss Seine Lordschaft, seine Nachforschungen selber zu betreiben. Heute Abend wollte er die Gentlemen unbedingt entdecken – sicher keine schwierige Aufgabe, da sie im Dorf herumreiten würden; außerdem konnten wohl auch ihre Aktionen nicht ganz unbemerkt bleiben.

Eine Stunde vor Mitternacht machte er sich zu Fuß auf den Weg zu der Stelle an den Klippen, von der aus er damals das Scharmützel beobachtet hatte. Aus der Unterhaltung zwischen dem Jungen und dem Mann mit dem Namen Bart war hervorgegangen, dass man die Waren sicher in dem Hinterhalt verstaut hatte. Deshalb musste sich das Versteck irgendwo in der Nähe des Weges befinden, der über die Klippen führte – von wo aus die Schmuggler heute Abend ihren Ritt beginnen würden.

Als er die ersten Geräusche vernahm, das Klirren von Zaumzeug, einen geflüsterten Ruf – fiel es ihm schwer, die Richtung zu bestimmen, aus der die Laute kamen, so körperlos und verwirrend waren sie in der Dunkelheit. Dann aber begriff er, dass sie von gleich unterhalb zu ihm heraufdrangen. Er rückte ein Stück nach vorn, bis er auf dem Bauch lag und über den Rand der Klippe auf den schmalen Pfad blickte, der sich dort entlangschlängelte. Die Ponys waren dunkle Schatten, die Gestalten der Männer sahen aus wie Geister, und alle bewegten sich mit unheimlicher Lautlosigkeit. Den Jungen erkannte er deutlich an seiner Größe. Gegenüber den anderen schien er winzig zu sein, doch wie beim ersten Mal lag auch jetzt um die schlanke Gestalt auf dem Führungspony ein unbestreitbarer Hauch von Autorität. Der Beobachter auf der Klippe blinzelte, dann schüttelte er ungläubig sein Haupt und rückte noch ein Stück weiter vor, bis seine Schultern in der Luft hingen. Aber selbst in dieser Lage sah er, dass seine Augen ihn nicht täuschten. Die Haltung ihrer Schultern unter der dunklen Jacke, die Neigung ihres Kopfes unter der engen, gestrickten Kappe, das kantige kleine Kinn gehörten zu einer ganz bestimmten Person. Damian fragte sich, warum er überhaupt daran gezweifelt hatte. Im Rückblick schien ihm alles offen auf der Hand zu liegen. Es erklärte die ungewöhnlich muskulöse Geschmeidigkeit, die ihn so verlockt und erregt hatte. Es erklärte all die Spielchen, die sie sich erlaubte; es erklärte das Gefühl des Déjà-vu, das er in ihrer Anwesenheit immer hatte.

Rutherford sah dem Zug nach, bis er seinen Blicken auf dem Pfad entschwand. Sein ursprünglicher Plan, den Leuten zu folgen, schien ihm jetzt nicht mehr nötig. Er hatte das größte Geheimnis gelöst – die Identität des fähigen jungen Kerls, der der Gefahr ins Gesicht lachte und sein kleines Schwert so geschickt handhabte wie die Besten. Was er mit diesem Wissen anfangen sollte, war sein Programm für den morgigen Tag. Jetzt, wo die Bande weg war, wollte er ihre Spuren zurückverfolgen und herausfinden, wo sie ihr Hauptquartier hatten. Dieses Wissen könnte ihm irgendwann einmal nützlich sein.

Ein paar Meter weiter vorne fand er einen schmalen Pfad, der zu dem unteren Weg führte. Er folgte den Spuren des Ponyzuges und kam zu einer Plattform genau unterhalb der Klippen von Pendennis. Was er dort fand, gab ihm zuerst ein großes Rätsel auf. In den Steinmassen befand sich eine Höhle, doch sie schien viel zu schmal zu sein, um irgendeinen Nutzen zu haben. Dennoch war es ganz offensichtlich die Höhle, die die Schmuggler benutzt hatten, wenn man den Fußabdrücken der Männer und Tiere im Sand Glauben schenkte. Er brauchte zehn Minuten genauester Untersuchung, bis er die versteckte Öffnung hinter dem Felsblock am Ende der Höhle fand. Eine halbe Stunde später stand er auf dem Weg oberhalb der Klippen und zweifelte nicht mehr daran, dass der Tunnel aus der zentralen Höhle direkt nach Pendennis führte. Sein Ursprung lag wahrscheinlich viel weiter zurück als der Zeitpunkt, an dem Meredith als Braut von Sir John Blake hier Einzug hielt. Wie hatte sie den Tunnel entdeckt? Und, was noch viel wichtiger war, wie hatte sie Rob davon abgehalten, ihn zu entdecken? Wahrscheinlich würde sie durch die Höhle in das Haus zurückkehren, wenn die Arbeit dieser Nacht erledigt war – vorausgesetzt, sie konnte alles sicher erledigen. Rutherford erkannte jedoch die Zwecklosigkeit der Spekulation über den Ausgang von Merries Mission. Er trat den Weg an nach oben zu den Klippen, um ihre Rückkehr abzuwarten.

Als Soldat war er daran gewöhnt, Ausschau zu halten, genauso, wie er an die damit verbundenen Unannehmlichkeiten gewöhnt war; dennoch verging die Zeit nur schleppend, und die Muskeln in seinen Schultern verspannten sich. Trotz der hochsommerlichen Jahreszeit lag der Tau schwer über allem und ließ ihn in seiner Hose aus dickem Stoff frieren, während er in den Büschen hockte. Aber die Kälte war nichts verglichen mit seiner Angst, während seine Ohren angespannt auf das verräterische Geräusch lauschten und er zum Himmel blickte, wo sich die ersten grauen Streifen der Dämmerung zeigten. Die Lieferung brauchte unglaublich lange – es sei denn, er hatte sich geirrt ... vielleicht war sie auf einem anderen Weg zurückgekehrt und lag längst schlafend in ihrem Bett. In diesem Fall, so entschied Damian Lord Rutherford und zitterte voller Unbehagen, ja, ein wenig Angst, sollte Merrie Trelawney sich Sorgen um ihre Haut machen, wenn sie beide sich das nächste Mal begegneten.

Gerade wollte er seine Wache beenden und nach Hause zurückkehren, als er ein leises Pfeifen von dem Weg unter sich hörte. Als er hinabblickte, entdeckte er die ihm bekannte schlanke Gestalt. Sie hatte die Hände in den Hosentaschen vergraben und trat nach dem Sand in einer Art, die deutlich Sorglosigkeit ausdrückte, während sie unbekümmert, wenn auch nur wenig melodiös, vor sich hin pfiff. Mit seiner Erleichterung erwachte auch sein Zorn. Wie konnte sie es wagen, so lässig zurückzukehren, während er stundenlang in Kälte und Angst auf sie gewartet hatte! Während er sie noch beobachtete, vollführte sie plötzlich einen kleinen Tanz, zog die gestrickte Kappe vom Kopf und warf sie mit einem fröhlichen Lachen in die Luft. Sein Zorn schmolz, Bewunderung und mehr als nur ein Anflug von Neid trat an seine Stelle. Er kannte das wundervolle Gefühl, das der Gefahr und Anspannung folgte, die Freude, eine Aufgabe gut erledigt, seinen Frieden und Lohn wohl verdient zu haben. Mit aller Kraft musste er sich zurückhalten, um sie nicht auf sich aufmerksam zu machen, während er indirekt an ihrem jugendlichen Übermut teilnahm.

In der Tat fühlte Merrie sich sehr zufrieden mit der Arbeit dieser Nacht und den Einnahmen, die sie in einer prallen ledernen Börse in ihrer Tasche trug. Morgen würde sie das Geld aufteilen, und Bart würde es den einzelnen Kumpanen zukommen lassen. Im nächsten Monat, so hatten sie einstimmig beschlossen, sollte es zwei Lieferungen geben. Die erste Lieferung würde an das Wirtshaus ›Eagle and Child‹ in Fowey gehen. Wenn alles klappte, würden weitere Lieferungen dorthin folgen. Noch immer pfeifend holte sie einen Strohbesen aus dem hinteren Teil der Höhle und begann, den Sand innen und auf dem Pfad zu kehren, um die Abdrücke der Männer und der Ponys zu verwischen. Es war nur eine oberflächliche Vorsichtsmaßnahme, wahrscheinlich sogar eine unnötige, denn nur sehr wenige Menschen kamen hier vorbei. Aber man konnte nie genug aufpassen, dachte sie mit einem triumphierenden Lächeln. Schließlich zog sie sich in die Höhle zurück, kehrte den Sand hinter sich glatt, und als Merrie Trelawney zuletzt hinter dem hervorstehenden Felsblock verschwand, war nichts anderes wahrzunehmen als die Schreie der Möwen und das Rauschen der Brandung.

Steif kam Damian auf die Beine. Inzwischen musste sie definitiv im Bett liegen, also konnte auch er mit Frieden im Herzen sein Lager aufsuchen. Doch wie viele Nächte würde er das noch ertragen und dabei schweigen können? Inzwischen hatte er genügend Zeit, über die außergewöhnlichen Gefühle nachzudenken, die ihn gegenwärtig bewegten: seit er die Gestalt erkannt hatte, die so gerade, so aufrecht und unbeugsam auf ihrem Pony saß, das mit Schmuggelgut beladen war. Was als Spiel begonnen hatte – ausgelöst durch den Wunsch auf eine kleine Rache –, sah nun dramatisch ernst aus. Er hatte sich verliebt, zum ersten Mal in den dreißig Jahren seines Lebens ... dazu noch in das unpassendste Geschöpf, das er sich vorstellen konnte. Es war nicht schwer, sich die Reaktion seiner Mutter vorzustellen – oder die des gichtkranken Herzogs. Eigenartig, bei dem Gedanken musste er lachen, denn eines stand fest: Auch wenn es gerade noch möglich wäre, eine ärmliche Witwe aus Cornwall seiner Familie in den Schoß zu legen, so kam doch eine aktive Schmugglerin nie und nimmer in Frage. Irgendwie musste er Merrie Trelawney davon überzeugen, in die Ränge der gesetzestreuen Bürger zurückzukehren.

Als er sie wieder sah, waren etwa sechs Stunden vergangen. Die Glocken von St. James hatten schwungvoll eine halbe Stunde lang geläutet und die Gläubigen sowie Zweifler zur Morgenandacht gerufen. Man musste schon auf dem Totenbett liegen, um entschuldigt zu sein, nicht an diesem Dorfritual teilzunehmen. Damian jedenfalls war nach drei Stunden traumlosen Schlafes, einem ausgiebigen Frühstück und nach zwanzig Minuten von Walters geschickter Massage über die Felder geritten, hin und her gerissen zwischen dem Wunsch, Meredith zu sehen, und der Furcht vor dem Bild, das sie der Gesellschaft bieten würde, vor der Rolle, die sie ihm dabei zugedacht hatte.

Zusammen mit Hugo, Rob und Theo stand Merrie am Friedhofstor und unterhielt sich mit einem älteren Paar, die Damian als Admiral und Lady Petersham erkannte. Er band Saracen an den Zaun und zog seine Handschuhe aus, dann schritt er auf die Gruppe zu.

»Ah, Lord Rutherford«, begrüßte Lady Petersham ihn und lächelte vage.

»Rutherford, Morgen«, tönte der Admiral und wandte Seiner Lordschaft sein gesundes Ohr zu, damit er dessen Antwort verstand.

»Guten Morgen.« Rutherford verbeugte sich korrekt, ehe er sich zu Lady Blake wandte. »Ma'am, Ihr Diener!«

»Oh, lieber Lord Rutherford, dies ist fast zu viel der Ehre«, hauchte sie, versuchte gleichzeitig zu knicksen, ihm die Hand zu reichen und ihr Gebetbuch festzuhalten. Aber Letzteres machte ihr einen Strich durch die Rechnung – es fiel zu Boden. Damian bückte sich mit ausdrucksloser Miene und hob es auf. Als er es ihr reichte, warf sie ihm einen verstohlenen Blick zu, in dem der Übermut funkelte. Seine Lordschaft nahm sich vor, ihr zum frühestmöglichen Zeitpunkt zu erklären, dass es unerlässlich für sie war, fair zu spielen, wenn sie erwartete, dass er sie in ihrem Betrug ihren Nachbarn gegenüber unterstützte. Er schnitt ihr ihr Dankesgestammel jäh ab und wandte sich den Jungen zu, die von dem außergewöhnlichen Benehmen ihrer Schwester ungerührt schienen. Hugo war nüchtern gekleidet und ernst, Theo mochte sich damit abgefunden haben; doch Rob, so bemerkte Rutherford, hatte ein verdächtig unschuldiges Gesicht aufgesetzt, das die unterdrückte Erregung Lügen strafte, die Damian in seinen Augen wahrnahm.

Die Glocken hörten auf zu läuten, und die Gruppe wandte sich schnell den schweren Eichentüren zu. Mr. Grantham, der Küster, war für sein Bestehen auf Pünktlichkeit bekannt, und man musste schon sehr tapfer sein, wenn man in die Kirche schlich, nachdem er die Türen geschlossen hatte.

Damian marschierte hinter den Trelawneys her, seine Augen ruhten auf dem jüngsten Mitglied der Familie. Als sie sich der Tür näherten, steckte Rob die Hand in die hintere Hosentasche, die plötzlich lebendig zu werden schien. Rutherfords Hand schloss sich über der Schulter des Jungen.

»Nimm es heraus, mein Freund, was auch immer es ist, *ehe* wir die Kirche betreten.«

Meredith wandte sich um und sah die beiden mit einem verwirrten Blick an, der umgehend blanke Verzweiflung ausdrückte, als sie den schuldbewussten Ausdruck auf dem Gesicht ihres Bruders entdeckte. »Was hast du denn diesmal mitgeschleppt?«

Rob, der nur noch wenig Hoffnung hatte, zog eine winzige Feldmaus heraus. Unter dem ausgesprochenen Befehl der beiden ließ er die Maus auf dem Weg frei. »Ist das alles?«, fragte seine Schwester scharf, und als Rob demütig nickte, schob sie ihn vor sich her. Die Orgel hatte bereits zu spielen begonnen, und Mr. Grantham warf ihnen ungeduldige Blicke zu; deshalb hatte sie kaum Zeit, Lord Rutherford viel sagend zuzublinzeln, ehe sie in die Kirchenbank der Blakes eilte, wo sie Rob zwischen sich und die Wand schob. Lord Rutherford folgte dem Platzanweiser zu der Kirchenbank der Mallorys, und der Gottesdienst begann.

Damians Bank befand sich auf der anderen Seite des Ganges von der der Trelawneys; er saß eine Reihe hinter ihnen und stellte fest, dass es ihm möglich war, sie heimlich über endlose zwei Stunden zu beobachten. Hugos Gesichtsausdruck zeigte vollkommene Hingabe, er lauschte dem monotonen

Sermon von Vikar Elsbury, als würde sein Leben davon abhängen. Theo und Meredith erwiesen sich als aktive Gemeindemitglieder, sie sangen, beteten und schienen mit einem untadeligen Pflichtgefühl zu lauschen. Rob rutschte unruhig hin und her und bemühte sich nicht, seine Langeweile zu verbergen, obwohl er auch wiederum nicht allzu aufmüpfig war.

Meredith sah nach Rutherfords Meinung entschieden schrecklich aus – selbst wenn er seine Voreingenommenheit beiseite ließ. Sie trug ein Satinkleid in einem stumpfen Schwarz. Die Farbe stand ihr nicht, selbst wenn ihre Haut wie sonst geleuchtet und ihre Augen den normalen lebhaften Ausdruck gezeigt hätten. Doch sie sah blass aus und unausgeschlafen – wie jemand, der nicht vor der Morgendämmerung ins Bett gekommen war. Das wenige von ihrem Haar, das sichtbar war, glänzte wie sonst; doch das meiste davon hatte sie unter einer entsetzlichen Witwenhaube versteckt – einem Monstrum, das er zuvor noch nicht an ihr gesehen hatte.

Endlich brachte der Segen die Erlösung, und die Gemeinde erhob sich, um sich den anderen Zwecken der morgendlichen Frömmigkeitsübung zu widmen – dem Treffen mit den Nachbarn und der Erörterung der Wochenchronik. Der Vikar strahlte die Trelawneys an, als er im Sonnenschein stand und seine Herde begrüßte. »Lady Blake, wie gut Sie aussehen!« Damian, der ein paar Schritte hinter Meredith ging, erschauerte bei dieser schamlosen Heuchelei eines Mannes der Kirche. »Und die Jungen. Großartig, großartig. So eine prächtige Familie! Und du, mein Sohn!« Er beugte sich vor und sah Rob ernst an. »Auf Dächer kletterst du, wie ich hörte. Dächer, die dir nicht einmal gehören …«

Rob, der auf ein Kneifen von Hugo reagierte, murmelte etwas und senkte den Kopf.

»Sie wissen doch, Vikar, was man von Jungen sagt, die richtige Jungen sind!« Lord Rutherford trat in den Kreis.

»Ah, Lord Rutherford! Wie schön, Sie zu treffen! Ich habe Sie gestern besucht. Vielleicht hat Harry Perry Ihnen Bescheid gesagt? Sie waren nicht zu Hause, aber ich begrüße gern neue Mitglieder der Gemeinde – so bald wie möglich. Wir sind immer höchst angetan von dem Gedanken, frisches Blut in unsere Gemeinde zu bekommen.« Er lächelte mild. »Ist es nicht so, Lady Blake? Wir sind eine so kleine Schar und kennen einander so gut.«

»Ja, in der Tat, Vikar«, zwitscherte Lady Blake und spielte mit den Rüschen an ihrem Schal. »Wir alle scheinen einander so gut zu kennen. Es gibt keinerlei Geheimnisse in diesem Dorf, Lord Rutherford.«

»Das will ich gern glauben, Ma'am«, stimmte er ihr trocken zu.

»Ah, Vikar, eine so inspirierende Predigt! Ich finde den Text von Leviticus höchst erhebend.« Mrs. Ansby schwebte den Weg entlang auf sie zu. »Wir erwarten Sie und die liebe Mrs. Elsbury heute Abend, das wissen Sie! Und Lady Blake natürlich auch.« Meredith wurde mit einem herablassenden Lächeln bedacht, auf das sie mit gestammelten Dankesworten und flatternden Augenlidern reagierte. »Lord Rutherford, wir würden uns sehr geehrt fühlen, wenn Sie ebenfalls kämen!« Mrs. Ansbys Lächeln hüllte Seine Lordschaft ein. »Ein schlichter Landabend, mehr nicht – aber wir werden Ihnen etwas servieren, das ein wenig delikater ist als Martha Perrys Abendessen, das möchte ich schwören, und Ansby hat einen ausgezeichneten Portwein.«

Rutherford verbeugte sich höflich und nahm die Einladung an. Es war eine Aussicht, die nur wenig Unterhaltung versprach, bis auf die Tatsache, dass er den Abend über in Merediths Nähe verbrächte. Sie hatte sich bereits in Bewegung gesetzt und wechselte nur einige verbindliche Worte mit den Barrats. Von ihren Brüdern war nichts zu sehen, bis er durch das Tor des Friedhofs auf die Straße trat, wo Theo und Rob soeben Saracen bewunderten.

»Ich wünschte, ich könnte auf ihm reiten«, erklärte Rob sehnsüchtig. »Theo hat gesagt, dass Walter ihm erzählte, er sei von Mamelucken ausgebildet worden.«

»Das ist er auch.« Rutherford hob den Jungen in den Sattel, genauso, wie er es vor einigen Tagen mit dessen Schwester gemacht hatte. »Ich werde dich führen, weil du nur einen gesunden Arm hast.«

»Oh, da seid ihr ja!« Meredith erschien hinter ihnen. »Ist Hugo schon nach Hause gegangen?«

»Nein«, berichtete Theo verächtlich. »Er spricht mit dem Pfarrer, und ich bin sicher, er hofft, eine Einladung zum Essen im Vikariat zu bekommen, damit er über den Text der heutigen Predigt diskutieren kann.«

»Nun, dann wird er uns wenigstens zu Hause damit in Ruhe lassen«, meldete sich Rob aus Saracens Sattel.

»Es wäre viel besser für uns, wenn ihr alle einige Tugenden eures Bruders besäßet«, erklärte Meredith ernst. »Was machst du auf Lord Rutherfords Pferd?«

»Er hat gesagt, ich darf das«, verteidigte Rob sich. »Und hat mich selbst drauf gesetzt!«

»Genau – sonst wäre er wohl kaum da oben«, meldete sich Damian zu Wort. »Theo, möchtest du Saracen führen?« Er reichte dem eifrigen Theo die Zügel und ging dann neben Meredith her, der kein Grund einfiel, womit sie gegen seine Gesellschaft etwas einwenden konnte.

»Ich muss Ihnen danken für Ihr rechtzeitiges Einschreiten bei der Maus.« Sie schüttelte resigniert den Kopf. »Normalerweise durchsuche ich immer seine Taschen, ehe wir zur Kirche gehen, aber irgendwie habe ich das heute Morgen vergessen.«

»Sie waren vielleicht ein wenig zu müde«, schlug er vor und fuhr mit seiner Reitpeitsche über die Hecke.

»Ja, das stimmt.« Sie sah ihn mit gerunzelter Stirn an. »Aber ich kann mir nicht vorstellen, wie Sie darauf kommen.«

»Wenn ich offen sein darf«, antwortete er, »braucht man Sie nur anzusehen. Sie sehen aus wie ein Gespenst, Merrie.«

»Das ist nicht sehr höflich, Sir!«

»Nein«, stimmte er ihr ruhig zu. »Aber Sie haben sich auch heute wieder große Mühe gegeben, sich so schlimm wie möglich auszustaffieren! Deshalb wären Sie mir sicher böse, wenn ich verleugnen würde, dass Ihnen das wahrhaftig gelungen ist.«

»Ich möchte Sie davon unterrichten, Mylord, dass ich mein bestes Sonntagskleid trage«, erklärte sie hochmütig; erfreut nahm sie die Einladung zu einem kleinen Wortgefecht an. Immerhin befand sie sich hier draußen im Sonnenschein an einem Sonntagmorgen in vollkommener Sicherheit auf der Landstraße, und ihre Brüder samt Saracen trotteten nur wenige Schritte vor ihnen dahin. So konnte sie die Gesellschaft eines Menschen in aller Ruhe genießen, der wusste, dass die Maskerade, die sie veranstaltete, einen akzeptablen Grund hatte – einem Menschen, der ihr keine lästigen Fragen stellte.

»Sie machen mich sprachlos, Ma'am.«

Bei diesen Worten lachte sie leise, und auch Damian konnte sich ein Lächeln nicht verkneifen, obwohl er sagte: »Ich muss Sie allerdings um einen kleinen Gefallen bitten.«

»Und das wäre, Sir?«

»Die Haube«, erklärte er schaudernd. »Wenn ich ihren Anblick noch einmal ertragen muss, werde ich bestimmt verrückt.« Sie hatten inzwischen die Grenzen von Pendennis erreicht, und Meredith hielt auch inne, als Seine Lordschaft stehen blieb und ihren Oberarm umfasste. Die Erfahrung hatte sie gelehrt, dass Widerstand sowohl unwürdig als auch fruchtlos sein würde; glücklicherweise war wenigstens Saracen mit den Jungen um eine Biegung des Weges vor ihnen verschwunden – hoffentlich würden sie auch dort bleiben. Während Damian sie mit einer Hand festhielt, öffnete er mit der anderen die Bänder der Haube und zog sie ihr aus. »Möchten Sie sie in Ihre Tasche stecken oder soll ich sie über die Hecke werfen?«

»Oh, bitte, geben Sie sie mir!« Meredith nahm das Kleidungsstück und verstaute es. »Ich habe es zuvor noch nie getragen, aber fand es sehr passend.«

»Wenn Sie klug sind, werden Sie dieses Ding nicht noch einmal aufsetzen.« Ein ihr inzwischen bekannter Warnton lag in seiner Stimme, und Merediths Augen blitzten.

»Und was soll das heißen, Sir?«

»Es heißt ganz einfach, dass ich sie Ihnen wieder ausziehen werde – zum Beispiel heute Abend.«

Meredith nagte an ihrer Unterlippe und betrachtete ihn nachdenklich. »Ich frage mich, ob Sie das wirklich tun würden.«

»Sie können es ja ausprobieren«, forderte er sie zwinkernd heraus.

Er gab sich betont liebenswürdig, aber Merrie ließ sich nicht täuschen. »Ich glaube nicht.«

»Sie besitzen also doch einen Funken Weisheit.«

»Ich glaube nicht, dass es Sie etwas angeht, was ich trage, Lord Rutherford.« Es war nur ein Scheinprotest, doch unbedingt nötig, wenn sie sich nicht wortlos unterwerfen wollte. Offensichtlich hatte Seine Lordschaft das auch begriffen, denn er machte keine Anstalten, das Geplänkel fortzusetzen.

Vor ihnen wurde nun zu Merries Erleichterung ein Ruf laut. Lord Rutherford ging nicht auf Robs Drängen ein, als dieser ihn zum Mittagessen einladen wollte, und hob den Jungen aus dem Sattel.

»Bis heute Abend, Lady Blake!« Er bestieg sein Ross und blickte auf sie hinunter. »Darf ich vorschlagen, dass Sie sich heute Nachmittag ein wenig ausruhen? Schlaflose Nächte schaden der Haut.«

Meredith errötete zornig. »Ich habe nicht behauptet, dass ich eine schlaflose Nacht hatte, Sir. Und ich finde Ihre Bemerkungen mehr als unverschämt.«

»Dann bitte ich untertänigst um Vergebung. Sie entsprechen allerdings der Wahrheit.« Mit einem lässigen Winken wandte er Saracen um, trabte die Einfahrt hinunter und ließ Meredith sowohl empört als auch verärgert zurück. Abgesehen von der Notwendigkeit des Theaters, das sie spielte, war ihre Eitelkeit tief verwundet von Rutherfords frecher Direktheit. Sie entschloss sich, den Nachmittag im Bett zu verbringen, mit Pads auf den Augen, die in Haselnussöl getränkt waren, um ihre Lider zu beruhigen. Es war kein sehr raffiniertes Schönheitsmittel, doch trüge es sicher zur Verbesserung ihres derzeitigen Aussehens bei.

Als sie sich an diesem Abend ankleidete, fragte sie sich, ob es wohl Aufsehen erregte, wenn sie ihr Haar ein wenig weicher frisierte und das grüne Seidenkleid mit dem eleganten Schal aus Norwichseide aufhellte sowie den Perlen der Merediths, deren Kostbarkeit in ganz Cornwall bekannt war. Aber es würde wohl eigenartig aussehen, ganz sicher zu einem so bescheidenen Anlass. Lady Barrat konnte es sich leisten, ein wenig zu elegant gekleidet zu sein, doch die demütige Witwe Blake nicht. Sie war gezwungen, sich mit den Gaben zu begnügen, die die Natur ihr verliehen hatte. – Ein erholsamer Nachmittag und einige Stunden Schlaf hatten wieder Farbe in ihre Wangen gebracht und ein Blitzen in ihre Augen. Nan hatte ihr Haar gewaschen, sodass es jetzt rotbraun glänzte im Schein des Kerzenlichtes – auch wenn es zu einem matronenhaften Knoten in ihrem Nacken hochgesteckt war.

Meredith fuhr mit dem Wagen allein zu den Ansbys, Tommy nahm sie als Anstandsperson mit. Der junge Stallbursche hatte nichts dagegen, den Abend zusammen mit seinen Freunden in den Ställen der Ansbys zu verbringen; deshalb brauchte Meredith sich auch nicht schuldig zu fühlen, dass sie ihn seiner Bettruhe beraubte.

Sie stellte fest, dass sie sich in einem eigenartigen Zustand des Widerspruchs befand. Normalerweise hätte die Aussicht auf den Abend, der vor ihr lag, sie vor Langeweile gähnen lassen, doch heute freute sie sich darauf. Sie brauchte dabei nicht lange nach Gründen zu suchen. Eben darin lag der Widerspruch. Die Aussicht auf einen Abend in Gesellschaft von Lord Rutherford ließ sie vor Freude mit den Füßen wippen, auch wenn sie die Gefahr sah, der sie sich dabei aussetzte – die Gefahr, dass sie ihre eigenen Reaktionen, Bedürfnisse und Wünsche nicht unter Kontrolle halten konnte, sobald sie eventuell mit ihm allein war und ob er die Gelegenheit, wieder einmal, ausnutzen würde.

Vermutlich würde er genau das tun, falls es sich ergab. Aber warum? Am Anfang hatte er sich vielleicht gerächt, weil sie ihn verärgert und herausgefordert hatte, genauso wie er sie. Doch der Oberst war nicht daran gewöhnt, herausgefordert zu werden oder sich geschlagen zu geben, und Merrie hatte beides geschafft, bei mehr als nur einer Gelegenheit. Dann wollte er sie dafür bezahlen lassen, doch die Strafe war nach hinten losgegangen, wie sie beide wussten. Denn so angenehme Empfindungen konnte man wohl kaum eine Strafe nennen!

Außerdem, wie sollte sie jemanden auf Abstand halten, der ihre Brüder mit solch humorvollem Verständnis behandelte? Seit seiner Ankunft in Landreth erschienen ihr ihre Tage irgendwie nicht vollkommen ohne eine Begegnung mit ihm. Heute Morgen auf dem Kirchhof hatte sie zugegebenermaßen auf ihn gewartet – jeder einzelne Nerv in ihrem Körper war auf ihn ausgerichtet oder die Geräusche seines Näherkommens. Zweifellos fand er dieses Spiel belustigend, eine willkommene Ablenkung von der elenden Langeweile, die ihn nach Cornwall getrieben hatte. Zu flirten bis zu dem Punkt, an dem es gefährlich wurde, mit einer unkonventionellen Witwe, war ganz sicher eine Art, die Mußestunden zu füllen. Dass er Erfahrung darin hatte, bezweifelte Merrie nicht. Wie sonst wäre es ihm wohl gelungen, ihre Aufmerksamkeit so gründlich auf sich zu lenken?

Nun, sie durfte nicht vergessen, dass sie der Hüter ihres eigenes Schicksals war. Wenn es ihr nicht gelang, damit fertig zu werden, dann sollte sie sich selbst einsperren, bis er sich entschied, nach London zurückzukehren. Aber was für ein Armutszeugnis! Sie kam zu dem Schluss, dass sie längst bereit war, die Kreisfahrt auf dem Karussell mitzumachen, wie oft es auch sein mochte. Vielleicht war es gefährlich, aber der Teufel sollte sie ruhig holen!

In der Laune rücksichtsloser Entschlossenheit betrat Lady Blake den Salon der Ansbys und war bitter enttäuscht, als sie die breiten Schultern und den neckenden Blick von Lord Rutherford nirgendwo entdeckte. Allerdings erschien er zwanzig Minuten später, und Meredith hatte genügend Gelegenheit, ihn zu beobachten, da er im Raum herumging und die anderen Gäste begrüßte; offenbar hatte er es nicht eilig, die Ecke zu erreichen, in der Lady Blake saß und sich schüchtern hinter einer spanischen Wand versteckte. Genau wie zuvor war auch heute Abend seine Kleidung schlicht, beinahe unauffällig: Er trug einfache dunkelgraue Hosen und einen blauen Rock aus allerdings feinem Stoff mit bescheidenen Knöpfen. Weder Spitze noch Juwelen hatte er gewählt, nur eine perfekte Krawatte, die verräterisch kunstlos gebunden war. Dennoch unterschied er sich von den anderen Herren deutlich, stellte Meredith fest, trotz seiner Bemühungen um Unauffälligkeit. Er konnte nur wenig dagegen tun, die hervorragende

Maßarbeit seines Schneiders zu verbergen, die seine Figur deutlich hervorhob, die Aura von Reichtum und Privilegiertheit, die Hand in Hand ging mit der Selbstsicherheit eines Feldmarschalls.

»Guten Abend, Lady Blake!« Mit einer leicht gelüfteten Braue schob er die spanische Wand zur Seite. »Sie dürfen Ihr Licht nicht unter den Scheffel stellen«, ermahnte er sie sanft. »Beinahe hätte ich Sie nicht entdeckt!«

Merrie biss sich auf die zitternden Lippen. »Nach Ihren vorherigen Bemerkungen über meine Erscheinung müssten Sie froh sein, mich nicht zu sehen!«

Seine Lordschaft runzelte die Stirn, eine Hand hatte er lässig in die Hüfte gestützt. »Ich gestehe, es ist wohl kaum der Gipfel an Eleganz, aber gegenüber dem heutigen Morgen durchaus eine Verbesserung! Jetzt sehen Sie wenigstens nicht mehr ganz so müde aus.«

Ihre Augen blitzten warnend auf, und ihre Hände flatterten in ihrem Schoß. Er reagierte sofort. »Ihr Diener, Ma'am!« Er wollte sich schon abwenden, da tauchte Mr. Ansby lächelnd in Hörweite auf. »Lord Rutherford, die jungen Leute haben den Wunsch auf ein Lotteriespiel geäußert; aber Sie ziehen doch zweifellos etwas vor, das ein wenig anregender ist. Wir stellen gerade den Tisch zum Whist auf, müssen Sie wissen ...«

Seine Lordschaft verbeugte sich, doch noch ehe er seine Meinung äußern konnte, kam seine Gastgeberin in ihren lavendelfarbenen Röcken angerauscht. »Sie werden sich über eine Partie Whist sehr freuen, Mylord«, erklärte sie in einem Ton, der keinen Widerspruch duldete. »Sicher haben Sie nur wenig zivilisierte Unterhaltung genossen, seit Sie sich in dieser Gegend aufhalten. Und auch nur wenige Annehmlichkeiten, möchte ich wetten. Martha Perry ist nicht gerade bekannt für perfekte Haushaltsführung. Ihrem Cousin, wenn Sie mir meine Offenheit verzeihen, waren solche Dinge gleichgültig, daher hat sie nur wenig Ermunterung bekommen.«

Seine Lordschaft schien einen Augenblick lang verwirrt durch diese Erklärung. Aus den Augenwinkeln sah er, wie Merrie sofort den Kopf senkte, dennoch hatte er das Lachen auf ihrem Gesicht bemerkt.

»Lady Blake wird Ihre Partnerin sein«, fuhr Mrs. Ansby fort. »Es wird Ihnen gut tun, meine Liebe, einmal aus Ihrer Ecke herauszukommen. Sie leben viel zu zurückgezogen, das steht fest! Bestimmt ist es Monate her, seit Sie zum letzten Mal gespielt haben.«

»Da haben Sie Recht«, murmelte Merrie mit zittriger Stimme. »Aber es scheint mir nicht sehr nett, Lord Rutherford einen Partner zuzuteilen, der völlig aus der Übung ist.«

»Ich bin sicher, das Geschick von Lord Rutherford wird diesen Mangel ausgleichen, Lady Blake«, strahlte Mr. Ansby und unterstützte die glückliche Idee seiner Frau.

Damians Gesicht zeugte von seiner Bestürzung bei dieser Aussicht, doch dann unterdrückte er jegliche Gefühlsregung und verlieh seiner Freude über diese Regelung Ausdruck. Er bot Lady Blake seinen Arm, und mit viel Getue und Geplapper über seine Freundlichkeit hakte sie sich bei ihm unter.

»Hören Sie auf!«, zischte er, als er sie in das Kartenzimmer geleitete. »Es ist schon schlimm genug, dass ich gezwungen bin, mit einer Närrin als Partner zu spielen – da muss ich mir nicht auch noch diesen Unsinn anhören.«

Merries Schultern bebten unmerklich für alle anderen, bis auf ihren Partner, der Arm in Arm neben ihr stand. Seine Lordschaft begann sich zu fragen, wie er diesen Abend wohl überstehen sollte, ohne ihr genüsslich den Hals umzudrehen.

Am Ende der Gebote der Farben jedoch glaubte er, dass er sie vielleicht doch unterschätzt hatte. Und als sie dann auf die einzige Herzkarte, die er in der Hand hielt, reagierte, war er davon überzeugt. Warum zeigte sie wohl ihre wahre Natur, wenn es um das Kartenspiel ging? Nun, sie benahm sich immer noch übertrieben, ließ ihren Fächer und ihre Handschuhe mit beunruhigender Regelmäßigkeit fallen und lachte auf diese abwertende Art über sich selbst, wann immer sie einen Stich gewann; doch sie spielte mit kühler Berechnung, die sie beide am Ende der Partie zu deutlichen Gewinnern machte.

»Ah, Lady Blake, ich hatte ganz vergessen, wie Sie und Sir John uns vernichtend zu schlagen pflegten.« Mr. Ansby lachte, doch dann rötete sich sein bereits rotes Gesicht noch mehr, und er hustete verlegen. »Es tut mir so Leid, meine Liebe, aber ich hatte nicht die Absicht, schmerzliche Erinnerungen …«

»Bitte, Mr. Ansby, machen Sie sich keine Sorgen«, erklärte Meredith hastig, obwohl sie gleichzeitig ein Spitzentaschentuch hervorzog und sich damit die Augen betupfte.

Lord Rutherford erhob sich von seinem Stuhl, er konnte diese rührende Darbietung keinen Moment mehr ertragen. Wie er sich nur in eine so spitzbübische, unübertreffliche Lügnerin hatte verlieben können, in eine solche Schauspielerin, Heuchlerin und Gesetzesbrecherin, würde für ihn auf ewig ein Rätsel bleiben. Er wollte sie schütteln, genauso oft, wie er sie küssen wollte, und im Augenblick konnte er sich nicht entscheiden, was er zuerst tun sollte. Eines jedoch war klar, sie hatte ihn in ihr Spiel hineingezogen und forderte ihn mit jeder neuen unerhörten Wendung zum Lachen heraus. Es war höchste Zeit, dass er einige andere Karten auf den Tisch legte.

Gelegenheit für eine Unterhaltung gab es nur wenig, als der Abend weiterging mit einigen nichtssagenden Spielen und dem Gesang der aufstrebenden Töchter des Adels – wobei Seine Lordschaft gezwungen war, jeder von ihnen zu applaudieren und ihnen in kritikloser Unparteilichkeit Komplimente zu machen. Am Ende eines grässlichen Vortrages auf der

Harfe hörte er, wie Meredith übertrieben Lob spendete und eine Zugabe verlangte.

»Möchten Sie uns nicht mit etwas erfreuen, Lady Blake?«, bat er mit seidenweicher Stimme.

»Oje, ich, nein!« Merediths Arme wedelten verzweifelt durch die Luft. »Ich bin eine so schlechte Musikerin, Mylord, und habe überhaupt keine Stimme. Warum sollte ich mich vor all diesen fähigen jungen Damen lächerlich machen!« Sie lächelte, um Zustimmung heischend, in die Runde.

»Vielleicht wird Lady Blake uns nach dem Essen die Ehre erweisen.« Patience kam mit freundlicher Herablassung zu ihrer Rettung, wobei Seine Lordschaft die Zähne zusammenbiss; doch Meredith bedachte sie mit einem Blick der Dankbarkeit und flatterte an ihre Seite.

»Haben Sie wieder die Absicht, zu Fuß nach Hause zu gehen, Lady Blake?«, flüsterte Seine Lordschaft in ihr Ohr, als er sie auf dem Weg in das Esszimmer eingeholt hatte.

»Danke, aber ich habe den Wagen dabei«, antwortete sie, als hätte er ihr angeboten, sie heimzubringen.

»Dann müssen Sie mir erlauben, Sie zu begleiten«, bat er.

»Sie sind wirklich sehr freundlich, Mylord. Aber mein Stallbursche ist hier und wird Acht geben auf mich.«

»Schicken Sie ihn jetzt schon voraus!«

Der Befehl wurde in dem bestimmenden Tonfall des Obersts ausgesprochen, und Merrie sog scharf den Atem ein. »Es gibt da einige Dinge, die ich Ihnen sagen möchte«, sprach er leise weiter. »Sie werden vorziehen, allein zu sein, wenn Sie sie hören.« Er trat von ihr weg und richtete den Rest des Abends kein Wort mehr an sie.

Meredith fand das sehr beunruhigend. Nicht nur schien absolut sicher zu sein, dass sie ihm gehorchen würde – in seiner Stimme hatte auch ein todernster Unterton gelegen, als wäre die Zeit für Mätzchen vorüber. Trotz der Alarmglocken in ihrem Kopf war sie neugierig geworden; daher begab sie sich in die Eingangshalle, wo der Butler an der Tür stand.

»Jacobson, würden Sie bitte eine Nachricht in den Stall schicken? Tommy soll sofort nach Pendennis zurückkehren. Er wird morgen früh aufstehen müssen, und ich möchte ihn nicht übermäßig lange von seinem Bett fernhalten.«

»Jawohl, Mylady!« Dieser Auftrag überraschte Jacobson nicht übermäßig. Lady Blake war dafür bekannt, dass sie sich um ihre Diener sorgte, ganz besonders um die jungen. Es sah ihr aber auch gar nicht ähnlich, selbst lange aufzubleiben – obwohl sie an diesem Abend keineswegs in Eile schien, sich zu verabschieden.

Als sie dann doch ging, geschah es auf die Aufforderung von Lord Rutherford hin. »Darf ich Ihnen Ihren Umhang holen?«, fragte er freundlich, als sie sich mit Lady Collier unterhielt. »Ihr Wagen ist gerade gebracht worden.«

Es lag ihr auf der Zunge zu entgegnen, dass sie ihren Wagen nicht angefordert hatte und dass sie auch nicht die Absicht hatte, schon zu gehen – doch das würde wirklich alle verwundern. Fügsam zu lächeln war ihre einzige Möglichkeit. Zu ihrer Erleichterung machte Lord Rutherford keinerlei Anstalten, sie öffentlich zu begleiten. Er erlaubte ihr, sich zu verabschieden und den Wagen außer Sichtweite des Hauses zu fahren, ehe der schwarze Hengst sie einholte.

»Sie lernen, eine gehorsame Schülerin zu sein, wie es scheint«, zollte Lord Rutherford ihr Anerkennung und zügelte Saracen.

»In der Tat, Mylord? Ihnen hat man jedenfalls nie beigebracht, jemandem anders einen Sieg in Anmut zu gönnen.« Sie hielt die Zügel lose in ihrem Schoß. Selbst wenn sie nicht versuchte, ihm davonzufahren, war doch die Aussicht, mit der gefleckten Stute und ihrem Klapperkasten dem schwarzen Hengst zu entkommen, ziemlich absurd.

»Das würde ich vielleicht lernen, wenn ich jemals wüsste, dass ein Sieg über Sie sich nicht als Pyrrhus-Sieg herausstellte«, gab er zurück und wickelte die Zügel von Saracen um den Sattelknauf, ehe er sich neben sie auf den Bock schwang.

»Sie haben mir etwas zu sagen, Mylord?« Merrie blickte auf den Weg vor ihnen.

»Zuerst ist da etwas, das ich tun muss. Etwas, das ich Ihnen schulde, wenn Sie sich recht erinnern.« Er nahm ihr die Zügel aus der Hand. »Kennt dieses Tier den Weg nach Hause?«

»Sehr wahrscheinlich. Oh, was haben Sie vor?«

»Hoffentlich war das nur eine rhetorische Frage«, meinte er, legte einen Arm um sie und zog sie auf seinen Schoß. Merrie wehrte sich in plötzlicher Panik, doch die muskulösen Schenkel unter ihrem sich windenden Körper spannten sich an, beide Arme schlangen sich um sie und drehten sie zur Seite, bis sie an seiner Brust lag. Aus dieser Umarmung gab es wirklich kein Entrinnen, und als sie das begriff, hörte sie für einen Augenblick auf, sich zu wehren. Die ganze Sache war lautlos vor sich gegangen. Und als jetzt ihr Kopf gegen seine Brust gepresst war, konnte sie an ihrem Ohr das stetige Klopfen seines Herzens hören, in der flimmernden Dunkelheit ihrer geschlossenen Augen. »Das ist schon besser.« Seine Stimme, in der sich zu ihrem Zorn Lachen mit unterschwelliger Befriedigung mischte, brachte sie wieder in die Wirklichkeit zurück.

»Lassen Sie mich los!« Sie stieß gegen seine Brust, jetzt fühlte sie keine Panik mehr, sondern nur noch Empörung. Damian gluckste vor sich hin und genoss das Gefühl ihres geschmeidigen Körpers in seinen Armen. Sein neues Wissen, warum und woher Merrie Trelawney eine solche Kraft besaß, trug noch zu seiner Entschlossenheit bei, alle Regeln der Ritterlichkeit in der Verfolgung seines Zieles außer Acht zu lassen; dabei fühlte er sich überhaupt nicht schuldig. Die spitzbübische kleine Schmugglerin in seinem Arm brach selbst mehr als nur eine Regel, und das machte sie zu einer leichten Beute in dem Zeitvertreib der Verführung, den er wagen wollte. Und er zweifelte nicht daran, dass die Trumpfkarte in seiner Hand sein Wissen über den tiefen Brunnen ihrer Leidenschaft war, aus dem, so war er überzeugt, noch niemand voll geschöpft hatte.

Er lockerte seinen Griff, um ihr ein wenig Spielraum zu gönnen, doch ließ er sie nicht entkommen; und weil er nicht den Wunsch hatte, als Trommel missbraucht zu werden, hielt er ihre beiden Hände eisern fest. »Warum kämpfst du denn gegen mich, Kleines? Du weißt doch, dass ich dir nicht wehtun werde, genauso wie du weißt, dass du sowohl gegen dich selbst kämpfst als gegen mich.«

»Das tue ich nicht!«, leugnete sie, doch der Wunsch, sich gegen ihn zu wehren, erstarb ... ihr Körper bebte wie ein Ast im Wind und das Verlangen erwachte, unmissverständlich und drängend.

»Du bist eine meisterhafte Lügnerin«, erklärte er leise und umfasste mit seiner freien Hand ihr Kinn. »Aber glaubst du, dass ich das Verlangen in dir nicht spüre? Glaubst du, ich kann es nicht in deinen Augen lesen?«

Meredith senkte instinktiv die Lider, um so die Wahrheit vor ihm zu verbergen. Damian gab ihre Handgelenke frei und berührte mit dem Finger ihre Nasenspitze. »Antworte mir, Merrie Trelawney«, befahl er und beugte sich über sie, um seine Lippen auf ihre Augen zu drücken. Mit der Zungenspitze fuhr er über ihre Lider, dann glitt seine Zunge zu ihrer Wange und zu ihrem Ohr. Merrie stöhnte auf, als er an dem zarten Ohrläppchen knabberte, dann schob sich seine Zunge ins Innere, umspielte die Umrisse ihrer Ohrmuschel, die sie niemals für so empfindsam gehalten hatte. Er nahm die Hand von ihrem Kinn und streichelte ihren Hals, dann die sanfte Rundung ihrer Brust. Sie bog sich ihm entgegen, halb aus Protest, halb vor heißer Sehnsucht und hörte, wie er aufstöhnte, fühlte sein Glück als harten Beweis an ihrem Schenkel. Ihre Brustspitzen drängten sich in seine streichelnde Hand, sie brannten unter dem einengenden Stoff ihres Mieders. Sein Mund legte sich auf ihren in einem verlockend zarten Kuss, bis sie reagierte und seine Unterlippe zwischen ihre Zähne nahm, als sei sie eine reife Pflaume. Dann schob sich ihre Zunge in die warme Höhlung seines Mundes, wo sie aus einem unerfindlichen Grund hinzugehören schien.

Das gefleckte Pony stolperte über ein Loch, und der Wagen schwankte. Damians Arme schlossen sich sofort noch fester beschützend um sie, er hob den Kopf, griff nach den Zügeln und beruhigte das Tier. Meredith stellte fest, dass sie sich nicht bewegen konnte, dass sie keinen Vorteil ziehen wollte aus der Unterbrechung, die ihr noch vor ein paar Minuten sehr willkommen gewesen wäre. Doch jetzt hatte sie jeglichen Überblick verloren, lag ruhig in seinen Armen und wartete geduldig, bis er sich ihr wieder widmete.

»Für eine solche Lügnerin hast du erstaunlich unschuldige Augen.« Er berührte noch einmal mit dem Finger ihre Nasenspitze. Der Finger glitt zu ihrem Mund, fuhr den Umrissen ihrer Lippen nach. Ihre Zunge wagte sich hervor und befeuchtete die Fingerspitze, zog sie zwischen ihre Zähne, knabberte daran, schelmisch und doch zugleich sinnlich. Sie seufzte auf, als er ihren Körper anhob, ihr Kinn noch einmal in seine Hand nahm und dann seine Lippen auf ihre presste.

Nichts existierte mehr als diese herrliche Vereinigung ihrer Lippen und Zungen, die heiße Feuchtigkeit seines Atems an ihrem Hals, als er die kleine pulsierende Ader küsste, die Schwäche in ihrem Körper, der sich vorbereitete auf die endgültige Erfüllung seiner Sehnsucht. Seine Hände streichelten ihre Knöchel, dann glitten sie über ihre Unterschenkel und schoben die störenden Hüllen aus Seide und Baumwolle zur

Seite, bis sie ihre Schenkel erreichten sowie die nackte Haut über ihrem Strumpfband.

Vielleicht war es die Intimität des Hautkontaktes, vielleicht der leise Wind, der plötzlich erwachte und über ihre Wangen strich und ihre entblößten Beine, der sie mit einem Ruck aus diesem sinnlichen Traum in die Wirklichkeit zurückbrachte. Was auch immer es war, Merrie löste sich jäh aus seiner Umarmung und stieß heftig seine Hand beiseite.

»Nein, das ist verrückt. Sie verstehen nicht.«

»Was verstehe ich nicht?« Er hielt sie noch einen Augenblick fest und starrte ihr in die Augen, in denen ihr Verlangen noch immer neben Verwirrung und Angst zu erkennen war. Dann schien sich der Blick zu verschleiern und der Ausdruck verschwand.

»Sie verstehen nicht, dass ich hier leben muss – mit so wenig Scherereien wie möglich. Es wird davon aber viele geben, wenn herauskommt, dass ich mich so entehrend mit einem Mann vergnüge, der in Cornwall keinen Ruf zu verlieren hat. Sie können nach London fahren, wann immer Sie das wollen, Sir, und der Ächtung entgehen. Aber ich bin hier zu Hause.«

Ihre Worte klangen überzeugend; dennoch war es wieder einmal eine ihrer Halbwahrheiten, um ihre wirkliche Situation zu vertuschen, wie auch immer diese aussehen mochte. Ihre Furcht war jedoch echt, ganz gleich, woher sie stammte. Sie zitterte – und nicht in der Leidenschaft der letzten Augenblicke.

Im Grunde hatte er nichts zu verlieren, wenn er den Stier bei den Hörnern ergriff; deshalb sprach er seine nächsten Worte mit sanfter Entschlossenheit: »Meredith, meine Welt könnte auch die deine werden.«

»Was wollen Sie denn damit sagen?« Sie schaute verständnislos auf.

»Ich möchte, dass du mich heiratest«, erklärte er schlicht.

Sie starrte ihn eine ganze Minute lang ausdruckslos an, dann gelangte sie zu der einzigen Erklärung, die sie sich vorstellen konnte, für eine solch groteske Bemerkung. »Ich fürchte, Mylord, Sie sind mondsüchtig geworden! Es steht einem Kavalier schlecht an, sich auf diese Weise über mich lustig zu machen.« Merrie nahm die Zügel in die Hand und schlug damit auf den Rücken des Tiers. Es fiel in einen erbosten Trab.

»Du bist es, die sich über mich lustig macht«, entgegnete Rutherford. »Ich meine es ernst, Meredith. Irgendwie hat es sich ganz von allein ergeben – ich liebe dich!«

Meredith sprach sehr langsam, als rede sie mit einem begriffsstutzigen Kind. »Lord Rutherford, Sie haben selbst zugegeben, dass Sie nach Cornwall gekommen sind, weil Sie nichts Besseres zu tun hatten – weil Sie bedrückt und unglücklich waren. Sie sind einer Frau begegnet, die so ganz anders ist als die Frauen, an die Sie gewöhnt sind. Ich fordere Sie vielleicht heraus, vielleicht belustige ich Sie. Was ... was gerade zwischen uns geschehen ist, das war ...« Sie hielt inne.

»Unkonventionell, sicherlich«, beendete er den Satz für sie mit ausdrucksloser Stimme. »War es das, was du sagen wolltest?«

»Es hätte niemals passieren dürfen.« Ihre Stimme klang spröde und nicht sehr überzeugend. »Ich weiß nicht, wie oder warum ...«

»Rede bitte keinen Unsinn! Du weißt ganz genau wie oder warum, ebenso wie ich es weiß. Du bist kein Schulmädchen mehr, Merrie Trelawney!« Er sprach grob mit ihr, obwohl er das eigentlich nicht wollte; doch irgendwie machte es ihn in gleicher Weise wütend, dass sie ihre Leidenschaft verleugnete, wie ihr lässiges Übergehen seiner Liebeserklärung – er war aufgebracht, doch alarmierte es ihn nicht. Auch wenn sie es noch so heftig abstritt, ihre Reaktion ging weitaus tiefer als das flüchtige Verlangen einer vernachlässigten Witwe. Dies würde er ihr einfach nur deutlich machen müssen, wenn sie es selbst nicht begriff. Zeit war etwas, das er im Überfluss besaß, und Geduld war eine Eigenschaft, die er in langwieriger Übung gelernt hatte.

9

Sosehr Meredith es auch in dieser Nacht versuchte, sie bekam ihre Panik nicht in den Griff. Diese hüllte sie ein wie ein formlos wirbelnder Nebel und entzog sich ihr gleichzeitig. Wenn sie es doch nur verstehen könnte, dann könnte sie es auch kontrollieren, aber es hatte sie mit einer so verwirrenden Macht überfallen. Eine Minute lang hatte sie das herrliche Gefühl seiner Umarmung genossen, ihre Sinne und Gefühle konzentriert auf diese warme Dunkelheit, die nur sie beide einschloss – auf ihren einzigen Wunsch, dass dieser Augenblick niemals enden möge. Doch dann explodierte so etwas wie ein roter Feuerball hinter ihren Augen. Sie war in Gefahr, etwas zu verlieren, etwas Grundlegendes für ihr Selbstgefühl und ihre Daseinsaufgabe.

Die Morgendämmerung war schon angebrochen, ehe sie ihren Zustand durchschaute. Sie hatte sich in den Erben des Herzogs von Keighley verliebt. Merrie Trelawney, die ihren Lebensunterhalt als Schmugglerin verdiente, die im Schatten des Galgens lebte, liebte einen zukünftigen Herzog. Und selbiger hatte ihr obendrein auch erklärt, dass er sie liebte – er hatte sie sogar gebeten, ihn zu heiraten. Aber natürlich ließ sich seine Verrücktheit leicht erklären; das hatte sie in der letzten Nacht zu ihrer Befriedigung getan. Sie selbst war die Ursache. Ihre leichtsinnige Hemmungslosigkeit hatte sie bis zum Hals in größere Schwierigkeiten gebracht als je zuvor. Endlich schlief sie beim Hahnenkrähen ein, und ihre Gedanken waren ein wenig leichter nach dem Entschluss, den sie gefasst hatte. Und dieses würde sie zum frühestmöglichen Zeitpunkt in die Tat umsetzen.

»Lege mir bitte meine Reitkleidung zurecht, Nan. Ich habe eine Besprechung mit Mr. Donne in Fowey.« Meredith schob die Bettdecke beiseite und stellte die Füße auf den Eichenfußboden, der von den Strahlen der Morgensonne erwärmt war. Sie reckte sich, gähnte und schob entschlossen dieses Gefühl der Leere beiseite; dann zog sie das Nachthemd über den Kopf. Sie war sich ihres Körpers nur sehr selten bewusst, weil sie wenig Zeit und noch weniger Anlass dafür hatte in ihrem geschäftigen und keuschen Leben; doch als sie sich heute Morgen mit kaltem Wasser wusch, bemerkte sie die Festigkeit und Länge ihrer Gliedmaßen sowie die Glätte ihrer Haut. Als sie ihre Brüste berührte, richteten sich die Spitzen auf, hart und rosig, genau wie in der letzten Nacht unter einer ganz anderen Hand.

Neugierig stand sie vor dem Spiegel und betrachtete sich, dabei achtete sie nicht auf Nans missbilligende Blicke. Hatte sie einen Körper, der einen Mann anziehen konnte? Sie war nicht so recht nach dem Geschmack ihres Ehemannes gewesen, das hatte er ihr oft genug gesagt. Jungenhafte Hüften, hatte er behauptet, Brüste wie Zitronen, nichts, an dem ein Mann sich festhalten konnte. Nicht wie Georgiana Collier, die schon mit siebzehn Jahren die Kurven einer Venus von Rubens aufwies.

»Woran denkst du? Du starrst dich an, ohne auch nur einen Fetzen am Leib zu haben! Das ist nicht anständig, Meredith!« Nan schob ihr das Hemd in die Hand. »Du hast den Körper, den Gott dir gegeben hat, und daran kannst du nichts ändern.«

»Nein«, stimmte Merrie ihr traurig zu. »Ich bin gerade zu dem gleichen Schluss gekommen.«

»Also, wieso wälzt du überhaupt solche Gedanken?« Nans intelligente alte Augen blickten scharf, und sie starrte ihren Schützling an, als würde Merrie wieder im Schulzimmer sitzen und ein unglückliches Geheimnis vor ihr verbergen.

»Oh, es ist nichts.« Meredith wandte sich vom Spiegel ab und begann hastig sich anzukleiden.

Nan brummte ungläubig, doch zu Merries Erleichterung verfolgte sie das Thema nicht weiter. In der Tat hatte die alte Kinderfrau ihre eigene Ansicht über dieses eigenartige Benehmen; doch sie war viel zu weise, um darüber zu sprechen, denn ganz sicher würden ihre Vermutungen heftigst geleugnet werden.

Meredith war am Fuße der Treppe angelangt, als sie die unverkennbare Stimme aus dem Frühstückszimmer hörte. Robs aufgeregtes Geplapper mischte sich mit dem Klappern von Tellern, mit Hugos ernster Stimme und dem sonoren Bariton von Lord Rutherford. Mit einer Hand am Treppenpfosten wandte sie sich ab in dem Entschluss, wieder zurück in ihr Zimmer zu laufen; doch Seecombe, der gerade eine Kanne Kaffee brachte, erschien aus dem hinteren Teil des Hauses.

»Guten Morgen, Lady Merrie! Ich habe soeben Ihren Kaffee gekocht, er ist noch ganz frisch und dampfend.«

»Danke, Seecombe. Sehr aufmerksam von Ihnen!« Resigniert lächelte sie ihn an und schritt vor ihm her zum Frühstückszimmer. »Guten Morgen, Lord Rutherford, Sie sind aber frühzeitig auf den Beinen, um einen Besuch zu machen. Was für eine nette Überraschung!«

Bei ihrem kühlen Ton runzelte er die Stirn; doch er stand auf, verbeugte sich und zog ihr einen Stuhl zurecht. »Ich hatte nicht die Absicht, mich zum Frühstück einzuladen, Lady Blake, aber ich habe eine Leidenschaft für scharfe gegrillte Nieren, und Mrs. Perry scheint nicht in der Lage zu sein, sie zuzubereiten.«

»Seien Sie uns willkommen, Sir«, antwortete sie und setzte sich. »Danke, Seecombe.« Der Diener stellte die Kanne neben sie. »Möchten Sie Kaffee, Lord Rutherford?«

»Ma'am, ich ziehe dieses ausgezeichnete Bier vor!«

»Denke doch nur, Merrie!« Rob hüpfte auf seinem Sitz auf und ab. »Lord Rutherford ist gekommen, um uns alle zu einem Picknick einzuladen. Er hat gesagt, er wird die Pferde nehmen und einen großen Picknickkorb und nach Yellan Falls reiten.«

»Wie reizend von Ihnen, Lord Rutherford«, antwortete Merrie. »Ich bin sicher, Sie werden einen schönen Tag haben.«

»Die Einladung schließt auch Sie ein.« Damian setzte sich in den geschnitzten Stuhl am Kopf des Tisches, ein Bein schlug er lässig über das andere und betrachtete sie eingehend.

»Ich fürchte, ich habe keine Zeit für Ausflüge, Sir. Nach dem Frühstück werde ich nach Fowey reiten.«

»Dann sollten wir vielleicht ein geschäftliches Treffen in einen Vergnügungsritt verwandeln«, erklärte er sofort. »Auf meinem Weg nach Landreth bin ich durch Fowey gekommen, es scheint eine hübsche Stadt zu sein. Sicherlich kann uns der Gasthof mit einem ansprechenden Essen bedienen. Während Sie Ihre Geschäfte erledigen, können vielleicht Rob und Theo und Hugo mir inzwischen die Sehenswürdigkeiten zeigen.«

»Das ist eine gute Idee, Sir.« Theo sprang auf. »Wir sind in diesen Ferien noch gar nicht in Fowey gewesen. Sollen wir reiten, Merrie, oder sollen wir den Wagen nehmen?«

Rob pflügte voller Aufregung durch das Zimmer, und selbst Hugos Gesicht hatte sich bei der Aussicht auf dieses Vergnügen aufgehellt. Merrie wusste, dass sie den Jungen den Spaß nicht verderben durfte; und den einzigen Grund, den sie hatte, konnte sie, wenn er auch bei weitem ausreichte, ihren Brüdern nicht enthüllen. Den Entschluss, zu dem sie in der Morgendämmerung gekommen war, würde sie zu einem anderen

Zeitpunkt ausführen müssen; es sei denn, sie hätte während des Tages die Möglichkeit, allein mit Rutherford zu sein – dann könnte sie ihn davon in Kenntnis setzen.

Der Anblick der vier Trelawneys, die zusammen mit Lord Rutherford an diesem Montagmorgen Ende Juli den Weg nach Fowey einschlugen, weckte überall beträchtliches Interesse. Lady Collier, die gerade ihrem Gärtner Anweisungen gab, wie er die Kletterrosen am Gartentor zu schneiden hatte, wurde ihrer als Erste ansichtig. Der Zug hielt höflich an, damit man sich begrüßen konnte. Als sie dann weiterzogen, lief Lady Collier ins Haus, um sich umzuziehen und ihren Wagen zu bestellen. Es wäre höchst unterhaltsam, wenigstens einmal mit einer solch saftigen Information Patience Barrat etwas voraus zu haben. Auch wenn an Merediths Ausritt mit Lord Rutherford in Begleitung ihrer Brüder nichts Unanständiges war, so sah es doch wie ein zweifellos außergewöhnliches Unternehmen aus. Niemand kannte die kleine Witwe als besonders gesellig.

Wenn Meredith eine ganz besondere Aufmerksamkeit erwartet hatte, viel sagende Blicke aus seelenvollen Augen, so wurde sie enttäuscht. Lord Rutherford ritt neben ihr, er sprach nur über äußerst allgemeine Dinge, wenn er sich nicht gerade mit einem von ihren Brüdern unterhielt. Es gab nicht einmal die Gelegenheit, ihm die kalte Schulter zu zeigen, denn er lieferte ihr keinen Grund dafür. Er benahm sich, als wäre der gestrige Abend überhaupt nicht gewesen, als hätte er nie die Dinge gesagt, die er gesagt hatte, und Meredith kam beinahe der Verdacht, dass es nur ein Traum gewesen sei.

Bis auf das eigenartige, ungewohnte Gefühl der Erregung, das sie in seiner Nähe verspürte, wie ihre Blicke zu seinen Händen wanderten und sie sich daran erinnerte, wie herrlich sie sich in seinen Armen gefühlt hatte; dann sah sie seinen lächelnden Mund, und ihre Lippen prickelten buchstäblich.

Sie erreichten Fowey noch am Vormittag. Die weiß gekälkten Häuser der Stadt am Fowey-Fluss leuchteten frisch, und in der Stadt herrschte ein geschäftiges, lärmendes Treiben. »Welches Gasthaus können Sie empfehlen, Ma'am?«, wandte Rutherford sich höflich an seine Begleiterin.

»Das Royal besitzt mehr Qualität als das ›Eagle and Child‹, antwortete sie. »Aber ich würde behaupten, dass keiner der Gasthöfe Ihnen das bieten kann, an das Sie gewöhnt sind.«

»Bitte, ich habe Ihnen schon einmal erklärt, dass meine Ansprüche nicht besonders ausgefallen sind«, antwortete er. »Ich werde im Royal einen Raum und ein Mittagessen bestellen. Sie können uns dort finden, wenn Sie Ihre Geschäfte getätigt haben.«

»Meine Angelegenheiten bei Mr. Donne sollten nicht länger als eine halbe Stunde dauern.« Merrie stellte zu ihrer Verärgerung fest, dass sie ihn versöhnlich anlächelte.

Als Antwort darauf beugte Seine Lordschaft sich vor und tätschelte ihr die Wange. »Ich werde Ihre Gesellschaft voller Ungeduld erwarten.« Seine Augen blitzten verschwörerisch, und Meredith konnte nicht anders, als darauf zu reagieren. Sie murmelte etwas Unverständliches, dann lenkte sie ihre Stute zu der Straße, in der das Büro des Anwalts lag. Mr. Donnes Angestellter rief nach einem Lehrling, der erschien und Lady Blakes Pferd hielt, während der Mann die Kundin in das Heiligtum des Anwalts führte.

»Ah, Lady Blake, guten Morgen!« Mr. Donne war ein jovialer Mann mit dem wohlgerundeten Bauch und der rötlichen Gesichtsfarbe eines Menschen, der die guten Dinge des Lebens zu schätzen weiß. »Es ist mir immer eine Freude, Sie zu sehen.«

Meredith begrüßte ihn voller Wärme. Der Anwalt war in den Jahren seit dem Tode ihres Mannes zu ihrem Freund geworden; er behandelte den Rückkauf ihres Besitzes mit äußerster Diskretion und fragte nicht ein einziges Mal, wie sie dieses Wunder bewirkte. Er hatte ihr auch guten Rat erteilt, welche Teile des Besitzes sie zuerst zurückkaufen sollte; zudem behandelte er seine weibliche Klientin mit all dem Respekt, den er auch ihrem Ehemann gegenüber gezeigt hatte. Mit noch mehr Respekt sogar, wie er es immer Mrs. Donne gegenüber erwähnte – denn die Lady hatte einen klugen Kopf auf den Schultern, und sie besaß eine feste Hand, wenn es darum ging, sparsam zu sein, ganz im Gegensatz zu dem verschwenderischen Sir John.

Jetzt winkte er sie mit einer ausladenden Handbewegung zu einem Stuhl und bot ihr Sherry an. Meredith akzeptierte beides und kam dann gleich zur Sache. »Ich hatte gehofft, in der Lage zu sein, Ducket's Spinney heute Morgen zurückzukaufen, Mr. Donne, doch leider sind andere Ausgaben vorrangig.«

Der Anwalt schüttelte den Kopf. »Wie schade! Ich habe die Papiere bereits für Sie fertig gemacht, da Sie das ja schon vor einer Weile angekündigt hatten.«

»Im nächsten Monat«, erklärte sie zuversichtlich. »Im Augenblick habe ich nur die Hälfte der Summe.« Sie griff in die tiefe Tasche ihres Reitkleides, holte eine lederne Börse daraus hervor und zählte dann die Scheine auf den Schreibtisch. »Es ist mir klar, dass die Bank nicht stückweise verhandelt – aber ich wäre froh, wenn Sie dieses Geld annehmen würden, bis ich den Rest bezahlen kann.«

»Darf ich Ihnen einen Vorschlag machen?« Der Anwalt verschränkte die Hände vor seinem ausladenden Bauch und sprach dann weiter, als sie zustimmend den Kopf senkte. »Die Zahlung der Zinsen für den beträchtlichen Kredit, den Sir John noch vor seinem Tode aufgenommen hat, ist im nächsten Monat fällig. Wenn Sie mit dieser Summe die Zinsen im Voraus bezahlen, dann würden Sie für einen Monat sechs Prozent sparen.« Vielsagend nickte er. »Das Geld würde auf diese Art besser angelegt sein, finden Sie nicht auch, Lady Blake?«

Sie seufzte. »Natürlich haben Sie Recht. Es ist nur so, dass ich es hasse, gutes Geld dem wertlosen hinterher zu schicken. Ohne diese Zinszahlungen hätte ich Pendennis jetzt schon frei.«

»Warum zahlen Sie dann nicht zuerst den Kredit ab? Die Hypotheken eilen nicht so.« Mitleid lag in seinem Blick. Er hatte ihr diesen Vorschlag schon einmal gemacht, doch Meredith brauchte die Befriedigung, das Land zurückzukaufen, und er verstand ihren Wunsch.

»Das wird mindestens ein Jahr dauern. Fünftausend Pfund sind keine kleine Summe. Es bleibt nur noch Ducket's Spinney und die Lower Forty. Die will ich zuerst haben, Mr. Donne.«

»Natürlich müssen Sie das entscheiden.« Er nahm die Scheine und ging damit zu einem eisernen Safe in einer Ecke des Raumes. »Ich werde das Geld für Sie bis zum nächsten Monat aufbewahren.«

»Nein.« Merrie erhob sich und zog ihre Reithandschuhe an. »Zahlen Sie die Zinsen für den Kredit, bitte. Ich hoffe, im nächsten Monat reicht es für Ducket's Spinney.«

»Ihr Geschick bei der Haushaltsführung ist wahrhaft erstaunlich«, meinte er.

»Ja«, stimmte Meredith ihm ruhig zu. »Es wundert einen, was man schaffen kann, wenn man jeden Pfennig zweimal umdreht.«

»Richtig so, Mylady!« Nachdenklich strich er sich über das Kinn; er schien noch etwas sagen zu wollen, doch als sie auf die Tür zuhielt, beeilte er sich, sie hinaus auf die Straße zu begleiten, wo der Lehrling ihr aufs Pferd half.

»Guten Tag, Mr. Donne! Ich danke Ihnen noch einmal für

Ihre Mühe.« Sie beugte sich hinunter und reichte ihm die Hand. Der Anwalt streckte seine Rechte aus und umfasste die ihre.

»Gern geschehen, Mylady.«

Mr. Donne sah Pferd und Reiter nach, als sie über die Straße davonritt, noch immer massierte er sich das Kinn. Lady Blake besaß noch eine andere Einkommensquelle, davon war er jetzt überzeugt. Alles Sparen der Welt konnte nicht die Summen zusammenbringen, die sie ihm in den letzten zweieinhalb Jahren anvertraut hatte. Aber eine innere Stimme riet ihm, diese Erkenntnis für sich zu behalten; nicht einmal seiner lieben Frau durfte er davon erzählen, die dies äußerst faszinierend finden würde. Er schüttelte den Kopf und holte dann seinen Rock aus dem Büro. Es war Zeit, nach oben zu gehen zu dem Mittagessen, das seine untadelige Gemahlin für ihn zubereitet haben würde.

Merrie machte sich auf den Weg zum Royal und fühlte einen Anflug von Unbehagen, wenn sie an den letzten Teil ihrer Unterhaltung mit dem Anwalt dachte. Ihm war offensichtlich aufgegangen, dass sie diese Summen nicht einfach nur durch Sparsamkeit zusammengebracht hatte – doch er hatte bisher niemals eine Bemerkung dazu geäußert, hatte sie noch nie so nachdenklich angesehen. Es war nicht so, dass er die Wahrheit ahnen könnte; doch wenn er seine Vermutung laut werden ließ, würde sich diese Spekulation in Fowey ausbreiten und binnen kurzem Landreth erreichen. Von Anfang an war Merrie sich dieses Risikos bewusst gewesen; aber sie brauchte jemanden für ihre Geschäfte, und sie hatte dem Anwalt vertraut, der immer ehrlich und mitfühlend gewesen war, was ihre finanzielle Situation betraf. Was würde er denken, wenn sie in der Zukunft doppelt so viel Geld abbezahlte? Das kam nicht in Frage, entschied Merrie zögernd. Sie konnte die Rükzahlung der Hypotheken nicht verdoppeln, ohne damit berechtigte Nachfragen herauszufordern. Trotz ihrer angeborenen Ungeduld würde sie Vorsicht walten lassen müssen.

Ihre Stirn war noch immer gerunzelt, als sie ihre Stute im Hof des Royal zurückließ und den Gasthof betrat. »Lady Blake.« Der Eigentümer verbeugte sich vor ihr und rieb seine Pranken voller Zufriedenheit. »Seine Lordschaft erwartet Sie in dem Raum im ersten Stock.«

»Danke, Jud.« Sie folgte ihm nach oben und war überrascht, als sie mit einer schwungvollen Bewegung in den einzigen privaten Essraum geführt wurde, den das Royal besaß, und dort nur Lord Rutherford und einen mit Speisen beladenen Tisch vorfand.

»Ich hatte nicht erwartet, Sie allein hier anzutreffen, Sir.« Sie zog ihre Handschuhe aus und nahm den Hut ab, beides warf sie auf den Fenstersitz. »Wo sind die Jungen?«

»Rob hat etwas von einem Wanderzirkus gehört.« Rutherford lächelte und goss ihr ein Glas Sherry ein. »Und auch von einer Kirmes, wie ich mitbekam. Sogar Hugo hat sich dazu bewegen lassen, nachzusehen, ob all das einen ausgedehnten Besuch an diesem Nachmittag wert ist.«

»Dann werden wir sie wohl für einige Stunden nicht sehen.« Sie nahm das Glas Sherry und trat ans Fenster, von wo aus sie auf die Straße blickte. »Wenn ich das gewusst hätte, hätte ich Theo und Rob etwas Geld gegeben. Sie würden mich niemals darum bitten – aber eine Kirmes bietet so wenig Unterhaltung, wenn man sich nichts leisten kann.«

Ihr Begleiter räusperte sich und meinte dann zögernd: »Ich … äh … habe mir die Freiheit genommen …«

Sie wandte sich zu ihm um. »Danke! Das hätte ich auch von Ihnen erwartet, dass Sie an so etwas denken.« Sie sprach mit vollkommen natürlicher Wärme. Es hatte noch nie Befangenheit zwischen ihnen geherrscht, wenn es um die Brüder Trelawney ging. »Wie viel bin ich Ihnen schuldig?«

»Sie würden nicht, nehme ich an, mir erlauben, meinen jungen Freunden ein Geschenk zu machen?«

»Nein«, erklärte sie entschlossen. »Das würde ich auf keinen Fall.«

»Also gut – einen halben Sovereign für jeden. Hugo fand, dass er kein Geld brauchte.«

Merrie lachte. »Das ist typisch für ihn.« Sie reichte ihm einen Sovereign, den er mit nüchterner Miene in die Tasche steckte.

»Wie sind Ihre Geschäfte verlaufen?«, erkundigte Lord Rutherford sich dann. »Erfolgreich, hoffe ich.«

»Ja, danke. Recht zufriedenstellend.« Das Lächeln, das ihre Worte begleitete, war jedoch entschieden geistesabwesend.

»Das ist keine sehr ausführliche Antwort«, erklärte er und lehnte sich gegen den Kaminsims. »Ich bin neugierig. Normalerweise lügen Sie mit einer so vollendeten Kunstfertigkeit, dass man es beinahe nicht merkt. Diesmal haben Sie sich aber nur wenig Mühe gegeben, eine ganz besondere Unwahrheit zu verschleiern. Ich frage mich, warum wohl.«

»Vielleicht, Sir, weil das bei Ihnen gar keinen Zweck hätte.« Sie nahm einen kleinen Schluck von ihrem Sherry. »Ich bitte um Entschuldigung, wenn ich ein wenig abgelenkt erscheine – aber es gibt Dinge, die mich im Augenblick beanspruchen, und ich hatte nicht die Absicht, zusätzlich zu meinen Geschäften auch noch gesellschaftliche Verpflichtungen einzugehen.«

Lord Rutherford pfiff leise durch die Zähne. »Also bin ich jetzt eine gesellschaftliche Verpflichtung! Das ist allerdings eine harte Nuss, muss ich gestehen. Meines Wissens nach bin ich noch niemals in einem so unvorteilhaften Licht erschienen, ganz besonders meinen Gästen nicht.«

Meredith errötete bis in die Haarspitzen. »Verzeihen Sie mir, wenn ich Sie gekränkt habe, Mylord. Das wollte ich nicht!«

»Lügnerin«, erklärte er ohne Bitterkeit oder besondere Betonung.

»Ich wünschte, Sie würden damit aufhören, mir vorzuwerfen, dass ich lüge.« Meredith gab ihre förmliche Fassade auf.

»Wenn Sie damit aufhören, werde ich das auch tun. Es ist eine sehr schlechte Angewohnheit, müssen Sie wissen«, erklärte er in der Art eines Schulmeisters, der mit einer fehlgeleiteten Schülerin sprach.

Ihre Lippen zitterten bei diesen Worten, und mit zwei großen Schritten trat er vor sie. Seine Rechte nahm ihr das Gls ab, die andere Hand legte sich um ihr Kinn.

»Nein …«, konnte sie gerade noch sagen, ehe er sie küsste. »Das dürfen Sie nicht«, beendete sie den Satz, als er sie wieder freigab.

»Warum darf ich das nicht, Merrie?« Er lächelte sie mit diesem warmen, strahlenden, umfassenden Lächeln an, das die Realität zurücktreten und ihre Ängste wie Dummheit aussehen ließ. Aber es war keine Dummheit und sie kein naives kleines Mädchen, das sich von einer einnehmenden Erscheinung, einem bezaubernden Lächeln und ein paar blitzenden Augen im Sturm erobern ließ. Witwen von bald vierundzwanzig Jahren mit Schulden und Brüdern, die großgezogen werden mussten, konnten es sich nicht leisten, den Boden unter den Füßen zu verlieren.

»Lord Rutherford«, begann sie und wich ein wenig zurück. »Ich muss Sie bitten, von Ihren … Ihren Besuchen in Pendennis abzusehen und aufzuhören, mich auf irgendeine Weise zu treffen. Ich wünsche Ihre Gesellschaft nicht – obwohl ich mich durch Ihre Aufmerksamkeit natürlich tief geehrt fühle«, fügte sie mit einem bescheidenen Lächeln hinzu, das sie sonst für ihre Nachbarn reserviert hatte.

»Sie wagen es, mir das anzutun!«, rief er, und aller Humor war aus seinen Zügen gewichen. Er nahm sie bei den Schultern und schüttelte sie heftig, dabei ignorierte er ihr empörtes Aufkeuchen. »Lächeln Sie mich niemals wieder so an! Also, was soll dieser ganze Unsinn?«

»Ein Gentleman, Mylord, verzichtet auf eine Erklärung, wenn eine Lady sagt, dass sie seine Gesellschaft nicht wünscht«, erklärte sie mit eisiger Stimme.

»Ihnen fehlen viele Eigenschaften einer Lady, Merrie Trelawney!«, gab er zurück. »Es ist wohl kaum überraschend, dass ich mich also dementsprechend benehme.«

»Sie sind unerträglich!« Sie griff nach ihren Handschuhen und ihrem Hut und marschierte zur Tür, doch Lord Rutherford hatte die Schwelle vor ihr erreicht. Ein langer Arm in einem kastanienbraunen Rock versperrrte ihr den Weg.

»Ich werde mich für diese Bemerkung entschuldigen, Merrie, wenn Sie darauf bestehen«, kam er ihr entgegen. »Aber wollen Sie die Wahrheit nicht anerkennen? Was zwischen uns von Anfang an herrscht, hat nur wenig zu tun mit kultiviertem Abstand.«

»Das mag ja sein«, räumte sie ein und ihr Blick hing an einem Riss im Holz der Tür. »Aber es heißt noch lange nicht, dass ich mein Recht aufgebe, meine Wünsche kundzutun und sie auch erfüllt zu bekommen.«

»Gestern habe ich gesagt, dass ich Sie liebe und zu meiner Gemahlin machen möchte. Sie gaben mir zu verstehen, dass ich mich irre und dass ich mich von Ihnen nur belustigt und herausgefordert fühle – dass ich Sie als eine Abwechslung in meinem langweiligen Dasein empfinde. Diese Bemerkungen waren, das gestehe ich Ihnen hiermit, beleidigend! Wenn Sie auf das Recht pochen, Ihre Wünsche auszudrücken, dann darf auch ich verlangen, dass man mir glaubt, was ich sage. Finden Sie, dass ich weniger als Sie in der Lage bin, Bescheid zu wissen über meine Gefühle?«

Meredith schwieg. Wenn sie sich in Rutherford verlieben

konnte, warum konnte er sich dann nicht auch in sie verlieben? Doch das änderte nichts an den Tatsachen. Ein Gespräch über eine Ehe zwischen ihnen war genauso abwegig, wie an Märchen zu glauben. Wenn er sich nicht in einer so eigenartigen Stimmung befände, unzufrieden und unglücklich, würde er das gleichermaßen deutlich sehen wie sie.

»Ich warte auf eine Antwort, Meredith. Und ich möchte, dass Sie mich ansehen, wenn Sie sich äußern.«

Sie wartete darauf, dass er ihr Gesicht auf die gewohnte Weise hochhob; doch da er das nicht tat, war sie gezwungen, von selbst aufzublicken – eine Aktion, die zu ihrem Unbehagen Gehorsam bedeutete. »Ich gestehe Ihnen zu, Sir, dass Sie Ihre Gefühle wohl am besten kennen.«

Er schürzte die Lippen und betrachtete sie weiter schweigend; dann erklang das Geräusch schneller Schritte auf der Treppe und die Stimmen von Rob und Theo, die miteinander stritten. Als die Jungen in das Zimmer platzten, stand Merrie am Fenster und Lord Rutherford lehnte lässig an dem geschnitzten Kaminsims – beide nippten an ihrem Sherry.

»Merrie, es gibt eine herrliche Kirmes!«, schnatterte Rob los. »Der Zirkus ist nichts, nur ein heruntergekommener Tiger und ein Papagei, aber die Kirmes hat eine Dicke Dame. Sie ist enorm! Sir, Sie würden es nicht glauben …« Er wandte sich mit strahlenden Augen Lord Rutherford zu, dessen harter Gesichtsausdruck dahinschwand.

»Ich denke, ich kann es mir vorstellen, Rob«, sagte er. »Was hältst du denn davon, Theo?«

»Nicht gerade sehr viel.« Mit der Erhabenheit seiner fünfzehn Jahre zuckte Theo blasiert und gleichgültig die Schultern. »Es ist gar nichts, verglichen mit der Kirmes, die im September nach Harrow kommt. Aber Rob hat sie noch nicht gesehen, und das wird er auch nicht, bis er im dritten Jahr in der Schule ist und ihm erlaubt wird, die Stadt zu besuchen.«

»Pff, das interessiert mich nicht«, behauptete Rob wegwerfend. »Sobald ich gegessen habe, werde ich wieder hingehen. Ich bin fast verhungert!«

»Wie soll das denn möglich sein?«, hakte Hugo nach. »Du hast den ganzen Vormittag Pfefferminzbonbons und Pfefferkuchen gegessen.«

»Frieden!«, bat ihre Schwester. »Ich kann mir nicht vorstellen, was für ein Vergnügen eine Kirmes machen soll, wenn man sich dabei nicht mit Süßigkeiten voll stopft. Stimmen Sie mir da nicht zu, Lord Rutherford?« Vorübergehend hatte sie ihren Streit vergessen und wandte sich unbefangen an ihn als an ihren Verbündeten.

»Absolut«, bestätigte er, ohne mit der Wimper zu zucken. »Sollen wir uns dann dieser mehr als fälligen Mahlzeit widmen?« Er zog ihr einen Stuhl heran, und als sie sich setzte, strichen seine Fingerspitzen über ihren Nacken.

Meredith durchlief bei dieser Berührung ein Schauder und sie wusste, dass er ihre Reaktion gespürt hatte. Sie reichte Rob eine Schüssel mit kornischer Pastete und machte eine nichtssagende Bemerkung über das Wetter.

»Darf ich Ihnen etwas von dem Schinken abschneiden, Lady Blake?«, fragte Rutherford voller sarkastischer Höflichkeit. »Oder ziehen Sie vielleicht die Pastete vor?«

»Ein wenig Schinken, danke.«

»Sehr vernünftig.« Er schnitt hauchdünne Scheiben ab und legte sie auf ihren Teller. »Die kornische Vorliebe für Pasteten ist etwas für Kenner – es sei denn, man besitzt den Appetit der Jugend.«

»Oder man hat ihn sich erworben durch harte Arbeit auf dem Feld oder bei den Hummerkörben«, gab Meredith zurück. »Ich hätte gedacht, dass Sie als Soldat den Hunger durch körperliche Betätigung an frischer Luft zu schätzen wüssten.«

»Waren Sie Soldat, Sir?« Sofort war Theos Aufmerksamkeit geweckt. »Auf der Pyrenäen-Halbinsel?«

Meredith hielt den Atem an und fragte sich, ob er die Jungen wohl grob anfahren würde. Es gab eine kurze Pause, dann meinte Lord Rutherford lässig: »Ja, das war ich.«

»Oh, großartig!« Theos Augen glänzten. »Ich wünsche mir mehr als alles andere, Soldat zu werden, wenn ich alt genug bin. Aber Merrie macht dabei genauso große Schwierigkeiten wie bei Hugo, weil er Priester werden will.«

»Von Schwierigkeiten kann gar keine Rede sein«, protestierte Merrie. »Ich habe nur gesagt, dass wir warten wollen, bis er ein wenig älter ist, ehe das entschieden wird. Und wenn Hugo noch immer der gleichen Ansicht ist, sobald er Oxford abgeschlossen hat – dann werde ich ihm nicht im Wege stehen.«

»Damit sind die Jungen gut beraten, denke ich«, erklärte Seine Lordschaft sanft und legte ein Stück Brot und Butter auf ihren Teller. Sie tat nicht so, als hätte sie ihn missverstanden. Da sie das Thema seiner Armeevergangenheit angeschnitten hatte, um ihn zu ärgern, musste sie akzeptieren, wenn er sich jetzt dafür revanchierte.

Theo jedoch fragte Rutherford eifrig weiter aus, und nach kurzem Zögern gab Seine Lordschaft bereitwillig Auskunft; deshalb konnte Merrie sich ohne weitere Unterbrechung ihren eigenen Gedanken widmen.

Nach dem Essen besuchten sie auf Robs Drängen hin die Kirmes, wo Merrie dazu überredet wurde, nach Kokosnüssen zu werfen, und anschließend an diesen Wettbewerb war es für sie unmöglich, ihre Reserviertheit Rutherford gegenüber aufrecht zu erhalten. Sie betrachteten die Dicke Dame und befanden sie für ungeheuerlich – man war sich einig, dass sie, wenn Rob weiterhin so viele kandierte Äpfel verschlang, schon bald einen Rivalen haben würde.

Am Ende des Nachmittags sah Merrie sich im Besitz einer

ganzen Anzahl von Schmuckstücken, Geschenke ihrer Brüder und Gewinne bei den Buden, wo die Preise ausschließlich dem weiblichen Geschlecht zuzusagen schienen. »Was soll ich nur damit anfangen?« Lachend hielt sie kunterbunte Armbänder und Ringe hoch, den kleinen Fächer aus Fischgräten und ein grelles Stück Stoff, das ein Schal sein sollte. »Es muss doch viele Mädchen im Dorf geben, die froh sein würden, sich so etwas umzuhängen.«

»Behalten Sie es!« Rutherford nahm die Sachen und band sie in den Schal. »Eines Tages, wenn Sie alt und grau sind, werden Sie das alles auf dem Speicher wiederfinden und sich fragen, woher es wohl stammt. Dann werden Sie sich an einen sonnigen Nachmittag in Fowey erinnern, als Ihnen die Welt zu Füßen lag.«

Meredith runzelte die Stirn, diesmal rieselte ihr ein kalter Schauder über den Rücken. »Das ist eine sehr bedrückende Vorstellung, Lord Rutherford.«

»Ist es bedrückend, wenn einem die Welt zu Füßen liegt?«, fragte er mit einem schwer zu deutenden Lächeln. »Sicher wird es Sie im Nachhinein bedrücken, wenn Sie sie von sich gestoßen haben.«

Die Bedeutung seiner Worte war ihr klar – mit deutlicher Abweisung wandte sich Meredith um und rief die Jungen. »Es ist Zeit, dass wir nach Hause reiten. Die Köchin wird nicht sehr begeistert sein, wenn sie mit dem Abendbrot warten muss.«

Lord Rutherford setzte seine Besuche in Pendennis in den nächsten beiden Wochen fort, und Meredith wich ihm aus, wann immer es ihr möglich war. Doch sie konnte sich kaum dem Aufruhr der Gefühle entziehen, wenn sie seine Stimme in der Unterhaltung mit den Jungen hörte, oder dem Anflug der Enttäuschung, wenn sie von einer Arbeit irgendwo auf dem Besitz zurückkehrte und nicht seinen schwarzen Hengst entdeckte, der geduldig auf seinen Herrn wartete. Er tat nicht alles dafür, ihr bei diesen Besuchen zu begegnen; aber sie war sich seiner Blicke bewusst, wann immer sie sich im gleichen Raum aufhielten, wissend und auch ein wenig belustigt, als könne er ihre Gedanken lesen.

An einem Nachmittag im August, vier Nächte nach dem neuen Mond, beobachtete er, dass sie sich anders benahm – ein Hauch unterdrückter Erregung umgab sie, eine geistige Abwesenheit. Sie schien gar nicht zu hören, wenn man mit ihr sprach, oder wenn sie es wahrnahm, so vergaß sie zu antworten.

Lord Rutherford fiel nur eine Erklärung ein. Es war etwas über einen Monat her, seit der Nacht, als er auf der Straße oberhalb der Klippen in den Ort geritten war. Würde es heute Nacht eine weitere Lieferung geben? Wenn das so wäre, gab es dann auch wieder einen Hinterhalt? Neulich hatte er mitbekommen, dass sie vor dem letzten Hinterhalt gewarnt worden waren, und nach dem, was Bart gesagt hatte, waren sie absichtlich in die Falle gelaufen. Sie würde doch bestimmt nicht noch einmal ein solches Risiko eingehen? Das hatte sie Bart jedenfalls versprochen. Er konnte allerdings den Verdacht nicht unterdrücken, dass Meredith vielleicht Versprechen mit der gleichen Unbekümmertheit behandelte wie die Wahrheit. Da er bereits zweimal gesehen hatte, wie sehr sie Gefahr liebte, hegte Rutherford die Vermutung, dass die Aufregung des Schmuggels, verbunden mit der spitzbübischen Freude, die es ihr machte, ihre Nachbarn hinters Licht zu führen, für Merrie das Salz des Lebens war – der einzige Ausgleich für ein Angebundensein, das ein so freiheitsdurstiger Geist nicht ertragen konnte.

Er wartete oben auf der Klippe, als sie kurz vor Mitternacht aus der Höhle auftauchte. Sie war allein, und heute Abend pfiff sie weder vor sich hin, noch tanzte sie. Die junge Lady bewegte sich so lautlos wie ein Jäger – oder wie ein Gejagter – und selbst aus der Entfernung fiel ihm die Anspannung in ihrer Haltung auf.

Damian folgte ihr in einem beträchtlichen Abstand; er war überzeugt, dass ihre scharfen Ohren und wachsamen Sinne, die auf alles reagierten, ihn sonst bemerken würden. Irgendwann blieb sie stehen, bewegungslos starrte sie in die Dunkelheit hinaus. Nach einer Minute sah auch er es. Ein Licht, das so kurz und nur ab und zu aufflackerte, dass es einem unbeteiligten Beobachter entgangen wäre. Seiner Ansicht nach kam es von einem Punkt auf der Landspitze, die Devil's Point hieß – wegen des gefährlichen Riffs gezackter Felsen dahinter.

Merrie ging weiter, und dann verschwand sie plötzlich, genau wie in der damaligen Nacht. Damian fluchte leise, er fürchtete, sich zu bewegen; denn falls sie aus irgendeinem Grund stehen blieb und sich umschaute, würde er gegen sie laufen. Nach fünf Minuten kroch er vorwärts. An der Stelle, wo er sie aus den Augen verloren hatte, blickte er vorsichtig über die Klippen. Ein schmaler, steiler Pfad, der eher für eine Ziege geschaffen zu sein schien als für einen Menschen, führte an der beinahe senkrechten Klippe abwärts. Der Strand unter ihm war nicht zu sehen, aber er hörte das Rauschen der Brandung, die selbst in einer ruhigen Nacht laut toste. Wenn er seine Beobachtungen fortsetzen wollte, musste er wohl oder übel den Pfad hinunterklettern.

Er verfluchte sein Pech, dass er sich in ein Geschöpf verliebt hatte, das einen Ziegenpfad im Stockdunkeln behandelte, als wäre es die Poststraße von London nach Dover; dann schob Rutherford sich über die Klippe. Interessant zu sehen, überlegte er verdrießlich, wie seine Schulter sich nach der Anstrengung dieser Nacht verhielte. Der Abstieg wäre unter idealeren Voraussetzungen nicht schwierig gewesen, doch da er sehr leise sein musste, war dies eine teuflische Sache – dazu kam seine

Furcht, vielleicht einen Stein loszutreten oder einen Schwall Sand, der unten jemanden auf ihn aufmerksam machen würde.

Mittlerweile stand Meredith, die von ihrem Verfolger natürlich nichts ahnte, zusammen mit den anderen am Strand. Sie waren eine schweigende, doch keine ängstliche Gruppe. Angst würde nur ihre Leistungsfähigkeit einschränken. Sie waren jedoch aufmerksam, strengten Augen und Ohren in der Dunkelheit an, während sie auf die Ankunft von Jacques' Boot warteten.

»Da kommt er!« Bart hatte den dunklen Umriss entdeckt, der hoch auf der weißen Gischt der Welle ritt. »Diese Welle wird ihn direkt zu uns bringen.«

Merrie lief zusammen mit den anderen zum Ufer, zog die Schuhe aus und watete hoch in die Wellen, um das Boot zu fassen und es ruhig zu halten. Damian traute seinen Ohren nicht, als er ihr begeistertes Kichern hörte, während sie durch die Brandung platschte. Gütiger Himmel! Was würde sie für eine Herzogin abgeben? Aber er hatte noch einen weiten Weg vor sich, ehe das Wirklichkeit wurde, rief sich Seine Lordschaft ins Gedächtnis und duckte sich in das Sandloch hinter einem vorstehenden Felsen. Es war zwar kein besonders bequemes Versteck, doch es bot ihm einen ungehinderten Blick auf das, was am Strand vor sich ging, während es ihn gleichzeitig gegen zufällige Blicke schützte.

Er erstarrte jedoch, als Merrie sich aus der Gruppe löste und plaudernd mit einem untersetzten Mann aus dem französischen Boot auf sein Versteck zukam. Zu seiner Erleichterung blieben sie kurz davor stehen, sodass er in der Lage war, nicht nur zu sehen, sondern auch zu hören.

»Jacques, ich habe vor, diese Ladung an das ›Eagle and Child‹ in Fowey zu liefern.« Merrie klang sehr geschäftsmäßig, aber in ihrer Stimme lag auch ein Anflug von Erregung.

»Ah, *magnifique*!« Der Franzose schlug sie mit solcher

Herzlichkeit auf die Schulter, dass der heimliche Betrachter vor Ärger zusammenzuckte. »Ich habe mich schon gefragt, ob du den Köder annehmen würdest, *mon amie.*«

»Du wusstest sehr gut, dass ich das tun würde, alter Halunke!« Merrie lachte leise. »Aber ich brauche noch innerhalb dieses Monats eine weitere Lieferung für unsere regulären Kunden. Sie sind bestimmt nicht froh darüber, vernachlässigt zu werden.«

»In drei Wochen«, versprach Jacques. »Nach dem Vollmond.«

»Aye.« Merrie nickte zufrieden. »Wir warten. Ich denke, wir können Devil's Point getrost noch einmal für das Signal benutzen. Im nächsten Monat werden wir dann die Position ändern.«

»Für den Brandy musst du leider zusätzlich noch etwas berechnen müssen«, meinte Jacques und zog eine Flasche aus seiner Hüfttasche, die er Merrie anbot. Als sie den Kopf schüttelte, nahm er einen großen Schluck und wischte sich dann mit dem Handrücken über den Mund. »Mein Kontaktmann ist ein wenig gierig geworden.« Er runzelte die Stirn. »Diesmal wird er damit davonkommen, weil er sich sicher fühlt, verstehst du? Doch es wird sich nicht wiederholen, das verspreche ich dir, Merrie. Aber … äh … ich muss die Kosten weitergeben. *Vous comprenez*?«

»Mir wäre es lieber, den zusätzlichen Preis zu zahlen, Jacques, als dass du …« Meredith hielt inne, dann sprach sie entschlossen weiter, »als dass du deinen Kontaktmann ausschaltest.«

»Tsst-tsst!« Jacques schüttelte den Kopf. »Du bist so brutal offen, Merrie. Solche Dinge überlasse nur mir! Sie betreffen dich nicht. Du kümmerst dich um deinen Teil des Geschäftes; ich kümmere mich um den meinen.«

Damian fühlte sich äußerst unbehaglich in seiner Haut, als

er im Mondlicht Merries Gesicht studierte. Ihre normalerweise so lebhaften Züge waren kalt, angespannt, und sie zeigte keinerlei Gefühl – das sagte ihm mehr als deutlich, wie betroffen diese Unterhaltung sie machte. Schmuggel war kein Spaß, auch wenn sie es so zu behandeln schien. Doch dann zuckte sie plötzlich die Schultern, ging zurück zum Strand, und Rutherford konnte nichts mehr vernehmen.

Die Schmuggelware wurde auf die Ponys geladen, und das französische Boot verschwand wieder; die Gruppe zog den breiten Weg die Klippe hinauf, der diagonal zum Strand verlief. Der Ziegenpfad war offensichtlich eine Abkürzung, zu schmal für die beladenen Ponys. Lord Rutherford, der das Ziel der Schmuggler kannte, brauchte sich nicht zu beeilen, als er ebenfalls aufwärts kletterte. Seine einzige Sorge war es jetzt, dass Meredith sicher in Pendennis ankam. Im Notfall wüsste er nicht, was er tun sollte; aber schlafen könnte er in dieser Nacht auch nicht, ehe er nicht den Ausgang der Sache kannte.

Doch alles ging gut, ohne dass sich die Küstenwache blicken ließ. Ponys, Konterbande und Merrie verschwanden in der Höhle unterhalb von Pendennis. Der Rest der Gruppe zerstreute sich in der Nacht.

Damian, Lord Rutherford, ging nach Hause in sein Bett; mehr als je war er davon überzeugt, dass Schmuggel als Beschäftigung für die zukünftige Herzogin von Keighley nicht in Frage kam – wie ertragreich er auch sein mochte.

10

In einer Stimmung großer Entschlossenheit machte sich Seine Lordschaft drei Tage später auf den Weg nach Pendennis. Es war sein erster Besuch seit jener ereignisreichen Nacht, und er hatte absichtlich durch Abwesenheit geglänzt. Er glaubte nicht, dass er Merries Freude über seine Besuche falsch eingeschätzt hatte – wie sehr sie sich auch bemühte, ihre Freude hinter einer Maske aus Gleichgültigkeit zu verstecken. Wenn sie ihn nun in diesen letzten drei Tagen vermisst hatte, wäre sie vielleicht aufnahmefähiger für das, was er ihr zu sagen hatte ... wenn er unangekündigt erschien. Na ja, ob aufnahmefähig oder nicht, Seine Lordschaft musste es erreichen, dass Merrie Trelawney ihm wenigstens zuhörte. Sie von ihren Brüdern fernzuhalten wäre dabei das größte Problem.

Doch es stellte sich als wesentlich einfacher heraus, als er gedacht hatte. Als er in das Morgenzimmer geführt wurde, wo er die Brüder vorfand, empfingen ihn drei niedergeschlagene Gesichter. »Was ist los?«, fragte er fröhlich und legte seine Reitpeitsche und die Handschuhe auf den Tisch. »Ihr seht alle aus, als hättet ihr einen Sovereign verloren und stattdessen einen Penny gefunden.«

»Hugo und Merrie haben sich gestritten«, erklärte ihm Rob bedrückt. »Und jetzt ist Merrie unheimlich schlecht gelaunt. Furchtbar, wenn sie so ist!«

»Oh, ich verstehe.« Seine Lordschaft sah den Ältesten der Trelawneys an. »Möchtest du mir berichten, worum es ging, Hugo?«

Hugo wurde über und über rot. »Sie behandelt mich wie ein Baby – als würde ich nicht wissen, was ich will«, platzte er heraus. »Ich bin beinahe zwanzig und möchte doch nur helfen, aber das erlaubt sie niemandem.«

»Nun, du konntest wissen, dass sie dir nicht erlaubt, Oxford zu verlassen, bis du dort fertig bist«, mischte sich Theo ein. »Wenn du schon dein Leben als ein armer Pfaffe verschwenden willst, der nach Cousine Sybils Pfeife in Dorset tanzt, dann sollst du wenigstens vorher noch ein wenig studieren.«

»Merrie hat gesagt, dass es Hugo gefällt, den Märtyrer zu

spielen«, erklärte Rob hilfreich. »Und Hugo hat gesagt, sie wäre eine ... eine ...«

»Halt den Mund!«, explodierte Hugo und kam mit geballten Fäusten auf seinen Bruder zu, seine Augen blitzten böse.

Lord Rutherford trat zwischen die beiden. »Ich denke, ich habe genug gehört. Wo ist eure Schwester?«

»Sie reitet sicher am Strand entlang«, gab Theo Auskunft und mischte ein Kartenspiel. »Das tut sie normalerweise, wenn sie sich über etwas geärgert hat.«

Seine Lordschaft griff nach seiner Reitpeitsche und den Handschuhen. »Rob, ich würde dir raten zu verschwinden«, empfahl er dem Jungen. »Ich bin sicher, dass du die bereits angespannten Nerven nicht noch zusätzlich strapazieren willst – aber ich fürchte, das tust du.«

Er verließ das Morgenzimmer, ohne darauf zu warten, ob Rob seinem Rat auch folgte, und ging zu Saracen. Zehn Minuten später fand er Meredith; genau wie Theo vermutet hatte, ritt sie am Strand hinter dem Haus entlang. Sie hörte das Hufgetrappel im Sand und zog die Zügel ihrer Stute an; dann blickte sie über ihre Schulter zurück.

»Guten Morgen, Lord Rutherford! Sie sollten besser weiterreiten, denn ich warne Sie: ich bin außergewöhnlich schlecht gelaunt.«

»Ja, das habe ich gehört«, gab er liebenswürdig zurück und lenkte seinen Hengst neben ihre Stute. »Aber das schreckt mich nicht.«

Merrie gab das zwar nicht gern zu, aber sie hatte sich in den letzten drei Tagen den Kopf darüber zerbrochen, warum er nicht mehr gekommen war. Jetzt schwieg sie.

»Was hat Hugo denn gesagt, als Sie ihm vorwarfen, ein Märtyrer sein zu wollen?«, erkundigte Seine Lordschaft sich und zog dabei fragend die Brauen hoch. »Rob wollte es mir erzählen, aber Hugo wurde irgendwie wütend.«

»Wie es scheint, bin ich ein Diktator in Röcken.« Meredith zögerte nicht, ihn in ihre Sorgen einzuweihen; immerhin war er der einzige Mensch, dem sie zutraute, ihr mitfühlend, jedoch objektiv, zuzuhören. Sie dachte nicht lange darüber nach, warum das so war. »Ich liebe die Macht und möchte meine Brüder gängeln, um mich dann an ihrer Unterwerfung zu ergötzen.« Sie lachte kurz auf und drängte die Stute in den Trab. »Wenn Hugo entschlossen ist, Priester zu werden, werde ich ihn natürlich nicht davon abhalten. Aber davon bin ich nicht so ganz überzeugt – er ist zu jung, um aus voreiligen Schlüssen eine solche Entscheidung zu treffen.«

»Er ist doch nur gute drei Jahre jünger als Sie selbst«, rief ihr Rutherford vorsichtig ins Gedächtnis. »Sie haben in einem noch jugendlicheren Alter Entscheidungen getroffen, die genauso wichtig waren!«

»Aber es waren nicht immer die richtigen Entscheidungen«, fuhr sie ihn an. »Im Augenblick gefällt sich Hugo in der Rolle des Opferlamms. Es ist aber nur eine Phase, die er durchmacht. In einem Jahr wird sein Opfer gar nicht mehr nötig sein.«

»Was meinen Sie damit?« Diese Bemerkung war ihr wohl kaum ungewollt entschlüpft, deshalb wartete er atemlos auf ihre Erläuterung.

»Nun, ganz einfach – bis dahin hoffe ich genügend Mittel zu haben, um unsere Lage ein wenig zu verbessern«, antwortete sie und winkte lässig ab; doch es war ihm nicht entgangen, dass sie gezögert und sich plötzlich auf die Unterlippe gebissen hatte.

»Sie sagen schon wieder nicht die Wahrheit!« Er musste es versuchen, dachte er, obwohl es vielleicht nicht ganz ritterlich war, sie so hart zu bedrängen, wenn sie sich bereits grämte. Doch es war die beste Gelegenheit, die sich für ihn bis jetzt ergab.

Meredith errötete, und weder die Bitte noch der Ärger in dem herrlichen Violett ihrer Augen war zu übersehen, als sie aufblickte. »Meine Angelegenheiten gehen nur mich etwas an«, erklärte sie knapp.

»Bestimmt ist es dieses Benehmen, das Hugo so wütend macht«, überlegte Rutherford laut mit einem verbindlichen Lächeln.

Meredith drückte die Fersen in die Flanken ihrer Stute und das Pferd lief los über den Sand, wandte sich den Wellen zu. Damian, den sie damit überrascht hatte, sah eine Minute lang zu, wie Pferd und Reiter am Rand der Brandung entlanggaloppierten. In einer Minute würde sie durch und durch nass sein! Aber was machte das schon einem so impulsiven und störrischen Geschöpf aus? Er drängte seinen Hengst zu einem leichten Galopp und ritt dann parallel zu Merediths Stute, doch in genügendem Abstand zum Wasser. Er hielt Schritt mit ihr und ihrem überstürzten Galopp, bis sie sich den Teufel aus dem Leib gearbeitet hatte.

Als sie dann wieder zu ihm kam, war der untere Teil ihres Reitkleides dunkel vor Nässe, und ihr Haar, das sich aus der Haube gelöst hatte, war zerzaust. Ihre Haltung drückte jetzt jedoch Ruhe aus, und in ihrem Blick lag kein Zorn mehr.

»Salzwasser ist nicht gut für Ihre Stiefel«, bemerkte er.

Sie lachte. »Aber es ist gut für meine Laune.«

»Umso besser – denn es gibt da etwas, über das ich mit Ihnen sprechen möchte; bisher hat dieses Thema zwischen uns immer zu einem Streit geführt.« Lord Rutherford beugte sich vor, er nahm die Zügel der Stute und hielt sie fest. »Ich möchte, dass Sie mich anhören«, erklärte er, »deshalb werden wir ein Augenblick stehen bleiben.«

»Worüber möchten Sie mit mir sprechen, Mylord, dass Sie einen solchen Zwang ausüben müssen?«

»Das wissen Sie genau, Merrie, also lassen Sie uns bitte aufhören mit den Spielchen! Ich habe Ihnen bereits zweimal gesagt, dass ich Sie liebe, und werde Sie nicht mit der Wiederholung dieser Worte langweilen. Was ich von Ihnen hören möchte, ist eine Erklärung, was Sie fühlen. Bis jetzt haben Sie mir nichts anderes aufgetischt als ein Gewirr von Halbwahrheiten und Ausflüchten.«

»Wie können Sie es wagen, mich auf diese Weise zu beleidigen!« Es war Angst, der ihren Zorn anfachte, Panik, die sie dazu brachte, ihre Stute nach vorn zu drängen.

»Nein, mein liebes Mädchen, Sie werden mir nicht davonlaufen!« Seine Lordschaft umfasste die Zügel noch energischer. »Ich will die Wahrheit wissen. Erwidern Sie meine Zuneigung – könnten Sie das?«

Zorn war eine unpassende Reaktion auf seine direkte und entschlossene Frage; wenn sie nun diesen beiseite schöbe, bliebe ihr nichts anderes übrig als die Wahrheit. »Es kann nicht sein.«

»Sehen Sie mich an, Meredith, und sagen Sie mir, dass Sie nichts für mich empfinden.«

Sie versuchte es, doch es gelang ihr nicht. Ihr Gesicht lief rot an und wurde dann wieder blass; in ihren Augen lag eine beinahe wilde Verzweiflung. »Es kann nicht sein«, wiederholte sie schließlich und stieß die Worte hervor, als würden sie ihr mit Gewalt entrissen.

Zu ihrem Erstaunen lächelte er; er reckte sich und gab die Zügel der Stute wieder frei. »Sehr gut. Wir werden nicht mehr darüber reden. Lassen Sie uns zum Haus zurückkehren. Sie werden sich umziehen wollen, Ihr Kleid ist ganz nass, und dann möchten Sie sicher mit Hugo Frieden schließen.«

»Ja«, murmelte sie – seine ruhige, lässige Art, mit ihrer Ablehnung fertig zu werden, hatte sie äußerst verwirrt.

Auf dem Stallhof half er ihr, mit einer Hand an ihrer Taille, vom Pferd zu steigen. »Wenn meine Anwesenheit Ihnen in der

Sache mit Hugo dienlich ist, werde ich Sie gern ins Haus begleiten.«

»Sie sind zu freundlich, Sir!« Ihre Lippen schienen eigenartig steif, als sie zu lächeln versuchte. »Aber ich möchte Ihnen keine Umstände machen.«

Lachen lag in seinen Augen, obwohl er sich offensichtlich bemühte, ernst zu bleiben. Merrie konnte, um alles in der Welt, nicht begreifen, was er so lustig fand. In einer Minute verlangte er eine Antwort auf eine für ihn sicher sehr wichtige Frage. Und dann, nachdem er einen abschlägigen Bescheid erhalten hatte, tat er so, als sei ihm das Gewicht der ganzen Welt von den Schultern genommen.

»Ich wünsche Ihnen also einen guten Tag!« Ernst beugte er sich über ihre Hand, stieg wieder auf, und Pferd und Reiter verließen den Hof; die Hufe des schwarzen Hengstes stampften nachdrücklich über das Pflaster.

In der Tat war Lord Rutherford recht zufrieden mit dem Ergebnis dieses Morgens. Es wäre ihm zwar lieber gewesen, wenn Merrie sich ihm anvertraut hätte; aber das ging offensichtlich nicht – angesichts ihrer verzweifelten Bemühungen, ihre wahren Gefühle vor ihm zu verbergen. Er würde definitiv die Dinge selber in die Hand nehmen müssen, und zwar auf eine angemessen dramatische Art! Dann würde sich ihre angeborene Ehrlichkeit zeigen, denn verschlagen war sie nicht. Immerhin hatte sie noch nie versucht, etwas vor ihm zu verbergen, wenn er sie mit einer offenen Anklage konfrontierte.

Am vergangenen Abend hatte er nachgeprüft, ob die Schmuggelware noch immer in der geheimen Höhle lag. Sie hatte dem Franzosen mitgeteilt, dass diese Lieferung an das ›Eagle and Child‹ in Fowey ginge; deshalb nahm er an, Landreth würde an diesem Tag nicht wie sonst informiert, wenn die Einwohner des Ortes die Empfänger waren. Daher würde er aufpassen und warten müssen.

Zwei Abende lang hielt er Wache auf der Klippe, am dritten Abend wurde er belohnt. Es war eine schwarze, mondlose Nacht, offensichtlich sorgfältig ausgewählt. Die Szene ähnelte derjenigen, der er schon einmal als Zeuge beigewohnt hatte – die gleiche heimliche Ordnung und Geschäftigkeit auf dem Klippenweg unter ihm, als die Ponys beladen wurden. Merrie übernahm wieder die Führung, und er sah sie losziehen, während sein Herz heftig schlug. Es war ein Weg von sechs Meilen bis nach Fowey, sechs Meilen offene Straße, und das Hauptquartier der Küstenwache lag in der Stadt. Damit ging sie ein verrücktes, wildes Risiko ein; aber wenn er sie nicht von ihrem Pony zerren und sie in seinen Armen gefangen halten wollte, konnte Rutherford nichts tun, um sie daran zu hindern. So lange nicht, bis er einen Anspruch auf sie hatte.

Während Damian sich in der inneren Höhle versteckte, um dort auf ihre Rückkehr zu warten – was unter Umständen vergeblich sein könnte –, spielte Meredith mit einem noch größeren Leichtsinn als sonst der Finanzbehörde einen Streich. Als Bart und die anderen damit beschäftigt waren, die Waren in dem stillen Hof hinter dem Gasthaus abzuladen, schlüpfte sie durch die dunklen Straßen, vorbei an den Häusern mit den geschlossenen Fensterläden und ihren schlafenden Bewohnern, an der Schmiede, am Schneider und der Apotheke vorüber und dann die weiß gekälkten Stufen des Zollhauses hoch. Vorsichtig, ohne jegliches Klirren auf den steinernen Stufen, stellte sie zwei Flaschen feinsten Madeiras vor die Tür. Daran hing eine Nachricht. *Mit tief empfundener Dankbarkeit,* in kühner schwarzer Schrift geschrieben. Das würde sie morgen mit den Zähnen knirschen lassen! Leise lachend kehrte sie genauso lautlos zurück, wie sie gekommen war. Es war ein Husarenstückchen, und Bart würde sie mächtig ausschimpfen, wenn sie ihm davon erzählte – aber so einen wundervollen Spaß wollte sie sich nicht entgehen lassen. Merrie fragte sich nicht, warum sie sich so übermütig fühlte; sie brachte ihre Tat auch nicht in Verbindung mit dieser nagenden Leere, die sie in den letzten Tagen gepeinigt hatte.

Mit den jetzt unbeladenen Ponys ritten sie in die Außenbezirke von Landreth, von wo aus jeder seinen eigenen Weg einschlug. Meredith, die von ihren Begleitern und auch von der Gefahr einer weiteren Nacht befreit war, verspürte den üblichen Ansturm von Jubel, als sie zu Fuß zu der Höhle zurückpirschte. Sie hatten es geschafft, gleich unter der Nase der Küstenwache einen großen Coup zu landen. Es war wirklich zu köstlich, und sie wünschte sich, wie schon manches Mal zuvor, wenigstens eine Person, mit der sie ihre Begeisterung teilen könnte. Aber sie hatte den einsamen Weg gewählt, und es gab keinen Grund, darüber traurig zu sein.

Merrie erledigte die übliche Säuberung mit ihrem Besen; sie fegte den Weg und den Platz vor der Höhle, ehe sie in die innere Höhle ging, in welcher sie, wie immer, eine Laterne willkommen hieß. Diesmal stapelten sich keine Kisten, Fässer und Pakete an der Wand. Die Ponys waren alle zurück in ihren Ställen, und die Höhle schien ihr plötzlich riesig, wie in einer Kathedrale oder einem verlassenen Theater dröhnte das Echo. Meredith begann in einer spontanen Eingebung durch die Höhle zu tanzen, sie sang, so laut sie konnte, weil natürlich keine Menschenseele ihren absurden Ausbruch von guter Laune hören oder sehen konnte.

»Es freut mich sehr, dass Sie den Abend so lustig fanden.« Rutherford trat aus dem schmalen Tunnel im hinteren Teil der Höhle. »Persönlich fand ich das Spektakel ziemlich nervenaufreibend.«

Mitten in der Drehung hielt Meredith inne, alle Farbe wich aus ihrem Gesicht, und sie starrte ihn an, als wäre er ein Geist.

Rutherford verfluchte sich dafür, dass er sie so erschreckt

hatte; deshalb sprang er schnell auf sie zu, weil er fürchtete, sie würde ohnmächtig werden. Aber als er sie erreicht hatte, blickten ihre Augen schon wieder klar, und die Farbe kehrte in ihre Wangen zurück. Er sollte wissen, dass sie härter war, als es den Anschein hatte, hielt Rutherford sich vor; denn sie stand aufrecht vor ihm, ohne die Unterstützung, die er ihr bieten wollte, zu benötigen.

»Sie haben es gewusst«, sagte Merrie nur und sprach mit einer Ruhe, die auf Erleichterung und der Fügung in das Unvermeidliche basierte. Wenn dieses, ihr letztes Geheimnis, bekannt und akzeptiert wurde, dann war sie frei von allen Ketten. Es würde endgültig keine Frage einer Heirat mehr zwischen ihnen geben – aber sie konnten einander lieben, und die schmerzliche Leere würde gefüllt werden.

»Jawohl«, bestätigte er.

»Woher? Es ist ganz wichtig, dass Sie mir das sagen.« Trotz ihres Gefühls des Friedens klang ihre Stimme doch leise und angespannt.

»Wie Sie schon wissen, habe ich Sie in der Nacht gesehen, in der ich in Landreth eintraf – auf dem Klippenweg, als Sie sich mit der Küstenwache ein Scharmützel lieferten.« Er lächelte. »Irgendwie kam mir Lady Blake die ganze Zeit bekannt vor; doch die Wahrheit tat sich mir erst auf, als ich unterwegs war, um die Schmuggler zu jagen und ich Sie dabei erwischte. Bei dieser Gelegenheit erlosch jeder Zweifel an der Identität des geheimnisvollen jungen Mannes! Aber ich möchte nicht, dass noch jemand anders Ihre Maskerade durchschaut.«

Merrie seufzte vor Erleichterung. »Nun, dann ist es ja gut.«

»Ist es das?« Bei dieser nüchternen Bemerkung lüftete er die Brauen. Er hatte nicht gewusst, was er erwarten sollte, wenn er sie mit den Tatsachen konfrontierte. Schock, Leugnen, Verlegenheit, Wut, Zorn – eine Kombination von allem.

Aber sicher nicht diese ruhige Hinnahme! Sie schien recht ungerührt darüber, dass er ihre schlimmen Aktivitäten kannte – ihre einzige Sorge war es, sich nicht an Dritte zu verraten.

Merries Augen blitzten, als sie in sein Gesicht sah. »Natürlich sind Sie schockiert. Aber es ist wirklich ein sehr unterhaltsames Geschäft, das müssen Sie verstehen, und es wirft auch genug ab, um mir die Gelegenheit zu geben …«

»Ja, das alles habe ich längst herausgefunden«, unterbrach er sie. »Es ist aber auch gefährlich und gegen das Gesetz!«

»Ganz richtig, Mylord.« Sie schien vor Verschmitztheit und Jubel überzuschäumen. »Andernfalls wäre es auch nur halb so vergnüglich.«

»Was soll ich nur mit Ihnen anfangen?« Er zog sie mit einer Macht in seine Arme, die dem Aufruhr in seinem Inneren entsprach. Merrie keuchte auf, sie hob das Gesicht, ehe sich seine Hand noch unter ihr Kinn legte. Rutherford blickte ihr in die klaren Augen, aus denen ihm Leichtsinn und Leidenschaft entgegenstrahlten. Der geschmeidige, muskulöse Leib an seiner Brust schien zu vibrieren. Er spürte die Wärme ihrer Haut unter dem dünnen Hemd, den Druck ihrer Brüste gegen seinen Oberkörper, die feste Rundung ihrer Hüften. In dem Hemd und der Hose war ihre Figur so deutlich zu sehen, als sei sie nackt – dennoch bedeckte die Kleidung sie verlockend, ja, geradezu einladend.

Er griff nach der gestrickten Kappe und warf sie zu Boden. Seine Finger suchten nach den Haarnadeln in ihrem Knoten; ihre Augen weiteten sich, doch machte sie keine Anstalten, ihn aufzuhalten, als er ihr Haar befreite und es ihr in einer leuchtenden Wolke über den Rücken fiel.

»Noch viel herrlicher, als ich es mir vorgestellt habe«, murmelte Rutherford und vergrub seine Finger in der glänzenden Fülle. »Ich weiß gar nicht, was du dafür verdient hast, dass du es auf eine so schreckliche Weise verbirgst.«

»Es ist nötig«, flüsterte sie gepresst.

Tadelnd schüttelte er den Kopf, dann nahm er ihr Gesicht in beide Hände. Er küsste sie so wie an dem Abend in ihrem Wagen, und Merrie erwiderte seinen Kuss mit der gleichen Leidenschaft. Allein in der Höhle, geschützt vor allen Blicken, verborgen vor der Welt, schien die Wirklichkeit für sie beide nicht länger zu existieren. Merrie schob die Hände unter seine Jacke und streichelte seinen breiten Rücken, während ihre Zunge die seine umspielte, die mit wildem Verlangen die sanfte Höhlung ihres Mundes erforschte, über ihre Zähne strich und tief in ihrem Inneren die Sehnsucht weckte, sodass sich ihr Körper fordernd an den seinen schmiegte.

Als sie sich an ihn drängte, umfasste er ihre Hüften, tief gruben sich seine Finger in ihr festes Fleisch. Jetzt gab es kein Leugnen mehr zwischen ihnen, nur die Wahrheit, hart und glänzend wie Emaille. Merrie zog an dem feinen Stoff seines Hemdes, sie zerrte es aus seiner Hose, und ihre Finger schoben sich darunter. Bei dem Gefühl seiner nackten Haut unter ihren Händen entrang sich ihr ein zufriedener Seufzer.

Damian hob langsam den Kopf, ohne ihr seinen Körper zu entziehen. Seine Augen waren umwölkt, Leidenschaft lag in seinem Blick, als er langsam ihr Hemd aufknöpfte, es beiseite schob und dann die kleinen Knöpfe des Hemdchens darunter öffnete. Merrie atmete schneller, ihre Hände unter seinem Hemd glitten auf seine Brust, legten sich über seine harten Brustwarzen, als er ihre Brüste befreite und sie in seine Hände nahm. Das flackernde Licht der Laterne warf seinen Schein auf ihre elfenbeinfarbene Haut und rosigen Knospen, die sich voller Verlangen aufrichteten. Seinen fragenden Blick beantwortete sie mit dem Streichen ihrer Zunge über seine Lippen und dem Recken ihres Rückens, um ihm ihre Brüste darzubieten. Sein Mund schloss sich über ihrer aufgerichteten Spitze, mit der Zunge streichelte er sie, bis sie stöhnte und seinen gesenkten Kopf liebkoste – in dem vollendeten Genuss seiner vom Bart rauen Wangen auf ihrer zarten Haut.

Damian richtete sich auf, seine Hände glitten unter ihr Hemd und er schob es samt Mieder über ihre Schultern hinunter, sodass beides auf den sandigen Boden fiel. Unbewusst reckte Merrie die Schultern und zeigte sich ihm stolz in ihrer Nacktheit. Selig zog auch er sich aus und nahm dabei den Blick nicht von ihr. Sie hatten kein Wort miteinander gewechselt, und das Schweigen dauerte an; doch es war nur ein Schweigen ihrer Stimmen, ihre Augen und ihre Körper sprachen miteinander – schrien förmlich. Mit einem Finger fuhr Merrie über die gezackte weiße Narbe an seiner Schulter, dann stellte sie sich auf die Zehenspitzen und presste die Lippen darauf.

Als sie wieder zurücktrat, kniete er vor ihr und zog ihr Schuhe und Strümpfe aus; dabei hob er andächtig jeden Fuß und fuhr mit der Hand über die schmalen Fesseln. Seine Hände glitten zu ihren Hüften, und einen Augenblick lang spannte sich Merries Körper an, sie atmete tief ein. Seine Finger, die gerade den Verschluss ihrer Hose öffnen wollten, hielten inne, er streichelte ihre Rippen, fuhr ihren Umrissen nach, bis sie sich mit einem leisen Stöhnen wieder entspannte. Der Verschluss ihrer Hose öffnete sich, dann schob er das Kleidungsstück langsam abwärts. Er hielt inne, um ihren weichen Bauch zu küssen, die Zungenspitze schob sich in ihren Nabel. Merrie spürte, wie sich alle Sinne in ihr regten; sie fühlte, wie der sanfte Quell ihrer Weiblichkeit feucht wurde und sich willig öffnete. Mit den Händen umfasste sie seine nackten Schultern so fest, dass er leise aufstöhnte. Ihre Hose glitt tiefer, bis zu ihren Knöcheln, dann wurde sie über ihre Füße gezogen und beiseite geworfen.

Damian hockte vor ihr und betrachtete lange und ausgiebig die schlanke Gestalt, in dem schwachen Licht der Lampe schimmerte ihre Haut.

»Oh, du bist so wunderschön«, flüsterte er, und Merrie lächelte ein wenig zittrig, die Anbetung in seiner Stimme erregte sie. Er begann, sie zu berühren, eine kleine Falte bildete sich an seiner Nasenwurzel zwischen den grauen Augen, ein Lächeln umspielte seine Lippen, das noch breiter wurde, als er fühlte, wie sie unter seinen Händen erbebte. »So leidenschaftlich«, murmelte er. »Solch eine wilde, leichtsinnige, leidenschaftliche Frau Schmugglerin bist du, Merrie Trelawney!« Wieder küsste er ihren Bauch, und sie stöhnte auf unter dem Ansturm der Gefühle, während er sie mit einer Hand unter ihrem Gesäß stützte und die andere Hand sich zwischen ihre Schenkel schob, um sie tief und intim zu streicheln.

Noch nie war sie so berührt worden, nie zuvor hatte sie den heißen Ansturm des Verlangens kennen gelernt, das sie nicht verleugnen konnte und das wie geschmolzene Lava durch ihre Adern rann. Die körperliche Vereinigung mit ihrem Ehemann war eine seltene und flüchtige Sache gewesen, weder besonders angenehm noch besonders unangenehm. Nichts hatte sie auf dieses atemberaubende Glücksgefühl vorbereitet, das jetzt einen feinen Schweißfilm auf ihre Haut legte und Wogen von Hitze und Kälte durch ihren Körper sandte, die wie die Wellen des Ozeans über ihr zusammenschlugen. Drängende Worte lagen auf ihren Lippen, Worte der Leidenschaft und des Flehens, als sich ihre Schenkel unter seinen suchenden Fingern öffneten und sie sich an seine Schultern klammerte, wie eine Ertrinkende an ein Stück Treibholz.

Damian zog sie mit sich auf den sandigen Boden der Höhle; er breitete seinen Rock und sein Hemd aus, bis sie erwartungsvoll unter ihm lag und ihn verwundert ansah. Seine Lordschaft vermochte sein eigenes mächtiges Verlangen im Zaum zu halten, was ihm erlaubte, mit dem angespannten, schlanken kleinen Körper zu spielen, bis sie bebte und verloren war in einem Wirbel von Gefühlen. Irgendwie merkte er, dass das neu für sie war, dass sie nie zuvor die Höhen der Ekstase erreicht hatte, dass er sie mit seiner Liebe zu diesen Höhen führen würde – die Erfüllung seines eigenen Verlangens war momentan nebensächlich.

Merrie konnte nichts anderes mehr tun, als die Reaktionen walten zu lassen, die seine Hände und seine Lippen in ihr weckten; sie war unfähig, ihm Fragen zu stellen, eigene Initiative zu ergreifen, zu kontrollieren, was mit ihr geschah. Als nun ihr Geliebter jeden einzelnen Zentimeter ihres Körpers erforschte, jeden Zugang, wurde ihr klar, dass er auch keinerlei Aktivität von ihr erwartete. Als es schien, dass es keine weiteren Höhen mehr gab, zu denen er sie führen konnte, als sie ermattet vom Gipfel unter ihm lag, zog Damian seine restliche Kleidung aus und erfüllte sie mit seiner Männlichkeit. Sie weinte vor einem Glück, das so überwältigend war, dass es ihr förmlich wehtat, erreichte neue Höhen, als er sich in ihr bewegte; am Rande ihres Quells hielt er inne und glitt dann ganz langsam in sie hinein. Und als sie glaubte, es nicht mehr ertragen zu können, drang er noch tiefer in sie, sie verlor sich in ihm, verlor die Verbindung zur Welt, nur noch die Verschmelzung ihrer beiden Körper existierte, als er sich in sie ergoss und in ihr pulsierte.

Lange Minuten lagen sie still, bis die Wirklichkeit sie einholte, der harte Boden der Höhle sich in Merries Schulterblätter bohrte und sie die Schwere seines Körpers empfand. Sie bewegte sich ein wenig, doch es genügte. Damian löste sich mit einem zärtlichen Wort der Entschuldigung von ihr, rollte sich auf die Seite, stützte sich auf den Ellbogen und blickte auf sie hinunter. Mit einem Finger wischte er ihr eine Träne von der Wange. Lächelnd beugte er sich über sie und gab ihr einen Kuss auf die Nasenspitze. Das Licht der Lampe flackerte und vertiefte den durchsichtigen Schimmer ihrer Haut, das Leuchten der Erfüllung in ihren enzianfarbenen Augen. Merrie erwiderte sein Lächeln und strich langsam über seine Brust, auf der sich ein leichter Schweißfilm gebildet hatte.

»Ich liebe dich, Merrie Trelawney«, gestand er ihr.

Sie nickte. »Ich liebe dich auch.«

Damian seufzte zufrieden. »Endlich kommen wir unserem Ziel näher. Du wirst mich heiraten, meine kleine Schmugglerin, und eine gesetzestreue Bürgerin werden!« Sofort bedauerte er seine Worte, denn alles Licht in ihren Augen erlosch, und ihr Mund presste sich entschlossen zusammen.

»Es kann nicht sein«, erklärte sie ihm, wie schon zuvor.

Und er antwortete ihr ebenfalls wie zuvor: »Also gut! Wir werden nicht mehr darüber sprechen.«

Ein Ausdruck von Erleichterung, aber auch von Erstaunen huschte über ihre Züge; doch er küsste sie schnell, dann stand er auf und zog sie mit sich hoch. »Es ist ja nicht so, dass ich etwas dagegen hätte, dich in einer Schmugglerhöhle zu lieben«, meinte er, drehte sie um und wischte ihr den Sand vom Rücken, wo der Schutz seines Hemdes und seines Rocks sie nicht erreicht hatte. »Aber wenn das unser Schicksal sein soll, dann denke ich, müssen wir in Zukunft ein bequemeres Bett installieren.«

»Das ist nicht schwer.« Auf ihrem Gesichtsausdruck erschien wieder die bekannte Verschmitztheit. »Ich werde die Dinge zu unserer Zufriedenheit regeln. Niemand kommt hierher – nur in den Nächten, in denen eine Lieferung ansteht; sonst gehört die Höhle ganz allein uns. Jacques kommt erst wieder in drei Wochen. Bis dahin werden wir es uns hier höchst gemütlich machen.«

Er verehrte sie glühend, und als er sie beobachtete, wie sie sich ankleidete, regte sich neues Verlangen in ihm – doch auch Zorn und Frustration meldeten sich. Er war machtlos, diesen Irrsinn zu beenden, wenn sie es ihm nicht erlaubte. Stattdessen hatte sie ganz einfach die Tatsache ihrer Liebe in den gefährlichen, zwiespältigen Rahmen ihres Lebens eingebaut. Sie würden ihre heimliche Affäre in geheimen Gängen und versteckten Höhlen fortsetzen, weil Meredith ihre Verbindung nicht legalisieren wollte. Im Augenblick hatte er keine andere Wahl, als ihre Entscheidung zu akzeptieren; entweder das, oder er verlor sie – doch Damian, Lord Rutherford, war bereit, sich aufs Abwarten zu verlegen.

»Bitte, sieh mich doch nicht so ernst an, Damian!« Ihre Stimme war sanft und betroffen, als sie zu ihm kam und die Arme um seine Taille schlang, sich an seine Brust drückte. »Wir müssen das akzeptieren, was wir haben. Mehr zu wünschen als möglich ist, wird uns nur unglücklich machen.«

»Ist es denn verboten, dass ich mir für dich Sicherheit wünsche?«, fragte er und streichelte ihr kastanienbraunes Haar.

»Darüber musst du dir keine Sorgen machen.« Leicht fuhr sie mit der Zungenspitze über die Narbe an seiner Schulter. »Ich bin seit drei Jahren einigermaßen sicher, und es gibt kein Anzeichen, dass sich das ändert. Unsere Arbeit ist sehr erfolgreich, das musst du wissen!«

»Selbstverständlich ist sie das.« Er konnte den Sarkasmus in seiner Stimme nicht unterdrücken. »Ich werde mich bemühen, meine Angst um dich hintanzustellen, Ma'am.«

Merrie lachte leise. »Du hast viel Ähnlichkeit mit Nan, Lord Rutherford! Sie wartet oben auf mich. Das tut sie immer an diesen Tagen, und dann schimpft sie mich gnadenlos aus, bis ich im Bett bin.«

»Dann werde ich die Strafpredigt Nan überlassen.« Er legte beide Hände um ihr Gesäß und zog sie an sich. »Aber eines musst du mir versprechen ...«

»Das kommt drauf an!« Der Schalk war aus ihrem Blick verschwunden, jetzt sah sie ruhig und ernst aus.

»Du wirst nicht zu einem dieser verrückten Ausflüge aufbrechen, ohne es mir vorher gesagt zu haben.«

»Sie sind nicht verrückt, Damian, mein Liebster! Sie sind das Einzige, was meinen Körper und meine Seele beisammenhält.«

Er schüttelte den Kopf. »Es ist mehr als das: Dir gefallen die Gefahr und das Risiko.«

Meredith dachte an die beiden Flaschen Madeira und die Nachricht, die sie auf der Treppe des Zollhauses hinterlassen hatte. Aber das würde sie besser für sich behalten. »Ein wenig, vielleicht. Es belebt mein sonst so trübes Leben ein wenig.«

Damian umfasste ihr Kinn und sah ihr prüfend ins Gesicht. »Du hast mir noch nicht geantwortet.«

»Ich werde dir berichten, wenn es eine Lieferung gibt«, stimmte sie ihm zu. »Aber vielleicht wäre es einfacher für dich, wenn du es nicht wüsstest.«

»Ich möchte dein Versprechen«, verlangte er.

»Du hast es.«

»Dann muss ich mich vorläufig damit zufrieden geben.« Er ließ sie los, griff nach seiner Hose und zog sie an, dann schlüpfte er in sein Hemd. »Du solltest dich jedoch nicht in Sicherheit wiegen, dass ich in der anderen Sache hinfort Ruhe geben werde.«

»Anders kann es nicht sein.« Ihre Stimme war leise, klang aber dennoch entschlossen.

Rutherford lächelte nur und kniff sie in die Nase. »Es gibt eine Menge Dinge, die du noch lernen musst, meine kleine Schmugglerin – auch wenn du bereits alles zu wissen glaubst. Komm, ich werde dich zur Tür begleiten; und da ich nicht möchte, dass du morgen erschöpft aussiehst, musst du mir versprechen, lange zu schlafen.«

Diese Worte brachten sie zum Lachen. »Du, Sir, bist dafür verantwortlich, dass es so spät geworden ist. Es ist bereits Morgen.«

»Richtig.« Er schob sie vor sich her zu dem Durchgang, der

zum Haus führte. »Morgen Abend werden wir uns ein wenig früher treffen!«

»Und ein wenig bequemer«, flüsterte sie und wandte sich am Ende des Tunnels zu ihm um. »Lass uns das nicht verderben! Ich war noch nie so glücklich, so zufrieden. Kannst du es nicht auch dabei belassen?«

Er mochte ihr diese Bitte nicht abschlagen. Meredith kannte in ihrem Leben als erwachsene Frau bisher nur wenig Glück, und er hatte die Absicht, ihr eines zu bescheren – nicht, es zu zerstören. »Ich bin zufrieden«, sagte er. »Gib mir einen Gute-Nacht-Kuss, mein Liebling!«

Und das tat sie auch, ihre Lippen verweilten auf seinen, ihre Hände legte sie um sein Gesicht, ehe sie sich von ihm löste und oben an den Felsbrocken griff. Mit einem gedämpften Geräusch fiel er zurück, und Rutherford hob sie durch die Öffnung. Als er ihr die Laterne reichen wollte, schüttelte sie den Kopf. »Nein, die brauche ich nicht, aber sie wird dir den Weg erhellen. Lass sie in der Höhle zurück!«

Er warf ihr noch einen Handkuss zu und wartete, bis der Felsbrocken wieder an seinem Platz war, ehe er umkehrte. Würde er sich nicht so sehr um ihre Sicherheit ängstigen, dann hätte dieses Spiel, auf dem sie bestand, ihm sicher eine Menge Freude bereitet. Es war so köstlich absurd, dass ein früherer Oberst der Armee Wellingtons eine offenkundige Gesetzesbrecherin deckte, dass er ihr half und eine geheime Liebesaffäre mit ihr hatte, sie durch Felstunnel schob. Hilflos schüttelte Lord Rutherford den Kopf, als er in die graue Morgendämmerung des Klippenweges zurückkehrte. Schließlich war er nach Cornwall gekommen, um eine Ablenkung zu suchen. Es wäre dumm, sich jetzt zu beklagen, wo er eine Ablenkung gefunden hatte, die größer war, als er es sich in seinen wildesten Träumen hätte ausmalen können.

Nan erhob sich von der Liege, auf der sie eingenickt war,

und blinzelte ihren Schützling an. »Gütiger Himmel! Was hast du denn wieder angestellt?«

Meredith schloss leise die Tür. »Geschmuggelt, Nan!« Ihre Augen blitzten.

»Um Himmels willen – dein Haar!« Nan starrte sie an. »Und deine Kleidung! Wo sind denn deine Strümpfe? Und dein Hemd ist nicht richtig zugeknöpft.«

»Oh, sei still«, bat Meredith. »Wenn du keine Fragen stellst, meine Gute, dann wirst du auch keine Lügen zu hören bekommen.«

»Ach, könnte deine Mutter dich jetzt sehen!«, murmelte die alte Frau, doch zu Merries Erleichterung sagte sie nichts mehr. Nan war viel zu klug und kannte Merrie viel zu lange, um noch weiter über ihr Aussehen zu jammern. Sie bildete sich ihre eigene Meinung, zog ihre eigenen Schlüsse, als sie Merrie ins Bett brachte und zudeckte. Das Strahlen ihres Schützlings machte ihr Herz glücklich, den Blick in ihren Augen hatte sie schon seit Jahren nicht mehr gesehen. Das Mädchen war glücklich, und daher würde Nan ihr keine Hindernisse in den Weg legen. Sie blies die Kerze aus, verließ das Zimmer und begab sich auch zur Ruhe.

Merrie lag in ihrem Bett, den Kopf zum Fenster gedreht, und beobachtete den Himmel, der sich zu einer rosigen Morgendämmerung wandelte. Es würde ein wunderschöner Tag werden. Ihr Herz machte einen kleinen Sprung, und wäre sie nicht mit einer wundervollen, zufriedenen Lethargie erfüllt, würde sie ihr Bett verlassen, um am Strand entlangzuhüpfen, während der Tag erwachte. Sie liebte und wurde geliebt; die Geschäfte in dieser Nacht waren gut gelaufen, und schon bald würde Ducket's Spinney wieder ihr gehören. In einem weiteren Jahr könnte sie den Kredit von fünftausend Pfund abbezahlen. Das Leben war ganz einfach, wenn man lernte, das zu nehmen, was einem geboten wurde, und nicht nach mehr zu verlangen. Sie würde sich zufrieden geben mit dem, was sie hatte, solange es währte. Wenn Damian zu seiner Familie zurückkehren müsste und zu dem Leben, in das er geboren war, würde sie auch das akzeptieren und dankbar sein für die gemeinsame Zeit. Es war ein Glück, das nur sehr wenige Frauen kennen lernten, und sie würde sich Erinnerungen schaffen, von denen sie eine ganze Weile zehren konnte.

11

»In Fowey habe ich heute Morgen eine ungeheuer lustige Geschichte gehört.« Sir Algernon Barrat strahlte den Kreis der Gäste im Salon seiner Frau an. Er war eine gastfreundliche Seele, immer erfreut, wenn er Besucher vorfand – denn die Besucher unterhielten Patience, und nicht umgekehrt. An diesem Nachmittag hatte sich eine ganze Gruppe von Gästen versammelt, und er beeilte sich, den Geladenen eine geistige Beilage zum Tee zu bieten.

»Es ist eine Geschichte, die die Damen schockieren wird, das wage ich zu behaupten – aber ein kleiner Schock selbst für empfindliche Seelen kann nicht schaden.« Er lachte leise und füllte Lord Rutherfords Glas mit Claret. »In der Tat denke ich, dass die Damen die Geschichte trotz aller Proteste genießen werden. Was glauben Sie, Rutherford?«

»Da ich kein verheirateter Mann bin, Barrat, würde ich es nicht wagen, eine Meinung darüber zu äußern«, gestand Seine Lordschaft. »Meine Erfahrungen mit dem schwächeren Geschlecht sind nicht gerade sehr umfangreich.«

»Wie es einem Soldaten ziemt, Mylord«, murmelte Lady Blake gesetzt, und ihre Finger zupften nervös an ihrem Handschuh.

»Ganz richtig, Ma'am«, stimmte er ihr zu und verneigte sich ernst vor ihr.

»Also, jetzt erzähle uns schon deine Geschichte, Algernon«, unterbrach Patience sie. »Ich bin sicher, wir werden nicht gleich ohnmächtig werden. Auch wenn ihr Herren uns gerne als Gewächshauspflanzen seht, so sind wir doch in Wirklichkeit gar nicht so zimperlich.« Sie lächelte und nickte den anderen selbstgefällig zu.

»Nun, es ist eine Geschichte über die Gentlemen«, begann ihr Mann und ließ sein beträchtliches Gewicht auf einen zierlichen Chippendale-Stuhl sinken; dabei drehte er den Stiel seines Weinglases zwischen den Fingern. »Nicht ein Thema, über das normalerweise vor Damen gesprochen wird, Rutherford«, erklärte er Seiner Lordschaft. »In der Tat, je weniger man es in der Gesellschaft anschlägt, desto besser – aber diese Geschichte ist so großartig, dass wir die Regeln ausnahmsweise brechen.«

»Oh, beeile dich und komme zum Punkt, Mann«, meldete sich Lady Barrat ungeduldig.

»Also gut, meine Liebe, also gut! Ich habe von Dr. Forrest gehört, dass die Gentlemen vor zwei Nächten eine Lieferung nach Fowey gemacht haben, direkt unter der Nase der Finanzbehörde, *und* ...«, er hielt inne, um den dramatischen Effekt seiner Geschichte zu verstärken, »... sie haben ihnen einen solchen Streich gespielt, dass die Küstenwache vor Wut schier geplatzt ist. In Fowey wird erzählt, dass derjenige, der die Gentlemen anführt, diesmal in seiner Kühnheit zu weit gegangen ist.«

»Oje«, hauchte Meredith, und ihre Teetasse klirrte auf den Unterteller. »Es tut mir Leid, aber das Gespräch über diese Grobiane macht mich immer so nervös. Wirklich, Sir John pflegte zu sagen, dass sie keine Gnade kennen, wenn sie mit Spionen und Informanten zu tun haben, und jedes Wissen über sie sei gefährlich. Bitte, lassen Sie uns nicht weiter über diese Menschen reden!«

»Nun, Sie brauchen sich keine Sorgen zu machen, meine Liebe!« Patience tätschelte ihre Hand und stellte auch ihre Tasse ab. »Es besteht kein Anlass, wegen unseren Gesprächen nervös zu sein. Sie befinden sich unter Freunden! Keiner von uns kennt einen der Schmuggler; also kann das, was hier gesagt wird, ihre Ohren nicht erreichen.«

»Sie haben natürlich Recht, liebe Lady Barrat«, murmelte Meredith. »Ich bin einfach töricht.«

»Wenn Lady Blakes Ängste jetzt genügend beruhigt sind, Barrat, möchten wir alle gern den Höhepunkt der Geschichte hören«, drängte Lord Rutherford und fixierte Meredith dabei. Er zweifelte nicht daran, dass ihre Unterbrechung ein Manöver sein sollte, das dazu diente, die Fortsetzung vergessen zu lassen. Sie hielt den Kopf gesenkt, doch ihre Wangen waren rosig überhaucht – was allen anderen, bis auf ihn, zu entgehen schien; er hatte nämlich inzwischen gelernt, in ihr wie in einem Buch zu lesen.

»Es wird erzählt, als die Beamten am nächsten Morgen an ihrem Hauptquartier ankamen, fanden sie zwei Flaschen Madeira und eine Nachricht mit einem Dank vor ihrer Tür!« Sir Algernon brüllte vor Lachen und schlug sich auf die Schenkel. »Ist das nicht herrlich? Solche Nerven, die Leutchen einfach zu verhöhnen! Wirklich, das kommt mir so vor, als hätten die Gentlemen ihnen den Fehdehandschuh ins Gesicht geworfen. Die Zöllner werden sich das niemals gefallen lassen!«

»Vielleicht nicht«, meinte Meredith mit zögernder Stimme. »Oder aber sie sind tatsächlich dankbar dafür, weil der Madeira besonders gut schmeckt.«

Die Bemerkung klang so grotesk, dass die ganze Gruppe einen Augenblick lang sprachlos war, bis Sir Algernon hüstelnd befand: »Ganz recht, ganz recht, liebe Lady! Ein hübscher Gedanke, sehr hübsch – aber ich glaube nicht, dass die Welt ein so angenehmer Ort ist, wie Sie es gern hätten, meine Dame!«

»Es wäre eine Schande, Lady Blakes Illusionen zu zerstören«, meinte Damian und schenkte Meredith ein wölfisches Lächeln. »Eine so erfrischende, menschenfreundliche Einstellung ist bei unserer Spezies wirklich selten.«

»Du liebe Güte«, meinte Meredith aufgeregt. »Sie sind zu freundlich, Mylord! Aber nicht wahr, bei dem vielen Unangenehmen auf der Welt müssen wir alles tun, was in unserer Macht steht, es einzudämmen.« Sie schickte einen nervösen Blick durch den Raum.

»Gelegentlich«, erhob Seine Lordschaft bedeutungsvoll die Stimme, »ist ein gewisses Ausmaß an Unangenehmem sowohl nötig als auch gut für die Seele.«

»Glauben Sie, dass es der Küstenwache gelingen wird, die Gentlemen zu ertappen, Sir Algernon?«, fragte Mrs. Ansby.

»Das will ich nicht hoffen«, erklärte der Junker heftig. »Ich kann mir nicht vorstellen, wie wir ohne sie auskommen sollen. Aber zweifellos werden die Beamten in Zukunft wesentlich wachsamer sein.«

Meredith griff nach ihrer Tasche und stand auf; sie strich sich die Röcke ihres stumpfen braunen Kleides glatt, das sie für diesen Besuch am Nachmittag gewählt hatte. »Liebe Patience, ich danke Ihnen sehr für Ihre Gastfreundschaft. Und Sir Algernon!« Sie vollführte einen kleinen Knicks in seine Richtung. »Ihre Geschichte war sehr unterhaltsam, Sir, und vergeben Sie mir meine Unerfahrenheit!« Ein albernes Kichern, das Rutherfords bereits sehr beanspruchte Nerven noch mehr strapazierte, begleitete ihre Bemerkung. Als sie auch vor ihm einen Knicks machte und ihm zum Abschied die Hand reichte, drückte Damian ihre Finger so hart, dass sie schmerzlich die Miene verzog.

»Ich muss mich auch verabschieden, Lady Barrat«, erklärte er liebenswürdig. »Wenn Sie einen Augenblick warten, Lady Blake, dann werde ich Sie zu Ihrem Wagen bringen!«

Dieses Angebot konnte Meredith nicht ablehnen, ohne äußerst unhöflich zu erscheinen; deshalb war sie gezwungen, zu warten, als er sich peinlich korrekt vor den Damen verbeugte, seinem Gastgeber die Hand schüttelte und dann Merrie die Tür aufhielt.

Der Wagen stand vor dem Eingang, der junge Tommy saß auf dem Kutschbock. Lord Rutherford half ihr beim Aufsteigen und verabschiedete sich dann mit seidenweicher Stimme. »Ich freue mich schon auf unsere nächste Begegnung, Lady Blake. Wir haben eine Menge zu besprechen.«

»Wirklich, Mylord?« Sie hob ihr kantiges kleines Kinn. »Ich kann mir gar nicht vorstellen, was Sie meinen.«

»Na ja, wenn Sie Ihrer Vorstellungskraft etwas auf die Sprünge helfen, werden Sie sich schon einiges zusammenreimen können.« Er trat einen Schritt zurück, und sie übernahm die Zügel; dann rumpelte der wenig elegante Wagen die Auffahrt hinunter.

»Ich verstehe nicht, warum nicht an einem Punkt deiner bedauernswert vernachlässigten Erziehung dir jemand ein wenig Verstand eingebläut hat!«, wütete Lord Rutherford jetzt seit bereits zehn Minuten.

Merrie, die wohlüberlegt und ohne sich während seiner gesamten Schimpfkanonade zu verteidigen, geschwiegen hatte, saß noch immer auf dem Felsen, die Hände im Schoß gefaltet, die Augen fest auf den Sandboden der Höhle gerichtet.

»*Warum?*«, wollte Damian wissen. »Nenne mir einen guten Grund, warum du ein bereits unerträgliches Risiko noch schlimmer machen musstest – durch eine solche Herausforderung!«

»Zu dem Zeitpunkt habe ich das gar nicht so gesehen«, erklärte sie mit einem hoffnungsvoll beruhigenden Lächeln. »Aber jetzt ist es nun einmal geschehen, und durch Jammern lässt sich nichts mehr daran ändern – obwohl du das höchst beredt tust.« Ihre Lippen kräuselten sich schelmisch. »Sollen wir jetzt nicht ein Glas Burgunder trinken – er ist wirklich ausgezeichnet, das verspreche ich dir – und ein wenig von dem Menü probieren, mit dem ich mir eine solche Mühe gegeben habe?«

Das Essen war auf einer umgedrehten Kiste aufgebaut, die eine hübsche karierte Tischdecke zierte. Eine staubige Weinflasche stand offen neben einer Platte mit farcierten Krebsen, einem Korb voll frisch gebackenem Brot, einer Schale mit goldener Butter und einer Schüssel Kirschen.

»Die Krebse wurden soeben gefangen und ich habe sie mit eigenen Händen farciert«, erklärte sie und goss den tiefroten Wein in zwei Gläser. »Ein Toast, Mylord?«

Er nahm das Glas und zögerte, seinen rechtschaffenen Zorn aufzugeben – doch angesichts ihrer Grübchen konnte er ihn nicht länger aufrecht erhalten. »Auf was, Merrie Trelawney?«

»Auf einen Waffenstillstand?«, schlug sie vor. »Oder die Liebe, vielleicht?« Das Haar hing ihr lose auf die Schultern, und sie trug eines der einfachen bunten Kleider, die er den langweiligen Säcken aus Kammgarn oder Satin verzog, die sie für die Öffentlichkeit wählte. Das Kleid hatte einen gemäßigten Ausschnitt, enge Ärmel, die am Handgelenk geknöpft waren, und wurde in der Taille von einer breiten Schärpe gehalten. Mit ihren bloßen Füßen darunter bot sie ein beinahe jungfräuliches Bild in ländlicher Schlichtheit – bis auf diese blitzenden, schelmischen Augen und die aufgebogenen Mundwinkel. Sie war deutlich ungerührt von den Beschuldigungen, mit denen er sie überhäuft hatte.

Rutherford seufzte resigniert. »Im Namen der Liebe also,

Merrie, möchtest du diese Verrücktheit nicht endlich aufgeben?«

»Das kann ich nicht«, erklärte sie ruhig. »Nur unnötige Taten sind verrückt! Aber wie soll ich denn sonst meine Ziele erreichen? Ich muss Pendennis wieder in meinen Händen haben, möchte frei von Schulden sein und ohne Einschränkung für meine Brüder sorgen. Ohne Geld kann ich sie nicht in die Welt schicken.«

»Dann heirate mich«, erklärte er heftig, stellte sein Glas zurück auf den behelfsmäßigen Tisch und griff nach ihren Händen.

Meredith schüttelte den Kopf. »Das ist keine Lösung, Damian. Ich werde niemanden heiraten, nur um meinen Schwierigkeiten zu entkommen.«

»Das habe ich doch gar nicht vorgeschlagen!« Er nahm ihr das Glas aus der Hand und stellte es zu seinem. »Heirate mich aus Liebe, der Liebe, die ich für dich empfinde und du für mich – wie du behauptet hast.«

»Nur in den Romanzen von Mrs. Radclyffe, Mylord, besiegt die Liebe alle Widrigkeiten.« Sie lächelte und versuchte so, ihre Worte zu entschärfen. »Was wir haben, ist ein Abenteuer, und es wird niemals mehr sein als das. Denke doch nur an deine Stellung: Keighleys heiraten keine Trelawneys – und erst recht keine Schmuggler.«

»Du musst kein Schmuggler mehr sein, wenn du mich heiratest, und diese Bescheidenheit wegen deiner Herkunft ist Unsinn. Ich habe weder das Bedürfnis noch die Absicht, eine hochrangige Partie zu machen, und das Einzige, was an dir anrüchig ist, Merrie Trelawney, ist deine Leidenschaft für ungesetzliche Abenteuer!«

»Aber ich bin nun mal eine Abenteuerin, und das werde ich auch immer bleiben.« Merrie war nicht ganz sicher, bis zu welchem Grad das stimmte; doch um seinetwillen musste sie ihn davon überzeugen, dass seine Argumente hinkten. »Du warst unglücklich, gelangweilt …«

»Das reicht!« Abrupt ließ er ihre Hände los. »Du beleidigst mich, Ma'am. Ich werde nicht hier stehen und mir von dir erläutern lassen, dass meine Gefühle für dich allein aus Langeweile und Zorn über meine abgebrochene Laufbahn beim Militär herrühren!« Er wandte sich auf dem Absatz um und stampfte zum Eingang, in Richtung Klippenweg.

Meredith sah sich traurig in der Höhle um. Der kleine Tisch, das bunte Bett aus Kissen, die sie aus dem Pavillon herbeigeschafft hatte, den leckeren Imbiss, all die Vorbereitungen, die sie mit einem vor Leidenschaft jubelnden Herzen getroffen hatte, schienen ihr jetzt als das, was sie wirklich waren – bemitleidenswerte Aktivitäten eines kleinen Mädchens, das in einem Fantasieland spielte. Es war dumm gewesen zu glauben, dass Damian sich als ihr Spielgefährte begnügen würde, ohne mehr zu verlangen. Er lebte nicht auf verschiedenen Ebenen, so wie sie, er war nicht daran gewöhnt, mehrere Rollen zu spielen – dass man manchmal selbst nicht mehr wusste, wer man wirklich war. Sie hatte diese Liebesaffäre als Erweiterung ihres Theaterstückes begonnen, ein weiteres Spiel im Spiel. Nur wenn sie es so betrachtete, konnte sie die Realität und auch den Schmerz beiseite schieben; denn dieser Zwischenakt würde definitiv nur sehr kurz währen.

»Also gut, meine kleine Abenteuerin, wenn es das ist, was du brauchst, sollst du es bekommen.«

Meredith wirbelte beim Klang der rauen Stimme herum. Damian stand am Eingang des Tunnels, die Hände in die Hüften gestemmt, und nur noch sehr wenig Liebenswürdigkeit war an seinem grimmig verzogenen Mund und den entschlossenen grauen Augen zu erkennen. »Wenn Risiken und Abenteuer für dich unerlässlich sind, dann werde ich sie dir bieten!«

Ihr Mund öffnete und schloss sich wieder, wie bei einer von

Robs Forellen. Noch ehe ihr die richtigen Worte einfielen oder sie etwas sagen konnte, hatte er sie schon hochgehoben, als würde sie kaum mehr wiegen als ein Kätzchen – was nicht den Tatsachen entsprach – und trug sie durch den Tunnel.

Sie waren in die milde Luft des späten Abends hinausgetreten, ehe Merrie ihre Sprache wiederfand. »Lass mich runter! Bist du verrückt geworden?«

»Zweifellos«, antwortete Rutherford. »Das scheint ansteckend zu sein.« Er schlug den Weg zum Strand hinunter ein. »Ich habe die Absicht, zu schwimmen«, erklärte er ihr so ganz nebenbei. »Und du wirst mitkommen.«

Es war eher ein Bescheid als eine Frage. Meredith, die sich hin und her gerissen fühlte zwischen Empörung und Lachen, wurde auf die Füße gestellt und dann recht schnell entkleidet. All das geschah im Handumdrehen und mit viel Geschick, das nichts mit dem langsamen Entkleiden gemein hatte, das er bis jetzt zu zelebrieren pflegte. Ähnlich rasch zog er auch sich selbst aus, nahm sie in seine Arme – seine Hände und Lippen drückten in ihrer Heftigkeit seine Stimmung aus –, während er sie an sich gepresst hielt.

Die Nachtluft auf ihrer nackten Haut, seine rauen Hände, die über ihren Körper glitten, seine wachsende Erregung, die sich gegen ihren Schenkel drängte, führten Meredith in eine Welt der Gefühle, die erfüllt war von ihrer beider Leichtsinn. Ihre Zehen gruben sich in den Sand, ihre Brustspitzen richteten sich auf unter dem Kitzel seiner krausen Behaarung, ihr Hintern presste sich zusammen, als er sie an sich zog, als solle sie mit ihm verschmelzen. Sie stöhnte an seinem Mund, ihre Hände schlossen sich um ihn, und sie öffnete sich ihm, mit ihrer Hand führte sie ihn zur Vereinigung.

»Lege die Arme um meinen Hals«, flüsterte er. Als sie ihm gehorchte, fasste er unter ihre Knie und hob sie hoch, während er gleichzeitig tief in sie eindrang.

Merrie schlang die Beine um seinen Rücken. Sie küsste ihn, saugte an seiner Unterlipe mit dem verzweifelten Verlangen eines Dürstenden in der Wüste. Gegenwärtig existierte nichts anderes als dieser Strand, auf dem die beiden nackten Liebenden von jedem Spaziergänger in der milden Nachtluft, von jedem Fischer, der nach seinen Hummerkörben sah, deutlich zu erkennen gewesen wären. So etwas Verrücktes hatte sie noch nie getan – aber diese verrückte Idee stammte ausnahmsweise nicht von ihr.

»Ist das leichtsinnig genug für dich, meine liebe Abenteurerin?«, erkundigte Damian sich, der sie plötzlich losließ, sodass sie an ihm hinunterglitt, bis ihre Füße wieder den Boden berührten. »Komm, wir wollen schwimmen!«

Merrie stieß ein ungewolltes Wimmern aus, als er nach ihren Händen griff und sie in die Brandung zog. »Ich möchte nicht schwimmen. Warum müssen wir aufhören?«

»Wenn du noch nicht den Genuss der Vorfreude kennst, du kleiner Hitzkopf, dann freue ich mich schon darauf, ihn dir beizubringen«, erklärte Rutherford und lief in die Brandung, wobei Merrie ihm gezwungenermaßen folgte. »Man kann sehr viel gewinnen, wenn man die Freuden stets ein wenig hinausschiebt, mein Liebling!«

Als das Wasser ihre Oberschenkel erreicht hatte, blieb er stehen und presste sie an sich; einen Arm legte er um ihre Taille, mit der anderen Hand hob er ihr Kinn. Er lächelte, doch es lag etwas in seinem Blick verborgen, das sie nicht entschlüsseln konnte – eine Mischung aus Verlangen, Schmerz, eisernem Willen. Dann schlossen sich ihre Augen unter seinem Kuss; er nahm die Hand von ihrem Kinn, um ihre Brüste über dem Wasser zu streicheln, das den unteren Teil ihrer Körper umspülte. Sanft rollte er die hart aufgerichteten rosigen Spitzen zwischen Daumen und Zeigefinger, bis sie stöhnte und bebte, und ihre pulsierende Hitze so sehr mit dem kalten Meer kontrastierte. Damian bog ihren Leib ein wenig zurück über den Arm, den er um sie gelegt hatte, während die andere Hand über ihren Bauch glitt und seine Finger mit dem weichen, krausen Haar zwischen ihren Schenkeln spielten. Mit dem Knie schob er ihre Schenkel auseinander, sodass sie die kühle Berührung des Meeres fühlte. Dann folgten seine Finger dem Wasser und drangen tief in sie ein, bis sich ihr leises Stöhnen zu Schreien der Lust steigerte. Das Meer wurde genauso zu einem Instrument des Genusses wie seine Hand; gleichzeitig zog er sie in immer tieferes Wasser, bis sie frei in seinem Arm schwebte und ihr Körper offen war für sein Tasten. Als sie glaubte, es nicht länger ertragen zu können, zur Gänze eins mit dem Element Wasser, das sie hielt und liebkoste, zusammen mit diesem Mann, trug er sie an das Ufer, wo er sie in der flachen Brandung niederlegte. Der Sand unter ihr bewegte sich rhythmisch mit den Wellen, als er sie liebte mit dem wilden Drang seiner eigenen Leidenschaft, die er in den Momenten ihres Glücks zurückgehalten hatte. Und dieses Glück war nichts verglichen mit dem Höhepunkt, den sie jetzt erreichte, gefangen zwischen seinem Körper, dem rubbelnden Sand und dem Meer.

Erschöpft lagen sie beieinander und hielten sich in den Armen, ließen sich von den flachen Wellen massieren, bis Damian schließlich seine Lippen von ihren löste und sie mit sich hochzog. Verträumt wuschen sie sich gegenseitig den Sand von der Haut. Meredith begann zu zittern, und Damian, der mit einem Ruck in die Wirklichkeit der kühlen Nachtluft und des kalten Wassers auf ihren erhitzten Körpern zurückkehrte, griff nach ihrer Hand.

»Du musst dich bewegen, Liebling«, befahl er, »sonst erkältest du dich!« Er begann, am Strand entlangzulaufen, und zog sie hinter sich her. Zuerst stolperte Merrie und protestierte über diese rüde Unterbrechung der Verzauberung; doch dann, als das Blut wieder schneller durch ihre Adern floss und das Salzwasser auf ihrer Haut trocknete, lachte sie jubelnd auf; sie sputete sich, um mit ihm Schritt zu halten, ihr Haar flog im Wind.

Erst als Damian fand, dass sie beide trocken und einigermaßen warm waren, hörte er auf zu rennen. Lachend und einander berührend zogen sie sich hastig an und kehrten in die von der Lampe erhellte Höhle zurück, wo der Burgunder auf sie wartete.

»Du bist genauso wild auf ein Risiko wie ich!« Meredith lachte vergnügt und stellte sich auf die Zehenspitzen, um ihn zu küssen. »Noch mehr sogar, glaube ich.«

»Da ich mit dem Schmuggel konkurrieren muss, um dir genügend Aufregung zu bieten, habe ich keine andere Wahl, wie mir scheint.«

Meredith trat einen Schritt zurück und zuckte zusammen, als hätte er sie geschlagen. »Dann hast du das alles nur aus Zorn getan?«, fragte sie leise.

Rutherford runzelte die Stirn und drückte Daumen und Zeigefinger gegen seine Schläfen. »Am Anfang«, begann er langsam, »war ich wütend – aber mein Zorn ist nicht weiter gegangen als bis zu unserer ersten Berührung.« Eine Weile lang betrachtete er sie ernst, dann verzog sich sein Mund zu einem kleinen Lächeln. »Es soll so sein, wie du es dir wünschst, Merrie Trelawney – ein Abenteuer! Ich bin nicht so dumm, das zu gefährden, was ich habe ... nur weil es nicht so weit gehen kann, wie ich es gern hätte.«

Aus irgendeinem Grund tröstete diese Bemerkung sie nicht. Es war, als würde er sie rügen wegen eines kümmerlichen Angebotes gegenüber seiner eigenen Großzügigkeit. Doch Merrie wusste, dass sie die richtige Entscheidung getroffen hatte. Sie besaß genug Vertrauen, um das zu akzeptieren, was die Welt ihr anbot: eine großherzige Frist. Es war nicht möglich, dass zwei Menschen aus so grundlegend unterschiedlichen Rängen der Gesellschaft in einer Ehe zusammenkommen konnten. Rutherford benahm sich nicht wie der Sohn und Erbe des Herzogs von Keighley, und dieses uncharakteristische Benehmen gefiel ihm offenbar. Aber jemand musste ihn davon abhalten, einen schrecklichen Fehler zu begehen – der ihrer beiden Leben ruinieren könnte. Ihrer beider Leben? Meredith lachte innerlich freudlos auf. Es würde Damians Leben ruinieren, so sicher wie die Sonne morgen wieder aufging. Sie dagegen würde dann im Luxus schwelgen, ihre Zukunft und die ihrer Brüder wären für den Rest ihres Lebens gesichert. Rutherford würde niemals sein Wort brechen, wie sehr ihn sein Fehler auch quälen mochte. Und wenn er feststellte, dass eine unkonventionelle Frau aus Cornwall nicht die Gemahlin war, die er brauchte oder wirklich wollte – dann würde er sich dieser schrecklichen Fehleinschätzung stellen müssen. Nein, wirklich, jetzt musste Meredith für sie beide denken.

Sie stellte aber fest, dass sie doch nicht weiter zu denken brauchte. In den nächsten Tagen sprach er nicht mehr von Heirat. Bei Nacht in der Höhle liebten sie einander herrlich und frei von Sorgen oder Konflikten. Ihre Tage wurden von ihrem gemeinsamen Geheimnis belebt, und Damian stellte fest, dass sein Talent als Schauspieler von Stunde zu Stunde wuchs. Merrie zog alle Register versteckter Andeutungen, die sie mit sanfter Stimme aussprach, sodass sie beide oft große Schwierigkeiten hatten, nach außen hin züchtig zu erscheinen. Und da sie derzeit keine Lieferung plante, hatte er auch keine Angst um ihre Sicherheit.

Doch dieser glückliche Zustand währte leider nur kurz!

12

In Fowey machte Meredith zum ersten Mal die Bekanntschaft mit Leutnant Richard Oliver. Sie hatte gerade jüngste Geschäfte mit Anwalt Donne zu ihrer Zufriedenheit abgeschlossen; gut gelaunt bestellte sie einen Ballen graues Kammgarn der feinsten Qualität, von dem für Theo und Rob Anzüge geschneidert werden sollten, ehe sie im nächsten Monat nach Harrow zurückkehrten. Es freute sie, dass sie bei dieser Ausgabe nicht zu knausern brauchte, und sie bestellte für jeden noch drei neue Hemden dazu.

»Sie werden die jungen Herren zur Anprobe herbringen, Lady Blake?« Sam Helford, der Schneider, geleitete sie unter etlichen Bücklingen zur Tür; er war genauso begeistert wie seine Kundin über diesen beachtlichen Auftrag.

»In der nächsten Woche«, stimmte Meredith ihm zu und zog ihre Handschuhe über. »Ich werde allerdings Rob wahrscheinlich festbinden müssen, um das zu schaffen.«

Sam lachte leise. Er nähte für die Trelawneys wie bereits sein Vater vor ihm, seit er von dem das Geschäft übernommen hatte. Sein Lachen erstarb allerdings, als er auf die Straße hinausblickte. Er spuckte verächtlich in den Staub. »Verdammte Küstenwache! Sehen Sie sich nur den feinen Pinkel an, den sie von Bodmin hergeholt haben!«

Meredith hob ihren Blick. Ein untadeliger Gentleman in einem scharlachroten Rock mit Epauletten, dunkelblauen Hosen und einem keck sitzenden Hut, stand auf der Treppe zum Zollhaus. »Wer ist er, Sam?«

»Er kommt vom Regiment in Bodmin!« Noch einmal spuckte Sam aus. »Man hat ihn geschickt, um dem faulen Haufen in den Hintern zu treten, Entschuldigung, Mylady! Die letzte Lieferung und der Madeira vor der Tür hat ihnen den Rest gegeben. Sie wollen es nicht auf sich sitzen lassen, dass eine Bande von Schmugglern die Finanzbehörde an der Nase herumführt!«

»Nein, in der Tat nicht«, pflichtete Meredith ihm nachdenklich bei. Bart hatte ihr bereits von dem Neuankömmling erzählt, aber das konnte sie Sam natürlich nicht verraten. »Ich bin gar nicht im Bilde. Seit wann ist er denn hier?«

»Seit zwei Tagen«, berichtete Sam. »Man sagt, er wütet förmlich im Zollhaus. Er glaubt, dass er die Truppe dazu bringen kann, über sich selbst hinauszuwachsen.« Sams sarkastisches Lachen zeigte, was er davon hielt.

Meredith zuckte gespielt gleichgültig die Schultern. »Er wird bei den Leuten in unserer Gegend wohl kaum willkommen sein, würde ich behaupten.« Dann runzelte sie die Stirn. Lord Rutherford erschien an der Straßenecke, er ritt auf das Zollhaus und den Soldaten auf der Treppe zu.

»Eher bei den Fremden, wie es scheint«, brummte Sam und beobachtete, wie die beiden Männer einander begrüßten. »Aber was kann man schon von einem Londoner erwarten? Es wird Zeit, dass der Lord dahin zurückkehrt, wo er hergekommen ist.«

Meredith konnte sich ein Lächeln nicht verkneifen. Fremde wurden von den Leuten im Ort stets voller Misstrauen beobachtet. Nicht einmal seine Verwandtschaft mit Matthew Mallory reichte aus, dass die Einheimischen Rutherford akzeptierten. Und er würde sich erst recht nicht beliebt machen, wenn man ihn freundlich mit der verachteten Finanzbehörde umgehen sah.

Meredith verabschiedete sich von Sam, dann überquerte sie die Straße ebenfalls Richtung Zollhaus. Man würde das nicht als ungewöhnlich ansehen, weil sie ja Lord Rutherford kannte. Außerdem wurde er oft genug in der Gesellschaft ihrer Brüder gesehen, sodass es sich für sie gehörte, ihn zu begrüßen.

»Guten Morgen, Lord Rutherford!« Sie streckte ihm die Hand entgegen und blinzelte in dem hellen Sonnenlicht, das sich im Wasser des Flusses Fowey spiegelte.

»Lady Blake! Ihr Diener, Ma'am!« Er beugte sich nach unten und nahm ihre Hand, dabei drückte er fest zu. Ihre Blicke hielten einander für einen Augenblick gefangen, voller Verschmitztheit und Erinnerung, ehe er sie vorstellte: »Ich denke, Sie haben Leutnant Oliver noch nicht kennen gelernt, Ma'am. Er ist gerade erst aus Bodmin eingetroffen, um die Soldaten der Zollbehörde zu kommandieren.«

»In der Tat«, sagte sie kühl. »Angenehm, Leutnant!«

Der Soldat schlug die Hacken zusammen und verneigte sich vor ihr. »Mylady, es ist mir eine Ehre!«

»Sie sind also gekommen, um gegen den unverschämten Schmuggler anzutreten, der Geschenke für die Küstenwache hinterlässt?« Ihr Lächeln war seidenweich und verdeckte nicht den Anflug von Verachtung in ihrer Stimme.

Der Leutnant lief dunkelrot an. Es war der Unterton in ihrer Stimme, den er sich von allen – bis auf Lord Rutherford – gefallen lassen musste. »Dieser ganz besondere Gentleman wird sich schon bald am Ende eines Seils im Kerker von Bodmin wiederfinden, Ma'am«, erklärte er steif. »Er wird feststellen, dass unter *meinem* Kommando die Kräfte von Gesetz und Ordnung eine Macht sind, die er nicht verhöhnen sollte.«

»Ich bewundere Ihren Optimismus, Leutnant«, bemerkte Meredith überaus freundlich. »Guten Tag, meine Herren!« Sie machte einen kleinen Knicks, dann wechselte sie auf die andere Straßenseite, wo ihre Stute sie erwartete.

»Diese Cornwaller!«, knurrte der Leutnant. »Seit zwei Jahren bin ich in Bodmin, und ich verstehe sie immer noch nicht. Sie haben kein nettes Wort für Fremde übrig und keinen Respekt vor dem Gesetz. Aber ich werde den Schmuggler trotzdem fangen!«

»Ich wünsche Ihnen Glück, Leutnant!« Rutherford klang wirklich mitfühlend, und die grimmige Miene seines Gegenübers entspannte sich ein wenig.

»Natürlich, Mylord, wissen Sie genau, was ich meine – immerhin stammen Sie ja auch nicht von hier.«

»Ganz im Gegenteil, mir ist man mit großer Höflichkeit begegnet«, antwortete Damian. »Aber ich habe ja auch nicht die Absicht, die Belieferung mit Schmugglerware zu unterbinden.« Lachend nickte er dem Leutnant zu, dann wandte er Saracen um, um Merrie zu folgen, die mit ihrer Stute am Kai in Richtung der Straße nach Landreth entlangritt.

Er holte sie rasch ein. »Darf ich Ihnen Gesellschaft leisten, Lady Blake? Wie es scheint, haben wir das gleiche Ziel.«

»Unbedingt, Sir!« Sie lächelte, doch sah sie irgendwie abwesend aus.

»Was hältst du von unserem Freund, Leutnant Oliver?«, fragte er.

»Ein aufgeblasener Pfau«, verdammte sie ihn rundheraus.

»Du solltest ihn nicht unterschätzen, Merrie«, warnte Damian sie leise. »Ich habe mir die Mühe gemacht, einiges über ihn herauszufinden. Zwar kannst du ihn mit der gleichen Verachtung behandeln wie die kornischen Beamten, aber du tust das auf eigene Gefahr.«

Meredith schwieg, doch an ihrer Nasenwurzel bildete sich eine tiefe Falte. »Ich unterschätze ihn ja nicht«, erklärte sie schließlich. »In der Tat erkenne ich einen würdigen Gegner durchaus an! Sag mir, was du in Erfahrung gebracht hast.« Die Falte auf ihrer Stirn war verschwunden, sie wandte sich mit einem Blick zu ihm, in dem schelmische Neugier lag … und der ihren Begleiter mit bösen Vorahnungen erfüllte.

»Er ist ein Soldat von Rang, Merrie! Ein Mann, der mit Wellington gekämpft hat, bevor sein Regiment zurückgezogen wurde, um seinem Land daheim zu dienen. Du wirst feststellen, dass er sowohl über hohe Intelligenz als auch enorme Energie verfügt.«

»Umso besser! Die Herausforderung wird dem ganzen Unternehmen eine gewisse Würze verleihen.« Sie drängte ihre Stute zum Trab. Mit einem Seufzer folgte Rutherford ihr.

»Du wirst sicher zusätzliche Vorsichtsmaßnahmen treffen?«, fragte er.

»Aber bestimmt!« Sie lächelte zuversichtlich, doch das überzeugte ihn nicht. »Wir haben unseren Spion in ihren Reihen. Bis jetzt hat er noch nicht versagt.«

»Und wenn er entdeckt wird?«

Sie zuckte die Schultern. »Über die Brücke werden wir gehen, wenn es so weit ist!«

»Wäre es nicht angebracht, sich eine Weile zurückzuhalten?«, versuchte er vernünftig und distanziert zu argumentieren, um nicht ein ängstliches Bitten in seiner Stimme anklingen zu lassen.

»Aber denke doch nur, wie feige das wäre«, protestierte Merrie. »Außerdem ist bereits alles arrangiert.« Sie drängte ihre Stute zum schnellen Trab, und nach einem schockierten Augenblick, bis ihre Worte für ihn einen Sinn ergaben, donnerte er ihr nach.

»*Was* ist arrangiert?«

»Die nächste Lieferung. Sie kommt morgen Nacht.« Merrie winkte lässig ab. »Ich hätte es dir gesagt, wenn wir uns das nächste Mal begegnet wären.«

Er vergaß, dass sie sich auf einer öffentlichen Straße befanden, beugte sich zu ihr, griff nach den Zügeln der Stute und brachte sie zum Stehen. »Soll ich etwa glauben, dass du mir das gesagt hättest, auch wenn sich diese Unterhaltung nicht zufällig ergeben hätte?« Seine grauen Augen bildeten enge Schlitze.

»Ja, natürlich. Ich habe dir doch versprochen, dass ich es dir mitteilen würde, nicht wahr?« Sie war ein Bild reiner Unschuld. »Aber ich dachte, dass es leichter für dich sein würde, wenn du es erst in der letzten Minute erfährst. Dann hättest du weniger Zeit, dir Sorgen zu machen, verstehst du?«

Diese unbekümmerte Bemerkung machte Damian für einen Augenblick sprachlos. Dann fuhr er sie wütend an: »Eines Tages, Meredith, bin ich davon überzeugt, dass ich dir den Hals umdrehen werde, wenn das Gesetz das nicht bereits vor mir erledigt!«

»Oh, reg dich doch nicht so auf«, gurrte Merrie. »Es ist alles perfekt geplant, das versichere ich dir. Ich glaube nicht, dass Leutnant Oliver schon so bald nach seiner Ankunft etwas Derartiges erwartet. Er wird glauben, dass die Schmuggler vor dem Feuer fliehen, das er aussendet – wenigstens so lange, bis sie Zeit gehabt haben, seine mächtige Kraft auszuloten.«

»Wenn du das glaubst, bist du eine Närrin«, erklärte Damian knapp.

»Ich glaube es, und bin keine Närrin«, gab sie zurück. »Es erscheint mir wenig sinnvoll, zusammen zu reiten, wenn du dich doch nur mit mir streiten willst, Lord Rutherford.«

»Endlich sind wir uns einmal einig«, antwortete er erbittert und gab die Zügel der Stute frei. »Reite nur weiter, Lady Blake!«

Sie machte ein paar Schritte, dann hielt sie an und wandte sich zu ihm um. »Es tut mir Leid. Du hast Angst, und ich habe nicht das Recht, deine Sorgen leichtfertig abzutun. Für mich ist es einfacher, weil ich aktiv beteiligt bin. Ich verstehe, wie schwierig es für dich sein muss, bloß da zu sitzen und zu warten.«

»Es ist die Hölle!«, explodierte er. »Wenn du das verstehst, warum musst du mich dann so reizen?«

»Du kennst die Antwort, Liebling.« Lächelnd legte sie ihre

Hand auf seine. »Ich bin für die Lieferung morgen Nacht verpflichtet. Sie wurde festgelegt, und viel zu viele Leute sind daran beteiligt, als dass man den Plan ändern könnte. Nach dem morgigen Tag werde ich mit Bart reden.«

Rutherford stöhnte. »Im Moment muss ich mich damit wohl zufrieden geben.«

Hätte er sich ein wenig später an diesem Tag im Zollhaus als Fliege an der Wand aufgehalten, dann wäre er jetzt wohl weit entfernt von der Zufriedenheit – wahrscheinlich hätte er Meredith von ihrem Pferd gezerrt, sie über seinen Sattel gelegt und sie für immer von der Versuchung und aus der Gefahrenzone entfernt.

Seine Erfahrung mit den Menschen von Cornwall hatte Leutnant Oliver Vorsicht gelehrt. Ihm war deutlich geworden, dass die Anwesenheit gewisser örtlicher Beschäftigter im Zollhaus, die keine Mitglieder der Küstenwache Seiner Majestät waren, seine Pläne einer breiteren Öffentlichkeit zugänglich machen würden, als es sich vielleicht empfahl. Als Ergebnis dieser Überlegung war Lukes Schwager an diesem Abend bereits nach Hause gegangen, ehe der Leutnant seine Männer versammelte und ihnen seine Strategie erklärte. Es handelte sich um einen Plan, der in seiner Einfachheit wundervoll und leicht zu begreifen war. Statt zufällige Razzien an der Küste entlang zu machen, würden sie in *jeder* Nacht Wache halten. Sie wussten nicht, welcher Strand benutzt wurde; aber es musste einer der Strände an dem kurzen Küstenstreifen zwischen Fowey und Mevagissey sein. Vermutlich wurde ein Signal in irgendeiner Form vom Ufer aus gegeben. Sie stellten ganz einfach überall Wachposten auf.

Die Männer murrten, brummten etwas von Verschwendung von Zeit und Energie. Jede Nacht auf Wache zu sein, bedeutete, dass sie weniger Zeit in den Gasthäusern verbringen konnten. Das Gemeckere erstarb unter dem stahlharten Blick ihres Kommandanten. Da das einzige Zusammentreffen der Küstenwache bis jetzt mit den Schmugglern auf der Straße nach Landreth stattgefunden hatte, würden sie ihre Aktivitäten in den ersten Tagen auf diesen Ort konzentrieren – aber heimlich.

Leutnant Oliver blickte in den Kreis der aufsässigen Gesichter. »Heimlich«, wiederholte er. »Bleibt aus den Gasthäusern weg und haltet euch von den Dorfleuten fern! Ihr werdet nichts erfahren, wenn ihr zu sehen seid. Wir schnappen sie uns dann, wenn sie nicht ahnen, dass wir da sind. Nur ein einziges Mal müssen wir sie überraschen!« Die letzten Worte hatte er mit so ruhiger Überzeugung ausgesprochen, dass sich ein Anflug von Begeisterung auch auf den bis jetzt abweisenden Gesichtern seiner Zuhörer zeigte. »Nur einmal«, betonte er erneut, »und der Mann, der sich über die Gesetze Seiner Majestät lustig macht, wird euch gehören!«

Ein Raunen ging durch den Raum, und der Leutnant nickte zufrieden. »Es wird einige Zeit dauern, bis wir ihn nach Bodmin überführen. Möglicherweise werdet ihr ihn für einige Tage hier in Gewahrsam halten.«

Diese Vorstellung war Anreiz genug, dem Leutnant eine willige und eifrige Truppe zu liefern. »Wir fangen heute Abend an«, erklärte er knapp und entrollte eine genaue Karte des umliegenden Gebietes.

In dieser Nacht waren an allen wichtigen Punkten entlang der Landzunge zwischen Fowey und Mevagissey Wachen aufgetellt, und wenn ein Licht am Devil's Point aufgeblitzt hätte, wäre es ihrer Aufmerksamkeit nicht entgangen. Alles blieb jedoch ruhig, weil diejenigen, nach denen sie suchten, heute Abend ihren normalen Geschäften nachgingen.

Als Lord Rutherford kurz vor Mitternacht das Liebesnest in den Klippen verließ, hatte er die Stirn nachdenklich gerunzelt. Meredith war so fröhlich und liebevoll gewesen wie immer, und er brachte weder Heirat noch Schmuggel aufs Tapet. Er hatte ihr geholfen, ihre kleine Zuflucht abzubauen, um für die Lieferung der nächsten Nacht Platz zu schaffen, und der grimmige Ernst ihrer Arbeit hatte einen starken Kontrast gebildet zu dem leichtfertigen Geplänkel ihres vorherigen Spiels. Beim Abschied hatte sie sich ein wenig länger und fester als sonst an ihn geklammert, was ihm bewies, dass sie sich trotz all ihrer Sorglosigkeit sehr wohl der Gefahr bewusst war. Wenn sie doch nur nicht so uneinsichtig wäre, überlegte er mit dem wohlbekannten Gefühl hilfloser Frustration.

Saracen wieherte leise zur Begrüßung, als Rutherford an dem Wäldchen ankam, wo der schwarze Hengst sich bereits an seinen nächtlichen Aufenthalt unter den Sternen gewöhnt hatte. Damian entschied, zur Abwechslung über den Klippenweg zum Mallory-Haus zurückzureiten und nicht über die Felder; deshalb lenkte er seinen Hengst dem dunklen Meer zu, auf dem die weiße Gischt der Brandung im Mondlicht leuchtete. Es war eine herrliche Küste aus zerklüfteten Felsen, die sich steil aus der schäumenden Brandung erhoben, mit langen weißen Stränden in ruhigen Buchten, deren Tücken man in einer ruhigen Nacht kaum verstehen konnte; doch nur die geschicktesten Seeleute, die sich in diesen Gewässern auskannten, wagten es, über die Landspitze hinaus zu fahren.

Eine Bewegung auf der Seite des Weges, die zum Feld lag, bewirkte, dass sich die Haare in seinem Nacken sträubten. Wer konnte zu dieser Stunde noch unterwegs sein? Es sei denn, es waren heimliche Liebende, die von einem Stelldichein zurückkehrten. Eine vage Möglichkeit! Rutherford wurde klar, dass er dummerweise bis auf seine Reitpeitsche keinerlei Waffe bei sich trug. Also, mit der Anwesenheit von Straßenräubern in dieser kleinen, eng zusammengewachsenen Gemeinde hatte er niemals gerechnet. Saracen warf den Kopf zurück, die Haut an seinem langen, muskulösen Hals bewegte sich. Auch er war sich der Gefahr bewusst, er spürte jemanden in der Nähe.

Wer auch immer es sein mochte, er zeigte sich nicht; aber während des ganzen Rittes ahnte Rutherford die Blicke in seinem Rücken. Seine Kopfhaut prickelte, weil er wusste, dass es heimliche Beobachter gab, und dies Gefühl verstärkte sich noch.

Am nächsten Morgen ritt er nach Pendennis.

»Sie finden Lady Merrie in der Bibliothek, Mylord«, gab Seecombe Auskunft. Rutherford nickte dankend. Er war nie sicher, ob der Diener seine Besuche wirklich guthieß. Ganz sicher zeigte er keine besondere Höflichkeit, aber wenigstens verhielt Seecombe sich jetzt weniger unfreundlich als in den ersten Tagen.

»Guten Morgen, Sir!« Rob erschien oben auf der Treppe und schwang ein Bein über das Geländer.

»Wagen Sie es nicht, Master Rob«, schimpfte Seecombe. »Dieses Treppengeländer ist nicht dafür gemacht, einen schweren Jungen zu tragen!«

»Oh, Unsinn!«, widersprach Rob und rutschte mit einem begeisterten Aufschrei das glänzende Geländer hinunter, um dann kurz vor dem Pfosten anzuhalten.

Sein Strahlen erstarb allerdings auf der Stelle unter dem vernichtenden Blick Seiner Lordschaft, der nichts sagte, sondern nur seine Handschuhe auszog und sie zusammen mit der Reitpeitsche auf den Tisch legte, ehe er Seecombe in die Bibliothek folgte. Der gescholtene Rob beschloss ausnahmsweise, den beiden nicht zu folgen, und kehrte nach oben zurück.

»Lord Rutherford, das ist aber eine Überraschung!« Meredith blickte von dem Stapel Geschäftsbücher vor ihr auf.

»Eine angenehme, will ich hoffen!« Er verbeugte sich vor ihr.

Seecombe schloss die Tür. »Was ist los, Liebling?«, fragte

Meredith. »Ich dachte, du wolltest mich heute nicht mehr ablenken. Deine Anwesenheit wirkt tatsächlich *höchst* ablenkend.« Ihre Worte begleitete ein viel sagendes Lächeln und ein sinnlicher Blick aus ihren enzianfarbenen Augen.

»Ich werde dich nicht lange aufhalten«, kam er gleich zur Sache, ohne auf ihre Einladung einzugehen. »Eigentlich wollte ich auch nicht stören, aber es könnte wichtig sein.«

Bei seinem ersten Ton runzelte Meredith die Stirn. »Du scheinst ein wenig verstimmt, Sir. Habe ich etwas getan, was dich gekränkt hat?«

»Es ist Angst, keine Verärgerung«, korrigierte er. »Obwohl in meinem Umgang mit dir die beiden Gefühle häufig nicht zu unterscheiden sind, muss ich zugeben!«

Die Tür öffnete sich, und Seecombe trat mit Sherry auf einem Tablett ein. Merrie machte eine allgemeine Bemerkung über das Wetter. Damian nahm sich ein Glas und antwortete entsprechend. Seecombe verschwand wieder.

»Ist etwas passiert, das mehr als nur deine übliche Furcht ausgelöst hat?«, fragte Merrie ihn direkt.

»Nicht ganz.« Er erzählte ihr von seinem Erlebnis am vergangenen Abend und war erleichtert, dass sie es nicht als ein Hirngespinst ansah.

»Wir haben einen alternativen Plan für Notfälle«, meinte sie langsam. »Obwohl wir noch nie gezwungen waren, ihn anzuwenden, wäre es in diesem Fall eine kluge Vorsichtsmaßnahme. Wenn unser Freund Oliver wirklich Wache hält, dann werden wir unsere Aktivitäten ein wenig verschieben.« Ihre Augen leuchteten, und ihre Daumenspitzen schoben sich zwischen ihre Zähne – eine Geste der Erregung.

»Was willst du damit sagen?«, hakte Rutherford nach.

»Ich meine, Liebling, dass es heute Nacht keinen Ausflug zur Höhle geben wird«, antwortete sie fröhlich. »Der Leutnant wird enttäuscht sein, und ich glaube nicht, dass es seine

Männer gemütlich finden, für eine sehr lange Zeit Nacht um Nacht vergebens stramm zu stehen.«

»Du willst die Lieferung absagen?« Er betrachtete sie eingehend.

»Nun ja, nicht direkt«, wich Merrie aus und wünschte, sie könnte ihn genauso frech anlügen wie all die anderen auch.

»Was denn?«, bohrte er weiter.

»Wir werden die Lieferung nicht in die Höhle bringen, wie ich schon gesagt habe. Während die Küstenwache hier Ausschau hält, werden die Waren an einen anderen Ort geschafft, in die Nähe von Polruan, auf der anderen Seite von Fowey. Wir benutzen dieses Ausweichlager normalerweise nicht, weil es zu umständlich ist für die Lieferungen danach. Der Leutnant wird nichts vermuten, und hier lenken wir ihn ein wenig ab – nur um sein Interesse für diesen Teil der Welt aufrechtzuerhalten!« Sie lächelte beruhigend, dann erhob sie sich. »Ich bin dir dankbar für deine Warnung – du kannst sicher sein, dass ich sie berücksichtigen werde. Aber jetzt möchte ich dich bitten, mich zu entschuldigen. Da sind einige Leute zu informieren, wenn wir auf so kurze Sicht unsere Pläne ändern müssen.«

»Es wird noch einmal ein Zeitpunkt kommen, Merrie Trelawney, an dem du mich nicht ungestraft wegschickst«, erklärte Damian. »Ich warne dich!« Er stellte sein Sherryglas auf den Tisch, nickte kurz zum Abschied und machte sich wieder auf den Weg.

Meredith sah ihm unglücklich nach, als die Tür hinter ihm ins Schloss fiel. Sie hatte wirklich sehr brüsk geklungen, zweifellos hatte sie seinen Stolz verletzt. Aber es war beinahe unmöglich, das süße, liebevolle Kätzchen zu spielen, wenn sich all ihre Gedanken und ihre ganze Energie auf die Bildung und Ausführung eines waghalsigen Plans richteten, der die Küstenwache verwirren und die sichere Landung des Schmuggelgutes sichern sollte. Hier wurde ein weiteres Anzeichen für die Unmöglichkeit einer Ehe zwischen einem Lord Rutherford und einer Merrie Trelawney sichtbar. Vielleicht begann Damian auch endlich, das einzusehen. Schon seit einer Ewigkeit hatte er das Thema nicht mehr angeschnitten. Was meinte er aber dann mit seiner letzten Warnung? Vielleicht hatte sie ja gar nichts zu bedeuten. Sie rieb sich die Schläfen, schob diese Frage beiseite und ging hinauf, um sich umzuziehen. Sie musste ins Dorf reiten und mit Bart sprechen. Er würde die Botschaft und die Anweisungen an die anderen weitergeben.

Also verließ bei Sonnenuntergang ein Fischerboot den Hafen von Landreth und segelte an der Landspitze und den gefährlichen Klippen vorbei. Auf offener See drehte es bei, mit Lichtern am Bug und Heck. Das französische Boot, das ohne Lichter segelte, wechselte bei seinem Auftauchen den Kurs. Als das Fischerboot sich auf Polruan zubewegte und seine Lichter löschte, biss sich Jacques auf die Unterlippe – er wusste Bescheid. Etwas stimmte nicht, aber Merrie hatte offensichtlich nicht die Absicht, die Lieferung ausfallen zu lassen. Die Ausweichstrecke stellte für Jacques kein Problem dar, doch für die Männer aus Cornwall war das Risiko wesentlich größer. Sie mussten weiter reiten, um in die Sicherheit ihres Zuhauses zu gelangen, und viele extra Meilen hatten sie zurückzulegen, wenn die Waren ausgeliefert werden sollten. Jedoch trug dafür nicht Jacques die Verantwortung. Merrie hatte diese Entscheidung getroffen, und wenn ihre Männer bereit waren, ihrem Anführer zu folgen, dann wussten sie wahrscheinlich, was sie taten.

Meredith selbst saß nicht in dem Fischerboot, und sie war auch nicht unter den Männern, die am Strand in der Nähe von Polruan warteten. Mit drei anderen hielt sie sich in der Höhle unterhalb von Pendennis auf.

»Dann sind wir uns also einig, Luke. Du wirst das Signal mit der Laterne vom Strand aus geben. Es wird unsere Verfolger anziehen wie Motten das Licht. Tod, du findest dich mit den Ponys dort ein. Wenn die Küstenwache kommt, wirst du die Tiere auseinander treiben und so in der Dunkelheit große Verwirrung stiften. Die Küstenwache erwartet natürlich Ponys, und sie werden denken, dass sie die Männer überrascht haben, die mit ihnen unterwegs sind.« Sie lachte leise, und ihre Zähne leuchteten in ihrem Gesicht, das sie mit angekohlten Korken geschwärzt hatte. »Sie schauen dann dumm aus der Wäsche, denn in der Verwirrung seid ihr beiden über den Pfad verschwunden. Anschließend werden Joss und ich unseren Teil der Aufgabe übernehmen. Wie Hasen und Hunde. Wir liefern ihnen eine hübsche Verfolgungsjagd, das schwöre ich! Und da sie mit uns beschäftigt sind, haben sie keine Augen für Polruan.«

Ihre Begleiter waren Männer von wenigen Worten, sie drückten ihre Zustimmung aus, indem sie sich zum Eingang der Höhle begaben.

Leutnant Oliver und seine Leute, die sich entlang der Küstenstraße verteilt hatten, mit den Füßen stampften und in ihren Zähnen bohrten in Erwartung einer weiteren erfolglosen Nachtwache, sahen das unmissverständliche Aufblitzen eines Signals – ein Licht, das für einen Augenblick zu sehen war und dann erlosch. Das Signal wurde oft genug wiederholt, damit sie es auch wirklich bemerkten – sehr zur Belustigung des Leutnants. Die Männer aus Cornwall waren Holzköpfe, trotz all ihrer argwöhnischen Feindseligkeit! Es dauerte beinahe eine Stunde, ehe sie sich alle auf der Klippe über dem Strand versammelt hatten, von wo das Lichtsignal ausgegangen war. Doch die Verzögerung störte Leutnant Oliver nicht. Er hatte die Absicht, die Schmuggler auf frischer Tat zu ertappen, und es war anzunehmen, dass es mindestens eine Stunde dauern würde, ehe ihr Boot es bis zum Strand geschafft hatte. Als er sich umschaute, hätte der Anblick, der sich ihm bot, selbst das

Herz einer Leiche erfreuen können. Dunkle Schatten bewegten sich im Sand, Männer und Ponys. Ein kleines Boot, viel kleiner übrigens, als er erwartet hatte, wurde aus der Brandung gezogen. Es reichte. Er feuerte als dramatische Warnung für die Leute dort unten seine Pistole in die Luft – doch sie hatten keinen Fluchtweg – und gleichzeitig als Signal für seine eigenen Männer, die hinter ihrem Befehlshaber dreinstürmten.

Die Ponys, die durch den Schuss bereits verschreckt waren, brauchten keine weitere Ermunterung mehr von den Dornenzweigen, mit denen Toddie wedelte. Sie stampften schnaubend umher, und als sich dann auch noch eine Horde Männer mit gezogenen Schwertern und Musketen zwischen sie drängte, wurden sie wild. Tod und Luke amüsierten sich einen kurzen Augenblick, vergrößerten das Durcheinander noch, indem sie immer wieder zwischen den Ponys auftauchten, um die Küstenwache zu foppen, die nicht mehr wusste, wo sich der Feind befand oder ob es überhaupt einen solchen gab. Immer, wenn sie eine dunkle Gestalt sahen, anscheinend gesichtslos bis auf das weiße Aufblitzen der Zähne oder der Augen, wurde ihre Angriffslust neu geweckt.

Tod und Luke hatten das Tohuwabohu verlassen und waren sicher auf dem schmalen Pfad, als ein weiterer Schuss aus einer Pistole ertönte, Merries Stimme sich über dem Durcheinander erhob und vor allem die Begeisterung der Küstenwache anfeuerte. »Lauft, Jungs. Jeder Mann ist jetzt auf sich selbst gestellt!«

Leutnant Oliver entdeckte eine Gestalt am Strand, die ein kleines Schwert in der einen und eine rauchende Pistole in der anderen Hand hielt. Eine weitere Gestalt rannte auf den Klippenpfad zu. Der Soldat hatte keine Ahnung, was dort unten geschah; aber er wollte unbedingt etwas in der Hand haben, womit er die Arbeit dieser Nacht beweisen konnte. Wenn er schon als Narr hingestellt werden sollte, dann wollte er denjenigen erwischen, der ihm diesen Streich gespielt hatte. Nachdem er den Mann ein paar Stunden bearbeitet hätte, würde der mehr als froh sein, Leutnant Oliver all die Informationen zu geben, die er brauchte.

Er brüllte einen Befehl, und seine weithin verstreute Streitmacht ließ von den Ponys ab. Zwei Gestalten rannten den Pfad zu den Klippen hinauf, ihre Verfolger waren ihnen dicht auf den Fersen. Oben angelangt trennten sich die beiden, und der Leutnant hielt eine Sekunde lang inne. Er brauchte nur einen von ihnen. Sollte er jetzt seine Männer aufteilen oder alles auf eine Karte setzen? Der kleinere der beiden Gesellen wandte sich plötzlich um. Ein Lachen, voller Freude und mit einem spöttischen Unterton, erfüllte die Nachtluft, und dem Soldat lief ein Schauder vom Kopf bis hin zu den Fußsohlen. Er wurde ausgelacht – und gleichzeitig mit ihm die Armee Seiner Majestät sowie die Kräfte von Gesetz und Ordnung! Er ging auf die Gestalt los, mit dem Schwert in der Hand.

Merrie war bereit für ihn. Sie wehrte seine Klinge mit ihrer eigenen ab, sprang vor und spürte den Widerstand eines Körpers an ihrer Schwertspitze, hörte das Reißen von Stoff – wenn sie jetzt zögerte, würden die anderen über sie herfallen ... deshalb wirbelte sie herum und rannte los. Ein Schmerz in ihrem Oberschenkel überraschte sie. Es brannte, als hätte sie einen tiefen Schnitt erhalten. Als sie die Hand auf die Stelle legte, fühlte sie an ihren Fingern eine feuchte, klebrige Wärme. In dem Moment ihrer Drehung hatte der verwundete Leutnant in einer unbarmherzigen Attacke zugestoßen, um sein eigenes Zeichen zu setzen. Merrie hatte den Schwertstoß gar nicht gespürt, doch einen Augenblick später begriff sie, was geschehen war. Das Brennen wurde zu einer echten Pein, und die warme, klebrige Flüssigkeit rann an ihrem Bein hinunter, durchnässte ihre Hose. Je schneller sie rannte, desto heftiger würde die Wunde bluten. Sie verließ den Weg und lief durch die Felder, drückte ihre Hand auf ihren Oberschenkel als eine provisorische, aber vergebliche Aderpresse. Sie waren noch immer hinter ihr her. Ihre Anzahl entzog sich ihrer Kenntnis, und sie hatte auch keine Ahnung, ob einer von ihnen Joss verfolgte oder ob alle Hunde einen einzigen Hasen jagten. Unverwundet hätte sie keine Schwierigkeiten. Sie kannte die Gegend wie ihre Hosentasche und hatte ihren Weg geplant. Normalerweise hätte sie ihre Verfolger jederzeit abhängen können; aber jetzt war ihr Weg mit roten Tropfen Lebensblut gekennzeichnet, das zwischen ihren Fingern versickerte. Das Schilfrohr von Withy Brook lag vor ihr. Nur im Wasser konnte sie ihre Spur verwischen. Sie ließ sich auf den Bauch nieder und bahnte sich einen Weg zwischen dem Schilf hindurch in das kalte, lehmige Wasser des Baches, in dem Rob seine Forellen fing. Sie konnte hören, wie ihre Verfolger durch das Schilf stürmten, wie sie fluchten und Kraftausdrücke brüllten; doch nur ihr Kopf ragte noch aus dem Wasser, und das auch nur für die Sekunden, die sie brauchte, um Atem zu holen, ehe sie wieder untertauchte.

Als die Stimmen erstarben, kam Merrie an die Oberfläche zurück und begann zu überlegen. Das lehmige Wasser um sie herum war rot gefärbt, ihr Oberschenkel fühlte sich eigenartig taub an, und in ihren Ohren summte es schwach. Eine halbe Meile hinter dem Bach lag Mallory-Haus.

Wenn sie den Bach durchquerte, würde die Blutspur unterbrochen werden, und die Verfolger würden wohl eine Weile brauchen, ehe sie sie wieder fanden. Sie hatten noch nicht aufgegeben, so viel stand fest. Damian war Merries einzige Hoffnung – es sei denn, sie wollte hier im Withy Brook verbluten. Keine sehr angenehme Aussicht! Ein gewisser Galgenhumor bemächtigte sich ihrer, als sie durch den Bach watete und dann durchs Schilf auf der anderen Seite kroch. Dort ließ sie ihre

Pistole und das kleine Schwert zurück. Sie würden ihr nicht mehr viel nützen. Die Geräusche ihrer Verfolger waren jetzt weiter hinter ihr. Offensichtlich hatte der Leutnant seine Männer dazu angehalten, die Felder auf der anderen Seite des Baches zu durchkämmen. Wenn sie keine Spur von ihr fanden, würde es wohl nicht lange dauern, bis der Soldat, falls er so intelligent war, wie Damian behauptete, zwei und zwei zusammenzählte und den Bach überquerte. Sie würden ihre Spur sehr schnell wieder finden. Vielleicht fünf oder zehn Minuten hatte sie gewonnen, die sie dazu nutzen konnte, Mallory-Haus zu erreichen. Wie sie Damian aufwecken sollte, war ein Problem, über das sie nachdenken würde, wenn sie dort ankam.

Rutherford jedoch schlief keineswegs. Eine Stunde lang hatte er in Cousin Matthews Himmelbett gelegen und auf die verblichenen Muster aus Drachen und anderen schlangenartigen Gestalten im Baldachin über ihm gestarrt. Doch dieser herrliche, sorglose Zustand des Versinkens wollte sich nicht einstellen. Mit einem gemurmelten Fluch sprang er aus dem Bett, betätigte einen Feuerstein und zündete damit die Kerzen auf dem geschnitzten Kaminsims an. Soweit er wusste, lag diese kleine Hexe, die ihn so aufbrachte, sicher in ihrem Bett, während er unruhig hin und her tigerte, ein Opfer der Angst, sowohl der wirklichen als auch derjenigen, die er sich nur einbildete.

Ein Stein flog durch das offene Fenster und traf den Bettpfosten, von dort fiel er auf den Teppich. Damian hob ihn auf, ging zum Fenster und blickte in den dunklen Garten hinunter.

»Wer ist da?«

»Psst«, hörte er Merries Stimme. »Bitte …«

Ihre Stimme schien so schwach, dass sein Herz zu rasen begann, seine Handflächen wurden schweißnass. »Warte dort!«

Er warf einen Morgenmantel über sein Nachthemd; dann rannte er die Treppe hinunter, nahm immer drei Stufen auf einmal, riss die Riegel des Portals auf und dankte zum ersten Mal dem Himmel dafür, dass die Perrys beide blind und taub waren für das, was um sie herum vor sich ging. Das Haus könnte ungestört niederbrennen, sie würden trotzdem weiterschlafen.

Er fand Merrie, sie hockte im Gebüsch unter seinem Fenster. Eine Sekunde lang erschien sie ihm bewusstlos, doch dann öffnete sie die Augen und flüsterte: »Die Küstenwache … sie werden bald hier sein … sie folgen der Blutspur …«

»Allmächtiger!«, stieß er hervor und hob den durchnässten, zitternden kleinen Körper in seine Arme. »Verdammt, Meredith! Du bist ja halb ertrunken!«

»Ich musste schwimmen.« Ihre Stimme klang nun ein wenig kräftiger. »Um die Spur zu verwischen, verstehst du.«

»Ich verstehe gar nichts!« Mit ihr auf dem Arm hechtete er zurück, an seinen Händen fühlte er ihr klebriges Blut.

»Was ist passiert, Oberst?« Walter erschien oben an der Treppe und stopfte sein Hemd in die Hose.

»Sieh zu, dass keine Blutspur zur Tür führt, Walter, dann schließe ab und leg den Riegel vor! Wir werden bald Besuch bekommen. Sie müssen das Haus schlafend vorfinden«, ordnete Rutherford an.

Der Bursche befolgte wie immer den Befehl seines Vorgesetzten, ohne eine Frage zu stellen. Den Körper in den Armen des Obersts vermochte Walter kaum zu erkennen, und der Befehl war rätselhaft – doch Seine Lordschaft hatte wohl gewichtige Gründe …

Damian trug Merrie in sein Zimmer, die Tür trat er mit dem Fuß hinter sich zu. »Wie viel Zeit haben wir?«, fragte er, als er sein Bündel auf dem hölzernen Fenstersitz absetzte, von dem man Wasser, Lehm und Blut leicht entfernen konnte.

»Fünf Minuten, vielleicht zehn«, flüsterte sie und umklammerte ihren Schenkel.

»Jemine – da kann ich nur wenig für dich tun«, brachte Rutherford hervor und nahm ein Handtuch von dem polierten Handtuchhalter unter der Kommode. »Lass mal sehen!« Er band das Handtuch fest um ihren blutigen Oberschenkel. »Vorübergehend wird das helfen, das Blut zu stillen. Danach kümmern wir uns um deine Wunde.« Er zog ihr die Stiefel aus, zerrte drei Decken vom Bett und hüllte die zitternde Gestalt darin ein, ehe er sie in die Kissen legte und sie mit den restlichen Decken zudeckte. »Hoffentlich wird die Feuchtigkeit deiner Kleidung nicht durchdringen und die Matratze nass machen. Ich möchte nämlich nicht in einer Pfütze schlafen«, meinte er, als lenke eine so pragmatische Überlegung ab von dieser Situation auf Leben und Tod. Dass es wirklich ernst um sie stand, daran zweifelte keiner von ihnen. Wenn man Merrie entdeckte, hätte sie keine Erklärung für ihren Zustand, und Lord Rutherford würde dafür verurteilt, dass er einen Flüchtling vor dem Gesetz versteckt hatte.

Er blies die Kerzen auf dem Kaminsims aus und schlich lauschend zum Fenster. Die Geräusche waren schwach, doch unabweislich kamen sie näher. Das Mallory-Haus lag jetzt dunkel und still da. Walter war in seine Kammer zurückgekehrt; Damian zog nun hastig den Morgenmantel aus, auf dem neben den nassen Stellen auch Lehm und Blut zu sehen waren – wo er Merrie in den Armen gehalten hatte. Er schnürte ihn zusammen und warf ihn hinten in den Schrank; mit einem resignierten Seufzer flüsterte er, dass es schon immer eines seiner Lieblingskleidungsstücke gewesen und jetzt wohl gründlich ruiniert war.

Meredith sagte nichts, doch ihr Zittern hatte sich gelegt; der feste Druck des Handtuchs um ihren Schenkel war eigenartig beruhigend, weil er das pulsierende Blut zurückhielt. Damians Sorge um die feuchte Matratze und den Verlust des Morgenmantels bewirkten, dass der Albtraum der letzten Stunde wieder in die richtige Perspektive gerückt wurde. Doch mehr als alles andere fühlte sie sich hier in Sicherheit, weil ihr jemand die Entscheidungen abnahm. Dazu hatte sie zwar wenig Grund – aber sie vertraute diesem Mann, der ohne zu zögern das Kommando übernommen hatte, um das Eisen aus dem Feuer zu holen, das sie entfacht hatte.

Die Stimmen waren jetzt ganz nahe. Für Meredith klangen sie wie das Gebell von Hunden. Eine grimmige Erregung lag in ihnen. »Damian«, wisperte sie, und ein eisiger Schauder rann durch ihren Körper. »Ich bin sicher, dass ich den Leutnant verwundet habe. Zwar weiß ich nicht, wie schwer – aber er blutet ganz sicher. Sie werden umso entschlossener sein …«

»Zweifellos«, gab er mit tonloser Stimme zurück und schlüpfte in einen anderen Morgenmantel. »Hoffentlich hast du kurz vor einem Mord aufgehört. Ich hege nämlich nicht den Wunsch, neben dir am Galgen zu schwingen!«

»Hier hört sie auf«, rief jemand von der Wiese her. »Er muss hier irgendwo sein … hat geblutet wie ein angestochenes Schwein, weit wird er nicht kommen.«

»Was, zum Teufel, ist hier eigentlich los?«, brüllte Damian durch das offene Fenster. »Hat ein Mann in seinem eigenen Haus kein Recht auf Ruhe?«

»Lord Rutherford?« Es erklang das kräftige Organ des Leutnants, und Meredith seufzte erleichtert auf. Seine Wunde war offensichtlich nicht so schwer, dass sie ihn niederstreckte. »Ich bitte um Entschuldigung, Mylord, aber ich muss Ihr Anwesen durchsuchen.«

»Was?«, rief Seine Lordschaft aus. »Wovon, zum Teufel, sprechen Sie überhaupt, Mann?«

Der Leutnant blickte zum Fenster hinauf. Er konnte Lord Rutherford wegen seines Zorns kaum einen Vorwurf machen;

immerhin holte er ihn zu dieser ungastlichen Stunde aus seinem Bett – doch den Kräften von Gesetz und Ordnung musste Gerechtigkeit widerfahren. »Könnte ich mit Ihnen sprechen, Mylord?«

»Ich habe den Eindruck, dass Sie das bereits tun«, antwortete Seine Lordschaft irritiert.

Zu ihrer Überraschung stellte Meredith fest, dass sie unterdrückt kicherte. Eine ungeduldige Geste von Rutherford brachte sie jedoch zum Schweigen.

»Würden Sie bitte herunterkommen, Sir?«, bat der Leutnant und bemühte sich, seine Ungeduld zu bändigen. Während dieses Wortwechsels mit Lord Rutherford könnte der Schmuggler die Entfernung zwischen ihnen vergrößern; aber er hatte keinen Durchsuchungsbefehl für dieses Anwesen und musste erst die Erlaubnis einholen. Wenn er Seine Lordschaft beleidigte, würde er dessen Erlaubnis nicht bekommen, und bis er einen Ordnungshüter geweckt und die notwendige Genehmigung in Händen hielte, wäre der Flüchtling entweder verblutet oder hätte sich aus dem Staub gemacht.

»Einen Augenblick«, brummte Rutherford. Er schloss das Fenster, verließ das Zimmer und drückte die Tür sorgfältig hinter sich zu.

»Brauchen Sie mich, Oberst?« Walter erschien.

»Momentan nicht. Aber ich werde dich brauchen, wenn wir unsere Besucher endlich losgeworden sind.« Zum zweiten Mal in dieser Nacht schob Rutherford die Riegel des Eingangs zurück.

Leutnant Oliver erblickte einen verschlafenen, zerzausten Mann, der offensichtlich gerade erst aus den Federn geklettert war und fahrig versuchte, den Gürtel seines Morgenmantels aus Brokat zuzubinden. »Ich hoffe, Sie haben eine Erklärung für das alles«, knurrte Rutherford und blinzelte mit trüben Augen in den Kreis der Gesichter hinter dem Leutnant.

»Schmuggler, Sir«, erklärte der Soldat forsch. »Wir haben sie am Strand überrascht, aber sie sind uns entkommen, bis auf einen. Er ist schwer verwundet, Mylord, und wir sind seiner Spur bis zu diesem Gebüsch gefolgt.« Mit einer ausladenden Geste deutete er auf die Hecke.

»Dann ist doch anzunehmen, dass sich der Kerl darunter versteckt hält.« Rutherford gähnte. »Haben Sie nachgeschaut?«

Der Leutnant biss die Zähne zusammen. »Es gibt keine Spur von ihm, Mylord, aber er kann nicht mehr als fünf Minuten vor uns gewesen sein. Und so, wie er geblutet hat, war er auch sicher nicht in der Lage, schnell zu laufen. Ich hätte gern Ihre Einwilligung, dass ich mir das Gebiet hier vorknöpfe.«

»Haben Sie einen Durchsuchungsbefehl?« Lord Rutherford legte die Hand vor den Mund, um ein zweites Gähnen zu verbergen. »Das ist doch üblich in solchen Fällen, nicht wahr?«

»Jawohl, Mylord«, stimmte ihm der Leutnant unglücklich zu. »Aber unter den gegebenen Umständen hatte ich gehofft ...«

»Schon recht«, unterbrach Rutherford ihn mit einer lässigen Geste. »Erfüllen Sie Ihre Pflicht, wo Sie wollen – aber seien Sie vorsichtig mit meinem Hengst im Stall! Er ist sehr nervös und mag es genauso wenig wie ich, um Mitternacht gestört zu werden.«

Leutnant Oliver verschwendete nicht viel Zeit mit Dankesworten, sondern erteilte seinen Männern zackige Befehle. Rutherford beobachtete ihn mit einem Blick, dessen Schärfe er durch gesenkte Lider milderte. Die Tunika des Soldaten war vom Arm bis zur Taille aufgeschlitzt, und seine Schärpe, die er um den Leib trug, wies Blutspritzer auf.

»Wie es scheint, sind Sie verwundet, Leutnant!«

Der Soldat zuckte die Schultern. »Nur ein Kratzer, Sir, aber ich werde mich dafür rächen!«

»Zweifellos, zweifellos«, murmelte Seine Lordschaft und wandte sich wieder zur Tür.

Oben zog er Hose und Hemd an und erklärte der vermummten Beule auf seinem Bett, dass er ihr später beibringen würde, wie sie ihr Schwert besser einsetzte; denn seinen Gegner nur ankratzen reichte einfach nicht, es weckte höchstens dessen Zorn und den Wunsch nach Vergeltung.

»Es war ein wenig schwierig«, drang es dumpf aus den Decken. »Ich konnte nicht ganz allein gegen alle kämpfen, also fehlte es mir an Konzentration.«

»Entschuldigungen!«, winkte er ab und ging zur Tür. »Ich habe die Absicht, mich der Suche nach diesem armseligen Schurken anzuschließen.«

Merrie lag allein in den Laken und lauschte der Stille. Die geschlossenen Fenster dämpften die Geräusche von draußen, und das Haus war so still wie ein Grab. Die vorherige Taubheit ihres Beines ersetzte nun ein wilder, heftiger Schmerz. Doch sie begrüßte diesen, wenigstens wusste sie damit, dass sie noch lebte und ihr Bein noch hatte. Trotz ihrer nassen Kleidung war ihr jetzt warm von dem Deckenberg. Doch tun konnte sie nichts anderes als zu warten, bis die Hatz vorüber war.

»Haben Sie schon etwas gefunden?«, fragte Rutherford den Leutnant mit einem Ausdruck höflichen Interesses. Dessen Männer schienen den Schuppen auseinander zu nehmen.

»Nur Ratten«, gab Oliver mit Abscheu in der Stimme Auskunft. »Er ist hier irgendwo, Mylord, ich spüre es.«

»Nun, Sie dürfen keinen Stein auf dem anderen lassen«, mahnte Seine Lordschaft. »Ich möchte kein wildes, verzweifeltes Geschöpf auf meinem Grund haben; aber ich bin davon überzeugt, dass eine so große und aktive Gruppe gegen einen einzelnen, verwundeten Schmuggler siegen wird!« Sein Lächeln zerstreute allerdings nicht den Argwohn des Leutnants und seine Vermutung, dass er sich auf irgendeine Weise über ihn lustig machte. Mit knirschenden Zähnen marschierte er in den Schuppen und brüllte seine Leute an, die in den Heuballen herumstocherten.

In den Ställen und Scheunen hatten sie keinen Erfolg. Auch wurden keine weiteren Blutspuren gefunden, und der Obstgarten und der Kräutergarten waren auch nicht ergiebiger. »Vielleicht hat er es geschafft, einen Weg ins Haus zu finden«, schlug Rutherford dem frustrierten Leutnant vor.

»Wie hätte das denn zugehen sollen?« Oliver starrte Seine Lordschaft an, doch der räusperte sich nur angelegentlich.

»Ich habe keine Ahnung, guter Mann! Aber da Sie davon überzeugt zu sein scheinen, dass er hier irgendwo sein muss und Sie ihn draußen nicht finden, scheint mir das die einzige Alternative zu sein.«

Der Soldat biss sich auf die Lippen. »Vielleicht durch das Küchenfenster?«

»Sehr wahrscheinlich«, stimmte Seine Lordschaft ihm zu. »Ich würde vorschlagen, dass Sie im Haus suchen.«

»Sie sind wirklich sehr hilfsbereit, Mylord.« Der Leutnant konnte das Gefühl jedoch nicht unterdrücken, dass es bei dieser unvorhergesehenen Kooperation doch einen Haken gab.

»Es liegt mir fern, das Gesetz zu behindern«, antwortete Rutherford glatt. »Außerdem werde ich besser schlafen, wenn ich weiß, dass sich kein Eindringling mit einem Schwert zwischen den Zähnen unter meinem Bett versteckt.«

Leutnant Oliver betrachtete die kräftige Gestalt seines Gegenübers, er sah die Muskeln, die sich unter dem dünnen Stoff des Hemdes bewegten, und mochte diese Bemerkung eigentlich nicht ernst nehmen. Jedoch rief er bei der Wiederholung der Einladung ins Haus seine Männer zusammen und folgte Lord Rutherford hinein.

Sie wurden in der unteren Etage von Flur zu Flur geführt;

Vorratsräume und Küchen durchkämmten sie, doch entdeckten nirgendwo ein offenes Fenster. Der Leutnant begann sich sehr unwohl zu fühlen und fuhr sich mit den Fingern in den engen Kragen seines Rocks. Der aristokratische Eigentümer von Mallory-Haus schien voller Verständnis zu sein, er öffnete ihnen die Türen, blickte hinter Gardinen und rückte spanische Wände beiseite. Es gab nichts an seinem Benehmen, das etwas anderes als Hilfsbereitschaft ausdrückte. Als er dann auf die Treppe zusteuerte, murmelte Oliver, dass es vielleicht nicht nötig sei, Seine Lordschaft noch weiter zu stören.

»Unsinn, lieber Junge!«, rief Rutherford aus. »Wo wir schon einmal so weit gekommen sind, wäre es doch dumm, unsere Aufgabe nicht zu vollenden.« Energisch erklomm er vor Oliver und seinen Männern die Treppe. »Die Dienerschaft brauchen wir allerdings nicht zu wecken. Wir hätten bereits von ihnen gehört, wenn es in ihrer Unterkunft einen Eindringling gäbe.«

»Ganz richtig, Mylord«, beeilte sich der Leutnant, ihm zuzustimmen, und warf nur einen flüchtigen Blick in die vielen Schlafzimmer, die ihm geöffnet wurden.

Vor der Tür zu seinem eigenen Gemach blieb Lord Rutherford stehen, drückte die Klinke herunter und öffnete die Tür einen Spalt. »Mein Zimmer«, erklärte er höflich. »Fühlen Sie sich bitte so frei, es zu kontrollieren – obwohl ich annehme, dass ich bemerkt hätte, wenn …«

»Gütiger Himmel, Mylord! Lassen Sie niemanden hier reinkommen!«, unterbrach ihn die schrille Stimme eines Mädchens aus dem Dorf. Rutherford presste die Lippen zusammen, als er begriff, dass Meredith beschlossen hatte, die Sache – vollkommen unnötig – in die eigenen Hände zu nehmen.

Der Leutnant hustete und trat verlegen von einem Fuß auf den anderen. Seine Männer versuchten ohne großen Erfolg, ihr Grinsen zu verbergen.

»Nun, vielen Dank, Mylord. Es tut mir Leid, dass wir Sie belästigt haben.« Oliver wandte sich zur Treppe und warf seiner feixenden Gefolgschaft einen bösen Blick zu.

Lord Rutherford schien nicht im Geringsten aus der Fassung gebracht zu sein; er begleitete sie zur Tür, erklärte ihnen sein Bedauern für ihre erfolglose Suche und drückte seine Hoffnung auf einen glücklicheren Ausgang bei der nächsten Gelegenheit aus.

Oben bemühte Merrie sich, aus den Decken zu schlüpfen, und setzte sich auf die Bettkante. Das Handtuch um ihr Bein war voller Blut, aber der rote Fleck schien sich nicht auszubreiten. Sie fand ihre Stiefel unter dem Bett und wollte sie gerade über ihre nassen Strümpfe ziehen, als Rutherford über die Schwelle trat.

»Was, um alles in der Welt, tust du da?« Er war hin und her gerissen gewesen zwischen Amüsement und Verärgerung über ihre eigenmächtige Einmischung; aber dieser Anblick belustigte ihn nicht mehr.

»Sie sind weg«, brachte Merrie zwischen vor Schmerz und Erschöpfung zusammengebissenen Zähnen hervor, »und werden heute Nacht nicht weiter suchen. In einer Stunde kann ich zurück in Pendennis sein, selbst wenn ich kriechen muss ...«

»Leg dich sofort wieder hin!« Er stieß sie in die Decken zurück und hob ihr Bein hoch. »Wenn du mir jetzt bitte zuhören würdest, Mylady – denn im Moment ist nicht mit mir zu spaßen!« Während sie einen Augenblick schweigend auf dem Bett lag und sein plötzlich harter Ton ihr die Sprache geraubt hatte, tauchte er ein Stück Stoff in den Krug mit Wasser, nahm ihr Gesicht in seine Hände und begann, den Ruß des angebrannten Korkens abzuwaschen.

»Als du heute Nacht hier angekrochen bist und mich um Hilfe batest, hast du dich in meine Hände begeben«, fuhr er unerbittlich fort. »Ich habe die Führung übernommen, und solange ich das tue, wirst du befolgen, was ich dir sage.«

Die Demut, mit der sie seine Worte über sich ergehen ließ, hätte Seine Lordschaft eigentlich befriedigen sollen – doch stattdessen alarmierte sie ihn. Das Gesicht unter der schwarzen Farbe war so bleich wie Magermilch, die Augen riesig und ungewöhnlich strahlend.

Jemand klopfte an die Tür. Auf Rutherfords Aufforderung hin betrat Walter das Zimmer, in der Hand hatte er einen Krug mit heißem Wasser, aufgerollte Gaze und Leintücher sowie eine Schachtel mit verschiedenen Salben und Tinkturen.

Meredith schluckte. Es war eines, in ihrer augenblicklich unangenehmen Lage, unter Damians Blicken in diesem Bett zu liegen – aber etwas ganz anderes bei seinem Kammerdiener. Sie wartete darauf, dass Damian ihn wegschickte – doch vergebens.

Walter stellte die Utensilien auf einen kleinen Tisch neben dem Bett, brachte die Kerze näher und platzierte sie so, dass sie ihm gutes Licht bot. Meredith schloss unangenehm berührt die Augen, als ihr klar wurde, was geschehen würde. Walter hatte Erfahrung als Feldscher, und er würde sich auch um ihre Verletzung kümmern. Rutherford öffnete den provisorischen Verband und zog ihn von der Wunde, die noch immer blutete, doch jetzt nicht mehr so stark. Er fasste mit beiden Händen nach dem Schnitt von dem Schwert in ihrer Hose, riss den Stoff auseinander und entblößte ihr Bein vom Knie bis zum Oberschenkel. Dann legte er eine Hand unter ihre Hüfte und drehte sie ein wenig auf die Seite, damit die Verletzung an der Rückseite ihres Beines leichter zugänglich war.

Vor Scham glaubte Meredith, zu vergehen; sie presste die Augen fest zu, um die Tränen zurückzudrängen. Ihr einziger Trost war es, dass beide Männer sie zu ignorieren schienen –

ob aus Taktgefühl, wusste sie nicht. Ganz sicher lag keinerlei Schonung in der Entschlossenheit, mit der Walter die Wunde säuberte. Obwohl sie wusste, dass er so sanft war, wie er nur konnte, schmerzte die Wunde höllisch.

»Sie wird es überleben, Oberst«, erklärte Walter angesichts des offen vor ihm liegenden Beins, gesäubert von Schmutz und getrocknetem Blut. »Es ist ein langer Schnitt, aber nicht sehr tief. Nur eine Fleischwunde!«

Bei diesen Worten öffnete Meredith die Augen, ihre Verlegenheit war unter dem Ansturm der Erleichterung vergessen. Denn es hatte Momente gegeben, in denen sie gegen blanke Panik ankämpfen musste, als sie gefühlt hatte, wie das Blut pulsierend zwischen ihren Fingern hindurchgeflossen war.

»Sie hat allerdings viel Blut verloren«, sprach Walter ruhig weiter, als hätte er ihre Gedanken erraten. Er schmierte etwas Kühles auf die Wundränder, ehe er sie verband. »Am besten sollte sie für ein paar Tage liegen bleiben. Wir wollen doch nicht, dass die Wunde wieder aufreißt!« Er hatte den Rat allgemein in Richtung Wand gesprochen, als wäre er nicht sicher, ob er ihn an seine Patientin oder seinen Herrn adressieren sollte. »Laudanum gegen die Schmerzen«, fügte er noch hinzu und wickelte ein Leintuch über den Gazeverband. »Ist das alles, Oberst?« Er richtete sich wieder auf und griff nach der Schüssel mit dem roten, schmutzigen Wasser.

»Meinen Dank, Walter!« Rutherford nickte zufrieden. »Ich überlasse dir die Aufräumarbeiten. Gute Nacht!«

»Gute Nacht, Sir – Ma'am!« Zum ersten Mal sah der Kammerdiener Meredith in die Augen.

»Gute Nacht, Walter, Sie haben mir sehr geholfen!« Ihr Lächeln war schwach, doch immerhin …

Die Tür schloss sich hinter Walter. »Mal sehen, was wir tun können, um dich ein wenig zu säubern.« Rutherford zog ihr die Strümpfe aus, öffnete die zerrissene Hose und schob sie vorsichtig über den sauberen, dicken Verband. »Hoffentlich bekommst du keinen Schüttelfrost«, meinte er, als er ihr das Hemd aufknöpfte. »Bei anderer Gelegenheit wirst du mir genau erklären, warum es nötig war, mit dem ganzen Körper in den Bach zu tauchen.« Hemd und Unterhemd fielen zu der Hose und den Strümpfen auf den Boden. Damian fischte ein Stück Unkraut zwischen ihren Brüsten heraus, dabei zog er fragend die Brauen hoch. »Wo du wohl sonst noch Teile von pflanzlichem Leben versteckt hast!«

»Du scheinst meine Lage äußerst belustigend zu finden, Sir«, meinte Meredith mit mühsam aufrechterhaltener Würde.

»Nun, immerhin bist du gegenwärtig nicht auf dem Weg nach Bodmin zum Galgen«, gab er ungewohnt grob zurück. »Und so wie es aussieht, kann ich mich nicht daran erinnern, wann ich schon einmal weniger belustigt war.« Mit einem Lappen, den er in warmes Wasser getaucht hatte, fuhr er über ihren Körper und wusch sie.

»Das ist das Beste, was ich dir im Augenblick bieten kann«, meinte Rutherford. »Du solltest wirklich ein Bad nehmen, aber dafür ist es heute zu spät.«

Merrie wollte im Grunde lieber nach Hause, doch ihr Kopf verlor sich plötzlich in den weiten Falten eines riesigen Nachthemdes. Ihre Arme wurden in die Ärmel geschoben, die dann jemand an den Handgelenken aufrollte, eine Hand unter ihrem Gesäß hob ihren Körper an, dann wurde ihr das Nachthemd bis zu den Schenkeln hinuntergezogen.

Der Stapel Decken, der die Matratze vor ihrer nassen Kleidung geschützt hatte, wanderte in eine Ecke, und zuletzt lag Merrie zwischen den Laken des Bettes, in denen Matthew Mallory gestorben war – eingehüllt in eines von Rutherfords Nachthemden, ihr schmerzender Kopf auf einem der dicken Kissen. Ohne Protest schluckte sie das Laudanum, weil sie es in der Tat dringend brauchte. Als er ihr einen Gute-Nacht-

Kuss gab und Anstalten machte, sie allein zu lassen, doch ihr vorher noch schnell das feuchte Haar aus dem Gesicht strich, flüsterte Merrie ihre Bitte. Damian lächelte, zog sich aus und schlüpfte neben ihr unter die Decke. Sie kuschelte sich an ihn, als das Betäubungsmittel seine Wirkung tat. Plötzlich hielt er den schmalen Körper in seinen Armen, ihr Kopf lag an seiner Schulter, bis die ersten grauen Streifen der Morgendämmerung am Himmel erschienen. Sie hatten eine Wende in ihrer Beziehung erreicht, und es war ein Punkt, den Damian, Lord Rutherford, zu nutzen gedachte.

13

Helles Sonnenlicht erfüllte den Raum, als Merrie die Augen aufschlug. Alles um sie herum kam ihr fremd vor, auch das Pochen in ihrem Bein. Einen Augenblick lang lag sie still da und blinzelte, als wolle sie das Gefühl der Verwirrung abschütteln. Doch dann kam die Erinnerung zurück, und mit ihr das Gefühl der Verlorenheit, des Verlusts. Es dauerte nur einen kurzen Moment, bis ihr klar wurde, dass ihr Körper die Wärme der Arme vermisste, die sie während des Schlafens gehalten hatten. Sie war allein in dem großen Bett – doch nicht allein im Raum; das bemerkte sie, als versuchte, sich aufzusetzen.

»Nan!« Meredith starrte die Gestalt an, die in *diesem* Schlafzimmer nichts zu suchen hatte.

Nan wandte sich von dem Schrank ab, in den sie, wie es aussah, gerade einige von Merries Kleidern gehängt hatte – doch das konnte natürlich nicht sein. »Also bist du aufgewacht, wie?« Sie kam zum Bett herüber, die Lippen hatte sie missbilligend zusammengepresst. »Du hast es diesmal wirklich verpatzt, Mädchen! Wenn Seine Lordschaft dich vor den Konsequenzen deiner Dummheit gerettet hat, dann hast du mehr Glück gehabt, als du verdienst.«

»Was tust du hier, Nan?« Meredith machte keinerlei Anstalten, sich zu verteidigen; sie brauchte die ganze Energie, die sie noch besaß, für die Dinge, die hoffentlich zum Erfolg führen würden.

»Um mich um dich zu kümmern! Obwohl, um ganz ehrlich zu sein, ich nicht weiß, warum ich mir diese Mühe machen soll. Ich werde dir jetzt etwas Tee holen. Der nette Sergeant Walter hat ein Tablett mit Tee gebracht.«

Meredith begann sich zu fragen, ob sie wohl kurz davor stand, verrückt zu werden. Wie konnten sie und Nan sich in Rutherfords Schlafzimmer einrichten, Tee und Essen und heißes Wasser beanspruchen, ohne dass die Perrys davon erfuhren? Und wenn sie es erst einmal wussten ... Plötzlich öffnete sich die Tür und unterbrach ihren verwirrten Gedankengang.

»Wie geht es ihr, Nan?« Es war Rutherfords Stimme; leicht und charmant sprach er mit der alten Kinderfrau, als würde er sie schon sein ganzes Leben kennen.

»Sehen Sie selbst, Mylord. Sie ist endlich aufgewacht«, antwortete Nan mit der gleichen Vertrautheit.

Damian kam lächelnd zum Bett. »Guten Morgen, meine kleine Abenteuerin!« Er legte eine Hand auf ihre Stirn und blickte dann ängstlich zu Nan hinüber. Die Haut unter seiner Hand war heiß.

»Machen Sie sich keine Sorgen, Mylord«, beschwichtigte Nan. »Das war zu erwarten. Ein ruhiger Tag im Bett, und am Abend wird das Fieber wieder gesunken sein, glauben Sie mir!«

»Aber ich kann doch nicht den ganzen Tag hier herumliegen!«, jammerte Merrie und schob ungeduldig die Bettdecke beiseite. »Ich muss sofort nach Hause ...«

Damian fasste hart zu und brachte sie mit einem strengen Blick zum Schweigen sowie mit einer Stimme, die beängstigend laut wurde. »Ich habe dir schon in der letzten Nacht gesagt, dass ich die Zügel in der Hand halte«, schnarrte er. »Wenn du die Absicht hast, hier die Kontrolle zu übernehmen, wirst du mir Rechenschaft ablegen müssen!«

Zu ihrem eigenen Entsetzen und zu Damians Bestürzung brach Meredith in Tränen aus.

»Sie soll sich nur ruhig ausweinen«, riet Nan. »Merrie ist überreizt und ziemlich schwach, vermute ich. Aber das heißt nicht, dass Sie nachgiebig sein müssen, Mylord. Sie ist echt schwierig – wer sollte das besser wissen als ich, wo ich sie doch immerhin von der Wiege an großgezogen habe.«

Damian zweifelte ernsthaft daran, dass es weise war, vor der betroffenen Person so zu reden, die gerade ihren Kopf an seine Brust schmiegte.

»Aber ich verstehe gar nicht, was los ist«, klagte Merrie. »Was tut Nan hier, und wie ist sie überhaupt hergekommen? Alle in Pendennis werden sich fragen, wo ich bin, und die Perrys ...«

»Die Perrys, mein Liebling, haben nicht die geringste Ahnung, dass du hier bist«, unterbrach Rutherford ihr verzweifeltes Jammern. »Sie haben keinerlei Interesse an irgendetwas, das nicht ihr eigenes Wohlergehen betrifft. Und jetzt setz dich hin und trinke deinen Tee. Siehst du, Nan hat ihn extra für dich bestellt.« Er drückte sie in die Kissen zurück und hielt die Tasse an ihre Lippen.

»Ich bin kein Baby.« Meredith schniefte, dann reckte sie die Hände nach der Tasse. »Obwohl ich dir keinen Vorwurf mache, wenn du das glaubst. Und ich habe auch nicht die Absicht, hier eine Tragödie aufzuführen.«

Damian lachte. »Daran zweifele ich nicht. Du bist schwach und überreizt, genau wie Nan es erklärt hat.« Er war in Versuchung, auch noch die dritte Bemerkung von Nan zu wiederholen, doch ein gewisses Aufblitzen in Merries Augen warnte ihn davor. »Also, Nan wird dir jetzt bei deinem Bad helfen; dann darfst du dein Nachthemd anziehen, das du sicher wesentlich bequemer findest als das momentane Negligé.« Er zwinkerte ihr zu. »Wenn du gefrühstückt hast und dich brav wieder hinlegst, gibt es einige Dinge, über die wir uns unterhalten müssen. Dann werde ich auch all deine Fragen beantworten.«

Merrie protestierte nicht mehr, sie war der Überzeugung, dass ihr das auch nichts nützen würde. So gefasst, wie es ihr möglich war, unterwarf sie sich Nans Fürsorge. Das Bad war eine eigenartige Angelegenheit, denn sie musste das verbundene Bein trocken halten, und auch Nans leises Schimpfen half ihr dabei nicht.

Für Nan lag es so klar auf der Hand, wie die Nase in ihrem Gesicht saß, dass ihr Schützling mit Lord Rutherford eine Beziehung eingegangen war, die alle Regeln überschritt. Sie hatte keine Skrupel, das auch laut auszusprechen, während sie Meredith abschrubbte, einseifte und dann wieder abspülte. Meredith jedoch bemerkte, dass dieser skandalöse Aspekt ihres Benehmens Nan viel weniger Sorgen zu machen schien als ihr knappes Entkommen in der letzten Nacht. Nan war eine Frau vom Land, die mit beiden Beinen fest auf der Erde stand. Junge Dinger, die bereits an der Schwelle des Lebens verwitwet waren, konnten nicht ihr ganzes Leben lang keusch sein. Die gleichen jungen Damen jedoch hatten nicht das Recht, ihr Leben aufs Spiel zu setzen, um einem unnatürlichen Drang nach Abenteuern zu frönen. Sie mochte sich zwar diskret mit den Gentlemen zusammentun, um den Schaden wieder gutzumachen, den ihr verstorbener Mann angerichtet hatte; doch es stand ihr nicht zu, die Gefahr herauszufordern, als wäre sonst niemand in der Welt davon betroffen. Sie hatte natürlich überhaupt nicht an die Jungen gedacht. Was wäre mit ihnen geschehen – als Brüdern einer gehängten Schmugglerin?

Es war eine in sich gekehrte und stille Meredith, adrett und sauber in ihrem keuschen weißen Nachthemd, mit frisch gewaschenem Haar, die Damian eine Stunde später vorfand. Sie warf ihm einen viel sagenden Blick zu und streckte hinter Nans Rücken die Zunge heraus. Rutherford grinste. »Würden Sie uns bitte einen Augenblick allein lassen, Nan?«, bat er höflich. »Sie werden es sich im Zimmer nebenan bequem machen können, denke ich. Walter hat dort alles vorbereitet.«

»Ich kann dort genauso gut flicken wie hier.« Bereitwillig nahm Nan ihren Nähkasten und ging.

Meredith seufzte erleichtert auf, als sich die Tür hinter ihrer Kinderfrau schloss. »Es war sehr unfreundlich von dir, mich mit Nan allein zu lassen, Mylord. Ich bin so geschimpft und geschrubbt worden, dass ich schwöre, mein Geist ist jetzt genauso rau wie meine Haut.«

»Wie schön – denn ich hatte gehofft, dich so kleinlaut vorzufinden, dass du mir ausnahmsweise zuhörst, ohne mich zu unterbrechen.« Stirnrunzelnd stupste er ihr mit dem Finger an die Nasenspitze. »Es muss jetzt aufhören, Merrie. Das weißt du, nicht wahr?«

»Wenn die Lieferung in der letzten Nacht erfolgreich war, dann müssen wir die Waren noch zustellen«, wandte sie ein.

»Mach mich nicht unnötig wütend, Mylady! Du *weißt*, dass der Schmuggel aufhören muss – wenigstens so lange, bis Leutnant Oliver sich von seiner Begeisterung für eine verlorene Sache verabschiedet. Du kannst deine Partner nicht weiteren Gefahren aussetzen – selbst wenn du für dich persönlich nicht die nötige Vorsicht walten lassen willst.« Abrupt stand er auf. »Bringe mich nicht dazu, die Geduld mit dir zu verlieren, Meredith! Du brauchst dich gar nicht dumm zu stellen, auch wenn du leichtsinnig und ungehorsam bist. Willst du nicht endlich zur Einsicht kommen?«

Merrie seufzte und zupfte unruhig an der Bettdecke. »Es ist schwer, das alles aufzugeben. Ich bin so nahe dran, Damian. Du kannst nicht verstehen, welche Qual es ist, die Mittel in meiner Reichweite zu sehen und ihrer doch nicht habhaft zu werden. Noch sechs Monate – ein Jahr höchstens – dann hätte ich alle Hypotheken eingelöst und auch meine letzten Schulden abbezahlt.« Als er nichts sagte und sie nur mit abwartender Geduld betrachtete, gab Merrie schließlich nach. Sie nickte leicht; es war zwar kaum zu sehen, dennoch genügte es, um Rutherford erleichtert aufatmen zu lassen.

»Allerdings weiß ich nicht, wie ich mir sonst die Zeit vertreiben soll«, meinte sie ein wenig bockig. »Ich werde vor Langeweile sterben.«

»Dafür habe ich eine Lösung«, antwortete er ruhig. »Heirate mich, und ich verspreche dir all die Aufregung, die du dir wünschst.«

»Ja, das kann ich mir vorstellen«, gab sie schnell zurück. »Zu lernen, mich wie eine Herzogin zu benehmen, wäre unerhört aufregend. Da bin ich mir sicher – und die Sache würde noch dadurch belebt, dass ich Spießruten laufen müsste vor deiner Familie. Und stell dir bitte vor, wie aufregend es sein wird, wenn du feststellst, dass eine eigenwillige Schmugglerin aus Cornwall eine unmögliche Gemahlin für einen Keighley ist!«

»Eine eigenwillige Schmugglerin aus Cornwall ist die einzige Frau, die ich will«, erklärte er mit ausdrucksloser Stimme, die den Schmerz und die Frustration in seinem Blick Lügen strafte.

Meredith betrachtete ihn mit einem nachdenklichen Zusammenkneifen ihrer Augen. »Ich habe mir schon immer gewünscht, einmal London zu besuchen«, bemerkte sie und schob die Nagelhaut der Finger ihrer linken Hand mit gerunzelter Stirn zurück. »Die Jungen werden Anfang September in ihre Schulen zurückkehren. Dann wird mir drei Monate lang die Zeit ohne Rob und Theo und ohne jede Ablenkung ziemlich lang werden.«

»Was schlägst du vor?« Etwas in der plötzlichen Anspannung ihres Körpers, der Schalk hinter der so unschuldig klingenden Stimme, die Art, wie sie den Blick auf ihre Fingernägel gerichtet hatte, ließ ihm einen unbehaglichen Schauder über den Rücken rinnen.

»Wirklich, Sir, wenn du bis – Weihnachten sagen wir? – die uneingeschränkte Vollmacht übernimmst, dann könnte ich mich dazu aufraffen, mir deinen Schutz gefallen zu lassen.«

Er brauchte äußerste Selbstkontrolle, um sie nicht zu schütteln. Sie wagte es, ihm vorzuschlagen, dass er sie als seine Geliebte in London aushielt, damit sie die langweiligen Herbstmonate über die Runden brachte! Sie wollte nicht seine Frau sein, aber als Geliebte würde sie gerne mitkommen! In seinem Zorn kam ihm ein Gedanke. Vielleicht könnte er ihr Spiel aufgreifen und sie darin sogar schlagen. Sie war ein so falscher kleiner Schlingel und durfte sich demgemäß nicht beklagen, wenn er ihre eigenen Waffen gegen sie benutzte.

»Was sagst du dazu, Mylord?« Er glaubte, dass er hinter ihren gelassenen Worten ein kleines Lachen hörte. »Oder hast du bereits eine Mätresse in London?«

»Nein, zufällig habe ich das nicht«, antwortete er humorlos. »Dein Vorschlag hat allerdings einige Vorteile, denke ich.« Er wurde reich belohnt, als ihr Kopf hochfuhr und ihre wunderschönen Augen vor Erstaunen ganz weit wurden. »Ich nenne nur eine Einschränkung.«

Meredith leckte sich über die Lippen, ihr wurde klar, wie geschickt er den Spieß herumgedreht hatte. Ihr Vorschlag war aus einem boshaften Impuls heraus gekommen, und aus dem

Wunsch, jedes weitere Gespräch über eine Ehe zu beenden. Keine Sekunde hatte sie damit gerechnet, dass er ihn annehmen würde. »Was ist das für eine Einschränkung, Sir?«, fragte sie tapfer.

»Ganz einfach: du bist ohne jede Frage damit einverstanden, die Maßnahmen, die ich treffe, zu akzeptieren genauso wie die Bedingungen, die ich für diese Angelegenheit festlege. Ich werde mir alle Mühe geben, es dir so angenehm einzurichten, wie es in diesen Fällen üblich ist.« Das Lächeln, das seine Worte begleitete, zeigte die Weisheit eines Mannes von Welt, der sich in solchen Dingen auskannte.

Meredith biss sich auf die Lippe. »Ich möchte keine Last für dich sein, Rutherford!«

»Ach, komm schon«, winkte er ab. »Wortwörtlich war es die uneingeschränkte Vollmacht, die du mir vorgeschlagen hast, meine Liebe! Und ich stimme diesem Angebot in vollem Umfang zu ... mit Betonung auf ›uneingeschränkt‹.«

Leider hatte Merrie den Boden unter den Füßen verloren, und daran war sie ganz allein schuld. Es wäre gar nicht nötig gewesen, gleich ins tiefe Wasser zu springen – aber das tat sie ja eigentlich immer. Ihm eine uneingeschränkte Vollmacht einzuräumen, bedeutete im Klartext, dass sie Rutherfords Schutz annahm einschließlich seines Honorars. Sie würde jedoch nicht teuer zu sein brauchen. Ein kleines Haus in einem nicht so eleganten Teil der Stadt wäre ganz passend und sicher billig. Sie könnte Nan mitnehmen und sehr gut mit nur einem Dienstmädchen und einer Hilfskraft für die schwere Arbeit auskommen. Unterhaltung wäre auch nicht vonnöten; sie würde mit einfachen Dingen glücklich sein, wie zum Beispiel die Stadt zu erforschen, die sie schon immer hatte sehen wollen. Außerdem würde die meiste Unterhaltung zu Hause stattfinden, wenn sie die Pflichten ihres uneingeschränkten Angebots in vollem Umfang erfüllen wollte. Der Gedanke brachte ein keckes

Leuchten in ihre Augen. Drei Monate mit Damian, ganz ohne Ablenkung. Keine Notwendigkeit, sich vor neugierigen Blicken zu verstecken, sich durch geheime Gänge zu schleichen und sich in einer Höhle zu lieben. Ihre heimlichen Treffen und ihre Bemühungen, die Nachbarn hinters Licht zu führen, hatten zwar viel Freude und Erregung gebracht, aber es wäre noch wundervoller, sich ungeniert lieben zu können. Niemand würde wissen, dass sie in London war, und sie könnte einen anderen Namen benutzen, um ganz sicher zu gehen. Sie als seine Geliebte auszugeben, würde Damian keinen gesellschaftlichen Schaden zufügen – ganz im Gegensatz zu einer Heirat.

Sie hatte nichts zu verlieren und alles zu gewinnen. Merrie machte sich keine Illusionen über das, was ihr die Zukunft auf lange Sicht bot – eine Ehe mit einem örtlichen Junker, wenn sie mit dem Schmuggel ihr Ziel erreicht hätte und wieder eine gesetzestreue Bürgerin werden könnte – oder eine zurückgezogene Witwenschaft, in der sie von ihren Erinnerungen zehren würde. Was hinderte sie also daran, sich drei Monate zu nehmen, in denen sie das Leben voll auskostete? Sie liebte Damian, Lord Rutherford, so wie sie nie wieder einen anderen Mann lieben würde. Und weil sie um seinetwillen niemals seine Frau werden konnte, würde sie seine Geliebte sein, solange diese Möglichkeit bestand.

Damian beobachtete sie aufmerksam, während sie überlegte. Er konnte ihre Gedanken ziemlich genau erraten, und schaffte es kaum, ein inneres Lächeln zu unterdrücken bei der Vorstellung, wie sie auf *seine* Pläne reagieren würde. Jedenfalls wäre sie zu dem Zeitpunkt an ein Versprechen gebunden, das er rücksichtslos durchzusetzen gedachte.

»Nun, Lady Blake«, drängte er. »Wie lautet deine Antwort?«

Sie hob den Blick, und er entdeckte wieder das schelmische Aufblitzen ihrer Augen. »Also, Sir, ich bin sehr dankbar. Ich werde sowohl deinen Schutz als auch deine Einschränkung akzeptieren. Hoffentlich erweise ich mich einer solchen Ehre für würdig.«

»Ich frage mich, ob wir es wohl drei Monate miteinander aushalten, ohne einander umzubringen«, meinte Damian gedehnt. »Mein Angebot, dich zu heiraten, lehnst du ab, und doch zweifelst du daran, dass du meines Schutzes wert bist.«

»Ah, das eine ist ein geschäftlicher Vertrag mit deutlichen Pflichten auf beiden Seiten«, erklärte sie ihm. »Das andere überlässt dir die Ehre, zu geben, während es mir nur erlaubt, zu nehmen.«

»Wahrscheinlich werde ich es nicht einmal einen Monat lang ertragen, geschweige denn drei Monate«, behauptete Damian. »Aber es wäre vielleicht eine Art Witz, wenn *ich* derjenige wäre, der am Galgen baumelt – wegen des vorzeitigen Ablebens einer Schmugglerin!«

Meredith lachte laut auf, doch unterdrückte sie ihr Gegacker sofort bei dem Gedanken an die Perrys; doch ihr ganzer Körper bebte vor unterdrückter Erheiterung, als er sie in seine Arme zog und ihren Handel mit einem Kuss besiegelte, bei dem sie ihr verletztes Bein mehr bedauerte als alles andere zuvor.

Als er sie freigab, sprach sie wieder von ihren anfänglichen Ängsten. »Wie kann ich den ganzen Tag hier bleiben, ohne dass jemand in Pendennis alarmiert wird? Und wieso ist Nan hier? In London kann ich tun, was ich will, da kennt mich niemand, aber kannst du dir vorstellen, was meine Abwesenheit in diesem Haus …?«

»Ja, das kann ich«, unterbrach er sie. »Und ich wäre froh, wenn du meinem Einfallsreichtum ein wenig Anerkennung zollen würdest. Du bist nicht die Einzige, die eine stattliche Vorstellungskraft besitzt und ein gewisses Talent dafür, Strategien zu entwickeln und umzusetzen.«

Nach diesem Tadel schwieg Merrie, sie legte sich in die Kissen zurück und richtete vertrauensvoll den Blick auf sein Gesicht. »Schlingel!« Seine Lippen bebten. »Du bist ganz und gar nicht gehorsam.«

»Ich versuche es«, protestierte sie. »Aber sage mir, wie du das regeln willst.«

Damian seufzte. »Es war nicht schwierig für Walter, durch den geheimen Eingang nach Pendennis zu gelangen und durch das brennende Licht dein Zimmer zu finden. Du hattest mir erzählt, dass Nan immer auf dich wartet.« Meredith nickte. »Nan schien es vernünftig und notwendig zu sein, Seecombe in ihr, oder eher in dein Geheimnis einzuweihen.« Damian sah, dass ein Hauch von Unbehagen über ihre Züge huschte, und sprach unbeirrt weiter. »Ich denke, dass Seecombe nicht übermäßig überrascht war.«

»Nein, vielleicht nicht«, stimmte Merrie ihm zu. »Aber ich wünschte, das wäre nicht notwendig gewesen.«

»Überlege doch einmal, wer es notwendig gemacht hat.« Die Erinnerung daran war sanft, aber dennoch unangenehm für sie. Zufrieden, dass sie ihn richtig verstanden hatte, fuhr Rutherford in seinem Bericht fort. »Seecombe hat mittlerweile den Jungen gesagt, dass du dich nicht wohl fühlst und dass du den heutigen Tag ungestört in deinem Zimmer verbringen möchtest. Nan wird sich um dich kümmern.«

»Aber ich habe noch nie im Bett gelegen«, widersprach Merrie. »Die Jungen werden ihm das nicht abnehmen.«

»Und warum nicht?«, wollte er wissen. »Sie haben keine Veranlassung, Seecombes Worte zu bezweifeln. Morgen öffnest du ihnen deine Zimmertür, und da du gezwungen sein wirst, mehrere Tage lang dein Bett zu hüten, werden sie deine ungewöhnliche Unpässlichkeit als Tatsache akzeptieren.«

Merrie steckte die Daumenspitze in den Mund und wog diesen Plan von allen Seiten ab. Er war einfach, würde aber ganz sicher klappen. Rob wäre vielleicht alarmiert und verwirrt, aber er würde nicht das Verbot brechen, ihr Zimmer zu betreten, wenigstens nicht am ersten Tag ... »Und wie komme ich nach Hause?«

»Ich werde dich und Nan zurückbringen, sobald der Haushalt, bis auf Seecombe, schlafen gegangen ist. Seecombe wird dir die Seitentür öffnen.«

Der Plan klappte vorzüglich. Meredith, die ihr eigenes Kleid und einen Umhang trug, wurde von Lord Rutherford zu dem alten viersitzigen Landauer getragen, der einmal Cousin Matthew gehört hatte. Nan ließ sich von Walter auf den Platz neben Meredith helfen. Damian lenkte den Wagen über verlassene Straßen und verbot es sich, an die mögliche Reaktion seiner Kameraden aus dem Four Horses Club zu denken, wenn sie ihn mit diesem lahmen Karrenpferd sähen. Seecombe wartete bereits auf sie, und die Tür öffnete sich beim Geräusch der Hufe auf dem Kies. Rutherford hob Merrie vom Sitz, trug sie ins Haus und hinauf in ihr Zimmer, seine Füße in den Stiefeln machten kaum ein Geräusch auf dem Eichenholzfußboden.

»Ich werde dich einige Tage nicht sehen.« Er legte sie in ihre Kissen und lächelte sanft. »Es würde sehr eigenartig aussehen, wenn ich dich am Krankenbett besuche – und das darfst du nicht verlassen, bis Nan es gestattet.« Er blickte über seine Schulter und Nan nickte zustimmend.

»Du hast keine Ahnung, zu was du mich da verurteilst«, murmelte Meredith in gespieltem Entsetzen. »Ich werde nach nur ein paar Stunden ein nervöses Wrack sein – bei einem solchen Gefängniswärter!«

»Sie vertritt mich nur.« Er kniff sie in die sommersprossige Nase. »Denke daran, dass du mir Gehorsam schuldest.«

»Ich zittere bei dem Gedanken, Mylord!«

»Dazu hast du auch allen Grund.«

Merrie streckte die Arme nach ihm aus und ignorierte vollkommen die Anwesenheit von Nan, als sie ihn voller Verlangen zu sich herunterzog, das sowohl ihre Dankbarkeit ausdrückte für das, was er in den letzten vierundzwanzig Stunden für sie getan hatte, als auch das Versprechen dessen, was noch kommen würde. Damian, der das Durcheinander in ihrem Inneren ahnte, hielt seine Leidenschaft zurück, als er sie in seine Arme schloss; er war dankbar, sie jetzt in Sicherheit zu wissen. Nun hatte er bis Weihnachten Zeit, beinahe eine Ewigkeit, in der er sie von ihrem störrischen Stolz befreien und ein für alle Mal die Wahrheit aus ihr herausholen konnte.

»Schlafe jetzt, mein Liebling«, flüsterte er an ihrem Mund. »Du musst deine Kräfte sammeln für all das, worauf wir uns freuen können – und du brauchst deinen Verstand, wenn du deine Pläne schmiedest.«

»Die stehen bereits fest.« Sie unterdrückte ein Gähnen, dann meinte sie sehnsüchtig: »Ich wünschte, wir könnten so schlafen wie in der letzten Nacht.«

»Beim nächsten Mal, mein Herz, wirst du dabei nicht von der Erschöpfung behindert sein und auch nicht durch einen verletzten Oberschenkel.« Er küsste sie zum Abschied und entschied, dass die Frist für gemurmelte Liebkosungen und zärtliche Küsse abgelaufen sei. Meredith brauchte ihren Schlaf, und es war unerlässlich, dass er sich schnell und heimlich aus dem Staub machte.

»Nan, Sie werden nach mir schicken, wenn sich herausstellt, dass Ihre Patientin sich als ungehorsam erweist«, ordnete er, mit der Hand auf der Klinke, an. Nans verächtliches Schnauben versicherte ihm, dass eine solche Eventualität nicht in Betracht kam. Er warf Merrie noch eine Kusshand zu, dann schloss er leise die Tür hinter sich.

»Ihr braucht euch wirklich keine Sorgen zu machen, ihr Schätze!« Merrie blickte in die drei ängstlichen Gesichter neben ihrem Bett. »Ehe ihr es euch verseht, werde ich wieder auf den Beinen sein.«

»Aber du bist doch noch nie krank gewesen«, quengelte Rob. »Als du gestern gesagt hast, wir sollten dich nicht besuchen, da habe ich schon geglaubt, du würdest sterben!«

»Nun, wie du siehst, bin ich nicht gestorben«, beschwichtigte sie ihn. »Gestern war ich müde und wollte schlafen. Heute bin ich sehr glücklich, wenn ihr mir Gesellschaft leistet.«

»Lord Rutherford war gestern Nachmittag hier, um uns zu besuchen«, berichtete Theo und nahm sich eine Pflaume aus der Schale, die die Brüder für die Patientin gepflückt hatten. »Es hat ihm sehr Leid getan, als er hörte, dass dir nicht wohl ist.«

»Wie mitfühlend von ihm«, gab Merrie zurück. Wahrscheinlich hatte er den Besuch gemacht, als sie in Mallory-Haus schlief. Das war eine kluge, wenn auch unnötige Vorkehrung. Niemand konnte ihren wirklichen Aufenthaltsort ahnen. Dann aber wurde ihr klar, dass ihm wohl das Wohlergehen der Jungen am Herzen lag, während sie nicht zu Hause war – dass er hatte prüfen wollen, ob sie Seecombes Version der Ereignisse auch akzeptierten. Das sah ihm ähnlich.

»Hier kommt er«, rief Rob und lief zu dem offenen Fenster, als er das Klappern von Hufen auf der Einfahrt hörte. »Guten Morgen, Sir!«, rief er aufgeregt aus dem Fenster. »Merrie fühlt sich heute schon viel besser, aber sie sagt, sie kann noch nicht aufstehen!«

Damian, der auf Saracen sitzen geblieben war, antwortete auf diese Information gemessen. »Würdest du deiner Schwester ausrichten, dass ich nach Fowey reiten muss, und sie fragen, ob ich dort irgendetwas für sie erledigen kann?«

»Seine Lordschaft möchte wissen, ob …«

»Ja, Rob, das habe ich gehört«, unterbrach Merrie ihn. »Das Einzige, was wir in Fowey zu tun haben, betrifft dich und

Theo und Sam Helford. Ihr müsst in dieser Woche zur Anprobe, oder die Anzüge sind nicht fertig bis zu eurem Schulanfang. Ab er ich glaube nicht, dass ich Lord Rutherford mit einer solchen Angelegenheit belästigen kann.«

»Oh Unsinn!«, erklärte Rob, und noch ehe sie ihn daran zu hindern vermochte, lehnte er sich bereits weit aus dem Fenster: »Hallo, Lord Rutherford, Merrie möchte, dass Sie mich und Theo zum Schneider begleiten – für die Anprobe.«

»Rob, das habe ich doch gar nicht gesagt!«, fuhr Merrie ihn an und wünschte, sie könnte aufstehen und selbst zum Fenster gehen, ohne dabei zu enthüllen, dass mit ihrem Bein etwas nicht stimmte. »Lord Rutherford, bitte hören Sie nicht auf diesen Unsinn. Natürlich würde ich so etwas nicht von Ihnen verlangen«, schrie sie hinaus.

Damian schüttelte sich vor Lachen und stellte sich lebhaft Merries Frustration über dieses Telegraphensystem vor. »Machen Sie sich keine Sorgen, Ma'am! Ich werde die beiden liebend gern mitnehmen. Aber sagen Sie mir, ob es noch etwas zu besorgen gibt. Brauchen die beiden vielleicht auch Stiefel, Strümpfe?«

»Nein«, rief Merrie erstickt. »Ich weiß Ihre Freundlichkeit zu schätzen, Sir! Aber ich kann unmöglich zulassen, dass Sie solche Aufgaben für mich übernehmen.«

»Also, Sie machen aus einer Mücke einen Elefanten«, tönte er hinauf und lachte noch immer. »Sie dürfen Ihre Nerven nicht strapazieren, wenn es Ihnen sowieso nicht gut geht! Rob, sage deinem Bruder, er soll sich fertig machen. Aber ich gebe euch beiden nicht mehr als zehn Minuten – mein letztes Wort.«

Die Jungen verschwanden und zeigten deutlich größere Begeisterung über den Ausflug in Begleitung von Rutherford, als sie es bei ihrer Schwester getan hätten.

»Hugo«, wandte sich Merrie an den zurückgebliebenen

Bruder. »Würdest du bitte eine Nachricht in den Stall schicken, damit die Pferde für die beiden gesattelt werden. Ich möchte nicht, dass Seine Lordschaft extra wartet, und sie müssen sich ja auch noch umziehen.«

Hugo lief willig davon. Mit einem erleichterten Seufzer schwang sich Merrie aus dem Bett und humpelte zum Fenster. Pferd und Reiter boten einen herrlichen Anblick, beide gepflegt und strahlend im Sonnenschein, beide kräftige, muskulöse Gestalten, die sich auch ohne Worte verstanden. »Mylord?«

Er schaute sofort hinauf, sein Blick wurde warm, als er ihr Gesicht entdeckte, umrahmt von dem offenen, kastanienbraunen Haar, das sie jünger und verletzlicher aussehen ließ als sonst. »Was tust du denn da? Du sollst doch im Bett bleiben«, spielte er den gestrengen Meister.

»Es ist ganz in Ordnung. Sie sind weg«, versicherte sie ihm. »Das kann dir doch nicht gefallen, mit den Plagegeistern.«

Verärgert schüttelte er den Kopf. »Ich habe gesagt, ich tue es gern!«

»Aber Rob ist immer so unmöglich enervierend«, rief ihm Merrie ins Gedächtnis. »Mit ihm wird alles zu einer ermüdenden Angelegenheit.«

»Bei mir wird er nicht unruhig sein.« Damian winkte fröhlich und sprach dann ein wenig leiser. »Sei ein gutes Mädchen und geh zurück ins Bett! Ich finde den Anblick von dir, so außerhalb meiner Reichweite, allzu verlockend.«

Darüber musste sie lachen. Sie warf ihm eine Kusshand zu, humpelte wieder zum Bett und kroch unter die Decke.

Die nächste Woche langweilte Merrie sich ohne Ende. Sie war gezwungen, im Bett zu bleiben, bis sie beinahe wieder ungehindert laufen konnte; doch dann blieb ihre Bewegungsfreiheit immer noch eingeschränkt; sie musste im Wohnzimmer auf dem Sofa liegen und Solitär spielen, wenn nicht gerade einer ihrer Brüder sie unterhielt. Eine unvorhergesehene, aber sehr befriedigende Konsequenz ihrer erzwungenen Bewegungslosigkeit war, dass Hugo all die Arbeiten auf dem Besitz übernahm, die ihre Anwesenheit außerhalb des Hauses erforderten.

»Er zeigt beachtliches Talent, wenn es darum geht, mit den Pächtern zu verhandeln«, berichtete Meredith Lord Rutherford an einem Nachmittag und machte einen Zug mit ihrem Springer, um seinen Turm zu bedrängen.

»Dann solltest du vielleicht dafür sorgen, dass er diese Gelegenheit regelmäßig bekommt.« Rutherford zog seinen Turm zurück und fand sich damit ab, ihn zu verlieren. »Du spielst eine teuflisch gute Partie, Merrie! So gut wie mit den Karten neulich!«

»Mein verstorbener Mann hat das von mir erwartet«, erklärte sie ihm knapp und nahm seinen Turm vom Brett. »Glaubst du denn, dass ich Hugo während der Ferien mit den Arbeiten auf dem Gut betrauen sollte?«

»Ganz sicher. Der Junge muss sich nützlich fühlen. Du bist so verdammt kompetent, dass er nur selten die Chance hat, sich zu engagieren.«

»Vielleicht wird er es dann nicht mehr für so notwendig halten, sich zu opfern.« Meredith lehnte sich zurück und legte ihr Bein auf einen Hocker, dann runzelte sie die Stirn. »Ich beginne langsam, mich auf deinen Rat zu verlassen, Damian. Wenn du nicht mehr hier bist, werde ich wohl ziemlich hilflos dastehen.«

Damian warf ihr einen scharfen Blick zu, doch entnahm er weder in ihrem Ton noch in ihrem Gesichtsausdruck eine versteckte Anspielung. Sie benahm sich so, als wäre es zwischen ihnen bereits abgemacht, dass eine Eheschließung nicht in Frage kam. Glücklicherweise war er auf die unausweichliche Szene vorbereitet, die folgen würde, wenn sie ihren Irrtum begriff.

»Wie willst du denn deine Abwesenheit für drei Monate erklären? Hast du darüber schon einmal nachgedacht?«

»Aber natürlich.« Sie lächelte. »Schach, Mylord!«

Er betrachtete die Möglichkeiten, die ihm auf dem Brett noch blieben, und verzog dann kläglich die Miene. »Schachmatt in zwei Zügen! Es scheint nur wenig Hoffnung für mich zu geben.« Mit einem Finger warf er den schwarzen König um und streckte ihr die Hand entgegen. »Also, wie willst du es ihnen erklären?«

Einen Augenblick lang legte sie ihre Hand in seine. Diese flüchtigen Kontakte waren alles, was sie sich in diesen Tagen erlaubten, da Merrie nicht in der Lage war, mit der Verletzung durch den geheimen Gang zu kriechen. »Ich habe einen Brief von einer entfernten Kusine in Kensington erhalten, die mich zu einem Besuch eingeladen hat. Vielleicht wird sie sogar einen passenden Ehemann für mich finden.«

Damian erschauerte. »Kensington! Muss es unbedingt Kensington sein?«

»Aber ist denn diese Gegend nicht äußerst respektabel?« Erstaunt zog sie die Brauen hoch.

»Vornehm«, präzisierte er und verzog dabei angewidert den Mund.

»Ich habe keine großen Ansprüche, Sir!« Ihre Augen blitzten.

»Entschuldigung«, beeilte Rutherford sich, ihr zu versichern. »Wenn es denn Kensington sein muss, meinetwegen.«

Sie warf ihm einen misstrauischen Blick zu, der jedoch ungerechtfertigt schien. »Ich möchte den Jungen doch eine Adresse geben, wohin sie mir schreiben können. Und auch Farquarson braucht eine Anschrift.«

Damian runzelte die Stirn. An diese Komplikation hatte er gar nicht gedacht. »In zwei Tagen reise ich nach London. Ich werde die nötigen Vorkehrungen treffen und dir dann Bescheid geben, ehe du dich auf den Weg machst. Du wirst mit einer gemieteten Postkutsche nach Okehampton fahren, wo mein eigener Wagen samt Kutscher dich erwartet. Ab diesem Punkt, meine Liebe, wird unser Vertrag bindend.« Seine Blicke hielten die ihren gefangen. Ein Schauder, teils aus Furcht, teils aus Erwartung, überrieselte Merrie – er schien jeden einzelnen Nerv zu berühren.

»In der dritten Septemberwoche mache ich mich bereit zur Abreise«, erklärte sie langsam. »Ich werde ein wenig mehr als einen Tag nach Okehampton brauchen.«

»Meine Leute warten dort auf dich.«

»Und du?«

»In London«, versprach er ihr, »nehme ich dich dann an die Leine!«

»Es wird eine ganz andere Art von Abenteuer sein.« Merrie lächelte. »Ich kann es kaum erwarten.«

»Du wirst nicht enttäuscht sein«, schwor er ihr. Überrascht und wahrscheinlich sehr wütend, doch auf keinen Fall enttäuscht!

14

»Wie konntest du nur glauben, dass ich dir nicht helfen würde, Damian?« Die Marquise von Beaumont klatschte theatralisch in die Hände und sah ihren Bruder an, dabei setzte sie ihre tiefgrauen Augen effektvoll ein.

»Das habe ich keineswegs geglaubt, Bella«, berichtigte Rutherford und betrachtete belustigt seine Zwillingsschwester. »Du brauchst mich gar nicht so anzuschauen, meine Liebe! Ich bin nicht einer deiner Kavaliere, den du mit Charme dazu bringen kannst, dir irgendeinen ermüdenden Gefallen zu tun, und ich bin auch nicht der arme George, dem du auf der Nase herumtanzt.«

»George ist doch nie da, deshalb kann ich gar nicht auf ihm herumtanzen«, erklärte Arabella und zog einen Schmollmund. »Meistens weiß er bestimmt gar nicht, dass er überhaupt eine Frau hat.«

»Also, da irrst du dich gewaltig!« Rutherford stand von der Couch auf und ging zu einem der großen Fenster hinüber, von dem aus man einen Blick auf den Cavendish Square hatte. »Beaumont fühlt sich durchaus verheiratet. Aber er interessiert sich eben mehr für Politik als für die Gesellschaft. Viele Frauen sehen sich einer viel gefährlicheren Konkurrenz gegenüber.«

»Du bist so vollkommen ohne jegliches Mitleid«, maulte Bella. »Und hast überhaupt keine romantische Ader. Ich soll froh sein, dass mein Mann seine Tage damit verbringt, Reden im Oberhaus zu schwingen und in den Nächten diese Reden zu schreiben – anstatt sich eine Geliebte zu nehmen und seinen Reichtum zu verspielen …«

»Ganz genau«, stimmte ihr Bruder ihr zu und wandte sich vom Fenster ab. »Pragmatisch und unromatisch mag das scheinen, Bella, aber es entspricht den Tatsachen.«

Arabella schwieg einen Augenblick und zupfte an dem Saum ihres Schals. »Nun, ich kann mir nicht vorstellen, Rutherford, dass dies der einzige Zweck für deinen Besuch heute ist, mir einen deiner abscheulichen Vorträge zu halten«, meinte sie schließlich. »Hast du nicht etwas von einem Gefallen gesagt?«

Lächelnd kam er über den Axminster-Teppich auf sie zu und griff nach ihren Händen. »Ja, das habe ich wirklich. Und ich hatte auch nicht die Absicht, dir einen Vortrag zu halten. Außerdem könnte der Gefallen, um den ich dich bitte, nebenbei auch dir etwas nützen. Du brauchst dringend eine Beschäftigung, Bella.«

»Eine Beschäftigung! Was soll das denn heißen? Also, ich schwöre, ich habe keinen einzigen Moment Zeit für mich selbst. Wenn es nicht gerade ein Club-Treffen ist oder eine Kartenspiel-Party oder ein Ausflug in den Botanischen Garten oder ein Ballonaufstieg, dann …«

»Ganz richtig, Bella«, unterbrach Rutherford sie. »Und das alles langweilt dich genauso wie mich!«

Unter seinem gnadenlosen Blick schüttelte Bella resigniert den Kopf. »Ja, du hast Recht. Aber ich kann nicht einfach nach Cornwall verschwinden und dort Zerstreuung suchen.« Sie warf ihrem Zwillingsbruder einen scharfen Blick zu. »Wenn ich mich nicht sehr irre, mein Bester, dann hast du in der Wildnis wirklich Zerstreuung gefunden.«

»Sieht man mir das an?«

»Wenn ich Mama glauben darf, bist du ein ganz anderer Mensch geworden. Oder wenigstens«, lenkte Bella ein, »bist du jetzt wieder der, der du vor deiner Verwundung warst.«

Rutherford nickte, ein leichtes Lächeln umspielte seine Lippen. »Die Antwort, so hat man mir erklärt, sei es, einen Lebenszweck zu finden, eine Aufgabe, wofür man lebt. Es ist etwas, worin mein Informant erstaunlich gut ist. Ich habe die Lektion kapiert.«

»Diese … äh, diese Person«, hakte Bella nach und ging hinüber zum Kamin, wo sie mit der Klingelschnur spielte, »ist sie eine Dame?«

»Manchmal«, antwortete ihr Bruder. »Wenn es ihr ausnahmsweise gefällt.«

Das Erscheinen eines Dieners, der die blauroten Gardinen zuzog und die Lampen anzündete, beendete ihre Unterhaltung. Lady Beaumont wartete ungeduldig, die Andeutungen ihres Bruders hatten sie neugierig gemacht. Er war in der Tat als ein anderer aus Cornwall zurückgekehrt, wie ihr die Herzogin von Keighley mit großer Zufriedenheit geschildert hatte. Zwar legte er weiterhin keine große Begeisterung an den Tag für den Trubel der Saison, doch immerhin brachte er wesentlich mehr Geduld auf als zuvor. Seine alten Freunde, die auch zu ihm gestanden hatten, als er launisch und depressiv war, begrüßten jetzt erleichtert die Rückkehr eines Mannes, der bereit war, die Freuden des Lebens zu genießen – auch wenn er gesellschaftliche Veranstaltungen meistens mied. Man sah ihn wieder im ›Cribb's‹, das ›White's and Watier‹ und das ›Four Horses‹ hieß den verlorenen Sohn willkommen, der lächelte und fröhlich spaßte ganz wie in alten Tagen und der bewies, dass er nichts von seiner früheren Lebenslust verloren hatte.

Der Kammerdiener ging, und Lady Beaumont konnte endlich ihre Neugier befriedigen. »Was meinst du denn damit, Damian? Eine Dame, wenn es ihr gefällt?«

»Genau das, meine Liebe.« Rutherford goss sich ein Glas Claret aus der Karaffe ein, die auf dem eleganten Couchtisch stand. »Merrie Trelawney, Lady Blake, Lady Merrie ist eine Frau mit vielen Facetten.« Er grinste angesichts der Verwirrung seiner Schwester. »Die meiste Zeit ist sie nicht besonders ehrbar – auch wenn sie so tut, als ob.«

»Damian, was wird Mama dazu sagen?«, hauchte Bella, die keine weitere Erläuterung ihres Bruders brauchte, um sich sein Strahlen zu erklären. Rutherford hatte sich offensichtlich Hals über Kopf verliebt. »Wenn man bedenkt, dass ich gesagt habe, du hättest keinen Tropfen Romantik in deiner Seele!« Sie sank auf eines der mit goldrotem Stoff bezogenen Sofas und drapierte geschickt ihre Röcke. »Vieleicht gießt du mir einen Sherry ein. Irgendwie brauche ich eine Stärkung.«

Ihr Bruder reichte ihr das Glas. »Um deine Frage zu beantworten, Bella – Mama wird nur das erfahren, was ich für ihre Ohren als angemessen sehe. Du, auf der anderen Seite, bekommst alles zu hören, da ich deine Hilfe brauche. Doch bitte erzähle kein Wort von dem weiter, was ich dir sage – nicht einmal George, hast du verstanden?« Das Lachen war aus seinen Augen verschwunden, und er sah jetzt bedrohlich aus.

»Habe ich dich je verraten?«, rief sie empört aus. »Nicht einmal damals, als du mich in den Fischteich geworfen hast!«

Er lachte, setzte sich ihr gegenüber in den Ohrensessel und schlug die Beine übereinander. »Dann höre dir meine Geschichte an, Schwester, und meinen Plan! Anschließend teile mir mit, ob ich auf dich zählen kann.«

Aufmerksam lauschte Arabella ihm, nur ihre weit aufgerissenen Augen zeugten von ihrem Erstaunen. Rutherford hatte sich entschieden, seine Schwester vollkommen ins Vertrauen zu ziehen, damit sein Plan gelang. Merrie sollte weder das Bedürfnis noch die Gelegenheit bekommen, Arabella etwas vorzuspielen, wenn sie mit ihr zusammen war.

»Das ist ja wirklich skandalös«, erklärte Lady Beaumont. »Eine uneingeschränkte Vollmacht, sagst du? Und *sie* hat das vorgeschlagen?«

»Als Alternative zu einer Heirat«, bestätigte er in aller Ruhe. »Meine Merrie ist ein höchst eigenwilliges Geschöpf.«

Arabellas Augen begannen zu blitzen. »Aber du akzeptierst ihre Kapriolen nicht?«

»Absolut nicht. Wirst du mir helfen?«

»Natürlich.« Seine Schwester stellte ihr Sherryglas ab und erhob sich anmutig. »Es wird eine Menge Spaß geben, und wenn es dich glücklich macht ...«

»Das wird es«, bestätigte er ihr. »Unvorstellbar glücklich!«

»Ist sie schön?«, fragte Bella neugierig.

Damian runzelte die Stirn und dachte darüber nach. »Nein«, er schüttelte den Kopf. »Keine Schönheit, aber mit der richtigen Garderobe und einiger Zeit beim Friseur erregt sie sicher etliche Aufmerksamkeit – könnte ich mir vorstellen.«

»Und wenn sie nicht bereit dazu ist?«

Er lachte. »Das wird sie zweifellos nicht sein, Bella. Aber wir haben eine Übereinkunft getroffen, die sie bestimmt einhält, und wenn Merrie erst einmal die Notwendigkeit eingesehen hat, wird sie an dem Abenteuer sehr viel Freude haben.«

»Und ... äh ...« Bella zögerte, dann fasste sie sich ein Herz. »Und diese uneingeschränkte Vollmacht – ist Teil eurer Übereinkunft?«

»Richtig«, antwortete er verhalten. »Andernfalls würde Meredith glauben, dass es keinerlei Übereinkunft gibt. Sie ist auch gar nicht in der Lage, das ganze Drumherum zu finanzieren – also muss ich sie dazu zwingen, mein Geld anzunehmen.«

Arabella lief unruhig durch den großen Salon, der bestickte Saum ihres Musselinkleides schwang dabei gegen ihre gelben Glacéstiefel. »Weißt du, Bruder, wenn Lady Blake so stolz und unabhängig ist, wie du behauptest, dann sehe ich einige Hindernisse für dein Vorhaben. Ich werde gerne versuchen, dich zu unterstützen – aber wenn sie es wirklich nicht mag und unglücklich ist ...«

»Das überlasse getrost mir, Bella. Ich werde meine Merrie nicht unglücklich machen. Übernimm einfach nur deine Rolle. Das ist alles, was ich mir von dir wünsche.«

»Sehr gern, Damian. Ich kann es kaum erwarten, sie kennen zu lernen!«

Meredith stand auf dem gepflasterten Hof des Gasthauses Bell in Okehampton und betrachtete die Luxuskutsche mit dem Wappen der Rutherfords an den Türen. Diese hatte bereits dort gestanden, als sie am vergangenen Abend eintraf, genau wie Damian es versprochen hatte.

Jetzt war es früher Morgen des fünfundzwanzigsten Septembers, und sie hatte in einem der Gastzimmer eine ruhige

Nacht verbracht. Die Abreise von Landreth war so glatt gegangen, dass viele ihrer Ängste von ihr wichen, mit denen sie an das Unbekannte dachte, in das sie sich so ungeniert begab. Ihre Nachbarn hatten ihr zu ihrem Glück gratuliert. Kaum eine böse Bemerkung hatte sie zu hören bekommen, obwohl ganz besonders Patience ihr viele gute Ratschläge bezüglich der Gefahren in London gegeben hatte, die dort einer unschuldigen und unvorsichtigen Frau auflauerten. Patience, die einmal drei Tage in der Hauptstadt verbracht hatte, als sie achtzehn Jahre alt war, empfand sich als eine Art Expertin. Meredith hatte die Ratschläge, die guten Wünsche und Warnungen mit ihrer üblichen Unterwürfigkeit dankbar entgegengenommen. Stuart Farquarson äußerte keinerlei Bedenken, sie in allen Angelegenheiten ihres Besitzes während ihrer Abwesenheit zu vertreten, Anwalt Donne standen genügend Mittel für Notfälle zur Verfügung, und Seecombe war vollkommen damit einverstanden, die Zügel des Haushaltes in seine mehr als fähigen Hände zu nehmen.

Nan begleitete Meredith natürlich, genau wie ein Koffer mit einigen neuen Kleidern und Reitkostümen, die Nan, eine erfahrene Schneiderin, zu ihrer Zufriedenheit angefertigt hatte. Merrie selbst war auch erfreut über das Ergebnis. Sie zeugten zwar nicht gerade von äußerster Eleganz, doch für eine junge Frau vom Lande würden sie sicher als passabel durchgehen.

Bei dem Gedanken zogen sich ihre Brauen nachdenklich zusammen. Damian hatte ihr eine postlagernde Adresse mitgeteilt, doch hatte er ihr nicht das genaue Ziel ihrer Reise genannt. Eigenartigerweise musste er das übersehen haben – doch wahrscheinlich kannte der Kutscher die Adresse und die Begleiter, die sich um die Kutsche versammelt hatten und auf die Abreise warteten.

Merrie erinnerte sich, dass ihre Rechnung noch offen stand, und ging zurück in den Gasthof, um den Wirt zu suchen. Mit vielen Verbeugungen erklärte er ihr, dass sich der Kutscher bereits um alles gekümmert hatte. Aha, so sah der Auftakt aus! Damian hatte ihr erklärt, sobald sie seine Leute in Okehampton träfe, würde ihre Übereinkunft beginnen. Worauf hatte sie sich da nur eingelassen? Zwar konnte sie auf ihrem eigenen Grund und Boden Lord Rutherford als ihren Geliebten empfangen – aber es war doch etwas anderes, sich in jene Welt zu begeben, in der sie alle Kontrolle ihm überlassen sollte. Oh wie lächerlich – dieses Flattern der Furcht in ihrem Magen! Wenn sie jemandem vertrauen konnte, dann war es Rutherford. Er hatte ihr das Leben gerettet, hatte ihr das unaussprechliche Glück gezeigt, wie sich zwei Körper in Liebe vereinten – und im Augenblick liebte er sie wohl wirklich. In den letzten drei Wochen war sie sich einsamer vorgekommen als je zuvor.

Mit neuer Entschlossenheit stiefelte Meredith auf die Karosse zu, wo ihr der Kutscher in das mit Leder ausgeschlagene Innere half. Nan machte es sich auf dem Sitz ihr gegenüber bequem und drückte mit gespitzten Lippen und einem kurzen Nicken ihr Behagen über die verbesserte Art der Reise aus. Verbissen hatte sie sich mit diesem verrückten Umzug in eine fremde Gegend abgefunden, wo, davon war sie überzeugt, hinter jeder Ecke das Böse auf sie wartete. Merries behutsamer Vorschlag, dass sie in Cornwall bleiben sollte, hatte zu einer Schimpftirade geführt, die schlimmer war als alles, was Merrie erlebt hatte, seit sie im Alter von zehn Jahren auf dem Rücken des Jagdpferdes ihres Vaters entdeckt worden war. Jetzt, nachdem sie ihre verschiedenen Lektionen hinter sich hatte, begann Meredith eine fröhliche Plauderei, während der Kutscher das Gefährt durch immer unbekanntere Gegenden lenkte.

An diesem Tag durchquerten sie Dartmoor, rollten durch Exeter und verbrachten die Nacht in Honiton. Danach, als sie

Devon verließen und nach Somerset fuhren, zeigte sich ihnen ein bis dahin unbekanntes Landschaftsbild! Merrie fiel als Erstes auf, dass sie das Meer vermisste. Ihr ganzes Leben lang hatte sie auf der schmalen cornischen Halbinsel gelebt, wo man nie weit entfernt war vom Wasser. Jetzt stellte sie fest, dass sie gegen ein Gefühl des Unbehagens kämpfte, als sie überall um sich herum hübsche Dörfer sah, friedliche Straßen, Obstgärten, ordentliche Felder und Katen mit Schilfdächern. Nach der wilden Herrlichkeit des Landes, aus dem sie stammte, schien hier alles zahm zu sein, und die lächelnden Menschen mit den rosigen Wangen kamen ihr allzu freundlich und einschmeichelnd vor. In Cornwall schenkte man Lächeln und Freundlichkeit nur denjenigen, die es eindeutig verdient hatten; diese allgemeine Wärme und Akzeptanz hier empfand Merrie als heuchlerisch.

Am fünften Tag hatte sie sich jedoch bereits daran gewöhnt, genau wie an die höfliche Aufmerksamkeit, die den Reisenden in Lord Rutherfords Kutsche zuteil wurde. Es gab immer einen abgeschiedenen Raum, in dem sie ausgezeichnet speisten, immer das beste Gästezimmer. Diese Dinge erschienen wie ein Wunder, ohne dass sie einen einzigen Befehl erteilen musste – genau wie die Pferde, die an den Poststationen ausgetauscht wurden und die wie selbstverständlich immer hervorragende Tiere waren.

Sie erreichten die Außenbezirke von London am frühen Nachmittag des siebten Tages. Zu diesem Zeitpunkt war Merrie es von Herzen leid, in der Kutsche zu sitzen, und nach der stoischen Schweigsamkeit ihrer Begleiterin zu urteilen, wäre auch Nan froh darüber, das erzwungene Nichtstun aufzugeben. Es dämmerte bereits, als sie die Stadt selbst erreichten. Merries Herz schlug schneller bei dem Gedanken an das, was sie hier erwartete. Sicher würde Damian dort sein, um sie in der Unterkunft willkommen zu heißen, die er für sie gemietet hatte. Ob es wohl ein Haus war? Oder weil ja nur sie und Nan dort wohnen würden, hielte er vielleicht zwei oder drei Zimmer bei einer Vermieterin für ausreichend, die sich dann auch um Küche und Haushalt kümmerte. Sie rollten durch breite Alleen, gesäumt von großen, vornehmen Häusern, aus deren hohen Fenstern bereits das Licht von Lampen fiel. Ein- oder zweimal entdeckte Merrie eine äußerst prächtig gekleidete Gestalt in einer geöffneten Haustür, von einem Lakai in Livree mit vielen Bücklingen eingelassen. Leichte Cabriolets, denen Fackelträger vorauseilten, überholten ab und zu den schweren Wagen, in dem Merrie und Nan saßen. Sie gelangten zu einem ruhigen Platz, um den große, imponierende Villen standen. Inmitten des Platzes gab es eine hübsche Blumenanlage mit einem schmiedeeisernen Zaun drum herum. Der Wagen hielt vor einer geschwungenen weißen Treppe, die zu einer riesigen Eichentür führte. Durch die Fenster darüber fiel gelbes Licht. Das Portal öffnete sich in dem Augenblick, in dem der Kutscher, der bereits die Hand erhoben hatte, um den Türklopfer aus Messing zu betätigen, die letzte Stufe nahm. Ein großer Mann in einem schwarzen Anzug stand an der Tür, dann kam noch ein anderer blau livrierter Diener die Treppe herunter, öffnete den Schlag der Kutsche und zog die Stufen heraus.

»Lady Blake«, sagte er und hielt Merrie die Hand hin, um ihr beim Aussteigen zu helfen. Meredith stockte der Atem, doch sie riss sich zusammen und nahm die gebotene Hand mit einem Lächeln. Nan folgte ihr, obwohl sie dem Lakai einen düsteren Blick zuwarf, den dieser allerdings ignorierte.

Merediths Gedanken rasten durch ihren Kopf, während sie das tat, was offensichtlich von ihr erwartet wurde, und die Treppe zu dem Haus hinaufschritt. War das Rutherfords Haus? Sicher sollte sie nicht unter seinem eigenen Dach wohnen? Die Konsequenzen der ihm erteilten uneingeschränkten Vollmacht waren für sie ein Geheimnis, aber diese Regelung erschien ihr desolat. Vielleicht war es nur eine Zwischenstation, und er würde sie von hier aus zu ihrem endgültigen Ziel begleiten.

»Willkommen, Mylady!« Die schwarz gekleidete Gestalt verbeugte sich tief. Der Mann war mit einer solchen Eleganz gekleidet, dass Meredith sich ihres von der Reise fleckigen Kleides zu sehr bewusst war, dem man noch dazu auf einmal deutlich den ländlichen Stil und Schnitt ansah.

»Meine liebe Lady Blake, Sie sind uns willkommen!« Eine warme Stimme, das Rascheln von Röcken, ein schwacher Duft waren alles, was Meredith zuerst wahrnahm; dann wurden ihre Hände liebevoll ergriffen, und sie stand einer Vision in einem türkisfarbenen Gewand gegenüber, das üppig mit Spitze besetzt war. Außergewöhnlich feine Diamanten hingen von den Ohren der Dame und lagen um ihren schlanken Hals. Dunkles Haar, modisch kurz geschnitten, glänzte im Licht der Lampen, und die großen grauen Augen Rutherfords lächelten sie mit echter Freude an – was keineswegs dazu beitrug, Merries Selbstvertrauen zu festigen. Dass diese Frau das Ebenbild von Damian war, schoss ihr als erster Gedanke durch den Kopf; der zweite und weitaus wichtigere drehte sich um ihren hoffnungslos schäbigen Aufzug dagegen.

»Sie müssen schrecklich müde sein«, sagte die Dame schnell und nahm ihren Arm, während Meredith noch um Worte rang. »Kommen Sie in das Gesellschaftszimmer! Grantly wird Ihre Dienerin in Ihre Gemächer bringen, wo sie sich recht wohl fühlen wird.«

Meredith ließ sich willenlos in einen vornehmen Salon mit feiner blauer Tapete führen, das in Kobalttönen eingerichtet war. Die Tür schloss sich hinter ihnen, und ihre geheimnisvolle Gastgeberin griff wieder nach ihren Händen. »Sie armes Ding«, meinte sie voller Mitgefühl, »was hier mit Ihnen geschieht! Die Diener, müssen Sie wissen, haben keine Ahnung, dass Sie gar nicht erwartet hatten, zu uns zu kommen. Deshalb habe ich Sie auch so schnell in den Salon gebracht.«

»Wer sind Sie?« Mit dieser direkten Frage fand Merrie ihre Stimme wieder; es war ihr gleichgültig, wenn sie sich ungehobelt anhörte.

»Ich bin Arabella, Damians Zwillingsschwester.« Bellas Augen blitzten. »Wir sind uns sehr ähnlich, glaube ich.«

»Ja«, stimmte ihr Merrie zu. »Sehr. Wo ist Ihr Bruder?«

»Zuerst einmal müssen Sie Ihren Umhang ablegen und den Hut, dann werden wir eine kleine Erfrischung zu uns nehmen. Ich erkläre Ihnen alles, wenn Sie es sich bequem gemacht haben.«

»Ich bitte um Entschuldigung, Ma'am«, setzte Merrie sich zur Wehr. »Aber ich denke, Sie weichen meiner Frage aus.«

Bella bedachte sie mit einem schuldbewussten Lächeln. »Sie sind ganz genau so, wie Damian es angekündigt hat.«

»Und wie hat er mich angekündigt?«

»Mürrisch und entschlossen.«

Merrie sah sie mit offenem Mund an, dann brach sie in lautes Lachen aus. Es war allzu absurd; außerdem konnte sie nicht anders, als sich von dieser Frau angezogen zu fühlen, die ihr einen so freundlichen Willkomm bereitete. Sie ärgerte sich über Rutherford, nicht über seine Schwester. »Ich bitte um Entschuldigung«, meinte sie noch einmal. »Wenn ich darf, werde ich wirklich zuerst einmal meine Sachen ablegen. Es kommt mir vor, als seien sie mir bereits angewachsen – so lange habe ich sie schon am Leibe.«

»Ja, in der Tat, das kann ich mir vorstellen.« Bella zog an der Klingelschnur. Sofort erschien der Lakai, nahm Merediths Umhang, ihren Hut und Handschuhe und verbeugte sich, als er gebeten wurde, Tee zu bringen.

»Ich nehme an, Ihr Bruder ist nicht hier?« Meredith zog die Brauen hoch. »Wann erwarten Sie ihn?«

»Er kommt morgen früh«, antwortete Bella zögernd. Sie stellte fest, dass sie es nicht gern hätte, wenn ihr Gast zornig werden würde. Denn obwohl ihre Erscheinung durch die lange Reise ein wenig mitgenommen war – zeigte Meredith Blake, trotz ihres Altersunterschiedes von sechs Jahren, Würde und Selbstvertrauen. »Er hat Ihnen einen Brief dagelassen«, sprach sie rasch weiter und eilte zu dem Sekretär hinüber.

Meredith nahm den Brief dankend entgegen; dann ging sie hinüber zum Fenster und wandte ihrer Gastgeberin den Rücken zu, ehe sie das schwere Siegel aufbrach, um das Blatt auseinander zu falten. Sie las: Willkommen bei deinem neuen Abenteuer, mein Liebling! Morgen kannst du mit mir schimpfen, aber tu mir bitte heute den Gefallen, Bellas Gastfreundschaft mit Anmut zu akzeptieren. Sie konnte es kaum erwarten, deine Bekanntschaft zu machen, und sie kennt ein wenig die Hintergründe; also wird es nicht nötig sein, dass du dir allzu verrückte Sprünge einfallen lässt. Sie wird dir die Rolle erklären, die du für den Rest von London spielen sollst, es sei denn, du möchtest das lieber von mir hören. Schlaf schön, mein Kleines. Bis morgen!

Eine gekritzelte Unterschrift vervollständigte diese verwirrende Nachricht, die bis auf die Grüße eher eine Serie von Befehlen zu sein schien als ein Liebesbrief. Meredith faltete ihn sorgfältig zusammen und wandte sich dann zu Rutherfords Schwester um, die sie forschend ansah.

»Ich kann mich des Gefühles nicht erwehren, dass es sehr feige ist von Ihrem Bruder, die ganze Last meiner Ankunft auf Ihre Schultern zu laden«, meinte Merrie. »Aber er hat mich ermahnt, Ihre liebenswürdige Gastfreundschaft zu akzeptieren; und es wäre in der Tat sehr unhöflich, wenn ich etwas anderes täte.«

»Sie sind sehr böse, nicht wahr?«, meinte Bella und goss Tee in eine zierliche Tasse, die sie ihrem Gast reichte.

»Auf Ihren Bruder? Wütend«, gestand Merrie ihr und nahm den Tee dankbar an. »Möchten Sie mir nicht erläutern, welche Pläne er für mich hat? Wie ich las, sind Sie eingeweiht!«

»Wir haben einander schon immer sehr nahe gestanden«, sagte Bella entschuldigend. »Ich hoffe, Sie haben nichts dagegen, dass ich Ihre Geschichte kenne.«

»Es würde mir jetzt nicht mehr viel nützen, wenn ich etwas dagegen hätte«, antwortete Merrie und zuckte die Schultern. »Wollen Sie mich nicht aufklären?«

Ungläubig lauschte sie. Der Hintergrund, den Damian für sie ausgedacht hatte, war so nah wie möglich an den Tatsachen geblieben, bis auf eine oder zwei schwerwiegende Abweichungen. Sie hieß noch immer Lady Blake, die Witwe von Sir John Blake. Aber einige vage Verbindungen waren zwischen Matthew, Lord Mallory und den Blakes hergestellt worden. Lord Rutherford hatte, nach Entdeckung dieser Verbindungen, der *reichen* jungen Witwe den Schutz seiner Familie angeboten, um sie in die Londoner Gesellschaft einzuführen. Merrie erfuhr, dass die Herzogin von Keighley sich sehr freute über die Fürsorglichkeit ihres Sohnes und dass sie auf der baldigen Vorstellung der jungen Frau bestand. Der Herzog verhielt sich in dieser Angelegenheit neutral – doch das war nicht ungewöhnlich.

»Ich verstehe«, meinte Meredith, nachdem Bella ihr dies unterbreitet hatte. »Und wo, bitte, beabsichtigt Lord Rutherford, mich während der Dauer dieses Betruges unterzubringen?«

Arabella starrte sie an. »Oh, aber ich dachte, Sie hätten verstanden. Hier! Sie werden hier bei mir wohnen, und ich werde für Sie bürgen!«

»Das ist ja ungeheuerlich!« Meredith sprang auf und achtete nicht darauf, wie ihr Temperamentsausbruch auf ihre Gastgeberin wirkte. »Wie kann er es *wagen*!«

»Bitte, bitte!«, Bella stand erschrocken auf. »Wenn es Ihnen so zuwider ist, dann müssen Sie natürlich nicht hier bleiben. Ich hatte nur gehofft, dass wir gut miteinander auskommen. Es wäre lustig gewesen, Sie zu meiner Gesellschaft zu haben, und wir hätten alles gemeinsam unternehmen können. Ich bin die Saison so leid, und George ist immer im Parlament und mein Sohn Georgy in Eton – da fühle ich mich oft so allein.«

Voller Entsetzen sah Meredith, wie zwei große Tränen über die cremig zarten Wangen von Lady Beaumont rollten. »Oh, meine liebe Lady Beaumont, ich wollte Sie doch nicht kränken!«

»Meine Liebe, Sie müssen mich Bella nennen.« Ein gewinnendes Lächeln umzitterte den rosigen Mund, doch noch immer glänzten Tränen in ihren Augen. »Und darf ich Merrie zu Ihnen sagen? Sie werden doch bleiben? Sagen Sie ja!«

Diese Situation, so sah Meredith ein, war wesentlich schwieriger, als sie auf den ersten Blick angenommen hatte. Zweifellos war sie nicht die Einzige, die von Damians Plan profitierte – was auch seine Abwesenheit am heutigen Abend erklärte. Der Wunsch seiner Schwester hatte wesentlich mehr Konsequenzen als alles andere, was er zu diesem Zeitpunkt hätte vorbringen können.

»Ich kann nichts entscheiden, bis ich nicht Rutherford gesprochen habe«, erklärte sie nachgiebig. »Aber natürlich stößt es mich nicht ab, hier bei Ihnen zu wohnen. Ihr Mann sieht das jedoch vielleicht ein wenig anders.«

»Ach was, George!« Arabellas Tränen waren wundersamerweise getrocknet. »Wenn er es überhaupt bemerken sollte, dann nur ganz am Rande. Aber er ist immer mit allem einverstanden, das kann ich Ihnen versichern!«

Meredith lächelte vage, eine passende Antwort fiel ihr nicht ein.

»Sie sind sicher sehr müde.« Plötzlich war Arabella wieder die charmante Gastgeberin, sie hatte die Lage vollkommen im Griff. »Ich werde Ihnen jetzt Ihre Räumlichkeiten zeigen, dann lasse ich Ihnen ein Tablett nach oben schicken. Bestimmt möchten Sie gern etwas essen.«

Meredith gab zu, dass ihr ein kleiner Imbiss angenehm wäre; so gegen fünf Uhr hatten sie in der Nähe von Staines etwas gegessen, doch da war ihr Appetit durch die Aufregung nicht sehr groß gewesen. Jetzt folgte sie ihrer Gastgeberin nach oben, wo sie in ein Boudoir geführt wurde, das ganz in Rosa und Creme eingerichtet war. Ein Wilton-Teppich in Altrosa lag auf dem Boden, cremefarbene Gardinen schmückten die Fenster; an den Enden der dicken Kordeln, mit denen sie gehalten wurden, hingen seidene Troddeln. Ein hübscher Sheraton-Sekretär aus feinem Rosenholz stand an der Wand; darauf warteten ein lederner Tintenlöscher, ein Tintenfass und einige Federn auf eine eifrige Briefschreiberin. Ein cremefarbenes Satinsofa befand sich in der Nähe des Fensters, und einige zierliche Sheraton-Stühle mit kunstvoll geschnitzten Beinen standen verstreut im Raum.

»Wie hübsch«, rief Meredith aus.

»Ich bin so froh, dass es Ihnen gefällt.« Bella ging zu einer Tür auf der anderen Seite. »Ihr Schlafzimmer ist hier.«

Es war in jeder Hinsicht genauso geschmackvoll eingerichtet wie das Boudoir. Zusätzlich zu dem Himmelbett mit schweren rosa Seidenvorhängen fand sie dort auch Nan, die ein Mädchen dabei überwachte, Merediths Koffer auszupacken.

Merrie öffnete den Mund, um Nan am Auspacken zu hindern, da sie sicher nicht länger als eine Nacht hier bleiben würden – doch dann schloss sie den Mund wieder. Es wäre nicht angebracht, im Beisein von Bellas Personal Zweifel zu äußern, wie frei sie sonst auch mit Nan sprach.

»Charmant«, wandte sie sich stattdessen an ihre Gastgeberin. »Ich weiß Ihre Aufmerksamkeit sehr zu schätzen, Lady Beaumont!«

»Ach, sind wir uns nicht einig, die Förmlichkeiten zu lassen?« Eifrig wandte sich Bella wieder dem Boudoir zu.

»Wenn Sie das wünschen, Bella!« Merrie erwiderte ihr warmes Lächeln. »Sie werden sicher verstehen, wenn ich Ihnen jetzt eine gute Nacht wünsche. Es waren ermüdende sieben Tage, und ich habe heute Abend einen kleinen Schock zu verwinden.«

»Selbstverständlich.« Bella beeilte sich, Merrie ihr Verständnis auszudrücken. »Und ich nehme an, dass Sie morgen früh ganz besonders gut aussehen möchten, wenn Sie Damian gegenübertreten.« Ihre Augen blitzten, und das Lächeln, mit dem sie Merrie bedachte, war entschieden verschwörerisch. »Zu gerne wäre ich dabei, wenn mein Bruder seinen Meister findet!«

»Nach der Erfahrung des heutigen Abends, Bella, beginne ich mich zu fragen, ob das meine Bestimmung ist.« Ungläubig schüttelte Merrie den Kopf. »Ich bin nur selten so hinters Licht geführt worden. Doch ich werde mich schon zu wehren wissen, täuschen Sie sich da nicht!«

Viel später, als sie in dem unbekannten, doch sehr bequemen Bett lag, in ihrer neuen, luxuriösen Umgebung, gestand Meredith sich ein, dass sie Zweifel hegte an dieser Behauptung. Rutherford hatte sicher noch mehr als nur ein Ass im Ärmel. Er hätte das Ganze nicht eingefädelt, ohne sicher zu sein, dass er all ihre Einwände mühelos hinwegfegen konnte.

Von Nan gab es auch keine Hilfe zu erwarten. Ihr gefiel der Cavendish Square ausnehmend gut, da man ihr ein gemütliches Zimmer neben den Räumen der Haushälterin zugewiesen hatte. Diese Dame war nach ihrer Einschätzung sehr vernünftig und ganz und gar nicht wie die anderen Londoner. In der Tat stellte sie sich als eine sehr nette Frau heraus, die Nan sogar aufgefordert hatte, sich das Wohnzimmer mit ihr zu teilen – denn es stand deutlich fest, dass Nan nichts mit dem Gesindel in der Unterkunft der Diener zu tun haben wollte. Grantly, der Butler, hatte sich herabgelassen, sie willkommen zu heißen, und ihr erklärt, dass sie sich mit etwaigen Klagen und Wünschen gleich an ihn wenden sollte; er wolle dafür sorgen, dass alles zu ihrer Zufriedenheit ausgeführt würde.

Definitiv hatte diese außergewöhnliche Höflichkeit gegenüber der ältlichen Begleiterin eines unbekannten und wohl kaum beeindruckenden Gastes ihre Wurzeln in irgendwelchen Dingen, die Damian und Bella ausgeheckt hatten. Meredith brauchte nicht zu wissen – obwohl Nan das längst herausgefunden hatte –, dass ihr angeblicher Reichtum in den unteren Räumen des Hauses bereits ungeheuerliche Dimensionen angenommen hatte, und ihre unmodische Kleidung schrieb man der Tatsache zu, dass sie ein wenig exzentrisch sei.

Nan, die zwei und zwei zusammengezählt hatte, war sehr gern bereit zu dieser Komödie. Sie war offensichtlich von Lord Rutherford inszeniert, in den sie vollstes Vertrauen setzte, wenn es um Merediths Angelegenheiten ging.

Diese wachte am nächsten Morgen in hellem Sonnenschein sündhaft spät auf. Endlich einmal hatte niemand in der Morgendämmerung an ihre Tür geklopft, um zu sagen, dass das heiße Wasser bereit stand; sie brauchte nicht schon in der Frühe unterwegs zu sein, nach einem übereilten Frühstück. Die Nacht über hatte sie sich gut erholt und reckte sich voll angenehmer Entspannung, als sie sich langsam aus ihren Träumen löste, um das Heute zu begrüßen.

»Ich habe mich schon gefragt, ob du wohl den ganzen Tag verschlafen willst.« Nan zog die Bettvorhänge beiseite und stellte ein silbernes Tablett neben sie. »Es gibt heiße Schokolade für dich. Das scheint hier so üblich zu sein«, bemerkte sie schnaubend. »Es unterstützt die Faulheit, würde ich sagen!«

»Vielleicht ist es gar nicht immer nötig, so früh aufzustehen«, murmelte Merrie, stopfte sich ein dickes Kissen in den Rücken und betrachtete die dampfende silberne Kanne und den Teller mit süßen Keksen voller Begeisterung. Solch ein Service am Morgen würde zu Hause als wilde Genusssucht ausgelegt, die unausweichlich zur Sünde führen musste.

Nan brummte nur. »Das Mädchen von Lady Beaumont hat gesagt, dass die verehrte Dame dich im Frühstückszimmer erwartet, wann immer es dir recht ist«, berichtete sie Meredith. »Du wirst wohl eines deiner neuen Kleider tragen wollen.«

»Ja, das Geblümte aus Musselin«, stimmte ihr Merrie mit vollem Mund zu. Ihre neuen Kleider, die sie zu Hause mit Stolz erfüllt hatten, würden am Cavendish Square beklagenswert unmodern wirken; aber sie waren alles, was sie hatte, und Meredith hielt sich niemals bei Dingen auf, die sie nicht ändern konnte. Außerdem hatte sie nicht im Entferntesten die Absicht, sich in der Gesellschaft zu zeigen – wie schlau Damian seine Pläne auch eingefädelt haben mochte –, also würde es wohl kaum etwas ausmachen.

Dieser Gedanke ließ sie mit neuer Energie aus dem Bett springen. Sein versprochener Besuch heute Morgen durfte sie nicht unvorbereitet treffen. Sofort durchflatterten Schmetterlinge ihren Magen. Selbst ein Streit mit Damian war besser als die langen Wochen seiner Abwesenheit. Aber sie wollte sich gar nicht mit ihm streiten; sie wollte ihn in ihren Armen halten, wollte von ihm gehalten werden, wollte seine Lippen auf ihren spüren und seinen großen, kräftigen Körper, der sie besaß und sie mit Leidenschaft auf die Ebene führte, auf der nur das Gefühl zählte.

»Ich werde baden, Nan«, erklärte sie energisch. »Ich bin so schmutzig wie eine Schweineherde nach all den Tagen der Reise. Und ich möchte, dass du mir das Haar machst, wie du es früher getan hast. Erinnerst du dich noch?«

Nan nickte. »Aye«, erklärte sie brummig. »Ich erinnere mich noch sehr gut.«

Eine Stunde später betrachtete Meredith sich in dem großen Spiegel. Zum ersten Mal seit Jahren hatte sie sich angekleidet, um einfach nur Spaß an sich zu haben. Es gab keine Arbeit zu erledigen, die eines ihrer einfachen Kleider aus verblichenem Stoff nötig machte, kein gesellschaftliches Ereignis, zu dem sie eines ihrer schrecklichen Erbstücke anziehen musste. Der bedruckte Musselin konnte vielleicht nicht mit Lady Beaumonts Garderobe konkurrieren; aber das Kleid war sehr hübsch, mit einem rostfarbenen Muster, das zu ihrem kastanienbraunen Haar passte. Sie hatte es zu einem weichen Knoten hochgesteckt, aus dem einige Strähnen ihr Gesicht umrahmten. Eine gleichfarbige Schärpe lag um ihre schmale Taille, die sie zu einem ihrer körperlichen Vorzüge zählte. Alles in allem, fand Meredith, war ihr Aussehen zufrieden stellend. Sie bückte sich, drückte einen Kuss auf Nans Wange und bekam dafür nur ein kurriges: »Jetzt aber los mit dir«, zu hören.

Ein aufmerksamer Lakai begleitete sie zum Frühstückszimmer, einem kleinen Raum im hinteren Teil des Hauses. Nur ein schlanker, asketisch aussehender Gentleman war anwesend. Er blickte auf von der *Gazette,* als Merrie eintrat, dann stand er rasch auf. »Lady Blake, ich heiße Sie willkommen! Gestern Abend war ich leider verhindert – eine späte Debatte im Oberhaus, verstehen Sie!«

»Ja, natürlich.« Meredith nahm die Hand, die er ihr bot, dann zog er ihr einen Stuhl heran. »Ich freue mich, Ihre Bekanntschaft zu machen, Lord Beaumont. Es ist sehr freundlich von Ihnen, mich bei sich aufzunehmen.«

»Oh, ganz und gar nicht, ganz und gar nicht«, winkte er ab. »Arabella wird sehr glücklich sein, Sie zu unterhalten.« Eine kleine Falte erschien auf seiner Stirn. »Um ganz ehrlich zu sein, Lady Blake, sie war regelrecht schwermütig, seit Georgy zur Schule abgereist ist – aber die Nachricht von Ihrer Ankunft hat sie wieder aufgeheitert. Ich finde, es ist ein großartiger Plan. Hoffentlich werden Sie hier Ihren Aufenthalt so genießen, wie wir glücklich sind, Sie bei uns beherbergen zu dürfen.«

Angesichts einer solchen Erklärung, die von Herzen zu kommen schien, konnte Meredith nicht mehr tun, als ihre Freude über diese Regelung auszudrücken. Jetzt steckte sie so tief in der ganzen Sache, dass es eine entsetzliche Unhöflichkeit wäre, sich wieder daraus zu verabschieden. Und das hatte sie ausschließlich Rutherford zu verdanken!

Als sie sah, das ihr Gastgeber wieder magisch von der Zeitung angezogen wurde, die neben seinem Teller lag, selbst als er noch versuchte, so etwas wie eine Unterhaltung aufrechtzuerhalten, lächelte sie ihn an. »Bitte, fühlen Sie sich nicht so, als müssten Sie für Konversation sorgen, Lord Beaumont. Ich habe wirklich nichts dagegen, wenn Sie Ihre Zeitung lesen. Bei uns zu Hause finde ich auch oft, dass eine Unterhaltung am Frühstückstisch eine Zumutung ist.«

Die Erleichterung des Marquis war offensichtlich, und sein Gast stieg in seiner Achtung noch mehr. Ein angenehmes Schweigen senkte sich über die beiden, während Meredith ein ausgiebiges Frühstück genoss und sich fragte, wann sich ihre Gastgeberin wohl zeigen würde. Es war schon beinahe zehn Uhr, als Arabella erschien; sie sah strahlend aus in ihrem Kleid aus Jonquille-Musselin, und Meredith fühlte sich neben ihr wie eine Landpomeranze.

Bellas Begrüßung war so herzlich, dass Merrie ihre Verzagtheit sofort wieder vergaß. »George, du hast doch nicht etwa die *Gazette* gelesen, während Merrie hier gesessen hat?« Bella kanzelte ihren Mann ab, während er ihr einen Kuss auf die Wange gab.

»Lady Blake zieht es ebenfalls vor, sich am Frühstückstisch

nicht zu unterhalten«, verteidigte sich ihr Mann und sah ihren Gast flehend an.

Sie lachte. »Das habe ich wirklich gesagt, Bella. Ich würde mich niemals vor dem Mittagessen zwischen einen Mann und seine Zeitung drängen.«

»Nun, meine Liebe, für mich wird es Zeit!« Der Marquis ging zur Tür. »Ich bin zusammen mit Arnold in der Bibliothek, wenn du mich brauchst. Wir haben eine höchst wichtige Rede zu verfassen über die Steuer auf Getreide!«

»Ja, Liebling«, antwortete seine Frau ruhig und goss sich Tee ein. »Ich nehme nicht an, dass ich dich stören muss.« Sie tauchte ein Stück Toast in den Tee und lächelte Merrie ein wenig traurig an. »Damian erklärt mir immer wieder, dass George mich nicht vernachlässigt, und ich bestätige, dass er auch nicht die Absicht hat, das zu tun. Er ist sehr klug, müssen Sie wissen, und die Regierung verlässt sich auf ihn.« Das Stück Toast verschwand zwischen ihren rosigen Lippen. »Es ist sehr altmodisch von mir, mich ständig nach der Gesellschaft meines Mannes zu sehnen.« Sie seufzte. »Aber die Liebe richtet sich leider nicht nach der Mode.«

»Nein, ich denke, das tut sie nicht.« Merrie betrachtete mit faszinierter Verwunderung die lässige Art, wie Bella ihren Tee trank und ihren Toast aß. »Leider kenne ich mich in der Welt der Mode nicht sehr gut aus; doch in einem solchen Fall würde ich mich wahrscheinlich auch gar nicht nach ihrem Diktat richten.«

Bei diesem neuen Gedanken sah Bella erstaunt auf, dann erinnerte sie sich an das, was sie von Merries Geschichte wusste. »Wahrscheinlich werden Sie es schaffen, meine Liebe«, meinte sie ein wenig zweifelnd. »Sie sind ganz sicher keine gewöhnliche Frau – aber man kann auch nicht *zu* inkonventionell sein.«

»Was werde ich schaffen?«, fragte Merrie, die von ihren Worten ein wenig verwirrt war.

»Nun, Ihre Aufnahme in die Gesellschaft, natürlich.« Bella stellte ihre Teetasse ab und stützte die Ellbogen auf. »Sie dürfen sich nicht beleidigt fühlen, Merrie ... Ihr Kleid ist für Cornwall bestimmt angemessen, und ich finde es in der Tat sehr hübsch – aber Sie können nicht in die Gesellschaft eingeführt werden, ehe Sie keine neue Garderobe besitzen.«

Meredith, die schon selbst zu diesem Schluss gekommen war, fühlte sich nicht angegriffen. »Ich habe gar nicht den Wunsch, in die Gesellschaft eingeführt zu werden, Bella, daher ist das auch nicht wichtig.«

»Ich glaube nicht, dass Damian das gefallen wird«, meinte Bella vorsichtig.

»Was soll ihm nicht gefallen?«, hörten sie eine lachende Stimme von der Tür, die schneller aufflog, als sie schauen konnten.

Wieder begannen Schmetterlinge in Merries Magen zu flattern. Sie sah ihn an, und trotz all ihres Zorns auf ihn öffnete sie sich wie eine Blüte unter der Frühlingssonne.

»Guten Morgen, meine kleine Abenteuerin«, begrüßte er sie heiter.

»Guten Morgen, Lord Rutherford!« Er trug einen Kutschermantel mit vielen Kragen; später würde sie erfahren, dass er ihn als Mitglied des Four Horses Club auswies. Diesen zog er jetzt aus und legte ihn zusammen mit den Handschuhen und einem Biberhut auf die Couch in der Ecke des Wohnzimmers.

»Schwesterchen!« Er begrüßte Bella mit einem leichten Kuss. »Du bestehst also noch immer darauf, deinen Magen mit diesem Zeug zu füllen.«

»Und du bist immer so charmant, Brüderchen«, antwortete Bella freundlich. »Möchtest du nicht mit uns frühstücken?«

»Danke, nein. Das habe ich schon vor Stunden erledigt. Aber ich werde euch Gesellschaft leisten, bis Meredith satt ist!«

Er hatte ihr noch nicht einmal die Hand gegeben, und Merrie fühlte sich schon so schwach und flattrig wie ein verliebter Backfisch. »Ich bin schon fertig«, erklärte sie mit eisiger Stimme.

»Dann lass uns gehen und uns ganz privat streiten«, antwortete er gewinnend. »Du wirst uns doch entschuldigen, Bella?«

»Unbedingt.« Seine Schwester sah die beiden ängstlich an. »Oje! Hoffentlich werdet ihr beide in der Lage sein, das alles gütlich zu regeln. Warum geht ihr nicht ins Morgenzimmer und sagt Grantly, dass ihr nicht gestört werden wollt?«

Damian nickte und öffnete Meredith die Tür; als sie an ihm vorüberrauschte, verbeugte er sich mit gekräuseltem Mund. »Nach rechts!« Eine warme Hand legte sich auf ihren Rücken, und ihre Nackenhaare sträubten sich. Er fühlte, wie ein Beben durch ihren Körper rann, und lächelte – ein triumphierendes Lächeln, das Merrie glücklicherweise nicht sah.

Sie wurde in ein weiteres Empfangszimmer geführt, wo die Gardinen und Möbelstoffe in einem fröhlichen Sonnengelb gehalten waren. Angemessen für ein Morgenzimmer, dachte sie hingerissen. Die Tür schloss sich hinter ihnen, und mit einer eigenartigen Beklommenheit wandte sich Merrie um zu der großen Gestalt hinter ihr.

»Ich habe dich so schrecklich vermisst«, sagte Damian leise. »Nie hätte ich es für möglich gehalten, dass man jemanden so sehr vermissen kann.« Er schüttelte den Kopf. »Nein, nein, ich glaube nicht, dass ich jetzt einen Streit ertragen kann.« Es war eine eindeutige Feststellung, der sofort die Tat folgte, denn er zog sie in seine Arme. Merrie hatte nur noch Zeit für einen erstickten Protestschrei, ehe ihr der Atem stockte unter seinem leidenschaftlichen Kuss. Gleichzeitig schmolz ihr Wunsch dahin, sich gegen ihn zu wehren, zusammen mit dem Willen, sich seinen Händen und seinem Körper zu entziehen, der sich so wundervoll anfühlte.

Damian hielt sie noch immer in seinen Armen, als er rückwärts einen Sessel ansteuerte. Er gab ihre Lippen frei und strich mit den Händen langsam über ihre Seiten; dann setzte er sich hin und zog sie zwischen seine Knie. Seine Hände ruhten leicht auf ihren Hüften, er strahlte sie an. »Du siehst bezaubernd aus mit deiner Frisur. Wie geht es deinem Bein?«

Ohne auf eine Antwort zu warten, die ihr schwer zu fallen schien, hob Damian entschlossen ihren Rock und ihren bestickten Unterrock hoch.

»Das darfst du nicht!«, rief sie schockiert aus. »Denke doch nur, wenn jemand hereinkommt.«

»Ein wenig leichtsinnig, nicht wahr?«, stimmte er ihr zu. »Aber ich habe doch geschworen, deine Sehnsucht nach Gefahr zu befriedigen, wann immer das möglich ist. Halte deine Röcke hoch, ich muss deine Strümpfe herunterrollen, um deinen Oberschenkel zu untersuchen.«

Wie in Trance gehorchte Meredith ihm und hielt den weichen Stoff ihres Kleides mit den Händen fest, bis er ihr Strumpfband gelöst hatte und ihr dann vorsichtig die dünnen Seidenstrümpfe bis zu den Knöcheln hinunterstreifte. Ein Schauder durchfuhr Meredith, als die kühle Luft über die nackte Haut ihrer Schenkel strich. Ohne ein weiteres Wort schob er das mit Spitzen besetzte Hosenbein hoch. Mit dem Finger fuhr er über die schmale rote Spur an der Rückseite ihres Oberschenkels. »Du wirst eine Narbe zurückbehalten«, erklärte er. »Es wird dir als Mahnung dienen, dass du in Zukunft ein wenig achtsamer bist.«

Meredith keuchte auf bei der kühlen Unverfrorenheit seiner Stimme. »Gerade du redest von Vernunft und Umsicht ...«

»Psst!« Er drückte seine Lippen auf die Narbe, seine Hände glitten unter ihre Röcke und umfassten fest ihr Gesäß. Sie schluckte, heiß loderte das Verlangen in ihr auf. Seine Lippen glitten höher, sie spürte deren Wärme durch ihr Höschen hindurch, während seine Hände noch fester zupackten und der Quell ihrer Weiblichkeit zu pulsieren begann unter dem dünnen Stoff, der sie von seinen Lippen trennte. Sie schwamm auf der Woge der Gefühle, die ihr mittlerweile so gut bekannt waren, während er sie mit einer Hand hielt und die andere sich zu der feuchten Stelle vorwagte, wo sich die Geheimnisse ihres Verlangens seiner Berührung öffneten. Die Wonne, von ihm berührt zu werden und dennoch nicht berührt zu werden, weil ihre Unterwäsche den Kontakt ihrer Haut mit seiner verhinderte, trieb Meredith in einen neuen Taumel. Sie war unfähig, etwas anderes zu tun als zwischen seinen Knien zu stehen, die sich an ihre Schenkel drückten, ihren Rock hochzuhalten und sich diesem Eindringling anzubieten, der so gut wusste, wie er sie zum Gipfel führen konnte. Sie erbebte und zitterte, als die erste Welle der Erfüllung sie erfasste, sie höher und höher trug, bis sie schließlich über ihr zusammenschlug und sie darin ertrank.

»Also. Du wirst nicht mit mir streiten, nicht wahr, Meredith?«, fragte Rutherford leise, als sie in die Wirklichkeit zurückgekehrt war und wieder ohne seine Hilfe stehen konnte.

»Der Teufel soll dich holen, Damian!«, murmelte Merrie schwach und ohne große Überzeugung.

Er lachte nur und rollte ihre Strümpfe wieder hoch; dann legte er ihr das Strumpfband mit einer Geschicklichkeit um, die von großer Erfahrung in diesen Dingen zeugte. Ihr Rock fiel über ihre Beine bis zu ihren Knöcheln hinab, und er strich ihn sorgfältig glatt; dabei verweilten seine Hände auf ihren Hüften.

»Also, meine Schöne, jetzt zur geschäftlichen Seite!« Sein forscher Ton trug noch zu dem Durcheinander in Merrie bei. Vage wurde ihr klar, dass er alles sehr geschickt einfädelte. Indem er sie ständig verwirrte, sorgte er gleichzeitig dafür, dass sie nicht in der Lage war, ihren Zorn auszudrücken über die Art und Weise, wie er sie zum Cavendish Square gebracht hatte. Im Augenblick konnte sie nicht einmal sagen, warum sie eigentlich nicht hier sein sollte. »Bella hat dir den Plan erklärt?«, sprach Damian weiter und beobachtete sie aufmerksam – zufrieden mit dem, was er sah. Wenn man mit einem so übermächtigen Gegner verhandelte, war man dazu gezwungen, den strikten Ehrenkodex etwas zu manipulieren. Er wusste nur zu gut, wie wenig Skrupel sie haben würde, wenn ihre Rollen vertauscht wären.

»Es ist ein ungeheuerlicher Plan, und das weißt du auch.« Endlich hatte Meredith die Stimme wiedergefunden. »Das hatten wir entschieden nicht vereinbart.«

»Und was genau hatten wir vereinbart, meine kleine Abenteuerin?« Rutherford war sich seiner Sache sehr sicher; er lümmelte in dem Sessel und wischte mit seinem Taschentuch über die schneeweißen Ränder seiner Gamaschen.

Merrie dachte nach und entdeckte die Falle. Da sie schwieg, fuhr er leise fort: »Eine Übereinkunft, die ab Okehampton bindend wurde, wie ich mich entsinne. Habe ich Recht?« Seine Augen beobachteten sie wie den Wurm an der Angel – sie nickte und verfluchte ihre Dummheit. »Wiederhole bitte die Vereinbarung, Merrie«, drängte er sanft.

»Oh, du bist wirklich unerträglich!« Sie wandte sich auf dem Absatz um und begann, unruhig im Zimmer hin und her zu laufen. Gelassen beobachtete er sie – ob ihr Temperament wohl dazu führen würde, dass sie Arabellas Sachen an die Wand warf? »Äußerst skrupellos!«, erklärte sie nun atemlos und kam mit großen Schritten auf ihn zu.

»Genau«, bestätigte Rutherford und griff nach ihrer Rechten, die sie zur Faust ballte. »Du darfst mich auch schlagen, wenn du dich danach besser fühlst! Lass den Daumen unten, so, und dann schlägst du so zu. Du solltest auf das Auge zielen oder auf die Nase – das verspricht mehr Erfolg. Nicht auf mein Kinn, denn dann könntest du dir das Fäustchen verletzen.«

»Ohhh!«, schrie Meredith. »Es gibt gar keine Worte für das, was du bist! Du weißt, dass du mich in der Hand hast, weil ich mich an Abmachungen halte. Deshalb brauchst du aber noch lange nicht so abscheulich zu sein!«

Lachend zog er sie auf sein Knie. »Frieden, mein Liebling! Wenn du dich erst einmal an den Gedanken gewöhnt hast, dann verspreche ich dir, wirst du dieses Abenteuer herrlich finden. Du kannst dir doch nicht wirklich gewünscht haben, in der Abgeschiedenheit eines vornehmen rückständigen Nestes zu leben? Es wäre eine schändliche Verschwendung deiner Gaben. Ich garantiere dir, dass du innerhalb eines Monats, wenn du dich ganz von Bella leiten lässt, der letzte Schrei sein wirst.«

Meredith seufzte und schmiegte sich in seine Arme; sie gab den Kampf auf, bei dem bereits von vornherein feststand, dass sie ihn verlieren würde. Zu Beginn dieses Unternehmens hatte sie zugestimmt, Rutherfords Bedingungen ohne Einschränkung zuzustimmen. Sie waren nicht so, wie sie das erwartet hatte – doch ihre Stellung im Haushalt der Beaumonts wäre nicht die einer Besucherin. Sie könnte Arabella zur Hand gehen und sich so von jeglicher Verpflichtung entlasten. Während sie sich an seine Brust schmiegte, dem rhythmischen Schlagen seines Herzens unter der grauen Jacke lauschte, und seine Hände über ihre Wangen glitten, sah sie ein, dass sie sich die Gelegenheit nicht entgehen lassen durfte, bei ihm zu sein, solange es möglich war. Außerdem regte die Aussicht, ungerechtfertigt einen Platz in der gehobenen Gesellschaft zu ergattern, ihre schauspielerischen Fähigkeiten an und ließ sie vor Erwartung beinahe zappeln. Die gesetzesbrechende Witwe eines ärmlichen kornischen Barons, die von den höchsten

Kreisen akzeptiert wurde … die vielleicht sogar Zutritt erhielt im Almack's. Nun, die würde sie ganz sicher bekommen, da das Haus Keighley sie unter seine Fittiche genommen hatte.

Meredith lachte leise, und Damian zog sie voller Freude noch fester an sich. »Du beginnst also, deine Chancen zu erkennen, mein Schatz?«

»In der Tat tue ich das. Ich hätte es nicht gutgeheißen, deine Schwester auszunützen; aber da sie sich von dem Plan einen großen Spaß erwartet – und wenn *du* keine Schuldgefühle hast, deine Mutter hinters Licht zu führen, dann sehe ich keinen Grund, warum ich sie haben sollte –, werde ich an eurem Spiel teilnehmen.«

Eine wichtige Frage vergaßen beide in ihrer Unterhaltung für die nächste Zeit; und da Rutherford Meredith mitnahm zu einer Rundfahrt, bei der sie sich auch die wilden Tiere im Exeter Exchange anschauten, Whitehall und Westminster Abbey, war Merrie so gefangen von der neuen Umgebung und Damian so voller Freude, dass sie nur noch von Liebe und nichtigen Kleinigkeiten sprachen.

15

»Sobald wir zu Ende gefrühstückt haben, Merrie, werden wir einkaufen gehen.« Arabella rauschte am nächsten Morgen voller Energie in das Frühstückszimmer. »Ich habe den Wagen schon bestellt. Wir werden gleich zur Bond Street fahren.«

Meredith hatte sich entschieden, nachdem sie gründlich mit sich zu Rate gegangen war, sich den Luxus eines oder sogar zweier Kleider in London zu leisten. Da sie eingewilligt hatte in ihre Rolle bei diesem Spiel, wäre es sinnlos, sich über Einzelheiten zu streiten. Daher stimmte sie dem Ausflug fröhlich zu und holte flink ihren Umhang und Hut.

Die Geschäfte an der Bond Street, in denen die Marquise von Beaumont Kundin war, sahen von außen gar nicht wie Geschäfte aus. Die Damen wurden in einen Salon geführt, wo man sie aufforderte, es sich auf zierlichen vergoldeten Stühlen bequem zu machen. Erfrischungen wurden gereicht, und gleichzeitig erschien eine eindrucksvolle Dame von üppigen Ausmaßen, die Lady Beaumont zu Merediths Irritation als auch Erstaunen mit einer Mischung aus Unterwürfigkeit und Vertrautheit begrüßte. Arabella schien das hingegen nicht zu bemerken.

»Madame Bernice, meine Cousine ist gerade aus Cornwall hier angekommen und braucht gewisse Dinge.«

Madame Bernice ließ ihren prüfenden Blick über den Umhang und den Hut der Cousine gleiten und stimmte dann von ganzem Herzen dieser Notwendigkeit zu, während sie sich beeilte, ihrer Kundin zu versichern, mit wie viel Freude sie ihr zu Diensten wäre. Eine Diskussion begann, an der Meredith keinen Anteil hatte, weil sie die Fachausdrücke nicht kannte und weil die beiden Damen sie kaum miteinbezogen.

Es wurde viel gesprochen von den Vorzügen von Tüll und Musselin, von den neuen französischen Kammgarnen, die gerade so beliebt wurden. Eine Anzahl von Modellen wurden ihnen vorgeführt. Merrie stimmte Arabellas Bemerkungen zu, weil sie am Anfang viel zu verwirrt war, um eine eigene Meinung zu haben, und in der Tat fand sie all die Kleider äußerst hübsch. Sie dachte, dass man ihr, wenn Madame Bernice ihnen ihre Kollektion gezeigt hatte, erlauben würde, eine Auswahl zu treffen – obwohl es eine ungeheure Aufgabe bedeutete, sich zwischen den vielen Promenadenkleidern, Morgen- und Nachmittagskleidern, Reitkostümen und Abendroben zu entscheiden.

Mittlerweile hatte sie begriffen, dass in ihrer Garderobe ein Paradestück fehlte und dass es ganz nett wäre, ein Promenadenkleid zu besitzen, da sie noch nie eines gehabt hatte – weil sie bis heute noch nirgendwo promeniert war – als Arabella sie so sehr verwirrte, dass sie vor Verblüffung kein Wort herausbrachte.

»Dann sind wir uns also einig, meine Liebe!« Lady Beaumont zog ihre Handschuhe an und stand auf. »Da Sie Kleider haben müssen, die Sie sofort anziehen können, werden wir das gelbe Promenadenkleid aus Krepp-Musselin nehmen, das sehr hübsche mit Blütenzweigen Bestickte für den Nachmittag und das aus cremefarbenem Kammgarn. Es wird wundervoll zu Ihrem Haar passen! Das lavendelfarbene Seidenkleid für den Abend entspricht perfekt Ihren Augen. Wir gehen jetzt noch in Warenhäuser und suchen Stoffe aus für den Rest der Garderobe. Madam Bernice wird die Schnittmuster heraussuchen, die wir dann begutachten. Sie müssen ihr vertrauen, meine Liebe! Sie hat noch nie einen Fehler gemacht, weil sie ganz genau weiß, welcher Stil zu wem passt.«

Madame lächelte ölig und fand, der mehr klassische Stil würde Lady Blakes Gesicht und Figur entsprechen. Es würde ihr eine große Freude bereiten, eine verehrte Dame mit einer so schlanken Gestalt einzukleiden.

Endlich fand Meredith ihre Sprache wieder. »Es gibt da ein Missverständnis. Ich bitte um Entschuldigung, Bella, das ist alles mein Fehler. Ich hätte meine Situation darlegen sollen, ehe wir hierher kamen – mir war gar nicht klar, dass Sie nicht Bescheid wissen!«

Arabella sah sie entsetzt an, und die scharfen Augen der Modistin zogen sich zusammen. Die Marquise von Beaumont war eine ihrer besten Kundinnen, und Madame hatte nichts dagegen, die Cousine vom Land einzukleiden. Aber falls sie sich nicht irrten, so gab es da ein Wort, das niemals erwähnt wurde und das jetzt seinen hässlichen Kopf reckte. Die Cousine hatte etwas von Geld gemurmelt.

»Madame Bernice, würden Sie uns bitte einen Augenblick allein lassen?« Arabella hatte sich wieder gefangen. Die Modistin senkte den Kopf, lächelte gezwungen und schwebte dann aus dem Raum.

»Es tut mir so Leid, dass ich Sie in Verlegenheit gebracht habe, Bella«, entschuldigte sich Meredith hastig. »Ich bin nicht in der Lage, mehr als zwei Kleider zu kaufen, und um ganz offen zu sein, wenn der Preis so hoch ist, wie ich es befürchte, dann kommt sogar nur eines in Frage. Wir können uns gern nach Stoffen und Mustern umsehen, die Nan dann für mich schneidert. Aber das ist auch schon die Grenze meiner Möglichkeiten.«

»Aber meine Liebe, Damian wird …«

»Das wird er nicht!«

Arabella zuckte zurück vor den blitzenden Augen und dem scharfen Unterton in der sonst so sanften Stimme. »Ich weiß nicht, was ihr beide ausgeheckt habt«, sprach Meredith weiter, »aber ich kann Ihnen versichern, dass ich, und nur ich, zuständig bin für Ausgaben dieser Art. Ich nehme Ihre Gastfreundschaft dankbar an, aber weiter werde ich nicht gehen.«

Arabella schnitt eine reumütige Grimasse. An eine solche Stolperfalle hatte sie gar nicht gedacht, aber es war ein großes Hindernis. Merrie konnte nicht in die Gesellschaft eingeführt werden in Kleidern, die ihre Dienerin geschneidert hatte. Und damit längst nicht genug: Hüte und Schuhe jeder Art waren noch nötig, Schals und Tücher, Handschuhe und Strümpfe, Umhänge und Mäntel. Die Liste hörte gar nicht auf. Ihr Bruder hatte ihr gesagt, sie solle keine Ausgaben scheuen. Wie kam er nur dazu, die Reaktion seiner Geliebten auszuklammern? Oder hatte er gehofft, dass es Arabella gelingen würde, ihre Einwände zu zerstreuen? Nun, beschloss seine Schwester, er würde selbst die Kohlen aus dem Feuer holen müssen. Auch als geliebter Zwillingsbruder hatte er bereits zu viel auf ihre Schultern geladen.

»Natürlich respektieren wir Ihre Haltung!« Sie lächelte Merrie freundlich an. »Möchten Sie eines der Kleider wählen, die wir bereits gesehen haben? Ich würde entweder das aus gelbem Krepp-Musselin vorschlagen oder das aus cremefarbenem Kammgarn.«

Entwaffnet durch die schnelle Kapitulation und ihre Gewissensbisse, wie sie ihre Gastgeberin vor der Modistin blamiert haben musste, stimmte Meredith zu, beide Gewänder zu nehmen. Wenn nötig, würde sie Anwalt Donne benachrichtigen müssen, damit er ihr eine zusätzliche Summe schickte. Das Geld war eigentlich für die Abzahlungen vorgesehen; doch wenn sie erst einmal zurück in Cornwall war und ihre üblichen Geschäfte wieder aufgenommen hätte, könnte sie diesen Betrag sicher ausgleichen. Aber dies war ja erst der Beginn ihres Abenteuers, rief Merrie sich ins Gedächtnis. Da sollte sie wirklich noch nicht an das Ende denken.

Bella wechselte einige Worte mit Madame Bernice, die danach strahlte und Lady Blake gratulierte zu ihrer Wahl – als hätte sie die ganze Kollektion gekauft, um die es Lady Beaumont zuvor gegangen war. Meredith antwortete mit einem Lächeln und machte sich nichts aus diesem Stimmungsumschwung. Offensichtlich schluckte die Modistin ihre Enttäuschung hinunter – sie würde im Interesse einer guten Geschäftsbeziehung mit einer so geschätzten Kundin wie Lady Beaumont immer die Fassung bewahren.

Arabella schob wohlweislich den Rest ihrer Planung für diesen Vormittag beiseite, da ihre Besuche bei Putzmacherinnen und Schuhmachern von ihrem zu wilder Unabhängigkeit entschlossenen Gast sicher nicht gern gesehen wären. Sie entschied sich, so bald wie möglich ihrem Bruder eine Nachricht zukommen zu lassen; dann schlug sie vor, zum Essen nach Hause zu fahren. Danach wollte Meredith vielleicht die Nachbarschaft um den Cavendish Square ein wenig erkunden. Sie selbst ruhte am Nachmittag immer eine Stunde, und sie hoffte, ihr Gast hätte nichts dagegen, in dieser Zeit sich selbst überlassen zu sein.

»Überhaupt nicht«, versicherte Meredith ihr eifrig. »Ich würde wirklich gern einen Spaziergang machen. Darüber wird doch wohl niemand die Nase rümpfen?«

»Oh, nein, aber ein Lakai soll Sie begleiten«, ordnete Bella an.

Das fand Meredith allerdings überflüssig – aber wenn es sich so gehörte, dann würde sie es akzeptieren.

Demzufolge war Meredith also nicht zu Hause, als Lord Rutherford, den seine Schwester dringend gerufen hatte, erschien.

»Was ist los, Bella?«, begrüßte er sie ohne Umschweife. »Dem Ton deiner Nachricht nach habe ich erwartet, Mord und Totschlag hier vorzufinden.«

»Es ist wirklich sehr ungehörig von dir, Damian, mich in eine so entsetzliche Lage zu bringen«, erklärte ihm seine Schwester entrüstet. Sie hatte ihn in ihrem Boudoir empfangen, wo sie auf einer Couch mit gestreiftem Bezug ruhte, die Ausgabe von Mr. Southeys jüngster Ballade lag einsam, aber unübersehbar auf dem Tisch neben ihr.

»Komm zur Sache, Bella«, bat Rutherford ruhig, griff nach dem Buch und blätterte darin.

Arabella berichtete ihm die Einkaufstour in allen Einzelheiten. »Ich werde mich von dir nicht dazu missbrauchen lassen, die Aufgaben auszuführen, die du verabscheust, Rutherford, das sage ich dir hiermit! Es ist absolut nicht angenehm, mit Merrie zusammen zu sein, wenn sie sich aufregt«, schloss sie und lehnte sich dann wieder in die Kissen zurück.

Rutherford konnte sich eines ahnungsvollen Lächelns nicht erwehren. »Nein, ich weiß wirklich nicht, was du meinst. Aber höre auf, mich zu beschimpfen, Bella! Ich schwöre, dass ich nicht die Absicht hatte, dich in eine so unangenehme Lage zu bringen oder von dir die unangenehmen Aufgaben erledigen zu lassen.«

Bella, die durch diese Versicherung ein wenig beruhigt war, verlangte zu wissen, was ihr Bruder in dieser Sache zu tun gedachte; denn sein Plan würde scheitern, wenn man Meredith nicht davon überzeugen konnte, dass sie eine angemessene und umfangreiche Garderobe brauchte.

»Um die Wahrheit zu sagen, wäre mir das nie in den Sinn gekommen«, gab er zu. »Da sie ja nun einmal der Situation im Prinzip zugestimmt hatte, sollte mein störrischer kleiner Drache wegen der Einzelheiten keinerlei Skrupel haben. Doch meine Erfahrung hätte mich warnen müssen.«

»Und was willst du jetzt tun?«, drängte seine Zwillingsschwester.

»Ich werde unten auf sie warten.« Rutherford beugte sich über die Couch und zog ihre elegante weiße Hand an seine Lippen. »Arme Bella, es war wirklich rücksichtslos von mir, dich einem Temperamentsausbruch von Merrie Trelawney auszusetzen!«

Arabella lächelte besänftigt. »So kann man es auch wieder nicht nennen. Aber ihre Augen haben wirklich sehr gefährlich aufgeblitzt, und auch ihre Stimme klang beinahe schrill. Ich wünschte, du würdest da einiges klären, damit ich nicht immer aufpassen muss, was ich tue oder sage.«

»Das werde ich, sobald sie zurückkommt«, versprach er auf dem Weg zur Tür. »Möglicherweise musst du heute Abend allein essen, Schwesterchen«, fügte er noch lässig hinzu.

Er ließ eine Bella zurück, die die Stirn runzelte und darüber nachsann, was diese Bemerkung zu bedeuten hatte.

Wahrscheinlich sollte sie die Marquise erröten lassen. Doch dazu kam es nicht, weil Arabella trotz der Affektiertheit, die die Gesellschaft verlangte, eine pragmatische Seele war. Zögernd kehrte sie zu der Ballade von Mr. Southey zurück. Es waren ermüdend lange Verse mit dem Titel ›Der Fluch von Kahama‹; doch man musste in der Lage sein, sich über die neueste Literatur zu unterhalten, insofern sie gesellschaftsfähig war.

Lord Rutherford zog sich in die Bibliothek zurück, im Flur begegnete ihm sein Schwager. Die beiden Männer respektierten einander sehr, obwohl sie sich nur selten sahen.

»Wie geht es dir, George?« Damian schüttelte die schmale Hand seines Gegenübers.

»Bestens, Damian«, antwortete dieser prompt. »Ich bin froh, dass du deine Verwandte zu Arabella gebracht hast. Sie ist genau das, was meine Frau braucht.«

Rutherford schürzte die Lippen. »Ein wenig mehr Zeit in Gesellschaft ihres Ehemannes wäre auch nicht schlecht, Beaumont!«

Der Marquis sah ein wenig erstaunt aus über diese unverblümte Bemerkung. »Du weißt doch, wie die Dinge stehen, Rutherford.«

Sein Schwager zuckte die Achseln. »Das sollte nur ein brüderlicher Rat sein, George! Du kannst ihn annehmen oder es lassen.«

»Wenn wir dieses verdammte Getreide-Gesetz erst einmal durchgebracht haben, Damian, wird manches leichter sein.« Beaumont bedachte ihn mit einem erschöpften Lächeln und schlug ihm dann auf die Schulter. »Ich weiß, was Bella braucht – aber wie soll sich ein Mann zerreißen? Ich kann nicht meine Frau in ihrem Boudoir lieben und gleichzeitig im Oberhaus über den Schutz der Landwirtschaft diskutieren.«

»Das ist wahr«, stimmte Damian ihm zu. »Verzeih mir,

wenn ich mich in etwas eingemischt habe, das mich nichts angeht.«

Beaumont meinte, Rutherford könne nichts dafür, und die beiden verabschiedeten sich, der eine mit nachdenklich gerunzelter Stirn, als würden ihn irgendwelche Skrupel plagen, der andere zufrieden, dass er die notwendige Saat gesät hatte.

Meredith, die Piccadilly erforscht hatte, weil sie von Patience wusste, dass dies das Herz des modischen Teils der Stadt war, befand sich in ausgezeichneter Laune, als sie zum Cavendish Square zurückstolzierte; der Lakai folgte ihr dezent in einem Abstand von etwa zehn Schritten. Sie hatte Hatchard's entdeckt und sich nicht satt sehen können an den Schaufenstern voller Neuerscheinungen. In Cornwall gab es einen beklagenswerten Mangel an neuen Büchern, und die Aussicht auf solche Fülle gleich vor ihrer Tür berauschte sie. Die ärgerlichen Einschränkungen ihrer Mittel mussten zwar, wie immer, bedacht werden; doch ein wenig über die Stränge schlagen durfte sie sicher. Außerdem musste es in ihrer Nähe auch Bücherstuben geben, wo man sich Lesestoff ausleihen konnte. Sie würde Bella danach fragen – so bald wie möglich. Heute Nachmittag hätte sie gut Zeit, Briefe an die Jungen zu schreiben. Ihre Gastgeberin hatte ihr am Vormittag angeboten, ihre Briefe zu frankieren; und Merrie bewegten unzählige Eindrücke, die sie ihren jüngeren Brüdern schildern wollte – obwohl es schwierig sein würde, dabei Rutherford oder seine Schwester nicht zu erwähnen. Das brachte sie auf einen höchst angenehmen Gedanken. Damian würde heute Abend zusammen mit ihnen essen. Bruder und Schwester waren übereingekommen, dass Meredith nicht auf die Welt losgelassen werden sollte, ehe nicht einige äußerliche Veränderungen vorgenommen worden waren. Inzwischen hatte sie genügend Zeit, sich einzurichten und zu lernen, sich zurechtzufinden. Meredith begrüßte diese Verzögerung voll und ganz. Sie war glücklich, sich der Kunstfertigkeit von Bellas Friseur anzuvertrauen, glücklich, ihre Garderobe zu vervollständigen, solange sie das tun konnte, ohne dabei die Mittel anzugreifen, die für die Dachreparaturen von Pendennis vorgesehen waren – und was die Unterhaltung betraf, so hielt sie die Aussicht auf ein Abendessen in der Gesellschaft von Rutherford momentan für aufregend genug.

Damian, der die Tür der Bibliothek nur angelehnt hatte, hörte, wie sie sich mit Grantly unterhielt, und trat in den Flur.

Als sie ihn entdeckte, stieg vor Freude eine leichte Röte in ihre Wangen. »Ah, Lord Rutherford, wie nett! Wir haben dich erst am Abend erwartet.«

Er zog ihre Hand an seine Lippen und spürte, dass ihre Finger zitterten. »Ich hatte geschäftlich etwas mit Bella zu besprechen und wollte warten, bis du von deinem Spaziergang zurückkamst. Hat es dir gefallen? Wo bist du herumgestreunt?« In dieser nebensächlichen Art unterhielt er sich mit ihr und führte sie dabei durch die Eingangshalle zur anderen Seite der Bibliothek, wo er die Doppeltür fest hinter ihnen schloss.

Meredith warf ihm einen prüfenden Blick zu, als sie ihre Handschuhe auszog und dann aus ihrem Umhang schlüpfte. »Ich hatte die Absicht, nach oben zu gehen und meine Sachen dort abzulegen«, meinte sie und warf alles auf einen Stuhl, dann löste sie die Bänder ihres Hutes. »Anscheinend ist die Sache, die du mit mir besprechen willst, recht dringend?«

Damian, der sich eine Strategie ausgedacht hatte, wie er dieses Problem angehen wollte, sah sie grimmig an. »Würdest du bitte so freundlich sein und mir erklären, warum du es für nötig gehalten hast, Arabella heute Morgen eine so unangenehme Szene zu machen?«

Alle Farbe wich aus ihrem Gesicht. »Ich glaube nicht, dass du das verstehst, Sir! Deine Schwester hatte eine falsche Vorstellung, und ich war gezwungen, sie zu korrigieren. Es hat keine Szene gegeben, das kann ich dir versichern. Natürlich wird Armut hier als ein vulgärer Zustand angesehen – dennoch ist es nun einmal *mein* Zustand, und dafür werde ich mich nicht entschuldigen. Leider hat deine Schwester meine Lage nicht richtig verstanden, aber Mylord – es war deine Aufgabe, sie darüber zu unterrichten!«

Rutherford ließ sie weitersprechen, ohne sie zu unterbrechen, ihrem bösen dunkelblauen Blick begegnete er gelassen. »Mache keinen Fehler, Meredith, Arabella kennt deine Lage sehr wohl! Sie hat nur das getan, worum *ich* sie gebeten habe.« Er wusste, dass er mit Besänftigung und Überredung sein Ziel nicht erreichen würde. Das war nur sehr selten der Fall, wenn es um Merrie Trelawney ging. Man musste sie im Sturm erobern, ihr den Boden unter den Füßen wegziehen und sie sich wie einen Kreisel drehen lassen – dann, wenn sie sich auf Hochtouren befand, musste man aus der Ferne eine friedliche Lösung vorschlagen.

»Wie kommst du auf die Idee, dass ich mir von dir eine Garderobe kaufen lasse?« Meredith bebte vor Zorn – ein Zustand, der durch die offensichtliche Ruhe ihres Gegenübers kräftig angeheizt wurde.

»Ich wünschte mir, du würdest dich setzen«, bat er versöhnlich. »Denn wenn du das nicht tust, kann ich das auch nicht tun.«

Meredith biss die Zähne zusammen. »Bitte setze dich getrost, Sir. Ich ziehe es vor, zu stehen!«

»Danke.« Lächelnd nahm er auf dem Sofa Platz, schlug die Beine übereinander und betrachtete sie aufmerksam. »Ich bitte um Entschuldigung, Ma'am. Was sagtest du doch gleich?«

Meredith wandte sich ab und holte zweimal tief Luft. Von Anfang an hatte er ihre Streitlust entschärft, indem er einfach ihre Opposition nicht anerkannte. Als Ergebnis davon gewann er normalerweise. Aber diesmal ging es nicht um Sieg oder Niederlage; sie musste sich selbst und ihren Zorn unter Kontrolle halten – wie wütend seine Herausforderung sie auch machte.

Sie wandte sich wieder zu ihm um, verschränkte die Hände vor sich und senkte den Blick. »Lord Rutherford, ich möchte nicht undankbar erscheinen, und ich bin mir lebhaft deiner vielen Aufmerksamkeiten bewusst – aber ich füchte, ich kann deine Wohltätigkeit nicht annehmen, was meine Garderobe betrifft.« Sie schenkte ihm ihr unterwürfiges kleines Witwenlächeln und sah mit zorniger Befriedigung, dass es wirkte.

»Verflixt, Merrie Trelawney!« Er sprang auf und packte sie bei den Schultern. »Ich habe dir schon zuvor gesagt, dass ich deine Arme-Witwe-Nummer nicht dulde!« Als er das triumphierende Aufblitzen ihrer Augen sah, den zufriedenen Zug um ihren Mund, begriff Damian, dass er ihr in die Falle gegangen war. Es empfahl sich, Meredith nicht zu unterschätzen.

Er gab sie sofort frei und kehrte zu seinem Platz auf dem Sofa zurück. »Wohltätigkeit, meine Liebe, ist nicht das richtige Wort«, erklärte er ihr jetzt geduldig. »Ich erfülle nur meine Pflicht. Vielleicht verstehst du die Bedeutung einer uneingeschränkten Vollmacht nicht? Erlaube mir, sie dir zu erklären.«

Meredith ahnte, was kommen würde – sie sah ihn an wie das Kaninchen die Schlange. »Ich bin uneingeschränkt verantwortlich für dein Wohlergehen, liebes Mädchen«, erläuterte er, »für alle Aspekte deiner Lebensumstände.« Er hielt inne und rückte seine Krawatte zurecht. »Und das, Ma'am, schließt auch deine Kleidung ein.«

Merrie glaubte zu explodieren. Ihre Hände waren feucht, und in ihren Ohren rauschte das Blut. Das waren keine Anzeichen von Zorn, begriff sie schwach, sondern diejenigen einer bevorstehenden Panik. Denke nach, ermahnte sie sich, für jeden Trick gibt es einen anderen. Sie sah sich im Raum nach einer Inspiration um und fand sie auch.

»Ich stimme dir zu, Sir, dass in einer konventionellen Regelung die Pflichten, die du beschreibst, dir zufallen würden. Immerhin wären sie die Bezahlung für erwiesene Gefälligkeiten.« Ihr Lächeln war diesmal zuckersüß, und Rutherford begann, sich unwohl zu fühlen. Als er nicht antwortete, flötete Merrie mit der gleichen freundlichen Stimme weiter. »Da ich unter dem Dach deiner Schwester wohne, Mylord, ist es mir aber derzeit unmöglich, dir diese Dienste zu erweisen. Daher sehe ich hier unseren Vertrag als nicht bindend an. Ich werde morgen früh liebend gern nach Cornwall zurückkehren, wenn du das erlaubst.«

Zu ihrem Entsetzen las sie Erleichterung auf seinen Zügen. Das war doch sicherlich keine angemessene Reaktion auf ihre verbale Ohrfeige? Aber die kannte sie eigentlich schon von ihm. Wenn sie geglaubt hatte, etwas gesagt zu haben, das ihn sprachlos machte, hatte er stets so getan, als sei das die einzige Antwort, nach der er sich sehnte.

»Verstehe das bitte nicht falsch, Ma'am! Ich möchte dir ganz einfach die Gelegenheit geben, deinen Teil der Abmachung zu erfüllen«, erklärte Rutherford sanft, und seine grauen Augen verschleierten sich so, dass ihr Herz zu rasen begann – und zwar weder aus Panik noch aus Zorn.

»Aber wie denn?«, brachte sie heraus, obwohl ihr Hals eng war.

Damian legte die Fingerspitzen zusammen, schürzte nachdenklich die Lippen und ließ sie warten.

»Sei doch nicht so unerträglich selbstgefällig!« Merrie verlor die Kontrolle und riss seine Hände auseinander. »Sage es mir auf der Stelle!«

Er lachte und hielt ihre Handgelenke fest, als sie versuchte, mit den Fäusten an seine Brust zu trommeln. »Nein, hör auf, Merrie!« Er presste ihr die Arme an die Seiten, erhob sich hoch über ihr und blickte in mildem Ärger auf sie hinab. »Was bist du doch für ein abscheuliches Mädchen! Wie soll das nur mit dir weitergehen?«

Merrie keuchte auf bei dieser himmelschreienden Ungerechtigkeit. »Du bist schuld an all dem, und ich werde *keinen* Frieden mit dir schließen, ehe die Angelegenheit nicht geregelt ist!«

»Meinetwegen.« Er tätschelte leicht ihre Wange. »Es ist eine Überraschung, die ich eigentlich noch einen oder zwei Tage für mich behalten wollte, bis du dich ein wenig eingelebt hast – aber da du so hartnäckig bist …« Sie nutzte ihre wiedergewonnene Freiheit, um ihm die Faust in die Rippen zu jagen, doch traf sie dabei nur auf eine harte Mauer aus Muskeln. Damian schüttelte erneut den Kopf. »Gestern habe ich dir gezeigt, wie du zuschlagen musst, Merrie! Die Augen und die Nase sind die einzigen empfindlichen Ziele. Und jetzt ziehe deinen Umhang an.« Er nahm das Kleidungsstück vom Stuhl und hielt es ihr hin, während sie in die Ärmel schlüpfte.

»Wohin gehen wir?« Die Frage sollte ein wenig Nüchternheit in den Zustand der Trance bringen, in dem sie sich befand; doch sie erhielt eine vollkommen nutzlose Antwort.

»Warte ab! Zieh deine Haube auf!« Er schob ihr die Haube über ihren Haarknoten und band die Bänder unter ihrem Kinn zusammen. »Handschuhe.«

»Danke, ich kann sie sehr gut allein anziehen!« Meredith nahm sie ihm aus der Hand, da es so aussah, als wolle er ihre Finger in die Löcher schieben wie bei einem kleinen Kind.

Rutherford zog an der Klingelschnur und bat den Lakai, den Wagen aus dem Hof bringen zu lassen. Er legte den Kutschermantel mit den vielen Kragen um seine Schultern, eine Handvoll Peitschenschnüre hatte er durch eines der Knopflöcher gesteckt, dann zog er seine ledernen Handschuhe an. »Sollen wir gehen, Ma'am?«

»Ich bin erstaunt, dass du dich in der Öffentlichkeit sehen lassen willst mit einer so schäbig gekleideten Frau«, warf ihm Meredith mit einem erstaunlichen Mangel an Einsicht vor.

»Oh, wir werden die Orte meiden, wo man mich kennen könnte«, gab er lässig zurück.

Der Wagen stand vor der Tür, gezogen von einem herrlichen Paar Grauschimmel. »Sie sind wundervoll«, hauchte Merrie und wurde so der Notwendigkeit enthoben, eine schnippische Antwort zu finden.

»Die Leute behaupten, ich sei ein guter Pferdekenner, Lady Blake«, meinte Rutherford und half ihr auf ihren Sitz.

»Und ein ausgezeichneter Fahrer noch dazu, nehme ich an«, antwortete sie freundlich. »Sage mir, Sir, bist du vielleicht das, was man einen Stern am Himmel nennt?«

Er warf ihr einen misstrauischen Blick zu. Ihrem unschuldigen Gesichtsausdruck nach war sein Misstrauen gerechtfertigt. »Zieh dein Schwert ein, Merrie Trelawney! Es hat schon genug Streit zwischen uns gegeben an einem einzigen Nachmittag. Ich habe etwas wesentlich Angenehmeres im Sinn für den Rest des Tages. Lass die Pferde los, Harry.« Die Pferde setzten sich in Bewegung, als der Lakai die Deichsel freigab und auf das Rückbrett sprang.

Meredith beschloss, Damians Rat anzunehmen. Sie zweifelte nicht an seiner Bedeutung, zweifelte auch nicht daran, dass die Überraschung das, was sie als eine verbale Ohrfeige angesehen hatte, mindern würde. Aber wenn sie ehrlich war, hätte sie in diesem Augenblick wirklich gern Recht behalten? Die Antwort war so unleugbar wie die Nase in ihrem Gesicht und das mittlerweile wohlbekannte Flattern der Erwartung in ihrem Magen. Von Anfang an hatte sie dies gewollt; irgendwie musste sie sich jetzt abfinden mit den unangenehmen

Aspekten einer Übereinkunft, die doch eigentlich das beinhaltete, was sie sich ersehnte.

Ihr Weg führte sie sehr schnell hinaus aus den Nobelvierteln der Stadt. Meredith hatte ausreichend Gelegenheit, die Geschicklichkeit Seiner Lordschaft mit den erstklassigen Pferden zu bewundern, da ihr Ziel wohl in einiger Entfernung lag. Sie fuhren nach Norden, aus der Stadt hinaus, in Richtung Hampstead. Meredith war neugierig, aber auf die Frage nach ihrem Ziel erhielt sie die gleiche scherzhafte Antwort wie zuvor. Die beiden Grauschimmel nahmen den Highgate-Hügel ohne große Schwierigkeiten, ihre Schritte wurden noch länger, als sie in das Dorf einfuhren. Rutherford lenkte sie um den Dorfpark herum, am ›Bull and Bear‹ vorbei und ließ sie dann vor einer hübschen Kate mit Schilfdach anhalten, die in einem Garten mit Stockrosen und Levkojen stand.

Jetzt überreichte er Harry die Zügel und stieg ab; er hielt Merrie die Hand hin, die in ihrer übergroßen Neugier leichtfüßig auf die Straße sprang. »Bringe sie zum Gasthof, Harry, Ich schicke nach dir, wenn ich bereit bin, wieder abzufahren.«

Der Lakai legte die Hand an die Stirn und führte dann das Gespann in Richtung ›Bull and Bear‹.

»Wer wohnt hier? Das ist das hübscheste Haus, das ich je gesehen habe.« Merrie hüpfte auf den weißen Gartenzaun zu und öffnete das Tor. Lächelnd folgte Damian ihr, als sie schnell über den schmalen Gartenweg lief, zu der grün gestrichenen Tür, die eingerahmt war von einer spät blühenden Albertine – einer Kletterrose –, die sich an einem hölzernen Gerüst emporrankte.

Die Tür öffnete sich, noch ehe sie anklopfen konnten. »Ich habe Sie aus dem Fenster gesehen.« Eine junge Frau, rosa und weiß gekleidet, verneigte sich höflich. »Willkommen, Mylord, verehrte Dame! Darf ich Ihnen irgendetwas bringen?«

»Im Augenblick nicht, danke, Sally. Mein Schatz, das ist Sally, die sich um das Haus kümmern wird und um uns, wenn wir hier zu Besuch sind«, erklärte er Meredith, die jetzt verstand … »Komm doch bitte mit ins Wohnzimmer.«

Merrie durchschritt die Tür, die Sally für sie aufhielt und die dann erklärte, dass sie in der Küche sei, sollten sie beide etwas brauchen. Mit einem respektvollen Knicks verschwand sie. »Das ist also deine Überraschung«, murmelte Merrie und sah sich in dem gemütlichen Raum um, in dem fröhliche Chintzbezüge die Sofas bedeckten und vor dem schmalen Bogenfenster hingen. Der Duft von Trockenblumen und Bienenwachs lag in der Luft.

Damian ging zu dem kleinen Schreibtisch, öffnete eine Schublade und holte ein Dokument daraus hervor. Das reichte er Merrie mit einem fragenden Blick. Es war der in ihrem Namen abgeschlossene Mietvertrag für die Kate. Langsam hob sie den Blick und sah ihm in die Augen. »Wie es scheint, haben wir ein Liebesnest«, flüsterte Merrie, und eine herrliche Wärme breitete sich in ihrem Inneren aus. Sie hätte sich nichts Perfekteres vorstellen können als dieses romantische Versteck, weit weg von der Stadt, wo sie allein sein konnten – zum ersten Mal weit weg von allen Ängsten, beobachtet zu werden, würden sie hier ihre eigene Welt schaffen, wo es keine Eindringlinge gab, keine Ablenkungen. In diesem Augenblick liebte sie ihn, wenn das überhaupt möglich war, inniger als je zuvor. Er las es in ihren Augen, als sie in seine Arme kam.

»Lass uns nach oben gehen«, sagte er mit rauer Stimme und hob sie mühelos hoch. »Du musst dir doch noch den Rest deines Besitzes ansehen.«

»Wenn das eine doppelte Bedeutung haben soll, Mylord, dann hast du es auf jeden Fall nicht sehr zart angedeutet«, schalt sie ihn und drückte einen Kuss auf sein Ohr.

»Es ist das Beste, wozu ich unter diesen Umständen in der Lage war«, murmelte er und trug sie die polierte Eichentreppe hinauf. »Mach die Tür auf, mein Schatz, ich habe beide Hände voll«, bat er.

Meredith griff nach der Klinke, drückte sie hinunter – und erblickte ein Landschlafzimmer, das in Stil und Möbeln zum Wohnzimmer passte.

»Ich liebe dich«, sagte Damian und legte sie auf die Patchwork-Decke des Himmelbettes.

»Und ich liebe dich«, antwortete sie.

Viel später, als die frühe Oktoberdämmerung sich bereits durch das kleine Fenster stahl, löste sich Damian sanft von Merries warmem Körper und schlüpfte aus dem Bett. Er zog die Vorhänge zu und bückte sich, um das Holz im Kamin anzuzünden.

»Können wir die ganze Nacht hier bleiben?«

»Ich dachte, du schläfst noch.« Er richtete sich auf, als die Scheite zu knistern begannen, und kam dann zum Bett zurück, wo er die Decke zurückschlug und den Anblick ihres nackten Körpers genoss, der warm und strahlend, fest und doch so sanft war. »Heute können wir das nicht, Liebling.« Als sie enttäuscht das Gesicht verzog, legte er einen Finger auf ihre Lippen. »Harry soll nicht mit meinen Pferden die ganze Nacht im Gasthaus warten. Beim nächsten Mal werde ich allein fahren. Wenn du dich recht erinnerst, hatte ich nicht vor, unseren ersten Besuch hier allzu unbekümmert zu gestalten.«

Ein ernster Unterton lag in seiner Stimme, obwohl sein Blick sanft war und seine Finger zart über ihr Gesicht strichen.

»Wenigstens noch zum Abendessen?«, fragte Meredith. Sie wusste, dass er jetzt ihre Zustimmung brauchte in der Angelegenheit, die sie hierher gebracht hatte – aber sie war noch nicht recht bereit dafür.

Damian nickte, er akzeptierte die Verzögerung und deckte

sie wieder zu. »Sally wird das Essen vorbereitet haben.« Er zog seine Hose und sein Hemd an und marschierte dann barfuß in die Küche, aus der verlockende Düfte durch das Haus strömten.

Sally stand am Herd und rührte in einer kupfernen Pfanne. Sie zuckte zusammen, als Seine Lordschaft leise hinter sie trat. »Oh, Mylord, Sie haben mich erschreckt!«

»Ich bitte um Entschuldigung, Sally«, schmeichelte er mit seinem entwaffnenden Lächeln. »Wir sind äußerst hungrig, und hier riecht es köstlich.«

Die junge Frau strahlte. »Soll ich den Tisch im Wohnzimmer decken, Mylord? Oder wollen Sie oben essen?«

Rutherford dachte an diesen herrlichen Körper unter den Decken in dem großen Bett und erklärte, dass sie heute gerne oben blieben. Er bot sich an, die Schüsseln zu tragen. Da Sally nichts dagegen einzuwenden hatte, trug er ein mit Speisen beladenes Tablett hinauf und fand Merrie nackt auf dem Teppich vor dem Kamin.

»Schamloses Geschöpf«, knurrte er und stellte das Tablett auf den dreibeinigen Tisch, den er in ihre Reichweite schaffte. »Wenn das nun Sally gewesen wäre, die ins Zimmer kam?«

»Sie hätte angeklopft«, widersprach Merrie, räkelte sich und schnupperte erfreut an den Speisen.

»Das ist noch nicht alles«, erklärte er und fuhr mit der Hand über ihr Gesäß, als sie sich über den Tisch beugte. »Den zweiten Gang hole ich später. Setz dich, ehe ich auf andere Gedanken komme.«

Mit einem leisen Lachen gehorchte sie ihm, nahm Besteck und Servietten vom Tablett und deckte den Tisch, während Damian die cremige Artischockensuppe aufgab.

Er stellte einen Teller vor Merrie, dann schüttelte er die Serviette aus und band sie ihr um den Hals. »Wenn du mit der Suppe kleckerst, mein Schatz, wird das mehr als nur ein wenig unangenehm sein.« Mit einem Finger fuhr er zwischen ihren Brüsten hindurch und um die rosigen Spitzen, dann hinunter über ihren Bauch und ihren nackten Schenkel, um seine Worte zu unterstreichen.

Nach der Suppe gab es Ente in einer köstlichen Orangensauce, gewürzt mit Wacholderbeeren, dazu frische grüne Erbsen und geröstete Kartoffeln. Ein Blaubeerkuchen mit dicker Sahne schloss das wohlschmeckende Mahl ab, das genau zu der bezaubernden Schlichtheit dieses romantischen Versteckes passte.

Meredith nahm einen Schluck von dem roten Claret in ihrem Glas und reckte sich dann mit einem zufriedenen Seufzer. Sie hatte die Serviette schon vor einigen Minuten abgenommen, und die Spitzen ihrer Brüste leuchteten rosig im Schein des Feuers. »Warum kann ich nicht hier bleiben?«, fragte sie leise. »Ich werde dich in diesem gemütlichen Unterschlupf erwarten, und du wirst zu mir kommen, wann immer du kannst – wann immer dir danach zumute ist.« Ein zärtliches Lächeln huschte über ihre Lippen und erreichte ihre Augen. »Mir gefällt es hier, glaub das bitte! Es ist nicht so weit weg von der Stadt, dass ich dort nicht spazieren gehen könnte, und wenn du mich besuchst, gehen wir auch einmal zusammen aus. Genauso, wie ich es mir vorgestellt hatte!«

»Aber nicht so, wie ich es geplant habe«, antwortete er und knackte eine Walnuss. »Muss ich dich noch einmal an unsere Übereinkunft erinnern? An deine bedingungslose Akzeptanz meiner Wünsche?« Er beugte sich über den Tisch und legte die geschälte Nuss auf ihren Teller; ihre Blicke trafen sich, und in seinen Augen las sie seine Entschlossenheit.

»Nein«, Merrie schüttelte den Kopf, »du brauchst mich nicht daran zu erinnern. Aber warum sollte es dir besser gefallen, wenn ich bei deiner Schwester wohne? Warum willst du mich in eine Gesellschaft einführen, die die deine ist, nicht die meine?« Sie steckte die Walnuss in den Mund und stützte dann die Ellbogen auf den Tisch in Erwartung seiner Antwort.

Rutherford schwieg eine Weile. Also war sie noch immer nicht schlau aus seinem Plan geworden. Je länger sie unwissend blieb, desto besser – denn wenn sie erst einmal Bescheid wusste, würden ihre bisherigen Wutausbrüche nichts sein gegen die bevorstehende Reaktion. Er würde sie allerdings nicht anlügen.

»Da du nicht gerade dumm bist, Meredith, überlasse ich es dir, dir das selbst zusammenzureimen – früher oder später, davon bin ich überzeugt.«

»Ich finde das nicht gerade beruhigend, Sir«, erklärte sie.

»Komm her!« Damian schob seinen Stuhl zurück und klopfte auf sein Knie; es war eine Einladung, aber auch ein Befehl.

Sie schob die Daumenspitze in den Mund. »Also kannst du mich noch immer dazu bringen, allem zuzustimmen?«

»Komm!« Er winkte mit dem Finger.

Meredith gehorchte ihm mit einem kleinen Lächeln. Diese Schlacht hatte sie sowieso bereits verloren.

»Ich werde dir einen Wechsel auf meine Bank ausstellen«, teilte Rutherford ihr lapidar mit, als er sie sicher in seinen Armen hielt. »Wenn es nicht genügt, um deine Rechnungen zu bezahlen und all die anderen Dinge, die du brauchst, dann wirst du mich ganz einfach um mehr Geld bitten.«

»Das ist ja beschämend!« Verärgert biss Meredith sich auf die Lippe.

»Nein, keineswegs! Es ist genau das, was ich auch für meine Frau tun würde«, antwortete er kurz und bündig.

»Aber ich bin *nicht* deine Frau.«

»Hm«, stimmte er ihr zu. »Das bist du nicht, oder?«

»Soll das eine Art Strafe sein?« Meredith versuchte sich aufzusetzen und stieß mit den Händen gegen seine Brust. »Weil ich dich nicht heiraten will?«

»Sei jetzt mal still!« Er hielt sie fester. »Du hast eine sehr eigenartige Vorstellung von dem, was eine Strafe bewirken soll, mein Liebling. Ich möchte dir nur das Geschenk eines Abenteuers ermöglichen, das du sonst nicht haben würdest. Mein finanzieller Hintergrund wird in keiner Weise durch dieses Geschenk geschmälert. Kannst du es nicht einfach annehmen?«

»Du bestehst darauf, dass ich es annehme«, bemerkte sie prüfend. »Ob ich es nun will oder nicht?«

Sein Schweigen war für sie Bestätigung genug, und Meredith akzeptierte zögernd, dass sie am Kern der Sache angekommen war. Sie spielte einen Augenblick mit den Knöpfen seines Hemdes, dann meinte sie: »Natürlich, Mylord, könntest du deine Großzügigkeit auch bedauern. Vielleicht entwickle ich einen äußerst teuren Geschmack? Ich habe so lange sparen müssen, dass ich vielleicht jetzt übers Ziel hinausschieße. Wenn ich dich dauernd um noch mehr Geld bitten darf! Ich könnte meiner Verschwendungssucht keine Zügel anlegen. Wirklich, ich könnte sogar eine Vorliebe für das Spielen entwickeln. Immerhin bin ich sehr geschickt im Umgang mit Karten.«

»In jeder Unternehmung steckt ein Risiko«, erklärte Rutherford ernst. »Und dieses Risiko ist für mich akzeptabel.«

Merediths Reaktion auf seine Provokation führte sie beide zurück zum Bett, wo Damian beträchtliche Mühe hatte, ihren geschmeidigen kleinen Körper zu überwältigen, der sich unter ihm drehte und wand, und sich seinen Griffen entzog wie ein geölter Blitz. Sie war erstaunlich kräftig, das hatte er bereits zuvor festgestellt; ihre gut ausgebildeten Muskeln setzte sie zu ihrem Vorteil ein und wehrte sich geschickt gegen ihn, um ihre Freiheit zu erlangen.

Selbst als sie sich fragte, warum sie miteinander rangen, warum sie sich so sehr bemühte, seinem Zugriff zu entkommen, der ihr doch nur Glück schenken würde, wusste Meredith gleichzeitig, dass dieser gespielte Kampf der körperliche Ausdruck ihres Konfliktes war. Damian hatte die erste Phase durch einen Trick gewonnen; er hatte ihre eigenen Waffen gegen sie eingesetzt, und die jetzige Auseinandersetzung würde er wegen seiner größeren Kraft gewinnen. Doch ehe sie sich ergab, würde sie all ihre List einsetzen, ihre Geschicklichkeit benutzen, sodass am Ende ihr Groll, ihre noch verbliebene Feindseligkeit verschwunden wäre und sie sich ganz einer neuen, vollkommenen und unbefleckten Freude hingeben könnte.

»Ich habe gar nicht gewusst, was für eine Tigerin ich in mein Bett geholt habe«, keuchte Damian, der atemlos war von der Anstrengung – aber auch von dem heißen Verlangen, das dieser geschmeidige Körper sowie ihr störrischer Trotz in dieser Angelegenheit in ihm weckte. »Erlaube mir, dir zu sagen, Madame, dass du nicht fair spielst!« Mit einer ungeheuren Anstrengung gelang es ihm, sie auf den Bauch zu rollen. »Ich habe solche Angst davor, dir wehzutun, dass ich es gar nicht wage, mich nur auf meine Kraft zu verlassen.«

»Nun, worauf sonst?«, wollte sie wissen; sie war genauso atemlos wie er und hob die Hüften, als er sich auf ihren Hintern setzte und ihre Handgelenke hinter ihrem Rücken festhielt.

»Brutale Stärke, gebe ich zu!« Er lachte leise. »Aber deine empfindlichsten Körperteile werden sicher von der Matratze geschützt.« Merrie hob ihren Körper noch immer an, sie hob die Unterschenkel, um ihm die Fersen in den Rücken zu stoßen, bis sie schließlich erschöpft liegen blieb.

»Jetzt«, flüsterte er und beugte sich vor, um ihr einen Kuss auf den Nacken zu drücken. »Lass uns diese Sache zu Ende bringen, meine kleine Abenteurerin, ein für alle Mal!«

»Verstehst du eigentlich immer alles?«, flüsterte Merrie und unter all ihrer Erschöpfung erglühte sie bei dem Gedanken, dass er ganz genau wusste, was hinter ihrem Kampf lag.

»Nicht immer – aber mein Wort darauf: versuchen werde ich es jedes Mal!«

16

»Eine sehr hübsche, wohlerzogene junge Dame«, erklärte die Herzogin von Keighley ihrer Tochter. »Ich hatte schon befürchtet, dass sie menschenscheu sein würde, wie man es so oft bei Menschen aus der Provinz antrifft.«

»Stimmt, provinziell kann man sie wohl kaum nennen«, pflichtete Arabella ihr bei. »Um ganz ehrlich zu sein, Mama, manchmal fühle ich mich ihr gegenüber als Dummchen, als naiv! George meint, sie sei eine der empfindsamsten Frauen, denen er je begegnet ist.« Sie lächelte und zuckte dann die Schultern. »Eigentlich sollte ich eifersüchtig sein, aber ich bin ganz einfach nur dankbar. Er hat in dieser Woche, seit sie bei uns ist, schon dreimal zu Hause gegessen.«

»Und Rutherford?«, wollte die Herzogin wissen. »Welches Interesse hat er an der Witwe?«

»Oh, ein freundliches, Ma'am«, wich Bella aus und beschäftigte sich mit dem Teetablett. »Er fühlt sich ihr gegenüber irgendwie verpflichtet – als Matthews einziger Erbe. Offenbar hätte Lady Blake gerechterweise auch für sich selbst etwas von dem Testament erwarten können.«

Ihre Mutter nickte. Das Gleiche hatte sie bereits von ihrem Sohn gehört und fand jetzt, dass er sich vollkommen korrekt verhielt. Sie war äußerst neugierig darauf gewesen, diese entfernte kornische Verwandte kennen zu lernen. Etwas hatte

Rutherford auf dieser Cornwallreise aus seiner Depression und Betrübtheit gerissen; sollte nun diese junge Witwe dafür verantwortlich sein, gab es keinen Grund, Alarm zu schlagen. Die Verbindung war zwar nicht das große Los, aber das Mädchen sah auf ungewöhnliche Art recht charmant aus, und sie besaß ein nennenswertes Vermögen. In der Tat, wenn Damian in dieser Hinsicht Absichten hegte, würde er gut daran tun, sie öffentlich zu machen, fand die Herzogin. Sobald das Mädchen erst einmal richtig in die Gesellschaft eingeführt war, würde sie keinen Mangel an Bewerbern haben. Es war angebracht, dass die Keighleys ein ganz besonderes Interesse am Debüt von Lady Blake zeigten.

»Ich werde Sally Jersey eine Nachricht schicken, wegen des Zutritts im Almack's«, erklärte sie. »Sicher wird sie sich innerhalb von einer Woche melden. Wir werden ihr beide erklären, dass du einen Gast hast – aber du musst so bald wie möglich einen Empfang geben. George hat doch nichts dagegen?«

»Ganz und gar nicht, Ma'am«, versicherte ihr Bella mit einem Lächeln. »Ich habe schon mit ihm darüber gesprochen. Eine Gästeliste existiert auch bereits.« Sie reichte ihrer Mutter ein Stück Papier, wobei sie nicht weiter erwähnte, dass sie diese Liste mit Damians mehr als bereitwilliger Hilfe zusammengestellt hatte.

»Das ist sehr gut«, lobte die Herzogin. »Vielleicht wird sogar Brummell kommen, um deinem Bruder einen Gefallen zu erweisen, und ich werde Keighley bitten, York mitzubringen – wenn auch nur für eine halbe Stunde.« Sie nickte in der Weise, von der ihre Tochter wusste, dass sie eine glückliche Wahl getroffen hatte. »Es würde mich ganz und gar nicht überraschen, wenn sie zum letzten Schrei wird – falls wir unsere Karten richtig ausspielen. Rutherford muss man sagen, dass er seine Ablehnung gegen das Tanzen und gegen Partys überwinden muss. Er wird gezwungen sein, als Partner seiner

Cousine aufzutreten, und er muss ihr ganz sicher auch seine Begleitung anbieten, wenn George im Oberhaus ist.«

Lord Rutherford, dem bei seinem nächsten Besuch bei seiner Mama diese Vorschläge unterbreitet wurden, überraschte die Dame damit, dass er sich umgehend einverstanden erklärte. »Ich werde mich freuen, Ma'am, alles zu tun, was in meiner Macht steht, um Lady Blake beizustehen. Das gebietet mir mein Pflichtgefühl, da sie schließlich auf meine Einladung hin nach London gekommen ist.«

Die Herzogin betrachtete ihren Sohn über den Rand ihres Lorgnons hinweg. »Möchtest du dein Interesse bekunden, Rutherford?«

Er strich sich nachdenklich übers Kinn, ehe er antwortete. »Wenn sie mich haben will, Ma'am!«

Daraufhin ließ sich die Herzogin von Keighley zu einem sehr undamenhaften Ausruf hinreißen. »Aber natürlich will sie dich haben! Welche Frau mit wachem Verstand würde dich nicht haben wollen? Du bist der begehrteste Fang auf dem Markt.«

»Ich bitte dich, so etwas nicht zu Meredith zu sagen, Ma'am! Es würde meine Aufgabe nicht leichter machen.«

Seine Mutter starrte ihn an. »Ist sie verrückt?«

»Sie ist stolz, Ma'am«, antwortete er knapp. »Und sehr ungewöhnlich. Aber anders möchte ich sie gar nicht haben.«

Schweigend verdaute die Herzogin diese Worte, dann bemerkte sie direkt: »Du willst mir also damit sagen, ich soll mich nicht einmischen – richtig?«

»Jawohl, Mama. Ganz richtig!«

Die Herzogin vernahm den Unterton in der Stimme ihres Sohnes. Obwohl er es nie an Höflichkeit gegenüber seinen Eltern und auch anderen mangeln ließ, konnte Rutherford höchst beharrlich sein, wenn er sich erst einmal zu etwas entschlossen hatte. »Hmm! Nun ja, du kennst deine Position wohl am besten, denke ich; Arabella und George werden sie morgen hierher zum Essen bringen, und du kannst uns danach ins Theater begleiten.«

So wurde Meredith von der Familie Keighley aufgenommen. Den Herzog fand sie sympathisch, obwohl er nur wenig Notiz von ihr zu nehmen schien; aber da sein Mangel an Aufmerksamkeit wohl allgemein war, fühlte sie sich davon nicht gekränkt. Seine Frau behandelte sie freundlich, und Meredith wurde nicht im Zweifel darüber gelassen, wer die Macht hinter dem Thron der Familie innehielt. Es wurde deutlich, dass die Herzogin sich entschieden hatte, sich sehr energisch um Merries Einführung in die Gesellschaft zu kümmern – eine Tatsache, die Merrie neugierig machte. Sie durchschaute Bellas Rolle; aber warum die Herzogin von Keighley mehr als nur ein flüchtiges Interesse an einer entfernten Verwandten aus der Wildnis von Cornwall zeigte, war ihr ein Rätsel.

Meredith hatte sich den Umständen gebeugt; daher verschwendete sie weder Zeit noch Energie daran, sich darüber zu beklagen. Nach einigem anfänglichen Zögern widmete sie sich mit ganzem Herzen ihrem neuen Dasein und verlor auch bald ihre Skrupel, Rutherfords Geld in Anspruch zu nehmen. Der Wechsel auf die Bank, den er ihr gegeben hatte, schien enorm zu sein – bis Madame Bernice ihr die Rechnung für das Ballkleid aus elfenbeinfarbenem Krepp mit den Samtbändern und den goldenen Spangen schickte. Die Robe hatte sie für ihr Debüt bei Almack's gekauft, und nicht einmal der unerhörte Anblick im Spiegel konnte Meredith über diese ungeheure Summe hinwegtrösten.

Damian, der in der Eingangshalle wartete, um seine Schwester und Meredith zu dem Ball zu begleiten, stockte der Atem, als sie die Treppe herunterkam. Das herrliche kastanienbraune Haar war geschnitten worden, nicht zu viel, auf seinen ausdrücklichen Wunsch hin, aber doch genug, um es in einem modischen Stil zu frisieren. Heute Abend hing es in unzähligen Locken um ihr Gesicht, gehalten von einem Band mit einer Schleife über ihrem linken Auge. Eine herrliche Perlenkette lag um ihren Hals, der sich lang und cremig zart aus dem tief ausgeschnittenen Mieder erhob und der ihren Busen, den Rutherford insgeheim perfekt fand, betonte. Hatte er wirklich seiner Schwester gesagt, dass er Merrie nicht besonders hübsch fand?

»Du bist wirklich umwerfend, mein Liebling«, murmelte er voller Bewunderung und nahm ihre Hand, als sie die letzte Stufe betrat. »Das Kleid ist herrlich.«

»Ja, aber Rutherford, der Preis!«, wandte sie ein und es gelang ihr nicht, ihr Entsetzen vor ihm zu verbergen. »Du würdest nicht glauben, wie hoch er war.«

»Doch, das würde ich«, antwortete er lächelnd. »Aber das ist kein Thema, über das ich jetzt oder auch zu einem anderen Zeitpunkt reden möchte. Haben wir uns verstanden?«

»Jawohl, Mylord. Es soll so ein, wie du befiehlst«, säuselte Merrie und versank in einen tiefen Knicks. »Du musst mir wegen meiner provinziellen Vorstellungen verzeihen, die mich mit so vulgären Sorgen erfüllen.«

Er schüttelte den Kopf und weigerte sich, auf diese hinterhältige Demut einzugehen. Meredith sah ein wenig enttäuscht aus, doch dann lachte sie. »Ich muss dir das Kompliment zurückgeben, Rutherford. Du siehst sehr elegant aus.«

In der Tat genügte dieses Wort nicht für den schwarzen taillierten Rock mit den langen Schößen, die weiße Weste, die schwarzen, seidenen Kniehosen und die gestreiften Strümpfe sowie die Nadel mit dem einzelnen Diamanten an seiner Krawatte. Sein Haar war im Brutus-Stil frisiert, und Merrie wollte es scheinen, ihn noch nie so vornehm gesehen zu haben.

»Hoffentlich weißt du diese Ehre zu schätzen, Merrie«, sagte Bella und strich sich die Falten ihrer hübschen silbernen

Mantilla glatt. »Damian empfindet einen Abend wie den, den wir heute vor uns haben, als die schlimmste Form von Geistlosigkeit. Er würde viel lieber bei White's sein oder im Cribb's blaue Wolken paffen.«

»Du tust mir Unrecht, Bella«, protestierte ihr Bruder sanft. »Nur ein Dummkopf würde sich die Gelegenheit entgehen lassen, Merries erste Erfahrungen bei dieser ganz besonderen Art der Unterhaltung zu beobachten.«

»Glaubst du etwa, ich würde es nicht genießen?«

»Bestimmt wirst du feststellen, dass es an Aufregung mangelt«, erwiderte er zwinkernd. »Lass uns gehen. Es ist schon halb elf, und ich möchte nicht abgewiesen werden, nur weil ich eine Minute nach der vollen Stunde ankomme – nicht nach all den Mühen, die wir gehabt haben, um einen angemessen umwerfenden Eindruck zu erzielen!«

An diesem Abend begriff Meredith endgültig, was es bedeutete, unter der Schirmherrschaft der Keighleys zu stehen. All die Gönnerinnen von Almack's kamen herbei, als sie eintrafen – sie begrüßten Damian mit einem Ausdruck dankbarer Überraschung. Prinzessin Esterhazy, die Merrie wie ein kleiner runder Ball aus Lebhaftigkeit erschien, hieß sie freundlich willkommen; Gräfin Lieven starrte sie so eindringlich an, dass es, wie Merrie fand, schon an Unhöflichkeit grenzte. Zu Damians Belustigung, und Bellas leichtem Schrecken, erwiderte sie den Blick. Ein eisiges Lächeln umspielte nach einem Augenblick die Lippen der Lady, die als die bestgekleidete Frau von ganz London galt und auch als die, die am meisten wusste.

»Tanzen Sie Walzer, Lady Blake?«, fragte sie.

Meredith, die von Bella gründlich unterwiesen worden war, wusste, dass eine Lady bei Almack's keinen Walzer tanzte, wenn sie nicht die Erlaubnis dazu von einer der Gönnerinnen erhalten hatte. »Ich finde den Walzer nicht anstößig, Gräfin«, erwiderte sie. »Er ist jedoch in Cornwall nicht üblich.«

Diese Erwähnung der Provinz ließ einen Hauch von Schmerz über das Gesicht der Gräfin huschen; doch dann erklärte sie mit großer Herablassung, dass sie später Meredith Lord Molyneux vorstellen würde, der den Ruf besaß, einer der besten Walzertänzer zu sein.

»Und das bist du nicht, wie ich annehme?«, fragte Meredith Damian, der ihren Partner beim Boulanger abgab.

»Mit Molyneux kommst du besser heraus«, versprach er ihr. »Du sollst doch bei deinem ersten Auftritt in der Gesellschaft einen tadellosen Eindruck machen.«

Und als er sie dann den Rest des Abends aus dem Hintergrund beobachtete, zweifelte er nicht daran, dass ihr das gelungen war. »Damian, ich prophezeie dir, dein Schützling wird der Renner der Saison!« Mr. George Bryan Brummell, der zwanzig Minuten lang in Gesellschaft der Lady verbracht hatte, kam zu seinem Freund herüber und lehnte sich lässig an die Wand.

»Dafür hast du gerade gesorgt, George«, antwortete Rutherford und verzog ein wenig den Mund. »Zwanzig Minuten lang in deiner Gesellschaft wird mehr als genug sein, um ihr einen Platz in der Gesellschaft zu sichern.«

»Ich mag sie«, erklärte der Stutzer. »Bloß vermutlich hat sie sich keinen Deut aus meiner Aufmerksamkeit gemacht.«

»Wahrscheinlich nicht.« Damian grinste. »Aber ich bin dir dankbar, mein Freund – auch wenn die Lady es nicht ist.«

»Lady Blake, erlauben Sie mir, Ihnen den ehrenwerten Gerald Devereux vorzustellen.« Lady Jersey strahlte auf ihre übliche Art, als sie Meredith einen schlanken, dunkelhaarigen Mann – vorzüglich, wenn auch nicht auffallend, gekleidet in einen Anzug aus taubengrauer Seide – vorstellte. »Er würde gern für den Kotillon um Ihre Hand bitten.«

»Mr. Devereux!« Merrie lächelte und reichte ihm die Rechte. »Ich fühle mich geehrt.« Sie hatte die Übersicht über die vielen Partner verloren, die ihr an diesem Abend vorgestellt worden waren, Namen und Gesichter begannen vor ihren Augen in einem angenehmen Nebel zu verschwimmen. Gerald Devereux jedoch war eine sehr vornehme Erscheinung. Himmelblaue Augen betrachteten die Umwelt eindringlich unter scharf gebogenen schwarzen Brauen hervor; doch noch auffallender war die dicke silberne Strähne in den schwarzen Locken, die er achtlos aus der Stirn gekämmt hatte. Es verlieh seinem sonst asketischen Aussehen einen romantischen Hauch, und Meredith fühlte sich sowohl angezogen als auch neugierig.

»Die Ehre ist ganz auf meiner Seite, meine Gnädigste!« Er beugte sich tief über ihre Hand. »Ich habe kaum zu hoffen gewagt, heute Abend Ihr Partner sein zu dürfen – so sehr sind Sie gefragt.«

»Wie galant, Sir«, murmelte Merrie, als Sally Jersey mit einem erfreuten Lachen davoneilte, um an anderer Stelle ihr fröhliches Geplapper wieder aufzunehmen, das ihr in der Gesellschaft den Namen »Silence« eingebracht hatte.

»Also, Lady Blake, sind Sie angemessen beeindruckt von dieser Bastion der Londoner Elite, von diesem Bollwerk der Gesellschaft?«

Merrie lachte leise. »Wie könnte ich das nicht sein, Sir? Meine Knie werden weich bei dem Gedanken, von einer der angesehenen Gönnerinnen mit gerunzelter Stirn betrachtet zu werden. Und die Erfrischungen – das Ausmaß an Eleganz!«

Gerald Devereux kräuselte die Mundwinkel. Er hatte nicht erwartet, dass er auf seine Bemerkung eine so schelmisch ehrliche Antwort erhielte. Da Tee, Mandelmilch und Limonade, zusammen mit Kuchen, Brot und Butter eher als ziemlich magere Erfrischungen beschrieben werden konnten, nahm er ganz richtig an, dass seine Partnerin ein wenig Sarkasmus ausstreute, auf Kosten der Gesellschaft – ein höchst gewagtes Unternehmen für einen Neuankömmling, deren Schicksal durch ihren ersten offiziellen Auftritt entschieden wurde.

»Habe ich Sie geschockt, Mr. Devereux?«, fragte Meredith, nachdem sie eine ganz besonders schwierige Figur getanzt hatten.

»Ganz und gar nicht, Ma'am«, versicherte er ihr schnell. »Sie haben mich vielleicht überrascht, aber in einem angenehmen Sinn.«

»Dies mag heute mein Debüt sein, Sir«, erläuterte Meredith, »aber ich bin kein junges Mädchen in seiner ersten Saison, und ich kann nicht, fürchte ich, vor lauter Beeindrucktsein die Augen weit aufreißen.«

»In der Tat nicht«, stimmte Devereux ihr mit einem Ernst zu, der die bewundernde Belustigung in seine Augen Lügen strafte.

Merediths Grübchen vertieften sich. Solch eine offenkundige Bewunderung gefiel ihr ausnehmend. »Ich sehe, wir verstehen einander, Sir.«

»Hoffentlich werden wir uns auch weiterhin verstehen«, erklärte ihr Partner mit einer Begeisterung, die Meredith sehr befriedigte.

»Merrie scheint sich zu amüsieren«, meinte Bella, die gerade mit ihrem Bruder in der gleichen Reihe tanzte wie Meredith und Devereux.

»Ja«, stimmte Damian ihr zu. »Falls ich die Sache nicht ganz falsch sehe, flirtet sie schamlos mit Devereux.«

»Hat du etwas dagegen?« Arabella betrachtete ihn ein wenig ängstlich, doch sein Lächeln beruhigte sie umgehend.

»Ganz und gar nicht, Bella. Es ist ganz einfach ein Talent, von dem ich bis jetzt noch gar nichts gewusst habe. Ich wage zu behaupten, dass sie weitere Fähigkeiten besitzt, die mir bis jetzt entgangen sind.«

Dem Ball bei Almack's folgte am nächsten Tag eine kleine Party, die Lady Beaumont für ihren Gast gab. Meredith verstand nicht, wie man eine Party, zu der über zweihundert Einladungen verschickt worden waren, klein nennen konnte. Von der Morgen- bis zur Abenddämmerung war das Haus in Aufruhr, und Merrie, die mehrere Male nur knapp einem entsetzlichen Zusammenstoß mit eifrigen Bediensteten entgehen konnte, die Massen von Silber, Leinen und Blumen schleppten, folgte Bellas Beispiel und zog sich in ihr Boudoir zurück. Es war Nachmittag, als ein Lakai ihr die Nachricht brachte, dass Lord Rutherford unten auf sie wartete, um sich mit ihr zu unterhalten.

Merrie traf ihn im roten Salon an, dem einzigen Raum im Haus, wie es schien, der von dem ganzen Trubel nicht in Mitleidenschaft gezogen war. Auf dem Weg dorthin hielt sie einen Augenblick inne, um durch die offene Haustür zu sehen, wo Männer in Lederschürzen ein Vordach errichteten und andere einen roten Teppich ausrollten.

»Ich kann mir nicht helfen – aber ich finde, das ist ein unglaublicher Aufwand für eine Cousine vom Land«, meinte sie, als sie die Tür des Salons hinter sich schloss.

»Hast du denn noch nicht bemerkt, dass Bella jeden Anlass nutzt, eine Party zu geben?«, neckte Damian sie und streckte ihr die Arme entgegen.

»Danke, Sir. Ich kenne meinen Platz.« Würdevoll schritt sie zum Sofa und ignorierte seine ausgestreckten Arme. Das ließ er allerdings nicht zu, und es gelang ihr auch nur, einen leisen Protestschrei auszustoßen, ehe er sie herumwirbelte und sie dann lachend an seine Brust sank.

Es dauerte einige Minuten, ehe Rutherford den Zweck seines Besuches erläuterte. »Ich habe ein Geschenk für dich«, sagte er und zog eine flache Samtschachtel aus der Tasche. »Nein, sage nichts«, warnte er, als er sah, dass sie es ablehnen wollte. »Bella hat mir verraten, wie du heute Abend dein Haar tragen wirst. Du wirst dieses Geschenk annehmen, um mir eine Freude zu machen!«

Merrie öffnete die Schachtel. Ein Opernkamm aus Platin, besetzt mit Perlen und winzigen Diamanten lag auf einem Seidenkissen. Sie sah ihn lange an, und ihr verdammter kornischer Stolz rang mit ihrem Wunsch, dieses Geschenk der Liebe anzunehmen. Er würde sie nicht zwingen, dies als Teil ihrer Übereinkunft zu sehen – doch wenn sie sich weigerte, würde sie ihn damit zweifellos tief verletzen.

»Er ist wunderschön«, flüsterte sie. »Ich werde ihn mit größten Freuden tragen.« Tragen, aber nicht annehmen, dachte sie. Wenn all das hier vorüber ist, werde ich die Leihgabe zurückerstatten.

Damian hörte diese Worte natürlich nicht, sondern nur diejenigen, mit denen sie sein Präsent akzeptierte – ziemlich erleichtert, wie einfach es doch gewesen war. Er küsste sie voller Leidenschaft. »Morgen, mein Liebling, werden wir nach Highgate fahren. Ich verzweifle manchmal, wenn ich dir zusehe, wie du flirtest und redest und mit deinen gefährlichen Augen funkelst – dabei kann ich der Welt nicht erklären, dass du mir gehörst.«

Ein kalter Schauder rann über Merries Rücken. Manchmal sprach er immer noch so, als würde er nicht verstehen, dass es nur ein Spiel war, das sie trieben, ein Spiel, das umso kostbarer war, weil es irgendwann einmal zu Ende sein würde.

Doch sie hatte nur wenig Zeit, diesen unbehaglichen Gedanken weiterzuverfolgen, da der Abend begann. Dreißig Menschen saßen um acht Uhr bei Tisch, und Meredith stellte fest, dass sie der Ehrengast war – trotz ihrer Absicht, sich im Hintergrund zu halten. Sie trug ein Kleid aus grünem Pomona-Krepp über einem weißen Halbrock aus Satin. Kleine Puffärmel aus Spitze, besetzt mit Zuchtperlen unterstrichen noch Rutherfords Geschenk, das über dem kunstvoll hochgesteckten Haar auf ihrem Kopf thronte. Nan hatte die Löckchen an den Seiten so lange gebürstet, bis sie im Schein des

Kerzenlichts glänzten. Einen kostbaren Augenblick lang stellte Merrie sich die Reaktion von Lady Patience Barrat und ihren Freundinnen vor, wenn sie die ärmliche Witwe in diesem Moment sehen könnten. Dann dachte sie an ihre Brüder – wenigstens Theo würde der Verwandlung seiner Schwester von ganzem Herzen zustimmen.

Meredith hatte beinahe jeden Tanz an den stetigen Strom der Besucher vergeben, die in den Tagen vor der Festivität zum Cavendish Square gekommen waren. Sie erhob sich zur Eröffnung mit dem Marquis de Beaumont, wie es den Anstandsregeln entsprach; doch der darauf folgende Walzer gehörte Rutherford. »Du bist ein genauso guter Tänzer wie Lord Molyneux«, erklärte Meredith mit einem tadelnden Unterton in ihrer Stimme. »Warum lehnst du es dann so vehement ab?«

»Eigenartigerweise stelle ich gerade fest, dass ich das gar nicht tue«, gab er zurück und verstärkte unmerklich den Druck seiner Hand in ihrem Rücken. »Aber ich habe auch noch nie zuvor eine Partnerin gefunden, die ich ertragen konnte.«

»Aber du kannst doch jetzt ganz unmöglich all die Erwartungen der hübschen jungen Damen ignorieren, die mich im Augenblick mit so offenem Neid betrachten.« Merrie hob das Gesicht und schenkte ihm ein verschmitztes Lächeln. »Da du jetzt einen Präzedenzfall geschaffen hast, Sir, musst du auch weitermachen. Niemand wird dir mehr glauben, dass du ein schlechter Tänzer bist.«

»Heirate mich«, sagte er ganz ungewollt und brach seinen Entschluss, dieses Thema nicht wieder anzuschneiden, bis seine Art zu leben ihr zur zweiten Natur geworden war.

»Verdirb nicht alles«, flüsterte sie. »Ich hatte geglaubt, wir wären uns einig.«

»Die Dinge zu verderben war nicht meine Absicht«, antwortete er. »Du bist ziemlich erhitzt. Lass uns auf den Balkon gehen und ein wenig frische Luft schnappen.«

Balkon war ein großartiger Ausdruck für den schmalen Sims, der vor jedem der großen Fenster des Ballsaales lag. Ein niedriges schmiedeeisernes Gitter rahmte die kleine Plattform ein, auf die Meredith trat und tief die kalte Nachtluft einatmete. Damian schloss die Doppelfenster hinter ihnen teilweise, als er neben sie trat; von dem Ballsaal waren sie durch die schweren Brokatvorhänge abgeschirmt, die vor den Fenstern hingen.

»Ich entschuldige mich dafür, ein Thema angeschnitten zu haben, das du so abstoßend findest«, begann Rutherford mit nur mühsam unterdrücktem Sarkasmus.

Meredith umklammerte das Eisengitter und kümmerte sich nicht um die Schmutzspuren an ihren langen weißen Satinhandschuhen. »Wie oft muss ich dir noch sagen, dass ich dich nicht heiraten werde? Wie sollte aus mir jemals eine Herzogin werden, Damian? Ich bin eine Abenteurerin, eine Schmugglerin, meine Geburt ist zu niedrig, und ein Vermögen existiert erst recht nicht. Die einzigen Dinge, die ich im Überfluss besitze, sind Schulden und Brüder.«

»Im letzten Monat«, erklärte er mit ruhiger Betonung, »hast du die Stadt im Sturm erobert. Man findet dich schön, vollendet, wohlgeboren …«

»Und reich!«, unterbrach sie ihn heftig. »Was bedeutet es schon, wenn man all diese Dinge von mir annimmt, wiewohl du und ich wissen, dass es nur Märchen sind?«

»Was die Gesellschaft glaubt, mein liebes Mädchen, ist immer wahr. Hast du das noch nicht begriffen? Sie werden dabei bleiben, selbst wenn du den Ausrufer der Stadt anstellst, damit er von allen Dächern das kundtut, was du als Wahrheit bezeichnest.«

Langsam begriff sie seine Argumente, und die letzten Teile

des Puzzles rutschten an ihren Platz. »Ich verstehe«, sagte sie langsam. »Da das so ist, brauche ich mir keine Sorgen darüber machen, dass du gesellschaftlichen Selbstmord begehst, indem du eine ärmliche, gesetzesbrecherische Witwe heiratest – denn so weit es die Gesellschaft betrifft, wäre das ja gar nicht der Fall.« Er antwortete nicht, und sie wandte sich auf dem engen Raum um, um ihn anzuschauen. »Du bist genauso hinterhältig und voller Falschheit wie ich!«

»Stimmt! Aber es ist eine vollkommen legitime Taktik, die Waffen eines Gegners gegen ihn selbst zu richten.«

»Es ist hinterhältig!«, wiederholte Merrie.

Damian lachte leise und legte einen Finger unter ihr Kinn. »Du kannst mir keinen Vorwurf machen, Liebling, wenn ich jede nur mögliche Strategie anwende, die mir nötig erscheint, um mein Ziel zu erreichen. Das würdest du genauso machen.«

Ein Glitzern trat in ihre Enzianaugen. »Ich *werde* es genauso machen, Mylord. Sei gewarnt!«

»Was geht denn jetzt schon wieder durch dieses hübsche, aber äußerst hinterhältige Köpfchen?«, fragte er unsicher.

»Ach, nichts.« Die schmalen weißen Schultern hoben sich ein wenig. »Du hast die Herausforderung ausgesprochen, Sir. Ich sage dir nur, dass ich sie annehme. Vielleicht sollten wir jetzt in den Ballsaal zurückkehren. Man denkt vielleicht, dass wir Cousin und Cousine sind – aber immerhin gelten nach wie vor die Regeln des Anstands, nicht wahr?«

In ihrer Stimme lag der ihm so wohl bekannte heitere Unterton, und Damians Herz sank, während sein Unbehagen zunahm. Er schob die schwere Gardine beiseite, fuhr mit dem Finger zart über ihren Nacken, als sie an ihm vorbeiging. Wie immer, so lief auch jetzt ein Schauder über ihre Haut, er fühlte es an seinem Finger. Zwar mochte sie vielleicht wütend auf ihn sein, doch das verringerte nicht ihre körperliche Reaktion auf seine Zärtlichkeit.

Dieses Wissen beruhigte ihn trotzdem nur vorübergehend, als er ihr nachsah, wie sie mit einem strahlenden Lächeln am Arm von Gerald Devereux davonschwebte. Sie schien zu leuchten wie der Kronleuchter aus Kristall, in dem Hunderte von Kerzen den Ballsaal erhellten, und Devereux sonnte sich förmlich in ihrem Glanz.

»Ich bitte wegen meiner Unverschämtheit um Verzeihung, Ma'am, aber ich habe den deutlichen Eindruck, dass etwas Sie verärgert hat.« Gerald reichte Merrie ein Glas Limonade und blieb dann neben ihrem Stuhl stehen, während sie sich nach der Anstrengung des Tanzes heftig mit ihrem Fächer Luft zufächelte.

Überrascht sah sie zu ihm auf. »Ganz sicher fehlt es mir an Selbstbeherrschung, Mr. Devereux, wenn ich bei Ihnen einen solchen Eindruck hervorrufe.«

»Nein – nein, ganz und gar nicht«, widersprach er. »Ich hätte es gar nicht erwähnen dürfen, aber – verzeihen Sie mir – etwas in der Art, wie Ihre Augen blitzen, sagt mir, dass es noch eine andere Empfindung gibt außer reiner Freude.«

»Sie sind bemerkenswert scharfsinnig.« Merrie lächelte. »Ich war vielleicht ein wenig ungehalten, aber ich versichere Ihnen, meine gute Laune ist vollkommen wiederhergestellt.«

Er verbeugte sich galant. »Hoffentlich muss ich nicht annehmen, dass ich der Grund Ihrer Verstimmung war.«

»Das waren Sie wirklich nicht!« Ihre Augen weiteten sich entsetzt. »Jetzt haben Sie es geschafft, dass ich mich schrecklich beschämt fühle.«

»Tausend Entschuldigungen, Lady Blake! Das war niemals meine Absicht.« Seine Stimme wurde ein wenig leiser. »Ich möchte Ihnen nur Freude und Glück schenken.«

Meredith fühlte ein vages Unbehagen bei seinem ernsten Ton und dem eindringlichen Blick aus seinen blauen Augen. Der leichte Flirt, den sie mit Gerald Devereux genossen hatte, war plötzlich verschwunden und enthüllte etwas, das wesentlich tiefer zu gehen schien. Mit einiger Erleichterung begrüßte sie daher Vicomte Allenby, der in diesem Augenblick auftauchte, um sie zur Quadrille abzuholen.

Den Rest des Abends ließ sie keinen Tanz aus und schien unermüdlich zu sein. Gerald Devereux war noch einige Male ihr Partner; doch zu ihrer Erleichterung zeigte er seinen allgemeinen Charme und berührte sie nur leicht, als wäre dieser Augenblick der Eindringlichkeit pure Einbildung gewesen. Meredith dachte bei sich, dass es wohl so gewesen sein musste. Ihre Vorstellungskraft hatte in den letzten Tagen so viele Anregungen empfangen, dass sie sicherlich überreagierte.

Damian begegnete sie bei den wenigen Gelegenheiten, in denen er ihr nahe genug kam, höflich lächelnd, und sie war bereit, sich mit ihm über alle möglichen Nichtigkeiten zu unterhalten. Es gefiel ihm, dass sein Plan so gut klappte, während er zusammen mit ihr einen Ländler tanzte, wo die Notwendigkeit, sich auf die komplizierten Figuren zu konzentrieren, so groß war, dass ein ernsthafter Dialog nicht in Frage kam. Doch die Reibungslosigkeit hatte ein Ende, als sie seinen Versuch, sie zum Essen zu begleiten, mit der Entschuldigung ablehnte, dass sie bereits die Einladung des Marquis von Wolvey angenommen hätte.

Zu Arabellas Freude spielte die Kapelle der Scots Greys während des Abendessens, da Rutherford mit ihrem Oberst gut befreundet war; doch als sie den griesgrämigen Gesichtsausdruck ihres Bruders entdeckte, wurde ihre Freude ein wenig getrübt. Diese Miene kannte sie nur zu gut, auch wenn er sie in letzter Zeit selten zur Schau getragen hatte; doch als sie ihn flüsternd fragte, was denn geschehen sei, lächelte er nur, zuckte die Schultern und zeigte auf der Stelle wieder sein übliches sonniges Gemüt. In der Tat bedauerte Lord Rutherford sehr, dass er sich dazu hatte hinreißen lassen, seinen Vorsatz, mit Meredith nicht mehr über eine Eheschließung zu sprechen, zu brechen. Er kannte sie doch und sollte seine Geliebte nicht unterschätzen; daher beschlich ihn eine böse Vorahnung, als er in den frühen Morgenstunden sein Bett aufsuchte.

»Ich glaube nicht, dass in dieser Saison schon einmal ein so fürchterliches Gedränge geherrscht hat«, erklärte Arabella selbstgefällig, und ihr Morgenkleid aus rosafarbener Seide raschelte, als sie sich am nächsten Vormittag auf das Bett ihres Gastes setzte. »Ich schwöre, um Mitternacht konnte man sich kaum noch rühren.«

»Das Parkett war wirklich sehr voll«, stimmte ihr Merrie zu und lächelte Bella über die Tasse heißer Schokolade an.

»Meine Liebe, du solltest dir nur die ganzen Liebesbriefe ansehen, die heute bereits eingetroffen sind«, rief Bella und hob eine Handvoll der hübsch geschriebenen Briefchen auf, die auf Merries seidener Decke verstreut lagen. »Wirklich, jeder Mann der Oberen Zehntausend, der noch zu haben ist, muss dir ein Billett geschickt haben.«

»Unsinn«, wehrte Meredith lächelnd ab. »Auf jeden Fall ist kein Brief von deinem Bruder dabei.«

»Nun, das wäre auch nicht ganz sein Stil«, erklärte Arabella und strich sich eine Locke aus dem Gesicht. »Meine Liebe, du kannst mit mir schimpfen, wenn du möchtest, aber – hast du dich vielleicht mit Damian gestritten? Ich habe bemerkt, dass ihr beide gestern Abend nicht oft zusammen gewesen seid.«

Meredith sah ihr Gegenüber nachdenklich an. »Ich war genauso oft in seiner Gesellschaft wie in der von anderen. Auf keinen Fall sollte es so aussehen, als wollte ich ihn umgarnen.«

»Niemand würde je so etwas behaupten.« Bella schien ehrlich geschockt von diesem Gedanken. »Es ist vollkommen in

Ordnung, wenn er dir besondere Aufmerksamkeit schenkt, denn immerhin lebst du unter dem Dach seiner Familie. In der Tat wären die Menschen davon keinesfalls überrascht.«

»Nicht?« Meredith zog eine Braue hoch. »Warum denn nicht?«

»Es ist allgemein bekannt, dass Rutherford sich eine Frau suchen muss«, erklärte Arabella fröhlich. »Papa spricht von kaum etwas anderem, daher trifft Damian ihn auch nicht so oft, wie er eigentlich sollte. Es würde ganz und gar nicht als außergewöhnlich angesehen, wenn du, als Schützling der Familie, seine Aufmerksamkeit geweckt hättest.«

»Findet das deine Mutter auch?«

»Oh, aber sicher!« Bella lächelte zufrieden. »Sie würde über einen solchen Ausgang der Geschichte erfreut sein, und es würde mich überhaupt nicht wundern, wenn es die ganze Stadt bereits als Tatsache ansieht.«

»Ich verstehe.« Meredith lehnte sich in die Kissen zurück und reagierte dann abwesend auf Bellas munteres Geplauder, während ihre Gedanken sich mit der Tatsache beschäftigten, wie gründlich sie hinters Licht geführt worden war. Damian hatte keinen Augenblick lang ihre Ablehnung seines Heiratsantrages akzeptiert. Im Gegenteil, er hatte eine perfekte Regelung getroffen, in der das, was sie als größtes Hindernis bei seinem Antrag gesehen hatte, null und nichtig erschien. Wenn die Gesellschaft und auch die Keighleys eine solche Verbindung nicht nur als angemessen, sondern sogar als wünschenswert ansahen, warum sollte dann Merrie Trelawney Bedenken haben? Sie hatte ja auch keine Bedenken, ihre Nachbarn in Cornwall hinters Licht zu führen, und das wusste Rutherford nur zu gut; der Betrug, den sie jetzt der Gesellschaft von London servierte, bewegte sich nur auf einer höheren Ebene. Einen wesentlichen Unterschied gab es nicht. Sie konnte seine Argumente beinahe hören, ließ sich fast von ihnen überzeugen. Aber nichts konnte die dumpfe Gewissheit übertönen, dass eine Frau, die ihren Lebensunterhalt damit verdiente, das Gesetz und auch jede Regel der Gesellschaft zu brechen, keine passende Gemahlin für den zukünftigen Herzog von Keighley abgab. Rutherford gefiel ihre unkonventionelle Art, ihr Leichtsinn erregte ihn, und in ihrem gemeinsamen Spiel fand er das Ziel und den Wagemut, der ihm fehlte, seit er die Armee verlassen hatte. Aber etwas, das eine augenblickliche Sehnsucht befriedigte, war keine Basis für die langen Jahre einer Ehe, die den Konventionen würde folgen müssen. Angenommen, sie könnte sich nicht anpassen, sie könnte nicht die brave und in den Umgangsformen vollendete Frau werden, die den Gesetzen und Grenzen von Damians Welt folgte? In diesem Fall würde sie ihn nur ins Elend stürzen, und Meredith war davon überzeugt, dass es so käme.

»Freut dich die Einladung nach Belvoir, Merrie? Wenn du sie nicht annehmen möchtest, dann können wir uns eine Entschuldigung einfallen lassen – aber es ist äußerst erfreulich, eine solche Einladung zu bekommen.«

»Wie bitte, Bella?« Meredith errötete schuldbewusst, weil sie deren Frage nicht beachtet hatte.

»Du hast mir überhaupt nicht zugehört!«, schalt Bella sie. »Das kann ich um die Welt nicht leiden. George ist auch immer abwesend, und manchmal könnte ich ihn dafür umbringen!« Sie blickte Merrie mit ungewöhnlicher Schärfe an; schleunigst entschuldigte Merrie sich und führte ihre Abwesenheit auf die angenehmen Erinnerungen an den Vorabend zurück.

Arabella war ein wenig besänftigt und wiederholte, dass sie eine Einladung der Herzogin von Rutland bekommen hätten – zu einer Hausparty im Schloss Belvoir. Würde Merrie sich darüber freuen? Rutherford sei dort auch willkommen, fügte Bella noch hinzu. Als sie Merries Zustimmung hatte, verließ Bella sie, damit sie sich ankleiden konnte; mit einem mehr als diskreten Lächeln antwortete sie auf Merries Ankündigung, dass sie am heutigen Abend nicht zu Hause speisen würde.

Noch immer nachdenklich stand Meredith auf, auf Nans Fragen und Bemerkungen über den vergangenen Abend gab sie einsilbige Antworten. Dieses Benehmen brachte Nan dazu, sich nachdrücklich zu erkundigen, welchen Unsinn sie denn jetzt schon wieder ausheckte, und auf Merediths unschuldigen Ausruf reagierte sie mit einem ungläubigen Brummen.

In der Tat plante Meredith eine Attacke. Sie hatte Rutherford am gestrigen Abend erklärt, dass sie sich von ihm herausgefordert fühle. Diese Bemerkung hatte sie einfach nur aus Zorn über seine Falschheit gemacht, doch jetzt dachte sie darüber ernsthaft nach. Sie würde es ihm mit gleicher Münze heimzahlen, was ihr Temperament ins Gedächtnis rufen und ihn ein für alle Mal von der Unmöglichkeit überzeugen sollte, dass sie mehr als nur ein Abenteuer darstellte.

Rutherford, der nicht sicher war, was er vorfinden würde, als er sie an diesem Nachmittag am Cavendish Square abholte, um sie mit in ihr Liebesnest in Highgate zu nehmen, ließ sich von einer strahlenden, lebhaften und offensichtlich liebevollen Meredith einlullen. Nicht mit einem Wort erwähnte sie ihre Unterhaltung auf dem Balkon, und er machte den schweren Fehler, anzunehmen, dass auch sie über dieses Thema nicht mehr streiten wollte.

»Ich möchte gern, dass du mir beibringst, einen Wagen zu kutschieren«, erklärte Meredith, die voller Bewunderung zusah, wie er mit einer schnellen Bewegung des Handgelenks die Peitsche tanzen ließ. »Dann könnte ich allein fahren, in einem Phaeton, mit einem Gespann!«

»Sehr schneidig«, meinte Damian belustigt. »Ich werde es

dir gern beibringen; aber wenn du keine Begabung dafür hast, dann höre auf meinen Rat und vergiss dieses Vorhaben. Nichts sieht lächerlicher aus als eine Fahrerin, deren Hände sich eher eignen für ein Ochsengespann.«

»Ochsen-Hände«, fasste Merrie zusammen. »Das ist ein sehr anschaulicher Ausdruck!«

Er gluckste. »Das ist er – aber benutze ihn bitte nicht in einem Kreis von vornehmen Menschen, er ist nämlich äußerst vulgär.«

Meredith prägte sich das Wort für später ein und fragte dann freundlich: »Glaubst du, dass ich Ochsen-Hände habe?«

»Nein.« Er schüttelte den Kopf. »Das ist eher unwahrscheinlich. Aber ich habe dich bis jetzt nur mit einem zweirädrigen Einspänner und einem Pony gesehen.«

»Denkst du noch an meine gute Hand beim Reiten? Das hast du selbst gesagt«, rief Merrie ihm ins Gedächtnis. Kurz nach ihrer Ankunft am Cavendish Square hatte Damian ihr einen temperamentvollen kastanienbraunen Wallach geschenkt, der sie begeisterte – auch wenn sie das Geschenk abgelehnt und darauf bestanden hatte, das Pferd nur als Leihgabe zu akzeptieren. Er hatte nachgegeben mit der Bitte, diese Leihgabe regelmäßig zu bewegen. Als Ergebnis davon war der Braune von Lady Blake ein bekannter Anblick im Hyde Park geworden. Arabella, die selbst nicht gern ritt, hatte schnell erkannt, dass Reitkleider Meredith besser standen als alle anderen Gewänder, und hatte die Dinge energisch in die Hand genommen. Merrie besaß jetzt mehr Reitkleider, als sie bis vor kurzem noch für möglich gehalten hätte – mehr als sie in ihrem ganzen Leben würde auftragen können. Diese Bedenken gehörten jedoch in jene andere Welt, die einer blassen und entfernten Vergangenheit anzugehören schien.

»In Belvoir werde ich es dir beibringen«, versprach ihr Damian jetzt. »Unter einer Bedingung.«

»Und die wäre …?«

»Dass du die Tatsache anerkennst, dass ich im Fahren bewandert bin und dass du genau das tust, was ich dir sage«, antwortete er feixend. »Mir ist klar, dass es dir ein wenig schwer fallen wird, weil du an deine grundsätzliche Überlegenheit glaubst …«

»Das ist nicht wahr«, protestierte Meredith, halb lachend, halb unsicher, ob er sich einen Spaß mit ihr erlaubte.

»Tust du das denn nicht?« Seine eindrucksvollen schwarzen Brauen zogen sich hoch. »Ich glaube, Merrie Trelawney, dass du nur sehr wenigen Menschen zutraust, die Dinge so gut im Griff zu haben wie du selbst.«

»Vielleicht.« Nervös spielte sie mit ihren Handschuhen. »Ich habe allerdings Grund, *dir* das zuzutrauen. Du hast deine Fähigkeiten bewiesen, alle möglichen Dinge zu schaffen – sogar mich, bei mehr als nur einer Gelegenheit.«

Rutherford warf ihr einen prüfenden Blick zu, doch ihre Miene war genauso unschuldig wie ihr Ton; daher wollte er die Sache nicht weiter verfolgen. »Freust du dich schon auf deinen Besuch in Belvoir, Liebling?«

»Ich finde den Gedanken, dass Merrie Trelawney Gast des Herzogs und der Herzogin von Rutland ist, höchst unterhaltsam«, zwitscherte sie. »Kannst du dir vorstellen, wie Patience und Lady Collier reagieren würden?«

»Abscheuliches Mädchen!«, erklärte er trotz seiner eigenen Belustigung. »Hast du denn überhaupt keine Gefühle?«

»Ganz und gar keine«, antwortete sie fröhlich. »Es mag ja sein, dass ich nach außen hin ein wenig von dem Londoner Glanz abbekomme, Rutherford, aber im Grunde meines Herzens bleibe ich abscheulich. Du würdest gut daran tun, das nicht zu vergessen.«

»Soll das eine Warnung sein?«, fragte er, plötzlich ernst geworden.

»Nur eine kleine Gedächtnishilfe!«

Rutherford stieß einen leisen Pfiff aus. »Warum habe ich nur so ein ungutes Gefühl, Merrie Trelawney?«

»Das kann ich mir auch nicht erklären«, antwortete sie mit einem Lächeln, das so glatt war wie Milchpudding.

17

Meredith reiste nordwärts nach Belvoir in einer Stimmung übermütiger Erwartung. Die Aussicht, eine ganze Woche unter dem gleichen Dach mit Rutherford zu verbringen, war geradezu berauschend. Sie wären natürlich gezwungen, sich mit aller Vorsicht zu bewegen; doch in diesem Doppelspiel hatten beide Erfahrung und genossen es sogar. Die heimlichen Blicke, versteckten Andeutungen, die intime Berührung einer Hand ... ihr Herz tanzte. Diese Woche würde ein Vorspiel sein, ehe sie ihren Plan in die Tat umsetzte, Damian und die Gesellschaft davon zu überzeugen, dass die Witwe Blake nicht die passende Partie war für den Erben des Herzogs von Keighley. Doch eine Festivität im Schloss Belvoir war weder der Ort noch die passende Gelegenheit, einen solchen Plan in die Tat umzusetzen. Auch wenn es äußerst effektiv sein würde, wäre es doch entsetzlich unangenehm für die Beaumonts in einer so überschaubaren Umgebung.

Arabella, die strahlte vor Freude, dass selbst George sich entschieden hatte, mitzukommen, schäumte förmlich über, und ihr Ehemann konnte nicht anders, als das rührend zu finden. Es war der energische Vorschlag seines Schwagers gewesen, der den Marquis dazu gebracht hatte, seine Gattin zu begleiten; doch als er jetzt Arabellas herzerwärmende Freude sah, wollte Lord Beaumont ihm nicht das ganze Verdienst überlassen.

Es war später Nachmittag, als die Kutsche durch das schmiedeeiserne Parktor fuhr, und sie freuten sich alle, das graue Steingebäude des Schlosses Belvoir am Ende der Auffahrt majestätisch aufragen zu sehen. Meredith blickte sich anerkennend in der großen, mit Flaggen geschmückten Eingangshalle um, in der ein mächtiges Feuer im Kamin brannte und den Gästen Wärme und Willkommen bot.

»Arabella, George, wie nett! Und Lady Blake, Sie sind erfreulicherweise auch dabei!« Die Herzogin von Rutland kam von dem Feuer auf sie zu, wo sie zusammen mit einer Gruppe Männer gestanden hatte, die ihren lehmigen Stiefeln und ihrer Kleidung nach gerade von der Jagd zurückgekehrt waren. »Sie müssen nach der Reise ganz erschöpft sein! Kommen Sie und wärmen Sie am Feuer Ihre Hände, dann können Sie gleich Ihre Räumlichkeiten aufsuchen und sich vor dem Essen noch eine Weile ausruhen.« Sie plauderte freundlich und führte sie hinüber zum Kamin, wo sie den anderen vorgestellt wurden.

»Mr. Devereux, ich hatte Sie hier gar nicht erwartet.« Meredith lächelte und begrüßte ihren Bekannten mit freundlicher Unbefangenheit. Als Devereux sie erst vor zwei Tagen am Cavendish Square besucht hatte, hatte er nichts von einem Besuch in Belvoir erwähnt, obwohl Meredith ihm offen ihre Reisepläne unterbreitete. Jetzt schenkte er ihr ein etwas rätselhaftes Lächeln, als seine Lippen ihre Fingerspitzen berührten.

»Eine kleine Überraschung, Ma'am! Eine angenehme, hoffe ich.«

»Absolut!«, antwortete sie höflich und empfand wieder eine Art Unbehagen. Gerald Devereux konnte doch nicht etwa die Absicht haben, einen leichtfertigen Flirt in etwas Tieferes zu verwandeln, oder doch? Nein, natürlich nicht. Merrie schob diesen absurden Gedanken beiseite, als sie dem Lakai nach oben in ihr Zimmer folgte.

Sie fühlte sich ganz und gar nicht müde, und nach einer Weile des Zögerns befand sie, dass sie ihrer Gastgeberin sicher nicht lästig erschien, wenn sie einen Spaziergang durch den Garten machte. Zwar war es ein feuchter, kühler Nachmittag Ende Oktober; aber nach dem langen Eingesperrtsein in der Kutsche sehnten sich ihre Muskeln nach ein wenig Bewegung. Ein Lakai, der sich sehr schnell von seiner Überraschung erholte, öffnete ihr das Portal, gerade als Lord Rutherfords zweirädriger Zweispänner, gezogen von einem Paar reinrassiger Brauner, vorfuhr.

»Lady Blake!« Er sprang von dem Wagen und griff nach ihrer Hand. »Wenn ich ein junger Stutzer wäre, dann würde ich zu hoffen wagen, dass Sie gekommen sind, mich zu begrüßen.« Sein Ton war fröhlich, ein vollkommen statthafter Scherz für Lakaien und Stallknechte. Die grauen Augen jedoch strahlten, und ihre Finger in seiner Hand zitterten als Reaktion darauf.

»Ich wollte soeben einen kleinen Spaziergang machen, Mylord.« Merrie lächelte. »Wir sind auch gerade erst angekommen, und ich habe den Wunsch, mir ein wenig die Füße zu vertreten.«

»Wie ein ruheloses Fohlen«, meinte Damian mit einem belustigten Unterton, ehe er wieder etwas lauter sprach. »Wir werden uns sicher beim Abendessen treffen.« Er verbeugte sich, gab ihre Hand frei und verschwand dann im Haus.

Merrie sah ihm nach, das Lächeln verharrte auf ihren Lippen, während sich in ihrem Kopf eine verlockende Idee formte. Wahrscheinlich würde er vom Herzog und der Herzogin begrüßt werden, was vielleicht zehn Minuten in Anspruch nähme; danach würde man ihm seine Zimmer zeigen. Sie tat so, als würde sie die Büsche betrachten, die zu beiden Seiten des mit Kies bestreuten Weges standen; ungefähr zehn Minuten beschäftigte sie sich damit, dann kehrte sie ins Haus zurück und betrat gerade in dem Augenblick die Halle, als Rutherford, begleitet von einem Lakai, die Galerie im ersten Stock überquerte. Lässig, doch mit äußerster Diskretion, folgte Lady Blake den beiden, ihr Benehmen deutete an, dass sie ihr Ziel ganz genau kannte, als sie einen der Flure im westlichen Flügel des Hauses betrat. Wenn es in diesem Teil des Schlosses keine Zimmer für Damen gab, dann könnte ihre Anwesenheit hier trotz ihrer zur Schau getragenen Selbstverständlichkeit auffallen, dachte Merrie; doch dann wurde sie sogleich beruhigt, als eine Dienerin mit einem Reisekorb an ihr vorbeieilte und nach einem diskreten Klopfen hinter einer der getäfelten Türen verschwand. Damian hatte sich nicht umgedreht, doch dafür gab es ja auch keinen Grund. Trotzdem blieb Merrie zögernd zurück, als er das Ende des Flurs erreichte. Sie schlüpfte in eine Fensternische und beobachtete aufmerksam, welche Tür der Lakai für ihn öffnete. Es wäre nicht gut, einen Fehler zu machen! Merrie musste ein leises Kichern unterdrücken bei dem Gedanken, ehe sie mit entschlossenen Schritten in ihre Räumlichkeiten im Ostflügel zurückkehrte.

Nan wartete schon ungeduldig auf sie. »Jetzt kommst du erst, Meredith! Schon vor einer Stunde habe ich dir heißes Wasser bringen lassen. Jetzt ist es ganz kalt, und das geschieht dir recht, wenn du dich ständig herumtreibst.« Das Gemaule nahm seinen Fortgang, während Merrie in ein Abendkleid aus blass lavendelfarbenem Krepp gekleidet wurde mit langen weiten Ärmeln, die eng am Handgelenk mit einigen Knöpfchen geschlossen wurden. Meredith stellte fest, dass Schloss Belvoir ein hässlich zugiges Gemäuer war und die Dienerschaft so geschäftig und hochnäsig, dass sie beinahe über ihre eigenen Füße stolperten. Nan wollte auch mit niemandem das Zimmer teilen, nicht einmal mit der Kammerzofe von Lady Beaumont – aber sie war ja immer bereit, ein Opfer zu bringen, das sollte Meredith eigentlich wissen!

Merrie stimmte ihr zu, dass sie das wusste, und enthielt sich ihrer üblichen Bemerkungen, während ihr Haar gebürstet, geflochten, dann zu einer Krone aufgesteckt wurde und kleine Löckchen in ihre Schläfen hingen. Nan befestigte den geflochtenen Gürtel mit den Troddeln um ihre Taille, legte eine silberne, bestickte Stola über ihre Ellbogen und nickte dann zufrieden.

Merrie gab ihr einen Kuss. »Warte nicht auf mich, liebe Nan. Ich kann mich selbst auskleiden, und du brauchst dir hier keine Sorgen um meine Sicherheit zu machen!« Ihre Augen blitzten schelmisch, und Nan verzog den Mund, wenn auch ein wenig grimmig. »Benimm dich«, ermahnte sie Merrie. »Ich kenne diesen Blick in deinen Augen, mein Mädchen, und er verheißt nichts Gutes!«

»Ich kann mir nicht vorstellen, was du meinst!« Lachend huschte Merrie hinaus und als sie die Treppe erreichte, ermahnte sie sich, eine gemessenere Gangart anzuschlagen.

Der Salon schien voller Menschen zu sein, die meisten waren ihr fremd. Arabella oder ihren Mann entdeckte sie nirgendwo, deshalb begrüßte Merrie freudig Mr. Brummell, der zu ihrem Sofa kam und so unauffällig elegant aussah wie immer.

»Gehen Sie morgen mit auf die Jagd, Lady Blake?«, fragte er und setzte sich neben sie.

»Das kommt ganz darauf an«, antwortete Merrie, »ob eine noch attraktivere Jagdgefährtin auftaucht.«

Mr. Brummell lächelte anerkennend. »Sie sind eine aufmerksame Schülerin, Lady Blake. Man sollte wahrhaftig niemals in der Öffentlichkeit etwas riskieren, wenn man sich seiner Überlegenheit nicht ganz sicher ist.« Er hob sein Lorgnon und betrachtete die anderen Anwesenden im Salon, dann erklärte er: »Ich glaube nicht, dass Sie Bedenken haben müssen. Es gibt keine Lady hier, die Sie auf dem Gebiet der Pferde überstrahlen wird.«

»Dann werde ich ganz sicher mit auf die Jagd kommen«, beteuerte Meredith. »In der Tat gefällt mir dieser Sport so sehr, dass ich enttäuscht gewesen wäre, wenn ich morgen nicht hätte teilnehmen können. Ich bin Ihnen doppelt dankbar, Mr. Brummell, dass Sie in der Hinsicht meine Zweifel zerstreut haben.«

»Es war mir ein Vergnügen, Ma'am«, erklärte er ernst. »Ich bin gern bereit, mir schmeicheln zu lassen – auch wenn ich nicht daran gewöhnt bin, dass es mit einer solchen Direktheit geschieht.«

Meredith lachte und wurde dafür mit einem drolligen Zwinkern belohnt. Sie war sich, wie ihr Gegenüber schon zuvor bemerkt hatte, der Konsequenzen überhaupt nicht bewusst, die seine Aufmerksamkeit für sie bedeutete. Sie hatte nicht die geringste Ehrfurcht vor Beau Brummell, sondern fand ihn ganz einfach amüsant – und er war ein guter Gesellschafter. Natürlich ahnte sie die Vorteile, die sein Wohlwollen ihr in der Gesellschaft verschaffte, und sie hatte auch nichts dagegen, ihn an ihrer Seite zu halten. Es war immerhin alles Teil des Spiels – Beau Brummell, der sich jemandem wie Merrie Trelawney widmete und der von ihr unterhalten wurde.

Sie fühlte, dass Damian näher kam; noch ehe sie ihn sah und sich die Aufmerksamkeit von Mr. Brummell auf eine Dame mit einem türkisfarbenen Turban richtete, klopfte sie auf den freien Platz neben sich.

»Du hast dich von deiner Reise erholt, Rutherford?«

»Ja, danke«, bestätigte er trocken. »Und ich hoffe, du hast dir ordentlich die Füße vertreten, Lady Blake!«

»Ja, danke«, antwortete auch sie sittsam. Dann aber vertieften sich ihre Grübchen. »Müssen wir die ganze restliche Woche so formell miteinander umgehen? Ich werde es nicht immer schaffen, eine ernste Miene dabei zu bewahren.«

»Ich bitte dich, es wenigstens zu versuchen«, ermahnte Rutherford sie. »Allerdings wird eine ganze Woche dieses Theaters ein schweres Los sein.«

»Warum bist du dann überhaupt gekommen?« Meredith wedelte mit ihrem Fächer aus gefalteltem Krepp und warf ihm einen äußerst schelmischen Blick zu.

»Weil ich der Gelegenheit nicht widerstehen konnte, eine Woche unter dem gleichen Dach mit dir zu verbringen«, antwortete er leise. »Und das weißt du sehr gut. Wenn du dich dementsprechend benehmen wirst, könnten wir die Tage einigermaßen anständig überstehen. Du solltest nur nicht danach trachten, mich mit frechen Anspielungen zum Lachen zu bringen.«

»Bella hat gesagt, dass man es nicht als unschicklich ansehen würde, wenn du mir mehr als nur höfliche Aufmerksamkeit schenkst«, bemerkte Merrie nebenbei. »Die Verbindung der Familien, verstehst du?«

Seine Schwester war nicht immer sehr weitblickend, dachte Rutherford. »Das verstehe ich schon«, erklärte er. »Es ist so, dass diese Verbindung es mir erlauben wird, dir das Kutschieren beizubringen, ohne dass es unnötige Kommentare regnet. Aber wenn du nicht willst, dass herumposaunt wird, du hättest ein Auge auf mich geworfen, würde ich dir raten, einen gewissen Grad an Förmlichkeit aufrechtzuerhalten.«

»Ich hatte den Eindruck, dass die Gesellschaft die Verbindung von uns beiden bereits als Tatsache betrachtet«, meinte sie und schloss ihren Fächer mit einem leisen Klicken.

»Dann hat die Gesellschaft aber Pech gehabt, nicht wahr?«

Es war eine enttäuschende Antwort. Meredith hatte gehofft, einen kleinen Anflug von Schuldgefühl zu entdecken. Stattdessen schien er vollkommen ungerührt. Aber wenn es um ein Wortgeplänkel ging, so hatte sie schon vor langer Zeit einsehen müssen, dass darin Rutherfords Stärke lag.

Damian, der ihren Ärger genau vorhergesehen hatte, warf

einen schnellen Seitenblick auf ihr Profil. Sein Mund verzog sich ein wenig. Sie sah so anbetungswürdig aus, wenn sie böse war; doch um nicht sein größeres Ziel zu gefährden, unterdrückte er seine Belustigung und zwang sich zu einer gewissen Schärfe: »Ich habe nicht den weiten Weg gemacht, um mich mit dir zu streiten, Meredith!«

»Das ist ungerecht«, warf sie ihm flüsternd vor. »Du hast den Streit vom Zaun gebrochen, nicht ich!«

Damian seufzte erschöpft. »Ich denke, dass ich dir noch beibringen muss, schlafende Hunde nicht zu wecken.« Er machte auf dem Absatz kehrt, ohne sich von ihr zu verabschieden.

Meredith sah ihm zornig nach, als er zu einer Gruppe am Feuer trat, die sich lebhaft miteinander unterhielt, während sie verloren auf der Couch saß.

»Lady Blake, was ist geschehen, das Sie so verärgert?« Der ritterliche Gerald Devereux erschien zur rechten Zeit und betrachtete sie mit einer ansprechenden Mischung aus Sorge und Verständnis.

»Mein Gesicht muss wohl sehr verräterisch sein«, meinte Merrie und legte entsetzt die Finger an ihre Lippen. »Oh, lieber Mr. Devereux, meine schlimme Zunge! Ich bitte um Vergebung!«

»Das ist nicht nötig, ich versichere es Ihnen!« Die eindringlichen blauen Augen blitzten vor Vergnügen. »Es ist ja nicht so, wie wir beide bereits bemerkten, als kämen Sie gerade erst aus dem Schulzimmer.«

»Das kann aber trotzdem keine Entschuldigung sein, Sir«, antwortete sie reumütig. »Aber ich finde sehr nett von Ihnen, meinen Ausrutscher zu übergehen. Möchten Sie sich nicht setzen?«

Devereux nahm diese Einladung unverzüglich an. »Wie kann ich Sie ablenken, Mylady, damit Sie vergessen, was oder wer auch immer Ihre Missstimmung hervorgerufen hat?«

Hatte er wirklich eine kleine Betonung auf ›wer auch immer‹ gelegt? War Damians abruptes Verschwinden so verräterisch gewesen wie ihre Miene? »Sir, es war nur eine kleine Meinungsverschiedenheit«, antwortete Merrie schnell. »Und eine unnötige dazu! Aber ich würde mich darüber freuen, wenn Sie mir die Namen der Gäste nennen, die ich noch nicht kenne. Es scheinen sehr viele zu sein.«

»Sehr gern«, meinte Devereux bereitwillig. »Also, wo sollen wir anfangen?«

Meredith stellte fest, dass ihr Begleiter genauso geistreich war, wie er über alles Bescheid wusste. Und er hatte auch nichts dagegen, ihr pikante Einzelheiten von Klatsch und Tratsch über die anderen Gäste mitzuteilen. Damian, der von der anderen Seite des Raumes einen verstohlenen Blick in ihre Richtung warf und ihr lachendes Gesicht und ihre blitzenden Augen sah, stellte fest, dass sein Versuch, sie zu bestrafen, kläglich gescheitert war. Merrie schien sich in seiner Abwesenheit über die Maßen zu amüsieren.

»Gerald ist ganz verzaubert von Arabellas Schützling, Rutherford!« Die sanfte Stimmte seiner Gastgeberin unterbrach seine düsteren Gedanken.

»Wirklich?« Er sah so überrascht aus, wie er sich fühlte, eine solche Erkenntnis war ihm gar nicht gekommen. Erst anschließend gelang es ihm, Gleichgültigkeit zum Ausdruck zu bringen.

Die Herzogin nickte. »Er hat mich flehend darum gebeten, sie zum Essen führen zu dürfen.« Ihr Blick ruhte auf den beiden, die Seite an Seite auf der Couch saßen. »Ich frage mich, ob sie seinem Werben wohl nachgeben wird. Er schwimmt nicht gerade in finanziellen Größenordnungen, ihr Reichtum würde Devereux sicher zupass kommen.«

Damian unterdrückte eine Woge des Zorns bei dieser so obenhin ausgesprochenen Bemerkung. Es konnte sie jedoch nicht widerlegen oder einen Kommentar dazu abgeben, ohne unnötige Aufmerksamkeit auf sich zu ziehen. Er musste Merrie unbedingt warnen und ihr sagen, was sie mit ihrem harmlosen Flirt anrichtete – obwohl ein harmloser Flirt auch wider gar nicht so schlimm war. Außerdem hatte er die Absicht, ihr sein Argument von zuvor noch deutlicher zu machen, und dieser Plan verbot es ihm, mit ihr zu reden, ehe sie nicht Anzeichen der Reue an den Tag legte.

Devereux begleitete Meredith zum Essen, und sie stellte fest, dass sie am anderen Ende des Tisches saß als Rutherford. Nun, dafür konnte sie nicht ihn verantwortlich machen – doch die Tatsache, dass er nicht ein einziges Mal zu ihr herübersah während der langen Stunden der Mahlzeit, musste Absicht sein. Sie wiederum konnte es sich nicht leisten, ihrem unangenehm aufmerksamen Begleiter gegenüber abwesend zu erscheinen; deshalb schob sie entschlossen jeden Gedanken an Damian, Lord Rutherford, von sich. Nach dem Essen gesellte sich Damian zu seinem Gastgeber und zwei anderen unverbesserlichen Whist-Spielern im Kartenzimmer und unterstrich damit noch seine Absicht, Meredith zu vernachlässigen. Sie fühlte sich sehr verloren – trotz der Aufmerksamkeiten von Devereux, der Unterhaltung im Kasino und bei den verschiedenen Darbietungen von Piano und Harfe. Wenn Damian ihr sein Missfallen auf diese Art über längere Zeit zeigen wollte, dann würde ihr Aufenthalt auf Belvoir ihre Erwartungen nicht erfüllen. Doch Meredith nahm sich vor, den Bruch auf ihre eigene unnachahmliche Art und Weise zu kitten.

Rutherford stand mit einer Gruppe Männer in der Eingangshalle, als die Damen dabei waren, sich zurückzuziehen. Merrie hatte den Blick gesenkt, ihre Schultern waren ein wenig nach vorn gesunken – Körpersprache, die durchsichtig und verständlich war, nicht nur für ihn, sondern für jeden anderen, der die Gestik der Schauspielkunst kannte. Er reichte ihr eine Kerze und hielt einen Augenblick lang ihr Handgelenk fest, während er ihr eine gute Nacht wünschte.

»Es tut mir Leid«, flüsterte sie. »Du wirst doch nicht morgen immer noch böse sein, oder?«

Rutherfords Lippen zitterten. »Sieh mich an!« Gehorsam hob sie den Blick. »Wie ich es vermutet hatte«, erklärte er verbissen. »Du bereust immer noch nicht! Ich warne dich, Merrie – wenn du die Absicht hast, dich in dieser Woche mit mir zu streiten, werde ich ganz einfach abreisen.«

»Ich habe nicht die Absicht, mit dir zu streiten.«

»Dann ist es ja gut.« Er nickte zufrieden, und seine Augen blitzten, als er ihr Handgelenk wieder freigab. »Süße Träume, Cousine Meredith!«

Mit der Zungenspitze befeuchtete sie ihre Lippen, und es gelang ihr ein viel sagender Augenaufschlag, ehe sie die Hand auf das Treppengeländer legte und Arabella nach oben folgte.

Nan hatte ihren Rat beherzigt und nicht auf sie gewartet. Meredith entkleidete sich flink, schlüpfte in ihr Nachthemd, warf dann einen Umhang mit einer dunklen Kapuze über und setzte sich ans Feuer, um zu warten. Erst über eine Stunde später war sie sicher, dass sich der ganze Haushalt zurückgezogen hatte. Es gab kein Flüstern mehr im Flur, keine Geräusche von sich öffnenden Türen, keine gedämpften Schritte auf dem Teppich im Flur. Da machte sie sich auf den Weg. Der Flur war leer, an beiden Seiten wurde er schwach durch Kerzen in ihren Haltern erhellt. Mit nackten Füßen, die Kapuze über ihr glänzendes Haar gezogen, stahl Merrie sich hinaus. Sie drückte sich an die Wand und schlich leise zu der Galerie am oberen Ende der Treppe. Die Eingangshalle unten war dunkel und schattig, sie wurde nur durch die Funken des ersterbenden Feuers erhellt. Offensichtlich hielt sich niemand mehr in der unteren Etage auf, weil alle Kerzen gelöscht worden waren. Auf Zehenspitzen flog sie über die Galerie und in den Gang, der zum westlichen Flügel des Hauses führte. Sie konnte notfalls so tun, als würde sie schlafwandeln – Lady Meredith mit einem gestörten Unterbewusstsein! Merrie presste die Finger vor den Mund, um ein Kichern zu unterdrücken. Es war wirklich hoffnungslos. Sie würde niemals lernen, gesittet zu sein – das war ihr einfach zu langweilig!

Das Schloss stellte ein Labyrinth aus Gängen und breiten Fluren voller Türen dar. Glücklicherweise war die Orientierungsfähigkeit für einen Schmuggler lebensnotwendig, sie hatte sie schon vor Jahren gelernt – daher fand sie den Weg zu Damians Zimmer ohne zu zögern. Kein Licht zeigte sich im Spalt unter der Tür. Vorsichtig drückte sie die Klinke hinunter, schon im nächsten Augenblick war sie in dem dunklen Raum und hatte die Tür hinter sich geschlossen.

Aber Rutherford war noch schneller. Er schlief wie ein Soldat in Alarmbereitschaft, verlor kaum das Bewusstsein und war immer bereit, aufzuwachen; unmittelbar reagierte er auf den geringsten Hauch einer Störung. Die silberne Pistole, die stets unter seinem Kissen lag, hatte er bereits in der Hand, als die Klinke knarrte; seine Füße berührten den Boden, als die dunkle Gestalt in sein Zimmer huschte.

»Was zum Teufel?«, rief er leise und war nicht sicher, ob er seinen Augen trauen durfte.

»Oh, du bist ja wach. Wie schade! Ich hatte mir gerade eine ganz besondere Reihenfolge zurechtgelegt, wie ich dich aufwecken wollte.« Das schelmische Lachen überzeugte ihn davon, dass er nicht träumte. »Ist das nicht ein herrliches Abenteuer, Liebling?«

Endlich einmal war Rutherford sprachlos. Ohne den Blick von ihr zu nehmen, schob er die Pistole wieder unter das Kopfkissen, zündete die Kerze neben seinem Bett an und schwang dann die Beine zurück. Merrie schob die Kapuze vom Kopf, strich sich durchs Haar, und ihre Augen blitzten.

»Hast du nichts zu sagen, Sir?« Er schüttelte den Kopf und sah ihr zu, wie sie den Umhang auszog, das seidene Band am Hals des keuschen weißen Nachthemds öffnete und das Negligé Stück für Stück über den Kopf zog. Damian stieß langsam den Atem aus, als sie einen Augenblick lang vor ihm stand und ihren Körper seinen Blicken darbot. Ein kleines Lächeln umspielte ihren Mund, den Kopf hatte sie fragend zur Seite gelegt. Dann sprang sie fröhlich triumphierend neben ihm unter die Decke.

»Böses Geschöpf!« Rutherford hatte endlich seine Stimme wiedergefunden. Aber sie kicherte nur und begann, ihm mit schnellen Bewegungen das Leinenhemd auszuziehen.

»Ich bin gekommen, dich heute Nacht zu lieben«, erklärte sie ihm, drückte ihn flach auf die Matratze und schob sich über ihn. »Du musst ganz still liegen bleiben und mir erlauben, dich glücklich zu machen, wie du es so oft bei mir getan hast.«

»Sehr gern«, flüsterte er und schloss die Augen, als sie mit ihren Wimpern seine Brustwarzen kitzelte und ihr warmer Atem über seine Haut strich. Ihre Zunge streichelte ihn mit kreisenden Bewegungen, die er in jedem einzelnen Nerv seines Körpers spürte. Ihre Berührungen quälten ihn bis an den Rand des Erträglichen – dabei war es nicht mehr als ein Hauch ihres Atems, das seidige Streicheln ihres Haares oder einer Augenwimper, die Berührung ihrer Zunge. Und die ganze Zeit über bewegte sich ihr Körper, den das Kerzenlicht in seinen leuchtenden Schein hüllte, sinnlich über seinen, zugänglich für seine Blicke und Hände, die sie ertasteten, wo immer es ihm gefiel. Merries Glück heute Abend entsprach demjenigen von Damian; als sie sich ihm darbot, war es zur Freude ihres Geliebten, und ihre eigene Erregung war nur zweitrangig, wenn auch nicht weniger heftig. Mit ihren Lippen und Händen brachte sie ihn an den Rand der Ekstase, bis sich schließlich in einem tiefen Aufstöhnen seine Finger in ihrem kastanienfarbenen Haar vergruben und er ihren Kopf zu sich hochzog. »Genug«, flüsterte er rau. »Das Ende erleben wir gemeinsam!«

Bereitwillig schwang Merrie sich rittlings über ihn und nahm ihn ganz langsam in sich auf.

»Bewege dich nicht«, verlangte er und hielt ihre Hüften fest.

»Das möchte ich aber«, murmelte sie, und ihr Atem ging schneller.

»Nein, warte ein wenig – denn wenn du dich bewegst, bin ich verloren«, stöhnte er.

»Ich *werde* mit dir zusammen sein!« Sie warf den Kopf zurück, presste die Knie an seine Seiten, legte die Hände auf ihre Fersen und bewegte ihren Körper kreisend um sein pulsierendes Glied in ihrem Inneren. Damian keuchte auf, seine Finger krallten sich in das feste Fleisch ihres Hinterns. Als sein Körper unter dem Ansturm der Ekstase erbebte, drängte sie sich fest an ihn und zog ihre inneren Muskeln zusammen, bis er in Feuer eingehüllt war.

Es dauerte sehr lange, in die Wirklichkeit der Welt zurückzukehren. Merrie lag zusammengesunken auf Damians Brust, ihre Körper waren noch immer vereint, und sie fragte sich, ob sie gerade ein wenig gestorben war. Als sie ihm diese Worte zuflüsterte, streichelte er ihr über das Haar und bestätigte ihr, dass sie soeben die äußerste Grenze der Ekstase erreicht hatten und dass es wirklich ein kleiner Tod gewesen war – eine wundervolle und seltene Erfahrung! Er hob sie sanft von sich und legte sie in seine Armbeuge. Mit weit offenen Augen lag er in dem nur schwach erhellten Raum, während Merries tiefer Atem den Schlaf befriedigter Erschöpfung anzeigte.

Sie war ein so erstaunliches, wildes Geschöpf. Wie konnte er sie nur davon überzeugen, dass er sie nicht zähmen wollte – dass eine Ehe nicht unbedingt ein beengtes und strenges Leben bedeutete? Rutherford war sich darüber im Klaren, dass Merrie sich nicht ändern würde, genauso wie er wusste, dass ihr angeborener Freiheitsdrang sie in ihrer Ablehnung so stolz und störrisch machte. Aber wenn sie ihm nicht glaubte, dass er gerade die wilde und leichtsinnige Merrie Trelawney als seine Herzogin wollte, dann fiel ihm leider nichts anderes ein, als sie zu entführen und bei dem Schmied von Gretna Green eine Heirat zu erzwingen. Vielleicht würde es tatsächlich so weit kommen, überlegte Damian zähneknirschend, während er sanft ihren Hals streichelte. Ihre Wimpern flatterten, und sie lächelte im Schlaf.

Es tat ihm weh, sie aufzuwecken, doch hatte er keine andere Wahl. Auch ihm fielen die Augen zu, und die Sirene des Schlafes sang am Rande seines Bewusstseins ihr Lied. Es gab keine Garantie dafür, dass einer von beiden wach würde, ehe der Haushalt sich erhob. »Steh auf, mein Liebling. Du musst zurück in dein Bett!« Er zog sie hoch, sodass sie saß – aber sie sank erneut gegen seine Brust.

»Kann nicht«, murmelte Merrie. »Schlafe noch!« Ihr Atem wurde wieder langsam, und Damian fluchte leise. Offensichtlich würde er sie in den Damentrakt tragen müssen, was natürlich die Gefahr vergrößerte, gesehen zu werden. Wenigstens könnte sie sich eine Ausrede einfallen lassen, wenn jemand sie allein in einem der Flure entdeckte. Doch für ihn wäre es schwieriger, eine Entschuldigung zu finden, wenn er mit einer schlafenden Gestalt im Nachthemd auf den Armen durch das Schloss wanderte. Abgesehen davon wusste er nicht einmal, in welchem der vielen Zimmer sie Quartier bezogen hatte.

Es gelang ihm, sie halb zu wecken und ihren schlaffen Körper in das Nachthemd und den Umhang zu hüllen. Während er sich Hemd und Hose anzog, ließ er sie auf dem Bett sitzen. Als er sie dann hochhob, war sie schon wieder fest eingeschlafen. »Merrie!« Er ließ seine Stimme absichtlich scharf klingen und stellte sie auf die Beine, wo sie gefährlich schwankte. »Wenn du deine Abenteuer nicht bis zum Ende durchstehen kannst, dann darf man dir solche auch nicht erlauben! Du musst jetzt wenigstens so weit aufwachen, um mir den Weg zu deinem Zimmer zu zeigen.«

Ihre Augen öffneten sich, und sie blickte ihn trübe an. »Bitte Entschuldigung – Ostflügel«, murmelte sie.

»Das ist schon besser.« Wieder hob er sie auf seine Arme. »Und jetzt bleibe wach und zeige mir deine Tür. Du darfst aber nicht sprechen, nur mit dem Finger darauf deuten.« Ein kleines Nicken sagte ihm, dass sie ihn verstanden hatte. Sie zwang sich, die Augen weit offen zu halten; dabei strengte sie sich so sehr an, dass Damian es sich verkneifen musste, laut aufzulachen. »Du bist mir schon eine Abenteurerin«, spottete er und beugte sich zu ihr, um ihr einen Kuss auf ihre sommersprossige Nasenspitze zu geben, ehe er den langen Marsch antrat.

Der Weg bis in den Ostflügel schien unendlich zu sein, und bei jedem Knarren der Dielen unter seinen Füßen zuckte er zusammen. Doch endlich hatte er es geschafft, und mit einem erleichterten Seufzer legte er die matte Gestalt unter ihre eigene Decke. Ihre violettblauen Augen öffneten sich sofort, sie schlang die Arme um seinen Hals und hielt ihn fest. Meredith lachte fröhlich an seinem Mund. »Jetzt kannst du hier bleiben, und wir beginnen noch einmal von vorn!«

»Du kleine Hexe!« Er löste ihre Arme von seinem Hals und hielt mit einer Hand ihre beiden Handgelenke über ihrem Kopf fest, während er böse in ihre spitzbübische Miene blickte.

»Du hättest wissen können, dass ich nicht so furchtbar geschwächt bin«, schalt sie ihn. »Außerdem wäre es nicht fair, wenn man mich allein erwischt hätte, oder?«

»Eines Tages, Merrie Trelawney, werde ich dir den Hals umdrehen und deine Leiche in den Fluss werfen«, drohte Rutherford mit einer Heftigkeit, die nicht vollkommen gespielt war. »Zur Strafe werde ich dir das Kutschieren nicht beibringen!«

»Oh, du würdest doch nicht so gemein sein«, protestierte sie.

»Nein, nicht wirklich.« Er seufzte und beugte sich noch immer über sie. »Ich kann dir nichts abschlagen, und das ist bestimmt für keinen von uns beiden gut.«

»Pah!«, wehrte sie verächtlich ab. »Du redest, als wäre ich ein verwöhntes Kind, dem man zu viel nachsieht. Wenn ich mich im Augenblick nicht so warm und liebevoll fühlen würde, könnte ich sehr böse werden.«

»Das möge der Himmel verhüten!« Er drückte ihr einen Kuss in den Mundwinkel, noch immer hielt er ihre Handgelenke fest. »So etwas würde ich dir niemals vorhalten. Ich glaube nicht, dass du je verwöhnt worden bist – nicht einmal in einer vernünftigen Art und Weise. Das möchte ich nämlich gern tun – aber ich weiß, dass du das nicht akzeptieren wirst, deshalb meine Bedenken!«

Merrie lächelte in großmütigem Verstehen. »Du verwöhnst mich wirklich schamlos, und ich, auf der anderen Seite, genieße es schamlos.«

»Wenn das so ist, bin ich zufrieden«, erklärte Damian schlicht. »Und jetzt schlaf! Solltest du die Absicht haben, auf die Jagd zu gehen, musst du beizeiten aufstehen.«

»Ich werde noch vor dir auf sein«, versprach sie ihm.

»Wie immer«, entgegnete er, bereits auf dem Sprung.

Trotz der kurzen Nacht erschien Meredith zeitig am folgenden Morgen an der Frühstückstafel. Ihr Reitkleid weckte die neidischen Blicke der anderen drei Damen, die ebenfalls mitreiten wollten, und ein beifälliges Lächeln von Mr. Brummell, der ihr den Stuhl neben dem seinen zurechtrückte. »Sie müssen mir versprechen, nie wieder nach Cornwall zurückzukehren«, flüsterte er ihr ins Ohr, als sie sich setzte. »Jeder, der Ihre Gnaden Mrs. Astley und deren liebe Tochter Helena in Aufregung versetzt, ist für die Gemütsruhe aller anderen empfindsamen Seelen unerlässlich.«

»Sie haben meinen Hut noch nicht gesehen«, murmelte Meredith und nahm sich ein heißes Brötchen aus dem zugedeckten Korb. »Er hat eine große Krone, wie ein Tschako, mit einer Spitze aus Straußenfedern.«

»Perfekt«, erklärte Brummell. »Was sonst würde man wohl zu Epauletten tragen?«

Gerald Devereux, der ein paar Minuten später eintraf, begrüßte die Leute am Tisch generell und dann Meredith im Besonderen. »Bitte, nehmen Sie es nicht als Unverschämtheit – Lady Blake! –, aber das ist ein äußerst flottes Kleid«, meinte er und setzte sich auf den leeren Platz links von ihr, als sie zustimmend lächelte.

»Ganz und gar nicht unverschämt, Sir! Eher schmeichelhaft«, antwortete Merrie mechanisch und versteckte ihre Enttäuschung unter einem warmen Lächeln. Den Platz hatte sie eigentlich für Damian freihalten wollen, aber wenn er so spät erschien, war das seine eigene Schuld.

Rutherford selbst jedoch sah das nicht so, als er das Frühstückszimmer betrat und Meredith in angeregter Unterhaltung mit Devereux und Brummel vorfand. Der nächste verfügbare Platz war auf der anderen Seite des Tisches. Von dort aus hatte er jedoch einen ungestörten Blick auf sie, und seine Brauen lüfteten sich ein wenig. Seine Geliebte trug ein eng anliegendes dunkelblaues Gewand. Epauletten, mit Schnüren besetzte Knöpfe und bortenbesetzte Ärmel fingierten die Uniform eines Husaren. Das kantige kleine Kinn hatte sie über dem mit Spitze besetzten Kragen und einer Krawatte aus Musselin hoch erhoben. Rutherford war sich nicht sicher, ob das Kleid seine rückhaltlose Zustimmung fand. Ganz sicher fand es nicht die Zustimmung der höchsten Eiferin wie Ihre Gnaden Mrs. Astley, deren Ablehnung deutlich zu Tage trat – so deutlich wie die Zustimmung von Gerald Devereux, bemerkte Damian verärgert, als er sich mit Schinken und Pilzen bediente.

»Guten Morgen, Lord Rutherford«, begrüßte Merrie ihn mit einem Lächeln, das süße Unschuld ausstrahlte – bis auf das sinnliche Aufblitzen in ihrem unwiderstehlichen blauen Blick. Damian vergaß seinen Ärger auf der Stelle. Wenn Devereux sich ein wenig in ihren Strahlen sonnen wollte, dann konnte Seine Lordschaft es sich leisten, großzügig zu sein – solange sie diesen ganz besonderen Blick nur ihm allein schenkte.

Pferde, Hunde, rotberockte Jäger, Stallknechte und Reiter warteten auf dem runden, mit Kies bestreuten Platz in der Frische des frühen Morgens.

»Eine solche Jagd hat etwas äußerst Anregendes«, bemerkte Merrie zu Beau Brummell, als sie langsam die Stufen vom Schloss hinabstiegen und die lebhafte Szene vor sich registrierten. »Ich genieße die Jagd und den Ritt, aber nicht das Töten«, gestand sie.

»Wie wenig beherzt, Lady Blake«, neckte der nähertretende Rutherford sie und zog seine Handschuhe an. »Darf ich Ihnen beim Aufsteigen helfen?« Er legte die Hände zusammen, damit sie ihren Fuß hineinstellen konnte, dann hob er sie mühelos auf ihr Pferd. »Sage mir, hat Arabella dieses Kleid gutgeheißen?«, fragte er leise, als er ihr die Zügel reichte.

»Warum? Gefällt es dir nicht?« Sie sah ihn mit gerunzelter Stirn an. »Mr. Brummell war so freundlich, nur schmeichelhafte Bemerkungen darüber zu machen.«

»Das regelt die Sache dann ja«, antwortete er sofort. »Es ist nicht so, dass es mir nicht gefällt, ganz im Gegenteil, aber –

äh – einen Moment lang hat mich deine Kühnheit ein wenig betroffen gemacht.«

»Du bist zu streng in deinen Maßstäben, Lord Rutherford«, warf ihm Merrie mit einem gekonnten Augenaufschlag vor. »Ich hätte das niemals geglaubt – nach der letzten Nacht.«

»Hexe!«, zischte er abermals. »Später werde ich mich dafür rächen.«

Mr. Brummell verließ am vierten Feld die Jagd, sehr zu Merries Belustigung. »Natürlich kommt er sich mit bespritzten Stiefeln und lehmigem Anzug lächerlich vor«, erläuterte sie Damian, als er an einem Hindernis neben ihr aufritt. »Aber ich muss gestehen, eure Freundschaft erstaunt mich.«

»Weil ich nicht zu der Gruppe des Bow Window gehöre?« Er lachte.

»Ja. Du bist zwar immer sehr elegant gekleidet, aber ...«

»Nichts, im Vergleich mit Brummell«, beendete er den Satz für sie.

»Genau«, stimmte sie ihm zu. »Wirklich, ich habe dich noch nie in hohen Stiefeln mit Quasten gesehen. Du trägst immer Reitstiefel und Wildleder.«

»Weder Brummell noch ich sind so dumm zu glauben, dass Kleider einen Menschen machen«, klärte Rutherford sie auf, »selbst wenn George die Welt dazu bringen möchte, das zu glauben. Unsere Feundschaft basiert auf echter Zuneigung.«

»Ich mag ihn auch.« Merrie zog die Brauen zusammen, als sie eine hohe Hecke entdeckte, die die Reiter vor ihnen vorsichtig umritten. »Sollen wir die Leitung übernehmen, Sir, indem wir das Hindernis angehen?« Sie war schon losgeritten, ohne auf eine Antwort zu warten, und Damian ließ seinen klapperdürren Leihgaul nur Augenblicke hinter ihrem Pferd springen – dabei schickte er ein Stoßgebet gen Himmel, dass es auf der anderen Seite keinen Graben geben möge. Glücklicherweise landeten sie sicher, und am frühen Nachmittag stimmte Merrie seinem Vorschlag zu, die Jagd zu verlassen und nach Belvoir zu ihrer ersten Kutschierstunde zurückzukehren.

Und das, stellte Merrie zu ihrer Verärgerung fest, war überhaupt nicht so lustig, wir sie sich das gedacht hatte. Zunächst einmal hatte Damian ein ruhiges, solides Paar Pferde aus dem Rutland-Stall geholt und sie vor sein leichtes Gefährt gespannt.

»Warum fahren wir denn nicht mit deinen Pferden?«, fragte sie arglos.

»Mein liebes Mädchen, du denkst doch nicht etwa, ich würde die Mäuler meiner Rösser riskieren für eine ausgesprochene Anfängerin«, antwortete er ihr und half ihr auf den Sitz. »Außerdem waren sie heute noch nicht draußen und werden sehr lebhaft sein. Du würdest sie wahrscheinlich nicht halten können!«

Merdiths Augen blitzten, aber sie hielt die bissige Antwort, die ihr auf den Lippen lag, zurück und griff nach Zügeln und Peitsche. »Wir werden zum Haupttor fahren«, erklärte er ihr. »Halte deine Hände hoch. Wenn du sie in den Schoß sinken lässt, beginnen selbst diese ruhigen Tiere zu traben.« Sie stellte, als sie den breiten Weg zum Tor einschlug, fest, dass die beiden Pferde zwischen den Deichseln trotz ihres gemächlichen Schritts vollkommen verschieden waren von der gefleckten Ponystute, die sie zu Hause anzuspannen pflegte. Sie reagierten auf den kleinsten Zug an der Gebiss-Stange, auf die geringste Berührung mit der Peitsche, und Meredith war dankbar, dass sie nicht Rutherfords energiegeladenen Braunen vor dem Wagen hatte.

Als sie das schmiedeeiserne Tor am Eingang zum Park erreichten, befahl Rutherford ihr, die Pferde hindurchzulenken. Meredith tat das, und sie war ein wenig überrascht, wie eng das Tor zu sein schien, wenn man es per Wagen durchqueren wollte. In der nächsten Stunde lernte sie dieses Tor bestens kennen, während sie die Pferde hindurchdirigierte, im Trab, im Kanter und schließlich in vollem Galopp. Sie näherten sich dem Eingang von vorn, von links und von rechts.

Die Kinder des Kastellans hatten sich versammelt und schienen diese außergewöhnlichen Wiederholungsmanöver lustig zu finden. Als Merrie einmal die Ecke zu scharf nahm und der Wagen mit der Seite gegen einen der steinernen Pfosten stieß, kreischten die kleinen Zuschauer erschrocken auf.

»Warum können sie nicht ins Haus gehen und Tee trinken?«, murmelte sie verärgert. »Es tut mir Leid, Rutherford. Habe ich jetzt die Farbe am Wagen abgescheuert?«

»Wahrscheinlich«, antwortete er kühl. »Aber beim nächsten Mal wird das nicht mehr passieren. Versuche es noch einmal aus der gleichen Richtung!«

»Aber ich möchte deinen Wagen nicht noch mehr beschädigen«, protestierte sie, durch das Missgeschick mehr als nur ein wenig betroffen.

»Bitte, lass nicht locker, Meredith«, drängte er. »Sehe ich aus, als wäre ich besorgt?«

»Nein«, stimmte sie ihm mit einem kleinen Lachen zu. »Aber es ist sehr ermüdend, und ich glaube nicht, dass ich ein Talent dafür habe.«

»Möchtest du aufhören, weil es ermüdend ist oder weil du glaubst, dass du es nicht schaffst?« Mit Magisterblick musterte er sie.

»Nun ja, es ist *wirklich* ermüdend«, gestand sie.

»Warst du nicht von dir aus damit einverstanden, genau das zu tun, was ich dir sage?« Er nahm ihr die Zügel ab und lenkte die Pferde zurück, bereit für die Anfahrt auf das Tor von der anderen Seite. »Zufällig finde ich, dass du eine ganz besondere Begabung zeigst. Dir fehlt nur die Geduld.« Er reichte ihr die Zügel, und Meredith, die sich über das Kompliment halb freute und über die Kritik halb ärgerte, konzentrierte sich mit gereckten Schultern auf die vor ihr liegende Aufgabe. Es gab keine weiteren Kratzer mehr, und als sie zum Haus zurückkehrten, war Merrie davon überzeugt, dass diese steinernen Pfosten sie im Traum verfolgen würden.

»Wie haben Ihnen die Fahrstunden gefallen, Lady Blake?«, fragte der Herzog von Rutland, der nach dem Essen im Salon auf sie zutrat.

»Sie haben mir ganz und gar nicht gefallen, Euer Gnaden«, antwortete Meredith wahrheitsgemäß. »Aber die Kinder Ihres Kastellans hatten einen sehr lustigen Nachmittag, interessanter als im Zirkus – davon bin ich überzeugt. Doch Sie sollten wissen, Sir, dass ich jetzt brav Tore bei jeder Geschwindigkeit und aus jedem Winkel durchquere. Das ist das Ergebnis meiner Übungen, wahrscheinlich noch ein wenig stümperhaft – aber sicherlich werde ich die Gelegenheit finden, meine Erfahrungen bald an einem anderen Tor zu erweitern.«

Bei dieser lebhaften Erklärung musste der Herzog laut lachen, und auch die anderen, die ihn umstanden, waren sehr erheitert.

»Rutherford weiß, was er tut, Ma'am!« Sir Charles Stanton mischte sich in die Unterhaltung ein. »Wenn man nicht schnell durch ein Tor kommt ohne anzustoßen, dann reagiert man auch in den meisten anderen Situationen nicht richtig.«

»Danke, Charles!« Damian hatte am Rand der Gruppe gestanden und bei Merries sarkastischer Darstellung sein Amüsement verborgen. Dabei fragte er sich, wann sie wohl endlich begreifen würde, wie prächtig sie in diese Kreise passte und wie sehr sie dieses Ambiente in Cornwall vermissen würde. Merrie Trelawney hatte sich einen Platz völlig unabhängig von dem Hintergrund erobert, den er für sie erfunden hatte. »Ich fürchte, dass meine Cousine die Lektion ermüdend fand.«

»Vielleicht wird die nächste Unterrichtsstunde abwechslungsreicher«, schlug Merrie hoffnungsvoll vor.

»Vielleicht würde Lady Blake an einem Rennen interessiert sein«, warf eine scharfe Frauenstimme in die Unterhaltung ein. »Sie sollten wissen, was es für ein Privileg ist, einen Lehrer wie Lord Rutherford zu haben, Ma'am! Wir normalen Sterblichen kommen nicht in diesen Genuss.«

Meredith wandte sich der Sprecherin zu. Die Tochter des Marquis von Blandford, Lady Margaret Pickering, war stolz auf ihre Fähigkeiten, sowohl im Fahren wie auch als Reiterin. Heute Morgen auf dem Feld war sie allerdings von der Witwe in Kleidung und Verwegenheit übertroffen worden, und jetzt sah sie eine Möglichkeit, sich zu rächen.

»Ich würde es nicht wagen, mich mit Ihnen zu vergleichen, Lady Margaret«, antwortete Meredith. »Mein Lehrer besitzt große Erfahrung, aber der entspricht die Begabung seiner Schülerin leider nicht.«

»Kommen Sie schon, Rutherford!« Stantons Augen leuchteten auf. »Sicher werden Sie sich doch eine solche Herausforderung nicht entgehen lassen. Ich wette ein Pony, dass Sie aus Lady Blake innerhalb einer Woche eine angemessene Konkurrentin für Lady Margaret machen!«

»Das wird eine einfache Aufgabe sein, Rutherford, das behaupte ich auch«, erklärte Devereux und stellte seine Teetasse auf einen Couchtisch aus Rosenholz. »Jeder, der Hände hat, die so sensibel sind wie die von Lady Blake, muss eine gelehrige Schülerin sein. Wenn Sie nicht bereit dazu sind, dann werde ich die Wette gern annehmen.«

»Das wird nicht nötig sein, Devereux«, fertigte Rutherford ihn ab. Der Mann wurde langsam zu einer verteufelten Plage! Ständig war er an Merries Seite, und das Objekt seiner Aufmerksamkeiten zeigte nur wenig Neigung, ihn abzuweisen. Wahrscheinlich begriff sie gar nicht, wie intensiv sein Interesse wurde. Damian war schon zuvor Merries Mangel an Eitelkeit aufgefallen, aufgrund dessen sie überhaupt nicht bemerkte, wie sie auf die Menschen um sich herum wirkte. Es war eine ansprechende Eigenschaft, doch ab und zu konnte sie auch gefährlich naiv sein.

Glücklicherweise ging in dem allgemeinen Interesse, das Stantons Idee ausgelöst hatte, das Wortgefecht mit Devereux unter; lediglich Meredith fand Devereux' Vorschlag einigermaßen überheblich. Allerdings wusste sie auch nicht ganz genau, ob sie das Thema der angeregten Unterhaltung sein wollte, die man ohne die direkte Erwähnung ihres Namens weiterführte. Es wurde viel geredet von der Unmöglichkeit für einen Neuling, sich genügend Geschick anzueignen, um in nur sieben Tagen gegen einen erfahrenen Fahrer anzutreten; und es folgten viele Vorschläge für die besten Methoden des Unterrichts.

Damian, der Merries verärgerte Blicke richtig gedeutet hatte, sah zu ihr hinüber, und seine Augen zogen sich nachdenklich zusammen. »Was sagt denn die Lady dazu?«

Meredith runzelte die Stirn. »Muss ich das Rennen denn gewinnen?«

Über diese Frage wurde erneut ausführlich debattiert mit dem Ergebnis, dass sie nur überhaupt als Gegnerin ihrer Herausforderin mitmachen sollte, damit Rutherford und Stanton ihre Wette aufrechterhalten konnten. Das Rennen selbst würde ein anderes Kapitel sein – darauf würden separate Wetten abgeschlossen, wenn man später in der Woche ihre Fortschritte besser einschätzen konnte.

»Ich habe die Pferde gesehen, mit denen Lady Margaret fährt«, meinte Meredith nachdenklich. »Eigentlich möchte ich nicht als ihr Gegner antreten, abgesehen davon, dass ich niemals das Rennen gegen sie gewinnen könnte – beispielsweise mit den beiden Pferden von heute.« Ihre Blicke begegneten denen von Rutherford, die Herausforderung war deutlich darin zu lesen.

»Wenn ich die erste Wette gewinne«, meinte er und bemühte sich gar nicht, seine Belustigung zu verbergen, »dann darfst du mit meinen Braunen fahren.«

»Wirklich ein gutes Angebot, Rutherford«, lobte ihn der Herzog. »Wenn Damian am Ende der Woche Lady Blake noch nicht die Fähigkeit bescheinigt, seine Pferde zu halten, dann verliert er die Wette. Er wird seine edlen Rösser nicht aufs Spiel setzen, so viel ist sicher!«

Entsprechend wurde es vereinbart, doch während der Woche bedauerte Meredith mehrere Male ihre Zustimmung. Damian war zweifellos sehr höflich, immer ein Ausbund an Geduld, dennoch ein rücksichtsloser Perfektionist. Seine Schülerin würde nicht bloß eine gute Fahrerin werden; sie würde in der Lage sein, den Wagen auf den Zentimeter genau zu lenken, sowohl mit einem Paar Pferden, als auch mit einem Gespann von vieren. Stundenlang übte sie, lernte, wie man mit einer schnellen Bewegung des Handgelenks die Peitschenschnur auffing und sie dann den Stiel hinaufsausen ließ, wie man eine Schlinge in die Zügel machte und sie dann mit geschickter Eleganz wieder löste. Allmählich beherrschte sie immer temperamentvollere Gäule aus den Ställen der Rutlands, doch nie fuhr sie mit Damians Braunen. Sie lernte, wie sie die Leitpferde ausrichten musste, sodass sie jede Ecke mit höchster Genauigkeit nahmen und jeden Eingang, wie schmal er auch sein mochte, ohne irgendwo anzustoßen.

»Ich glaube, wenn diese Woche vorüber ist, werde ich nie wieder den Wunsch haben, zu fahren«, erklärte sie voller Bitterkeit und lenkte das Gespann zum zehnten Mal in einer halben Stunde rückwärts in einen schmalen Weg neben der Einfahrt. »Sogar im Bett denkst du noch an etwas, das du vergessen hast mir zu erklären.«

Damian lachte leise. »Lenke deine Beifahrerseite ein wenig mehr nach rechts«, war seine ganze Erwiderung.

»Warum ist dir das so verdammt wichtig?«, verlangte Merrie zu wissen und ließ erschöpft die Hände sinken. Das Gespann fiel sofort in Trab. Merrie fluchte heftig und schamlos, dann brachte sie die Tiere wieder zur Räson.

»Wenn das meine Braunen gewesen wären, dann wären sie mit dir durchgegangen«, erklärte ihr Damian mit einer Ruhe, die sie wütend machte. »Du musst dich absolut konzentrieren.«

Meredith biss sich auf die Lippen. »Du hast meine Frage nicht beantwortet.«

»Es gibt zwei Gründe. Wenn ich mich erstens entscheide, etwas zu tun, dann tue ich es richtig – und zweitens – gibst du mir besser einen Augenblick die Zügel.« Er nahm sie ihr aus der Hand, ehe er gelassen weitersprach. »Zweitens habe ich großes Interesse an deinem Erfolg – in allem, was dich als Mitglied in der Gesellschaft etabliert.«

Es war schon gut, dass er die Zügel genommen hatte, denn Merrie spürte sofort wieder die Frustration, die sie immer dann überkam, wenn er ihr seine Entschlossenheit deutlich machte. »Was muss ich tun, um dir zu beweisen, dass ich niemals in diese Welt gehören kann?«, fragte sie, und eine gewisse Verzweiflung lag in ihrer Stimme. »Als Spiel, als ein Abenteuer für wenige kurze Wochen, ja, da kann ich es genießen. Aber ich habe gar keine Lust, eine Herzogin zu sein, denn ich würde ersticken unter all dem Gewicht der Anstandsregeln und Gebote – und dich ruinieren!«

»Ich sehe keine direkte Möglichkeit, wie du mich erstens ruinieren, zweitens ersticken könntest«, wandte Damian ein.

»Du weißt schon, was ich meine. Sei nicht so begriffsstutzig«, fuhr sie ihn an.

»Wenn du nur eine Minute lang innehalten und klar denken würdest, meine liebe Merrie, dann würdest du sehen, dass du bereits auf dem Weg bist, eine Herzogin zu werden. Das Interesse von Gerald Devereux, zum Beispiel, wäre bei weitem nicht so groß, wenn du dir nicht bereits einen Platz in der Gesellschaft erobert hättest.« Er hatte nach einer Gelegenheit gesucht, in der er ihr, wie er hoffte, ein paar vernünftige Worte darüber sagen konnte; jetzt warf er ihr einen schnellen Blick von der Seite zu.

»Was hat denn Devereux damit zu tun?«, erkundigte Merrie sich spitz.

»Sehr wenig«, gab ihr Begleiter zurück. »Bis auf die Tatsache, dass er entschlossen zu sein scheint, dir sein Interesse deutlich zu machen, und seine Vorgehensweise dabei ist nicht gerade unaufdringlich.«

»Und mir wirfst du vor, indiskret zu sein?«

»Ich werfe dir gar nichts vor, sondern teile dir nur mit, dass geredet wird. Es ist kein bösartiges Gerede, aber du würdest gut daran tun, ihn ein wenig … zu entmutigen.«

»Herzoginnen sind natürlich niemals indiskret«, überlegte Merrie laut, hauchte auf den silbernen Knopf an ihrem Ärmel und rieb dann heftig mit dem Handschuh darüber. »Sie schleichen sich nicht in der Nacht durch die Korridore, auf dem Weg zum Bett ihres Liebhabers.« Sie hielt das Handgelenk in die Sonne und betrachtete den Knopf aus zusammengekniffenen Augen, um zu sehen, ob er auch blank war.

»Nun – es gibt keinen Grund, warum sie das nicht tun sollten«, widersprach Damian. »Doch falls du diese fragliche Herzogin werden solltest, dann hoffe ich, dass du keinen Geliebten brauchst!«

»Oh, du machst es mir wirklich schwer«, erklärte sie verärgert. »Ich bin ein Schmuggler, oder hast du dieses kleine Hindernis vergessen?«

»Das bist du nicht, wenigstens im Augenblick nicht«, rief ihr Rutherford ins Gedächtnis.

»Vielleicht nicht, aber ich werde es wieder sein.«

Bei diesen Worten presste Damian die Lippen zusammen, doch er blieb stumm.

»Du kannst eine Frau mit einer solchen Vergangenheit nicht heiraten«, versuchte Merrie es noch einmal. »Stelle dir doch nur den Skandal vor! Wenn meine Aktivitäten jemals entdeckt würden, und das ist nicht unwahrscheinlich – ausreichend Leute im Dorf kennen meine Identität, und dann gibt es dort noch die Höhle und den Geheimgang als Beweis – dann würde man mich hängen.«

»Ich bin bereit, dieses Risiko zu akzeptieren.«

»Nun, ich aber nicht!« Sie schwiegen beide, dann erklärte Meredith: »Und ich möchte auch dieses Rennen nicht mehr machen. Du kannst den Leuten sagen, dass ich ein hoffnungsloser Fall bin und dass ich niemals eine gute Fahrerin werde.«

»Und ich soll meine unsterbliche Seele mit dem Bruch einer Vereinbarung belasten!«, protestierte Damian. »Mein liebes Mädchen, du wirst Margaret Pickering am Start stehen lassen. Wenn wir nach London zurückkehren, wird man dich in einem Phaeton und mit einem Gespann bewundern können!«

»Aber ich mag nicht!«

»Du sollst nicht schmollen, Meredith«, riet Damian ihr. »Das schickt sich nicht, und ich bin davon vollkommen ungerührt. Außerdem wirst du damit nur dir selbst schaden.«

Leider hatte er in diesem Punkt Recht, auch wenn Merrie das nur sehr zögernd zugab. Am Samstag fuhr sie Rutherfords Braune vor ein bewunderndes Publikum. Seine Lordschaft weigerte sich, sich neben sie zu setzen, weil er behauptete, dass er vollkommen auf ihre Fähigkeit vertraute, die Pferde unter Kontrolle zu halten – doch er wusste, wie feucht ihre Handflächen waren. Am nächsten Tag gewann sie ihr Rennen, doch Margaret gegenüber ließ sie freundlicherweise verlauten, dass der Verdienst dafür nur bei Rutherfords Pferden lag. Wenn Lady Margaret sie gefahren hätte, dann hätte sicher sie den Sieg davongetragen. Da niemand bereit war, ihr zu widersprechen, endete das Ganze freundlich und ohne jeglichen Gesichtsverlust. Damian untersuchte in der Abgeschiedenheit des Stalles die Mäuler seiner Pferde sorgfältig. Wenn Meredith sie zerstört hätte, so hätte er diesen Schlag schweigend hingenommen; doch ihre Hände waren wirklich so einfühlsam, wie er es gehofft hatte, und die Wette hatte sich gelohnt.

Lady Blake und Lord Rutherford kehrten getrennt nach London zurück, und jeder von ihnen hatte ein Ziel, das dem des anderen entgegenstand. Rutherford war mehr als entschlossen, seine Geliebte davon zu überzeugen, dass sie in der Gesellschaft endgültig Fuß gefasst hatte und dass diese Verbindung täglich enger wurde. Meredith ihrerseits wollte Rutherford unbedingt begreiflich machen, wie unangenehm es sein würde, eine Frau zu haben, der die Gesellschaft auf die Schliche kommen würde. Es sollte für sie nicht zu schwierig sein, in einen schlechten Ruf zu geraten, und in dem Fall konnte nicht einmal mehr Damian an seiner Sturheit festhalten. Vielleicht würde er ihr dann erlauben, sich nach Highgate zurückzuziehen, und sie könnten die letzten wenigen Wochen zusammen ohne weitere Auseinandersetzungen genießen. In der Tat verstand Meredith nicht, warum eine solche Regelung nicht weitergehen konnte, solange sie beide das wünschten. Natürlich würde sie während der Schulferien nach Cornwall zurückkehren müssen, aber die restliche Zeit ... Und im Sommer könnte Rutherford auch seine Besitzungen dort besuchen, und sie würden es sich wieder in der Höhle gemütlich machen ...

Innere Vorsicht hielt sie davon ab, Damian diese herrliche Lösung aller Probleme vorzuschlagen. Solange er noch immer zu einer Ehe entschlossen war, würde er nichts anderem zustimmen. Doch wenn er endlich eingesehen hatte, wie unmöglich sein Plan war, würde sie ihm diese Alternative unterbreiten. Natürlich würde er sich irgendwann einmal eine passende Frau suchen – eher früher als später. Aber das war kein Thema, über das Meredith länger nachdenken wollte.

18

»Mein lieber Sir, ich fühle mich sehr geehrt, aber bitte stehen Sie doch wieder auf.« Wenige Tage nach ihrer Rückkehr aus Belvoir befand Meredith sich im Salon am Cavendish Square und kämpfte gegen das Lachen an, als sie den Mann in mittleren Jahren ansah, der vor ihr auf die Knie gesunken war.

Sir Tobias Morely kam schwerfällig auf die Beine, sein Gesicht war vor Anstrengung und Gefühlsaufwallung rot angelaufen. »Nun, was sagen Sie, liebe Lady?«, keuchte er. »Sollen wir es so machen?«

»Ein Glas Claret, Sir?« Meredith wandte ihrem unerwarteten Verehrer den Rücken zu und gewann so ein wenig Zeit, sich zu fangen, während sie den Wein eingoss. Es war überall bekannt, dass die Geschäfte von Sir Tobias Morely schlecht standen und er schon seit Monaten nach einer reichen Frau suchte. An ihrer augenblicklichen Notlage war ganz allein Damian schuld. Warum, zum Teufel, hatte er so unverschämt mit ihrem Reichtum geprahlt? Ein angemessenes Vermögen hätte seinem Ziel doch auch schon gedient. Da er sie in diese Lage gebracht hatte, sollte er auch sehen, wie er sie wieder daraus befreite, entschied Meredith.

»Sir Tobias, Sie erweisen mir zu viel Ehre!« Lächelnd und mit flatternden Lidern reichte sie ihm das Glas Claret. »Aber ich fürchte, es ist mir nicht möglich, Ihnen diese Frage selbst zu beantworten. Bitte, setzen Sie sich doch.«

Sir Tobias, der ein wenig verwirrt aussah, ließ sein rundes Hinterteil, das von einer kanariengelben Hose hauteng umschlossen wurde, auf einen Stuhl sinken. »Ich verstehe nicht ganz, wie Sie das meinen, Mylady!«

»Sie müssen wissen, Sir, dass Lord Rutherford in gewisser Weise für mich verantwortlich ist. Ich bin ganz einfach nicht erfahren genug.« Sie hob die Hände in einer Geste totaler Hilflosigkeit, wenn nicht sogar vollkommener Beschränktheit. »Mein armer lieber Ehemann wusste um meine Unfähigkeit in solchen Dingen …«

»Meine liebe Lady«, beeilte sich Sir Tobias, sie zu unterbrechen. »Doch nicht Unfähigkeit, sagen Sie so etwas nicht. Damen sollten sich nicht ihre hübschen Köpfchen über solche Angelegenheiten zerbrechen. Ich werde mich also an Rutherford wenden, wenn ich Sie recht verstanden habe?«

»Genau. Er wird Ihnen eine Antwort geben können.« Meredith lächelte auf eine so freundliche Art und Weise, die Sir Tobias eiligst auf den Weg zur Brook Street aufbrechen ließ, um Rutherford zu suchen.

Damian war in seinem Arbeitszimmer, als sein Butler ihm die Karte von Sir Tobias Morely brachte. »Danke, Carlton! Sagen Sie Sir Tobias, dass ich ihn gerne in der Bibliothek empfange.« Rutherford verbarg sein Erstaunen über diesen außergewöhnlichen Besuch. Er und Morely bewegten sich in vollkommen verschiedenen Kreisen, und der Gentleman war zehn Jahre älter als er. Natürlich war er ein absolut respektabler Mann. Nicht genug Geld zu haben war kaum ein gesellschaftliches Manko – sondern eine übliche Zeiterscheinung. Neugierig machte Rutherford sich auf, seinen Besucher zu begrüßen.

Das Haus in der Brook Street war eindeutig das Revier eines Junggesellen; ihm fehlte die Großartigkeit des Keighley'schen Herrenhauses am Grosvenor Square, in dem

Damian irgendwann einmal wohnen würde – doch es fehlte nicht an Eleganz und Bequemlichkeit. Die Dienerschaft war diskret und aufmerksam, die Zimmer weitläufig, die Möbel erlesen; all das bemerkte Sir Tobias Morely mit mehr als nur einem Anflug von Neid. Dabei tröstete er sich mit dem Gedanken an den Reichtum der Witwe; von achttausend Pfund sprach man allgemein. Es war ein hübsches Sümmchen, überlegte Sir Tobias, genug, um einen eleganten Lebensstil aufrechtzuerhalten; wenn erst einmal die Verlobung in der *Gazette* stand, würden seine Gäubiger sich überschlagen, ihm wieder zu Diensten zu sein. Die Dinge wendeten sich entschieden zum Besseren, sinnierte er und verbeugte sich vor seinem Gastgeber. Nur noch diese ermüdende Förmlichkeit war zu erledigen.

»Sherry, Morely?«, bot Rutherford ihm an. »Oder ziehen Sie Madeira vor?«

»Sherry bitte, lieber Junge«, antwortete Morely und lehnte sich auf dem mit gestreiftem Chintz bezogenen Sofa zurück. Dabei betrachtete er nachdenklich die goldenen Troddeln an seinen hohen Schaftstiefeln. Was die Eleganz betraf, machte er ganz sicher mehr Eindruck als sein Gastgeber, der in einen schlichten Rock aus Tuch gekleidet war und in lederne Hosen. Doch nicht einmal Sir Tobias konnte sich etwas in die Tasche lügen, wenn er seine gepolsterten Schultern und seine in ein Korsett gezwängte Figur verglich mit der kräftigen Gestalt des Lords, der keine derartigen Hilfsmittel benötigte.

»Was verschafft mir die Ehre, Morely?«, fragte Rutherford mit einem höflichen Lächeln, als er sich seinem Gast gegenübersetzte.

»Eine glückliche Angelegenheit!« Sir Tobias strahlte und nippte an seinem Sherry. »Das ist ein feiner Wein, Rutherford.« Damian senkte den Kopf und wartete geduldig. »Genau gesagt, hat Lady Blake mich zu Ihnen geschickt.« Sir Tobias lehnte sich zurück und strahlte noch immer, als sei damit nun alles erklärt.

Rutherford jedoch war ziemlich verwirrt. »Lady Blake? Verzeihen Sie mir, Morely, aber warum sollte sie so etwas tun?«

»Sie braucht natürlich Ihre Zustimmung, mein lieber Freund! Eine reine Formalität, da bin ich sicher, aber sie ist ein so unschuldiges kleines Ding – keine Ahnung von Geschäften –, Sie wissen doch, wie die Damen sind. Sie sagt, dass Sie sich um ihre Angelegenheiten kümmern und wissen werden, wie die Belange zu regeln sind.«

Langsam begann Rutherford zu begreifen. Er war hin und her gerissen zwischen Belustigung und Verärgerung – eine ihm nicht unbekannte Mischung, wenn es um Merrie Trelawney ging. Er konnte sich nicht vorstellen, warum dieses kleine Luder ihn in eine Sache verwickelte, mit der sie recht gut auch allein hätte fertig werden können, es sei denn aus üblicher Spitzbüberei – ja das war es wohl. »Was hat Lady Blake denn genau gesagt?«, fragte er vorsichtig.

»Nun, sie meinte, dass sie ihre Angelegenheiten nicht allein regeln kann – ein so süßes kleines Ding! Ich hätte ihr hübsches Köpfchen um nichts in der Welt belasten wollen …« Morely lächelte und sah Rutherford voller Erwartung an.

»Nein«, stimmte Damian ihm offen zu. »Es wäre in der Tat ein Jammer, wenn wir das hübsche Köpfchen mit alltäglichen Geschichten belasten würden. Im Allgemeinen ist es wesentlich einfacher für alle Betroffenen, wenn solche hübschen Köpfchen leer bleiben.«

»Ganz richtig«, bestätigte Morely; jetzt strahlte er so breit, dass seine gelben Zähne mit den beträchtlichen Lücken dazwischen zum Vorschein kamen. »Ihr verstorbener Ehemann, so hat sie mir erklärt, hat ihre Unfähigkeit in geschäftlichen Dingen verstanden und hat Sie als den Verwalter ihrer Angelegenheiten eingesetzt.«

Damian begann sich zu fragen, ob ein wenig gerechtfertigte Gewalttätigkeit angebracht sei, wenn er seiner Geliebten das nächste Mal begegnete. Er konnte sie sich gut vorstellen, wie sie sich vor diesem rundlichen Idioten geziert und mit den Augenlidern geflattert hatte, wie sie sich für ihre Naivität entschuldigt hatte – wo sie doch in ihrem kleinen Finger mehr Verstand besaß als dieser lasterhafte Dummkopf in seinem ganzen übergewichtigen Fettleib! Was würde sie wohl tun, wenn er sich weigerte, sich an ihrem Spiel zu beteiligen? Da er allerdings Merries ungewöhnliche Gedankengänge kannte, ahnte er, dass sie ihm die Schuld zuschob an all den Problemen und dass es daher auch in seine Verantwortung fiel, sie zu lösen. Rutherford entschied sich, in diesem Fall tatsächlich die Verantwortung zu übernehmen – doch für ihre Hinterlist würde er sie bestrafen.

»Es gibt da eine Schwierigkeit, Morely«, erklärte er glatt und füllte das Glas seines Besuchers noch einmal. »Aber die ist wohl kaum unüberwindlich.« Er bedachte seinen Gast, der plötzlich ein wenig verdattert dreinblickte, mit einem beruhigenden Lächeln. »Wenigstens nicht für einen geduldigen Mann.« Er winkte lässig ab, und Sir Tobias wand sich ein wenig.

»Ich verstehe nicht so recht, was Sie meinen, Rutherford!«

»Oh, das ist eigentlich ganz einfach. Nach den Bedingungen von Sir John Blakes Testament verliert seine Witwe all ihr Erbe, wenn sie vor ihrem fünfundzwanzigsten Geburtstag wieder heiratet.« Nachdenklich nahm er einen Schluck von seinem Sherry und betrachtete Morely über den Rand seines Glases hinweg. »Lady Blakes vierundzwanzigster Geburtstag ist in sechs Monaten, wenn ich mich recht erinnere. Aber falls Sie die Lady trotzdem sofort heiraten möchten, gibt es keine sonstigen Hindernisse.« Freundlicherweise wandte er den Blick ab, während der Verehrer ein Grunzen unterdrückte und sich bemühte, geeignete Worte für den Rückzug zu finden.

Meredith hörte nichts mehr von ihrem zukünftigen Bräutigam, und erst am nächsten Abend sah sie Damian wieder. Er nahm als Gast bei einer Dinnerparty der Beaumonts teil, daher war die Möglichkeit zu einer Unterhaltung mit ihm allein äußerst beschränkt; aber er hätte eine Gelegenheit finden können, wenn er es gewollt hätte. Schon nach den ersten fünf Minuten war Meredith allerdings klar, dass er das nicht wollte. Er begrüßte sie mit äußerster Förmlichkeit, und auch sein Lächeln wies nicht darauf hin, dass er sich mit ihr irgendwo abzusondern beabsichtigte. Sie war gezwungen, sich an der allgemeinen Unterhaltung zu beteiligen, und als ihr drängender Blick bei ihm nur ein fragendes Lächeln hervorrief, merkte sie, dass er sich entweder absichtlich dumm stellte oder dass er einen anderen Grund hatte, ihre schweigende Bitte abzuschlagen. Das wurde sogar noch deutlicher, als er sie zum Essen führte und ihr es in der allgemeinen Unruhe des Stühlerückens gelang, die Sache anzusprechen, die sie beschäftigte.

»Hast du dich einigermaßen amüsiert, seit wir uns zum letzten Mal begegnet sind?«, begann sie und schob das schwere Besteck neben ihrem Teller zurecht.

»Ja, das habe ich, danke«, antwortete er. »Und du auch, hoffe ich.«

»Ja«, antwortete sie. »Wir hatten viele Besucher.«

»Deine Beliebtheit steht außer Frage«, meinte er und lächelte. »Warst du gestern bei dem Ballonaufstieg?«

Die Unterhaltung schlug keine günstige Richtung ein, erkannte Meredith. Ihre Beliebtheit und ihre vielen Besucher waren ein wesentlich besseres Thema. »Der Aufstieg verlief nicht gerade erfolgreich«, wehrte sie ab. »Ich bin sicher, du hattest auch etliche Leute da.«

Damian fiel es schwer, die Fassung zu bewahren. Er hatte

absolut nicht die Absicht, ihr entgegenzukommen, sondern wollte sie für ihre Hinterlist büßen lassen, indem er sie über den Ausgang seiner Unterredung mit ihrem unwillkommenen Verehrer im Ungewissen ließ. »Einige«, antwortete er wenig hilfreich. »Du scheinst dich sehr für die Einzelheiten meines gesellschaftlichen Lebens zu interessieren, Mylady.«

»Ganz und gar nicht, Sir«, gab sie hochmütig zurück. »Ich wollte nur eine höfliche Unterhaltung aufrechterhalten. Gab es Besucher, die besonders interessant waren?«

»Eigentlich keinen, der mir im Augenblick einfällt«, meinte er obenhin. »Sag mir, hast du dir eigentlich schon die Elgin-Marmorwerke angesehen? Wenn nicht, dann werde ich dich gern dorthin begleiten.«

Meredith gab auf. Ihr Stolz hinderte sie daran, das Thema direkt anzusprechen; daher sorgte sie sich weiterhin ein paar Tage, bis sie einen zweiten, noch leidenschaftlicheren Antrag von seiner Gnaden Francis Matthews bekam. Da dieser junge Mann unter einer unvereinbaren Mischung aus teurem Geschmack und nur mittelmäßigem Einkommen litt, brauchte sie nicht lange nach dem Grund der Ehre zu suchen, die er ihr zuteil werden ließ. Auch ihn schickte Meredith zu Rutherford; diesmal erhielt sie danach allerdings eine Nachricht Seiner Lordschaft. »Mein liebster Schatz«, schrieb er, »auch wenn ich immer mehr als glücklich bin, dir auf jede nur mögliche Art behilflich sein zu können, so weiß ich doch aus Erfahrung, wie geschickt du Heiratsanträge abzulehnen vermagst. Du musst nur den hoffnungsvollen Zukünftigen erzählen, dass du nach dem Testament deines Ehemannes nicht heiraten darfst, ehe du fünfundzwanzig Jahre alt bist. Wie es scheint, genügt das, um einen jeden Bewerber gründlich zu entmutigen.«

Meredith riss diese Nachricht in Fetzen, die sie gerade in den Papierkorb werfen wollte, als Grantly die Tür des Salons öffnete, um den gnädigen Herrn Gerald Devereux anzukündigen. Das Lächeln, das sie ihm schenkte, war ein wenig zu angestrengt, daher kam er mit besorgter Miene schnell auf sie zu. »Was ist geschehen, um Sie zu verärgern?«

»Oh, lieber Mr. Devereux!« Sie setzte eine schuldbewusste Miene auf. »Sie scheinen immer dann da zu sein, wenn ich mich mitten in einer meiner traurigen Stimmungen befinde. Sie müssen ein schreckliches Bild meiner Launenhaftigkeit haben.«

»Wie können Sie so etwas nur denken?«, beruhigte er sie und nahm ihre Hände in seine – so fest, dass es schon beinahe unanständig war. Doch Merrie, in ihrer Wut auf Damian, dachte nicht lange darüber nach, sondern überließ sie ihm.

»Sie sind sehr freundlich, Sir, doch lassen Sie uns über erfreulichere Dinge plaudern!«

»Aber wollen Sie mir denn nicht sagen, worüber Sie sich so aufgeregt haben?« Er trat einen Schritt näher. Merrie erinnerte sich plötzlich an Damians Warnung aus Belvoir und entzog ihm ihre Hände so unauffällig wie möglich.

»Es ist wirklich nichts von Bedeutung«, meinte sie und zuckte die Achseln. »Nur ein kleiner Dämpfer für meinen Stolz. Aber reden wir nicht mehr davon! Die Eitelkeit sollte ab und zu einmal angekratzt werden, das tut der Seele gut. Bitte, setzen Sie sich!«

Devereux folgte ihrer Aufforderung. »Ich will ja nicht neugierig sein, Lady Blake«, meinte er, »aber manchmal hilft es, wenn man einem verständnisvollen Ohr seinen Kummer anvertrauen darf. Ich versichere Sie meines Mitgefühls.«

»Ja, das glaube ich Ihnen.« Sie lächelte ihn warm an. Auch wenn Damian und die ganze Welt sie warnten – Gerald Devereux war sehr nett, wenn es darum ging, ein wundes Gemüt zu beruhigen. »Es ist nur so, dass ich es höchst erniedrigend finde, Heiratsangebote von Glücksrittern zu bekommen. Natürlich sollte ich nicht so dumm sein …«

»Ganz und gar nicht dumm, liebe Lady«, rief er mit wohltuendem Ernst aus. »Eher unangenehm für Sie! Ich habe schon immer den Eindruck gehabt, dass Damen mit einem gewissen Vermögen in diesem Bereich sehr großer Gefühllosigkeit ausgesetzt sind.«

»Dann verstehen Sie das also«, meinte sie.

»In der Tat, ja! Möchten Sie sich nicht setzen?« Er zog sie zum Sofa, und Meredith, die nicht allzu spröde erscheinen wollte, setzte sich neben ihn. »Wie ich annehme, haben Sie einige dieser unangenehmen Angebote bekommen?«

»Ja«, stimmte sie ihm kläglich zu. »Und ich kenne diese eifrigen Verehrer kaum – vermutlich würde es ihnen überhaupt nichts ausmachen, wenn ich einen Buckel hätte und ein Triefauge.«

Devereux griff noch einmal nach ihrer Hand. »Diese Verehrer, Lady Blake, sind ganz sicher in der Minderheit. Es gibt einige, für die Ihr Reichtum keine Rolle spielt.«

»Wenn das so ist, so haben sie sich bis jetzt noch nicht gezeigt.« Merrie saß in der Falle und hätte sich wegen ihrer Naivität selbst in den Bauch beißen mögen. Hastig entzog sie ihm ihre Hand und stand auf, ging hinüber zum Kamin, um an der Klingelschnur zu ziehen. »Sie trinken doch sicher ein Glas Wein, Sir?«

»Danke!« Er stand auf, in seinem asketischen Gesicht lag ein beunruhigend ernster Blick. »Diese Männer sind vielleicht ein wenig zu diskret – unwillig, sich allzu früh zu erklären.«

Die Ankunft des Dieners rettete Merrie vor der fälligen Erwiderung; und als der Diener wieder gegangen war, machte sie eine nichts sagende Bemerkung über das außergewöhnlich milde Herbstwetter. Devereux schien ihr Ausweichmanöver zu verstehen und antwortete entsprechend. Als er sich jedoch verabschiedete, entging Meredith weder die besondere Wärme in seiner Stimme noch der Druck seiner Hand. Sie schien sich in einer schlimmen Lage zu befinden, und auch wenn Damian sicher verantwortlich war für die unerfreuliche Aufmerksamkeit der Glücksritter, so konnte sie ihm wegen des Interesses von Devereux wohl kaum einen Vorwurf machen. So weit sie wusste, war Devereux selbst nicht unbedingt mittellos, und auch wenn reiche Frauen immer Anklang fanden, so war es für ihn doch keine Existenzfrage. Sie musste offensichtlich etwas tun, ihn nachdrücklich zu entmutigen; aber das war umso schwieriger, als sie es eigentlich gar nicht wollte. Er gefiel ihr als Gesellschafter, und die bereitwillige Sympathie und das Verständnis ihrer Lage, die Rutherford nur lustig zu finden schien, trösteten sie.

Sie war aufgelegt zu einem Streit, als Damian eine halbe Stunde nach Devereux' Besuch den Salon betrat.

»Ich muss dir für deine freundliche Nachricht danken, Lord Rutherford«, erklärte sie steif und ignorierte sowohl sein Lächeln als auch seine ausgestreckte Hand.

Seine Lordschaft zog die Brauen hoch und ließ die Hand sinken. »Herrje«, murmelte er. »Wie es scheint, habe ich dich beleidigt. Dabei wollte ich dir doch nur dabei helfen, mit diesen unerwünschten Angeboten umzugehen.«

»Das wolltest du nicht!«, fuhr sie ihn an.

»Nein«, gestand er reumütig. »Ich wollte dich nur lehren, mir keine Streiche zu spielen. Ist mir das gelungen?«

»Ich habe dir keinen Streich gespielt«, protestierte sie wenig überzeugend. »Und wenn es wirklich so gewesen wäre, dann hast du es dir selbst zuzuschreiben. Von diesen Glücksrittern verfolgt zu werden ist höchst erniedrigend, ganz besonders, wo ich keinen Penny besitze. Warum musstest du herumposaunen, dass ich reich bin?«

Er verschränkte die Arme vor der Brust. »Ich hatte das Gefühl, es wäre dir lieber, als wenn man dich als jemanden betrachtet, der von der Familie Keighley unterstützt wird.«

»Es wäre mir noch viel lieber gewesen, wenn man mir keinerlei Aufmerksamkeit geschenkt hätte«, entrüstete Meredith sich.

»Du misst dieser ganzen Sache viel zu viel Bedeutung bei, mein liebes Mädchen.« Damian ging zu einem der großen Fenster hinüber, von dem aus man den Platz überschauen konnte. »Komm her und sieh dir etwas an, was viel interessanter ist.«

Wie konnte er ihren Ärger so achtlos beiseite schieben? Es war wirklich nicht so, dass sie in dieser Sache übertrieb. Und wenn Lord Rutherford das nicht begriff, so verstand wenigstens Gerald Devereux sie!

»Komm her, Merrie«, wiederholte Damian, wandte sich vom Fenster ab und winkte ihr mit dem Finger. »Ich habe eine Überraschung für dich.«

»Ich habe meinen Anteil an Überraschung bereits gehabt, danke«, erklärte sie aufgebracht und blieb stehen.

»Du schmollst schon wieder«, schalt er sie sanft. »Muss ich kommen und dich holen?«

»Wieso sollte ich schmollen!« Aus irgendeinem Grund fühlte sie sich jetzt wie ein dummes kleines Mädchen, das in grundlosem Trotz gefangen war. Sie fand es höchst unfair, denn immerhin war sie diejenige, die litt …

Damian lachte leise. »Deine Miene, mein Liebling, spricht Bände; aber ich versichere dir, dass ich nicht die Absicht habe, heute noch weiter mit dir zu streiten. Wirst du jetzt bitte hierher kommen?« Der soldatische Unterton hatte sich wieder in seine Stimme geschlichen, und Merrie seufzte.

Nach einem kleinen Zögern durchquerte sie den Raum, um aus dem Fenster zu sehen. Ein sehr sportlicher Phaeton, gezogen von einem Paar zueinander passender Brauner stand vor der Haustür, gehalten von einem Stallknecht. »Zwei, die Cunningham eingefahren hat«, erklärte er ihr mit einem Anflug von vergnügter Befriedigung. »Ich war in der Lage, sie zu erwerben, ehe sie auf den offenen Markt kamen. Du wirst damit den Neid nicht nur der Damen erregen, mein Herz!«

»Die soll *ich* fahren?« Merrie war für einen Augenblick von ihrem Ärger abgelenkt. Mit Damian zu streiten gelang einfach nicht, wenn er das nicht wollte.

»Nur eine Leihgabe«, erklärte er ihr mit einer Stimme, die so trocken war wie Blätter im Herbst.

»Ja, natürlich«, antwortete sie. »Aber ich muss mich umziehen.«

»Ich gebe dir zwanzig Minuten.« Froh, dass ihr Ärger wenigstens für den Augenblick verflogen war, ging Rutherford zu einem Stuhl am Fenster.

Innerhalb von einer Viertelstunde war Meredith zurück und zog gerade ein paar lohfarbene York-Handschuhe über. Sie hatte ihr Musselinkleid gegen ein dunkles, schlicht geschnittenes Kostüm getauscht. Ein Samthut, der an einer Seite hochgebogen war, saß auf ihren kastanienbraunen Locken, an den Füßen trug sie Halbstiefel aus Wildleder. Damian nickte in schweigendem Einverständnis und hielt ihr die Tür auf.

»Sage mir«, meinte Meredith mit ihrem verräterisch süßen Lächeln, als sie auf den Fahrersitz kletterte, »begleitest du mich bei dieser Gelegenheit als Lehrer oder einfach als Kavalier?«

»Ich fühle mich geehrt, Lady Blake, dass du so freundlich bist, mich mitzunehmen«, antwortete er sofort.

Merrie verzog den Mund. »Zum Teufel mit dem Park! Lass uns sofort nach Highgate fahren. Ich mag es nicht, wenn wir beide streiten, und das scheint in letzter Zeit der einzige Ort zu sein, wo wir es nicht tun.«

»Zuerst eine Runde durch den Park! Bestimmt ist er zu dieser Stunde überfüllt, und ich möchte doch wirklich gern sehen, was für einen Eindruck du machst.«

»Du willst nur allen zeigen, dass du es geschafft hast, die Pferde zu bekommen, die Cunningham eingefahren hat«, warf Merrie ihm vor, und Damian lachte leise.

»Einige andere hatten ein Auge auf sie geworfen, das muss ich zugeben.«

»Männer!« Merrie verdrehte die Augen. »Unter diesem großartigen, kräftigen Äußeren seid ihr doch wie kleine Jungen. Du bist genauso schlimm wie Rob, wenn er beim Murmelspiel gewinnen will.«

»Wie geht es deinen Brüdern? Hast du von ihnen gehört?« Er machte sich nicht die Mühe, sich gegen einen so verdienten Vorwurf zu verteidigen.

»Ich habe einen Brief von Hugo bekommen, von den beiden anderen nur ein paar gekritzelte Zeilen«, antwortete Meredith. »Theo hofft, in der nächsten Cricket-Saison unter die besten elf zu kommen, und Rob hat immer Hunger.«

Damian lachte laut auf. »Ich erinnere mich nur zu gut an dieses Gefühl, und werde ihm etwas zukommen lassen für seine Schulkiste!«

»Nan und ich haben ihm Früchtebrot und Mürbekuchen geschickt«, berichtete Merrie. »Aber ich bin sicher, das wird nicht genügen, seinen grenzenlosen Appetit zu stillen. Man muss es nämlich mit zwanzig anderen teilen, wie ich hörte.«

»Mach dir deshalb keine Sorgen«, beschwichtigte Damian sie. »Sein Ansehen wird in einem solchen Maße steigen, dass er das Teilen als gar nicht so schlimmes Opfer empfindet.«

Sie waren jetzt durch das Stanhope-Tor in den Hyde Park eingefahren, und Meredith musste alle paar Meter stehen bleiben, um Bekannte zu begrüßen, die in erfreulicher Art und Weise ihr Gespann lobten und sich sehr darüber beschwerten, dass Rutherford ihnen zuvorgekommen war.

»Zufrieden?«, fragte Meredith, als sie die Runde durch den Park vollendet hatten.

»Mehr als das! Du bist eine hervorragende Fahrerin, Merrie Trelawney. Ich habe mich keinen einzigen Augenblick lang unwohl gefühlt.«

»Versuchst du etwa, mich zu provozieren, Mylord?«

»In keiner Weise«, protestierte er. »Das ist das Letzte, was ich tun würde. Auf nach Highgate, und beeile dich!«

19

»Meine Liebe, fühlen Sie sich auch wohl?« Die Herzogin von Keighley sah Meredith besorgt an. Das Mädchen schien heute Nachmittag ungewöhnlich lustlos, und sie sah auch nicht sehr gut aus – eine Tatsache, die ihre Hoheit verstimmte, denn Merediths Anwesenheit bei dieser Teeparty für ihre allerbesten Freundinnen sollte so eine Art Vorstellung sein. Sie hatte sich an die Anweisungen ihres Sohnes erinnert und natürlich nichts von ihrer Absicht verraten; doch Arabella wusste Bescheid, und ihre Mutter hatte sich auf die Marquise verlassen, die natürlich dafür sorgte, dass Meredith in einem tadellosen Aufzug erschien.

»Natürlich, Euer Gnaden«, gab Meredith automatisch zurück und lächelte, wie sie hoffte, voller Begeisterung. »Es war sehr freundlich von Ihnen, mich heute Nachmittag einzuladen.«

»Ganz und gar nicht. Sie gehören doch schon beinahe zur Familie«, flötete ihre Gastgeberin.

Meredith erstarrte, und ihr Lächeln verlor etwas von seiner Herzlichkeit. Die Türen schienen sich von allen Seiten zu schließen. Sie begegnete allgemeiner Huld; aber dieses Wohlwollen begann, sie zu ersticken, während die darunter liegenden Gründe immer deutlicher zu Tage traten. Seit ihrer Rückkehr von Belvoir hatte sie keine Gelegenheit gehabt, ihren Plan auszuführen – der sie hoffentlich aus der misslichen Lage befreien würde, die Damian ihr eingebrockt hatte. Und um die Wahrheit zu sagen, schreckte sie zurück von dem gewaltigen Aufruhr, der nötig war, um ihr Ziel zu erreichen. In der Theorie schien es ein hervorragender Plan; doch die Wirklichkeit, die ihre Freunde in Verlegenheit bringen würde, war genau besehen äußerst unangenehm. Vielleicht sollte sie ein weiteres Mal versuchen, Damian zur Vernunft zu bringen. Eigentlich war er doch ein besonnener Mann – zwar ein wenig zu sehr daran gewöhnt, seinen Willen zu bekommen, aber das konnte man von ihr auch behaupten. Meredith war in der Regel ehrlich mit sich selbst. Und wenn er sie wirklich liebte, wie er es behauptete, dann würde er ihr sicher den Frieden gewähren, der sie beide glücklich machen würde.

»Du bist abgelenkt, Liebes«, flüsterte Arabella im Schutze der Teekanne. »Lady Brigham hat die letzten zehn Minuten mit dir geredet, aber du antwortest ihr kaum. Hast du vielleicht Kopfschmerzen?«

»Nein. Ich bitte um Entschuldigung, Bella.« Merrie riss sich auf der Stelle zusammen, sie wandte sich an die ältere adlige Witwe mit dem purpurfarbenen Turban und machte eine geistvolle Bemerkung über das neueste Gedicht von Lord Byron. Man konnte natürlich nie sicher sein, ob der berühmt-berüchtigte und exzentrische Autor von *Marmion* ein schickliches Gesprächsthema war bei so vornehmen Damen; doch seine Gedichte wurden normalerweise in Gesellschaft recht gerne diskutiert.

»Verzeih mir, Liebes«, bat Bella, als sie endlich auf ihrem Weg zurück zum Cavendish Square im Wagen saßen. »Aber stimmt etwas nicht? Mama war sehr besorgt. Sie hat gesagt, du hättest heute gar nicht gut ausgesehen.« Bella lächelte. »Und dafür hat sie natürlich mich verantwortlich gemacht.«

»Das tut mir Leid.« Merrie seufzte. »Deine Mama, Bella, ist eine großartige Dame, und sie war mir gegenüber immer sehr entgegenkommend. Ich wünschte, ich hätte nicht das Gefühl, ihre Freundlichkeit auszunutzen – und auch die deine und die des Marquis.«

»Unsinn!«, erklärte Bella heftig. »Warum glaubst du denn so etwas?«

»Weil ich deinen Bruder *nicht* heiraten werde«, erklärte Meredith entschlossen. »Und ich weiß sehr gut, dass es das ist, was deine Mutter sich erhofft. Und du auch?« Sie zog fragend die Brauen hoch.

Arabella spielte mit dem gelben Seidenband ihres lavendelfarbenen Hutes. »Wir alle hoffen das – weil Rutherford es sich wünscht, und ich kann mir niemanden vorstellen, den ich lieber zur Schwester hätte als dich.«

»Sag mir, Bella, was würde deine Mutter sagen, wenn sie die Wahrheit über mich erführe?« Meredith fixierte ihr Gegenüber eindringlich, und unter diesem Blick senkte Bella den Kopf.

»Sie darf es niemals herausfinden«, antwortete sie wahrheitsgemäß. »Es besteht auch kein Anlass zur Sorge, dass sie es herausfindet, oder? Nur Damian und ich wissen über das Schmuggeln Bescheid, und du hast auch keine Verwandten, die enthüllen könnten, dass die Blakes nicht mit Matthew Mallory verwandt waren.«

»Nur meine Brüder – die eine solche Geschichte niemals glauben würden«, gab Merrie zurück.

»Rutherford hat gesagt ...«, begann Bella vorsichtig, und dann hielt sie inne, als Merediths Augen alarmierend aufblitzten.

»Sprich nur weiter, Bella«, drängte sie überfreundlich.

Arabella seufzte. »Er hat gesagt, dass deine Brüder sehr vernünftig sind und dass du sie in dieser Sache sehr wohl ins Vertrauen ziehen könntest. Er hat gesagt, sie würden verstehen, dass dein Stolz eine solche Korrektur der Wahrheit nötig machte.«

»Oh, hat er das gesagt, wie?«, murmelte Merrie geheimisvoll. Damian kannte Rob offensichtlich doch nicht so gut, wie er meinte.

»Liebe Merrie, jetzt habe ich dich verärgert, und Rutherford wird böse auf mich sein, weil ich dir verraten habe, was er gesagt hat.« Bella klang ehrlich besorgt, und Meredith beeilte sich, ihr zu versichern, dass alles in Ordnung sei. In der Tat erschöpfte dieser weitere Beweis von Rutherfords Entschlossenheit, sie zu manipulieren, Merrie nur noch mehr. Sie würde mit ihm darüber reden, wenn sie einen letzten Versuch machte, ihn zur Vernunft zu bringen. Bis dahin hatte es wenig Zweck, sich über ein weiteres Detail aufzuregen.

Etwas, das ihr einen Vorwand lieferte, sich aufzuregen, geschah später an diesem Abend – bei einer Soiree der Gräfin von Maudsley. Merrie hatte sich sehr bemüht, die Müdigkeit abzuschütteln, die sie in letzter Zeit überall plagte – nur nicht in ihrem Haus in Highgate – und sie wurde belohnt dafür mit Arabellas offensichtlicher Erleichterung, dass sie doch ihre fröhliche Begleiterin in ihrem Gast wiederfand, an die sie sich bereits gewöhnt hatte. Irgendwann an diesem Abend beobachtete Merrie Bruder und Schwester in eindringlicher Unterhaltung, und wenn man den Blicken, die die beiden immer wieder in ihre Richtung warfen, Glauben schenken durfte, dann war es nicht schwer, sich das Thema dieser Unterhaltung zusammenzureimen. Damian sah ungewöhnlich ernst aus, und Meredith nahm an, dass Arabella ihm von ihrer Unterhaltung heute Nachmittag erzählt hatte. Irgendwie schien das ihre Verärgerung noch zu steigern; sie fühlte sich behandelt, als wäre sie ein schwieriges Kind, über dessen Entwicklung sich die Erwachsenen Sorgen machten. Sie hob das Kinn und begrüßte Gerald Devereux mit einem ganz besonders bezaubernden Lächeln.

In den letzten Tagen war sie im Umgang mit diesem Gentleman sehr vorsichtig gewesen; sie hatte stets dafür gesorgt, in Gesellschaft zu sein, wenn sie einander trafen, und hatte die Unterhaltung leicht und frivol gehalten. Heute Abend jedoch schlug sie alle Vorsicht in den Wind und reagierte auf seinen Flirt. Die leicht gerunzelte Stirn Rutherfords, als er in ihre Richtung sah, befriedigte sie sehr. Nicht, dass er so dumm wäre, eifersüchtig zu sein, natürlich nicht – aber es würde ihm nicht schaden, sich einmal ein wenig unsicher zu fühlen. Doch leider ging ihre Taktik ins eigene Auge.

Meredith machte den Fehler, Devereux zu erlauben, sie in einen ruhigen Salon neben dem Musikzimmer zu führen, in dem eine falsch gestimmte Harfe traktiert wurde.

»Leider habe ich kein Ohr für klassische Musik«, erklärte sie mit einem schelmischen Lachen, das sie sonst nur in Rutherfords Gesellschaft zeigte. »Sie scheint mir nicht zuzusagen. Ich muss mich bei Ihnen bedanken, weil Sie meine Zwangslage durchschaut haben.«

»Ich teile sie mit Ihnen«, antwortete er ernst, doch das Lachen in seinem Blick strafte seine Worte Lügen. »Darf ich Ihnen ein Glas Champagner holen?«

»Gern.« Meredith, die allein in dem Salon zurückblieb, lächelte vor sich hin. Ohne Rutherford in der Nähe war Devereux ein sehr angenehmer Begleiter und glücklicherweise nicht so leicht zu schockieren – ganz abgesehen von der erfreulichen Menschenkenntnis, die er an den Tag legte. Sie lächelte ihm entgegen, als er mit dem Champagner zurückkam. »Wir sollten uns vielleicht wieder den anderen anschließen, Mr. Devereux, ehe man unsere Abwesenheit bemerkt.«

»In einer Minute!« Er legte die Hand auf ihren Unterarm, und Meredith konnte es nicht verhindern, dass sie zusammenzuckte. »Ich bitte um Entschuldigung, ich wollte Sie nicht erschrecken«, erklärte er leise, »aber was ich Ihnen sagen muss, kann Sie eigentlich nicht überraschen, Meredith!«

Merrie schalt sich für ihre Kurzsichtigkeit, die sie jetzt in diese Lage gebracht hatte. »Es wäre besser, wenn Sie es nicht aussprechen würden, Sir«, antwortete sie ihm und sah keine Notwendigkeit, so zu tun, als würde sie nicht verstehen.

»Ich liebe Sie«, erklärte er schlicht. »Wollen Sie mir damit sagen, dass ich mir keine Hoffnung machen darf?«

»Ja.« Es schien ihr das Beste, wenn sie ihm gleich reinen Wein einschenkte. »Zwischen uns kann es nichts anderes geben als Freundschaft, Mr. Devereux.«

»Würden Sie mir sagen, warum?« Er schien ehrlich bekümmert, und ihr Herz flog ihm zu. Dass sie sich jetzt abweisend zeigte, hatte er nicht verdient.

»Ich liebe Sie nicht, mein Freund!« Ihre Hand strich sanft über seinen Arm. »Es tut mir Leid, aber ...«

»Habe ich einen Rivalen?«

Meredith überlegte blitzschnell. Es würde sicher ihnen beiden das Gesicht wahren. »Es gibt da jemanden bei mir zu Hause«, gestand sie und senkte den Blick.

»In Cornwall?«

Sie nickte. Cornwall war weit genug weg. Für die meisten Menschen hier lag es auf einem anderen Planeten. »Wir sollten jetzt wirklich wieder zurückgehen in das Gesellschaftszimmer, Mr. Devereux.«

»Ja.« Er verbeugte sich, dann nahm er ihre beiden Hände, zog sie an die Lippen und lächelte traurig. »Sie werden mir aber nicht Ihre Gesellschaft entziehen wegen meiner ... meiner vorschnellen Erklärung?«

Meredith schüttelte den Kopf, ihr fiel keine passende Antwort ein. Sie würde sich einen Plan zurechtlegen müssen, wie sie mit ihm zwar freundlich, doch entschieden umgehen sollte; aber das würde ihr nicht hier in Devereux' Gesellschaft gelingen.

Er geleitete sie zurück zu den anderen Gästen und verließ sie sofort. Sie sah, wie er sich von der Gastgeberin besonders förmlich verabschiedete.

»Das war nicht sehr klug, Merrie!«

Sie wirbelte herum bei Damians leiser Bemerkung. »Ich bitte um Entschuldigung, Lord Rutherford?«

»Ich denke, du hast mich gehört«, sagte er. »Und du weißt auch sehr gut, wovon ich rede. Auf eine solche Weise Devereux einen Korb zu geben, wird nur Klatsch nach sich ziehen. Was hast du dir bloß dabei gedacht?«

»Du brauchst mir nicht vorzuschreiben, wie ich mich benehmen soll«, erklärte sie mit eisiger Stimme. »Ich bin längst aus dem Alter heraus, in dem man sich solche Lektionen gefallen lässt.«

»Das sollte man annehmen«, stimmte er ihr zu und grinste plötzlich breit. »Aber wie ich aus Erfahrung weiß, wirst du dich immer so benehmen, wie es dir gefällt – zum Teufel mit dem Anstand! Hole deinen Umhang, ich glaube, du hast Kopfschmerzen, und ich muss dich sofort nach Hause bringen.«

»Was?« Dass er ihr diesen so unmissverständlichen Vorwand lieferte, erstaunte sie.

»Nach Hause«, wiederholte er mit sanftem Druck, und seine grauen Augen sagten ihr, was er damit meinte.

Zu Hause bedeutete Highgate. »Können wir das wagen?«, flüsterte sie und sah sich in dem überfüllten Raum um. Dieser langweiligen Party zu entkommen für eine Nacht der verbotenen Liebe in ihrem romantischen Versteck war ein äußerst verlockender Gedanke, der sie momentan von ihren Sorgen ablenkte.

»Hasenfuß«, spottete er.

»Ich werde meinen Umhang holen, Mylord.«

Rutherfords Stadtkutsche brachte sie zum Cavendish Square, von wo aus sie unverdächtig und in der Art von Cousin und Cousine in eine der Seitenstraßen wanderten, um dort eine Mietdroschke anzuhalten. Als der Kutscher hörte, wohin es gehen sollte, strahlte er, schloss hinter seinen Passagieren den Schlag und kletterte auf den Bock – wobei er wegen der Länge der Fahrt und seiner Bezahlung zufrieden vor sich hin murmelte. Im dunklen Inneren des Gefährts machte sich Damian daran, die Anspannung des Geschöpfes in seinen Armen auf die ihm eigene Weise zu lockern. Seit ihrer Rückkehr von Belvoir hatten sie ständig gestritten, und es schien, dass sie nur im Einklang sein konnten, wenn sie allein waren. Das aber gewährleistete wohl kaum ein langes eheliches Glück, überlegte er, ehe er diesen trüben Gedanken von sich schob und tief den schwachen Duft einatmete, der ihm am Ende der Fahrt pures Glück versprach.

Meredith wusste, als sie sich der wohlbekannten Erregung hingab, die sie immer in seinen Armen fand, dass sie trotzdem heute Abend die unausgesprochenen Grenzen ihres Versteckspiels überschreiten würde. Das Debakel mit Gerald Deverеux war der letzte Tropfen gewesen, der das Fass zum Überlaufen gebracht hatte. Angesichts seiner Beharrlichkeit musste sie mit der Lüge leben, ebenso wie Rutherfords Eltern und Bellas Ehemann gegenüber. Das Spiel hatte seinen Reiz verloren, und ihr Scheindasein wurde unerträglich. Heute Abend in Highgate würde sie einen letzten Versuch unternehmen, sich mit Würde für sie beide aus diesem Wirrwarr zurückzuziehen. Wenn Damian auf seinem Starrsinn bestand, dann blieben ihr zwei Möglichkeiten. Entweder zwang sie ihn dazu, ihrer Quartiernahme in Highgate zuzustimmen, oder sie kehrte nach Cornwall zurück. Die zweite Möglichkeit erfüllte sie mit einer so deutlichen Vorahnung des Verlusts, dass sie es kaum ertragen konnte. Also blieb nur noch ihr ursprünglicher Plan. Sie gedachte einen derartigen Skandal in der Gesellschaft hervorzurufen, dass sich die Türen aller ehrenhaften Häuser vor ihr schlossen. Es wäre schmerzlich für Arabella, doch ihr würde man Mitleid zollen, eine solche Schlange an ihrem Busen genährt zu haben; sobald ihr lästiger Gast erst einmal verschwunden wäre, würde für Arabella alles wieder gut sein.

In dem hübschen Schlafzimmer unter dem Strohdach erhob Rutherford sich von der Stelle vor dem Kamin, wo er das Kleinholz schon bereitgelegt hatte für ihren nächsten Besuch – wann immer dieser auch stattfände. Merrie hatte keine Anstalten gemacht, ihren Umhang abzulegen; sie stand am Fenster, mit einer Hand hatte sie die Gardine beiseite geschoben und blickte jetzt zum sternenübersäten Nachthimmel. Es lag etwas in der Haltung ihrer Schultern, in dem entschlossen erhobenen Kinn, das ihn mit einer bösen Vorahnung erfüllte.

»Was ist los?«, fragte er leise, trat hinter sie und griff über ihre Schulter nach dem Verschluss ihres Umhanges.

»Das weißt du sehr gut«, antwortete sie schlicht. »Ich kann nicht so weitermachen, das habe ich dir immer wieder gesagt. Diesmal musst du mir zuhören. Ich werde *nicht* weiter mit dieser Lüge leben!«

»Dann raffe dich zur Wahrheit auf«, antwortete er, zog ihr den Umhang aus und warf ihn über einen Stuhl. »Die Lösung liegt wie immer in deinen Händen.«

»Sie liegt in *deinen* Händen!«, erwiderte sie heftig und löste sich aus seinen Armen. »Lediglich darum bitte ich dich, dass du mir erlaubst, hier in Highgate zu leben. Ich muss natürlich in den Ferien der Jungen nach Hause; aber ich kann ja wieder zurückkehren, wenn sie in der Schule sind. Es könnte alles gut sein, wenn du nur damit aufhören würdest, deine eigenen Ideen zu ertrotzen.«

»Das ist also dein Plan.« Damian war es leid, immer geduldig und vernünftig zu sein. Wenn Meredith mit diesem Konflikt die Ruhe ihrer Zufluchtsstätte stören wollte, dann musste es wohl so sein. »Ich möchte dich davon unterrichten, Ma'am, dass mir das nicht genügen wird. Du scheinst vergessen zu haben, dass diese ganze Regelung dein Vorschlag war, und solange du dich in London aufhältst, Meredith, wird der augenblickliche Zustand bleiben.«

»Aber ich werde dich *nicht* heiraten!«, rief sie aus.

»Irgendwann wirst du es tun, meine störrische kleine Abenteurerin! Du wirst mich heiraten, wenn du begreifst, dass ich keine Alternative akzeptiere!« Er verschwieg ihr seine Überzeugung, dass sie umso eher zustimmen würde, je unbequemer sie diese Regelung fand. »Du bist in dieser ganzen Sache nur störrisch, um …«

»Wie kannst du wagen, so etwas zu behaupten!«, unterbrach Merrie ihn wütend. »Ausgerechnet du, der sich kategorisch weigert, auch nur einen anderen Gesichtspunkt in Erwägung zu ziehen. Du hast dein Herz auf eine einzige Sache gerichtet und kannst es nicht ertragen, abgelehnt zu werden …«

»Und du, Merrie Trelawney, bist, wenn du dir einmal eine Meinung gebildet hast, viel zu stolz zuzugeben, dass du dich geirrt hast«, fiel er ihr ins Wort, stützte beide Hände in die Hüften und hoffte, dass er sie auch dort lassen würde. In dieser höchst geladenen Stimmung konnte er nicht für die Konsequenzen garantieren, wenn er den Kopf verlor.

Meredith kämpfte mit ihrer Selbstkontrolle und begann, unruhig im Raum hin und her zu laufen; der bestickte Saum ihres blauseidenen Abendkleids wehte um ihre Satinschuhe. »Wenn das auf mich zutrifft, Mylord, dann ganz sicher auch auf dich«, erklärte sie schließlich mit erstickter Stimme. »Ich kann mir nicht vorstellen, dass du jemals zugeben würdest, dich geirrt zu haben. Du hast viel zu viele Jahre in dem Glauben verbracht, unfehlbar zu sein – und all die gehorsamen Seelen, die unter deinem Befehl standen, haben dich noch in diesem Glauben bestärkt. Wie viele Jahre ist es her, seit jemand es wagte, dir zu widersprechen?«

»Du treibst es auf die Spitze, Meredith«, erklärte er mit gefährlich leiser Stimme. »Meine Geduld, glaube mir bitte, ist nicht unerschöpflich.«

»Deshalb musst du also jetzt zu Drohungen greifen«, höhnte sie, alle Vernunft außer Acht lassend. »Das ist gar nicht so ungewöhnlich, wenn die Wahrheit so schwer zu verdauen ist.«

»Also wirklich, du …!« Damian, sprachlos vor Wut, kam auf sie zu. Meredith wich zurück, sie nahm die Hände auf den Rücken, als er näher kam. Sie hielt erst inne, als das Bett in ihrem Rücken einen weiteren Rückzug unmöglich machte; dann sah sie ihm voller trotzigem Stolz entgegen, entschlossen, sich nicht zu entschuldigen, die Bemerkung nicht zurückzunehmen, die doch der Wahrheit entsprach.

»Du bist ein zanksüchtiges Weib«, erklärte Damian. »Und leider lehnst du dich jetzt zu weit aus dem Fenster! Schau her, was dann einfach passiert!« Er lege die Handflächen gegen ihre Schulter und schob. Es schien ein sanfter Schubs zu sein, doch Merrie landete rücklings auf dem Bett.

»Was tust du da?«, keuchte sie wütend auf und wollte sich hochrappeln.

»Ich werde dir eine Lektion erteilen, von der ich annahm, du hättest sie schon vor langer Zeit gelernt.« Er ergriff ihre Handgelenke und hob sie über ihren Kopf. Merrie verspürte einen Anflug von Angst, als sie zum ersten Mal begriff, wie wenig ihre eigene Kraft bedeutete neben dem gestählten Körper dieses Soldaten. Wenn sie zuvor spielerisch miteinander gerungen hatten, hatte er sich zurückgehalten und sie gewinnen lassen – aber jetzt war sie totaler Hilflosigkeit ausgesetzt. Seine Beine pressten sie gegen die Matratze, sein Mund senkte sich auf ihren zu einem Kuss, der sich wie eine Strafe anfühlte und sie zu einer Reaktion zwang. Sie wand sich, versuchte ihn mit den Hüften wegzustoßen, doch er verlagerte das volle Gewicht seines Körpers auf sie, ohne den Kuss zu unterbrechen. In der Dunkelheit hinter ihren geschlossenen Augenlidern verließ sie die Furcht, als sein so bekannter Duft ihr in die Nase stieg, als sich sein Körper in der vertrauten Weise über sie schob, und sie hörte auf, gegen ihn zu kämpfen. Wie wütend er auch war, Damian würde ihr niemals Schmerz zufügen.

Als sie ruhiger wurde, gab Damian ihren Mund frei, er hob den Kopf und sah auf sie hinab. »Du wirst mein Kleid ruinieren«, murmelte sie. »Und es war unglaublich teuer!«

»Du kannst von Glück sagen, wenn ich es dir nicht vom Leibe reiße«, brummte er und hielt sie noch immer mit seinem Gewicht fest. Meredith verhielt sich still und wartete, dabei begann sich diese unvermeidliche Erregung in ihrem Inneren zu melden. Er musste es in ihrem Blick gelesen haben, denn ein schwacher Schimmer des Triumphes erschien in den grauen Augen, die sie eindringlich betrachteten. Träge rollte er von ihr herunter und stand auf, noch immer hielt er ihre Handgelenke fest. Dann lehnte er sich über sie und schob mit der freien Hand ganz langsam ihre Röcke hoch. Ein Schauder durchrann Merediths Körper, mit der Zunge fuhr sie über ihre Lippen. Damians Hand glitt unter den Bund ihrer Hose, legte sich flach auf ihren Bauch, mit den Fingern nach unten. Als sie versuchte, ihre Handgelenke zu befreien, verstärkte sich sein Griff, und die andere Hand fuhr mit der intimen Erforschung fort.

»Das ist unfair, Mylord«, warf sie ihm mit schwacher Stimme vor und versuchte, den unaufhaltsamen honigsüßen Fluss zu bremsen, den seine geschickten, wissenden Finger in ihr auslösten. Lächelnd schüttelte er den Kopf und beobachtete ihr Gesicht, während er in seiner Stimulierung fortfuhr. Es war ein verlorener Kampf, den sie führte, ihr Körper war schon viel zu sehr an die Freuden gewöhnt, die seine Erfahrenheit ihr schenkte, als dass sie noch auf ihren Verstand hörte. Und als sie sich weltvergessen im Glück der Nachwirkungen sonnte und weit öffnete, weil sie dieses Glück mit ihm teilen wollte, zog er ihnen beiden nur die notwendigsten Kleidungsstücke aus, ehe er tief in sie eindrang und sie besaß; die ganze Zeit über hielt er ihre Handgelenke fest.

»Wann wirst du begreifen, dass ich dich liebe, Merrie Trelawney?«, verlangte er zu wissen und zog sich fast ganz aus ihr zurück, während sie an der Schwelle der Erfüllung stand.

»Das weiß ich doch«, hauchte sie und war in diesem Stadium der Ekstase nicht in der Lage, ihm zu erklären, dass es darum ja eigentlich gar nicht ging.

»Liebst du mich?« Seine grauen Augen brannten.

Sie nickte schwach. »Wie *du* weißt!« Obwohl ich dir jetzt etwas anderes sagen wollte, schrie eine Stimme in ihr; doch sofort wurde sie übertönt von dem Wirbel der Gefühle, in dem Protest und Uneinigkeit sich natürlich nicht halten konnten.

20

Es war ein bedeckter Novembermorgen, als Meredith zögernd, doch in dem Bewusstsein, dass sie keine andere Möglichkeit hatte, den ersten Schritt ihres Planes tat, der Damian zwingen würde, ihrer Lösung des Problems zuzustimmen. Der Gedanke, dass Lady Blake ihren Phaeton ohne Begleitung durch die Straßen der Stadt fuhr, hatte den Stallknecht, der ihr zugeteilt worden war, äußerst schockiert. Als er erfuhr, dass er am Cavendish Square zurückbleiben sollte, wagte er jedoch nicht, ihre Anordnung in Frage zu stellen; daher war er in den Stall zurückgekehrt und hatte dort sein Entsetzen darüber ausgedrückt.

Die Straßen waren belebt, Meredith brauchte ihre ganze Konzentration, um sich einen Weg zwischen den Postkutschen und Gefährten hindurchzubahnen und unschuldige Fußgänger zu verschonen, die über die belebten Straßen liefen. Die Passagiere einiger viersitziger Kutschen und Landauer warfen Lady Blakes bekanntem Wagen offen erstaunte Blicke zu – Blicke, die sie mit einer kleinen, aber entschiedenen Verbeugung erwiderte. Am Piccadilly angekommen, lenkte sie die Pferde auf die St. James Street.

Ihr Mut sank fast, als sie die lange Straße hinunterspähte, auf der sich keine anständige Dame blicken ließ. Merrie hob entschlossen das Kinn, ermunterte die Pferde zu einem schnellen Trab und begann ihr Abenteuer. Da es ihre Absicht war, gesehen und erkannt zu werden, schaute sie sich um und registrierte die Verwunderung all der Stutzer und Lebemänner, die sich die Schaufenster der vielen Clubs auf dieser nur für Herren reservierten Straße ansahen, während sie nach dem berühmten Fenster von White's Ausschau hielt.

Lord Rutherford, der gerade eine Stunde in Jackson's Salon verbracht hatte und nun ein wenig in der angenehmen Atmosphäre seines Clubs entspannen wollte, stand auf den Stufen von White's und unterhielt sich mit Colonel Armitage und Sir Charles Stanton, als Merries Erscheinen am Anfang der Straße wie eine Bombe einschlug. »Verdammt, Rutherford, ist das nicht der Wagen von Lady Blake«, rief Stanton aus und hob das Glas. »Diese Pferde würde ich überall wiedererkennen!«

Rutherford wandte sich um. Seine erste Reaktion war Schock – doch dann folgte sofort die Wut auf sich selbst und auf Meredith. Er hätte wissen müssen, dass die Angelegenheit nicht mit der letzten Szene in Highgate beendet war. Seine freche kleine Abenteurerin gab nicht so leicht auf; doch sie würde *keinen* Erfolg haben mit dem unverschämten Plan, der hinter diesem Leichtsinn steckte. »Sie müssen mit ihr durchgegangen sein«, sagte er schnell, weil ihm nichts anderes einfiel.

»Es sieht aber ganz so aus, als hätte sie sie völlig im Griff«, widersprach der Colonel.

»Nein ... nein, Rutherford hat Recht«, stimmte ihm Stanton hastig zu. »Das liegt doch auf der Hand. Sie hat keinen Stallknecht bei sich. Die Pferde müssen wohl losgeprescht sein, ehe er Zeit hatte, hinten aufzuspringen.«

»Entschuldigen Sie mich, Gentlemen!« Ohne Eile trat Damian in den Weg des herannahenden Wagens, blieb stehen und widmete sich angelegentlich seinen Handschuhen. Merrie packte ein deutliches Unbehagen, als sie das Hindernis auf ihrem Weg entdeckte. Sein Gesicht war vollkommen ausdruckslos; seine Haltung bekundete sowohl Entspanntheit als auch Entschlossenheit, die all ihre Alarmglocken läuten ließ. Sie war gezwungen, die Pferde zu zügeln, um ihn nicht umzufahren, doch sie hielt nicht an. Rutherford schwang sich mit beneidenswerter Geschicklichkeit auf den Bock, der beängstigend über die Vorderachse hinausragte.

»Gib mir bitte die Zügel«, verlangte er freundlich. Meredith war so verdattert, dass sie ihm ganz mechanisch gehorchte. Er nahm ihr die Peitsche aus der Hand und trieb die Pferde die Straße hinunter, dann lenkte er sie in die Pall Mall.

»Soll ich mir den Grund dafür denken? Oder wirst du bitte so gütig sein, mir eine Erklärung zu geben?«, fragte er in dem gleichen freundlichen Ton.

»Ich habe mir nur einen lang gehegten Wunsch erfüllt. Wie du wissen könntest, finde ich es absurd, dass eine ganze Straße nur für Männer reserviert sein soll. Es ist ja nicht so, als gäbe es ein weibliches Gegenstück dazu!«

»Zweifellos unfair«, gab er zu. »Aber solche Ungleichheiten findet man öfter in der Gesellschaft.«

»Dann muss irgendjemand die Pflicht auf sich nehmen, sie zu beseitigen«, antwortete Meredith.

»Ah!« Nachdenklich schürzte Rutherford die Lippen. »Nun, ich bin dir für deine Entschlusskraft dankbar, Merrie Trelawney! Hoffentlich wirst du es nicht bedauern.«

Sie bogen auf den Cavendish Square ein, und der Wagen hielt vor dem Portal. »Ich muss dich bitten, ohne Hilfe auszusteigen«, erklärte er höflich, »da ich die Pferde nicht unbeaufsichtigt lassen kann.«

»Wenn du sie selbst in den Stall zurückbringst, dann werde ich dich begleiten.«

»Heute werde ich sie in *meinen* Stall bringen«, antwortete er mit sanftem Nachdruck. »Sie zu kaufen war ein schwerer Fehler. Ich habe nicht bedacht, dass sie zu temperamentvoll sein würden für dich – einige Leute wird es überraschen zu hören, dass du sie nicht halten konntest.«

Ein Protest wäre einfach unwürdig, deshalb stieg Meredith ohne ein weiteres Wort aus. Rutherford wartete, bis sie das Haus betreten hatte; dann fuhr er davon, schäumend – obwohl er Meredith nicht die Genugtuung gönnte, das zu sehen – und ein wenig besorgt. Sie hatte ihm ganz offen den Fehdehandschuh hingeworfen, und er hatte ihn genauso offen aufgenommen. Der unvermeidliche Konflikt würde seinen Interessen nicht dienen, doch er konnte ihn auch nicht aus der Welt schaffen. Damian durfte nicht zulassen, dass sie ihren Ruf ruinierte, wie es deutlich ihre Absicht gewesen war. Es würde seinen Stolz verletzen, ganz abgesehen davon, dass es seinen Plan durcheinander brachte. Oder sollte er dem Kampf doch ausweichen und ihr erlauben, sich nach Highgate zurückzuziehen? Konnte er nicht das akzeptieren, was sie ihm willig gab – und nicht länger um das betteln, von dem sie so heftig überzeugt war, es ihm verweigern zu müssen. Nein, er würde diesen Kampf gewinnen, weil er ihn gewinnen wollte –

für sie beide! Meredith irrte sich in der Beurteilung ihrer selbst und auch seiner Person. Wenn er diesen stolzen, störrischen Trotzkopf aus Cornwall nicht haben konnte, dann würde er überhaupt keine Frau haben wollen … und die Jahre würden leer vor ihm liegen.

Meredith lief in der Abgeschiedenheit ihres Boudoirs unruhig vom Fenster zur Tür und wieder zurück; sie haderte mit sich selbst, weil sie sich so leicht hatte überrumpeln lassen. Rutherfords Anwesenheit in der St. James Street war wirklich ein unglücklicher Zufall gewesen. Jetzt würde sie ein Objekt des Mitleids sein und nicht des Tadels, und einige Leute würden sogar eine boshafte Zufriedenheit empfinden über ihren Fall. Man würde überall erzählen, dass Rutherford ihr glücklicherweise zu Hilfe gekommen war, und als unwiderlegbaren Beweis dafür würde man Lady Blakes Phaeton nicht mehr im Hyde Park sehen. Vielleicht sollte sie den Kampf aufgeben und nach Cornwall zurückkehren, wohin sie gehörte … und wo die Jahre leer vor ihr liegen würden. Sie hob die Hand an die Wange, um eine störende Träne abzuwischen; dann rief sie sich ins Gedächtnis, dass sie nicht geschlagen war, noch nicht. Damian *musste* irgendwann die Situation begreifen.

In den nächsten beiden Tagen wurde es Meredith klar, dass sie die Reaktion der Gesellschaft auf ihre Eskapade richtig eingeschätzt hatte. Sie war gezwungen dazusitzen, mit einem gefrorenen Lächeln auf den Lippen, und sich eine unendliche Flut der Sympathie von Lady Margaret Pickering anzuhören. »Wie erniedrigend, Lady Blake, wenn die Pferde mit einem durchgehen! Mir ist das natürlich schon seit Jahren nicht mehr passiert und auch niemals in der Öffentlichkeit – aber ich versichere Ihnen, ich weiß ganz genau, wie Sie sich fühlen.«

»Nun, es wird nicht noch einmal geschehen«, erklärte die Herzogin von Keighley. »Rutherford hätte es besser wissen müssen, als Ihnen solch stürmische Pferde zu besorgen, meine Liebe! Aber ich habe gehört, dass er die Absicht hat, sie durch Exemplare zu ersetzen, die einer Lady angemessener sind!« Die Herzogin sprach in der Öffentlichkeit mit Meredith so vertraut wie mit einer Schwiegertochter. Merrie verkniff sich die kindische Antwort, dass sie gar keine Pferde haben wollte, und schwieg.

»Lady Blake, darf ich Sie ergebenst bitten, mit an den Lotterietisch im anderen Salon zu kommen?« Gerald Devereux erschien zu ihrer Rettung, sein Lächeln zeigte deutlich sein Verständnis für ihre Demütigung.

»Aber gern, Mr. Devereux«, antwortete sie und stand bereitwillig auf. Damian hatte keinen Versuch gemacht, zu ihren Gunsten in die Unterhaltung einzugreifen, und obwohl ihr Gerechtigkeitsgefühl diesmal für ihn Partei ergriff, so half es ihr doch nicht, ihren Groll zu mindern.

»Wie unangenehm muss das für Sie sein«, sagte Devereux leise, als er sie hinausgeleitete. »Aber es wird schnell vorübergehen, das dürfen Sie glauben. Nächste Woche um diese Zeit wird niemand mehr daran denken.«

»Was nicht der Fall wäre, wenn ich so etwas absichtlich angezettelt hätte«, meinte Meredith ironisch.

»Nein, sicher nicht«, stimmte er ihr zu. »Zu Ihrem Glück war Lord Rutherford dort, um die Wildfänge festzuhalten!«

»Sicher«, stimmte sie ihm mit einem angespannten Lächeln zu. »Können wir jetzt von etwas anderem reden, Mr. Devereux? Ich bin diese dumme Geschichte herzlich leid.«

Sofort schnitt er ein neues Thema an und unterhielt sie während des Spiels glänzend. Devereux schien ihre Ablehnung gut verdaut zu haben und benahm sich seit jenem Abend untadelig, sodass Meredith sich in seiner Gesellschaft richtig entspannt fühlte. In der Tat sah sie keinen Grund, sich von einem so amüsanten und kultivierten Gesellschafter fernzuhalten, dessen Aufmerksamkeit nie die Grenzen des Anstands überschritt und mit der sie immer sehr zufrieden war. Wenn er bereit war, sich mit der Freundschaft zu begnügen, die sie ihm bot, dann bestand keine Gefahr!

Damian, der sie zwitschern hörte und der das bezaubernde Lächeln sah, das sie Devereux schenkte, begann sich zu fragen, ob sie wohl absichtlich seine unausgesprochene Warnung missachtete. Es lag nichts in dem Benehmen der beiden, das Anlass für bösen Klatsch hätte geben können – doch Devereux' Interesse an der Witwe sah man sehr deutlich, wie ihm seine Mutter soeben noch versicherte. Die Herzogin hatte natürlich ihren Sohn gedrängt, sein Interesse ohne zu zögern deutlich zu machen; doch Damian war wohl nicht in der Lage, seiner liebevollen und besorgten Mutter die Wahrheit zu bekennen. Er entschied, jetzt sei der Augenblick gekommen, die momentane Befangenheit zwischen ihnen zu beenden; deshalb wartete er, bis Merrie sich von dem Lotterietisch erhob, dann ging er zu ihr hinüber.

»Darf ich einen Augenblick mit dir sprechen, Cousine Meredith?«, fragte er höflich und lächelte Devereux dabei an, um ihm zu verdeutlichen, dass er nicht erwünscht sei.

»Mr. Devereux wollte mir gerade ein Glas Limonade holen«, erklärte Meredith und nahm die Hand nicht vom Arm ihres Begleiters.

»Dann werden wir hier auf ihn warten«, erklärte Rutherford freundlich. Devereux verbeugte sich und akzeptierte die Tatsache, dass er verschwinden sollte.

»Nun?«, fragte Meredith ungnädig.

Rutherford verzog den Mund. »Du sollst nicht schmollen«, riet er ihr in seiner üblichen Art. »Für all die Unannehmlichkeiten kannst du nur dich allein verantwortlich machen. Lass uns Frieden schließen! Möchtest du gern morgen mit mir in den Park fahren? Mit deinen *eigenen* Pferden«, fügte er hinzu.

»Warum sollte ich?« Verwundert runzelte sie die Stirn.

»Um dem Gerede ein Ende zu setzen«, erläuterte er geduldig. »In dem Augenblick, in dem man dich wieder fahren sieht, wird die ganze Begebenheit ihre Würze verlieren.«

»Ich habe Mr. Devereux bereits versprochen, morgen mit ihm auszureiten«, gab Meredith Auskunft. »Wird dir der Nachmittag recht sein, Sir?«

»Perfekt«, antwortete er mit der gleichen Förmlichkeit. »Ich hoffe, du wirst nichts dagegen haben, wenn ich euch auf dem Ausritt begleite?«

»Ganz und gar nicht. Warum sollte ich?« Ihre Enzianaugen blickten genauso offen wie ihre Stimme klang, und Damian schob den Gedanken beiseite, dass sie ihn erneut herausfordern wollte. Vielleicht beinhaltete Devereux' Aufmerksamkeit ja doch keinen Hintergedanken. Merrie war kaum ein naives Mädchen, das seine erste Saison erlebte – und wenn sie nichts gegen seine Begleitung hatte, warum sollte es dann jemanden anders stören?

Am nächsten Morgen ritten Meredith und ihre beiden Kavaliere in gemessenem Trab auf den Hyde Park zu. An diesem frischen und sonnigen Tag war der Park voller Spaziergänger, Reiter und Wagen. Merries Wallach hob den Kopf und schnaubte gegen den Wind, die Muskeln in seinem kräftigen Hals bewegten sich. »Du möchtest einen Galopp?« Merrie beugte sich vor und klopfte ihm den Hals.

»Meredith, nicht im Park!«, warnte Rutherford sie mit scharfer Stimme.

»Ach, Unsinn!«, spottete sie. »Du kannst ja den Leuten erzählen, er sei mit mir durchgegangen!« Mit diesen Worten stob sie davon, beugte sich tief über den Hals des Pferdes, während der Wallach den Weg entlangdonnerte.

Gerald Devereux stieß nach einer Sekunde des Erstaunens ein lautes Lachen aus und machte sich daran, sie zu verfolgen. Rutherford, der keine Wahl hatte, wenn er die beiden nicht aus den Augen verlieren wollte, folgte ihnen. Es dauerte gute zehn Minuten, ehe Meredith endlich die Zügel anzog und Rutherford ihr rosiges, lachendes Gesicht zuwandte. »Ich weiß, es war unmöglich, aber ich konnte nicht widerstehen«, erklärte sie.

»Himmel, Sie können reiten, Ma'am!«, rief Devereux und machte aus seiner Bewunderung keinen Hehl. »Ich musste mich sehr anstrengen, mit Ihnen Schritt zu halten.«

»Ich habe einen ausgezeichneten Renner!« Merrie lachte. »Außerdem bringt man den Trelawneys bei zu reiten, noch ehe sie laufen können. Wo ich herkomme, müssen Sie wissen, ist ein Pferd das einzig verlässliche Transportmittel.«

»Verdammt!«, murmelte Rutherford plötzlich. »Da ist meine Mutter.«

»Wo?« Meredith folgte seinem Blick und schluckte. Die Herzogin von Keighley winkte ihnen aus ihrem eleganten Landauer, der am Rande des Weges angehalten hatte, ungeduldig zu. »Oje«, entschuldigte sie sich. »Sie sieht sehr böse aus.«

»Nun, ich weigere mich, die Schuld allein auf mich zu nehmen«, erklärte Damian. »Komm mit!« Er lenkte sein Pferd auf die Kutsche zu. Meredith sah Devereux an und zuckte mit den Schultern, dann folgte sie Damian. Devereux schaute den beiden nach, eine kleine Falte erschien über seiner Nasenwurzel. Da seine Anwesenheit hier offensichtlich überflüssig war, ritt er weiter und überließ das unbotmäßige Paar einer tobenden Herzogin.

Die Dame wütete beinahe fünf Minuten lang ohne Pause. Ihr Sohn war der hauptsächliche Empfänger ihrer Schimpftirade, da ihrer Meinung nach Rutherford Lady Blake nicht genügend über die Regeln im Park aufgeklärt hatte. Stoisch ertrug Damian das Gewitter seiner Mutter unterwürfig schweigend, und Meredith murmelte glaubwürdige Entschuldigungen sowie das Versprechen, dass so etwas nie wieder passieren würde. Der Landauer fuhr weiter, und Damian wandte ohne ein Wort sein Pferd in Richtung des Stanhope Tores nach Hause.

Er sah so haarsträubend gescholten aus, dass Merries Schultern zu beben begannen. »Ich weiß jetzt, woher deine Wortgewandtheit kommt, Mylord«, kicherte sie.

»Wenn du es wagst zu lachen, Merrie, dann werde ich dafür sorgen, dass du eine ganze Woche lang nicht mehr auf einem Pferd sitzen kannst!«, rief er aus. »Seit zehn Jahren bin ich von meiner Mutter nicht mehr so abgekanzelt worden, und ich konnte überhaupt nichts zu meiner Verteidigung tun, ohne einen Teil auf dich abzuwälzen.«

»Das wäre in der Tat höchst unritterlich gewesen«, murmelte sie. »Was ist eigentlich aus Mr. Devereux geworden?«

»Ich denke, dass er sich hastig und zur passenden Zeit verabschiedet hat«, erklärte ihr Begleiter trocken. »Du bist ein abscheulicher Schlingel, Merrie Trelawney! Und jetzt werde ich für dich auch noch den Wallach gegen ein sanftes Damenpferd tauschen müssen – zusätzlich zu dem neuen Gespann, das ich zwischen die Deichsel deines Phaetons zu spannen gedenke.«

»Das würdest du nicht wagen«, meinte Merrie und sah ihn unter der Krempe ihres Hutes hervor argwöhnisch an.

»Hättest du nicht genau diese Behandlung verdient?«, fragte er.

»Wahrscheinlich«, stimmte sie zu und schenkte ihm ein hoffnungsvolles Lächeln. »Aber du wirst nicht zu so drastischen Maßnahmen greifen, oder?«

»Nein, noch nicht. Aber wenn du dich das nächste Mal entscheidest, in einem so halsbrecherischen Tempo durch den Park zu jagen, dann warne mich bitte vorher!«

Merries Streich zog kein gesellschaftliches Nachspiel nach

sich; aber es gab ein noch viel schlimmeres Resultat als die gelüfteten Brauen der Gesellschaft. Und zwar brachte es am folgenden Nachmittag einen sehr ernsten Gerald Devereux zum Cavendish Square.

Arabella besuchte eine kranke Freundin, und Meredith empfing ihren Gast allein im Gesellschaftszimmer. »Das ist eine angenehme Überraschung, Mr. Devereux«, begrüßte sie ihn freundlich.

»Sie werden mir meine Aufdringlichkeit verzeihen«, begann er langsam und vermied es, sie anzusehen. »Vielleicht habe ich nicht das Recht, so etwas zu erfahren – aber ich muss Sie trotzdem fragen.«

Merediths Magen begann unangenehm zu drücken. »Ich weiß nicht, wovon Sie sprechen, Sir«, meinte sie in dem Bemühen, ruhig und voller Selbstvertrauen zu wirken. »Bitte, setzen Sie sich doch.« Sie selbst saß auf einem niedrigen, zierlichen Sheraton-Stuhl ohne Armlehne, der eine aufrechte Haltung verlangte; das war das einzige Zeichen ihrer erhöhten Wachsamkeit.

»Sie haben mir erklärt, dass Sie Ihre Zuneigung bereits verschenkt hätten.« Devereux ging auf ihre Aufforderung nicht ein, sondern begann, mit großen Schritten den Raum zu durchmessen. »Ich glaube verstanden zu haben, dass Sie sagten, der glückliche Mann lebe in Cornwall.« Neben dem Kamin blieb er stehen und sah sie jetzt forschend an.

Meredith überlegte schnell. Falls Devereux die Wahrheit dieser Bemerkung aus einem guten Grund anzweifelte und sie auf ihrer Lüge bestand, dann würde das Durcheinander nicht mehr zu lösen sein. »Was wollen Sie damit sagen, Mr. Devereux?«, fragte sie ruhig.

»Haben Sie eine Übereinkunft mit Lord Rutherford?«

Merrie sog scharf den Atem ein. »Wie kommen Sie denn auf einen solchen Gedanken?«

Er seufzte. »Gestern, nach dem Galopp – Ihre Art, mit ihm zu sprechen – und seine Art, mit Ihnen zu reden – es zeigte ein Ausmaß an Intimität ...«

»Wir sind in gewisser Weise verwandt«, unterbrach sie ihn scharf. »Ich lebe unter dem Dach seiner Familie.«

»Entschuldigen Sie bitte – aber ich hatte den unmissverständlichen Eindruck, dass Ihre Freundschaft zu ihm mehr ist als nur das. Vergeben Sie mir, Ma'am, möglicherweise geht es mich nichts an – aber wenn das, was ich vermute, der Wahrheit entspricht, dann würde ich es gern wissen, damit ich mir nicht länger Hoffnungen mache. Sollte sich dagegen Ihr Favorit wirklich in Cornwall aufhalten, dann hätte ich das Gefühl, vielleicht doch eine Chance zu haben – den Vorteil der Anwesenheit, wenn Sie verstehen, was ich meine.«

Meredith spürte, wie die klebrigen Arme ihrer Tändelei sie umfingen und erstickten. Wie sollte sie ihm ehrlich antworten? Wenn sie zugab, dass sie und Rutherford etwas Besonderes verband, dann käme es dem Eingeständnis einer heimlichen Verlobung gleich. Leugnete sie es jedoch, würde Devereux erneute Avancen machen – falls es ihr überhaupt gelang, überzeugend genug zu leugnen.

»Ich habe nicht die Absicht, Lord Rutherford zu heiraten«, erklärte sie mit großen Schwierigkeiten. Das war wenigstens ihre Wahrheit. »Das soll Sie aber nicht ermutigen, mein Freund. Ich werde überhaupt niemanden heiraten.«

»Das ist eine sehr schwerwiegende Behauptung von einer so jungen Person«, meinte Devereux. »Doch ich will Sie nicht weiter bedrängen. Was auch immer die Gründe für Ihre Geheimhaltung sind – es steht mir nicht zu, sie aufzudecken.« Er kam zu ihrem Stuhl herüber, nahm ihre Hand und verbeugte sich tief. »Gestern sagten Sie, Sie seien eine Trelawney – vielleicht sogar eine Schwester von Hugo Trelawney?«

Meredith nickte, sie war viel zu erstaunt, um klar denken zu können. »Er ist etliche Jahre jünger als Sie, Sir. Woher kennen Sie ihn?«

»Wir hatten in Harrow miteinander zu tun«, erklärte Devereux. »Dinge, die die Oberstufe mit den Schulanfängern zusammenführt.« Viel zu spät gab er ihre Hand wieder frei. »Ich hatte keine Ahnung, dass die Trelawneys mit den Mallorys verwandt sind. Das ist doch die Verbindung, nicht wahr?«

Merediths Zunge schien an ihrem Gaumen zu kleben, ihr Körper fühlte sich an wie gelähmt. Warum stellte er diese Fragen? Mach dich nicht lächerlich, schalt sie sich. Unter anderen Umständen wäre diese Frage vollkommen harmlos. Also war Hugo in dieser eigenartigen Schultradition gezwungen gewesen, ein Jahr lang als Diener von Devereux zu fungieren: er hatte ihm die Stiefel geputzt und ihm den Toast serviert. Es dürfte sie eigentlich nicht überraschen in diesen engen Kreisen. In der Tat wäre es eigenartig, wenn niemand in London einen Trelawney aus der Schulzeit kennen würde – Väter oder Söhne. »Die Verwandtschaft bezieht sich nicht auf die Trelawneys«, erklärte sie erstaunlich ruhig, »sondern auf die Familie meines verstorbenen Mannes, die Blakes.«

»Ah«, meinte er unverbindlich. »Ich glaube nicht, dass ich diese Familie kenne. Meine Angehörigen in Truro haben gelegentlich von den Trelawneys gesprochen. Immerhin sind sie eine der ältesten Familien in Cornwall.« Er lächelte. »Aber ich erinnere mich nicht, dass sie jemals die Blakes erwähnten.«

Was für ein Pech! Die Aufmerksamkeit des vielleicht einzigen Mannes in London geweckt zu haben, der außer Rutherford Onkel oder Tanten in Cornwall hatte! Wie lange würde es dauern, bis er herausfand, dass die familiären Verhältnisse nur erfunden waren? Bis er die Wahrheit über die verarmte Witwe von Sir John Blake herausfand, die von der Hand in den Mund lebte? Meredith war nicht sicher, wie sie ihren Besucher mit den außergewöhnlichen Verbindungen aus dem

Haus bekommen sollte. Lediglich eins wusste sie sicher: sie musste vom Cavendish Square verschwinden, ehe Gerald Devereux noch tiefer grub.

Den nächsten Schritt plante Meredith sehr sorgfältig; als Vorbild nahm sie sich Lady Caroline Lamb, die Gemahlin von Lord Melbourne und anerkannte Geliebte des romantischen Lord Byron. Lady Caroline trotzte der Konvention mit einer fröhlichen Unbekümmertheit, die Meredith höchst anziehend fand. Man sagte, dass die Lady in gewisser Weise zum Wahnsinn neigte; doch Merrie nahm an, dass dies nur böse Nachrede der Gesellschaft war. Eines jedoch stand fest: Lady Caroline wurde nicht mehr in allen Salons empfangen, und jeder hatte Mitleid mit ihrem Ehemann. Lord Byron dagegen konnte in den Augen der Gesellschaft überhaupt keinen Fehler machen, da er jetzt groß in Mode war. Eine weitere Ungleichheit der Gesellschaft, entschied Meredith, während sie sich darauf vorbereitete, in den gleichen Rang zu treten wie die Lady. Deren jüngstes skandalöses Benehmen hatte darin gegipfelt, eine Abendgesellschaft in einem durchsichtigen Kleid zu besuchen, das befeuchtet worden war, damit es ganz eng an ihrem Körper lag. Außerdem trug sie keine Unterwäsche, was den schockierenden Effekt des Kleides noch gesteigert hatte – jedenfalls war Lady Caroline in der ganzen Stadt Gesprächsthema Nummer eins. Eine oder zwei andere in einem erbärmlichen Ruf stehende Frauen hatten diese Mode nachgeahmt; doch da diese Kreaturen, genau wie Lady Caroline, einen so schlechten Ruf hatten, dass man ihnen sogar den Eintritt im Almack's verweigerte, waren die gehobenen Kreise in der Lage gewesen, ihr Benehmen zu ignorieren. Die Sache hätte jedoch anders ausgesehen, wenn die betreffende Sünderin der Schützling der Keighleys gewesen wäre.

Meredith schmiedete ihre Pläne für den Abend des Balles der Herzogin von Dorset mit all der List, die sie sonst nur anwandte, um die Finanzbehörden des Königs zu hintergehen. Es war wichtig, dass niemand ihr Kleid sah, bis sie das Dorset-Haus erreicht hatten. Und auf keinen Fall durfte ihr Nan in die Quere kommen. Meredith zweifelte nicht daran, dass diese rabiate Dame sie in ihrem Zimmer einsperren und den Schlüssel wegwerfen würde, ehe sie einen solchen Aufzug guthieße.

An diesem Abend ließ sie sich von Nan ein untadeliges hauchdünnes Gebilde über einem seidenen Unterkleid anziehen. Ehe sie zum Essen ging, bat Merrie, wie üblich, ihre alte Kinderfrau, nicht auf sie zu warten. Nan, die eine beginnende Erkältung hatte und sich schon auf ihr Bett und eine heiße Milch mit Bier und Gewürzen freute, stimmte ihr sofort zu.

Nach dem Essen ging Merrie noch einmal hinauf, um ihren Umhang zu holen. Das Kleid aus Tüll und Satin wechselte sie gegen eines aus Jaconet-Musselin. Normalerweise wurde auch dieser Stoff über Satin getragen; es war ein wenig gewagt, aber immer noch innerhalb der Grenzen der Schicklichkeit. Feucht und ohne Unterröcke war es allerdings weitaus mehr, als Merrie sich erhofft hatte. Sie sah beinahe nackt aus, bis auf die Tatsache, dass das Kleid bis zum Hals geschlossen war mit einer dreifachen Rüsche aus Spitze – ein Schmuck, der wie ein Spaß erschien, wenn man ihn mit dem Effekt der übrigen Hülle verglich. Ein mitternachtsblauer Umhang verbarg den Skandal, als sie die Treppe hinuntereilte, wo Arabella und George auf sie warteten.

Arabella war über die Begleitung ihres Mannes so erfreut, dass sie es wahrscheinlich nicht einmal bemerkt hätte, wenn Meredith in Hosen und Stiefeln angetreten wäre; deshalb machte sie auch keine Bemerkung über den Musselin, der unter dem Umhang hervorlugte, obwohl Merrie doch eigentlich ein Kleid aus Tüll und Satin hätte tragen sollen.

Auf dem Rondell vor dem Haus und in der Empfangshalle

des Dorset-Hauses wimmelte es von Gästen, die kamen und gingen – Lakaien riefen nach Wagen und halfen den Ankömmlingen aus den Kutschen. Auf der Treppe nach oben wartete die illustre Schar in Zweierreihen auf die Begrüßung durch die Gastgeberin, sehr zu Merediths Freude. Sie wollte erst bemerkt werden, wenn sie oben auf dem Absatz angelangt war – dann wäre es zu spät für ihre Begleiter, einen diskreten Rückzug anzutreten. Arabella stieg am Arm ihres Mannes die Treppe empor, während Meredith sich mit ihrem Umhang zu schaffen machte und ein wenig zurückblieb, ehe sie ihn der Dienerin reichte, die sie begleitet hatte und sich dann in die Menge einreihte.

Rutherford, der etwa zehn Treppenstufen über ihr stand, wandte sich beim Klang der Stimme seiner Schwester um. Als er die Beaumonts begrüßte, fiel sein Blick auf Merediths Miene dahinter, und er erlitt einen schweren Schock. Ihr Ausdruck erinnerte ihn an den, den er auf dem Gesicht des jungen Rob vor der Kirche in Landreth gesehen hatte, als der Junge sich gerade anschickte, mit der Maus ein wenig Unruhe unter den Gemeindemitgliedern zu stiften. Er konnte nicht mehr sehen als ihren Kopf, und bei dem Drängen der nachfolgenden Leute war er gezwungen, weiterzugehen. Nachdem er seine Gastgeberin begrüßt hatte, trat er zur Seite und wartete mit einer unguten Vorahnung. Arabella und George tauschten Freundlichkeiten mit der Herzogin von Dorset aus, und Meredith erreichte die letzten Treppenstufen.

Arabella stieß einen kleinen Schrei aus, den sie aber sofort unterdrückte, als sich der Druck ihres Mannes auf ihren Arm verstärkte. Die Herzogin von Dorset hatte nur noch Zeit, ein Nicken von Lady Blake wahrzunehmen und die züchtige Spitze an ihrem Hals – ehe Lord Rutherfords Hand sich fest um den Arm der Lady geschlossen hatte und er den anderen Arm mit überraschender Vertrautheit um ihre Taille legte; er erklärte lauthals, dass ihm der erste Tanz versprochen sei, und zog sie in den überfüllten Ballsaal.

Das Orchester spielte einen Walzer, einen Umstand, den Damian sofort ausnutzte. Er hielt die schlanke Gestalt ein wenig fester, als es eigentlich zulässig war; doch so schützte er ihre Vorderseite vor den entsetzten Blicken der anderen. Sein Arm in der grauen Jacke und seine große Hand verbarg so viel von ihrem Rücken wie nur möglich, während er sie geschickt über die Tanzfläche führte und dabei das dichteste Gedränge suchte.

»Das Kleid ist ein wenig feucht, meine Liebe«, murmelte er besorgt. »Ich fürchte, du wirst dir eine Erkältung holen, wenn du noch länger darin herumläufst.«

»Mir ist überhaupt nicht kalt«, gab sie zurück und biss vor Ärger die Zähne zusammen.

»Hör auf zu schmollen, mein Schatz«, riet er ihr sanft. »Es mag ja sein, dass du die Aufmerksamkeit auf dich ziehen willst; aber du möchtest dir doch nicht nachsagen lassen, dass ich dich gezwungen habe, dir Unerfreuliches anzuhören. Leider ist dies der einzige Schluss, den ich deinem Gesichtsausdruck zu entnehmen vermag.«

Sie bewegten sich unaufhaltsam Richtung Tür im hinteren Teil des Ballsaales. Meredith bemühte sich, möglichst unbeteiligt zu wirken; doch gleichzeitig wuchs in ihr die Erkenntnis, dass Damian, Lord Rutherford, soeben ihren sorgfältig ausgetüfelten Plan zunichte machte, ohne dass ihr Ruf auch nur einen Kratzer davontragen würde. Sie zwang sich zu einem gequälten Lächeln, dann sah sie zu ihm auf, wobei sie ihre violettblauen Augen zusammenzog.

»Ich finde nicht, dass es so besser wirkt«, meinte er nachdenklich. »Du siehst aus, als hättest du Zahnschmerzen. Daher empfinde ich es wirklich als meine Pflicht, dich so schnell wie möglich nach Hause zu begleiten.«

Schließlich standen sie in einem verlassenen Raum neben dem Ballsaal. Damian lockerte seinen festen Griff, fasste sie bei den Schultern und trat einen Schritt zurück, um sie eingehend zu betrachten. Er wandte sie um, begutachtete sie mit der gleichen Gründlichkeit von hinten. »Sag mir, mein Liebling, ist dieses – äh – Gewand als Einladung gedacht? Das hoffe ich doch, denn ich habe die Absicht, diese Einladung anzunehmen.«

»Ganz wie du meinst!« Meredith wandte sich um und schaute unsicher zu ihm auf. In seiner Stimme lag ein Ton, der ihr ganz und gar nicht gefiel; und auch wenn sie erwartet hatte, dass viele Leute sie schockiert ins Auge fassen würden, so bewirkten seine Blicke darüber hinaus, dass sie sich klein und verlegen und ungemütlich fühlte.

»Oh, komm schon, das muss dir doch klar sein«, antwortete er milde. »Du kannst nicht erwarten, dass ein normaler Mann einer so absichtsvollen Verlockung widersteht. Du bist keine naive Jungfrau mehr, meine liebe Ma'am – eine Tatsache, die du an dem heutigen Abend gründlich bewiesen hast.« Er hielt sie noch immer mit einer Hand an der Schulter, mit der freien Hand umschloss er fest ihre Brust. Sie keuchte auf und wich zurück, doch sein Griff blieb eisenhart, und er fuhr mit der sanften Liebkosung fort. Zu Merediths Entsetzen fühlte sie, wie sich ihre Brustspitzen unter dem dünnen Stoff des Kleides bei der Berührung seiner Finger aufrichteten.

»Bitte, tu das nicht«, flüsterte sie und warf einen verängstigten Blick zur Tür.

»Würde es nicht in deinen Plan passen, wenn wir in dieser kompromittierenden Position entdeckt würden?«, fragte er und fuhr mit der Hand über ihren Hintern. »Ich hätte gedacht, das wäre perfekt. Du würdest dein Gesicht nie wieder in der Gesellschaft zeigen können.« Seine Hand brannte durch den Hauch von Stoff auf ihrer Haut. »Und das, meine lüsterne kleine Abenteurerin, war immerhin dein Ziel, nicht wahr?« Meredith schrie auf, als er sie mehr als nur spielerisch ins Gesäß kniff und so seine Frage unterstrich. »Erlaube mir, dich davon zu unterrichten, Ma'am, dass ich dich dabei nicht unterstützen werde! Und jetzt komm.« Er packte ihr Handgelenk und zog sie zu einem anderen Ausgang. »Ich habe keine Ahnung, wohin uns diese Tür führen wird«, gestand er. »Aber wenigstens können wir uns auf diese Weise entfernen.«

Ein leerer Flur lag der Länge nach vor ihnen. »Was ist mit Bella und George?«, fragte Merrie und hob ihren Rock, um mit ihm Schritt zu halten. »Sie werden sich fragen, wo ich bin.«

»Sie werden wissen, dass ich mich um dich kümmere«, antwortete er knapp und führte sie in einen weiteren Flur. Ein erschrockener Diener erklärte ihnen, dass sie durch eine Seitentür zur Straße stießen, wenn sie die Treppe am Ende hinuntergingen.

Es war kein Eingang, der von den Eigentümern des Hauses benutzt wurde, wie man an dem abgetretenen Teppich und der verblichenen Tapete sah. »Ich werde dir deinen Umhang holen.« Damian drängte sie gegen die Wand. »Und wenn du dich auch nur einen Zentimeter bewegst, ehe ich zurückkomme, dann werde ich dir das Kleid vom Leib reißen und deiner nicht gerade unterschwelligen Einladung gleich hier Folge leisten!« Mit diesen Worten trat er den Rückweg an und ließ Meredith stehen, die in ihrem feuchten Kleid in dem zugigen Flur zitterte und absolut nicht daran dachte, sich vom Fleck zu rühren.

Es dauerte zehn Minuten, bis Rutherford das Mädchen gefunden hatte, das Meredith ihren Umhang abgenommen hatte, und um seinen Wagen zu dem Seiteneingang zu bestellen. Als er zu seiner sündigen Geliebten zurückkehrte, war sein Sinn für Humor zurückgekehrt. »Schamloses Geschöpf!« Er hüllte sie sicher in ihren Umhang, doch konnte er das Lachen in seinen Augen nicht verbergen. »Wie hast du es nur geschafft, dich an Nan vorbeizuschmuggeln? So etwas hätte sie dir niemals erlaubt.«

»Sie hat sich mit einer Erkältung ins Bett gelegt«, erklärte Merrie ihm, dann musste auch sie niesen.

»Wenn du auf diesen Streich hin krank wirst, Merrie Trelawney, dann steckst du wirklich in Schwierigkeiten!« Er öffnete die Tür und führte sie auf eine ruhige Gasse. Sein Wagen bog um die Ecke, und Merrie wurde hineingeschoben, dann zog er sie in seine Arme und wärmte sie mit seinem Körper. »Wann wirst du endlich akzeptieren, dass ich dir mehr als gewachsen bin in dieser Sache, mein Liebling?« Sie fühlte seinen Atem in ihrem Haar. »Gib bitte diesen Plan auf. Er wird nicht klappen, und falls du hoffen solltest, mich von deiner Abscheulichkeit zu überzeugen dann verschwendest du nur deine Zeit. Ich weiß es, und zwar seit dem Tag, an dem ich dich barfuß mitten in der Nacht am Weg habe sitzen sehen.«

»Ich wünschte, du würdest dich nicht darüber lustig machen.« Vergebens kämpfte Merrie darum, sich aufzusetzen. »Es gibt noch einen anderen Grund, warum ich den Cavendish Square und die Gesellschaft sofort verlassen muss.« Sie hatte nicht die Absicht gehabt, ihm von Devereux' Antrag und seinen danach folgenden Enthüllungen zu erzählen, weil sie vermutete, dass er sie dafür verantwortlich machen würde; doch er schien noch immer ihre Ängste und Überzeugungen als Spaß abzutun, und es wurde höchste Zeit, dass sie der Wirklichkeit ins Auge sahen.

»Kläre mich bitte auf!« In seiner Stimme lag ein Ton geduldiger Erschöpfung, der Merrie wütend machte.

»Gerald Devereux hat Verbindungen nach Cornwall. Er war zusammen mit Hugo in der Schule und scheint eine ganze Menge über die Trelawneys zu wissen«, erklärte sie ihm nachdrücklich. »Wie lange, glaubst du wohl, wird es noch dauern, bis er die Wahrheit über meinen verstorbenen Mann herausfindet und über meine Situation Bescheid weiß? Die Gesellschaft in Cornwall ist so eng miteinander verwandt, dass niemand an eine plötzlich entdeckte Verbindung zwischen den Blakes und den Mallorys glauben würde. Im Handumdrehen wird alles ans Licht kommen.«

»Warum sollte er etwas herausfinden wollen, das dir schadet?«, fragte Rutherford und ließ sie sich aufsetzen.

Merrie war froh, dass sie endlich seine Aufmerksamkeit geweckt hatte. »Ich glaube nicht, dass er mir schaden will«, meinte sie langsam. »Aber ... aber er interessiert sich für mich. Er vermutet, dass es zwischen dir und mir eine Liaison gibt, und ich konnte es nicht offen abstreiten. Wenn jemand sich für etwas interessiert, dann ist es nur natürlich, wenn er seine Neugier befriedigen will, nicht wahr?«

»Hat er dir einen Antrag gemacht?«

»Ja«, antwortete Merrie und fragte sich, warum sie sich so gehemmt anhörte. »Ich dachte, er hätte meine Ablehnung akzeptiert, aber wie es scheint ...«

»... ist er bereit, zu warten«, unterbrach Damian sie. »Ich habe dich gewarnt, Meredith – mehrmals!«

»Was kann ich denn dafür, dass er sich in mich verliebt hat«, verteidigte sie sich entrüstet.

»Und ich kann ihm deswegen keinen Vorwurf machen«, antwortete er mit einem kleinen Lächeln in dem dunklen Gefährt. »Aber du hast keine Anstalten gemacht, ihn auf Abstand zu halten. Es überrascht mich nicht, dass er immer noch Hoffnungen hegt.«

»Vielleicht habe ich einen Fehler gemacht«, gestand sie mit einem Seufzer. »Doch das war unabsichtlich. Aber selbst wenn ich das zugebe, ändert sich nichts an der Situation. Wenn er Nachforschungen anstellt, wird er die Wahrheit herausfinden. Vielleicht behält er sie für sich, aber was ist, wenn nicht? Deine Mutter wird dir niemals verzeihen, dass du sie so hintergangen hast. Ich schäme mich nicht für das, was ich bin, und ich würde ihr gern selbst offen gegenübertreten; aber wenn sie diesen Betrug aus einer anderen Quelle erfährt, wenn sie sich dem Mitleid der Gesellschaft auf diese Weise ausgesetzt sieht ...« Sie erschauerte. »Ich kann es nicht ertragen, daran zu denken, Damian. Es gibt mir das Gefühl, schmutzig zu sein und ... und schmierig!«

»Jetzt bist du aber ein wenig melodramatisch, mein Liebling«, bemerkte Damian ruhig. »Doch ich verstehe, was du sagen willst. Du wirst die Sache in meine Hände legen.«

»Lass mich doch nach Highgate gehen«, bettelte sie in dem Wissen, dass sie ihm diese Frage zum letzten Mal stellte.

»Nein«, erklärte er mit unmissverständlicher Entschlossenheit. »Lass mich unsere Verlobung ankündigen, dann wird Devereux keinen Grund mehr haben, Auskünfte über deine Familie einzuholen, und du kannst meiner Mutter eine bereinigte Version der Wahrheit bieten.«

Meredith antwortete traurig: »Ich bin nicht so verrückt zu glauben, dass wenn die große Leidenschaft erst einmal vorüber ist – und das ist sie irgendwann ganz sicher, Liebling –, sich der Abgrund zwischen uns auftut. Ich werde dein Glück *nicht* aufs Spiel setzen!«

»Dann willst du es also zerstören«, erklärte er rundheraus, als die Droschke anhielt. »Mit welchem Recht übernimmst du die Regie für mein Glück? Die Konsequenzen meiner Entscheidungen trage ich selbst.«

Die Kutschentreppe wurde ausgeklappt, er stieg aus und reichte ihr die Hand. »Ich werde für einige Tage die Stadt verlassen. Später kümmere ich mich auch um Devereux. In meiner Abwesenheit wirst du dich bitte benehmen! Wenn du noch mehr von deinen Tricks anzuwenden gedenkst, Meredith, dann werde ich dafür sorgen, dass dir das sehr Leid tut. Es wäre weise, mir Glauben zu schenken.« Merrie lief vor Zorn rot an, doch sagte sie nichts, weil sie aus Erfahrung wusste, dass sich eine Entgegnung erübrigte, wenn Oberst Lord Rutherford mit dieser ganz besonderen Stimme sprach.

Er begleitete sie ins Haus und erklärte Grantly, dass Lady Blake sich nicht wohl fühle; er küsste ihre Hand und gab ihr den Rat, sofort schlafen zu gehen, dann verabschiedete er sich.

In ihrem Zimmer zog Merrie erleichtert das feuchte Kleid aus, niemals mehr würde sie sich dazu überwinden können, es erneut zu tragen; dann wärmte sie sich vor dem Feuer und kletterte ins Bett. Damian hatte ihr vorgeworfen, die Regie für sein Glück zu übernehmen – doch war er nicht auch schuldig, indem er das ihre in die Hand genommen hatte? Wie konnte sie glücklich sein, wenn eine Ehe mit ihm dazu führte, dass er es nicht war?

Endlich schlief sie ein, verzweifelt über die Gewissheit, dass ihre Pläne niemals ihr Ziel erreichten. Sie musste doch das tun, was von Anfang an ihre Bestimmung war, und musste dabei die kindischen Schritte unterlassen, die aus kindischen Vorstellungen erwachsen waren.

21

In den nächsten beiden Tagen blieb Meredith in ihrem Zimmer und wartete auf Damians Rückkehr, damit sie ihm ihren Entschluss, nach Cornwall zurückzukehren, mitteilen konnte. Es war kein Entschluss, dem er widersprechen konnte, keine Sache, in der er ihr seinen Willen aufzuzwingen vermochte. Solange sie in London blieb, gab sie zu seinen Regelungen ihr stillschweigendes Einverständnis, was er rücksichtslos ausgenutzt hatte. Dass es ihr ernst war, konnte sie ihm nur beweisen, indem sie abreiste. Ihr Herz sank jedoch bei dem Gedanken an die unausweichliche Konfrontation – auch wenn er eigentlich kein Recht hatte, dagegen Einspruch zu erheben, sondern ihre Entscheidung männlich gefasst hinnehmen müsste. In Wahrheit allerdings bedachte sie auch die Möglichkeit, in seiner Abwesenheit feige aus London zu fliehen.

Während ihrer selbst auferlegten Quarantäne wurde sie nur von Arabella besucht, die, auch wenn sie bedrückter schien als sonst, vielleicht sogar traurig, Merries schamloses Benehmen mit keinem Wort erwähnte. Mit der Erlaubnis ihres Bruders hatte sie ihrem Ehemann ein wenig von dem ungewöhnlichen Auftritt ihres Gastes erzählt. Der Marquis konnte Merries Vorgehensweise nicht ganz nachvollziehen. Er fand es unerklärlich, dass eine Frau solche Maßnahmen gegen eine brillante Ehe ergriff – ganz besonders eine Frau, die, wie er geglaubt hatte, mehr als einen Alltagsverstand besaß. Er drückte seine Meinung auch Rutherford gegenüber aus, der gut daran täte, die Witwe zu vergessen. Er hätte sie niemals aus Cornwall wegholen sollen, um sie der exklusiven Atmosphäre von London auszusetzen, und je eher sie nach Hause zurückkehrte, desto besser.

Arabella erzählte Meredith natürlich nichts von alledem, aber sie war auch nicht mehr so voller Pläne wie zuvor. Ganz im Gegenteil, sie ermunterte ihren Gast, ihr Zimmer zu hüten, bis sie definitiv ihre Erkältung überwunden hätte und nicht mehr Gefahr liefe, eine Grippe zu bekommen.

Meredith zog ihre eigenen Schlüsse. Ihr Instinkt riet ihr, mit Arabella offen zu sprechen; doch der Gedanke, ihre Gastgeberin noch mehr aufzubringen, ließ sie in unglücklichem Schweigen verharren und so tun, als wäre nichts geschehen … als hätte sie sich nur ein wenig erkältet und wäre erschöpft von den endlosen Vergnügungen.

Nan, die nur wenig Anzeichen einer echten Krankheit sah, verlangte eine Erklärung von der blassen Simulantin. Sie erhielt eine vage Ausrede, bei der sie jedoch verständnisvoll nickte. Etwas musste getan werden, um diese festgefahrene Situation zu lösen, und Nan wartete ab, in geduldigem Vertrauen auf Lord Rutherford. Leider zeitigte das, was er dann unternahm, genau das Gegenteil des erwünschten Effekts, und trieb Meredith in einen Zustand, der jegliche Rücksicht und Höflichkeit ausschloss.

Rutherford sah endlich ein, dass ihm die Dinge aus den Händen zu gleiten begannen. Ihr Geheimnis war bedroht, und selbst wenn er da einen Riegel vorschob, gab es noch immer die Möglichkeit der Bedrohung von anderer Seite. Es wurde Zeit, ihr Versteckspiel allmählich zu beenden. Da seine eigene Kraft und Überzeugung nicht zu wirken schienen, musste er sich Unterstützung aus einem anderen Lager holen. Zuvor jedoch stattete er Gerald Devereux einen Besuch ab. Der Gentleman nahm die Erklärung, dass es ein nicht näher zu beschreibendes Einverständnis gab zwischen Lord Rutherford und Lady Blake, mit einem Kopfnicken zur Kenntnis und bot Rutherford ein Glas Sherry an. Rutherford prostete ihm zu; dann fuhr er in dem gleichen ausdruckslosen Ton fort, dass die verehrte Dame aus familiären Gründen, die mit ihren Brüdern zu tun hätten, die Verlobung geheim halten wollte. Sie hatte das Gefühl gehabt, sie sei Mr. Devereux eine Erläuterung schuldig, doch der Anstand verbot es ihr, diese persönlich abzugeben. Daher übernahm Rutherford diese Aufgabe. Er war sicher, dass Mr. Devereux jetzt die Lage vollkommen verstand. Mr. Devereux versicherte ihn seines guten Glaubens, und die Herren trennten sich freundschaftlich; der eine zufrieden, dass die momentan wenig stichhaltige Darstellung auf der Stelle unanfechtbar würde, sobald die Notiz über die Verlobung in der *Gazette* erschien – der andere, der sich an die

Behauptung von Lady Blake erinnerte, dass sie weder Rutherford noch sonst jemanden heiraten würde, blieb neugierig. Aber aus Ritterlichkeit äußerte er Rutherford gegenüber keine Zweifel, wenigstens noch nicht.

Innerhalb einer Woche lieferte der Postbote in seinem roten Rock und dem Korkadenhut drei Briefe am Cavendish Square ab, die an Lady Blake adressiert waren.

Meredith, die in der Stunde zwischen fünf und sechs von einem Spaziergang durch den Hyde Park zurückkehrte, erkannte sofort die Handschrift auf den drei Briefen und hatte eine ungute Vorahnung. All ihre Korrespondenz lief über die postlagernde Adresse und wurde dort von einem Lakai abgeholt. Warum also schrieben ihre Brüder ihr direkt zum Cavendish Square, wo sie doch eigentlich ihren wahren Aufenthaltsort gar nicht wussten? Aber wie es schien, war das Gegenteil der Fall, und sie fragte sich, wie viel mehr sie sonst noch erfahren hatten, und von wem?

Sie entschuldigte sich bei Bella, nahm die Briefe und ging nach oben. Was sie dann las, ließ sie vor Wut erbeben. Rutherford hatte Hugo in Oxford besucht, und Rob und Theo in Harrow. Offensichlich hatte er alle drei eingeladen, das Weihnachtsfest in Rutherford Abbey zu verbringen – doch das Motiv, das dahinter steckte, sprang ihr förmlich ins Auge. Alle drei fanden es wundervoll, dass Meredith sich mit Rutherford in London getroffen hatte und jetzt bei seiner Schwester wohnte. Die persönliche Meinung hatte jeder ganz individuell ausgedrückt. Hugo war zurückhaltend, obwohl er schrieb, dass Rutherford ihn zu einem eleganten Essen ausgeführt hätte und dass sie sich dabei sehr eingehend über die Kirche unterhielten sowie darüber, ein Landgut in der Größe von Pendennis zu führen. Wenn Merrie das Weihnachtsfest in der Rutherford Abbey verbringen wollte, dann wäre Hugo glücklich, dabei sein zu dürfen. Theo erklärte, dass Lord Rutherford toll war, ganz und gar nicht überheblich, und dass all die Kameraden in der Schule grün gewesen wären vor Neid, als er ihn und Rob in einem schicken Zweispänner mit einem Paar Grauer zum Essen abgeholt hatte. Es sei zwar ein Jammer gewesen, dass sie Rob hatten mitnehmen müssen, doch Seine Lordschaft hatte darauf bestanden. Wenn Merrie die Absicht hatte, Lord Rutherford zu heiraten, so hatte Theo nichts dagegen einzuwenden, er freute sich außerdem auf das Weihnachtsfest in Rutherford Abbey. Sie brauchten allerdings noch Abendkleidung, da die Kameraden sagten, so etwas würde ein großartiges Ereignis! Rob schien Schwierigkeiten zu haben, genügend Superlative zu finden. Nicht nur hatte Lord Rutherford den Direktor davon überzeugt, Rob zu dem Essen mitkommen zu lassen, obwohl es doch normalerweise den ersten Jahrgängen nicht erlaubt war, das Schulgelände zu verlassen; er hatte auch noch genügend Lebensmittel angeschleppt, um die ganze erste Klasse mit einem Festmahl zu versorgen. Sie hatten in der Stadt gegessen, und eine bis in alle Einzelheiten gehende Beschreibung des Menüs folgte. Der Brief endete mit der leidenschaftlichen Bitte, dass sie alle das Weihnachtsfest in Rutherford Abbey verbringen dürften – weil Seine Lordschaft ihm und Theo versprochen hatte, sie auf eine richtige Jagd mitzunehmen –, und Rob war entschlossen, die meisten Moorhühner zu erlegen.

Wie konnte Rutherford es wagen, ihre Brüder in die ganze Sache mit hineinzuziehen! Ihretwegen durfte er alle möglichen Listen anwenden, solange es nur sie betraf. Aber die Jungen hineinzuziehen, sie bereits als Freund und Verwandter zu umgarnen mit solchen verlockenden Aussichten! Anzudeuten, dass er und ihre Schwester dabei waren, zu einem gemeinsamen Verständnis zu gelangen! Seinen Reichtum und die Freuden eines Weihnachtsfests in der Gesellschaft vor jemandem auszubreiten, der so leicht zu beeindrucken war wie Theo! Wirklich der Gipfel!

Meredith verließ ihr Boudoir, die Tür fiel krachend hinter ihr ins Schloss, dann machte sie sich auf zu Arabellas Gemächern.

»Was ist passiert?« Arabella sah in das kreidebleiche Gesicht ihrer Freundin, in ihre stählernen Augen und die zusammengepressten Lippen.

»Ich bitte um Entschuldigung, dass ich so überstürzt bei dir eindringe, Bella, aber ich werde in zwei Tagen nach Cornwall abreisen.« Merrie bemühte sich, das Zittern in ihrer Stimme zu unterdrücken.

»Ach, du liebe Güte, warum denn?« Entgeistert sank Bella nieder. »Es ist doch sicher nicht immer noch wegen der Sache von neulich? Bis jetzt hat niemand etwas darüber geäußert oder ...«

»Nein, das ist es nicht«, fiel Merrie ihr ins Wort. »Wenigstens nicht direkt. Es war dumm von mir, und ich wollte mich noch bei dir dafür entschuldigen. Dein Bruder macht es einem aber manchmal sehr schwer, vernünftig zu bleiben.«

»Oh, bitte, du solltest das nicht so ernst nehmen«, bat die arme, verwirrte Bella. »Übrigens verstehe ich nicht, warum du Damian nicht heiraten willst – wo er es sich doch so sehr wünscht.«

»Dein Bruder ist von Natur aus daran gewöhnt, immer das zu bekommen, was er haben will«, erklärte Meredith, und es gelang ihr kaum, ihren Zorn zu verbergen. »Wenn man sich ihm widersetzt, wird er niedergeschlagen und unangenehm. Er wollte die Armee nicht verlassen und hat Depressionen bekommen, die alle anderen um ihn herum dann auch bedrückten – bis er sich entschieden hat, einfach mich zu heiraten ... da vergaß er die Armee ganz plötzlich.«

»Ich finde, du bist unfair!« Bella kam ihrem Bruder zu Hilfe. »Er war sehr unglücklich nach seiner Entlassung, aber nur deshalb, weil er schon immer Soldat gewesen ist und weil er nicht wusste, was er sonst anfangen sollte.«

»Also kam es ihm in den Sinn, sich eine vollkommen unpassende Partie aus Cornwall zu angeln«, erwiderte Merrie unverblümt. »Das gab ihm eine Menge zu tun und hat ihn für die unüberbrückbaren Unterschiede zwischen uns vollkommen blind gemacht. Weder an Rang noch Vermögen bin ich ihm ebenbürtig, auch wenn er der Gesellschaft etwas anderes vorgaukelt. *Ich* kenne die Wahrheit! Wenn die Dinge zwischen uns nicht gut gehen würden, dann könnte ich die Erniedrigung nicht ertragen; das Wissen, dass ich mit einer Handbewegung all meine materiellen Probleme beiseite geschoben habe, indem ich den Erben eines Herzogs heiratete. Später werde ich dafür verantwortlich sein, den als gute Fee erschienenen Mann unglücklich gemacht zu haben, weil ich nicht in seine Welt passe.«

»Aber du passt doch in seine Welt«, protestierte Bella, »außer bei den Gelegenheiten, wo du es nicht willst!«

Meredith runzelte die Stirn. Stimmte das? Gab es Situationen, bei denen sie einfach nicht mitmachen *wollte*? Wenn das so wäre, dann könnte sie den anderen Weg wählen. Sie war jedoch noch viel zu wütend, um dieser neuen Sichtweise einen Platz einzuräumen. »Ich bin nicht aus dem Stoff gemacht, aus dem Herzoginnen bestehen, Bella«, erklärte sie, und ihre Stimme klang jetzt wieder ruhig. »Damian ignoriert diese Tatsache hartnäckig. Er will nicht akzeptieren, was ich ihm bieten *kann*, und das, was er jetzt eingefädelt hat, macht es mir unmöglich, noch länger unter deinem Dach zu verweilen. Ich muss sofort abreisen, obwohl« – lächelnd nahm sie die Hand der anderen – »ich dich vermissen werde, meine liebe Freundin!«

Arabella begann zu weinen. »Aber was hat er denn getan?«

»Das musst du ihn selbst fragen«, sagte Meredith. »Ich bin keine Klatschtante. Bitte, weine nicht, Bella!« Doch diese Bitte wurde ihr nicht erfüllt, und Meredith stand hilflos daneben; sie wollte Bella nicht so verlassen, doch war sie nicht in der Lage, diesen einen Satz auszusprechen, der Bellas sonstige Ausgeglichenheit wiederherstellen würde.

»Dann liebst du ihn also nicht?« Bella hatte ihr Taschentuch gefunden und schniefte jetzt, ihre Augen waren gerötet.

Meredith seufzte und schüttelte traurig den Kopf. »Wenn das so wäre, meine Liebe, dann würde ich ihn morgen heiraten. Wenn ich ihn nicht liebte, wäre es mir gleichgültig, ob ich ihm das Leben zur Qual mache.«

Sie verließ Arabella und kehrte in ihr Boudoir zurück, wo sie einer grimmig dreinblickenden Nan ihre Abreise mitteilte.

»Und was hast du diesmal ausgeheckt?«, wollte Nan wissen. »Wie mir scheint, weißt du genau, warum du verschwinden musst, mein Mädchen!«

»Ich möchte nicht darüber sprechen«, erklärte Meredith kühl. »Du wirst nur die Sachen einpacken, die ich mitgebracht habe.« Sie marschierte in ihr Schlafzimmer und tauchte eine Stunde später blass, mit roten Augen und entschlossener denn je wieder auf. Mindestens bis Honiton mussten sie die Postkutsche nehmen, denn sie konnte sich keine Droschke für die ganze Strecke leisten. Morgen früh würde sie zum ›Strand‹ gehen und ihre Plätze auf der Passagierliste reservieren lassen. Es würde eine äußerst unbequeme Reise werden – doch es hatte keinen Zweck, darüber zu jammern.

Damian, der von all diesen Geschehnissen keine Ahnung hatte, verbrachte einen angenehmen Abend mit Freunden und hatte die Absicht, am Morgen einen Besuch am Cavendish Square zu machen, da er seiner Meinung nach Meredith lange genug sich selbst überlassen hatte. Doch als er nach dem Abendessen in sein Haus zurückkehrte, fand er eine hastig gekritzelte, verzweifelte Nachricht seiner Schwester: Bella verstand zwar nicht warum, doch Merrie würde nach Cornwall zurückkehren, und wenn er die Absicht hatte, das zu verhindern, möge er sich besser beeilen.

Es war schon zu spät, um an diesem Abend noch eine Erklärung von ihr zu verlangen, und Rutherford war gezwungen, bis zum Morgen zu warten, wo er sich zu einer unglaublich frühen Stunde am Cavendish Square einfand.

Grantly, der Seine Lordschaft informierte, dass die Damen noch nicht im Frühstückszimmer erschienen seien, stand plötzlich mit dem Hut und den Handschuhen des Lords alleine da, während der Eigentümer dieser Gegenstände die Treppe hinaufstürmte und dabei immer zwei Stufen auf einmal nahm. Ohne Vorwarnung betrat Damian Merediths Boudoir, wo er sie in einem schlichten Morgenmantel beim Packen ihres Koffers antraf. Nan faltete mit säuerlicher Miene die Kleider, die sie dann in den offenen Koffer unter dem Fenster legte.

»Was, zum Teufel, soll dieser Unsinn?«, brauste Rutherford auf.

»Ich fahre nach Hause«, erklärte Meredith ihm. »Gerade wollte ich dir einen Brief schreiben.«

»Ich fühle mich geehrt«, erklärte er sarkastisch. »Doch das wird nicht genügen. Würdest du dich bitte anziehen? Wir werden in Highgate über dieses unsinnige Vorhaben diskutieren.«

»Es ist nichts Unsinniges an meinem Entschluss. Wenn du etwas zu sagen hast, kannst du das auch hier erledigen. Für mich gibt es heute Morgen eine Menge zu tun.«

»Meredith, muss ich dich noch einmal bitten, dich anzuziehen?« In seiner Stimme lag ein deutlich drohender Unterton, doch Merrie achtete nicht darauf. Ein Gefühl der Panik sagte ihr, dass sie nicht mit ihm allein sein durfte, und diese Furcht untermauerte noch ihren Zorn.

»Ich werde nirgendwo hingehen, Mylord. Aber ich werde so höflich sein, mir anzuhören, was du mir mitteilen möchtest.« Sie begann ein paar lange Abendhandschuhe aufzurollen, doch ihre Hände zitterten ein wenig.

Nan schnaubte verächtlich, und Rutherford meinte: »Also gut, wenn du den harten Weg einschlagen willst, dann ist das deine Wahl. Da du dich nicht anzukleiden gedenkst, werde ich das wohl übernehmen müssen.«

Noch ehe sie ahnte, was er vorhatte, hatte er sie schon hochgehoben und trug sie zu dem Sofa, auf dem er sie absetzte. Ihre Beine hielt er zwischen seinen fest, mit der Linken presste er ihr die Handgelenke auf den Rücken, während er mit der Rechten den Morgenmantel aufknöpfte.

»Schluss jetzt!«, rief Meredith voller Verzweiflung und versuchte, ihre Hände zu befreien. »Du kannst mich nicht zwingen!«

»Kann ich das nicht?«, erwiderte er grimmig. »Nan, bringe mir bitte ein Ausgehkostüm.«

»Nan, wage es nicht!«, schrie Meredith.

»Ich habe beinahe vierundzwanzig Jahre lang gewartet, um zu sehen, dass du handzahm gemacht wirst, Meredith«, erklärte Nan und schüttelte einen dunkelgrünen Rock aus. »Wenn du dir etwas weniger Sorgen um das Glück anderer machen würdest, dann könntest du vielleicht dein eigenes finden. Und wo das steckt, ist so deutlich wie die Nase in deinem Gesicht.« Mit diesen Worten zog sie Merrie das Oberteil über.

Voller Entsetzen begriff Meredith, dass diese beiden sie ankleiden würden – ganz gleich, wie sie tobte und sich wehrte. Diese Erniedrigung würde sie unter keinen Umständen ertragen können – deshalb kapitulierte sie in dem Augenblick, als ihr Kopf durch den Ausschnitt schlüpfte. »Lass mich los! Ich werde mit dir kommen, wenn du darauf bestehst!«

Sofort wurde sie von einem erleichterten Damian auf die Füße gestellt. Sie schob Nans helfende Hände beiseite. »Das kann ich allein«, keifte sie.

»Ja, ich bin sicher, dass du das kannst«, murmelte Nan und machte sich wieder ans Kofferpacken.

»Ich werde unten auf dich warten.« Damian zog sich hastig zurück und hoffte, damit den bedauerlichen Machtkampf ein wenig zu entschärfen.

Als Meredith ein paar Minuten später erschien, zeigte sie nur wenig Anzeichen, die ihn in seiner Hoffnung bestärkten. Ihre jetzt violetten Augen blickten kalt und ausdruckslos, ihr Gesicht war angespannt, ihre Stimme klang monoton. Sie setzte sich neben ihn in den Wagen, die Hände faltete sie im Schoß und starrte auf den Weg geradeaus.

Als sie das Haus in Highgate erreichten, trat sie in das Wohnzimmer, und als er leise die Tür hinter sich schloss, wandte sie sich zu ihm um. »Nun, Sir, was hast du mir zu sagen?«

»Was, zum Teufel, ist eigentlich los?«, rief er verärgert aus. »Warum benimmst du dich so?«

»Wie kannst du mir überhaupt eine solche Frage stellen? Nach der Art, wie du mich behandelt hast – diese brutale, erniedrigende …«

»Merrie, entschuldige bitte! Es tut mir selbst weh, aber was sollte ich sonst tun?«

»Dich meinen Wünschen fügen, natürlich!«, antwortete sie knapp. »Das scheint jedoch etwas zu sein, was du nicht fertig bringst – jedenfalls wenn dir etwas nicht passt.«

Damian holte tief Luft und ging zu der Sherry-Karaffe hinüber, die auf der Anrichte stand. »Möchtest du ein Glas?«

»Nein, danke«, lehnte sie steif ab. »Das ist mir noch ein wenig zu früh.«

»Würdest du mir bitte verraten, was diese … diese Krise ausgelöst hat?«, fragte er und nahm einen großen Schluck aus seinem Glas. »Der einzige Fehler, dessen ich mir bewusst bin, ist der, dass ich dich davon abgehalten habe, dich zum Gespött der ganzen Stadt zu machen.«

»Also siehst du es nicht als eine Ungeheuerlichkeit an, dass du dich hinter meinem Rücken mit meinen Brüdern getroffen hast?« Sie stemmte die Arme in die Hüften. »Du findest es vollkommen normal, *meine* Schützlinge einzuladen, ohne mich vorher zu fragen? Du findest es ganz und gar nicht verwerflich, dass dich die ahnungslosen, vollkommen unschuldigen Jungen in der Verfolgung deiner eigensüchtigen Interessen unterstützen – Interessen, die gegen die meinen stehen und demnach auch gegen die ihren?«

Aus Rutherfords Erstaunen entnahm sie, dass er die ganze Angelegenheit noch gar nicht unter diesem Aspekt betrachtet hatte. In der Tat hatte er angenommen, es sei ein ganz normales Vorgehen. Erst jetzt wurde ihm sein Übergriff klar. Es war ein Fehler, der auf dem festen Glauben beruhte, dass Merediths wahre Interessen den seinen nicht widersprachen, ganz im Gegenteil. Und da sie offenbar nicht dazu gebracht werden konnte, das selbst zu erkennen, war seine Strategie wirklich gemein und hinterhältig.

Meredith, die ihn zum ersten Mal sprachlos erlebte, nutzte ihren Vorteil. »Ich möchte mich nicht mehr vor deinen Wagen spannen lassen, Rutherford! Man sieht deutlich, dass dir jede Methode recht ist, um deinen Willen zu bekommen, selbst mit Gewalt! Diese Maskerade mag ich nicht mehr mitmachen und auch deine Mutter und meine Gastgeber nicht länger betrügen. Da du nicht in der Lage bist, dich damit zu begnügen, was ich dir geben kann, werde ich morgen mit der Postkutsche zurück nach Cornwall reisen.« Die schlanke Gestalt strahlte eine Entschlossenheit aus, die er ihr nicht absprechen konnte. Vage begann Rutherford zu begreifen, dass seine Taktik von Anfang an falsch gewesen war. Indem er versucht hatte, diese verflixte, stolze Unabhängigkeit zu überwinden, hatte er sie nur verstärkt. Indem er sie unbedingt zu einem Teil seiner Welt machen wollte, hatte er den Abgrund, der zwischen ihnen lag, noch vergrößert. Sicher hatte er ihr gezeigt, wie *sie* diesen Abgrund überwinden konnte – doch sich selbst dabei ausgeklinkt. Und solange er das tat, würde Meredith von der Unüberwindbarkeit dieses Abgrunds überzeugt sein.

»Du wirst nicht mit der Postkutsche nach Hause zurückkehren«, ordnete er an und stellte das leere Glas auf das Tablett zurück. »Du wirst genauso fahren, wie du gekommen bist. Ab Okehampton kannst du dir deinen eigenen Transport besorgen.«

Wenn Meredith zufrieden war über diesen Beweis ihres schnellen, mühelosen Sieges, so zeigte sie es nicht. »Danke, aber das wird nicht nötig sein.«

»Es *ist* nötig«, beharrte er. »Glaubst du denn, ich hätte nicht auch *meinen* Stolz? Du bist unter meinem Schutz hierher gelangt, und wirst auch so wieder abreisen. Du kannst dich nicht weigern, die ganze Affäre nicht wenigstens mit einem Anflug von Fairness zu beenden.«

»Richtig«, stimmte Meredith ihm leise zu. »Das kann ich nicht und möchte es auch unter keinen Umständen. Ich nehme dein Angebot an, Sir. Und jetzt will ich wieder zum Cavendish Square!«

Damian dachte an das Schlafzimmer oben unter dem strohgedeckten Dach, an das breite Bett mit der Patchwork-Decke. In diesem Raum hatte es Lachen, Liebe, Freundschaft zwischen ihnen gegeben – die herrlichen Höhen der Ekstase! Nur einmal hatten sie dort Ärger gehabt, der aber schnell von der Leidenschaft besiegt worden war – immerhin die andere Seite der Medaille. Würde es diesmal wohl auch wieder so sein? Würde der Liebesakt die Trostlosigkeit all ihrer Missverständnisse besiegen? Oder würde die körperliche Vereinigung die Trennung des Geistes verstärken? Als er Meredith ansah, die so blass und angespannt vor ihm stand, begriff er, dass jetzt ein Versagen die goldene Erinnerung beschmutzen würde, die sie sich beide bewahren mussten. Hier durfte er kein Risiko eingehen.

»Selbstverständlich, Ma'am!« Rutherford verbeugte sich, führte sie aus dem Haus und ließ sie am Gartentor warten, während er in das Gasthaus ging, um den Wagen zu holen.

Meredith sah zurück zu der Kate, deren Garten jetzt hergerichtet war für den beginnenden Winter. Sie hatte sich diesen Augenblick vorgestellt, nach der ersten herrlichen Sommernacht in der Höhle – wenn sie beide akzeptieren würden, dass ihre Wege sich trennen mussten. Damals hatte sie sich gesagt, dass sie dankbar sein würde für die gemeinsame Zeit, dass sie die Erinnerungen daran ein ganzes Leben lang bewahren würde. Doch dieses Gefühl jetzt in sich hochkommen zu lassen, war wesentlich schwerer, als der Entschluss dazu damals in der rosigen Morgendämmerung – als alles noch als vage, unbestimmte Zukunft vor ihnen gelegen hatte. Aber wenn sie ihr Leben weiterführen wollte, wenn sie ihre Brüder unterstützen und ihre Zukunft sichern wollte, dann war es Zeitverschwendung, um das zu trauern, was hätte sein können.

Als er mit dem Wagen zurückkam, blickte Lord Rutherford in ein Gesicht voll ruhiger Entschlossenheit und Akzeptanz. Dasselbe Gesicht sah er auch am folgenden Morgen, als er ihr am Cavendish Square in die Kutsche half. Und es war Nan, die Merries Kopf an ihren ausladenden Busen drückte, als das Schluchzen die schlanke Gestalt erschütterte und die Tränen des Verlusts ihr aus den Augen stürzten.

22

»Jacques wird heute Nacht nicht kommen«, erklärte Meredith entschlossen und wandte sich an ihren Begleiter, der zusammen mit ihr im Windschatten der Klippe hockte. »Bei dieser rauen See wird er das Risiko am Riff nicht eingehen.«

»Aye, das denke ich auch«, stimmte Bart ihr zu. »Dies ist schon der dritte Ausfall des Monats! Wir sind es alle leid, bei so schlechtem Wetter das Haus zu verlassen und uns vor dem Wind zu schützen wie die Schafe im Bodmin-Moor – obendrein umsonst. Warum verschieben wir die Lieferungen nicht, bis die Stürme vorüber sind? Jacques kann es verkraften, darauf wette ich. In den vergangenen Jahren haben wir das doch auch immer getan.«

»Ich weiß.« Merrie blies in ihre eiskalten Hände und schob sie dann unter die Achseln. »Aber in den letzten Jahren waren wir nicht von September bis Dezember aus dem Geschäft. Wir konnten es uns leisten, den Januar und Februar ausfallen zu lassen.«

Bart fixierte sie in der Dunkelheit. »Da steckt noch mehr dahinter, würde ich sagen!«

Meredith stampfte mit ihren vor Kälte tauben Füßen im Sand. »Die Küstenwache glaubt nicht, dass wir auch im Winter arbeiten. Sie passen nicht auf, Bart, erst recht nicht nach diesen ruhigen Monaten. Die Gelegenheit ist viel zu günstig, um sie sich entgehen zu lassen.«

Der untersetzte Fischer brummte. »Das ist nicht die ganze Erklärung, und du wirst mich nicht dazu bringen, sie dir so abzunehmen.« Als er von seiner Begleiterin keine Antwort erhielt, zuckte Bart die Achseln und pfiff tonlos durch die Zähne. »Sollen wir also gehen?«, fragte er schließlich. »Und es am nächsten Mittwoch noch einmal versuchen?«

»Etwas anderes bleibt uns wohl kaum übrig.« Meredith seufzte. »Jacques ist irgendwo dort draußen. Es macht mich verdammt wütend!« Sie wandte sich zu dem Rest der vor Kälte zitternden Männer um, dabei sprach sie besonders leise. »Wieder eine verschwendete Nacht, fürchte ich, Burschen! Lasst uns nach Hause gehen – also bis zur nächsten Woche!«

Es gab ein paar gemurmelte Flüche, dann zerstreute sich die

Gruppe. Meredith fragte sich, als sie sich auf ihren einsamen Weg zu der Höhle unterhalb von Pendennis machte, ob sie wohl selbstsüchtig war, weil sie die ganze Sache nicht bis zum Frühling abblies. Die Gründe, die sie bei Bart für die Fortsetzung der Lieferungen angegeben hatte, waren zwar stichhaltig, aber es gab noch einen persönlichen Anreiz. Nur wenn sie sich mit Schmuggel befasste, schien sie in letzter Zeit zum Leben zu erwachen. Nur dann ergab ihre Flucht aus London und vor Rutherford einen Sinn. Wenn sie Merrie Trelawney, die Schmugglerin, war, dann *wusste* sie, dass sie niemals Lady Rutherford sein könnte – geschweige denn die Herzogin von Keighley.

Die Jungen waren in den Weihnachtsferien nach Hause gekommen, unzufrieden und voller Fragen. Sie hatte ihnen diese so weit wie möglich beantwortet; doch deren Enttäuschung verstärkte allemal ihr eigenes Elend. Es waren keine besonders glücklichen Feiertage gewesen, und dafür machte Meredith Damian verantwortlich. Wenn er den Jungen nicht so ein märchenhaftes Weihnachtsfest in der Rutherford Abbey in Aussicht gestellt hätte, wären sie mit der üblichen Festivität zufrieden gewesen. In dem Bemühen, sie für ihre Enttäuschung zu entschädigen, hatte Meredith sie mit großzügigen Geschenken und Unterhaltungen überhäuft, was ihren Geldbeutel arg strapazierte. Insgesamt war sie auch noch wütend auf sich selbst, weil sie dadurch nur das Schuldgefühl hatte lindern wollen, für das sie nicht einmal selbst verantwortlich war. Alles in allem erschien ihr das Leben in letzter Zeit so grau wie das Meer und der Himmel, so kahl wie die Bäume und so fade wie Spülwasser.

Die äußere Höhle empfing sie wie gewohnt, mit dunkler Leere, und sie konnte es kaum erwarten, durch den schmalen Tunnel in die innere Höhle zu kriechen, wo eine Laterne brannte und sie willkommen hieß. Irgendwie schien im Winter alles recht bedrohlich. Im Sommer war es nie so dunkel und freudlos. Sie schob sich durch den Tunnel und hielt Ausschau nach dem ersten Lichtschein. Doch sie sah nichts, sogar am Eingang der Höhle starrte sie immer noch in tiefschwarze, verwirrende Finsternis. Ihre Handflächen wurden feucht, ihr Herz begann zu rasen. Die verdammte Laterne musste ausgegangen sein, obwohl sie ganz sicher war, gerade erst Öl nachgefüllt zu haben. Das Problem lag jetzt darin, den Gang zu finden, der zum Haus führte. Die dunkle, feuchte Kälte schien ihr bis ins Mark zu dringen, und sie bildete sich ein, in der unheimlichen Stille das Schlagen ihres Herzens zu hören. Eine Hand legte sie an die raue Höhlenwand, dann suchte sich Merrie ihren Weg und tastete nach dem Loch, das die Öffnung des Tunnels anzeigte.

Als sich eine Hand über ihrem Mund schloss und ein Arm sich von hinten um sie legte und sie hochhob, reagierte Meredith mit blinder, automatischer Selbstverteidigung. Ihre Zähne gruben sich tief in die Hand, ihre Füße traten aus, sie traf das Schienbein des Angreifers und ihre Ellbogen bohrten sich in seine Rippen.

Der Griff ließ nicht nach, doch eine wohlbekannte Stimme tönte durch die Schwärze. »Verdammt, Meredith! Hör auf!« Sofort sank sie in sich zusammen, und als sie schließlich Boden unter den Füßen fühlte, rutschte sie langsam an der Wand abwärts, bis sie auf ihrem Hintern saß. Ein Feuerstein wurde angeschlagen, und das gelbe Licht der Öllampe leuchtete auf.

Meredith war noch immer sprachlos, sie starrte über ihre hochgezogenen Knie hinweg Damian an, der mit grimmig verzogener Miene den Biss in seiner Handfläche untersuchte. »Ich habe ganz vergessen, was für eine Tigerin du bist«, sagte er. »Meine Rippen und mein Schienbein werden morgen schwarz und blau sein.«

»Hoffentlich erwartest du nicht von mir, dass ich mich entschuldige!« Endlich hatte Merrie ihre Stimme wiedergefunden. »Das war wirklich niederträchtig.«

»Aber ich wollte dir doch nur ein wenig Abenteuer und Aufregung in deinem sonst so trüben Leben verschaffen«, bemerkte er grinsend. »Nimm diese Kappe ab, bitte! Du siehst wie ein Kobold aus, wenn du da so sitzt.«

Meredith gehorchte, ihr Blick wanderte voller Erstaunen durch die Höhle. In den drei Stunden, seit sie fort gewesen war, hatte sich dieser Ort wieder in ihr Nest vom letzten Sommer verwandelt. Während sie zusah, schlug Rutherford noch einmal den Feuerstein und zündete ein Feuer aus Treibholz an, das in einem Kreis flacher Steine lag.

»Schön, wenn es hier genügend Luft gibt, damit wir nicht ersticken«, meinte er. »Möchtest du ein Glas Champagner trinken, Mylady?«

»Bitte!« Meredith fand sich in diesem vertrauten Zustand wieder, wo sie zu träumen glaubte – wie schon so oft zuvor, wenn er wie selbstverständlich die Kontrolle übernommen hatte.

»Dann komm herüber zum Feuer. Du kannst dich gegen mich lehnen anstatt gegen die Wand, wenn du eine Stütze brauchst.« Er setzte sich auf ein buntes Kissen und klopfte auf den Platz neben sich. Meredith gehorchte, sie reckte die Hände über die warmen Flammen und lehnte sich an seine Knie. Jetzt nahm sie das Glas Champagner und nippte daran. Es war eine ausgezeichnete Qualität.

»Hungrig?«, fragte Damian, löste die Nadeln aus ihrem Haar und ließ die ganze Pracht über ihre Schultern fallen. »Ich habe kornische Pasteten. Ein wenig unpassend zu Champagner – doch für einen herzhaften Appetit nach einem Aufenthalt an der frischen Luft durchaus angemessen!«

»Stimmt – ich bin wirklich hungrig«, bestätigte Meredith überrascht. »Ich kann mir gar nicht vorstellen, warum. Wir hatten heute Abend nur wenig Bewegung, haben am Strand gestanden und gefroren und nach einem Phantomboot Ausschau gehalten.«

»Das Wetter?«, fragte er und öffnete einen Weidenkorb; dann reichte er ihr eine warme, in ein Stück Stoff eingewickelte Pastete.

»Hmm«, murmelte Merrie, nachdem sie ein Stück davon abgebissen hatte. »Die Brandung ist zu hoch, und die Sturmflut läuft höllisch auf!«

Was, um alles in der Welt, taten sie hier, in dieser Höhle, wo sie sich so natürlich miteinander unterhielten? Als wäre die Zeit in London niemals gewesen, als wären sie wieder so sorglos wie letzten Sommer, als Rutherford aufgehört hatte, über eine Eheschließung zu sprechen, und sie sich herrlich und unbeschwert liebten.

»Warum bist du hier?« Ihre Frage war so knapp, dass sie schon beinahe unhöflich klang – bis auf die Tatsache, dass ihr Körper warm und nachgiebig an seinen Knien lehnte und sie sich nicht wehrte, als er ihren Kopf streichelte.

»Ich habe dich vermisst«, gestand er ihr offen. »Deshalb wollte ich dir einen kurzen Besuch abstatten.«

»Wie kurz?«

»Zwei Wochen. Ende Januar muss ich zurück sein – zu einer Hochzeit.«

»Oh!« Sie fragte nicht, wessen Hochzeit es war. Es ging sie wohl kaum etwas an, obwohl sie wahrscheinlich das Brautpaar kannte. »Zwei Wochen ist eine lange Zeit.«

»Ja«, stimmte er ihr zu, und seine Hand wagte sich nach vorn, schlüpfte unter ihr Hemd, um sich dann um ihre Brust zu schließen. »Zieh dich aus.«

Meredith erschauderte. »Willst du das nicht selbst übernehmen, Mylord?«

»Nein«, wehrte er ab. »Diesmal nicht! Diesmal möchte ich

zusehen, wenn du dich für mich ausziehst.« Langsam begann sie, ihr Hemd aufzuknöpfen, bis er schließlich flüsterte: »Steh bitte auf. Ich kann dich nicht richtig sehen.«

Meredith stand im Schein des Feuers und spürte dessen Wärme auf ihrer Haut; sie entkleidete sich vor dem unbeweglichen Blick aus den grauen Augen, der seine sehnsüchtige Botschaft in ihre Haut brannte. Danach brannten seine Hände und seine Lippen auf ihren Körper und markierten sie für diese eine Nacht als die Seine – in diesem magischen Königreich, in dem alles möglich war.

In den nächsten Tagen schwebte Meredith auf Wolken. Rutherford hatte ihr erklärt, dass sie sich während seines Aufenthalts nicht in der Gesellschaft treffen würden; denn er könne es nicht ertragen, wenn sie die minderbemittelte Närrin spielte. Das passte Merrie sehr gut, und die Einzigen, die darunter litten, waren Patience Barrat und ihre Freundinnen, die traurigerweise feststellten, dass sich ihr glorreicher Nachbar sehr zurückzog. Die Liebenden ritten zusammen und machten Spaziergänge, immer außerhalb der üblichen Wege und geschützt vor neugierigen Blicken; sie genossen einander mit fröhlicher Selbstvergessenheit in der Höhle. Kein ungutes Wort fiel zwischen ihnen. Es war, als wüssten sie, dass diese Zeit nur ein Aufschub war, und sie wollten sie bis zum letzten Tropfen der Freude genießen.

»Liebling, wir müssen unser Zuhause abbauen.« Es war der folgende Dienstag, als Meredith mit einer ausladenden Geste auf den gemütlichen, vom Feuer erhellten Raum wies.

»Dann wirst du also wieder arbeiten?« Damian füllte ihre Gläser mit einem kräftigen, tiefroten Burgunder und knabberte an einem Stück Käse, während er diese Frage so ganz nebenbei stellte.

»Morgen Abend«, gab sie Auskunft. »Jacques wird noch

einmal versuchen zu landen, wenn die Bedingungen gut sind. Bart glaubt, dass es diesmal keine Probleme gibt. Die Fische gehen offensichtlich in die Netze.« Sie biss in einen grünen Apfel. »Ich weiß nicht, wieso das gutes Wetter verheißt, aber Bart irrt sich nur selten. Wir werden die Sachen wie üblich hier stapeln und dann die Ponys über Nacht in der Höhle lassen. Dadurch vermeiden wir unnötige Aufmerksamkeit, verstehst du, weil wir dann zu Fuß nach Hause gehen. Am nächsten Morgen wird sich niemand den Kopf darüber zerbrechen, wenn er einen Mann und sein Pony auf der Straße sieht.«

»Richtig«, pflichtete er ihr bei. »Sehr vernünftig!«

Meredith warf ihm einen scharfen Blick zu. »Machst du dich über mich lustig, Damian?«

»Wie kommst du denn darauf!«, protestierte er. »Mich über eine so wagemutige, erfahrene, fähige Abenteurerin lustig zu machen ...« Lachend hob er beide Hände, um ihren Angriff abzuwehren, zusammen mit ihr rollte er über die Kissen.

Am nächsten Abend, als Meredith ihre Kameraden am Strand traf, lachte niemand mehr. Die Ponys waren nur dunkle Umrisse vor den Klippen, der Wind wehte eisige Gischt vom Meer durch die Bucht, die Brandung leuchtete weiß, während sich die Brecher hoben, überschlugen und dann ans Ufer donnerten. Aber dieses Meer, wie wild es auch erscheinen mochte, war nichts, was die Männer von Jacques nicht beherrschten. Die Fischer hatten früher am Abend draußen die Landspitze umrundet und erklärt, dass das Riff durchfahren werden konnte. Der Lichtstrahl am Devil's Point war in unregelmäßigen Abständen aufgeflammt – eine unmissverständliche Botschaft – und die Küstenwache, wie man hoffen und annehmen konnte, träumte bereits selig.

Merrie betrachtete die Gruppe der Männer. Es lag ein Hauch unterdrückter Erregung über ihnen, so ein Gefühl, dass diese Nacht sie entschädigen würde für all die Nächte, in denen sie vergebens gewartet hatten. Jemand lachte leise, die Glut einer Pfeife leuchtete auf, als der Raucher daran zog, einige stampften mit den Füßen, und der Atem stand weiß über ihnen. Plötzlich erstarrte Merrie. Irgendetwas stimmte nicht, ganz und gar nicht! Was war los? Noch einmal blickte sie zu den dunkel gekleideten Gestalten. Alle waren ihr so bekannt wie ihre eigenen Brüder: Luke, Tod, Jess, Matt, Dan und natürlich Bart, und ... und ... diese Gestalt bei den Ponys, am äußeren Rand des Kreises – ein Teil der Gruppe und auch wieder nicht. So vertraut wie all die anderen, dennoch gehörte er nicht dazu. Sie öffnete den Mund, um die Kompagnons zu alarmieren, gleichzeitig schloss sich ihre Hand um den Griff des Messers in ihrem Gürtel. Dann klappte sie den Mund wieder zu und holte tief Luft. Sie hastete hinüber zu ihm.

»Bist du verrückt geworden?«

Rutherford lächelte in der Dunkelheit. »Genauso verrückt wie du, mein Liebling! Ein Schmuggler kann doch sicher einen anderen Schmuggler heiraten?«

»Wer ist das?«, zischte Bart, mit dem Entermesser in der Hand sprang er hinter sie.

»Ein Reisender, der uns freundschaftlich verbunden ist, Bart«, erklärte Merrie ruhig. »Du brauchst keine Angst zu haben. Er ist hier, um uns zu helfen – nicht, um uns zu behindern.«

Der Fischer blickte auf die dunkel gekleidete Gestalt und schüttelte dann ungläubig den Kopf. »Es ist dieser vornehme Lord, der den alten Besitz von Mallory geerbt hat!«

»Das stimmt«, antwortete Damian. »Aber ich hoffe, dass ich mich dieses Unternehmens würdig erweisen werde.«

»Würdig?«, keuchte Merrie.

»Ja, du störrische kleine Abenteurerin! Würdig der Trelawneys – so wie du dich der Keighleys würdig erwiesen hast!«

»Hier kommt er!«, hörten sie jemanden melden, und Merrie wirbelte herum. Das französische Boot hatte das Riff hinter sich und ritt auf der Brandung unter einem Minimum an Segeln.

»Ich verstehe nicht, was du damit sagen willst«, wandte sie sich schnell an Damian. »Aber dafür haben wir jetzt auch keine Zeit. Wenn du dich mit mir zusammentun möchtest, werde ich mich über die Partnerschaft freuen.«

»Die hast du, jetzt und für immer!« Einen Augenblick lang berührten sich ihre Hände; dann setzte sich Merrie in Bewegung, sie lief den Strand hinunter, und Rutherford folgte ihr.

»Lieber Gott!« Am Strand blieb sie zusammen mit den anderen stehen und starrte voller Entsetzen auf das zweite Boot, das um die Landspitze kam. »Küstenwache!« Wie zur Bestätigung ging eine Muskete los, Feuer stieg in den Nachthimmel auf. Jacques' Boot war noch immer außer Rufweite auf dem offenen Meer – würde es dort bleiben? In der engen Bucht, mit der Flut und seinen Verfolgern im Nacken, vor sich nur den Strand, würde es gefangen sein wie eine Ratte in einem brennenden Schuppen.

»Wir müssen verschwinden«, flüsterte Luke rau. »Ehe sie an Land kommen.« Er wandte sich um zu dem Weg durch die Klippen – da versperrte ihm eine schlanke Gestalt, mit einem Messer in der Hand, den Weg.

»Das solltest du wissen, Luke! Niemand läuft hier weg!«, erklärte Merrie heftig. »Jacques ist nur fünf Minuten entfernt. Das ist ein Anfang. Wir benutzen den Klippenweg und nehmen sie mit uns in die Höhle.« Ihr Blick ging über die Gruppe; jedem einzelnen von ihnen riet sie, es nicht zu wagen, sich ihr zu widersetzen.

Damian, der die Hand an sein Schwert gelegt hatte, fand es sogar inmitten dieser Krise belustigend, dass seine unbeugsame kleine Abenteurerin diese Hünen daran hinderte, ihre Kameraden im Stich zu lassen.

Unter ihrem lodernden Blick senkte Luke den Kopf. »Macht euch bereit«, forderte Bart jetzt. »Wir holen sie rein. Auf diese Art gewinnen wir ein paar Minuten.«

Noch ein Schuss fiel, als Jacques sein Boot in den Wind steuerte und die Segel flattern ließ, während es auf dem Kamm einer Welle an den Strand glitt.

»Du darfst nicht hier bleiben«, zischte Merrie drängend, als sie entdeckte, dass Damian neben ihr in der Brandung stand. »Nicht jetzt ... wo wir Gefahr laufen, entdeckt zu werden.«

»Wenn diese Nacht vorüber ist, Merrie Trelawney, dann werde ich große Freude daran haben, dafür zu sorgen, dass du diese Bemerkung vergisst«, brachte er zwischen zusammengebissenen Zähnen heraus. »Wie kannst du es wagen, mich einfach wegzuschicken, wenn du die anderen mit Gewalt auf ihrem Posten hältst!«

»Ich bitte um Entschuldigung«, sagte sie reumütig und warf ihm einen schelmischen Blick zu, der ihn verzauberte und auch erstaunte.

Doch rund um das Boot herrschte am Strand einen Augenblick lang Chaos, als die Mannschaft heraussprang und fluchte. »Lass das Boot, Jacques!« Merediths Stimme erhob sich über den Lärm, als der Franzose sich bemühte, seine Schaluppe ins Trockene zu ziehen. »Wir können jetzt nichts anderes mehr tun, als unseren Hals zu retten!«

»Ich soll das Schmuggelgut aufgeben? *Sacré bleu!* Du hast wohl den Verstand verloren, Meredith!« Jacques zerrte an der Fangleine. »Du weißt, wie viel die Ladung wert ist.«

»Und ich weiß, wie sehr ich mein Leben schätze«, fuhr sie ihn an. »Auf jeden Fall mehr als Brandy und Tabak, *mon ami!* Außerdem wird es die Küstenwache ein paar kostbare Minuten ablenken. *Allons-y!*«

Mit einem heftigen Fluch gab der französische Schmuggler sein Boot und dessen Inhalt auf, als würde er sein eigenes

Fleisch und Blut den Flammen übergeben; dann sprang er durch das flache Wasser den Strand hinauf, wo die anderen bereits auf dem schmalen Weg waren, der zu den Klippen führte.

Meredith sah über ihre Schulter zurück, als sie am Fuße der Felsen angekommen war. Der Kutter der Küstenwache würde gleich an Land gehen; doch sein Skipper, der nicht so erfahren war wie Jacques, hatte sich zu spät in den Wind gedreht, und das Boot schwankte heftig in der Gegenströmung. Sie zog die Pistole aus dem Gürtel, blickte am Lauf vorbei und hielt sie auf Armeslänge von sich.

»Verdammt, Meredith!« Damian stieß ihren Arm beiseite. »Ich weigere mich, eine Mörderin zu heiraten. Mach, dass du den Pfad raufkommst!«

»Ich wollte niemanden umbringen, ich wollte ihnen nur die Landung ein wenig erschweren«, protestierte sie. Er legte eine Hand auf ihren Hintern und schob sie nach oben; dann machte er sich daran, seinen prinzipiell guten Plan in die Tat umzusetzen. Seine Pistole ging los, die Kugel ließ den Sand aufspritzen. Die Männer im Boot hielten inne. Er lud mit einer Schnelligkeit nach, die er auf dem Schlachtfeld gelernt hatte, und feuerte weiter, bis ein rascher Blick hinter sich ihm sagte, dass die anderen beinahe oben an der Klippe angekommen waren. Meredith drückte auf halber Höhe den Abzug zu seiner Unterstützung; doch irgendjemand in dem Kutter hatte reagiert und feuerte zurück, wähend das Boot unruhig in den Wellen auf und ab hüpfte. Die Männer der Küstenwache waren hin und her gerissen zwischen der Verlockung, die die Konterbande ihnen bot, und dem Wunsch, die Schmuggler zu verfolgen. Eine Kugel aus einer Muskete zischte über Damians Kopf und schlug ins Gestein, nur wenige Zentimeter von Meredith entfernt.

»Lauf!«, schrie er. »Sofort!«

»Ich gebe dir Deckung«, rief sie zurück.

»Du wirst verdammt das tun, was ich dir sage! Los! Und zieh den Kopf ein!«

Meredith hörte aus der Stimme ihres Geliebten die entschiedenen Töne des Obersts heraus und kletterte so schnell nach oben, als wären alle Teufel der Hölle hinter ihr her – was wohl ungefähr zutraf. Mittlerweile wurde aus mehr als einer Muskete geschossen, doch sie wagte es nicht, sich umzudrehen und nach unten zu schauen, sie rannte weiter und hielt den Kopf gesenkt. Wann immer die Kugel aus einer Muskete den Staub um sie herum aufwirbelte, zuckte sie zusammen. Wie schaffte Damian es, nicht getroffen zu werden, wo er doch in der Schusslinie war? Unfähig, die Anspannung noch länger zu unterdrücken, verlangsamte sie ihr Tempo und blickte über ihre Schulter.

»Wenn wir dieses verrückte Geschäft weiterbetreiben wollen, werde ich dir Unterricht im Guerilla-Kampf geben müssen.« Die kühle, erstaunlich beherrschte Stimme wurde begleitet von der Hand, die sie weiterschob. Er schien überhaupt nicht außer Atem zu sein, obwohl er sie schnell und geräuschlos eingeholt hatte.

»Du weißt natürlich Bescheid«, keuchte sie, »nach all den Jahren auf der Halbinsel.«

»Richtig. Und jetzt halte den Mund und spute dich!«

Das Schießen von unten war nur noch sporadisch zu hören. Den Grund dafür erkannte Meredith, als sie oben an den Klippen angekommen war und wieder auf dem offiziellen Weg stand. Nur wenige der Männer der Küstenwache waren am Strand zurückgeblieben; die anderen stürmten über den Pfad, der sie ungefähr eine viertel Meile hinter ihnen auf ihren Weg führen würde. Diese Viertelmeile war der einzige Vorsprung, den die Schmuggler noch hatten.

»Wir müssen sie aufhalten«, keuchte Meredith atemlos, als

Damian neben ihr über die Böschung kletterte. »Das gibt den Burschen Zeit, sich zu verstecken, bis die Verfolgung vorüber ist. Hier sind Dutzende von Verstecken für diejenigen, die sich auskennen, und Bart kennt sie alle. Am Ende werden sie wohl den Eingang zur Höhle finden – doch wir können kein Risiko eingehen und müssen es schaffen, die Küstenwache abzuhängen.«

Damian blickte den Weg hinauf und hinunter, seine Brauen zogen sich nachdenklich zusammen. »Und du wirst meine Befehle absolut befolgen?«

»Jawohl, Oberst«, stimmte sie ihm sofort zu und schenkte ihm das gleiche schelmische Lächeln wie zuvor. Damian schüttelte verwundert den Kopf. Je größer die Gefahr, wie es schien, desto größer wurde die belebende Wirkung, die sie auf Meredith hatte. Hier schien ihr nichts Angst einzujagen.

»Also gut! Gib mir deine Pistole und deine Munition. Und jetzt lauf los, etwa fünf Minuten geradeaus. Dann steckst du das Gebüsch neben der Straße in Brand!«

Merrie unterdrückte den Wunsch, Damian zu fragen, was er selbst zu tun gedachte, gehorsam pirschte sie los. Das Geräusch schneller Schüsse war hinter ihr zu hören. Rutherford, der beide Pistolen benutzte, verursachte so viel Lärm, wie er nur konnte; er lag ausgestreckt am Klippenrand und feuerte auf den Weg hinunter, wo sich die Leute der Küstenwache ungeschützt wie große Bäume im Moor versammelten und blind in die Richtung des Trommelfeuers schossen. Damian wusste, dass er sie nicht sehr lange würde aufhalten können, und er brauchte auch noch einige Munition für eventuelle weitere Gefechte. Als er schätzte, dass Merrie ein wenig mehr als fünf Minuten Vorsprung hatte, zog er sich zurück, dabei feuerte er noch immer, bis er sich umwandte zu einem mächtigen Sprint.

Am Anfang hatte Merrie Schwierigkeiten, die feuchten Büsche anzuzünden; schließlich steckte sie ihre Jacke in Brand, die schnell Feuer fing und die sie dann zwischen die Büsche steckte. Als sich Damian mit großen Sprüngen näherte, fachte sie die Flammen noch weiter an, während er Stöcke und abgebrochene Äste auf die Straße zerrte, zuletzt einen brennenden Baumstamm hineinwarf. Der Wind ließ die Funken sprühen, und von dem feuchten Holz stieg dichter, öliger Rauch auf, der über die Straße zog. Das Feuer im Gebüsch daneben brannte jetzt lichterloh; also würden die Männer der Küstenwache eine Barriere vor sich finden und eine an ihrer linken Seite, wenn sie um die Ecke bogen. Zu ihrer Rechten fielen die Klippen steil zum Meer ab.

»Das wird sie nicht sehr lange aufhalten«, meinte Damian. »Und jetzt los – nimm die Beine unter den Arm!«

»Eine halbe Meile weiter können wir über die Klippen verschwinden«, keuchte sie. »Sie werden an uns vorbeilaufen.«

Damian erinnerte sich wieder an die Art und Weise, wie sie in dieser ersten Nacht, die sein Leben so vollkommen verändert hatte, plötzlich alle verschwunden waren; daher stimmte er ihrem Vorschlag zu. Von den anderen Schmugglern war nichts mehr zu sehen, sie hatten sich, während er ihre Verfolger aufhielt, aus dem Staub gemacht. Flüche und laute Rufe drangen zu ihnen, als ihre Verfolger das Feuer erreichten. Doch schon bald würden sie einen Weg drum herum gefunden haben, und Meredith war trotz ihrer Wendigkeit atemlos, ihre Lungen brannten, ihre Beine drohten ihr den Dienst zu versagen. Rutherford, der die Sache objektiv betrachtete – wie jeder Kommandant – schenkte ihrem Zustand keine Beachtung. Wenn er Mitleid zeigte, würde sie wahrscheinlich zusammenbrechen, und er konnte sie unmöglich tragen, solange Geschwindigkeit gefragt war. Sie musste es allein schaffen, und zwar in dem Bewusstsein, dass er es von ihr erwartete.

Als Merrie plötzlich am Rande der Klippe auf die Knie sank, ergriff ihn Verzweiflung, und er bemühte sich, sie hochzuzerren. Merrie war nicht in der Lage, zu sprechen – sie schüttelte schwach den Kopf und deutete auf den Rand der Klippe.

»Hier?« Er blickte darüber hinweg, und sah nur den schwarzen Fels des Abhanges.

Meredith nickte. »Lass dich einfach hinunter«, keuchte sie. »Genau dort, wo ich es auch tue.« Sie hatte keinen Atem mehr, um weiterzusprechen; doch Damian begriff, dass er an den Felsen abstürzen würde, wenn er die genaue Stelle verpasste. Dann war sie verschwunden, ebenso wie damals; vorsichtig näherte er sich dem Rand, legte sich auf den Bauch und rutschte nach hinten, bis seine Beine durch die Luft ruderten. Zu seiner Erleichterung fühlte er, wie etwas nach seinen Füßen griff und ihn dann führte. »Mach schon!«, hörte er ein drängendes Flüstern, es schien von weit unter ihm zu kommen. »So gerade, wie du kannst.« Einen schwindelerregenden Augenblick lang schwebte er in der Luft, dann berührten seine Füße wieder den Boden. »Du darfst nicht zurücktreten«, zischte sie, und er klammerte sich krampfhaft an den Fels.

»Einer deiner Vorfahren muss eine Ziege gewesen sein«, murmelte Damian. »Guerilla-Kampf als notwendige Komponente einer Ehe ist eine Sache – eine Bergziege nachzuahmen ist eine ganz andere. Erwarte nie wieder von mir so eine Kletterpartie!«

»Das werde ich nicht«, versprach Merrie feierlich und lachte leise. Dann schwieg sie, als herannahende Schritte und Stimmen über ihnen laut wurden.

Wie sie es vorhergesagt hatte, rannten die Männer der Küstenwache an ihnen vorbei. Als der Lärm ihrer Verfolger verebbte, flüsterte sie Damian zu, dass sie jetzt auf seine andere Seite klettern würde, damit sie ihn über den Felsvorsprung führen konnte. Eine Viertelmeile weiter würden sie dann wieder auf den Weg treffen und somit noch mehr Abstand zwischen sich und die Küstenwache bringen. Sie konnten dann schräg durch die Felder Pendennis erreichen und auf diese Weise hinter ihre Verfolger gelangen.

»Sei vorsichtig«, bat er sie und versuchte, sich so schmal wie möglich zu machen, als er ihre Hände an seiner Taille spürte und ihren Körper in seinem Rücken. Dann war sie wieder neben ihm, doch diesmal auf der linken Seite.

Wie Krebse krochen sie den schmalen Felsvorsprung entlang, bis er ein wenig breiter wurde und sie sich wieder auf den Weg schwangen. »Schade, dass wir nicht an den Strand zurückkehren können, um etwas von dem Schmuggelgut zu retten«, meinte Merrie wehmütig.

»Um Himmels willen, hast du denn noch immer nicht genug!« Rutherford packte sie im Nacken und schob sie eilig auf ein Kohlfeld. »Du hast wohl gar nicht daran gedacht, dass das Boot sehr wahrscheinlich bewacht wird! Oder stört dich diese kleine Einzelheit nicht?«

»Jacques wird rasen vor Zorn«, mutmaßte sie. »Er wird sich ein neues Boot kaufen müssen, da die Küstenwache seines wahrscheinlich beschlagnahmt. Damit hat er nicht nur seine Waren verloren, sondern muss auch noch seine Schaluppe ersetzen. Ich werde die Kosten dafür wohl mit ihm teilen müssen«, fügte sie bedrückt hinzu.

»Nun, lass mich dir sagen, mein Liebling, dass dies keine Last ist, die ich dir von den Schultern nehme! Deine Geschäfte mit den Franzosen musst du selbst in Ordnung bringen!«

»Ich würde nicht im Traum daran denken, so etwas von dir zu verlangen«, erklärte sie empört und versuchte, unter dem Druck seiner Finger den Kopf zu drehen, um ihn anzufunkeln. »Du redest, Sir, als wären die Dinge zwischen uns geregelt.«

»Das sind sie auch«, antwortete Damian in unmissverständlichem Ton. »Nur einige Punkte müssen noch diskutiert werden, fertig!«

»Mehr als nur einige Punkte«, knurrte Merrie und platschte durch einen tiefen Graben.

Damian grinste, ihre Aufsässigkeit störte ihn nicht mehr. Sie hatten das Wäldchen auf dem Grund von Pendennis erreicht, und Merrie ging auf die Seitentür des Hauses zu. »Wir werden uns von innen in die Höhle schleichen«, flüsterte sie und öffnete den Riegel der Tür, die sich so geräuschlos öffnete, weil die Scharniere gut geölt waren.

Damian folgte ihr durch das schlafende Haus in die Vorratskammer, wo sie eine Bodenplatte hochhob, die den geheimen Eingang zur Höhle verdeckte. In der von einer Lampe erhellten Höhle fanden sie die erleichterte französische Mannschaft und den untröstlichen Jacques. Bart war der einzige Einheimische unter ihnen; er erklärte Meredith, dass die anderen sich entschieden hatten, einzeln heimzurobben – seines Wissens nach waren alle in Sicherheit.

»Gott sei Dank!«, seufzte Meredith. »Wir sind wirklich noch einmal mit knapper Not davongekommen.«

»Es freut mich, das zu hören«, bemerkte Rutherford, der auf einem Felsblock saß und die Beine von sich streckte. »Vielleicht können wir so etwas in Zukunft vermeiden.«

»Wer ist das?«, wollte Jacques wissen, der den großen, schlanken Engländer mit dem aristokratischen Auftreten eingehend musterte. Dieser Gentleman schien sich nichts daraus zu machen, dass seine Hände schmutzig und seine Kleidung zerrissen waren, ganz abgesehen von den Spuren schwarzen Rauches auf seinem Gesicht.

»Lord Rutherford«, stellte Meredith ihn abwesend vor. »Wie es aussieht, werden wir heiraten. Jacques, du musst deine Verluste des heutigen Abends berechnen, und ich werde dir dann die Hälfte des Geldes geben. Ist das fair?«

»Heiraten?«, hakte Jacques nach, den dieser Gedanke offensichtlich neugierig machte. »Wann?«

»In drei Wochen«, erklärte ihm Damian mit einem heiteren Lächeln.

»Was?«, quietschte Meredith. »Du bist ja nicht bei Troste!«

»Das Aufgebot wird bereits in der St. Georges-Kirche am Hanover Square verkündet«, fuhr Damian ruhig fort, »und in der letzten Woche ist die Anzeige in der *Gazette* erschienen. Madame Bernice näht eifrig an deinem Brautkleid, und du kannst unmöglich Bellas Vorbereitungen für den Hochzeitsempfang zunichte machen – das wäre wirklich mehr als unfreundlich!«

»Diese Hochzeit, von der du gesagt hast, dass du unbedingt dabei sein musst …« Sie starrte ihn ungläubig an.

»Meine eigene«, bestätigte er. »Ich glaube, Gentlemen, wenn Sie uns entschuldigen würden – Merrie und ich haben einige dringende Angelegenheiten zu besprechen.«

»Ihr bekommt gleich Decken und Wein«, erklärte Merrie benommen. »Dann wird es euch hier nicht zu ungemütlich sein, und morgen früh können wir weitere Schritte besprechen.«

Jacques lachte herzhaft. »Ich hätte es niemals für möglich gehalten, *mon amie,* aber ich glaube, du hast einen ebenbürtigen Kontrahenten gefunden! Bringe uns Wein, unbedingt! Decken brauchen wir keine. Und was meinen Verlust betrifft …«, er zuckte die Achseln, »… den werde ich selbst tragen. Mein Hochzeitsgeschenk, *comprenez?*«

Meredith lächelte und drückte ihn an sich, ehe sie sich an Bart wandte. »Willst du jetzt nach Hause gehen, Bart? Oder möchtest du deinen Freunden bis morgen Gesellschaft leisten?«

»Ich bleibe«, erklärte der Fischer. »Noch einmal riskiere ich nicht meine Haut!« Er sah Rutherford an, dann nickte er zufrieden. »Ich denke, Sie sind schon richtig, Mylord!«

Eigenartigerweise erfreute Damian dieses Kompliment –

als wäre seine Werbung von zwei Leuten gebilligt worden, die das Recht hatten, ein Urteil abzugeben. Meredith, die noch immer ein wenig verwirrt war, ließ sich von ihm zurück in die Speisekammer führen. Wein und Essen wurden an Bart weitergereicht, die Platte wanderte an ihre Stelle zurück, und Damian und Meredith trippelten auf Zehenspitzen in Merediths Schlafzimmer.

»Gütiger Himmel!« Nan, die aus ihrer verdienten Ruhe gerissen wurde, fuhr hoch bei ihrem Anblick. »Was habt ihr denn jetzt schon wieder angestellt? Ihr seht aus, als hättet ihr Luzifers Heimat angezündet.«

»Das haben wir in gewisser Weise auch«, meinte Meredith. »Kannst du uns heißes Wasser holen, liebe Nan?«

»Aye, das ist wohl nötig! Ihr beide braucht ein Bad, ehe ihr euch zwischen die Laken legt.« Sie eilte aus dem Zimmer, und Meredith begann, hilflos zu kichern.

»So weit es um Nan geht, bist du nur ein weiterer ihrer Schützlinge. Es überrascht sie kaum, dich zu sehen.«

Damian antwortete nicht; in der Tat schien es so, als hätte er sie überhaupt nicht gehört. »Wenn ich mich damit einverstanden erkläre, während der Sommermonate als Trelawney aufzutreten, wirst du dann von Oktober bis Mai die Rolle der Lady Rutherford erfüllen?«, fragte er in vollem Ernst.

»Soll das etwa ein Antrag sein, Sir? Ich hatte den Eindruck, dass ich bei dieser ganzen Sache nichts mehr zu sagen habe.« Sie lächelte zögernd.

»Nicht in der Sache«, stimmte er ihr ruhig zu. »Doch in der Art, wie wir diese Ehe führen. Du akzeptierst doch mittlerweile die Tatsache, nicht wahr?«

»Ja.« Meredith nickte, ihr Gesicht war jetzt genauso ernst wie das seine. »Ich sehe, dass ein Schmuggler eine Schmugglerin heiraten kann. Du hast dein Leben riskiert und auch die Ehre deiner Familie, um zu beweisen, dass meine Ängste grundlos sind. Und ich werde mich bemühen, meinen Platz in deiner Welt einzunehmen, soweit das nötig ist. Die einzigen noch bestehenden Hindernisse habe ich selbst aufgebaut.«

»Du hast einmal gesagt, dass die Ehe mir die Ehre verschaffen würde, zu geben – während sie dir nur die Möglichkeit ließe, zu nehmen. Was sagst du jetzt dazu, Merrie Trelawney?«

»Dass ich geben werde, so wie ich weiß, dass du geben wirst.« Sie lächelte unter Tränen. »Kenne ich jetzt meinen Katechismus, Sir?«

»Es hat eine Weile gedauert, bis du ihn gelernt hast«, antwortete er. »Aber auch bei mir hat es eine Weile gebraucht, den meinen zu lernen.« Er öffnete die Arme, und Merrie schmiegte sich an ihn.

»Dafür habt ihr später noch Zeit genug«, fauchte Nan und schleppte zwei Eimer heißes Wasser herein. »Zieht eure schmutzigen Sachen aus, ihr beiden! Meredith, hole die Badewanne ans Feuer!«

»Ich erledige das. Wo ist sie?« Damians Schultern bebten vor Lachen, als er die Sitzbadewanne aus Porzellan aus dem Schrank wuchtete und sie vor den Kamin stellte. Nan schüttete das dampfende Wasser hinein, dann ging sie, um Nachschub zu holen.

»Es ist nur Platz für einen in der Wanne!« Merrie schnitt eine Grimasse. »Vielleicht sollte ich zuerst untertauchen, denn Nan wird jeden Augenblick zurückkommen. Sie wäre zwar nicht verlegen, wenn sie dich nackt in der Badewanne erblickte – aber vielleicht ist dir das unangenehm.«

»Zweifellos«, stimmte er ihr zu und begann, ihr Hemd aufzuknöpfen. »Ich muss dir sagen, Merrie, trotz meiner Voreingenommenheit siehst du im Augenblick aus wie ein ganz besonders unartiger kleiner Junge.«

»Und ich muss dir sagen, Lord Rutherford, trotz *meiner* Voreingenommenheit, dass du mir ausgesprochen niederträchtig vorkommst. Ganz und gar nicht wie jemand, dem ich gern in einer dunklen Gasse begegnen würde«, fügte sie noch hinzu und nahm die Blicke nicht von ihm, während er sie entkleidete.

»Dann passen wir ja fein zueinander«, stellte er fest. »Los, setze dich in die Wanne!«

Das tat Merrie, sie legte mit einem Seufzer äußerster Zufriedenheit den Kopf auf den Rand der Wanne, als diese wissenden Hände begannen, ihren Körper unter Wasser zu streicheln. »Ich weiß immer noch nicht, wie ich es schaffen soll, eine Herzogin zu werden«, murmelte sie und bog den Rücken durch.

»Genauso gut, wie ich es schaffe, ein Schmuggler zu werden«, erwiderte Damian. »Obwohl ich mich insgesamt wesentlich wohler fühlen würde, wenn wir deinen Abenteurersinn mit Aktivitäten befriedigen könnten, die sich nicht außerhalb des Gesetzes bewegen.«

»Das, wenn ich einmal so kühn sein darf, mich einzumischen, ist das Vernünftigste, was ich seit langer Zeit gehört habe.« Dieser deutliche Kommentar kam von Nan, die soeben mit zwei weiteren Eimern heißen Wassers herbeikeuchte. »Ihr braucht mich wohl heute nicht mehr, könnte ich mir vorstellen ...«

»Nein. Danke, Nan!« Merrie versuchte, ein süßes unschuldiges Gesicht aufzusetzen trotz der Behandlung mit der Seife unter Wasser.

»Gute Nacht, Nan«, erklärte Damian. »Sie dürfen die Dinge ruhig in meine Hände legen.«

»Wie kannst du nur so etwas sagen!«, rief Merrie erheitert aus, als sich die Tür hinter Nan geschlossen hatte. Dann wurde sie wieder ernst, obwohl noch immer ihre Augen lustig funkelten. »Werden wir immer zusammen lachen, mein Liebling? Das ist so sehr Teil unseres gemeinsamen Lebens.«

»Immer«, bestätigte er ihr und küsste sie auf die Nasenspitze. »So wie wir uns immer lieben werden.«

»Und streiten?« Sie schlang die nassen Arme um seinen Hals.

»Oh, ja!« Er lachte vergnügt. »Das Dasein mit dir, meine kleine Abenteurerin, wird keine Rosenlaube sein.«

»Also wirklich!«, protestierte Merrie ungehalten und zog plötzlich ihre Arme an. Damian verlor die Balance und fiel auf sie in die Wanne.

»Entsetzliches Mädchen!«, prustete er mit dem Mund an ihren Lippen. »Du, Liebe meines Lebens, bist das aufreizendste Geschöpf auf Erden – eines, das einen zur Raserei treiben kann.«

»Und du, Liebe meines Lebens, bist ein selbstherrlicher, hinterhältiger Tyrann«, gab Merrie auftrumpfend zurück. »Vielleicht solltest du dich besser ausziehen, wenn wir so weitermachen wollen …«